Johnny, le rebelle amoureux

Du même auteur
aux Éditions J'ai lu

Les mystères Delon, *J'ai lu* 5901
La saga Monaco, *J'ai lu* 7326

Bernard Violet

Johnny, le rebelle amoureux

À mon frère Jean-Pierre.

« Goûtez cette sauce, elle est extra[1] ! » me lance, gourmand, Johnny Hallyday en ce jour de novembre 2002. Aux gambas aux sauces variées, le plus populaire des chanteurs français a pourtant préféré une assiette de rollmops qu'il accompagne d'un châteauségla 1997. « Je supporte mal le blanc », s'excuse-t-il lorsque le chef du *Rue Balzac* présente un succulent loup bourré jusqu'à la gueule d'herbes de Provence.

Le ton est amical, mais notre rencontre résolument professionnelle. Il aura fallu plusieurs mois de patience et une obstination tranquille avant que l'interprète de *Gabrielle* ne me propose ce déjeuner. Au départ, un premier appel téléphonique au cours duquel il me rappelle qu'il n'a pas souhaité mon ouvrage, mais se dit prêt à faciliter mon entreprise. Habile façon de circonscrire la révélation d'éventuels secrets inavouables ? Au faîte de sa carrière, l'idole m'affirme ne pas ressentir ce genre de crainte. « Delon c'est Delon ; moi, je n'ai rien à cacher[2] ! » tient-il à commenter. L'allusion à mes récents démêlés médiatico-judiciaires avec le héros du *Samouraï* n'est pas innocente. Si elle peut ressembler à un coup de pied de l'âne pour l'« ami » Delon, elle se veut aussi une marque de défiance à l'égard de la presse. Le rocker tient à me rappeler qu'il a été ainsi parfois victime de plumitifs indiscrets ou malhonnêtes. C'est juste, mais, en même temps, aurait-il connu une telle notoriété sans l'aide des médias ? Ses exigences ? Aucun contrôle sur ma rédaction mais un engagement moral sur l'exactitude des faits rapportés.

Le cadre ainsi fixé, le jeu des questions-réponses peut commencer. Il va se poursuivre à plusieurs reprises durant de nombreuses heures. En face à face, ou au téléphone. Sans tabou ni complexe. Étonnante sincérité de la part d'une star qui a appris à l'évidence, au fil des ans, à contrôler son image avec soin. Mais voilà belle lurette que le roublard rocker s'est aperçu que rien ne vaut la franchise et la simplicité.

Pourquoi une biographie de Johnny Hallyday ? La question mérite d'être posée. La réponse est simple : comment ne pas s'intéresser à un chanteur qui a dominé pendant plusieurs décennies l'histoire de la variété hexagonale ? Comment ne pas s'interroger sur l'une des personnalités qui comptent le plus pour les Français ? Qu'on le veuille ou non, l'interprète de *Que je t'aime* fait partie de notre vie et de notre culture quotidiennes. Mais il est aussi l'un des rares artistes surdoués du XXe siècle dont l'exceptionnelle carrière ne doive rien au hasard.

On l'aura compris : mon but ici est de brosser le portrait d'un homme au-delà de sa légende, au-delà des souvenirs enjolivés, de la réputation et des déclarations qui, elles ne sauraient totalement mentir, n'ont pas toujours tout dit. Au fil d'une contre-enquête la plus méthodique et rigoureuse possible, je me suis attaché à démêler l'écheveau d'une carrière aux multiples facettes, commencée au début des années 1940 et promise à de longues années encore.

Pour réaliser cet ouvrage, j'ai archivé et informatisé plusieurs milliers de pages de documents, interviewé plusieurs dizaines d'interlocuteurs privilégiés qui, à un titre ou à un autre, ont joué un rôle dans l'existence comme dans la prodigieuse carrière du chanteur. Ces témoignages m'ont été d'autant plus précieux que les confidences de Johnny Hallyday n'ont pas manqué, à de nombreuses reprises, de m'« interpeller ». Elles m'ont paru en effet souvent décalées, voire en totale contradiction avec des faits avérés. Le rocker s'était-il laissé aller à son penchant pour l'affabulation ? Pas forcément. Johnny Hallyday, de son propre aveu, ment souvent mais jamais longtemps. Davantage par jeu que par faiblesse, m'explique-t-il encore. Son enfance meurtrie, son adolescence mouvementée, sa vie d'adulte étonnamment remplie le contraignent parfois – et heureusement – à se réfugier dans un imaginaire d'une rare richesse. Comme pour beaucoup d'entre nous, ces accommodements avec la vérité sont un sûr moyen de panser certaines blessures intimes, et la seule et unique façon de réussir l'impossible : rêver sa vie.

PREMIÈRE PARTIE

LE SALTIMBANQUE
(1943-1959)

PREMIÈRE PARTIE

LE SALTIMBANQUE
(1945-1950)

Le [illegible] dan[illegible] [illegible] [illegible]

C'est [illegible] lippe S[illegible] née pour [illegible] ces temps [illegible] miens de [illegible] à la [illegible] guette [illegible] des yeux [illegible] dav[illegible] ton que [illegible] précision [illegible] fantastique.

Léon S[illegible] commune de B[illegible] lons m'explique [illegible] Namur quel[illegible] dont l'ermitage [illegible] père, [illegible] parait [illegible] fer [illegible]

1

« Pipo »

L'enfance est-elle le tout d'une vie ? Johnny Hallyday le suggère parfois lorsqu'il considère que la sienne a mal commencé, puisqu'il n'a jamais dit « papa » à un homme, ni « maman » à une femme.

C'est à Paris, le 15 juin 1943, que le bébé Jean-Philippe Smet pousse son premier cri. Une chaude journée pour une naissance sur les chapeaux de roues, en ces temps troublés de l'occupation nazie : les infirmières de la clinique Marie-Louise, à Pigalle, dressent à la hâte un lit de fortune pour l'accouchement d'Huguette Clerc. Le poupon pèse plus de trois kilos, il a des yeux bleus très clairs et sa tête est recouverte d'un duvet blond. Huguette affirmera plus tard à son rejeton que son père était présent lorsqu'il vit le jour. La précision n'est pas superflue, tant le personnage est fantasque.

Léon Smet est né au printemps 1908 à Schaerbeek, commune de Bruxelles, d'un père et d'une mère wallons, m'explique Yves Bastin, journaliste belge de Namur qui a longtemps travaillé avec la famille Smet dont l'étymologie signifierait forgeron[1]. Son propre père, prénommé Clément, conducteur de train, disparaît tragiquement dans un accident de chemin de fer survenu un mois à peine après sa naissance. Élevé par sa mère, née Barbe Hubin, Léon se sent très tôt une vocation d'artiste. Sa sœur, Hélène, de vingt ans son aînée, l'encourage dans cette voie. Elle-même est une ancienne cantatrice et actrice de cinéma muet connue sous le nom d'Eleen Dosset. Le deuxième garçon de la fratrie, Arthur, disparu pendant la Première Guerre mondiale, avait été flûtiste. Dans un premier temps, Léon s'inscrit au conservatoire de Bruxelles. Il y apprend le chant et l'art dramatique. Il s'essaie également à la danse et à l'acrobatie. Ses talents multiples retiennent l'attention du patron du Théâtre de la Monnaie. En 1935, il crée son cabaret, baptisé Le Trou Vert, où il présente des numéros sous le nom de Jean-Michel.

C'est sous ce même pseudonyme qu'il apparaît deux ans plus tard dans le rôle-titre de *Monsieur Fantômas*, un court-métrage de vingt-quatre minutes réalisé par le poète belge Ernst Moerman. Un petit « chef-d'œuvre » surréaliste selon Paul Éluard régulièrement présenté plus tard dans certains festivals d'art et d'essai. Quelque temps plus tard, il ouvre une école d'art dramatique dont Serge Reggiani sera l'un des élèves. Passionné par la création théâtrale, Léon réunit peu de temps après une troupe de comédiens pour former Le Théâtre des Arts. Le public boude les spectacles proposés. Grand séducteur, il se console en épousant Nelly Debeaumont, la fille d'un comptable devenue danseuse. Le couple monte un numéro qu'il propose dans son cabaret. Doué pour les relations publiques, Léon s'attire une bonne presse. On souligne sa voix peu banale et son sens aigu de la parodie. Le comédien chante des textes jugés d'avant-garde. Homme cultivé, il dévore plusieurs livres par semaine. Des lectures éclectiques qui vont de Tchekhov à Paul Fort, en passant par Alphonse Allais et Louis Aragon. Sensible aux événements qui secouent alors l'Europe, le comédien dénonce avec virulence, dans plusieurs spectacles, l'extrême droite belge.

Après avoir tenté un tour du monde – le bateau sur lequel il embarque s'échoue devant Terre-Neuve –, l'aventurier dans l'âme se retrouve journaliste, envoyé spécial de magazines anglais et américains pour couvrir la guerre d'Espagne. Arrêté, condamné à mort par les franquistes, le plumitif est incarcéré pendant six mois au Cárcel Modelo de Barcelone. D'aucuns dateraient son penchant pour la bouteille de cette époque. De retour à Bruxelles, il multiplie avec ardeur et succès ses conquêtes féminines. Sa nouvelle égérie s'appelle Jacqueline Harpet.

C'est avec cette dernière, qu'il épouse sans rechigner, que Léon décide de conquérir Paris. Il y débarque au début de l'année 1939. La « drôle de guerre » n'a pas commencé lorsqu'il met sur pied sa deuxième compagnie théâtrale, poétiquement baptisée Les Compagnons de la Rose. Pour son premier spectacle, il choisit de monter une pièce de l'auteur belge Michel de Ghelderode. Le public fait une fois encore la fine bouche et les comédiens sont obligés de se disperser. Grâce à ses relations et à ses talents vocaux, Léon trouve rapidement un cabaret accueillant, L'Esprit Saint-Germain-des-Prés. Il se lie d'amitié avec Serge Reggiani et Marcel Mouloudji. Le répertoire de Léon est composé de plusieurs chansons dont le célèbre *Hareng saur* de Charles Cros.

Au cours des deux premières années de la Seconde Guerre mondiale, la vie de Léon est un mystère. On le dit séjournant sur la Côte d'Azur, mais rien ne permet de l'affirmer formellement. On ignore de la même façon ses moyens d'existence. Seule certitude : en 1943, il fait la connaissance d'Huguette Clerc. À l'époque, sa seconde épouse l'a quitté pour une vie plus stable, semble-t-il.

Léon ne peut rester insensible à la beauté et à l'élégance naturelles d'Huguette. Cette authentique Parisienne a vu le jour en mars 1920 dans le quartier de Belleville, à une encablure de Ménilmontant. Sa mère est une fille-mère, comme on dit alors ; son travail l'empêche d'assurer comme elle le souhaiterait l'éducation d'Huguette, qu'elle confie à une nourrice. Après des études chaotiques, l'adolescente occupe un emploi de coiffeuse, puis de vendeuse dans une crémerie de la rue Lepic, sur la butte Montmartre. C'est à ce moment-là qu'elle tombe amoureuse du comédien belge.

Pour Huguette l'ingénue, la rencontre avec Léon est un signe de la Providence. Mieux : l'histoire d'amour qu'elle attendait. De toute façon, comment résister à un homme que le ciel a doté d'yeux bleus aussi beaux ? Séducteur, beau parleur, de douze ans son aîné, Léon a tôt fait de proposer à sa nouvelle élue d'emménager dans un appartement du XVIIIe arrondissement, avant de s'installer au 23, rue Clauzel, dans le IXe. Au bout de quelques mois idylliques au cours desquels Léon lui présente de nombreux artistes de ses amis, les absences répétées de son amant commencent à intriguer la jeune femme. Elle pense que la venue au monde de leur bébé arrangera les choses. Jean-Philippe n'a pas dix jours lorsque la mère et le nouveau-né regagnent l'appartement de la rue Clauzel. Drôle de déconvenue pour Huguette qui découvre que Léon a vendu une partie des meubles, et même certaines pièces de la layette du nourrisson ! Indélicatesse d'un homme déjà porté sur l'alcool ? Ou absence de fibre paternelle chez un orphelin de père ? En butte à des préoccupations matérielles quotidiennes, Huguette n'a guère le temps de répondre à ces interrogations. Pour elle, il ne fait aucun doute que son couple bat de l'aile. Léon déserte de plus en plus fréquemment le domicile familial. Leurs rapports se tendent. Jusqu'au jour où, huit mois après la naissance de Jean-Philippe, il ne réapparaît plus.

À écouter plus tard Léon Smet, cette soudaine disparition aurait été le fruit du hasard. Ce jour-là, il marche rue Fontaine, lorsqu'il rencontre l'une de ses amies, Christiane Fournier, une journaliste auteur de quelques ouvrages poétiques. « Je pars avec toi[2] ! » lui lance alors Léon en se jetant dans les bras de sa dulcinée qui n'hésite pas non plus, de son côté, à quitter époux et enfants pour son irrésistible amant.

Pour Huguette, la désillusion est cruelle. Sans ressources, avec un nourrisson sur les bras, elle décide de s'exiler pendant quelque temps en Normandie. Là, elle est accueillie par un couple de paysans particulièrement charmants, mais la situation est loin d'être aussi idéale qu'elle l'avait imaginée. « Quand Jean-Philippe est né, sa mère venait d'avoir une pleurésie et le danger de contagion lui interdisait d'allaiter le bébé, qui ne supportait pas davantage le lait de vache, qu'il vomissait[3] », se souvient Desta. Lorsqu'il commence à marcher, le bambin se montre naturellement remuant. Un jour, échappant à la vigilance de sa mère et de ses hôtes, il porte à sa bouche un bol de paillettes dont les fermiers se servent pour fabriquer du savon. Mal lui en prend : des traces de soude caustique lui causent d'atroces douleurs aux lèvres et à la langue. Plus de peur que de mal, mais l'incident ne restera pas sans conséquences. « Même guéri, on se demanda longtemps si j'arriverais jamais à pouvoir parler, se souvient Johnny. Aujourd'hui encore, quand je suis très fatigué et ne contrôle pas bien mon articulation, cette atteinte à la langue laisse réapparaître un certain zézaiement[4]. » Son handicap ne disparaîtra qu'à l'âge de onze ans, mais les papilles du futur chanteur ne s'en remettront jamais vraiment. C'est de ce jour-là que naît son penchant pour les plats épicés. Devenu adulte, avec certains de ses amis, ce sera à celui qui ramènera de ses pérégrinations à travers le monde la « sauce qui tue ». Le champion, là aussi, est souvent Johnny. « Une fois, à la *Lorada*, nous étions une douzaine à table, dont Faye Dunaway, raconte Marc Francelet, un ancien photographe. Il y avait de la salade de crabe. Johnny m'avait préparé un assaisonnement spécial, une sauce noire qu'il avait trouvée en Thaïlande. « Goûte ça, c'est pas mal », m'a-t-il juste dit. Et ma tête a explosé. Je suis tombé dans les pommes. Devant Faye Dunaway ! Johnny, lui, était plié[5] ! »

Lorsque les Alliés débarquent en Normandie, Léon réapparaît au domicile conjugal. La mère abandonnée est particulièrement remontée. Elle exige que son amant volage l'épouse et reconnaisse Jean-Philippe, qui porte jusqu'alors le nom de Jean-Philippe Léo Clerc. Elle ne peut supporter que son fils connaisse le même statut qu'elle : enfant naturel, au risque de se faire traiter de bâtard par ses futurs petits camarades. La sœur de Léon et son mari, Jacob Mar, partagent totalement son point de vue et insistent pour que Léon régularise la situation. Le séducteur volage se plie au diktat familial. L'union et la reconnaissance en paternité sont officialisées le 7 septembre 1944 à la mairie du IXe arrondissement. Pour Léon, le mariage n'ira pas plus loin que cette formalité administrative. Les nouveaux mariés se séparent sur les marches de la mairie pour ne plus jamais se revoir. Le futur Johnny, lui, devra attendre vingt longues années avant de pouvoir embrasser son père. Dans des conditions tout à fait singulières, comme on le verra plus tard.

Sans ressources, Huguette se met à la recherche d'un emploi. Ses journées particulièrement chargées l'empêchent de s'occuper de Jean-Philippe à temps complet. Hélène Mar, la sœur de Léon, qui se sent responsable des frasques de son frère, accepte de prendre l'enfant en pension chez elle, au 13, de la rue de la Tour-des-Dames, dans le IXe arrondissement.

L'endroit, situé entre les rues Blanche et de La Rochefoucauld, doit son nom à un moulin ayant appartenu à l'abbaye des Dames de Montmartre. Non loin de là, l'église de la Trinité et la gare Saint-Lazare. Dans l'appartement des Mar, au troisième étage, le bambin fait la connaissance des deux filles d'Hélène, Desta et Menen. Âgées d'une quinzaine d'années, celles-ci se montrent particulièrement ravies de l'arrivée d'un neveu quasiment tombé du ciel. « Maman avait déjà deux filles. Désormais, elle avait également un fils, se souvient Desta. Ma sœur et moi étions ravies, émerveillées à la perspective d'avoir un vrai bébé à pouponner[6]. »

Pour sa part, le futur Johnny garde des souvenirs forcément flous de sa petite enfance. Maintes fois sollicité sur le sujet, il se raccroche à des épisodes de la vie quotidienne tels qu'on les lui a racontés : comment, durant cette époque troublée, sa tante Hélène achetait sa viande chez le cordonnier de la rue de la Tour-des-Dames, et son faux beurre dans l'arrière-salle d'un bistrot de la rue Saint-Georges[7] ; ou encore comment, le matin, il assistait au petit déjeuner de ses cousines, dégustant avec gourmandise leur bol d'orge grillé avant de rejoindre l'Opéra et les répétitions du corps de ballet.

Dans l'appartement de la Trinité, le fils d'Huguette fait la connaissance d'un quatrième personnage au rôle non négligeable dans l'imaginaire de l'enfant : Jacob Adol Mar, le mari d'Hélène, fils d'un missionnaire protestant allemand et d'une princesse éthiopienne, Sarah Négussié, apparentée à l'empereur Ménélik. Selon sa petite-fille, Carol Ketcham, Jacob avait reçu une solide éducation dans plusieurs collèges huppés d'Europe avant de retourner à Addis-Abeba où il avait été chargé par le prince-régent de la mise sur pied de structures municipales et de l'organisation du service des Postes et Télégraphes. Parallèlement à ses fonctions, il avait consacré ses loisirs à la recherche des parchemins, papyrus et tablettes relatifs à l'épopée de Makeda, la reine de Saba. Puis, en 1923, il avait décidé de s'installer à Bruxelles où il était devenu homme d'affaires. Il fonda entre autres la Régie impériale des alcools et spiritueux d'Éthiopie. La même année, il fit la connaissance d'Hélène Smet. La jeune fille ne resta pas insensible au charme de l'aristocrate, bel homme et fin lettré. Leur union fut célébrée quelques mois plus tard.

En mai 1936, coup de tonnerre dans la vie de Jacob : les troupes fascistes de Mussolini font leur entrée dans Addis-Abeba. À Rome, le souverain décrète l'annexion du pays et adopte le titre de « roi d'Italie et empereur d'Éthiopie », réalisant un rêve vieux d'un demi-siècle. Pour l'homme d'affaires, c'est la ruine. Tous ses biens sont confisqués par le colonisateur italien. C'est à ce moment qu'il décide de s'exiler à Paris avec sa femme et ses deux filles. Dans un premier temps, la famille jette son dévolu sur un appartement confortable de la rue de La Rochefoucauld. Jacob espère trouver rapidement du travail. Mais le déferlement des troupes allemandes n'arrange pas les choses. En sa qualité d'étranger, Jacob est expédié au camp des Mille, près d'Aix-en-Provence. Le camp fait partie des soixante-cinq centres de « rassemblement pour étrangers », créés à l'automne 1939 par le gouvernement Daladier. Disséminés sur le territoire français ces camps sont placés sous l'autorité des militaires. Ils sont destinés à accueillir les ressortissants d'Allemagne, d'Autriche et de la Sarre, considérés comme des « ennemis en puissance ».

Au bout de quelques semaines de détention, dans des conditions lamentables, Jacob est de retour à Paris. Polyglotte, il envisage d'effectuer divers travaux de traduction. Puis l'un de ses amis lui conseille d'aller exposer son cas à Otto Abetz, ambassadeur du Reich en France, plus spécialement chargé de préparer le terrain à une « collaboration officielle » entre les gouvernements français et allemand. Jacob n'est pas le seul à démarcher le diplomate. Celui-ci reçoit tous les jours à sa table ceux qui constituent alors l'élite intellectuelle française, de Brasillach à Henry de Montherlant, en passant par Sacha Guitry. Compte tenu de ses compétences, l'aristocrate éthiopien se voit offrir un poste de speaker à *Radio-Paris*, radio officielle de la collaboration alors dirigée par Jean Hérold-Paquis. Chaque semaine, Jacob va ainsi prêter sa plume au pouvoir en place dans son émission intitulée *Le Quart d'heure colonial*. « Nous nous trouvions alors dans le plus grand dénuement, mon père n'avait pu faire autrement que d'accepter ce travail, il fallait bien manger[8] », explique Desta pour laquelle son père n'a jamais été un sympathisant nazi. Et de rappeler les relations privilégiées que Jacob entretenait avec l'industriel Paul Massebiau dont l'appartenance à la Résistance sera confirmée par la suite. Quoi qu'il en soit, Jacob Mar va payer chèrement ses relations particulières avec l'occupant. À la Libération, un magistrat parisien sera désigné pour instruire son dossier. En décembre 1946, malgré un impressionnant volume de témoignages favorables, la Cour de Justice le condamnera à cinq ans de détention pour avoir « favorisé des entreprises de toutes natures avec l'ennemi[9] ».

Jean-Philippe, en bas âge, ignorera pendant de longues années les tenants et aboutissants des activités de Jacob, préférant se souvenir des talents de conteur que son oncle « maudit » pouvait parfois montrer. Jacob avait côtoyé dans sa jeunesse toutes sortes de personnages hors du commun, parmi lesquels le fameux Lawrence d'Arabie, l'auteur des *Sept Piliers de la sagesse*, et l'aventurier Henri de Monfreid. Il en a gardé le souvenir d'un bel homme au charisme certain. « Il avait des yeux bleus, très clairs, transparents... Tout comme toi ! » affirmait l'Éthiopien à « Pipo », surnom dont il avait affublé Jean-Philippe. « Par la suite, effectivement, j'ai fait référence à ça lorsque j'ai vu le film *Lawrence d'Arabie*. Mais j'étais beaucoup plus âgé[10] », me raconte Johnny.

L'interprète de *Gabrielle* n'aime guère évoquer cette période noire de sa famille adoptive. Il n'a jamais fait davantage allusion aux activités professionnelles de son père durant les heures sombres de l'occupation. Un secret apparemment bien gardé, dont Johnny ne prendra connaissance qu'à travers ses conversations avec l'auteur. Et de m'expliquer : « Je ne le savais pas, et, pour être honnête, je n'ai jamais vraiment cherché à en savoir davantage. Par ailleurs, il faut savoir que mon père était un sujet tabou dans la famille. Moins par rapport à moi qu'au regard de Desta et d'Hélène, sa sœur. Toutes les conversations autour de mon père restaient évasives. »

Dans les mois qui suivirent la naissance de son fils, Léon Smet n'est pas en effet resté inactif. Grâce aux relations de Jacob, il a trouvé un travail de directeur artistique dans une entreprise peu banale : celle de la première et seule station de télévision en activité dans le monde pendant cette période troublée ! Installée par les nazis avec le consentement du gouvernement du maréchal Pétain, les émissions de *Fernsehsender Paris* doivent être diffusées en français et en allemand, grâce à l'émetteur de la tour Eiffel, depuis les studios de la rue Cognacq-Jay aménagés dans un ancien music-hall, le Magic-City. Loin de n'être qu'un simple outil de propagande, l'aventure de la « Télévision de Paris » ne tarde pas à attirer, sous la férule du metteur en scène bruxellois, de nombreux intermittents du spectacle aux destinées des plus singulières. Une vingtaine de nationalités s'y côtoieront : des Allemands et des Français, bien sûr, mais aussi de nombreux réfugiés politiques roumains, tchèques, polonais, serbo-croates, italiens, espagnols, suisses et belges. Tous ne prêteront pas allégeance à l'occupant nazi, loin s'en faut. Ce melting-pot de nationalités rassemble aussi un grand nombre de sensibilités politiques : sympathisants communistes, anarchistes, francs-maçons et autres libertaires. Pour d'autres artistes français, s'y faire engager est une solution pratique pour échapper à l'exil en Allemagne. Grâce à l'intervention de Léon, son ami Mouloudji rusera ainsi avec le fameux STO (Service du travail obligatoire) en devenant un permanent de la nouvelle télévision. « Travailler est d'ailleurs un bien grand mot ; c'était une planque. Je traînais toujours au fond de la régie ou dans les services techniques », déclarera plus tard cet antimilitariste convaincu, fils d'un maçon kabyle et communiste. Le futur réalisateur de télévision Roger Pradines ne partira pas non plus de l'autre côté du Rhin, *Fernsehsender Paris* estimant son activité de « tireur de câbles » indispensable à la bonne marche de l'entreprise, souligne un ouvrage particulièrement bien documenté[11].

De par sa fonction, Léon, *alias* Jean-Michel, est chargé d'assurer la soirée de l'inauguration officielle, qui se déroule le 30 septembre 1943. Un lancement des programmes qui ressemble à un clin d'œil : sous le regard de quatre énormes caméras, ses nièces, Desta et Menen, interprètent « La Danse des perruches », dont la chorégraphie est signée par le Russe blanc Elsoff. Au cours des semaines suivantes, Léon montre son savoir-faire en mettant en scène une émission régulière de variétés baptisée *Télé-fantaisie*. De nombreux chanteurs de cabaret de l'époque s'y produisent sous sa direction. « C'était un beau gosse de trente-cinq ans particulièrement doué pour la réalisation de télévision, bourré d'idées et très précis », se souviennent aujourd'hui deux de ses anciens collaborateurs, Léo Campion et Joane Langenegger. Mais de nuancer ce portrait flatteur en se rappelant également le penchant de leur ancien patron pour la bouteille : « Jean-Michel s'est brûlé avec l'alcool. Il buvait comme on se détruisait [...]. Lorsqu'il était à jeun, il faisait preuve d'un talent formidable et se comportait en grand professionnel. À moitié à jeun, c'était encore excellent. Autrement, tout pouvait arriver. Le problème, c'est que l'on ne savait jamais dans quel état on allait le trouver[12]. »

Malgré son penchant, Léon Smet est largement apprécié pour son talent et sa boulimie de projets. Il ambitionne bientôt de produire des fictions qu'il souhaite faire diffuser en direct. Dans cette perspective, il bat le rappel de ses amis et nombreuses relations. Étonnant carnet d'adresses où ne semble manquer aucun artiste de renommée : Abel Gance, Jean-Louis Barrault, Serge Lifar, Jacques Tati, Robert Le Vigan, Pierre Bertin, Pierre Dux et Gilles Margaritis, futur producteur de la célèbre émission des années 60, *La Piste aux étoiles*. Certains d'entre eux remarqueront à peine la présence dans son couffin d'un bambin que traînent derrière elles Desta et Menen : le fils de Léon, le futur Johnny Hallyday.

La condamnation de Jacob n'est pas encore prononcée lorsque Hélène Mar, femme élégante et de caractère, décide de quitter la France. Grâce à ses nombreuses relations parmi les maîtres de ballet de l'Opéra de Paris, elle accepte, pour ses filles Desta et Menen, un contrat de cinq ans que vient de lui proposer la direction de l'International Ballet de Londres. La troupe, dirigée par Mona Iglesby, recrute alors à tour de bras des danseuses étoiles dans l'Europe entière. Malgré le cachet peu élevé, c'est le genre de proposition qui ne se refuse pas. C'est ainsi que la famille Mar s'embarque pour l'Angleterre. Hélène insiste pour que Jean-Philippe fasse partie du voyage. Huguette hésite quelques jours, et finalement accepte l'offre de sa belle-sœur. En contrepartie, elle promet d'assurer les visites à Jacob qui sera détenu pendant quelques mois à Drancy, en compagnie de Sacha Guitry, puis à Fresnes. Seul problème de taille : l'autorisation parentale nécessaire pour permettre au bambin de sortir du territoire français. Or Léon, autre tuteur légal, a disparu de la circulation. Qu'importe ! Une relation de la famille Mar dans la magistrature parisienne lui permet d'obtenir un vrai-faux passeport au nom de Jean-Philippe Smet... qui devient ainsi citoyen français avant l'heure !

Dans l'humide capitale britannique, Hélène, ses enfants et le chat Mektoub sont chaleureusement accueillis par une responsable administrative de l'International Ballet. L'appartement confortable que celle-ci leur a réservé est situé sur Dolphin Square, dans la banlieue londonienne. Entre deux répétitions du *Lac des cygnes* et de *Gisèle*, la troupe se produit dans de nombreuses villes britanniques. Hélène ne lâche pas d'une semelle ses filles lors de leurs déplacements, rendus plus faciles lorsqu'on l'engage elle-même comme habilleuse. Jean-Philippe ne quitte pas non plus ses jupons. Il a du mal à cacher son émerveillement devant les jeux de lumière, l'univers des coulisses et les prestations de ses cousines. Lorsqu'on l'interroge sur son avenir, il affirme qu'une fois devenu grand, lui aussi sera danseur.

La vie quotidienne des tournées n'est pas de tout repos pour Hélène. Dans chaque ville se pose le casse-tête de l'hébergement à moindres frais. Les séjours dans des *guest-houses* sont peu onéreux, mais leurs propriétaires refusent souvent les enfants comme les animaux. Une solution s'impose à elle : les chambres chez l'habitant. C'est ainsi le cas lors d'une série de représentations à Bournemouth, ville balnéaire sur la Manche. Là, Jean-Philippe partage les jeux des enfants de la famille : vingt-deux au total ! De retour à Londres, Hélène décide de quitter Dolphin Square, dont le loyer se révèle finalement beaucoup trop élevé, pour l'hôtel Saint-Martin, sur Lane Street. L'établissement est modeste mais idéalement situé en plein cœur de la capitale, à quelques minutes de marche de Soho. La plupart des résidants sont des artistes et l'ambiance est conviviale. La famille Mar dispose certes d'une seule chambre, mais occupée par deux grands lits et par un réchaud qui lui permet de cuisiner. Lorsqu'elle le peut, Hélène prépare un plat belge dont Jean-Philippe raffole.

Les contingences matérielles n'empêchent nullement l'ancienne comédienne de se préoccuper de l'éducation de son fils adoptif. Elle l'aide à déchiffrer l'alphabet, lui apprend des chansons enfantines. Pour le futur Johnny Hallyday, l'heure de gloire est toutefois loin d'avoir sonné, même s'il vit à Londres son premier baptême du feu sur les planches : un concours de circonstance, et le voilà sollicité pour le *Caligula* d'Albert Camus ! Une brève participation au cours de laquelle il se transforme en petit négrillon muet qui vient offrir des bijoux au tyran romain. « Il s'est tellement pris au jeu qu'il ne voulait plus se démaquiller après le spectacle [13] », se souvient avec amusement Desta. « Au départ, ma seule et véritable vocation était de devenir comédien, et surtout pas chanteur [14] », m'affirme, plus d'un demi-siècle plus tard, Johnny.

Jean-Philippe n'a pas revu sa mère depuis son départ de Paris. Pour Huguette, devenue mannequin chez Lanvin, l'occasion se présente lors des fêtes de Noël 1946. Un choc pour la jeune maman : son fils ne la reconnaît pas. L'enfant ne comprend pas pourquoi la jolie dame venue lui rendre visite insiste tant pour qu'il l'appelle « maman ». Quelques heures après cette brève rencontre maternelle, il recouvre les murs de la chambre d'hôtel de ses excréments.

Les mois passent. En 1949, un vent de panique souffle sur Lane Street. Desta et Menen, qui possèdent la nationalité de leur père – éthiopienne –, sont priées de quitter le territoire britannique. Pour l'énergique Hélène, il n'en est pas question. La solution est rapidement trouvée : un mariage blanc pour ses deux filles. Un couple de danseurs – des amis homosexuels – acceptent l'arrangement sans se faire prier. Peter Fisk et Wylland Dobson sont d'autant plus ravis que leurs familles huppées voient d'un œil de plus en plus mauvais leur vie de célibataires endurcis s'éterniser.

Les problèmes ne sont pas tous résolus pour autant. Depuis son arrivée, Desta montre un sérieux penchant pour la bonne chère. Ses kilos supplémentaires deviennent vite un gros handicap pour une danseuse étoile. En accord avec sa sœur Menen, elle décide de quitter l'International Ballet et d'entamer une carrière dans le music-hall. Sans engagements, il leur faut vivre d'expédients. Pendant qu'Hélène s'occupe en jouant les baby-sitters et en fabriquant des chapeaux, ses filles acceptent de produire des numéros de french cancan dans plusieurs cabarets. L'offre leur a été proposée par le « protecteur » de l'une de leurs amies danseuses. Pour arrondir leurs maigres cachets, elles acceptent dans la foulée de poser dans la même tenue pour quelques peintres et autres sculpteurs de renom. Parmi ces derniers, Jacob Epstein, qui avait séjourné à Paris vingt ans plus tôt ; l'artiste, dont on se plaît à souligner l'anticonformisme, y avait notamment réalisé le monument à Oscar Wilde, toujours planté aujourd'hui au cimetière du Père-Lachaise ; c'est à la même époque qu'il connut Picasso, Brancusi et Modigliani.

Jean-Philippe accompagne fréquemment ses cousines lors de ces séances de pause. Il ne tarde pas à taper dans l'œil du sculpteur, fasciné par ses longs cheveux dorés, coiffés en boucles, modèle parfait pour un chérubin. Et pourtant c'est à l'initiative de l'artiste qu'un soir le garçon s'enferme dans la salle de bains pour couper ces longues frisettes qui le faisaient parfois confondre dans la rue avec une « jolie petite fille ». Entre-temps, un autre artiste plasticien, Roland Penrose, ami proche du peintre catalan Joan Miró et ancien compagnon de route d'André Breton, a également fait la connaissance du trio. Une fois encore, Jean-Philippe est transformé en angelot. Entre deux séances, le gamin partage les jeux du fils du sculpteur dont la femme américaine porte parfois de bien étranges bijoux : une paire de menottes en or. « Tu crois qu'elle est allée en prison[15] ? » demande un jour l'ingénu à Desta.

Dans les cabarets où se produit le duo Mar, Jean-Philippe a l'occasion de croiser d'autres personnages beaucoup moins recommandables. « Dans ce milieu, l'hétaïre et le souteneur auxquels nous devions, à l'origine, ces engagements, ont continué à nous « protéger ». Mais honni soit qui mal y pense ! Jamais ils ne nous ont demandé quoi que ce soit en échange. Ils nous sortaient, nous invitaient à manger et, surtout, nous emmenaient à des combats de boxe. Eux-mêmes, passionnés de « noble art », en organisaient. Cela faisait partie de leur univers, au même titre que les courses de chevaux. Un univers tout à fait spécial, que nous n'aurions sans doute jamais découvert sans eux, et qui fascinait Jean-Philippe. Les chevaux, la boxe... Déjà, il en était fou ! » explique Desta qui va bientôt rencontrer l'amour sous les traits d'un jeune artiste américain, Lee Hallyday...

2

L'enfant de la balle

Ce grand garçon blond, doté d'une carrure imposante, s'appelle en réalité Lee Lemoine Ketcham. Jean-Philippe le croise parfois dans les escaliers de l'hôtel de Lane Street, vêtu de son sempiternel pantalon grenat, de sa chemise à carreaux et de ses bottes pointues aux talons biseautés. Pour le jeune Français, il ne peut être qu'un artiste, mais c'est à peine si l'Américain lui adresse la parole. Il fait vraiment sa connaissance le jour où Lee s'est mis en tête de réparer lui-même le chauffe-eau de la salle de bains commune à l'étage. Une fuite de gaz, et voilà le souffle de la déflagration qui projette le *ranger* dans le couloir ! Sitôt prévenues, Hélène et ses filles prennent en charge le bricoleur maladroit dont les blessures n'auront guère de conséquences. Un signe du destin ?

En 1949, Lee Lemoine Ketcham a vingt-deux ans. Il est le fils d'un journaliste, né comme lui à Tulsa, petite ville de l'Oklahoma. Après avoir reçu une formation de danseur et d'acrobate, l'artiste se retrouve à Londres où il interprète depuis plusieurs mois, sur Drury Lane, un rôle de cow-boy danseur dans la célèbre opérette de Rodgers et Hammerstein intitulée – ironie du sort – *Oklahoma* ! Comme ses nouvelles amies françaises, Lee rêve de se produire tout seul. De fil en aiguille, l'idée de monter un numéro à trois fait son chemin. Lee annonce bientôt sa démission de sa troupe. Le trio *Desta, Menen et Lee* est né. Il se produit avec des numéros de danse acrobatique dans les cabarets londoniens, devant un public bon enfant. Le soir, l'Américain raconte à Jean-Philippe des histoires incroyables de son pays : les grands espaces, les colts, les canyons du Colorado. Les jours de relâche, il l'emmène faire un tour sur sa grosse cylindrée, une Royal Enfield, à l'insu d'Hélène qui veille comme à ses prunelles sur le fils d'Huguette. À d'autres moments, c'est à son tour d'accompagner Jean-Philippe pour de longues promenades. La relève de la garde devant Buckingham Palace est l'un de ses spectacles favoris. Un jour, comme tous les garnements, il ne peut s'empêcher d'essayer le bonnet à poils des Scott Guards, à Wellington Barracks.

C'est à Londres, toujours au cours de cette même année, que le clan Mar fait la connaissance d'Edward Constantinowsky, *alias* Eddie Constantine, dont la femme Hélène avait suivi à Paris le même cours de danse que Desta. Après avoir joué le doubleur dans des films musicaux produits par la MGM, et le choriste pour le Radio City Music Hall de New York, le futur héros des polars de Peter Cheney a rejoint l'Europe où sa femme, ex-danseuse des célèbres Ballets russes du colonel de Basile, se produit avec les ballets des Champs-Élysées de Boris Kochno. C'est à Paris précisément, où il la suivra, qu'Eddie se lancera trois ans plus tard dans une carrière de chanteur et d'acteur, avec l'immense succès que l'on connaît.

En attendant, Constantine ne voit pas d'un mauvais œil la tendre et ingénue complicité qui est en train de se nouer entre Jean-Philippe et sa fille

Tania, née comme lui en 1943. Comme le garçon, sa brune camarade a été élevée dans les loges de théâtres et n'a jamais vécu que dans des hôtels plus ou moins confortables, partageant des repas pris dans des restaurants de quartier tout aussi modestes. Un autre aspect suscite une admiration à peine voilée chez le futur Johnny Hallyday : Tania obtient chaque soir un grand succès en faisant un numéro sur les épaules du danseur Algaroff. Selon son père, la presse anglaise se montre dithyrambique, n'hésitant pas à parler à son sujet d'« enfant prodige[1] ».

Entre adultes, les conversations se déroulent en anglais. À l'époque, ni Eddie Constantine ni sa femme Hélène ne parlent le français. Seule Tania se débrouille avec un français argotique qu'elle a appris dans la rue et en compagnie de Jean-Philippe. C'est d'ailleurs dans la langue de Victor Hugo qu'elle interprétera, quelque temps plus tard, avec son géniteur, *L'Homme et l'enfant*, un des grands succès radiophoniques des années 1950.

Juin 1949 : Jean-Philippe fête ses six ans et en même temps son dernier anniversaire dans la capitale britannique. Au cours de l'été, la famille Mar est de retour à Paris. Une désagréable surprise l'y attend. À bout de ressources, Jacob Mar a pris sur lui d'échanger leur appartement pour un deux-pièces dans le même immeuble de la Tour-des-Dames. L'aristocrate éthiopien adore Jean-Philippe, pour lequel il ambitionne de longues études et, pourquoi pas, une carrière de diplomate. Mais, sujet à de fréquentes crises d'urémie, il supporte mal, parfois, la turbulence naturelle de l'enfant. « Je me souviens d'un vieux monsieur acariâtre, assis toute la journée sur sa chaise, qui me donnait un coup de canne chaque fois que je traversais la pièce[2] », me confie Johnny.

Dans la capitale, en dépit de son français balbutiant, Lee se montre particulièrement offensif et astucieux dans ses recherches. En août, le casino d'Enghien lui offre un premier contrat. Jean-Philippe assiste aux spectacles. Il s'amuse beaucoup de voir la famille sur le pied de guerre pour un *Ballet atomique* qui obtient un gros succès. Sollicité par son aîné, le garçon aide Lee à changer de costume en moins de deux minutes. De retour à la maison, Hélène veille à la scolarité de son jeune protégé, qu'elle inscrit au cours Hattemer qui dispense un enseignement par correspondance. Lorsque les difficultés lui paraissent trop grandes, Jean-Philippe va demander de l'aide à l'une des voisines des Mar, Odette Mathieu, une ancienne institutrice. Plusieurs années plus tard, l'ancienne voisine jurera ses grands dieux que son élève s'était toujours montré studieux et appliqué. Le jeudi, l'enfant accompagne parfois Hélène Mar dans les grands magasins de la capitale. Un souvenir parfois pénible pour la future star : « J'étais dans un grand magasin avec ma tante ; je suis tombé dans l'escalier roulant, je me suis coincé le doigt entre deux marches et il a été broyé. Cela m'a fait très mal. Chaque fois que je prends un escalier roulant, j'y repense[3]. »

Dans les mois qui suivent leur retour à Paris, plusieurs contrats de longue durée sont proposés au trio *Desta, Menen et Lee*. Des déplacements aux quatre coins de l'Europe sont à prévoir. Pour des raisons d'économies, et pour s'éloigner le plus possible du grincheux Jacob, Hélène Mar et Jean-Philippe font partie du voyage. Huguette a bien envisagé, un moment, de récupérer son fils, mais Hélène, un tantinet jalouse, ne l'y encourage pas. Il est vrai que les contraintes professionnelles d'Huguette, devenue un mannequin recherché par les maisons de haute couture, ne lui faciliteraient pas la tâche. Jean-Philippe va donc poursuivre son existence d'enfant de la balle.

Copenhague est la première destination de la petite troupe de la rue de la Tour-des-Dames. Le voyage s'effectue en train. Lorsque la fatigue se fait trop sentir, le garçon trouve refuge dans les filets à bagages. Le soir, lors des spectacles, il est présent dans les coulisses des théâtres.

Deuxième étape : l'Allemagne. À Hanovre, poussé par sa tante et ses tendres cousines, Jean-Philippe accepte d'apprendre à jouer d'un instrument. Il choisit l'un des plus difficiles : le violon. Selon Desta et Lee, c'est dans cette même ville d'outre-Rhin que Jean-Philippe aurait été frappé par la découverte d'un métro aérien. Des images dont la future star ne se souvient plus : « J'étais tellement môme ! soupire Johnny en tirant à fond sur sa gitane. La plupart des images de ma petite enfance restent floues[4]. »

C'est encore dans la capitale de l'Allemagne du nord que Lee convainc ses partenaires d'acheter une voiture, finalement beaucoup moins onéreuse que les transports en commun. Son choix se porte sur une Cadillac. « Jean-Philippe, fier comme un ministre, tendait le cou, écoutait la radio, manœuvrait la boîte à gants, se souvient Lee. Mais la voiture virait à droite, mordait le bord de la route, le réservoir toujours presque vide. Roulant en direction de Düsseldorf, sur un pont provisoire, la Cadillac, la gueule en avant, dérapa sur le bois mouillé, se renversa, et, après un tonneau, s'échoua contre un mur. » Est-ce à partir de ce jour-là que son jeune passager se découvre une passion pour les voitures américaines ? À quelque distance de là, il assiste en tout cas à son premier Grand Prix. À l'entendre, son avenir est tout tracé : « Quand je serai grand, déclare-t-il, j'aurai une auto de course et je serai moi aussi un grand champion[5] ! »

Pour l'heure, le futur Johnny fait ses débuts sur scène en tant que chanteur. L'établissement à Hanovre où se produisent Lee et ses partenaires est constitué de deux salles : un restaurant et un cabaret. À la demande du trio, l'employeur accepte que Jean-Philippe chante lors de la première à l'occasion d'une matinée enfantine. Le garçon peut d'autant moins refuser que son oncle lui a fait venir d'Amérique un merveilleux costume de cow-boy avec bottes et chapeau assortis. Son répertoire ? Il ne comprend que deux titres, mais il est adapté à son habit de scène : *La ballade de Davy Crockett* et *Les Cavaliers du ciel*. Puis, l'instant fatidique arrive pour l'« artiste » qui affronte pour la première fois son jeune public : derniers regards, premier tract, et l'envoi. Desta et Menen dissimulent à peine leur angoisse. « Nous avions un trac fou, pire encore que pour nous, se souvient Desta. Et, lorsque notre Jean-Philippe est apparu, tout seul, dans la lumière des projecteurs, j'ai cru que mon cœur, qui jusqu'alors battait la chamade, allait carrément s'arrêter. Notre petit bonhomme était lui-même très ému. Mais, dès qu'il a commencé, je me suis sentie mieux… Il se dominait, il maîtrisait la situation… J'en étais toute bouleversée[6]... » Ravi de ce succès, le patron de l'établissement propose à Jean-Philippe de récidiver chaque jeudi pendant toute la durée de l'engagement du trio familial.

Au cours des mois suivants, la famille Mar continue à parcourir l'Europe au gré de ses engagements. En 1951, elle se produit en Espagne et au Portugal. Puis c'est l'Italie où la tribu va séjourner de longs mois. Les contrats rapportent peu d'argent, aussi s'entasse-t-on dans les hôtels modestes. Avant le début des spectacles et pendant les entractes, Jean-Philippe est mis à contribution en vendant des programmes. Une tâche que le garçon prend d'autant plus au sérieux qu'il reçoit un pourcentage sur les ventes, se souvient Desta : « Il connaissait parfaitement la valeur de l'argent du pays, et ne s'en laissait pas conter : on aurait eu du mal à le rouler. À force de fréquenter les petits Italiens de la rue, il était devenu aussi débrouillard qu'eux. » L'affaire tourne si bien qu'on lui propose bientôt de vendre des photos de ses cousines en tutus, ou encore des petits animaux de laine confectionnés par sa tante qu'il présentait comme des porte-bonheur. Pour cette dernière comme pour ses filles, la présence d'un jeune garçon dans des cabarets plus ou moins interlopes n'était pas alors forcément déplacée. « D'autres enfants fréquentaient les lieux, de petits Napolitains qui racolaient des Américains pour leurs sœurs aînées[7] », me confie la cousine de Johnny.

C'est pour des raisons différentes et bien plus innocentes que Naples demeure aujourd'hui l'un des plus beaux souvenirs de Johnny Hallyday. Il a ainsi gardé en mémoire de nombreuses images des vieux quartiers du Dôme, aux ruelles étroites, aux anciennes demeures aristocratiques. « Je me souviens notamment des fenêtres d'où on faisait descendre des paniers à l'aide d'une corde, me confie-t-il. Je me rappelle qu'on y déposait des provisions avant de les remonter. Je me souviens également de sandwiches au beurre avec du chocolat dessus. C'étaient avec des plaquettes de chocolat qu'on garnissait les sandwiches[8]. »

Lee a conservé des souvenirs plus mitigés de son passage dans la capitale de la Campanie, dominée par le cône fumant du Vésuve : « Les bâtiments de la flotte américaine relâchaient dans la baie, la plus belle du monde ! Les marines nous arrosaient de la bière pendant notre numéro... Je n'étais pas fier. Tout de même, travailler dans ces conditions... pour des compatriotes[9] ! »

C'est encore à Naples qu'un grave dilemme se pose au trio. À l'heure du spectacle, Menen, le membre le plus discret du trio, brille par son absence. Sa sœur imagine dans un premier temps un simple retard, mais les heures passent et l'inquiétude l'envahit. Il lui faut patienter jusqu'au lendemain pour découvrir le pot aux roses. L'acrobate s'est enfuie avec l'homme de sa vie : Harry Alexis von Koenigstaedter, *alias* Fleming, un chanteur noir américain qui fait alors une brillante carrière dans la péninsule. Pour Jean-Philippe, c'est l'incompréhension, puis un choc profond lorsqu'on révélera quelque temps plus tard la fin tragique de sa cousine. C'est la première fois qu'il se confie sur cet épisode pathétique de sa vie : « On m'a appris que Menen avait mis fin à ses jours par pendaison. Elle avait fini par épouser Fleming qui n'était pas apprécié de la famille, parce qu'il était noir. C'était encore l'époque où une Blanche n'épousait pas un Noir. C'était aberrant, mais c'était comme ça. Lorsque j'ai appris cela, j'ai eu beaucoup de peine [10]. » Comme nous le verrons plus tard, la vérité apparaît plus complexe, mais tout aussi tragique.

En apprenant la fugue amoureuse de Menen, Desta et Lee ne cachent pas leur contrariété. C'est toute la conception de leur numéro qui est à revoir. Le trio doit se transformer en duo. Au fil des semaines, le couple peaufine cinq nouveaux exercices de danse acrobatique. Les patrons des cabarets se disent satisfaits, mais leurs cachets sont toujours aussi chiches. Rome leur portera-t-elle davantage chance ? Lee commence à le croire lorsqu'il décroche un rôle de figurant à Cinecitta, les célèbres studios romains de cinéma. Là, on le coiffe d'une perruque brune pour les besoins du tournage d'une scène de *Robinson Crusoé*, dont le séduisant Georges Marchal interprète le rôle-titre. Pendant ce temps, Hélène continue à enseigner le solfège à Jean-Philippe entre deux visites de la Ville éternelle. Le garçon prend-il vraiment du plaisir à découvrir le Prisunic du Corso, les chevaux de bois de la villa Borghèse ? Les abords de la fontaine de Trevi semblent retenir davantage son attention. Lee affirme qu'un soir, son remuant « petit frère » aurait bien voulu aller récupérer les pièces de monnaie jetées dans le célèbre bassin : « Comme ça, disait-il, nous aurons toujours des sous[11]... »

À Rome, la famille Mar loge au quatrième étage d'une modeste pension de famille. Parmi les autres hôtes de passage, un vieux pékinois laissé en gage par une cliente démunie. L'animal particulièrement famélique a été en réalité lâchement abandonné. Jean-Philippe ne peut faire autrement que de lui accorder son affection. Faisant contre fortune bon cœur, Desta et Lee acceptent que leur jeune partenaire adopte le chien, aussitôt baptisé Foufi. Lorsque, deux ans plus tard, au cours d'une tournée en Suède, l'animal vient à mourir de vieillesse, Jean-Philippe en éprouvera un profond chagrin. « Il pleura son chien comme on pleure un ami », se souvient Desta. « Oui, j'adore les chiens, confirmera plus tard Johnny. Ça n'est pas un secret. C'est mon côté animal. Je m'entends bien avec les bêtes. Si je pouvais, je ne vivrais qu'avec des animaux. Ils ne te demandent rien, que de l'amour. Ils ne t'emmerdent pas. Il y a cette espèce d'amour dans les yeux d'un animal que tu vois rarement chez les hommes[12]. »

Après plusieurs mois de galère, la chance sourit enfin aux artistes. Desta et Lee sont sollicités pour rejoindre une importante revue intitulée *Forse che nord, Forse che sud*. Jean-Philippe n'est pas oublié. La vedette du spectacle, Renato Rascel, comique alors très célèbre, propose de l'associer à l'un des tableaux. Son rôle ? Celui du Kid, interprété au cinéma par Jackie Coogan dans le célèbre film de Charlie Chaplin. Lorsqu'on lui explique le projet, Jean-Philippe se montre enthousiaste. Il est probablement touché par l'histoire de ce vagabond au grand cœur qui décide d'adopter un bébé abandonné malgré la hargne de l'administration. « Lorsqu'il a appris qu'il était engagé, Jean-Philippe a sauté de joie tant il brûlait d'envie, depuis ses débuts de chanteur en Allemagne, de remonter sur les planches. Il n'aurait pas grand-chose à faire, mais ce n'en serait pas moins une nouvelle occasion de se familiariser avec la scène », se souvient Desta.

Rêve-t-il d'être comédien ? On peut l'imaginer à écouter les confidences de la future star : « C'est à Rome que j'ai appris à parler l'italien de la rue, à m'exprimer avec les mains, et, surtout, à mentir. J'ai toujours cultivé le mensonge comme un art très rare. C'était pour le plaisir de mentir, mais surtout pour inventer des histoires et voir si les grands y croyaient. Comme un acteur. » Johnny, menteur invétéré ? « C'est ce qui fait son charme », précise l'un de ses proches qui considère que la vie est trop triste pour ne pas être enjolivée. L'enfant était certes ébloui par tout ce qui était spectacle et paillettes, mais il n'était pas non plus insensible aux difficultés rencontrées par les gens du voyage : hôtels et restaurants modestes, cachets dérisoires. Son refuge dans l'imaginaire lui permettait de s'arranger avec les tristes réalités.

C'est toujours dans la capitale romaine que Jean-Philippe décide d'échanger son violon contre une guitare. « Là, je me suis fait mon premier ami : Mario, un guitariste virtuose. Dès qu'il avait un moment de libre, il me faisait travailler sur son instrument, qui me paraissait plus séduisant que le violon, se souvient Johnny. Or, comme Mario cherchait justement à acheter un violon pour monter un numéro de clown musical, sans dire un mot à Lee je troquai mon violon contre sa seconde guitare. » Pendant quelques jours, Lee ne cache pas sa contrariété, puis il finit par abdiquer : « D'accord, tu seras guitariste, puisque cela te plaît mieux, mais guitariste classique !.... »

La journée du 18 avril 1952 marque un tournant important dans la carrière de Desta et Lee. Ce jour-là, le couple décide de se donner un nouveau nom de scène. Cette sorte de renaissance artistique est justifiée par la mise au point de nouveaux numéros de danse qu'ils doivent présenter au Don Rodriao, à Milan. Plusieurs jours de réflexion leur sont nécessaires avant de se mettre d'accord sur celui de Hallidays. Le nom n'est pas choisi au hasard : il est emprunté au médecin de l'Oklahoma – John Halliday – qui avait mis au monde Lee. « On le considérait à juste raison comme notre ange gardien, souligne l'Américain. Je l'admirais beaucoup, dans mon enfance. Il était généreux, il avait toujours suffisamment d'espoir, de chance et d'argent. » Lee ignore alors que, quelques années plus tard, son jeune cousin en perpétuera – et avec quelle résonance ! – le souvenir.

Dans la capitale du nord de l'Italie, les nouveaux numéros des Hallidays rencontrent un vif succès. On applaudit leur dynamisme peu banal, leur souplesse, la mise au point de leur technique. Parmi les spectateurs, l'Aga Khan et le roi Farouk d'Égypte, qui tiennent à inviter les artistes à leur table après le show. Tout se présenterait sous des jours favorables si Jean-Philippe n'avait attrapé la scarlatine. Afin d'éviter la contagion, le jeune malade est contraint de rester enfermé pendant une semaine dans l'obscurité de sa chambre. Hélène Mar veille sur lui avec une grande attention. Puis c'est de Paris qu'arrivent bientôt d'autres nouvelles préoccupantes : elles concernent Jacob Mar, dont l'état de santé s'est sérieusement dégradé. À la fin de leur contrat, les Hallidays décident de regagner la capitale française.

À l'automne 1952, la famille Mar retrouve le minuscule appartement de la Tour-des-Dames. Huguette ne s'oppose pas au vœu de la tribu de garder Jean-Philippe. Les horaires du jeune mannequin, sollicitée pour diverses collections de grands couturiers, sont si contraignants. De surcroît, malgré ses nombreuses activités, sa situation financière n'est guère brillante. Le confort de l'appartement est toujours aussi précaire. Faute de salle de bains ou de douche, les occupants utilisent pour se laver un baquet avec une éponge.

Dans les semaines qui suivent, l'état de santé de Jacob Mar empire. Transporté à l'hôpital Bichat, il s'y éteint peu après son admission. Comme souvent, le deuil rapproche davantage les membres de la famille. Seule fausse note lorsque certains journaux font allusion à cette disparition en des termes peu élégants pour Desta, présentée comme la nièce du Négus et danseuse à Pigalle. Un journaliste y va même de son jeu de mots en évoquant son show comme celui des « Halliday-Sélassié ». Malgré sa défiance envers le vieux monsieur « acariâtre », Jean-Philippe ne peut cacher une profonde tristesse en apprenant le décès de celui qu'il aurait bien voulu identifier parfois à l'image du père. Il n'ignore pas, toutefois, que son véritable géniteur s'appelle Léon Smet. Il lui arrive même parfois de poser des questions à sa tante Hélène et à ses cousines, mais le sujet est à l'évidence tabou. « On ne me répondait pas, ou on me disait : « Mais non, on t'expliquera. » Et puis rien, on ne m'expliquait jamais finalement[13]. » Au fil des ans, il réussira certes à extorquer des bribes d'information sur l'existence tumultueuse du personnage, mais il ne connaîtra jamais ni la version complète de l'histoire, ni la part de vérité qu'elle recèle. Lorsque ses petits camarades lui demandent qui est son père, il ne peut que s'en inventer un : il est américain, il est forcément très beau et très fort.

Au cours des deux années qui suivent la disparition de Jacob Mar, Jean-Philippe ne quitte pas Paris. Là, dans le petit appartement, une TSF diffuse toute la journée ses programmes musicaux. Le garçon écoute avec une attention particulière les chansons de Georges Brassens, qu'il tente d'interpréter parfois en s'accompagnant à la guitare. Tout son univers se résume au square de la Trinité où il rejoint chaque jour ses premiers vrais copains : Hadi Kalafate et Gérard Christiné. Hélène, qui est toujours déterminée à en faire un artiste, incite son protégé à poursuivre son apprentissage de la guitare classique chez Maurice Ferral. Elle insiste pour que le professeur de musique lui dispense également quelques cours de chant. Desta se souvient des rapports privilégiés qu'entretenaient alors le professeur et l'élève : « Jean-Philippe s'était laissé totalement apprivoiser par lui, si bien qu'il faisait des progrès de jour en jour, et qu'il allait incessamment être capable de monter sur scène et d'exaucer ainsi son plus cher désir. Il connaissait parfaitement ses chansons, les interprétait avec un talent évident, et pouvait désormais s'accompagner fort correctement à la guitare... »

Toujours dans son désir de transformer son neveu en artiste accompli, Hélène pousse Jean-Philippe à fréquenter la chorale des Petits Chanteurs à la Croix de Bois. Le garçon y interprète l'*Ave Maria* de Schubert. Mais l'aventure tourne court au bout de six mois. Pugnace, la tante inscrit alors « son » gamin aux cours de danse donnés à l'école russe Egorowa. Mais le pré-adolescent ne goûte pas plus les entrechats que les barres parallèles. « Ils voulaient que je sois danseur, me confie avec humour Johnny Hallyday. Et c'est ainsi que je suis devenu petit rat de l'Opéra. Il y a très peu de gens qui le savent. Et il ne faut pas trop le dire ! Danseur, cela ne me plaisait pas trop. Je le faisais pour faire plaisir. Je faisais huit heures de danse par jour. C'était dur[14] ! »

Ne pouvant s'opposer de front à la volonté d'Hélène, il s'exprime à sa façon en se mettant à grossir. « Gonflé, ramolli, hypertrophié, il nous donnait de sérieuses inquiétudes pour sa santé », se souvient Lee. Consulté, le médecin de famille reste perplexe : « Ce sont les glandes, tente-t-il d'expliquer. Le manque d'exercice... le manque d'air... Qu'il aille à la mer ! »

Hélène ne peut faire autrement que de suivre les conseils du praticien. Au mois de juillet 1953, elle embarque Jean- Philippe pour Trouville. Le garçon aime la compagnie de sa tante, sa mise toujours très soignée, coiffée parfois de ses chapeaux ornés de fausses cerises et qui lui font manquer d'air. Lors de leurs sorties, elle exige de tenir le garçon par la main. Afin de joindre l'utile à l'agréable, elle décide de l'inscrire à une espèce de radio-crochet qui se déroule à ce moment-là dans la station normande. Une vraie bonne idée : il y remporte l'un des premiers prix sous la forme d'un colt et d'un ceinturon de cow-boy !

De retour à Paris, la tante et le neveu décident d'accompagner Desta et Lee pour une série de spectacles en différents cabarets et boîtes de nuit de Marseille et de la Côte d'Azur. Dans la cité phocéenne, le duo se produit au Versailles. L'établissement, situé rue Sénac, en haut de la Canebière, appartient aux frères Guérini, les célèbres caïds dont le règne sur les jeux, la contrebande de cigarettes et la prostitution a commencé pendant la guerre. Barthélemy, dit « Mémé », comme l'appellent ses proches, est le troisième d'une fratrie de six garçons originaires de Calenzana, en Haute-Corse. C'est lui qui est chargé d'accueillir les artistes. « Il avait des manières de gentilhomme et l'âme d'un brave homme », commente Desta, encore sous le charme du personnage. Pour recevoir ses artistes, le parrain marseillais a apparemment bien fait les choses en mettant à leur disposition un confortable appartement. Quelques minutes de marche leur suffisent pour rejoindre le Versailles, l'un des établissements les plus huppés de la ville. C'est là que « Mémé » tient table ouverte. Sa clientèle est très hétéroclite : « Les malfrats aimaient nos danses et respectaient notre travail, poursuit la cousine de Johnny. Après le spectacle, ils nous invitaient à prendre un pot en leur compagnie et nous racontaient avec beaucoup de verve des anecdotes sur leurs répréhensibles activités. Dois-je le dire ? C'était fascinant !.... »

Desta se rappelle encore comment Robert Mourra, le fils adoptif de « Mémé », se lia d'amitié avec Jean-Philippe : « Presque chaque jour, ma mère les emmenait tous deux à la plage où ils jouaient et barbotaient tout à leur aise. » Plus tard, Robert Mourra, né d'un premier lit de Lily Guérini, entretiendra une relation moins éphémère avec une autre célébrité, Alain Delon, autre ami proche du clan Guérini. Afin de satisfaire son désir de devenir comédien, le héros de *Rocco et ses frères* proposera au fils Guérini de jouer sa doublure lors du tournage en Espagne de *La Tulipe noire*. En vain. « Cela n'a pas marché, m'explique Marie-Christine Guérini, la fille de « Mémé ». Alain voulait qu'il porte en permanence le masque noir, mais mon demi-frère exigeait qu'on le filme à visage découvert[15]... »

De son ancien et jeune compagnon de jeu, Johnny Hallyday me dit n'avoir gardé aucun souvenir précis. C'est par l'auteur qu'il apprendra les circonstances particulières du suicide du fils adoptif de « Mémé », qui, selon ce qu'en dit Marie-Christine, assumait apparemment difficilement ses penchants pour les garçons.

Grâce à l'amicale protection des frères Guérini, les Hallidays ne rencontrent dorénavant guère de difficultés à se produire dans les casinos de la Côte d'Azur. La plupart des établissements sont alors dirigés par des « grosses pointures » de la pègre locale. Sympathie aidant, il est entendu que le duo reviendra chaque année présenter son numéro. À Nice, les artistes sont logés à l'hôtel Mirador. Dans la journée, Hélène accompagne Jean-Philippe et son nouveau compagnon, le chien Doudou, à l'Opéra-plage. Il s'agit d'une plage privée située au bout de la Promenade des Anglais, dont le propriétaire s'appelle Lucien Milo. Là, le garçon partage les jeux des enfants de son âge. Parmi eux, Kathy Rusticelli, dont la mère gère un restaurant non loin de là. « J'étais son aînée de deux ans, me raconte l'ancienne amie niçoise de Jean-Philippe. Nous partagions quelques jeux, même si sa grande occupation était la natation. Il était toujours fourré dans l'eau. Il possédait des palmes aussi bleues que ses yeux. Il adorait sortir de la mer en aspergeant tous les gens qui se trouvaient à proximité et qui, bien évidemment, rouspétaient après lui. Il en riait de plus belle. Il était espiègle, taquin, heureux de vivre[16]. »

C'est dans la capitale azuréenne que l'adolescent connaît ses premiers émois suscités par une ravissante Espagnole aux cheveux roux. L'heureuse élue a le même âge que lui ; elle est fille d'un illusionniste baptisé Chefalo. C'est l'une des toutes premières idylles de la future star dont les conquêtes féminines, d'ici quelques années, ne tarderont pas à se succéder en un incessant tournoiement.

3

Les Diaboliques et la Petite Sirène

Juin 1954. Jean-Philippe est de retour à Paris où il fête ses onze ans. Pendant que les Hallidays partent à la recherche de nouveaux contrats, Hélène Mar inscrit son neveu au cours de comédie au Grand-Guignol. La directrice en est la comédienne Marie Marquet, ancienne sociétaire de la Comédie-Française où elle fut jadis l'interprète remarquée de *L'Aiglon*. C'est au seuil de ce même été qu'un assistant du cinéaste Henri-Georges Clouzot lui rend visite. Il est à la recherche de jeunes figurants pour sa prochaine production ; *Le Salaire de la peur* triomphe alors sur les écrans français. Pour trouver ses trente-cinq apprentis-comédiens, Clouzot et ses collaborateurs vont voir défiler trois cents garçons. La candidature de Jean-Philippe ainsi que celles d'autres garçons de son âge sont finalement retenues. Parmi eux, Georges Poujouly, le jeune héros du célèbre *Jeux interdits*, et Yves-Marie Morin, le frère de Patrick Dewaere. Le scénario du film, qui sera tourné en noir et blanc, s'intitule encore *Les Veuves*. Un titre finalement abandonné peu avant la sortie en salle, les distributeurs le jugeant peu attractif. Il sera remplacé par *Les Diaboliques*, dont le réalisateur a emprunté le titre à un recueil de nouvelles de Barbey d'Aurevilly.

Le premier tour de manivelle est donné le 18 août 1954 à L'Étang-la-Ville, gros bourg alors situé dans le département de Seine-et-Oise. Les jeunes figurants sont censés appartenir à un cours privé dont l'une des institutrices est la maîtresse du directeur, personnage de despote cruel interprété par Paul Meurisse.

Les proches de Jean-Philippe se souviennent de la bonne impression que le garçon dégage auprès des techniciens, en dépit de la mauvaise influence des « petits voyous » présents à ses côtés. Il est vrai que les comédiens en herbe profitent des longs temps morts entre deux plans pour jouer aux cow-boys et aux Indiens dans le parc de la propriété louée pour la circonstance. Rien de répréhensible, toutefois, pour Clouzot qui a lui-même gardé des souvenirs mitigés de ses années d'internat. Lorsque le chahut devient par trop bruyant, il lui arrive toutefois de devenir bougon et de hausser le ton. « C'est vrai qu'il écartait parfois les gosses en disant aux techniciens : « Écoutez, démerdez-vous pour que je ne les voie pas, que je ne les entende pas ! Donnez-leur des chocolats, ce qu'ils veulent, mais qu'ils nous foutent la paix[1] !" » confie Johnny qui ne se rappelle pas avoir vécu cette première expérience cinématographique comme une contrainte, mais bien au contraire comme une période de vacances. Il est vrai que la femme du réalisateur, Véra Clouzot, veillait particulièrement au bien-être des jeunes figurants. Une femme « adorable », poursuit Johnny Hallyday qui se souvient encore comment, tous les matins, elle venait leur distribuer des grands paquets de bonbons.

C'est également à leur intention qu'une projection privée est organisée à l'issue des seize semaines de tournage. Une faveur, considère aujourd'hui le chanteur, puisque le film allait être interdit aux mineurs dès sa sortie. « Nous étions terrifiés quand Paul Meurisse sortait de la baignoire avec ses faux yeux, ses yeux de mort. Ça m'a fait très peur. Autant qu'un Hitchcock», poursuit avec ravissement le comédien-chanteur.

Malgré cette restriction, le film rencontre un grand succès à sa sortie en salles au mois de janvier de l'année suivante. « J'ai fait un policier, rien de plus[2] », déclare, faussement modeste, le metteur en scène au moment où il reçoit le prestigieux prix Louis-Delluc. De leur côté, les fans de la future « idole des jeunes » affirmeront rester sur leur faim : « Leur » Johnny n'y apparaît que dans une seule et unique scène muette d'une poignée de secondes. Un plan furtif au cours duquel ils peuvent voir le gamin Smet se brosser les dents. Le futur interprète de *L'Homme du train*, lui, prend avec humour et humilité les différentes coupes intervenues lors du montage final : « Je sais que j'avais une réplique, et puis elle a été coupée, comme ça se fait souvent au cinéma. Je ne devais pas être si bon que ça, donc ! »

Malgré ces inéluctables coupes, tout porte à croire que Clouzot fut satisfait de la prestation de Jean-Philippe Smet. Quelques années plus tard, c'est à lui qu'il pensera faire appel, en effet, lorsqu'il travaillera sur l'adaptation du *Hotu*, d'après Albert Simonin. Un projet qui n'aboutira finalement pas.

De l'utilisation de son premier cachet, Johnny n'a pas gardé un souvenir précis. Mais cela n'avait vraiment pas d'importance pour lui : « J'ai été élevé, logé, nourri, habillé par Desta et Lee. Les danseurs, surtout à cette époque-là, ne gagnaient pas beaucoup, et ce que tout le monde rapportait dans la famille, que ce soit un petit peu, un peu plus ou beaucoup (c'était rarement le cas), rentrait dans la cagnotte de la maison. Personne ne gardait d'argent pour soi. » Pour lui, la magie du cinéma avait fait son œuvre, et c'était l'essentiel.

Il est vrai qu'Hélène Mar ne ménage pas sa peine pour faire connaître le fils de son frère cadet. Imagine-t-elle que des artistes de renom peuvent constituer un facteur de chance pour sa carrière ? C'est chose faite lorsqu'elle obtient un rendez-vous privé avec Maurice Chevalier, transformé à ses yeux en envoyé de la Providence. En octobre 1954, à soixante-six ans, l'interprète de *Valentine* et de *Prosper* prépare sa grande rentrée sur une scène parisienne. Malgré les nombreuses sollicitations dont il est l'objet, le chanteur-comédien, qui sut séduire un temps Hollywood, accepte de recevoir aimablement Hélène et Jean-Philippe dans sa superbe propriété de Marnes-la-Coquette, baptisée du surnom dont il avait affublé sa mère d'origine flamande : *La Louque*. Lorsqu'elle se retrouve devant la vedette, Hélène Mar présente Jean-Philippe comme un neveu adopté, « mais qui me considère comme sa maman[3] », tient-elle aussitôt à préciser. Celui auprès duquel Mistinguett a longtemps joué le rôle de professeur écoute poliment les deux chansons que le débutant a spécialement préparées à son intention. « Jolie voix ! Et il chante juste... », lâche Chevalier avant de se tourner vers Hélène Mar pour prévenir, sans grand risque de se tromper : « Il faut qu'il travaille, qu'il persévère[4]... »

Comme pour les récompenser d'être venus jusqu'à lui, l'homme au célèbre canotier insiste pour retenir ses hôtes à déjeuner. Il évoque le plat de résistance : des pâtes au beurre, saupoudrées du traditionnel gruyère râpé, qu'il fait aussitôt confectionner par son pianiste, accessoirement cuisinier et homme de ménage. Ce dernier est à l'origine d'un échange peu banal que Johnny se plaît parfois à conter. Il se situe à la fin du repas, lorsque le préposé au service vient demander au maître de maison s'il peut servir le fromage. Le roi du music-hall le regarde, interloqué : « Voyons, Daniel, vous n'y pensez pas ? Le fromage, nous l'avons déjà eu avec les pâtes ! » Pour Jean-Philippe, cette repartie détonne dans la bouche d'un artiste aussi célèbre et fortuné. Il ignore que, dans le milieu du show-biz, l'interprète de *Dédé* traîne après lui une réputation de grand économe. Une faiblesse que Johnny, aujourd'hui, se refuse de prendre en compte, l'homme demeurant avant tout à ses yeux « adorable et touchant ». Il est vrai que l'enfant de Ménilmontant, dont le père avait lui aussi très tôt abandonné le foyer conjugal, avait dû s'assumer rapidement avant de devenir chanteur. Johnny préfère aussi se souvenir de la promenade si instructive dans le parc à laquelle l'invita le chanteur après le fameux repas. « Il m'a dit : « Viens, je vais faire quelques pas au jardin. » À l'époque, il marchait déjà difficilement. Alors on a fait quelques pas, il s'est assis sur un banc, dans le jardin. Et puis il m'a dit : « Assieds-toi à côté de moi. » Et on s'est mis à discuter. C'était un homme charmant[5]. » Les conseils soufflés ce jour-là par le roi du music-hall français sont simples, et tiennent en deux phrases : « Soigne toujours ton entrée. Soigne toujours ta sortie. Au milieu, tu te démerdes : tu chantes ! » Les futurs et grandioses spectacles de Johnny Hallyday viendront prouver que le conseil dispensé ce jour pas comme les autres ne restera pas une formule creuse : « J'ai toujours gardé ça en mémoire. C'est pour ça que j'essaie toujours de faire des entrées un petit peu grandioses, et puis des belles sorties... C'est vrai que c'est deux choses importantes, dans un concert[6]. »

1955 : les Hallidays se remettent en route pour une nouvelle tournée européenne. Au programme : la Suède, la Finlande, le Danemark et à nouveau l'Allemagne. Jean-Philippe fait bien entendu partie du voyage. À Cologne, capitale de la Westphalie, le garçon découvre une cathédrale gothique d'une rare beauté, il se livre à ses premiers intermèdes : Desta et Lee lui demandent d'occuper la scène pendant qu'ils changent de costumes entre deux numéros. Soucieux d'élargir son répertoire, le débutant décide de proposer quelques chansons de Georges Brassens, parmi lesquelles *Le Petit Cheval blanc*. À en croire ses mentors, son assurance s'affirme chaque jour davantage. Le hasard des rencontres lui permet aussi d'observer et d'apprendre : au cours de cette même tournée, il est particulièrement impressionné par la prestation des danseurs new-yorkais Hall, Norman et Ladd, qui se produisent alors en Europe avec leur groupe de jazz-dance sous le nom de Harlem Moderniques. Plus tard, lorsqu'il débutera dans le métier, il fera appel à eux pour assurer la première partie de ses galas. Au début des années 1970, il ne sera pas autrement surpris de retrouver l'un d'eux aux côtés de Steve McQueen dans le film *Le Mans*[7] consacré au grand prix automobile.

À l'automne de la même année, la caravane Hallidays est de retour à Paris où Lee et Desta doivent se produire à l'Olympia. Ils ont accepté sans se faire prier d'assumer la première partie d'un programme dont les vedettes sont Francis Blanche, l'humoriste et parolier du fameux *Davy Crockett*, et Charles Trenet. La salle de music-hall est dirigée par Bruno et Paulette Coquatrix. Bien des années plus tard, la veuve du fondateur des lieux se souviendra de la présence d'un jeune garçon blond qui traînait derrière les rideaux en attendant la fin du numéro des danseurs. Elle ignorait alors qu'il allait bientôt se transformer en rocker endiablé dont les prestations laisseront tant de fauteuils cassés[8]...

Février 1956 : les Hallidays s'exilent en Suisse où une longue série de contrats les attendent dans plusieurs villes – Zurich, Lausanne et surtout Genève. Dans la cité de Calvin, ils se produisent au Bataclan, un cabaret renommé situé rue de la Fontaine, sur les premiers contreforts de la vieille ville. Leur spectacle de danse acrobatique fait salle comble tous les soirs. La propriétaire des lieux, Irène Chevalier, se souvient encore aujourd'hui du « gros succès » remporté par « ses » artistes, et du « petit » en train de jouer avec sa guitare. Marcel Kopp, qui a travaillé pendant trente-neuf ans dans l'établissement, n'a pas oublié non plus l'ambiance bon enfant qui y régnait alors : « En général, les attractions se produisaient pendant un mois ; les Hallidays, eux, y sont restés le double, me raconte le barman suisse. C'était très cabaret. La couleur dominante était le rouge, un beau rouge. Il y avait un grand corridor avant d'arriver sur scène ; les artistes disposaient de loges. La salle pouvait accueillir une centaine de personnes. Certains soirs, on mettait même des gens derrière le bar. C'était quelque chose[9] ! »

Tard dans la nuit, le spectacle terminé, Hélène et sa troupe retrouvent leurs chambres à l'hôtel de la Cigogne, situé place Longemalle. La clientèle y est essentiellement constituée de représentants et d'artistes de passage. L'établissement est dirigé par la famille Schurmann dont les enfants, François et Christine, ont tôt fait de sympathiser avec Jean-Philippe. Desta s'amuse de ses premiers émois amoureux pour la fille des propriétaires. Lee, lui, se souvient davantage des espiègleries de son jeune cousin : « Jean-Philippe tirait les nattes de leur fille pour un oui, pour un non, pour un peut-être, pour un jamais ! » Hélène, qui veille attentivement à son petit monde, doit parfois faire montre d'autorité pour rappeler à son « fils » qu'il doit parfaire sa formation musicale. Elle insiste pour qu'il se mette sérieusement à la guitare.

Ses premiers cours, Jean-Philippe commence à les suivre avec José Azpiazu, un Basque espagnol devenu l'un des professeurs réputés du conservatoire de Genève. Le courant a cependant du mal à passer entre le jeune Parisien et le maître aux lunettes à large monture noire, qui lui fait répéter jusqu'à plus soif de fastidieux accords classiques, dont les fameuses chromatiques des fugues de Jean-Sébastien Bach. Au fil des semaines, Jean-Philippe vit comme un supplice les deux cours hebdomadaires que son professeur lui dispense à son domicile, rue de Candolle. Il veut bien apprendre, mais sans s'ennuyer. Il rêve surtout de chanter de vieux *songs* du Far West en grattant la chère guitare comme un vulgaire banjo. Au bout de deux mois, exaspéré par la désinvolture de son élève, José Azpiazu décide de s'en débarrasser en le confiant à Émile Grand, un de ses anciens élèves. Avec celui-ci, l'apprentissage de la guitare va sembler un peu moins rébarbatif au futur Johnny. Devenu célèbre, le rocker n'oubliera cependant pas son apprentissage genevois : il s'autorisera même, dans sa première notice biographique publiée dans le fameux *Who's who*, à se présenter comme un ancien élève du conservatoire de Genève. Un accommodement avec la vérité qui mettra une nouvelle fois en colère son ancien et austère professeur. Sa fille Maria s'en souvient avec ironie : « On n'a plus entendu parler de lui pendant deux ans. Puis, un beau jour, on l'a vu sur une affiche. Très vite, il a dit qu'il avait fait le conservatoire avec mon père, ce qui ne lui a pas plu. Mon père a été tenté de démentir, mais il avait peur que les journaux n'en fassent des titres du style : « Johnny était un cancre ». Alors il s'est tu. » Malgré cet accroc, Maria Azpiazu se souvient de celui qui n'est pas encore Johnny Hallyday comme d'un garçon « très sympathique, extraverti pour son âge, comme on n'avait pas l'habitude d'en voir en Suisse ». Et d'ajouter : « Il aimait discuter, raconter en détail les films d'action qu'il adorait aller voir au cinéma. Qu'est-ce qu'il a pu m'en raconter[10] ! »

Au début de l'année 1957, la ronde des tournées reprend. Les Hallidays quittent la Suisse pour remonter vers l'Europe du nord. À Hambourg, la tribu est descendue dans un hôtel de la Hansaplatz. L'une des salles projette *La Fureur de vivre*, avec James Dean. Jean-Philippe est fasciné par le jeune acteur américain. Il rêve de lui ressembler. De son propre aveu, au cours des années suivantes, il verra et reverra un nombre incalculable de fois ses deux autres films : *À l'Est d'Éden* et *Géant*. Tout lui plaît dans la gestuelle de son héros : sa manière de pencher la tête de côté, son petit sourire triste, ses yeux perdus, ses poses de cow-boy urbain, sa silhouette d'adolescent égaré dans un monde d'adultes qui ne rêve plus. Une admiration non dissimulée, au point d'imiter, devenu adolescent, certains de ses tics : « Il tenait ainsi son paquet de cigarettes, mime Johnny avec humour. Il tapait dessus avec l'index, et il y avait une cigarette qui commençait à monter. Sans lâcher le paquet, il la prenait directement dans sa bouche, comme ça. Et je me suis mis à fumer… à cause de James Dean ! »

Quelques semaines plus tard, Jean-Philippe fête ses quatorze ans à Copenhague, la capitale danoise à la célèbre Petite Sirène. Le premier spectacle des Hallidays se déroule à l'Atlantic-Palace, un établissement de jeux fouetté par les embruns glacés. Comme il en prend désormais l'habitude, le chanteur débutant interprète quelques morceaux, toujours en costume cow-boy. Une nuance, toutefois : c'est lui, désormais, qui assure l'ouverture du show. Un tournant dans la carrière balbutiante de l'adolescent qui exige à présent d'être considéré comme un artiste à part entière. « La question devait le travailler depuis un moment, raconte Desta, car le voici tout à coup qui décide de prendre un pseudonyme : « J'en ai assez de Jean-Philippe ; j'ai envie d'un vrai nom, je veux dire d'un vrai nom d'artiste ! – Bonne idée... mais comment veux-tu qu'on t'appelle ? » Il n'a pas hésité longtemps : « Pourquoi pas Hallyday, comme vous, puisque ça porte bonheur ? – Et pour le prénom ?....» Son visage s'est illuminé : « Appelez-moi Johnny ! Jean, en américain, c'est Johnny !.... Johnny Halliday ! Qu'est-ce que vous en pensez ? » Johnny Hallyday ? Ça sonnait bien ! Lee et moi nous nous sommes regardés, et, d'un même élan, nous avons applaudi : trouvaille adoptée à l'unanimité ! Johnny Hallyday venait de « naître » à Copenhague[11]. »

Artiste à part entière, Johnny n'en reste pas moins un adolescent fragile. À Helsinki, en Finlande, où la famille Mar se déplace bientôt, Hélène croit devenir folle en voyant les heures passer : aucun signe de vie de son neveu, qu'elle sait fréquenter depuis quelque temps des bandes de garçons remuants du Lunapark situé à proximité de leur hôtel. Lorsqu'il pointe enfin le bout de son nez, la réaction de la tante est vive : une paire de taloches qui surprend d'autant plus Jean-Philippe qu'elle est la première et la dernière de sa vie. Pour Lee, le jeune cousin l'avait bien cherché. « Il avait trouvé la combine : avec un fil de fer qu'il introduisait dans une machine à sous, il faisait tomber dans sa poche toutes les pièces, et passait sa journée sur les manèges[12] », explique-t-il. Ses proches soulignent le changement intervenu dans son caractère à compter de ce jour-là. « Garçon jusque-là très maniable, très doux, très gentil, très régulier dans son travail, très entouré d'enfants qui parlaient avec lui toutes les langues, toujours disposé à voyager jour et nuit sans se plaindre ni gémir, ni grincher, Jean-Philippe, brusquement se révolta », explique le grand frère américain.

L'inéluctable crise de l'adolescence n'empêche nullement de sincères élans du cœur. C'est toujours sur les bords de la Baltique que Desta situe l'épisode suivant : « Il était plus ému par les sauts périlleux sur un fil de fer de ses camarades acrobates que par les coups de sa bande de copains qu'il fallait épater. L'un d'eux, quand il perdait l'équilibre et tombait, ce qui arrivait chaque fois, recevait de telles corrections que Jean-Philippe en était bouleversé. Son père fildefériste le battait jusqu'au sang, ne lui donnait rien à manger, l'enfermait. Un jour, Jean-Philippe le libéra. Le père, qui ne l'entendait pas de cette oreille, voulut lui administrer une sérieuse leçon. Puis il se calma. Heureusement. Tous les artistes nous soutenaient, empêchant le père d'imposer cet entraînement à son fils qui, finalement, arrêta. »

Malgré ce succès, les Hallidays ne sont pas mécontents de quitter les pays scandinaves pour regagner la Belgique. Un long trajet de quatre jours au cours duquel Johnny manque de peu de perdre la vie. Une porte mal refermée, et c'est la chute brutale hors du véhicule. L'adolescent, traîné sur plusieurs dizaines de mètres, gît inconscient sur l'asphalte. Il est couvert d'égratignures et de sang. Reprenant conscience, il se met à répéter : « Ça me brûle partout... J'ai mal, j'ai très mal !.... » Curieusement, cet accident ne sera pas le dernier. Desta et Lee constatent qu'à chacune de ses visites en Belgique, Johnny est marqué par le sort. Réaction inconsciente, liée au pays qui a vu naître son père ?

Malgré une enfance apparemment heureuse et choyée, l'absence du père et celle de la mère n'affectent-elles pas profondément la personnalité du garçon ?

4

Les potes de la Trinité

De retour à Paris, Jean-Philippe retrouve l'appartement de la Trinité, port d'attache de sa jeunesse errante. La pièce principale est encombrée de gros meubles et de souvenirs. Un imposant réfrigérateur américain trône dans un coin. Dans l'entrée, un vélo et un piano droit. Le refuge du garçon ressemble à celui des adolescents de son âge : des couvertures de *Cinémonde* avec leurs pin-up bien en chair voisinent avec des photos de Jean-Philippe enfant. Sur une étagère sont posés divers objets qui lui tiennent à cœur : un ours en peluche, un petit voilier en bois, des mocassins de Peau-Rouge, un sabre, des castagnettes. Des cadeaux de ses cousins, des souvenirs ramenés des tournées européennes. Au-dessus de la tête de lit, une guitare espagnole et un immense crucifix. Le gibet sur lequel Jésus-Christ fut mis à mort est curieusement encadré par plusieurs pochettes de disques de chanteurs américains. « J'ai toujours été catholique sans être un pratiquant fervent [1] », confie Johnny.

Parmi les rares livres, celui de Caryl Chessman : *Cellule 2455, le couloir de la mort*, qui raconte la dizaine d'années de détention qui auront précédé son exécution. Lorsque l'adolescent s'ennuie, il se penche à la fenêtre et regarde le spectacle de la rue. Il se souviendra ainsi longtemps de ce jeune voisin qui avait inventé en quelque sorte le jeu du poireau : « Il guettait l'autobus qui passait devant ses fenêtres et lançait un poireau sur son toit au moment où il passait, raconte le chanteur. Le second temps du jeu – son triomphe – c'était le nouveau passage de l'autobus-avec-son-poireau-sur-le-toit. Il riait aux larmes de la farce qu'il avait faite à l'autobus, lequel s'était promené « dans cet état » à travers tout Paris[2]. »

À quatorze ans, Johnny mesure déjà un mètre quatre-vingts. Sur les conseils de Lee, il commence à fréquenter une salle de culture physique située rue de La Rochefoucauld. Les études ne sont pas oubliées. Avec l'accord de sa mère, il est inscrit à l'école communale de la rue Blanche, en classe de préparation au certificat d'études. Les premières semaines sont comme un calvaire pour le nouveau de la classe. « Les mômes me disaient : « Ouais, t'as pas de père parce que ta mère a dû te faire avec un Boche ! » Ça m'a marqué pour la vie. J'en ai été très malheureux pendant des années et des années[3] », me raconte Johnny avec amertume.

Sur les conseils d'Hélène et de ses cousins, le futur rocker continue à prendre des leçons de vocalises. Son professeur est Mme Fourcade, installée place Blanche. L'ancienne soprano, sexagénaire accueillante, possède des méthodes d'enseignement toutes personnelles. Ses élèves doivent ingurgiter un petit verre de gnôle avant toute vocalise. Elle appelle ça « la démarrante ». Selon elle, c'est l'indispensable moyen pour donner du courage à ses élèves. Puis elle leur fait répéter une phrase bien à elle pour tester leur souffle : « Je voudrais m'en aller bien loin, bien loin, bien loin… », en escaladant chaque note jusqu'à se retrouver à bout de souffle[4].

Dans l'attente de nouveaux engagements, et pour faire face à de constants soucis d'argent, Lee accepte un travail de courtier en assurances auprès de ses compatriotes, réfugiés dans les bases de l'armée américaine installées en région parisienne, également baptisées « SHAPE ». C'est au cours de l'une de ses démarches qu'il réussit à décrocher des galas récréatifs. Johnny s'y produit avec un répertoire exclusivement français : Brassens, Bécaud, Aznavour.

Une à deux fois par semaine, l'adolescent fréquente les salles obscures des cinémas de quartier. Il choisit de préférence les films américains, comme *Monsieur Verdoux* de Charlie Chaplin. Cette histoire de Barbebleue qui multiplie les mariages avec des veuves âgées pour mieux les faire disparaître, ne manque pas de susciter en lui quelques frayeurs dont il se rappelle aujourd'hui encore. Un autre jour, pensant savourer un western, il assiste à la projection de *Loving you*, film musical dont le héros s'appelle Elvis Presley. Le nom ne lui est pas inconnu, mais la prestation du rocker américain le laisse dubitatif. Il sort même de la projection avant la fin du film, plus intrigué que séduit. À une nuance près, toutefois : « Toute la nuit, j'ai repensé à ces cinq ou six filles qui étaient dans la salle et qui se mettaient à hurler dès qu'apparaissait le King. J'y suis retourné le lendemain. Il y avait d'autres filles dans la salle, et elles hurlaient de la même façon. C'est à ce moment-là que j'ai décidé que je chanterais comme lui[5]. »

Comme la plupart des quartiers de Paris, le IXe arrondissement ressemble à un village. L'église de la Trinité et son square font la jonction entre la gare Saint-Lazare et le Golf Drouot dont on reparlera bientôt. Entre un cours et une matinée récréative, l'adolescent rejoint ses copains : Hadi Kalafate, Gérard Christiné, Jean-Claude Testaer, Jean-Louis Licard, Jean-Pierre Huster, le frère de Francis, Bernard Moussot et l'énigmatique « Yul » dont le chapeau cache à peine un crâne rasé à la Yul Brunner, le célèbre acteur américain, qui justifie son sobriquet. Lorsque ses potes ne trouvent pas refuge dans sa chambre exiguë, ils se retrouvent sur les bancs du square transformé en quartier général. Le neveu d'Hélène Mar les y rejoint en descendant quatre à quatre les étages ou en se laissant glisser sur la rampe de l'escalier en poussant des hurlements d'Indien.

Au pied de l'imposante église, à l'ombre des arbres, les ados se réunissent pour gamberger, parler musique et cinéma, ou encore dégoiser sur les filles que le hasard fait passer par là. Une bande de durs ? Loin de là, même si, durant de longues années, au début de sa carrière, le rocker laissera croire que, jusqu'à seize ans, il a été la terreur de son quartier, indomptable et forcément rebelle. En vérité, Hélène Mar continue à surveiller de près les fréquentations et les sorties de son protégé. « À l'époque, elle me donnait la permission de huit heures du soir, pas celle de minuit[6] ! » me confirme en riant Johnny. Quant aux bagarres et aux vraies bandes, il se souvient qu'il préférait prudemment ne pas s'y frotter. La plus connue de ces bandes s'était baptisée « Sactos », appellation familière du Sacré-Cœur, situé à quelques encablures de là. Lorsque l'envie les en prenait, Jean-Philippe et ses potes essayaient bien de se battre, mais c'était alors pour essuyer une sévère « dérouillée », comme il le reconnaît lui-même. Il est vrai que les forces en présence n'étaient que rarement équilibrées : « Nous n'étions que six ou sept, alors que les bandes du Sacré-Cœur ou de la Bastille comptaient chacune une centaine de types. On était des nains. »

À défaut de pouvoir rejouer certaines scènes épiques de *La Fureur de vivre*, Johnny s'essaie aux chapardages. Une spécialité qu'il fait sienne au point d'être connu et reconnu comme un roi de la « chourre ». « J'ai alors deux spécialités, confirme-t-il avec humour : les Vespa et les disques. Alors que les autres membres de la bande s'attaquent à tout ce qui roule sur deux roues, des Mobylettes « bleues » aux Vesuvio, en passant par les Paloma-Flash, les Flandria ou les Malgutti, moi je me réserve les Vespa. » Et d'expliquer son savoir-faire : « Pas besoin de clef pour les faire démarrer : il suffisait de briser l'antivol en tournant le guidon d'un geste brusque. » Si ses singulières occupations réclament une certaine dextérité, elles ne sont pas non plus sans risques. Johnny rentre parfois le soir à la maison les vêtements déchirés, les mains en sang. Rien à voir avec le chapardage de disques pour lequel il a surtout appris à courir vite. Les premiers vols de vinyles relèvent plutôt, à l'en croire, du fétichisme. Il dérobe ainsi la musique des *Tricheurs*, parce qu'il s'identifie à l'un des héros du film de Marcel Carné, interprété par Laurent Terzieff. Comme le comédien, il réussit à « chourrer » des dizaines de 33 tours en les glissant sous son blouson.

Certains de ses amis ne sont pas davantage épargnés. Avant de devenir son complice, Claude Moine, le futur Eddy Mitchell, fut l'une de ses victimes. L'interprète de *Couleur menthe à l'eau* se souvient : « On s'est vraiment connu un soir à une surprise-party, du côté de la gare Saint-Lazare. Il y avait tout ce qu'il faut : à boire, des filles charmantes. Mais pas de disques intéressants. Un copain à moi qui habitait pas très loin a été chercher ses disques. La soirée passe, mon pote récupère ses disques. Il en manquait la moitié. Il sort, commence à fouiller tout le monde. Rien. En descendant, on entend Johnny qui dit à la concierge : « Je passerai reprendre mes disques demain... » Il les avait chauffés[7]... »

Probablement pour se reposer de ces « conneries de jeunesse », comme il me le concède, Johnny et ses « potes » ont dorénavant inscrit à leur programme de fréquentes virées jusqu'à l'une des patinoires de la capitale. Ils s'y retrouvent moins par goût de la glisse que pour y faire de nouvelles conquêtes. On leur a soufflé que celle de Saint-Didier est connue comme une véritable « pépinière à flirts ». C'est précisément là que Johnny fait la connaissance d'un nouveau copain, Christian Blondieau, d'un an son aîné. Autour de la piste, ce jour-là, le longiforme adolescent arbore un superbe blouson sur le dos duquel est brodé le prénom du « King » : Elvis.

L'amitié entre Johnny et le futur Long Chris – Long pour sa haute taille, Chris pour américaniser son prénom – s'affermit en écoutant un disque inédit en France que Christian s'est procuré depuis peu, et d'une chanson, *All Shook Up*, qu'il veut imposer au disc-jockey de la patinoire. Le responsable du programme musical de Saint-Didier ne se fait guère prier pour poser sur sa platine le précieux vinyle. Johnny reconnaît alors les paroles de la chanson d'Elvis Presley. « Le disque, je le connais depuis pas mal de temps, mon frère est américain et il me passe tous les 45 tours de Presley et des autres », explique le fils de Léon Smet. Les deux jeunes gens promettent-ils de se revoir ? L'histoire ne le dit pas, mais la légende raconte qu'à la sortie de la patinoire, Christian vole au secours de Johnny, alors assailli par une bande de blousons noirs dont il venait d'enlever l'égérie... Long Chris, fils de la bonne bourgeoisie parisienne, guère habitué aux bagarres de rue, ressent-il quelque admiration pour son nouvel ami ? A-t-il reconnu en Johnny l'image d'un grand frère qui lui a manqué ? En tout cas, il ne reste pas insensible à ce grand garçon blond, si différent de lui. « Il devient beau au sortir de l'enfance, d'une beauté naturelle, saine, insolente, reconnaîtra plus tard Christian Blondieau. Ses yeux turquoise sont depuis longtemps pointés dans ma direction, puis c'est son grand sourire de loup. »

Le futur Long Chris ignore ce jour-là que le destin le transformera, quarante années plus tard, en beau-père de celui qu'il a toujours considéré comme son meilleur ami. Au cours des mois qui suivent, ils se retrouvent plusieurs fois par semaine à la Trinité ou devant un *milk-shake* dans les premiers *fast-food* des Boulevards. Ils prennent leurs habitudes au *Snack Spot*, immense brasserie, non loin de la gare Saint-Lazare, pourtant fréquentée par une jeunesse dorée.

De temps à autre, Johnny rejoint Christian au domicile de ses parents, situé dans le XVe arrondissement. Malgré tous ses efforts, le père du garçon accueille avec circonspection le nouvel ami de son rejeton. Éternel conflit de générations, explique Long Chris : « Mon père vivait dans son monde, moi dans le mien. Bien sûr, on n'avait pas grand-chose à se dire tous les deux, spécialement quand je le rencontrais à cinq heures du matin dans l'ascenseur : lui partait travailler, moi je rentrais de boîte de nuit et j'allais me coucher. »

Au fil du temps, Johnny parvient en revanche à se rendre sympathique auprès de la mère de son ami, qui lui confectionne de temps à autre son plat préféré : côte de porc grillée et purée de pommes de terre. Échange de politesses : Hélène Mar retient parfois l'ami de « Pipo » pour un dîner qu'elle organise sur une table pliante dans la chambre de Jean-Philippe. Frugal repas composé de sardines disposées sur des tranches de pain de mie beurrées, accompagnées d'une grande bouteille de limonade Dumesnil. En général, leur repas terminé, les deux amis écoutent quelques nouveaux disques avant de partir en « virée ».

De son côté, Lee dissimule à peine la méfiance que lui inspire ce fils de bourgeois. Certes, le confident de Johnny apparaît comme un garçon sensible, mais aussi doté d'une imagination débridée. « Il arriva un jour avec deux trous dans le bras, raconte Lee. « On m'a tiré dessus ! dit-il. Je suis un vrai cow-boy puisqu'on m'a tiré dessus !....» Il avait effectivement deux trous au bras gauche. On pouvait y mettre le petit doigt. Inquiète, Desta demanda des explications à Jean-Philippe : « C'est du cinéma ! dit-il. Il avait deux boutons qu'il a voulu crever à l'aide d'un grand couteau. C'est pas des balles ! Il vous a eus... » Long Chris dut quand même rester quinze jours à l'hôpital pour soigner son infection. » À en croire Long Chris, le sentiment de méfiance est réciproque. Il regrette que le « frère » américain de Johnny ne lui adresse jamais la parole : « Lee écoute chanter Jean-Philippe du coin de l'oreille. Il entretient depuis toujours un climat artistique autour de lui, comme s'il aspirait déjà à le diriger bientôt vers une des carrières du spectacle. »

C'est précisément sur les conseils de Lee que Johnny se rend régulièrement chez l'éditeur parisien André Salvet afin de récupérer des partitions américaines. Des documents précieux, avec le texte complet et la musique détaillée, comprenant tous les accords pour l'accompagnement à la guitare. De retour rue de la Tour-des-Dames, Johnny se met avec application au travail de déchiffrage. Son anglais est parfois laborieux, mais sa ténacité fait plaisir à voir. Pour l'encourager, Lee lui offre sa première guitare électrique. Ses copains n'en reviennent pas lorsqu'ils se retrouvent avec Johnny chantant à tue-tête.

En 1958, avec sa bande qu'a rejointe depuis peu un certain Jacques Dutronc, raillé pour sa myopie, Jean-Philippe découvre le Golf Drouot. L'établissement est situé au numéro 2 de la rue Drouot, au-dessus du Café d'Angleterre, à deux pas du square de la Trinité. L'endroit ressemble à un golf miniature, ce qu'il était d'ailleurs à l'origine avant d'être transformé en restaurant ; il est également connu comme l'adresse du fan-club de Georges Guétary, le célèbre chanteur d'opérettes.

Pour y accéder, il faut grimper deux étages d'un immeuble cossu. Là, des tables et des banquettes attendent le client. L'endroit est bon chic, bon genre. Pour y entrer, une tenue correcte est exigée. Une douce contrainte imposée par les patrons de l'endroit : Jacqueline Perdrix, que de jeunes insolents vont rapidement surnommer « Pan-Pan », et Henri Leproux, qui va rapidement devenir le magicien du lieu.

Leproux est né à Paris en janvier 1928 d'une mère grecque et d'un père chauffeur de taxi parisien. Adolescent, il écoute Ray Ventura, Jacques Hélian et Jean Marco. Quelques mois après la Libération, il effectue son service comme barman dans un SHAPE, près de Versailles. Rendu à la vie civile, Henri poursuit sa carrière de barman au Lido. La meneuse de la revue s'appelle Annie Cordy. Il retrouve des visages connus comme Reggiani, devenu alors acteur, Luis Mariano, Yves Montand, Simone Signoret. Ce défilé de vedettes enchante le jeune homme. C'est en 1955 que Leproux découvre le Golf Drouot et fait la connaissance de Madame Perdrix, alors décidée à relancer une affaire qui végète. « C'était une femme de tête qui décida, pour remonter son affaire, d'organiser à ce moment-là des thés dansants [8] », raconte Leproux. Celui-ci accepte d'autant plus facilement la proposition de la propriétaire qu'il n'est pas indifférent à la jolie jeune femme chargée de tenir la caisse de l'établissement, qu'il ne tarde pas à épouser. Malgré son enthousiasme, les affaires du Golf Drouot ont du mal à reprendre. Entreprenant et imaginatif, Henri propose alors de rajeunir la clientèle en passant une musique nouvelle : le rock'n'roll. Pas question toutefois de faire appel à des orchestres incapables de jouer à l'époque cette musique barbare. D'où son idée d'installer un juke-box. « Seuls le Whisky à Gogo et le Club écossais possédaient une telle machine ; les gens dansaient autour, poursuit Leproux. Personne ne savait ce qu'était un disc-jockey, et aucun orchestre français ne savait ce que c'était que jouer du rock'n'roll. »

L'affaire n'est cependant pas aussi aisée qu'il l'avait imaginé, du moins jusqu'au jour où un des directeurs de Seeburg, le plus grand fabricant de juxe-box de l'époque, accepte de lui louer une de ces machines avec cent microsillons, soit un choix de plusieurs centaines de chansons. « Le rêve ! Il n'y avait pas de touches de programmation, ni de fente pour glisser de la monnaie. C'est moi qui programmait l'appareil en calant des barrettes. La barrette en haut, c'étaient les deux chansons de la face A ; celle en bas, les deux de la face B. On entendait forcément deux titres, car, à cette époque, il y avait surtout des « quatre titres ». Le premier qui m'a fait cadeau de disques fut Jacques Souplet, qui était directeur artistique chez Barclay. »

L'ancien barman a vu juste : avec un juke-box et du rock'n'roll, les jeunes affluent les après-midi du week-end. Parmi les premiers fidèles de l'établissement : Claude Moine, futur Eddy Mitchell, qui avouera plus tard avoir choisi son prénom d'adoption en hommage à Eddie Constantine, Jacques Dutronc, Daniel Deshayes, *alias* Dany Logan, Jean Veidlich, futur « Pirate », Long Chris, et bien entendu Jean-Philippe Smet. Seul problème : celui-ci n'a que quinze ans et doit solliciter une dérogation.

Catherine Cuiney, alors jeune comédienne avant qu'elle n'occupe des postes importants dans plusieurs palaces de la Côte d'Azur, se souvient de l'ambiance bon enfant qui règne alors dans l'établissement : « On y allait traîner ses savates parce que tout le monde y allait. C'était le premier club de ce type, et c'était vachement sympa. On y était très bien reçu. C'étaient que des jeunes qui y allaient. Ni alcool ni drogue. Le seul truc convenable à l'époque[9]. »

Malgré son succès, le juke-box laisse tous les chanteurs en herbe sur leur faim. Écouter de la musique nouvelle, boire du Coca-Cola à cent francs de l'époque leur faisait certes passer d'agréables moments mais ne leur permettait pas de réaliser leur vocation de chanteur. Henri Leproux est sensible à la demande de ses jeunes clients et décide de créer le « tremplin », sorte de *Star Academy* avant l'heure.

Au cours de ces exhibitions, Johnny se distingue par sa maturité précoce et son absence totale de complexes. Son talent naissant est vite récompensé. Le jour de ses seize ans, il reçoit son premier diplôme de « rock'n'roll », délivré aux meilleures formations du Golf. Mieux : le jury présidé par Leproux lui décerne la mention « formidable ». Pour le chanteur qui ne décrochera ni certificat d'études, ni brevet élémentaire, ce diplôme de rocker couronne en quelque sorte ses humanités à lui. Ravi, le jeune homme est conscient que ses prestations au Golf ne lui suffiront pas pour décrocher ces mirobolants contrats auxquels il aspire. Accompagné de Desta ou de Lee, il continue à courir les auditions. Partout le même refus poli : « Il y a huit mille chanteurs à Paris qui sont sans travail, vous serez le huit mille et unième... Faites un autre métier ! »

Pour se consoler de ses déboires, Johnny noue son premier flirt sérieux avec une jeune lycéenne prénommée Claude. Amoureux, il insiste pour la raccompagner, le soir, sur son scooter, jusque chez elle à Bécon-les-Bruyères. Mais, après les chamailleries habituelles aux jeunes couples, les premiers désaccords sérieux apparaissent. Sur l'essentiel : Claude n'aime pas le rock ! En revanche, elle milite dans les Jeunesses communistes et, entre deux baisers, tente d'expliquer au camarade Johnny qu'un garçon issu du prolétariat a d'autres devoirs envers la société que de hurler des airs américains. Bientôt, c'est la rupture.

Grâce à leur persévérance, les démarches de Lee et de Desta portent leurs fruits. Le couple décroche un contrat au Moulin Rouge. Le directeur accepte que Johnny se produise. Une douche froide pour le débutant, obligé de constater que sa prestation est boudée par le public. La même galère se reproduit peu après. Un contrat de trois semaines que les Hallidays décrochent pour l'Orée du Bois, un restaurant-cabaret qui se trouve, comme son nom l'indique, à l'orée du bois de Boulogne, non loin de la porte Maillot. Entre deux numéros de danse classique, le patron accepte que Johnny interprète deux succès du moment : *Fais ta prière, Tom Dooley* et *La Ballade de Davy Crockett*. Mais, bien vite, les clients font la grimace : il fait trop de bruit. La voix et la manière de gesticuler du jeune artiste déclenchent même à plusieurs reprises l'hilarité. Johnny ressent cet échec comme une véritable humiliation. Il ne peut retenir ses larmes dans la voiture qui le ramène rue de la Tour-des-Dames. Le lendemain, il téléphone depuis une brasserie à son « poteau » Blondieau. « Très malheureux de s'être « planté », Jean-Philippe ne veut plus toucher à cette foutue guitare, se souvient ce dernier. Plus jamais question de remettre ce costume de scène rose que Lee lui a prêté ! Il parle même de suicide[10]. » Mais, comme cela se reproduira à plusieurs reprises dans l'existence de la future star, la vie reprend bientôt le dessus. Une forme de rage le pousse à s'affirmer en tant que rocker.

Pendant de longs mois encore, Lee, Desta et Johnny continuent à frapper à la porte d'imprésarios parisiens. Marcel Bourbon, qui s'occupe de la carrière de Georges Brassens, ne croit pas que le style du jeune homme marchera un jour en France. Charley Marouani, qui a débuté dans le métier deux ans plus tôt, n'y verrait pas d'inconvénients, mais il possède déjà à son catalogue, outre Jacques Brel, un chanteur rocker, Richard Anthony. Lorsque, en désespoir de cause, Lee décide de jouer lui-même les imprésarios, ses démarches ne sont pas davantage couronnées de succès. « Je ne suis pas intéressé... Prenez la porte !.... Votre chanteur est un fou ! » lui répète-t-on. Un autre jour, l'adolescent se rend seul chez un étrange personnage : un « bellâtre parfumé et manucuré », se souvient Johnny qui, au cours de sa première chanson, tout en battant la mesure, en profite pour lui effleurer le genou tout en susurrant les diverses « gentillesses » qu'il se proposait de lui prodiguer.

Ces échecs réitérés ne laissent pas Desta et Lee indifférents. Des doutes se font jour : « Finalement, n'avions-nous pas été aveuglés par notre affection pour lui ? Avait-il réellement tout le talent que nous avions imaginé ? » s'interroge la cousine de Jean-Philippe. Un jour, en désespoir de cause, Lee, devenu depuis peu son compagnon, sollicite Roberta, une chanteuse aux cheveux blonds, respectée dans le métier pour son talent mais aussi pour sa générosité. « Elle se débrouillait pour aider les artistes qui se noyaient dans les eaux parisiennes », se souvient l'Américain. Roberta reçoit Lee et son poulain dans son appartement encombré d'objets récoltés chez les antiquaires parisiens. La chanteuse admet que le « petit » sait chanter, même si le « rock » reste toujours un style difficile à imposer. Elle ne voit qu'un seul de ses amis susceptible de l'aider : Pierre Mendelssohn, réalisateur d'émissions publiques à la radio et à la télévision. Recommandé par Roberta, celui-ci accepte d'auditionner ce double d'Elvis Presley qui interprète *Let's have a Party*. Mendelssohn est agréablement surpris, mais attend d'être tout à fait convaincu. Quelques jours plus tard, il se débrouille pour imposer le jeune phénomène du Golf Drouot et le faire passer dans une prochaine émission radiophonique intitulée *Paris-Cocktail*, diffusée depuis le Marcadet Palace. Johnny ignore alors que sa prestation va se transformer en première chance à l'aube frémissante de sa gloire.

Deuxième partie

LE VRAI-FAUX ROCKER
(1960-1963)

5

Et Vogue…

Ce 30 décembre 1959, le public réunit au Marcadet Palace est d'abord venu pour applaudir Colette Renard, une belle rousse à l'accent gouailleur qui connaît un vif succès depuis son interprétation, trois ans plus tôt, dans la comédie musicale *Irma la Douce*. La future ambassadrice itinérante de la chanson française ignore qu'elle va être bientôt emportée par une vague baptisée « yé-yé », dont l'animateur de *Paris-Cocktail* accueille ce soir-là l'un des représentants : Johnny Hallyday.

La future idole n'est pas venue seule. Ses potes de la Trinité et du Golf Drouot ont été appelés à la rescousse. Cintré dans un costume deux-pièces couleur prune et une chemise à rayures noires et or, Johnny fait sensation. À ses côtés, Philippe Duval, un jeune guitariste que les responsables de l'émission ont engagé pour l'accompagner.

La guitare conquérante, Johnny attaque avec *Tutti Frutti* de Little Richard, que la presse dépeint alors comme le plus excentrique artiste rock'n'roll. Puis il enchaîne sans attendre avec sa chanson fétiche : *Viens faire une party*, l'adaptation française de *Let's have a Party*. Comme il l'avait déjà fait sur les planches du Tremplin, il se retrouve à genoux, jambes écartées, le buste de travers, mais toujours la tête droite. Dans la salle, sa « claque » scande son prénom et se lève pour applaudir. Les admirateurs de Colette Renard, eux, restent dubitatifs devant la prestation de ce garçon de dix-sept ans, « grand et blond », mais tout à fait « mauvais genre [1] », comme le note alors dans son journal l'historien et philosophe Jean-Paul Aron, présent ce soir-là dans la salle.

En coulisses, Hélène Mar est émue aux larmes lorsque « son » Johnny salue le public. Pour elle, le succès tant attendu est enfin au rendez-vous. Elle n'est pas la seule à le croire. Gilbert Guénet et Roger-Jean Setti, *alias* Jil et Jan, qui travaillent alors comme paroliers pour Colette Renard, lui proposent de se rencontrer dès le lendemain. Promesse tenue. À l'heure dite, Johnny sonne à la porte de l'appartement que les deux compositeurs possèdent rue Duhesme, dans le XVIIIe arrondissement. On y parle immédiatement musique. De leur besace, les paroliers extraient une chanson intitulée *Laisse les filles*. Johnny parcourt le texte que les duettistes lui tendent : *Avec Claude, hier au soir/Devant le juke-box/Près du bar/On dansait/Il y avait de la gaieté/Lorsque ma mère s'est radinée/Laisse les filles/Ooh laisse les filles/Crois-moi/Tu as bien le temps/D'avoir des milliers d'embêtements/Laisse les filles...* Le jeune homme est emballé par le style simple et direct de la chanson. Le texte lui rappelle-t-il quelques-unes de ses premières aventures sentimentales, ou les recommandations pressantes de tante Hélène ? Il n'a pas le temps de s'interroger plus avant. Jil et Jan lui proposent de faire la connaissance d'un de leurs amis, Jacques Wolfsohn, qu'ils lui présentent comme le directeur artistique de la maison de disques Vogue.

À l'époque, la firme assure essentiellement la promotion de musiciens de jazz, mais Wolfsohn s'est proposé depuis peu d'élargir ce créneau avec la création d'un nouveau département sobrement baptisé « Variétés ».

L'audition de Johnny se déroule au début du mois de janvier 1960 dans les bureaux de la société d'éditions musicales située rue d'Hauteville, dans le Xe arrondissement. Petit, trapu, ne payant pas de mine, Wolfsohn est bien entendu présent. Caractère entier, le directeur artistique a l'habitude d'aller droit au but et refuse obstinément la complaisance. « C'était le mec le plus expéditif du show-biz... Il recevait les gens en jouant du clairon et, au bout d'une minute, il leur disait « Dehors[2] !"... », se souvient Jean-Marie Périer. Selon le photographe, cet ancien magasinier était alors « le seul véritable découvreur de talents, le seul à avoir de l'imagination. Johnny, Françoise Hardy, Dutronc, ce sera lui », affirme le fils du célèbre comédien, tout en me décrivant avec admiration ce « drôle d'homme » : « Avec les chanteurs, il se donnait l'apparence d'un financier inflexible ; avec les hommes d'affaires, il mettait les pieds sur la table comme l'artiste qu'il était en réalité. »

Dans le studio d'enregistrement, Johnny n'en mène pas large. Comme à son habitude, Wolfsohn lui demande de chanter un « truc ». « Il me regarde et attend comme un gros chat », se souvient le chanteur qui entonne *Laisse les filles*. Jil et Jan sont ravis : ils ont le sentiment d'avoir tiré le bon numéro. Wolfsohn écoute et observe. Est-il satisfait par la prestation de son visiteur ? Il ne le dit pas. Imperturbable, il déclare sans autre commentaire : « On enregistre la semaine prochaine ! » Johnny est aux anges. Ce n'est qu'en regagnant la Trinité que Jil lui révèle qu'il a chanté devant l'auteur des paroles françaises de *Viens faire une party*. « Son nom figurait pourtant sur la partition musicale que j'avais piquée quelques mois plus tôt aux éditions Salvet, mais je ne l'avais pas remarqué... », admet aujourd'hui, amusé, Johnny.

Avant de quitter la rue d'Hauteville, Wolfsohn évoque rapidement les formalités à remplir et la rédaction d'un contrat. Johnny, qui ne sait quoi répondre, se tourne vers Hélène et Lee. Sa tante accepte de se charger de relire les termes de l'accord qui doit sceller la carrière de son poulain à Vogue. Les responsables de la firme ignorent que ladite tante n'est pas la tutrice légale du garçon. N'empêche : se prenant au jeu, la sœur de Léon Smet se montre réticente à la lecture de diverses clauses du contrat proposé. Notamment celles dans lesquelles il est question d'exclusivité. En réalité, celle-ci est limitée à une seule année, même si la maison de disques ménage l'avenir : elle s'assure notamment la priorité pour un éventuel renouvellement de cinq années en cas de rendez-vous avec le succès. Sur le plan financier, Vogue, là encore, a réduit les risques : le chanteur percevra 4 % sur le prix hors taxe de chaque disque. Hélène chipote pour la forme, puis finit par accepter les termes du pacte. Elle ignore alors que ce contrat, illégal, sera bientôt à l'origine d'une impitoyable et interminable querelle juridique.

Lorsque Hélène Mar appose son paraphe, Jacques Wolfsohn a déjà sélectionné les titres que Johnny va devoir interpréter pour son premier enregistrement. Quatre morceaux dont une adaptation d'un récent succès américain écrit par Floyd Robinson, *Makin'Love (T'aimer follement)*, et trois chansons originales qu'il commande à Jil et Jan : *J'étais fou*, *Oh ! Oh ! Baby*, et *Laisse les filles*, déjà évoquée.

L'enregistrement se déroule au début de février 1960 dans l'un des studios dont Vogue est propriétaire rue Jouvenel, dans le même arrondissement. Autour de Johnny, qui joue lui-même de la guitare rythmique, plusieurs musiciens engagés pour la circonstance par la maison de disques. Il s'agit d'amis de Wolfsohn : l'ancien batteur de l'orchestre de Claude Luther et le guitariste-bassiste Léo Petit. Wolfsohn, qui supervise l'enregistrement, leur impose de jouer sans partition, comme cela se fait dans les orchestres de jazz. L'affaire est rondement menée : toutes les prises sont bouclées en moins de six heures sur un magnétophone à quatre pistes. L'un des musiciens, habitué des lieux, me raconte : « Il y avait une ou deux prises maximum. C'étaient des séances de trois heures. On ne bougeait pas du studio. Dans la cabine d'enregistrement, il y avait le directeur artistique qui nous disait si c'était bon, et c'était terminé. Le truc qui me fait mal aux oreilles, parfois, lorsque je les réécoute, c'est que, souvent, le guitariste et le bassiste n'étaient pas accordés. Ou plutôt mal accordés. Aujourd'hui, ça m'arrache les oreilles[3] ! »

Pour la tenue de scène qui doit figurer sur la pochette, Wolfsohn a laissé carte blanche à Lee et Desta. Les cousins sollicitent une couturière du voisinage. Danièle Leclerc propose de tailler une chemise dans un tissu noir qu'elle agrémentera de plusieurs rayures dorées. Pour Lee, le pantalon en cuir des rockers s'impose.

14 mars 1960 : le premier 45 tours de la future star tombe dans le bac des disquaires parisiens. Contrairement à ce que le chanteur et son entourage avaient espéré, le succès est loin d'être immédiat. Les ventes démarrent lentement. Il faut attendre quelques semaines et une ample campagne de publicité avant d'atteindre plusieurs milliers d'exemplaires. Les slogans ne brillent guère pas leur originalité : « Vous aurez le choc de votre vie en écoutant Johnny Hallyday ! » Chez l'imprimeur, une coquille a transformé le « i » en « y ». La faute réapparaît sur la pochette en noir et blanc. D'abord contrarié, l'artiste, qui y voit peut-être une façon de se différencier de ses omniprésents cousins, décide d'adopter définitivement le pseudonyme et son orthographe.

L'arrière de la pochette l'amuse. Il est présenté comme un chanteur précoce et doué : « Seize ans à lui tout seul, un rythme fou, possédé par le démon du rock... qui compose pour les jeunes de la musique jeune... » Sa notice biographique, généreusement distribuée à tous les journaux, ne brille pas non plus par son originalité. En ce qui concerne son passé, il est devenu un « Américain de culture française » qui « chante aussi bien en anglais qu'en français ». Les rédacteurs ne se sont en réalité guère épuisés, puisqu'ils n'ont fait que transposer la vie du cousin Lee. Lors de ses premières interviews dans la presse spécialisée, l'espiègle Johnny reprendra sans sourciller ce conte écrit pour lui, transformant son enfance et son adolescence : « Avec l'accent de la Trinité, j'expliquais aux journalistes une enfance passée en Oklahoma, dans le ranch de mon père. Comment j'avais été élevé parmi les chevaux. Tout ressortait : le manque de père et de racines, le besoin d'avoir une famille, du solide. Quel plaisir de mentir ! » Pour Maurice Achard, futur biographe de l'idole des jeunes, une bonne leçon d'humilité pour les échotiers qui gobent tout sans chercher à vérifier : « On dira que ça saute aux yeux, cette origine, qu'il a gardé ce goût des « Black-Jean » de peau. Les hebdomadaires spécialisés diront aussi qu'il a cette fougue des cow-boys et que son tour de chant tient du dressage de chevaux fougueux[4]... »

Lorsqu'il raconte ses premiers bobards, Johnny se venge-t-il de ces journalistes qui ne le prennent pas vraiment au sérieux, qui stigmatisent sa façon de chanter et de se trémousser sur scène ? Ou est-ce sa façon d'occulter ce Jean-Philippe Smet qu'il n'a jamais supporté et de mieux entrer dans une nouvelle peau ?

L'accueil plutôt frais des critiques musicaux oblige Vogue à déléguer à Johnny l'attaché de presse maison : Claude Wolf, le mari de la chanteuse britannique à succès Petula Clark. L'ancien reporter doit se bagarrer dur pour imposer le nouveau venu. Ses méthodes, il est vrai, sont très personnelles : elles consistent principalement à bombarder de tous les noms d'oiseaux imaginables les animateurs de radio sceptiques ou ironiques. La plupart d'entre eux trouvent son poulain plutôt « creux ». Pour Lucien Morisse, patron des programmes musicaux d'Europe 1, créée seulement cinq ans plus tôt, le 45 tours de ce « Johnny » est une affaire entendue : « Ce disque et cet interprète méritent d'être cassés. Monsieur Hallyday, voilà le seul bruit que vous ferez jamais[5] !... » tranche-t-il bruyamment en brisant l'objet, après avoir prévenu ses auditeurs que c'était la première et dernière fois qu'ils entendaient. Dans le milieu des variétés, la colère, à peine feinte, du producteur de l'émission *Discobole* n'est pas à rechercher dans ses origines slaves, ni même dans une haine du rock. Au contraire puisque, pour fidéliser un nouveau public, il programme régulièrement Elvis Presley, les Platters, Chuck Berry et Richard Anthony, qu'il présente comme le premier rocker français. L'explication est ailleurs : Morisse ne pardonne pas à l'insolent jeune homme d'avoir chipé une chanson à celle dont il allait bientôt faire son épouse, Dalida, dont la récente production comporte aussi pour titre-vedette *T'aimer follement*... « Quand on m'a rapporté ses paroles, moi qui espérais tant en Europe 1 pour me lancer, je me suis senti anéanti, se souvient Johnny. Il a fallu tout l'optimisme de Lee et la tendresse de Desta pour que je ne jette pas ma guitare par la fenêtre. »

Jacques Wolfsohn, professionnel averti, n'est pas autrement surpris. D'aucuns se demanderont même s'il n'a pas délibérément cherché la polémique. C'est sans compter également sur ses amitiés avec deux fougueux producteurs de la même station radiophonique : Daniel Filipacchi et Franck Ténot, qui vont programmer généreusement *T'aimer follement* dans leur nouvelle émission *Salut les copains*, dont le titre a été emprunté à une chanson de Gilbert Bécaud enregistrée quelques années plus tôt. Rivaux de Morisse ? Ils ne se font pas prier, en tout cas, pour programmer le disque de Johnny jusqu'à deux fois par après-midi.

De son côté, Claude Wolf ne chôme pas. Il organise une rencontre entre Johnny et Aimée Mortimer. Celle-ci est la productrice de *L'École des vedettes*, une émission de télévision au cours de laquelle une star confirmée parraine un débutant. L'animatrice, dont les mauvaises langues laissent entendre qu'elle ne reste jamais longtemps indifférente au charme des jeunes gens, ne voit pas d'inconvénient à faire la connaissance de son poulain, mais elle prévient : son planning ne laisse guère d'opportunité pour un passage. C'est sans compter sur la chance. Le lendemain de leur rencontre, la productrice rappelle Wolf : le danseur que devait parrainer Line Renaud est tombé malade. Elle est d'accord pour le remplacer par le « petit Johnny ».

L'émission, réalisée par Marcel Bluwal, se déroule en direct, le 18 avril 1960. Plusieurs artistes se retrouvent sur le plateau. Là, Johnny découvre sa marraine. Sa prestation musicale est précédée par une brève présentation et quelques échanges au cours desquels le « petit Johnny », guitare en bandoulière et pantalon de cuir noir, répond du bout des lèvres par des « oui », par des « non », des « peut-être ». Lorsque la belle Aimée l'interroge sur ses origines, c'est Line Renaud qui répond pour lui, non sans aplomb : « Il s'appelle Hallyday parce que son père est américain, et sa mère est française. C'est un produit moitié français, moitié américain[6]. »

Chez Vogue, on se frotte les mains. L'impact de l'émission est inespéré. Depuis l'apparition de Johnny sur le petit écran, les ventes du disque augmentent jour après jour. Les animateurs radio, les hebdomadaires et mensuels spécialisés sollicitent Claude Wolf pour en savoir davantage sur le chanteur débutant.

Afin de profiter de la dynamique commerciale du premier 45 tours, Wolfsohn demande à Johnny de travailler un second vinyle. Le chanteur se retrouve rapidement en studio afin d'enregistrer quatre nouveaux titres empruntés au répertoire américain. Comme la première fois, le directeur artistique de Vogue a tenu à donner son point de vue sur la sélection : *Souvenirs, souvenirs*, signé Bonifay et Coben ; *Je cherche une fille* et *Pourquoi cet amour*, adaptés par Jil et Jan ; *Je suis mordu*, créé par Elvis Presley sous le titre *I Got Stung*.

Le microsillon se retrouve chez les disquaires dans les premiers jours de juin. Au cours de l'été, *Souvenirs, souvenirs* est propulsé en tête du hit-parade de l'émission *Salut les copains*. La machine Hallyday est en route. Sur les conseils de Lee, Johnny décide de faire appel à un imprésario chargé de gérer ses futurs galas. L'homme de la situation s'appelle Georges Leroux, un agent de choc, discourtois et grossier selon Lee, avec lequel l'ancien catcheur a eu l'occasion, quelques années plus tôt, d'échanger quelques insultes.

Trapu, fine moustache, Leroux est un bon vivant qui ne prise guère les simagrées. Il se montre même parfois agressif pour « vendre » ou défendre les intérêts de ses poulains, parmi lesquels Petula Clark. Johnny en a rapidement la preuve lorsque Leroux obtient de Vogue une révision à la hausse du pourcentage figurant à son contrat, qui passe de 4 % à 5 %...

Paradoxalement, le succès commercial de son « fiston », comme il va dorénavant l'appeler, attire peu de propositions de galas. Les organisateurs de spectacles se montrent hésitants. Le public, estiment-ils, attend en priorité des chanteurs confirmés : Dalida, Dario Moreno, Patachou, Charles Trenet ou Georges Brassens. En clair, il n'est pas facile de faire admettre que ce jeune garçon blond et agité soit porteur d'avenir.

Après plusieurs semaines de démarchages, c'est sur la Côte d'Azur que l'imprésario décroche un contrat d'une quinzaine de jours au cours du mois de juillet 1960. Johnny se produira au Vieux Colombier, à Juan-les-Pins, une annexe du club parisien du même nom, situé à Saint-Germain-des-Prés, créé et dirigé par Anet Badel. Le personnage pittoresque, présenté à la fois comme un mécène et un aventurier, avait transformé l'établissement et réussi à en faire le plus beau fleuron des cabarets estivaux de France. Sidney Bechet y joue régulièrement, accompagné la plupart du temps par Claude Luther, et les galas se succèdent à la cadence de deux ou trois par semaine pendant la belle saison. « En plein air, des arbres poussant en son milieu, des tables entouraient une scène petite par la taille, mais immense par les gens qu'elle accueillait », se souvient Jean-Chrysostome Dolto, le futur Carlos. Ce dernier est un habitué des lieux. Tous les ans, ses parents séjournent à Antibes pour les vacances d'été.

Pour raisons d'économies, Johnny rejoint en train la Côte d'Azur en compagnie d'Hélène Mar qui lui sert toujours de chaperon. Coiffée de son éternel petit chapeau, la tante s'occupe consciencieusement de l'intendance. « Elle notait tout dans le détail : les frais, le prix des consommations, les réactions du public, les réflexions des fans, l'ambiance de la salle, la possibilité d'effectuer des tournées en Europe », se souvient Desta. Sur place, le Parisien fait la connaissance de quatre musiciens locaux que Georges Leroux a recrutés. « En réalité, Johnny se tapera lui-même toutes les intros et tous les chorus à la guitare », se souvient encore Carlos. Avant d'arriver sur scène dans son costume lamé or, l'apprenti-vedette est annoncé par le présentateur comme le chanteur en « vogue » des disques « Vague ». Malgré ce mauvais jeu de mots, le fils d'Huguette Clerc remporte un relatif succès. Sacha Distel, qui assure la seconde partie du spectacle, ne s'y trompe pas : « Malgré une inexpérience totale, Johnny m'impressionna énormément. À tel point que j'ai conseillé à Maurice Tézé, mon imprésario, de l'engager, ce qu'il n'a pas fait : dommage pour lui[7] ! »

La présence de Carlos lors de ce premier concert n'est pas due au hasard. Il avait connu Johnny trois ans plus tôt à Paris. « Un jour que j'avais été essayer des trombones d'occasion chez Cohn, rue Duperré, à Pigalle, je suis tombé nez à nez sur un grand mec blond : c'était Johnny qu'accompagnait son presque frère, Lee Hallyday. Il essayait sa première guitare électrique. J'ai été d'emblée séduit par lui. Nous avions le même âge, c'est-à-dire quatorze ans. On s'est mis à discuter et on s'est revus souvent à partir de ce moment-là. Il devait aller jouer du blues au Club des amis du jazz de la Montagne Sainte-Geneviève, un de mes repaires, mais on sentait bien déjà qu'il était mûr pour autre chose, car il avait le rock dans la peau[8]. »

Dans ses moments de détente, c'est-à-dire tous les après-midi, Johnny retrouve avec plaisir ses amis azuréens. Ces derniers permettent au jeune homme d'échapper à la vigilance parfois possessive d'Hélène Mar. Long Chris, qui a rejoint son « poteau » sur la Côte, se souvient : « Une fois sa tante endormie à l'hôtel (Johnny imagine les tours les plus pendables pour tromper sa surveillance), c'est dans la villa des parents de Carlos qu'il conclut les gentilles affaires entamées le matin sur la plage avec les « petits bikinis ». » C'est toujours avec le futur interprète de *Tout nu et tout bronzé* que Johnny jouera les Roméo sous le balcon de celle qu'il considère comme la plus jolie fille de Juan-les-Pins, dont la villa paternelle est entourée d'épais romarins. « Johnny siffle discrètement les premières notes de *T'aimer follement* pour confirmer sa présence à sa bien-aimée, poursuit l'ami de Johnny. C'est le signal que le père attend pour surgir au balcon, tel le gendarme du Guignol, avec une provision de gros cailloux sur les bras, qu'il balance en hurlant sur la tête des deux compères, protégeant ainsi pour quelque temps encore la virginité de sa fille[9]. »

Hélène Mar est-elle dupe des virées nocturnes de son remuant neveu ? Pas le moins du monde. Mais elle craint que les belles adolescentes bronzées qui tournent autour de son « petit Jean-Philippe » ne perturbent une carrière naissante. Entre la tante et le neveu s'instaure parfois un jeu auquel les enfants Dolto n'hésitent pas à prêter la main. « Le jeu consistait à envoyer cette pauvre femme chercher son galopin de neveu dans le sens opposé à celui que nous avions pris en scooter, moi au volant, Johnny sur le porte-bagages, à la rencontre de diverses jeunes filles de qualité qui avaient l'intelligence de nous trouver extraordinaires (ce que nous étions, bien sûr !) », raconte Carlos.

Les fins de soirées ne sont pas aussi idylliques. Certaines, même, manquent de peu de tourner au drame. Johnny est parfois obligé de se frotter à quelques loubards à la recherche de défoulements. « En plein milieu de la rue, devant le Vieux Co, un type me menace de son couteau. Avant que j'aie eu le temps de déboucler mon ceinturon pour me défendre, un car de flics se ramène. Le type lâche son couteau et file. Leroux, qui est à côté de moi, le ramasse et c'est lui que les flics harponnent à cause du couteau qu'il tient à la main. Je vois mon Leroux monter dans le panier à salade avec sa chemise bariolée de gros ananas rouges et verts. Il me regarde avec de grands yeux étonnés. Il en a lâché son cigare. Je suis mort de rire. Grâce au témoignage des badauds, il a pu s'en tirer sans gros problèmes. »

À la fin de juillet, sa série de galas au Vieux Colombier achevée, Leroux demande à Johnny de ne pas quitter la Côte. Il lui a organisé une mini-tournée dans les Alpes-Maritimes et dans le Var. À Sainte-Maxime et à Nice, un public jeune et enthousiaste se déplace pour l'entendre. Le rocker a-t-il tendance à trop se donner sur scène ? Quelques jours après la fin de ces concerts, une mauvaise angine le conduit dans un hôpital antibois. Là, le patient a la surprise de recevoir la visite de Léon Cabat, le patron de Vogue. Il n'est pas venu les mains vides. Son cadeau ? Un pyjama molletonné à rayures. Quelques mois plus tard, en parcourant l'un de ses relevés de droits, Johnny découvrira, amusé, que le service comptable de sa maison de disques lui a débité le prix du vêtement de nuit...

C'est au cours de son bref séjour hospitalier que le jeune homme vit une nouvelle déception amoureuse. Sa « fiancée », Claude, restée à Paris, lui annonce leur rupture. Un dépit de courte durée pour Johnny qui se console bientôt dans les bras de Micheline Boyer, la future madame Dick Rivers, dont la mère dirige alors une société de production de films musicaux connue sous le nom de Scopitone.

Après un rapide aller-retour dans la capitale, le chanteur est de retour dans le Midi de la France où Vogue lui a demandé de participer à la promotion de son récent 45 tours. Un bref séjour au cours duquel il se lie d'amitié avec un jeune animateur de Radio-Andorre, Serge Goron, dont l'admiration pour la future idole ne se démentira jamais. C'est à ce moment-là également que Georges Leroux lui annonce la bonne nouvelle : la signature d'un contrat de trois semaines avec la direction de L'Alhambra. La date de la première est arrêtée : ce sera le 20 septembre 1960.

Pour l'agent, il s'agit d'une sacrée victoire. Il n'ignore pas que de nombreux professionnels du spectacle refusent la présence de son poulain. Pour ces derniers, comme dans les couloirs des radios, le « phénomène Hallyday » ressemble fort au « coup » d'une firme musicale. « Il ne durera pas ! Dans un an, on l'aura oublié », lui prédit-on. Pour René Gola, le patron de L'Alhambra, Leroux a préparé un argumentaire de choc : « Hallyday, c'est de la nitroglycérine ! Une publicité formidable pour vous. Plus tard, quand il sera célèbre, vous pourrez dire : c'est à L'Alhambra que le rock français est né ! »

Si le music-hall ne possède pas la réputation internationale de salles comme l'Olympia et Bobino, sa cote est toutefois non négligeable. Il s'agit d'un établissement respectable. On peut ainsi y entendre, entre deux opérettes et un spectacle de danse, les stars de la chanson de l'époque. Parmi elles, Maurice Chevalier qui y accolera d'ailleurs bientôt son nom.

Pour l'heure, Johnny est présenté comme la « vedette anglaise », c'est-à-dire le troisième passage de la première partie du spectacle dont la vedette s'appelle Raymond Devos.

Après un numéro d'équilibristes et trois chansons interprétées par cinq Cubaines, le tour du « jeune prince du rock'n'roll » arrive enfin. Pour sa tenue de scène, sur les conseils de Long Chris, Johnny a choisi le noir : pantalon et blouson en cuir. Leur coupe est copiée sur le costume que porte Gene Vincent sur la pochette d'un disque récent. Une imitation en forme d'hommage. Le jeune chanteur avait été sincèrement attristé en apprenant l'accident automobile particulièrement grave dont avait été victime quelques mois plus tôt, en avril 1960, le célèbre interprète de *Be-*

Bop-A-Lula. Pour sa deuxième tenue, son choix s'est porté sur une chemise noire rayée or, qu'il a fait une nouvelle fois confectionner par l'aimable voisine couturière de la rue de la Tour-des-Dames. Sur scène, il est accompagné par plusieurs musiciens sous contrat avec L'Alhambra, auxquels se sont joints le pianiste Marc Hemmler et le guitariste Jean-Pierre Martin.

C'est dans la région parisienne que vit aujourd'hui ce dernier. Il accepte volontiers ma demande d'entretien, mais me prévient qu'il n'est pas au mieux de sa forme. Il souffre depuis plusieurs années d'une mauvaise polynévrite. « Lorsque je joue de la guitare, je souffre terriblement. Mais il n'y a rien à faire, c'est comme ça », conclut, fataliste, Jean-Pierre Martin. La soixantaine avancée – il est né en 1936, dans le canton de Vaud, en Suisse –, le guitariste est lui aussi un ancien élève de José Azpiazu, le professeur du conservatoire de Genève. Tombé amoureux d'une jeune Française, c'est au Casino de Paris qu'il a décroché son premier engagement. Un soir, alors qu'il s'apprêtait à rejoindre la fosse des musiciens, le guitariste s'est vu aborder par un jeune homme blond : « Est-ce que vous avez entendu parler de moi ? » Après un bref silence, ce dernier lui révèle son identité : « Je suis Johnny Hallyday. » Jean-Pierre Martin a eu du mal à dissimuler son embarras. Le nom ne lui évoquait rien. « J'étais d'autant plus gêné que la variété n'était pas trop mon truc. J'aimais quelques chanteurs, mais plutôt du genre rive gauche, comme Anne Sylvestre », m'explique-t-il. Mais Johnny ne se laisse pas démonter. Il reprend : « Est-ce que ça vous intéresserait de m'accompagner ? Je fais du rock'n'roll. » Martin, en fin d'engagement, ne refuse pas. Johnny lui expose : « Je pars sur la Côte d'Azur en juillet-août, mais, lorsque je reviens, je vous téléphone. » Martin prend acte, mais sans accorder plus d'importance que cela à cette promesse de travail.

Les semaines passent. Il a presque chassé de sa mémoire ce bref échange avec le jeune rocker, lorsque son téléphone se met à grésiller : « Allô, c'est Johnny Hallyday, est-ce que ça te plairait toujours de jouer avec moi ? » Jean-Pierre Martin, qui se trouve sans travail depuis quelques semaines, accepte sans hésitation. « Est-ce que tu pourrais venir chez moi ? » Dans les heures qui suivent, le guitariste suisse débarque rue de la Tour-des-Dames. Là, il fait la connaissance d'Hélène Mar et de Lee. Sans ambages, Johnny lui demande s'il connaît Elvis Presley et Bill Haley. Jean-Pierre Martin en a effectivement entendu parler. Puis Johnny enchaîne avec d'autres noms d'artistes américains moins connus. « Peux-tu jouer un petit truc avec moi ? » interroge enfin Johnny. Martin connaît les harmonies de *Blue Suede Shoes*, qui ne présentent pas de difficultés particulières. Apparemment satisfait, Johnny lui propose de répéter quelques chansons. Il s'agit d'une dizaine d'arrangements que Johnny et son guitariste vont tester lors de nouvelles soirées de gala données dans les bases américaines des alentours de Paris. « Nous arrivions sur place, Johnny et moi, un peu avant la soirée, se souvient Martin. Un batteur et un bassiste militaires acceptaient de nous accompagner. Je leur expliquais la chronologie des morceaux, les arrêts, et on jouait. Johnny chantait, moi je faisais tous les solos, ainsi que toutes les interventions. Johnny jouait très bien ce qu'il devait faire. Il avait sa guitare d'accompagnement[10]. »

À l'automne, Johnny se voit proposer d'autres engagements dans plusieurs stations balnéaires équipées pour la plupart de casinos. Jean-Martin accompagne le jeune chanteur franco-belge. « Là, c'était terrible. J'avais des partitions. On répétait en arrivant entre six et sept heures du soir. Toujours pareil : je prenais le batteur et le bassiste de l'orchestre attachés à l'établissement, et je les mettais au parfum. Parfois, je tombais sur des très bons qui savaient lire la musique, mais ce n'était pas toujours le cas. Et là, c'était un problème ! »

L'Alhambra ? Jean-Pierre Martin s'en souvient parfaitement. « J'étais le seul musicien permanent. Devos était la vedette. On a fait appel à l'orchestre attaché au music-hall. Johnny devait y interpréter quatre ou cinq chansons. Je me souviens d'un grand tulle qui servait de rideau. Entre deux chansons, Johnny changeait de tenue. Il portait une chemise en dentelle noire assez transparente. Il se roulait par terre. C'était nouveau. Carrément ! Ça a marché. »

Contrairement aux conseils de Lee qui lui a suggéré une ouverture en douceur, Johnny attaque bille en tête avec *J'suis mordu*, l'adaptation française d'une chanson d'Elvis Presley. Le public venu applaudir Devos fait la sourde oreille, s'irrite et s'avoue carrément indigné par les gesticulations de ce gamin qui singe le King. Les spectateurs du parterre, des adultes pour la plupart, commencent à siffler alors que le jeune public entassé au balcon leur répond par des acclamations. Puis Johnny enchaîne avec *Tutti Frutti* et *Souvenirs, souvenirs*. Là, le chanteur se déhanche et se roule par terre. Puis il se relève, jambes écartées, sans cesser de chanter ni de jouer de la guitare. L'effet scénique mille fois répété produit son effet : l'ambiance bon enfant vire bientôt au malaise et au chahut. Éberlué, Henri Salvador, assis au premier rang, éclate d'un rire moqueur : « Sortez-le ! C'est affreux ! Quel guignol… » Les esprits s'échauffent. « La salle m'insultait et me jetait des pièces de monnaie, se désole Johnny. Salvador était déjà une vedette riche et célèbre. En agissant ainsi, il risquait de ruiner à jamais mon avenir. » Le directeur de L'Alhambra est consterné. Il n'a jamais vu ça en quarante ans de carrière, se lamente-t-il auprès de ceux qui veulent bien l'écouter. Superchahut ! Supertriomphe ! Un moment inoubliable pour Johnny : « J'ai cru que je faisais ça pour moi tout seul : le monde aurait pu s'effondrer, c'était pareil, après moi le déluge ! En quinze secondes, tu peux pas savoir, c'est fou les choses qui vous passent par la tête en certaines circonstances. Quand je me suis relevé, juste à temps pour reprendre mon couplet, je ne voyais pas les gens du parterre, mais ceux du balcon, tous debout, les bras en l'air. Je n'étais plus seul ! » Il n'imagine pas alors la tornade médiatique qu'il vient de déclencher.

C'est d'abord *Paris-Jour* qui titre, au lendemain de sa prestation, sur « Le scandale Hallyday ». Son reporter est déchaîné : « L'audition de Johnny Hallyday, blondinet-frisotté-joli-cœur, est un scandale ! Ce cowboy de pacotille, à la guitare-crécelle, relève de l'institut psychiatrique ! Le navrant de l'histoire est qu'il incarne une certaine jeunesse non seulement française, mais mondiale, dont l'idole est James Dean. Ses supporters, en blousons crasseux dans la salle, se sont manifestés par des cris frénétiques, des vociférations grossières. Un triste spectacle qu'une direction mieux avisée aurait pu nous épargner [11] !... » Pour le journaliste de *Paris-Presse*, « ce « beau blond » de dix-huit ans a collectionné tous les tics d'Anka, d'Elvis Presley et même de Johnny Ray, « le chanteur sourd » : il se trémousse, se roule par terre en continuant de jouer de la guitare et en poussant de petits cris aigus, des onomatopées qu'il nomme ses chansons, chansons qu'il compose, nous dit-on, « en écoutant des disques de Brahms » ! Cela paraît une comédie burlesque, et peut-être n'y croit-il pas lui-même [12]. » Celui de *La Croix* se montre tout aussi sévère : « Il faut mettre à ce programme un pénible bémol. Johnny Hallyday qui, en mal d'imiter le trop célèbre Elvis Presley, afflige le public d'une exhibition baragouinante et hystérique, promise à brève échéance au cabanon[13]. » L'article de *L'Humanité* est de la même veine : « Johnny Hallyday, une sorte de caricature des pires rockers américains[14]. » Claude Sarraute, journaliste du très austère *Monde*, rejoint ses confrères dans la dérision : « La présence à l'affiche de la rue de Malte de Johnny Hallyday, nouveau roi du rock'n'roll dont les moins de dix-huit ans ont fait cette année leur idole, aura le don d'exaspérer leurs aînés. J'avoue avoir pris, aux soubresauts, aux convulsions, aux extases de ce grand flandrin rose et blond, le plaisir fait d'étonnement et d'intérêt mêlés que procure une visite aux chimpanzés du zoo de Vincennes[15]... »

Pour le directeur de L'Alhambra, toutes ces réactions hostiles sont reçues comme un tremblement de terre. René Gola envisage d'annuler les prestations du chanteur. Consulté, Raymond Devos prend la défense du jeune artiste et met son départ dans la balance : « Si Johnny s'en va, je le suis !.... » « Chaque soir, dans les coulisses, Raymond m'ouvrait les bras, se souvient Johnny avec émotion. Il me mouchait le nez comme à un gamin. Il m'emmenait dîner avec lui et, quelquefois, il me raccompagnait à la maison. Il ne m'a pas quitté un seul soir. Il m'a dit une fois pour me consoler : « Tu sais, moi aussi j'ai été sifflé, moi aussi j'ai crevé de faim, et j'ai bien cru ne pas m'en sortir. Crois-moi, dans la vie, seuls les persévérants triomphent ! » »

Contrairement à ce qu'avait imaginé craintivement Gola, dans les jours qui suivent la salle ne désemplit pas. Des comédiens et des chanteurs plus ou moins connus viennent se mêler aux fans de la nouvelle idole. Maurice Chevalier tient à se rendre dans la loge du jeune artiste pour le féliciter et l'exhorter à persévérer. Ces encouragements lui réchauffent le cœur.

Battre le fer pendant qu'il est chaud : les concerts de L'Alhambra achevés, Johnny est de retour en studio afin d'enregistrer deux nouveaux disques. Sur le premier, il interprète *Itsy bitsy, petit bikini* : « La chose la plus débile que j'aie jamais chantée », admet-il aujourd'hui, mais dont le succès le laisse à l'époque le premier surpris. Devenu un « tube », ce « bikini trop petit » est également repris par Dalida et Richard Anthony... « Il s'agissait, je pense, d'une opération conjointe de nos maisons de disques et des éditeurs de musique, explique le second. On nous disait d'interpréter cette chanson, on était jeunes, on le faisait, ce qui ne nous empêchait pas de chanter par ailleurs ce que nous aimions vraiment [16]. »

Deux mois après son mémorable *Alhambra*, Johnny doit affronter le public marseillais de L'Alcazar, le music-hall réputé le plus difficile de France.

6

La tornade Hallyday

D'autres artistes, avant Johnny, avaient accepté le défi de L'Alcazar. Des chanteurs consacrés ou des débutants : de Paulus à Fernandel, de Reda Caire à Yves Montand. Ce dernier, né Ivo Livi, avait fait ses débuts en 1938 dans ce célèbre théâtre du cours de Belzunce consacré jusqu'alors aux pantomimes et aux opérettes.

Comment va réagir le public à la prestation du rocker parisien ? Johnny l'ignore. « À L'Alcazar, le public est pour ou contre. La sentence est immédiate. Si les spectateurs vous aiment, ils le font savoir en envahissant la scène. Si vous êtes mauvais, ils vous le font également sentir en balançant des pièces de monnaie : *Ting, ting, ting*… se souvient Johnny. Le novice est aussi conscient que la presse régionale risque de rivaliser avec ses confrères parisiens en critiques acerbes. Mais qu'importe : à lui de faire ses preuves. Le propriétaire de la salle, Robert Trébor, tente de le rassurer. Il lui raconte par exemple comment Dalida s'était fait chahuter lors de sa première chanson, au point qu'il avait pris sur lui d'interrompre le spectacle pour mettre en garde son public : « Bande de fadas ! Cette petite vient gentiment chez nous avé son mari Paul Meurisse (*sic*) et votre attitude est minable. Je vous demande d'arrêter vos conneries et d'écouter une grande chanteuse ! » Calmé, le public marseillais avait écouté la chanteuse égyptienne revenue sur scène en pleurant, mais pour y recevoir finalement un triomphe.

Toujours pour raisons d'économie, Johnny et son entourage sont descendus à l'Hôtel Moderne, établissement modeste situé près du théâtre. « Vogue nous reprocha de ne pas descendre à l'Hôtel de Noailles, mais, en même temps, on ne nous proposait pas l'argent pour habiter dans les palaces ! Jamais la moindre aide financière, à quelque titre que ce soit ! », se souvient aujourd'hui la star. Pas davantage de générosité à attendre du propriétaire de L'Alcazar qui avait pris la fâcheuse habitude d'abaisser par tous les moyens le cachet des artistes qui se produisaient chez lui.

Seule consolation : des fans, avertis on ne sait comment, attendent bientôt le chanteur devant la porte de l'hôtel. « Nous avions compris qu'il existait là un public populaire, enthousiaste et connaisseur, dont les jeunes ouvriers constituaient l'élément le plus solide, la base la plus sûre de la réussite de Johnny Hallyday », explique Lee.

Le cousin américain a raison. La salle, proclamée pendant quelques années « le plus vaste café-concert du continent », affiche complet. Plusieurs autres artistes sont inscrits au programme : Deany Readal, l'ensemble Korafas, et June Richmond, alors considérée comme une vedette. C'est cette dernière que Johnny sollicite pour lui emprunter le batteur et le bassiste qui accompagneront son guitariste attitré Jean-Pierre Martin.

Quelques minutes avant de se jeter dans la fosse aux lions, Johnny est saisi par un un trac fou. Va-t-il réussir à dompter le tumulte qui monte de la salle ? « Dès les premières mesures, la salle délire, reprenant en chœur le refrain de *Laisse les filles*. Quand je me mets à genoux devant la grosse contrebasse, toute la salle est debout, applaudissant à tout rompre. Du jamais vu ! Je chante pendant plus d'une heure et demie, porté par ce public merveilleux et spontané. Les jeunes dansent. Les moins jeunes, juchés sur les fauteuils, frappent dans leurs mains[1]. »

Le succès remporté par Johnny incite l'organisateur marseillais à offrir une série de plusieurs galas dans les grandes villes de la région : Aix-en-Provence, Avignon, Cavaillon et Carpentras. Pour remplacer ceux de June Richmond, le rocker fait appel à deux musiciens du cru : le bassiste d'origine espagnole Antonio Rubio, et le batteur Louis Belloni que lui présente un autre Marseillais, Ralph Bernet, le futur auteur de plusieurs « tubes » parmi lesquels *Tes Tendres Années* et *Pas cette chanson*.

De retour à Paris, le succès aidant, Johnny décide de renforcer son orchestre. Il recrute Jean Tosan, un saxophoniste originaire de Cannes, un grand gaillard barbu, plutôt décontracté, qui affirme être capable de jouer du saxo tout en se roulant par terre, condition *sine qua non* posée par Johnny. Il fait également appel à Claude Horn, compatriote helvétique de Jean-Pierre Martin. « Quarante ans ! C'est un épisode de ma vie qui commence à dater », me lance, faussement modeste, Claude Horn, devenu aujourd'hui un homme d'affaires dans l'import-export de produits pharmaceutiques. C'est à Genève, où il enseigne alors la guitare, qu'il a fait la connaissance de Johnny. La rencontre entre les deux hommes a eu lieu dans un cabaret genevois grâce à l'intermédiaire d'un imprésario installé dans la ville de Calvin : « Il s'est présenté et m'a demandé si j'avais envie d'aller jouer avec lui. Il m'a dit qu'il partait en tournée les jours suivants. J'ai demandé à réfléchir. Je voulais savoir comment j'allais me débarrasser de mes cinquante élèves[2]. »

Partir, pas partir ? Finalement, Horn accepte de rejoindre le chanteur franco-belge à Paris. Après quelques répétitions dans l'appartement d'Hélène Mar, le groupe décide de se baptiser d'un nom forcément anglo-saxon : les Golden Strings. Pour habiller ses musiciens, Johnny accepte un contrat publicitaire avec un magasin des Grands Boulevards parisiens.

Avant de partir pour une nouvelle série de petits galas à travers la France, Johnny accepte se produire en décembre 1960 salle Wagram, non loin de la place de l'Étoile, à l'occasion d'un concert de jazz présenté comme un hommage à Sidney Bechet, décédé l'année précédente. La prestation du rocker est considérée comme un sacrilège par le public composé pour l'essentiel d'« intégristes » du jazz. Choqués, furieux, plusieurs dizaines d'entre eux sifflent et hurlent afin de chasser de la scène l'importun. La confusion est bientôt à son comble. Les amis de Johnny, accourus en renfort, en viennent aux mains. Des fauteuils sont cassés. Quelques canettes de bière sont lancées. Elles atterrissent au pied du chanteur qui préfère se réfugier en coulisses et quitter les lieux. Jean-Pierre Martin a gardé un souvenir vivace de cette chaude soirée : « J'ai jeté un regard à ma femme qui commençait à paniquer. Sans attendre d'autres jets, j'ai saisi mon amplificateur et mes partitions et je me suis enfui. J'ai franchement eu peur[3]. »

Johnny a-t-il été piégé ? Son agent s'est-il fourvoyé ? Le futur Carlos, présent ce soir-là, se souvient avec fougue : « Son imprésario d'alors devait raisonner comme un coup de marteau dans la purée : il était tout simplement en train d'envoyer son poulain au clash. Conscient de la situation, Johnny n'en entre pas moins courageusement sur scène. Les Horaces contre les Curiaces ! Les trois quarts de la salle le huent, le dernier quart est composé de fans qui, s'ils n'approuvent pas la programmation, soutiennent notre Jojo national, persuadés au fond d'eux-mêmes que leur idole n'en restera pas là. À la fin de sa prestation, je le rejoins en coulisses pour lui remonter le moral. Il n'en a pas vraiment besoin. Il sait qu'il a perdu une bataille, mais il a bien l'intention de gagner la guerre. »

Cet échec n'arrange pas les affaires de Georges Leroux qui rencontre toujours quelques difficultés à « placer » le chanteur sur les scènes françaises. Pour l'aider dans sa tâche, il sollicite un « tourneur », Michel Viennot, chargé de prospecter plusieurs villes dans la perspective d'une prochaine tournée d'été.

Lot de consolation pour Johnny sous forme d'un cadeau de Noël inattendu : Jean-Christophe Averty insiste pour qu'il apparaisse au cours de la soirée du réveillon dans son programme de jazz intitulé *X. Mas blues*. Johnny y interprète *Oh oh baby*. Pour le célèbre homme de télévision, la prestation du rocker ne doit pas être considérée comme une provocation, mais comme un signe des temps : « La guerre d'Algérie n'est pas terminée, explique Averty, mais la France cherche à l'oublier. Elle consomme. De Gaulle règne. Jean-Luc Godard révolutionne le cinéma français. La jeunesse est devenue une puissance. On lui fabrique à tour de bras des idoles de la chanson, des disques, des signes de piste. La jeunesse est encore sage, malgré les blousons noirs et les blousons dorés. Elle est représentée par Johnny Hallyday[4]... »

Les guirlandes de Noël ont été remisées depuis quelques semaines lorsque Vogue sort le premier album – *Hello !* – de son poulain. Le chanteur y interprète dix titres. Cette sortie coïncide avec le premier festival international de rock qui se déroule en février 1961 au Palais des Sports de Paris. Les organisateurs, Roger Marvellec, de France-Inter, et Daniel Filipacchi, le patron de *Salut les copains*, y ont invité de nombreux groupe de rock en provenance de toute l'Europe, ainsi que des rockers français : Eddy Mitchell et ses Chaussettes noires, ainsi que Frankie Jordan dont la chanson *Tu parles trop* remporte depuis quelques semaines un grand succès.

Dans un premier temps sollicité, Richard Anthony est finalement ajourné : les maisons de disques Vogue et Pathé- Marconi craignent des débordements, des bagarres possibles entre le public de celui-ci et les fans de Johnny, que la presse tient à opposer. « C'était absolument stupide, on se complétait très bien, et l'on s'adorait déjà », admet aujourd'hui le « père tranquille du rock'n'roll » qui tient toutefois à assister à la manifestation. « J'étais au premier rang du public, bien sûr, mais il y avait également tout mon fan-club derrière moi... Certains, donc, criaient « Richard ! », d'autres « Johnny ! » À la fin du spectacle, alors que j'étais debout en train d'applaudir, j'ai senti des bras musclés me soulever et me jeter carrément sur la scène, à plat ventre, aux pieds de Johnny, devant trois mille personnes... Scandale ! Les fans de Johnny crurent que je voulais prendre la scène d'assaut, et la bagarre éclata. Le lendemain, les journaux publiaient, sans ménagement pour mon amour-propre, des photos de moi étendu sur les planches, dans une posture ridicule[5]. »

Cette version, proche de la réalité, est toutefois nuancée par Johnny Hallyday qui évoque en termes peu amènes la fameuse scène : « Le gros Richard est mort de peur. Il ne veut pas monter sur scène. Il faut presque le pousser. Dès qu'il apparaît, la foule le siffle et me réclame. Les tomates commencent à pleuvoir. En fait, on soupçonne Georges Leroux, l'homme aux cigares, d'avoir plus ou moins organisé le coup afin de faire monter la pression pour mon passage. Au bout de deux chansons, le mec qui entend siffler le train met les voiles. Courageux mais pas téméraire, Richard ! »

Le futur interprète d'*Aranjuez* est-il vraiment à l'origine des bagarres qui éclatent bientôt ? Difficile de l'affirmer, tant les esprits sont prompts à s'échauffer ce soir-là. Johnny doit bientôt être séparé par la police de ses innombrables fans qui prennent la scène d'assaut. Jean-François Kahn, alors jeune reporter d'un quotidien parisien, est présent : « Le petit maigre reçoit un tesson de bouteille en pleine figure, décrit le futur patron de *Marianne*. Le sang coule. Ça tourne mal. On emmène les gardiens blessés. Les cris couvrent le hurlement des saxos et des trompettes. Les paniers à salade s'alignent devant le Palais des Sports, absorbent des fournées de petits « James Dean » aux cheveux fous, la chemise déchirée, qui se trémoussent comme des diables[6]. »

Lorsque, en fin d'après-midi, les portes du Palais se referment, les dégâts sont considérables : sept cents fauteuils cassés. Mais la journée n'est pas alors terminée pour les forces de l'ordre : cinq mille spectateurs survoltés se sont retrouvés dans la rue. De nouvelles bagarres éclatent. Les policiers entament une chasse au blouson noir à travers les artères du quartier transformées en pistes de rodéo. Au total, plus de quatre-vingts interpellations.

Interrogé sur cette soirée mouvementée, Johnny estime aujourd'hui que ses fans n'étaient pas spécialement venus pour chercher la castagne. « Tous ces types et ces filles avaient envie de danser, explique-t-il. Mais la place manquait. Alors, ils ont entassé la plus grosse montagne de fauteuils jamais vue dans une vie ! »

Selon les historiens de cette époque, tout bascule à partir de ce premier festival rock : les médias, jusque-là très discrets sur le phénomène musical de peur de décevoir leur lectorat adulte fidèle, décident d'en faire leurs choux gras. Une aubaine pour Vogue qui tient à profiter de l'éclatante et surabondante publicité faite autour des événements. Sans attendre, la firme met en vente une version de *Hey, Pony* que s'empressent de reprendre, pour ses deux plus sérieux concurrents, les Chaussettes noires et Les Chats sauvages de Dick Rivers. De son côté, Claude Wolf annonce pour le mois de mars suivant la sortie d'un album *live* de huit titres, sobrement intitulé : *Johnny Hallyday et ses fans au festival de rock'n'roll*.

Le succès est enfin au rendez-vous. Des organisateurs de spectacle commencent à réclamer le chanteur pour la prochaine saison estivale. Georges Leroux est contraint d'opposer une fin de non-recevoir à des offres parfois alléchantes, en expliquant que Johnny s'est déjà engagé pour une vingtaine de galas à travers la France. Cette tournée lui a été concoctée par le « tourneur » Michel Viennot dont les prétentions financières ne manquent pas de soulever un moment de vives discussions avec les proches de Johnny. Ces derniers expliquent que la « valeur commerciale » de leur chanteur a triplé en quelques semaines et que les accords passés avec les directeurs de salles doivent être revus. En vain. « Nous avons dû accepter les termes des contrats signés pour des sommes ridicules », se lamente Lee. Une contrariété qu'il partage avec le nouveau « conseiller technique » de son cousin chanteur : Johnny Stark.

Malgré son nom américain, Roger – son véritable prénom – Stark est originaire du Haut-Rhin. Il n'a pas quarante ans lorsqu'il propose ses services à Johnny Hallyday. Le chanteur cache à peine sa fascination pour ce personnage « flambeur, étincelant et mystérieux ». Son passé ? Difficile à reconstituer. Ex-engagé volontaire en Afrique du Nord, il apparaît au grand jour pour la première fois en 1946 en montant à Cannes *La Nuit des étoiles*. La fête est un succès et les commanditaires ne rechignent pas à régler la note que certains d'entre eux trouvent pourtant plutôt salée. Grâce à cette carte de visite, Stark acquiert une réputation d'agent « efficace ». Plusieurs artistes, parmi les « grands » du music-hall de l'époque, le sollicitent pour organiser leurs tournées : Tino Rossi, Roger Pierre et Jean-Marc Thibault, Gloria Lasso, Luis Mariano et Line Renaud. Loulou Gasté, ex-guitariste de l'orchestre de Ray Ventura et mari de cette dernière, est tellement ravi de ses services qu'il engage bientôt sa femme, Nandette Taddei, comme secrétaire. Alliant le goût du risque à un remarquable souci d'efficacité, Stark est un grand seigneur – même ses ennemis lui reconnaissent ce trait – et un joueur invétéré. Son goût pour la chance et le hasard, les artistes n'en ont cure. À preuve cette anecdote dont le cadre est le casino de Cannes. Les protagonistes : Johnny Stark, qui travaille à l'époque pour Line Renaud, et Loulou Gasté. Ils mettent deux francs chacun sur le tapis. Arrive Farouk, l'ex-roi d'Égypte, qui cric « Suivi ! », et perd huit cents francs. Quand celui-ci a perdu le double, Gasté souffle à Stark : « Arrête ! » Stark rit et continue. Farouk en est bientôt à moins six mille francs. Stark ne se lèvera que lorsque le souverain déchu en aura perdu douze mille.

Imprésario de choc, la méthode Stark, toutefois, ne fait pas l'unanimité. Eddie Constantine, alors chanteur débutant, garde le souvenir d'un personnage grossier et maladroit dans ses relations avec les artistes. « Stark trouvait délicieux de m'insulter quotidiennement, raconte-t-il. Devant témoins, bien entendu. Il sortait tout son répertoire de gentillesses : « T'es un zéro ! Je t'ai pris avec moi parce que ton imprésario m'en a supplié ! Je t'ai pris par pitié, mais t'es un zéro ! Quand je pense que je pouvais avoir un type d'avenir, et qu'on m'a collé une nullité comme toi[7] !" » Le héros de *Lemmy pour les dames* ne se laisse pas démonter pour autant et promet que Stark se mordra un jour les doigts de lui parler ainsi : « « Dans deux ans, tu me supplieras de faire une tournée avec toi, et tu m'offriras cent mille francs par jour ! – Oh là là, tu as aussi la folie des grandeurs ! Cent mille francs par jour pour un tocard ? T'y vas fort », répondait Stark, plié en deux de rire. Rira bien qui rira le dernier : deux ans plus tard, Stark m'offrait deux cent cinquante mille francs par jour. Je l'envoyai sur les roses, comme je l'avais promis, et jamais je n'ai été plus content que ce jour-là[8]. »

Johnny est-il au parfum des méthodes parfois abruptes de son nouveau manager ? Probable. Mais sa force de caractère est peut être aussi moins trempée que celle de son ami Constantine. Timide, complexé par ses lacunes scolaires et ses insuffisances dans le domaine de la culture générale, il est prêt à s'en remettre à Stark et à ses conseils avisés. Ceux-là mêmes qu'il aurait pu attendre d'un père dont il ressent toujours la douloureuse absence. Entre les deux hommes, le contrat est clair : Stark gère la carrière de son poulain, mais en lui laissant une totale liberté musicale. En réalité, l'influence de l'imprésario ne va pas tarder à se faire sentir. Il suggère ainsi au jeune rocker d'intégrer certaines ballades dans son répertoire afin d'« adoucir » son image de rocker. Johnny accepte d'autant plus volontiers que d'autres chansons lui permettent au contraire de s'affirmer dans le rock et de déchaîner les salles.

En 1961, Jean-Jacques Debout est un jeune chanteur dont la chanson *Les Boutons dorés* a rencontré, trois ans plus tôt, un certain succès. Lorsque l'ancien élève du « Petit Conservatoire » de Mireille accepte d'assurer la première partie du spectacle de Johnny Hallyday, il n'imagine pas que la tournée va se transformer en galas de catch ! Une « folle » tournée qui va comporter plus d'incidents au kilomètre parcouru que toutes celles que la future star effectuera par la suite ! Pendant les quarante-cinq jours de cette équipée sauvage, la jeunesse se déchaîne après chacun de ses spectacles. « Qu'est-ce qu'on rigolait ! se souvient le futur époux de Chantal Goya. Johnny était incomparable. En tournée, il arrivait en retard sur scène, provoquant des tumultes, faisant le coup de poing avec certains spectateurs mécontents. Son compte en banque était en pleine déroute, ce qui ne l'empêchait pas de tirer des chèques à répétition. Il buvait un litre de whisky par nuit puis courait après les camions des laitiers pour leur dérober une bouteille de lait. Il conduisait comme un kamikaze, parce qu'en ces années-là, il voulait mourir au volant comme son idole James Dean. Ses amis, éreintés, tombaient brisés, victimes d'infarctus ou de *nervous breakdown*. Impavide, il continuait sa corrida ! »

Debout ne croit pas si bien dire. À Montbéliard, la police utilise des grenades lacrymogènes pour disperser les spectateurs déchaînés. À Marseille, une émeute éclate sur la Canebière. En Arles, la façade de la salle du Fémina est détruite en quelques secondes. Une nouvelle frayeur pour Jean-Pierre Martin qui se souvient également d'un sympathique renversement de situation : « À la fin du gala, j'avais laissé sur place mon ampli, ma guitare, afin de rejoindre un bar et de m'y désaltérer. Je reviens vers le cinéma lorsque j'aperçois une foule massée devant l'entrée. Je m'approche, à moitié rassuré. Puis j'entends deux mecs prévenir leurs copains : « C'est le musicien ! C'est le musicien ! » Et tout le monde me fonce dessus. Je me suis dit que ça allait recommencer. Mais, en même temps, je ne pouvais rien faire. Ils sont arrivés sur moi, m'ont empoigné, mais c'était pour me porter en triomphe jusqu'au cinéma. J'ai dû leur signer des autographes à la place de Johnny qui était parti depuis longtemps[9]... »

Malgré ce genre de *happy-end*, les émeutes se renouvellent dans plusieurs grandes villes du Sud-Ouest. « À Tarbes, dès la deuxième chanson, les projectiles commencent à fuser, reprend le guitariste franco-suisse. Une pierre a traversé la contrebasse. Les cordes ont giclé. Nous avons saisi nos instruments et nous nous sommes réfugiés dans une cave. Il n'y a pas eu de concert. C'étaient les paras, très présents dans la ville, qui avaient fichu le bazar. » Un peu plus tard, le guitariste se retrouve à La Baule. « Là, nous avons joué en plein air dans le cadre d'un festival de jazz, poursuit Martin. Je me suis demandé ce qu'on venait foutre dans ce genre de manifestation. Nous sommes passés après un pianiste très connu, et nous nous sommes fait huer, puis lyncher. Je me souviens surtout de pommes de terre, parce qu'elles rebondissaient sur la scène. »

Prudentes, plusieurs municipalités réagissent fermement et interdisent purement et simplement la présence des Golden Strings sur leur territoire. Elles craignent les émeutes, les vitres brisées, la casse. Des associations familiales s'en mêlent. Elles s'insurgent, accusant Johnny de susciter cette violence. C'est le cas à Biarritz, Bayonne, Cannes et Strasbourg. Cette contre-publicité a un coût. Face au refus des organisateurs, Stark est bientôt obligé d'assurer lui-même les salles contre les actes de vandalisme. Une contrainte qui n'empêche en rien les exactions. À Lyon, malgré la présence de plusieurs rangées de CRS, les échanges de coups de poing ont tôt fait de se transformer en jeu de massacre. L'un des musiciens de Johnny est tiré par les pieds hors de la scène ; jeté dans la fosse, il est piétiné, passé à tabac. Lee tente de calmer les esprits. Il saisit le micro et menace d'interrompre le show. Mais c'est bientôt au tour des pompiers d'intervenir. Ils déroulent prestement leurs lances à incendie et aspergent les excités.

En vain. Gyrophares allumés et sirènes hurlantes, des voitures de police arrivent sur les lieux. Plusieurs dizaines de jeunes gens sont entassés sans ménagement dans les paniers à salade. À la fin de cette tournée de près de deux mois, le montant des dégâts s'élève à des sommes considérables.

La violence qui accompagne chaque concert de Johnny est-elle propre à cette époque ? Le fils de Françoise Dolto l'analyse ainsi : « On parle aujourd'hui de la violence des banlieues, mais j'ai l'impression qu'on ne se souvient plus très bien de celle des blousons noirs. Lames de rasoir insérées dans des bouchons, chaînes de vélo passées à la lime et affilées comme des couteaux, pas de télé pour les tenir tranquilles chez eux, ils déboulaient par bandes, se reconnaissaient dans la violence de Johnny et avaient l'enthousiasme plutôt dangereux. Il faut dire que nous sortions d'une époque où absolument rien n'existait pour les jeunes : pas une émission de radio, pas une émission de télévision, bien sûr, pas un magazine, pas un journal ! »

Tout n'est pas que violences et bagarres. Les tournées comportent aussi de nombreux moments de satisfaction. Le soir, après les galas, Johnny aime ainsi à se délasser en faisant des parties de cartes. « On jouait au poker américain que Lee nous avait enseigné et que l'on pimentait en misant des petites sommes », me raconte Jean-Pierre Martin. Le guitariste se souvient également comment, dans chaque ville-étape, son chanteur devait faire face à des groupies que rien ne semblait rebuter. Un soir, deux filles forcent la porte de sa chambre. Johnny et Jean-Jacques Debout, avec lequel il a entamé une partie de cartes, sont obligés de recourir un subterfuge un tantinet puéril pour se débarrasser des importunes : « Elles veulent absolument nous faire un strip-tease sauvage. En désespoir de cause, nous entrons dans leur jeu : « Bon, nous allons vous diriger comme des professionnelles. Vous entrez dans la salle de bains et vous utilisez le rideau de douche comme un véritable rideau de scène. Mais attention, nous voulons du grand spectacle. La totale ! » Elles sont à peine entrées dans la salle de bains que nous les y enfermons à double tour ! »

Claude Horn, qui partagea durant plusieurs tournées l'intimité du chanteur, se souvient aussi de ces chaudes soirées passées en compagnie du rocker : « Johnny était un incroyable noceur. On sortait jusqu'à des heures impossibles ! On rentrait dans des états pas possibles ! On changeait de ville chaque jour. On allait n'importe où. On demandait à l'hôtelier où il fallait aller pour s'amuser. On prenait le bus ou la voiture, et on rejoignait l'étape suivante. C'était une vie marrante. Enfin : marrante à cet âge-là ! Des moments de défoulement indispensables. On était là parce qu'on était à l'âge où on se défoule. Côté sexe, lui et moi, nous n'avions pas trop de problèmes. Il lui en fallait une tous les soirs. Et il avait le choix ! Johnny amoureux ? Il avait sa petite amie à Paris. Prénommée Françoise. Je me souviens qu'elle nous a rejoints, un jour, en tournée. Mais Johnny n'en voulait plus. Elle a passé la nuit dans ma chambre. Je l'ai consolée, et puis le reste. Elle avait des cheveux bruns, elle était mignonne, petite, mince... Elle m'a utilisé et je l'ai utilisée pendant une nuit. On a fait ce que font un mec et une fille lorsqu'ils ont vingt ans et qu'ils se retrouvent dans la même piaule. J'avais également une copine, à l'époque, mais elle vivait en Suisse[10]. »

Si Claude Horn ne renie pas cette période de sa vie, cet inconditionnel du jazz ne se montre guère complaisant lorsqu'il doit juger le travail que les Golden Strings produisaient alors : « L'orchestre était bon, mais je dois reconnaître que la musique qu'on faisait était sans intérêt. J'ai souvent répété à Johnny que je n'aimais pas ses bluettes. Je lui disais : « Ta musique, c'est de la merde ! » Mais il rigolait et me charriait à son tour : « Toi, tu as l'air con, avec ta guitare classique. » Ensuite nous allions boire un coup. Et on parlait d'autre chose ! » Malgré ses convictions, le guitariste suisse, qui préside aujourd'hui le Comité genevois des musiciens de jazz, admet les qualités scéniques exceptionnelles de son ancien patron : « Dès qu'il était sur un podium, il devenait génial. Il possédait ce que son concurrent de l'époque, Richard Anthony, n'avait pas : une présence fantastique. »

Le hasard des tournées amène le groupe à se produire à Valence, dans la Drôme. Parmi les spectateurs, Huguette Clerc qui vit dans la région. Elle est accompagnée de son mari et de ses deux enfants. Voilà près de cinq ans que la mère et le fils ne se sont vus. « Je voulais occulter toute cette partie de ma jeunesse, confie Johnny. Je m'aperçois que je suis capable d'affronter la situation, comme un grand. Avec bonheur ! N'empêche, ça me fait tout drôle de la prendre dans mes bras, de l'embrasser et de l'appeler Maman... » Les angoisses de l'adolescent, la peur de l'abandon ? Le chanteur Jean-Jacques Debout se souvient de Johnny à dix-sept ans, lors de leur première tournée : « À l'hôtel, le soir, il refusait que je quitte sa chambre avant qu'il ne se soit endormi. Il s'agrippait à mon cou et me serrait jusqu'à ce que le sommeil l'emporte [11]... »

15 juin 1961 : Johnny fête ses dix-huit ans. Le garçon ne sait pas encore s'il va opter pour la nationalité belge, celle de son père, ou devenir français, comme la loi l'y autorise. Le facétieux chroniqueur mondain Edgar Schneider ironise sur le choix du jeune chanteur : « Pour l'instant, Johnny Hallyday, s'il reste français en France, est également belge en Bel-

gique. La loi est ainsi faite. Le passeport qui lui fut délivré par la Belgique ne l'empêche pas d'en posséder un autre délivré par la France… Et il semble bien que Johnny, pour l'instant, ne sache plus très bien à quel saint se vouer. » À écouter ses proches, son hésitation dure peu : « Né à Paris, réussissant dans sa carrière en France, grâce au public français, c'est à la France qu'il devait tout », explique Lee. Quarante et quelques années plus tard, Johnny Hallyday me confirme qu'il s'est toujours senti français et qu'il ne s'est jamais vraiment pris la tête pour opérer son choix. Avec le recul, et non sans humour, il me précise également qu'à tout prendre, il aurait dû solliciter la nationalité monégasque : « J'aurais eu moins de problèmes avec le fisc ! » Plus sérieusement, il se souvient que la question de son émancipation l'obsédait bien davantage : « Je gagnais ma vie depuis quelque temps, mais je ne pouvais rien acheter de conséquent sans être obligé de solliciter ma mère. C'est la raison pour laquelle je suis allé lui rendre visite dans la région de Grenoble où elle vivait alors avec son nouveau mari, afin de régulariser ma situation[12]. »

Pour fêter sa majorité anticipée, Johnny s'offre sa première voiture : une Triumph TR 3 blanche payée cinquante mille francs de l'époque, symbole à ses yeux de sa récente réussite et de son indépendance. L'argent ? Johnny en gagne beaucoup. D'un commun accord avec ses managers, il perçoit chaque semaine une enveloppe de cinquante mille anciens francs pour ses dépenses personnelles. Son argent de poche, en quelque sorte, alors que le complément est placé en banque afin d'assurer l'avenir. Du moins le croit-il.

Johnny n'a pas eu le temps de roder sa Triumph qu'il retrouve le Palais des Sports pour un second festival de rock. De nombreux groupes, dont Les Chaussettes noires, et une kyrielle de chanteurs comme Danny Boy doivent assurer dans la première partie du programme. En seconde partie, Johnny partage la vedette avec Richard Anthony, héros malheureux du spectacle précédent et que certains de ses détracteurs, parmi lesquels Jean-Marie Périer, ont surnommé « Richard en tonneau ». Les raisons ? Le photographe accepte bien volontiers de me les expliquer : « Je l'ai affublé de ce sobriquet parce qu'il ne s'était pas bien conduit avec Françoise Hardy, au cours d'une tournée. » Et de me préciser que « toute personne qui s'attaque à celle qui fut ma compagne pendant quatre années devient mon ennemi à vie[13] ».

En attendant, et une fois encore, l'interprète de *J'entends siffler le train* doit affronter les inconditionnels de Johnny. L'ambiance survoltée et les vociférations font bientôt place aux fauteuils cassés et aux objets lancés du fond de la salle. « J'étais devant un micro fixe et je ne pouvais esquiver, raconte Richard Anthony. Quelque chose est venu effleurer ma joue, juste à côté de mon œil. Je continuai à chanter, ne me rendant absolument pas compte de ce qui s'était passé... Le sang pissait sur mon costume gris, et il a fallu bien vite m'interrompre. On m'a fait traverser toute la salle pour me conduire à l'infirmerie et j'ai fendu cette foule qui se bagarrait au nom du rock ! Un médecin, celui qui soignait habituellement les catcheurs, m'a fait des points de suture à vif. Je l'avais échappé belle : mon œil avait évité de justesse le tesson de bouteille ! » Évacué rapidement, le malheureux rejoint le soir même son épouse qui séjourne alors dans le Var. Profondément blessé dans son amour-propre, il reste convaincu qu'il ne se relèvera pas de ce show interrompu. Et pourtant, c'est le contraire qui va se produire : le lendemain, il reçoit la visite d'une équipe de l'ORTF, conduite par Maurice Seveno, alors jeune rédacteur à la télévision française après s'être occupé du service publicité des disques Barclay. Pour le journaliste, Anthony est devenu un « martyr du rock, le bon garçon rassurant, la victime d'une bande de sauvages ». La presse écrite emboîte le pas en dénonçant à son tour les casseurs et les débordements. « Qu'est-ce que le rock'n'roll ? s'interroge *L'Express*. Un bien ? Un mal ? Une mode barbare, un défoulement bénéfique [14] ? » Autant de questions auxquelles Vogue n'a guère le temps de répondre.

Johnny est devenu une affaire particulièrement rentable pour la firme parisienne. Au début de l'été 1961, ses managers lui suggèrent d'enregistrer cinq nouveaux disques. Le chanteur considère d'un mauvais œil ce travail de stakhanoviste de l'édition musicale. Il fait part d'exigences artistiques qu'on lui refuse, à l'en croire, sans ménagement. « Ferme ta gueule, tu n'es qu'un petit con ! Les disques, c'est nous qui les faisons ! » lui aurait lancé Jacques Wolfsohn. Pour Johnny, cette maladroite fin de non-recevoir marque le commencement de la fin de ses relations avec la maison de disques qui l'a fait débuter. Pour la forme, il enregistre un dernier 45 tours avec le titre vedette : *Une boum chez John*.

Lorsque Johnny annonce son désir de quitter Vogue, c'est le branle-bas de combat dans les couloirs de la maison de disques. Son P-DG, Léon Cabat, décroche son téléphone pour tenter de le faire revenir sur sa décision. Est-il au courant des termes du contrat que viennent de proposer Philips et Barclay à son poulain ? C'est probable, car les surenchères ont commencé pour enlever ce que des proches de Johnny qualifient d'« opération la plus rentable de la décennie ». Les chiffres parlent d'eux-mêmes : en moins d'un an, le rocker a vendu plus d'un million et demi de disques, ce qui signifie qu'un public de tous âges a dépensé dix millions de francs pour l'écouter. Dans ces conditions, le P-DG de Vogue peut sans risque excessif évoquer l'achat d'un Chriscraft et le versement d'une somme rondelette. Lorqu'il comprend que rien n'ébranlera Johnny, c'est au tour des avocats d'entrer en lice. Une bagarre juridique aux multiples rebondissements, qui s'achèvera en janvier 1963 devant les tribunaux parisiens. Les magistrats parisiens tranchent sans ambages en donnant raison au chanteur. Ils soulignent notamment les « clauses exorbitantes » que la firme avait pris soin de réaménager. Ils invalident par la même occasion le contrat signé avec Hélène Mar, qui n'était pas sa tutrice légale.

Entre Barclay et Philips, le cœur de Johnny balance. C'est après la Seconde Guerre mondiale que le premier, né Édouard Ruault, a créé sa propre maison de disques. Avec Nicole, la première de ses dix femmes, il a importé le système du microsillon dont le support est plus solide et plus fidèle que les vieux 78 tours. Coup de génie pour celui qui sera bientôt surnommé « l'empereur du microsillon » et dont la maison de production réunit alors les plus grands noms de la chanson : Charles Aznavour, Léo Ferré, Henri Salvador, Dalida, et les propres copains de Johnny, parmi lesquels Eddy Mitchell, dont le groupe Les Chaussettes noires est alors sponsorisé par la marque Stem...

Après les premiers pourparlers avec Barclay, Johnny reçoit la visite de deux responsables de Philips : Louis Hazan, le directeur, et Claude Hautefeuille, le conseiller juridique. L'offre des deux émissaires est alléchante : trente millions de francs anciens, et la possibilité pour le chanteur d'enregistrer dorénavant ses disques en Amérique. La société musicale vient en effet de racheter la maison Mercury. Mais Vogue n'a pas dit son dernier mot. Johnny apprend bientôt qu'un *missi dominici* a proposé une somme importante à la mère du chanteur pour tenter de le convaincre de rester dans son écurie. Las de toutes ces manœuvres, Stark demande à l'un de ses amis avocats de contrecarrer la manœuvre. Sur le plan financier, l'offre de Philips paraît sans comparaison possible la plus intéressante. Johnny accepte après quelques hésitations. Il n'a pas très bonne conscience de lâcher son « copain » Barclay. Mais c'est méconnaître la ténacité de « l'empereur du microsillon » qui, dans une ultime démarche, gagne sans attendre Saint-Raphaël, dans le Var, où le chanteur se produit. Il n'est pas seul ; il s'est fait accompagner de plusieurs amis : Jacques Brel, Bruno Coquatrix et le compositeur Georges Garvarentz. Toute la petite troupe se retrouve à Cannes, au Whisky à Gogo, célèbre boîte de nuit dont le clan Guérini est propriétaire. Prudent, Barclay a demandé à son avocat d'être présent. « Et là, sous la pression, je craque pour Barclay ! » se souvient Johnny. Lee, appelé à la rescousse, est furieux. Il considère que son jeune et influençable cousin s'est totalement fait « gaver » par le producteur. « Barclay te fait miroiter des tas de choses, lui explique-t-il. Il t'appelle « Coco », te tape dans le dos, te présente des gonzesses… Mais, au bout du compte, il est toujours en retard de trente briques sur Philips ! » Johnny admet que son cousin a raison. Dans la nuit, Stark demande à son tour à l'un de ses conseils juridiques de s'envoler pour le sud de la France. Quelques heures plus tard, un avion privé le débarque sur le tarmac d'un aérodrome proche de Montélimar, où vit Huguette Clerc. La mère de Johnny ne comprend plus rien à cet imbroglio, mais se plie aux désirs de son fils qu'elle sait davantage motivé par l'aspect artistique que par le côté financier.

Eddie Barclay, fair play, doit s'incliner. Il n'en tient pas rigueur au jeune chanteur. Il est vrai que l'entreprenant producteur est loin d'être perdant : « Brel était alors sous contrat avec Philips, mais il avait envie de venir travailler avec moi, révélera-t-il plus tard. Et moi, je ne discute évidemment pas ! Brel a rompu son contrat, et Philips m'a fait un procès. Mais, après quelques vicissitudes, le procès est finalement tombé à l'eau. Nos avocats respectifs ont trouvé un curieux arrangement : je prenais Brel, Philips prenait Hallyday[15]. »

Le contrat signé est particulièrement juteux pour Johnny. Il ne le sera pas moins pour Stark dont on ne connaîtra jamais, toutefois, le montant exact de la commission perçue au passage pour ce transfert mouvementé. À la limite, cela est bien égal au chanteur. Il compatira même lorsque son roublard d'agent, spécialisé dans la constitution de sociétés de production suisses, fera l'objet d'une curiosité appuyée du fisc. Dans l'histoire de la chanson, sa réussite a été si rapide qu'elle semble tenir du sortilège. Mais quel sortilège ?

7

Une adolescente bulgare

Septembre 1961. Conforté par son nouveau contrat, Johnny s'envole pour Londres afin d'enregistrer une nouvelle moisson de huit titres, parmi lesquels : *Tu peux la prendre*, *Pas cette chanson* et *Avec une poignée de terre*.

L'enregistrement se déroule sous la direction de Jack Baverstock et Harry Robinson, le directeur artistique et l'arrangeur britanniques des studios Philips, Stanhope House, à Marble Arch. Pour répondre aux souhaits du chanteur français, le premier fait appel à une importante formation de violons et à plusieurs brillants guitaristes rock londoniens, anciens musiciens d'Eddie Cochran, le roi du *rockabilly*[1] décédé quelques mois plus tôt dans un accident de la route. Les séances doivent durer une semaine. Elles sont particulièrement pénibles pour le chanteur, affecté par une sévère angine. À sa demande, un médecin appelé à la rescousse lui injecte plusieurs doses de pénicilline et lui conseille de fréquents gargarismes.

Les enregistrements terminés, le Français assiste au Festival du rock qui se déroule alors à Londres. Au programme : Cliff Richard, qu'on présente comme le Elvis Presley anglais. Le chanteur connaît un réel triomphe depuis deux ans, surtout grâce à l'excellente qualité de son accompagnement, affirment les spécialistes. Il est en effet soutenu par les Shadows, puissant groupe instrumental qui gravera bientôt plusieurs albums à grand succès. Ce qui incitera les adaptateurs français à piller systématiquement son répertoire.

Dix jours plus tard, Johnny est de retour à Paris. Il ne lui reste que quelques jours pour préparer son prochain rendez-vous avec un music-hall parisien : le prestigieux Olympia. Le contrat a été signé au mois de mai précédent. Bruno Coquatrix, le placide directeur de la salle du boulevard des Capucines et maire de Cabourg, a accepté, après plusieurs mois d'hésitation, de recevoir le « phénomène » du rythme moderne. De toute évidence, il a flairé le vent du succès qui commence à se lever, en France, pour l'enfant terrible du rock. La date retenue, le 20 septembre, a été choisie au hasard, mais, ironie du sort, un an plus tôt, jour pour jour, le chanteur se produisait sur la scène de L'Alhambra.

Pour Johnny, le défi n'est pas mince. Malgré ses fans de plus en plus nombreux, il a conscience que la partie est loin d'être gagnée avec la critique parisienne, particulièrement encline aux diatribes et aux coups de dents. Pour assurer une préparation maximale de son poulain, Johnny Stark organise une tournée dans le sud-ouest de la France.

Le jour tant attendu arrive enfin. Dans les coulisses de l'Olympia, Bruno Coquatrix, comme tous les soirs de première, arpente les couloirs. Les machinistes le regardent passer des dizaines de fois, ennuagé par les volutes de son éternel cigare.

De nombreuses personnalités ont tenu à faire le déplacement pour cette première. Au premier rang, Charles Aznavour, dont le beau-frère, Georges Gavarentz, a composé deux chansons pour Johnny : *Douce violence* et *Il faut saisir sa chance*. « Charles Aznavour m'a fait comprendre ce qu'est le métier de chanteur », admet Johnny dont l'amitié avec le futur interprète de *Je me voyais déjà* avait débuté, un soir de spectacle, dans ce même music-hall du boulevard des Capucines. « Ce soir-là, il m'a dit : « Tu as une mine de papier mâché. Tu devrais aller te reposer à la campagne. » Je n'étais pas très fortuné. Charles l'a compris. Il m'a dit : « Je t'invite à Galluis. Prépare ta valise, mon chauffeur viendra te chercher. » Et je me suis retrouvé dans une superbe propriété. Charles m'a aidé à recouvrer des forces, il m'a conseillé en m'expliquant comment placer les micros, comment me présenter sur scène, bref, tous les trucs du métier. » « À l'époque, j'étais un des rares de l'ancienne génération à défendre les « yé-yé », alors que tout le monde leur tapait dessus, confie de son côté Aznavour. J'avais pris Johnny sous mon aile, parce que, vraiment, les gens n'étaient pas très sympas avec lui. Un jour, je lui ai dit : « Il est temps que tu te penches sur les textes de tes chansons. » Avec son naturel, il m'a répondu : « T'as qu'à m'en écrire une ! » C'était *Retiens la nuit*. Pour Johnny, j'ai mis juste ce qu'il fallait pour que ce jeune garçon ne choque pas les aînés et séduise les jeunes. Il y a gagné une nouvelle clientèle[2]. »

Au programme, le chanteur n'a prévu que des titres déjà connus et qu'il tient à accompagner de moments visuels forts. À sa demande, Long Chris a ainsi réglé un numéro de twist endiablé avec trois danseuses, qui va devenir un des « clous » de son show. Malgré cette ambiance bon enfant et le pari réussi du chanteur, la presse continue, à faire la fine bouche.

C'est avec une condescendance sceptique que Claude Sarraute s'est rendue en « service commandé » à l'Olympia. À la différence de la précédente prestation à laquelle elle a assisté, elle va en ressortir sinon convertie, du moins fortement impressionnée par la vitalité du chanteur. Elle n'ignore pas qu'entre-temps, le cyclone Johnny a balayé les provinces françaises. « Ce public – faut-il s'en étonner ? – a sécrété une idole à son image : un grand garçon tout simple qui a fait ses classes dans le métro, appris son métier au contact des juke-boxes dans les bistrots, et qui n'a plus besoin, pour s'imposer, des outrances et des contorsions caractéristiques de ses premières apparitions en public. Il a taillé ses longs favoris blonds, troqué sa chemise de dentelle noire, son pantalon de cuir, contre le smoking des vedettes consacrées, et se contente à présent de jouer de la guitare comme d'une mitraillette, de manipuler son micro comme il le ferait d'une queue de billard. Son répertoire, souvent sans le savoir, vous le connaissez. Il va de *Souvenirs, souvenirs* à *Douce Violence*, en passant par un très bon air emprunté à Charles Aznavour, *Il faut saisir sa chance*. Et ces refrains, administrés ainsi à hautes doses, repris en chœur et scandés à grands claquements de paumes par ses fans, plongent le plus rétif dans une sorte d'hypnose difficile à secouer[3]. »

Fort de son succès auprès des jeunes, Johnny enchaîne par une brève tournée dans le nord de la France. C'est ce moment qu'il choisit pour annoncer à Hélène Mar son prochain déménagement. Le chanteur aspire à une plus grande et naturelle indépendance. Ses cachets le rendent financièrement indépendant. Sa tante n'est qu'à moitié rassurée et prend sur elle de solliciter quelques-uns de ses amis. « Elle a demandé à des truands corses les noms d'établissements où son petit Jean-Philippe ne serait pas importuné par les filles, raconte Desta avec amusement. Les truands lui ont désigné le La Bruyère, qui était alors un hôtel de passes ! Les chambres possédaient des glaces au plafond qui plaisaient beaucoup à Johnny[4]. »

Dans son nouvel antre, Johnny peut enfin recevoir sans contraintes d'horaire ses amis, de jour en jour plus nombreux. Couché à six heures du matin, levé à cinq heures de l'après-midi, son univers est la nuit. Malgré les apparences, le jeune homme souffre de la solitude. Hugues Borel, barman durant de longues années au Golf Drouot, lui propose alors, sur les conseils d'Hélène Mar, de partager son appartement, avenue des Batignolles. Johnny accepte et décide d'engager le garçon comme secrétaire. Ses activités seront nombreuses et diverses, prévient-il : repassage des costumes, réponse au courrier, distribution de photos, organisation des signatures de disques, rendez-vous pour interviews, etc. Il ignore que leur cohabitation fait déjà jaser. Le fidèle secrétaire est gay, et ne s'en cache pas. Lorsqu'un animateur célèbre d'une radio privée abordera quelques années plus tard le sujet de l'homosexualité, Johnny ne se dérobera pas : « Je ne suis pas contre. En ce qui me concerne, ça ne m'intéresse pas. J'ai de nombreux copains homos, et ça ne me dérange pas. En général, ils ont du goût, du savoir-vivre. Pendant quelques années, j'ai eu un secrétaire homo. Il n'a jamais rien cherché avec moi. Ils n'insistent pas lorsqu'on leur fait comprendre que ça ne nous intéresse pas. En revanche, le mec qui me dit pédé, une fois, je laisse passer ; une deuxième fois, idem ; la troisième fois, c'est trop[5] ! » Quarante ans plus tard, Johnny Hallyday me confirme que le sujet n'a jamais été tabou pour lui : « Je n'ai jamais eu d'aventure avec un mec. Si cela avait été le cas, je le dirais. Je considère que les gens sont ce qu'ils sont et qu'ils font ce qu'ils veulent. » Et de me préciser, si besoin était : « La seule chose que je peux vous dire, c'est que, mis en face d'un beau mec et d'une belle fille, je prends la gonzesse[6] ! »

D'après l'un des amis d'enfance de Johnny, Hugues Borel sait également jouer les rabatteurs de « jolies nanas » pour le chanteur. Ce qui ne l'empêche pas de se montrer parfois jaloux. C'est ainsi le cas lorsque son patron noue une relation avec Patricia Viterbo, jeune comédienne rencontrée du côté de la gare Saint-Lazare. « Pour Patricia, je me suis fâché avec beaucoup d'amis. J'ai même dû me séparer de mon secrétaire Hugues Borel. Hugues qui part, ulcéré, en me lançant : « Je vais écrire mes mémoires ! Je vais tout raconter ! » », se souvient Johnny avec amusement. « Hugues était amoureux de Johnny. Il avait des attitudes exaspérantes de bonne femme amoureuse. Il était jaloux de Patricia. Il lui faisait des scènes pas possibles[7] », surrenchérit Jean-Pierre Pierre-Bloch, qui travaille alors depuis peu comme manager auprès du chanteur.

Conséquence de sa fâcherie avec Borel, Johnny déménage de nouveau pour le 37, avenue Paul-Doumer, où il partage un appartement avec Long Chris et Hubert Wayaffe, animateur à Europe 1. Cette nouvelle cohabitation n'empêche nullement Johnny de gérer son fan club, essentiellement féminin. « Sur son lit, il classe son courrier, raconte Long Chris. Il exclut les demandes en mariage, s'amuse des rêves érotiques qu'il inspire à quelques dingues, et se perd dans les centaines de rendez-vous amoureux. Des photos sont jointes, qui vantent les charmes de la principale intéressée dans les positions les plus éloquentes : dans le plus simple appareil ou en bikini. On a droit aussi aux porte-jarretelles, à de la lingerie fine, aux falbalas, et tout ! Il répond gentiment à chacune par une photo dédicacée. Dans la capitale, il arrive par surprise au Golf, fait son choix parmi les coiffeuses qui viennent le lundi. Il « cartonne » à outrance. Sans limite ! Il consomme même sur place. Mais il ne s'attache plus. Échaudé, il se noie dans la quantité [...] En tournée, c'est la grosse consommation. Cent cinquante à deux cents galas par an : il y a des jours sans, mais d'autres où il fait un petit doublé... » Long Chris, en réalité, n'ose pas compter. Il constate qu'aucun bout de jupon ne résiste à son ami. « Il y a celles qu'il tient à séduire lui-même ; celles qui tombent toutes cuites ; d'autres qu'on lui présente sur un plateau ; enfin, celles qui arrivent à soudoyer le concierge des hôtels où il doit descendre, pénètrent dans sa chambre et attendent patiemment, à poil dans son lit, le bruit de la clé dans la serrure. » De ses nombreuses idylles d'un soir – que son futur ami et garde du corps Alan Coriolan chiffre à plus de dix mille[8] – Johnny m'affirme n'avoir conservé que peu de souvenirs : « Finalement, il n'y a eu que très peu d'aventures féminines importantes dans ma vie. » Et de m'assurer qu'il n'a jamais fait l'objet de demande en reconnaissance de paternité. Mais de me préciser toutefois après un bref moment de réflexion, et avec un brin d'humour : « Il y en aura peut-être après ma mort[9]. »

Johnny n'a pas affaire qu'à des midinettes faciles. À l'hôtel du Grand-Cerf, quelque part en France, Mme O..., comédienne parisienne, ne cache pas son admiration pour le chanteur. Un véritable attachement qui devient vite embarrassant pour Johnny, qui n'ignore pas que la dulcinée est déjà engagée sentimentalement. « Si tu me quittes, je te retrouverai partout ! » prévient sa possessive admiratrice. Le chanteur ne prend pas au sérieux l'aimable avertissement. Il pense également que la distance va jouer en sa faveur. C'est sans compter sur l'intrigante jeune femme qui porte bientôt plainte pour vol. Avertis, les gendarmes de l'aéroport demandent des explications au chanteur : on leur a recommandé une fouille complète de ses bagages. À sa vive stupéfaction, il découvre que sa partenaire de la nuit a glissé son sac à main entre ses chemises de cow-boy et ses jeans. L'affaire s'arrête lorsque la sensuelle Mme O... accepte de retirer sa plainte.

De retour à Paris, Johnny retrouve Patricia Viterbo. De l'aveu même d'un de ses proches, ce n'est pas le grand amour, mais Johnny se sent bien. « C'est une jolie fille avec laquelle il aime à se trimbaler, confie Long Chris. Un rien emmerdeuse comme il les aime. Elle le persuade que ses meilleurs amis veulent coucher avec elle. Les fantasmes de la jeune mythomane lassent Johnny et il n'a aucun problème pour la quitter le jour où il s'aperçoit que sa vie privée s'étale dans les journaux et que les « fuites » proviennent des indiscrétions de sa compagne. »

Pendant quelques mois, jalousie, ruptures et réconciliations ponctuent l'idylle entre la starlette et le chanteur, pour le plus grand plaisir des magazines et des quotidiens populaires. Jusqu'au drame : Patricia trouve la mort dans la Seine après que son véhicule a enjambé le garde-fou d'un pont de Paris. Effondré en apprenant la nouvelle, Johnny trouve refuge chez son ami Pierre-Bloch. « Il ne voulait pas rentrer chez lui, se souvient Jean-Pierre Pierre-Bloch, fils d'un grand résistant et futur président de la LICRA. Mes parents avaient une maison à Neuilly. Un hôtel particulier. Le lendemain matin, mon père me réveille. Il voit une tête blonde dans le lit. « Mais comment as-tu osé ramener une fille à la maison ? » Je lui réponds : « Mais non, c'est Johnny Hallyday. » Il m'interroge : « C'est qui, Johnny Hallyday ? » Je me lève pour aller au boulot. Je reviens à l'heure du déjeuner. Johnny dormait toujours. Je lui demande de venir déjeuner avec nous. Nous portions alors la cravate lors des repas. Je lui en prête une. Il mange sans mot dire. Il restera deux ans chez nous me « scotchant » pour ainsi dire ma famille, s'appropriant mon père et ma mère qui ont vécu là, tout en douceur, une espèce de « révolution culturelle ». Petit à petit, la cravate a disparu pour les repas, l'ambiance s'est détendue, même si mes parents ne s'en laissaient pas conter...

Lorsque nous partions à l'étranger ou pour des tournées, il avait le réveil difficile. Personne n'osait aller le réveiller, car il rouspétait. Ma mère Gaby a trouvé la solution : elle prenait un gant de toilette qu'elle lui plaquait sur le visage. Il n'osait rien dire. Il montrait un attachement très fort pour cette femme extraordinaire dont il admirait les exploits pendant la Seconde Guerre mondiale[10]. » Le futur adjoint de Jacques Chirac à la mairie de Paris est d'autant plus étonné que ses parents acceptent de Johnny ce qu'ils n'avaient jamais accepté de lui. « On lui faisait ses plats préférés, notamment des poulets à la purée. On mangeait ce qu'il avait envie de manger. Un jour de mai, mon père se trouvait en pleine discussion avec plusieurs grands personnages de la République, dont Mendès France. Johnny arrive sur sa moto. Mon père le salue. Johnny lui présente avec fierté l'engin, et lui propose de faire un tour du quartier avec lui. Ni une, ni deux : mon père attrape son chapeau et ses gants et enfourche la moto comme un jeune homme de vingt ans. Vous auriez dû voir la tête de Mendès France ! C'était ça, Johnny : généreux et simple à la fois. Toujours attentionné. Il n'oubliait jamais les anniversaires des uns et des autres. Il parlait de longues heures avec mes parents, avec ma mère notamment. Il se trouvait au milieu de gens qui n'attendaient rien de lui et qui lui ont donné l'amour et l'affection qui lui avaient de toute évidence manqué. Il était timide, mais toujours à l'aise, parce que se sentant en confiance[11]. »

Quelques semaines après la fin des représentations à l'Olympia, Johnny est sollicité pour participer au tournage d'un polar, *Dossier 1413*, d'Alfred Rode, avec Dora Doll et Pierre Larquey. Une brève apparition dans une séquence de cabaret au cours de laquelle il interprète deux chansons encore inconnues de son répertoire : *Une boum chez John* et *Oui, mon cher*. Dans ce film rebaptisé *Les Ballets roses* afin d'être projeté en Belgique, le comédien débutant se retrouve en compagnie de Rita Cadillac, une célèbre effeuilleuse qui fait alors les belles soirées du Lido. La presse, une fois encore, ne peut s'empêcher de prêter une liaison aux jeunes gens. Lors de sa sortie, le film, interdit au moins de dix-huit ans, est un échec commercial. Guère de regrets chez Johnny pour cette « œuvre périssable » qu'il s'empressera d'oublier.

Cette entrée par la petite porte dans le monde du cinéma ne passe pas inaperçue. Elle donne des idées à d'autres réalisateurs, parmi lesquels Marc Allégret dont Johnny fait la connaissance dans un restaurant russe de la capitale. Ce dernier le sollicite pour un rôle de son prochain film à sketches intitulé *Les Parisiennes*, série de quatre portraits de femmes de différents milieux et vivant à des époques différentes. Celui dans lequel Johnny apparaît, baptisé *Sophie*, conte l'histoire d'une lycéenne bien sage qui va rencontrer l'amour avec un jeune guitariste... La partenaire du chanteur est une autre débutante : Catherine Deneuve, récemment mariée au réalisateur Roger Vadim. Lors de sa sortie, le film reçoit un accueil mitigé. Lot de consolation, toutefois, pour le comédien-rocker : lui échoit le grand prix du festival de Bruxelles grâce à sa chanson *Samedi soir*. Pour certains critiques, il s'agit là du seul « moment de résistance [12] » du film.

Aux yeux d'autres journalistes, la rencontre du couple Deneuve-Hallyday est davantage croustillante. Johnny est manifestement tombé sous le charme de sa ravissante partenaire. « Je suis tombé fou amoureux de Catherine Deneuve le jour même où je l'ai rencontrée. Pour moi, elle incarnait l'idéal féminin. Elle me rappelait les plus troublantes héroïnes d'Alfred Hitchcock : du feu sous la glace. »

Au début des années 1990, il ira même plus loin en avouant : « Elle fut le grand amour de mes dix-huit ans. Nous devînmes très copains. Pas seulement parce qu'elle était exquise à croquer, rien qu'à la regarder, mais aussi parce qu'elle était éblouissante à l'intérieur. Elle riait, elle rayonnait, elle m'amusait, et j'en étais très amoureux[13]. » « Un amour digne des plus romantiques enfants du siècle », confie Lee selon lequel l'idylle restera tout à fait platonique. Vadim, de son côté, s'avoue perplexe. Dans son sulfureux livre de souvenirs, il se dira même meurtri par le doute. « Le mensonge, ou même le demi-mensonge, est pour moi plus difficile à supporter que la certitude d'être trompé. Contrairement à la plupart des hommes ou des femmes, je préfère savoir. Le premier choc passé, je peux oublier. J'accorde plus facilement ma confiance. C'est le doute qui sécrète le poison dans les rapports d'un couple. Un jour, à la maison, je demandai à Catherine : « Tu es amoureuse de lui ? » Elle me répondit : « Ne sois pas idiot. C'est un bon copain, rien de plus. » Formule qui m'a toujours paru des plus suspecte[14]. »

L'intéressée, pour sa part, préfère le silence. Lorsque, au début des années 1970, un magazine féminin lui posera publiquement la question sur la très discrète passion dont elle fut l'objet, elle persistera dans le registre de l'amitié : « Johnny a été le grand copain de mes dix-huit ans, et l'est toujours resté[15]. »

Une tournée d'hiver et la sortie de son premier 33 tours chez Philips, intitulé *Salut les copains*, permettent une diversion salvatrice dans la vie sentimentale de Johnny. Jean-Jacques Debout accepte une nouvelle fois de se joindre à la troupe du chanteur afin d'assurer la première partie du spectacle. Pour l'organisation des galas, Johnny Stark se repose sur son régisseur, Pierre Malleray. Du fait de sa notoriété, Johnny ne partage plus le car des musiciens comme il le faisait dans un passé récent. Une Buick le transporte dorénavant de ville en ville. Un bus à bord duquel ont pris place les musiciens des Golden Strings et les techniciens suit l'imposante voiture.

Au cours de ces tournées, certains restaurants et autres brasseries deviennent des lieux de rendez-vous incontournables. C'est le cas pour Le Reganéous, un motel situé à quelques kilomètres de Montpellier. Les bungalows, construits en fer à cheval autour d'une piscine, plaisaient à Johnny qui fréquentait avec plaisir le restaurant et le night-club attenant. « On restait là cinq à six jours d'affilée avec des filles superbes qui « chassaient la vedette », se souvient-il. Ça se terminait régulièrement par des déchirures insensées, à poil dans la piscine, à sept heures du matin ! »

Autre lieu de prédilection des chanteurs alors en vogue : Chez Gu, du nom du patron d'une pizzeria de Salon-de-Provence. Rencontres explosives, prétextes à un humour de potache. L'enfant de la Trinité adore blaguer et faire des tours pendables avec ses amis. Claude François était l'une de ses victimes préférées. « Je lui ai fait toutes les blagues possibles et imaginables : du coussin péteur (bonjour les poètes !) aux tartes à la crème, bien avant l'époque de l'entarteur fou. Invariablement, ses ravissantes choristes terminaient le repas à la table de mes musiciens. Claude, fou de rage, ne les revoyait que le lendemain matin, dans un drôle d'état, car, à l'époque, le rosé de Gu faisait des trous dans les chaussures et l'estomac. » Il va sans dire que l'interprète d'*Alexandrie* préférait la plupart du temps quitter les lieux avant que la soirée ne dégénère.

Quelques amitiés se nouent au hasard des rencontres. C'est le cas de Gill Paquet, un ancien para d'Indochine que Johnny accueille dans sa bande, après un repas mouvementé dans un restaurant de Pau.

C'est au cours de cette même tournée que Johnny rend une nouvelle visite à sa mère. Long Chris est témoin de la scène : « Arrivés en haut d'une colline, nous nous arrêtons à quelques mètres d'une belle maison de pierre blanche. C'est la seule du coin, elle surplombe toute la vallée. On respire. Tout sent bon par ici. Nous gravissons un petit sentier, les pierres roulent sous nos pieds. Une femme vient à notre rencontre, elle ôte le tablier bleu qui lui ceint la taille, relève une mèche qui lui tombe sur les yeux. Johnny s'avance vers elle : « Bonjour, maman. » Le fils prodigue fait les présentations ; je suis très impressionné, je comprends maintenant d'où viennent ces petits yeux d'un bleu si rare… Dans le jardin, un portique avec des balançoires. Il y a des enfants. Deux gamins blonds apparaissent, six, sept ans, les copies conformes de Johnny, avec toujours la marque de fabrique : les petits yeux bleus. La mère de Johnny s'est remariée, ce sont ses demi-frères, étonnants de ressemblance. Leur papa, un homme charmant, nous invite à passer à table ; le couvert est mis dans le jardin baigné de soleil. Belle journée en famille, loin des foules ! »

C'est après cette visite à celle qui est devenue Huguette Galmiche que Johnny décide de lever le voile sur ses véritables origines. Il souhaite en terminer avec son passé imaginaire d'Américain, de cow-boy de l'Oklahoma. L'illusion aura duré près de deux ans, et l'incrédulité des journalistes une nouvelle fois mise à défaut.

Ce soir de décembre 1961, Johnny a rejoint les coulisses de l'Olympia afin d'assister au spectacle de Vince Taylor, le rocker britannique présenté comme l'« ange noir du rock'n'roll ». Une sorte de jumeau diabolique de Johnny, dont les nombreux concerts se terminent en émeute. Le Français est particulièrement fasciné par le jeu de scène de son concurrent et ami, ses soubresauts, ses feulements, sa façon toute personnelle d'électriser ses fans avec ce corps élastique moulé de cuir et bardé de chaînes. Il est tout à la fois ravi et jaloux lorsque des centaines de jeunes scandent son nom. La présence d'une jeune fille blonde l'incite à cacher son angoisse. Celle-ci a interprété trois chansons dans la première partie du programme de Taylor. Il ne connaît pas encore son nom lorsqu'il apostrophe, gourmand, le jeune homme qui se tient à ses côtés : « Tu vois, mon vieux, eh bien, cette fille-là, je me la ferais bien ! » Le regard noir, Eddie Vartan lui répond : « C'est ma sœur ! » Pour réparer sa bourde, Johnny adresse dès le lendemain un télégramme de félicitations et un bouquet de roses à la ravissante blonde de dix-sept ans dont il a apprécié les lèvres boudeuses et le nez mutin, et dont il a également découvert le prénom : Sylvie.

Croit-il d'emblée à la naissance d'une idylle ? L'affaire n'est pas simple. Ses amis l'informent que Sylvie a un *boy-friend* comme on dit alors, un homme plus âgé qu'elle : Daniel Filipacchi. Johnny, patient, ne s'avoue pas vaincu. Il a raison. La jeune fille accepte une première sortie avec le rocker, lequel arrive avec deux heures de retard ! Le garçon fait oublier ce faux pas en se lançant dans une véritable cour romantique à laquelle Sylvie ne reste pas insensible. Dans les jours qui suivent, à la demande de Johnny, la débutante est sollicitée par Stark afin de rejoindre la tournée d'été du rocker. Avec la bénédiction de son frère Eddie, Sylvie accepte l'offre. « Je crois que c'est à partir de cette tournée que l'époque la plus formidable de notre vie a commencé, se souvient l'interprète de *La Maritza*. Nous étions jeunes et nous chantions pour les jeunes, ensemble[16]. »

Lors des longs et tendres moments que vont passer dorénavant ensemble les tourtereaux, Johnny découvre l'itinéraire peu banal de sa nouvelle passion.

Sylvie est née à lskretz, en Bulgarie. Sa famille avait été évacuée dans ce coin des Balkans à la fin de la Seconde Guerre mondiale. Là, la petite fille a vécu pendant cinq ans dans une maison accrochée à la montagne. Malgré le manque de confort – à l'époque, les femmes doivent sortir du village afin d'aller puiser l'eau potable dans de grandes jarres en grès –, Sylvie garde des souvenirs attendris de cette petite enfance bulgare. Elle se remémore longtemps, par exemple, des sapins que ses parents avaient plantés dans le jardin à la naissance de son frère Eddie et à la sienne. De son père la petite fille n'aura gardé que peu de souvenirs. « Il était là, mais comme une ombre. Parfois, il me prenait sur ses genoux, me chantait lui aussi des chansons, et me racontais l'histoire de Parsifal[17]. » Elle se souvient davantage de la forte personnalité de son grand-père, Robert Vartan, un homme cultivé, chanteur et peintre à ses heures, qui passait de nombreux moments à jouer avec elle, à lui apprendre à dessiner, à lire. Né presque par hasard en France, Robert aura gardé toute sa vie une tendresse particulière pour la patrie des droits de l'homme. Au point d'avoir inscrit son fils Georges au lycée français de Sofia, alors dirigé par les jésuites.

Dans la cité bâtie au pied de la Vitosa, la famille emménage dans un appartement qu'il va bientôt lui falloir partager avec des gens venus de la campagne. De cette période Sylvie gardera surtout le souvenir des jours de galère. Son père occupe pourtant alors une place privilégiée au sein du service de presse de l'ambassade de France. Pendant ses heures de loisirs, il s'adonne à la peinture, à la musique, à la sculpture. Il ne refuse pas les commandes du gouvernement en place. L'une de ses œuvres représente Staline et Dimitrov assis côte à côte en train de converser. « Maman était obligée de mettre le portrait de Staline sur notre balcon », fera remarquer plus tard Sylvie avec une moue significative.

La future interprète de *Si je chante* ne dédaigne pas le milieu des artistes que lui fait fréquenter son père. L'un de ses amis, cinéaste, sera d'ailleurs à l'origine de sa vocation. Elle a six ans lorsque ce dernier la fait tourner dans un film historique sur l'occupation turque en Bulgarie. Ce film édifiant, intitulé *Sous le joug*, exalte, on l'aura compris, le patriotisme bulgare face à la colonisation ottomane des villes et des plaines les plus riches, parmi lesquelles la vallée de la Maritza, lieu magique dont la chanteuse s'inspirera pour composer un futur succès musical. « À partir de ce moment-là, j'ai rêvé de faire ce métier d'actrice, même si, à l'époque, je ne savais pas vraiment ce qu'était un métier. Mais je pressentais à quel point ce pouvait être grisant d'être quelqu'un d'autre[18]. »

Lorsque la famille Vartan décide de quitter la Bulgarie communiste, c'est à la France qu'elle songe tout naturellement. L'affaire n'est pas aussi simple. Il lui faudra patienter de longs mois avant d'obtenir le précieux sésame. « Nous nous sommes rendus à la gare, avec, pour tout bagage, une énorme malle en osier et toutes nos provisions. Sur le quai, nous avons retrouvé mes tantes et mes grands-parents, venus nous saluer une dernière fois. Tout allait bien dans l'esprit de l'enfant que j'étais, jusqu'au moment où le train s'est mis en marche. J'ai vu alors mon grand-père, assez âgé, se mettre à courir derrière le train qui roulait de plus en plus vite. Là, j'ai brutalement compris que je voyais cet homme tant aimé pour la dernière fois[19]. »

Le long voyage en train conduit les exilés à Paris où ils débarquent gare de Lyon dans le petit matin du 24 décembre 1952. Sylvie est fascinée par le spectacle qui s'offre à elle. « Ma première vision de Paris a été, au petit jour, à la lumière des néons, un arbre de Noël rempli de bonbons acidulés en forme de quartiers d'orange et de citron[20]. » Sans ressources, les Vartan se retrouvent dans un hôtel du quartier des Halles, puis dans un établissement plus modeste à Montmartre. Là, parents et enfants vivent entassés dans une chambre minuscule que traversent parfois des souris. Malgré le règlement, Ilona Vartan, la mère de Sylvie, prépare en cachette les repas sur un petit réchaud.

Débrouillard, travailleur, Georges Vartan est bientôt engagé comme comptable chez un tripier des Halles. Quatre ans plus tard, il a enfin réuni les moyens d'emménager dans une vraie maison, au Raincy. Là, Sylvie est inscrite au lycée Hélène-Boucher. L'adolescente, coiffée d'une queue-de-cheval et portant le col roulé, supporte mal la discipline et le règlement imposés par l'établissement scolaire : pas de bas, port de la blouse obligatoire, etc. Elle supporte d'autant plus mal ces contraintes qu'elle s'apprête à entrer dans le show-business…

C'est à Eddie que Sylvie doit de débuter. Grâce à leurs parents, son frère est devenu un bon musicien. D'abord le piano, puis le cor d'harmonie. Chacun y met du sien lorsqu'il s'agit de supporter ses exercices. Puis Eddie commence à écrire des arrangements pour la maison de disques Decca, dont il deviendra par la suite un des directeurs artistiques. En 1960, l'un de ses amis s'appelle Daniel Filipacchi. Avec celui-ci, il se décide de produire une chanson interprétée par Claude Benzaken, *alias* Frankie Jordan, élève à l'École dentaire, et la chanteuse anglaise Gillian Hills. C'est en fait un « tube » qui fait alors fureur dans les pays anglo-saxons et que les duettistes se proposent d'adapter : *Out of Gas*. Pour la version française, Vartan et Filipacchi font appel à un spécialiste du genre : Georges Aber.

Sous prétexte de mener des études de commerce, Georges Poubennec, dit Aber, débarque à vingt ans à Paris pour tenter une carrière de chanteur. Fan de Fats Domino, il interprète pourtant du Brassens dans les cabarets de Montmartre. En 1955, il est l'un des premiers à défendre le rock'n'roll et Elvis que la nouvelle station privée Europe 1 diffuse dans des émissions destinées aux jeunes. Puis c'est la rencontre avec Lucien Morisse, patron des programmes de cette station, qui lui propose d'écrire des adaptations de « tubes » américains pour sa compagne, Dalida. Les mois passent. Aber enchaîne les succès. Il devient l'un des dix adaptateurs « dans le vent ».

Lorsque Eddie Vartan lui propose de se mettre au travail sur *Out of Gas*, Aber se montre dubitatif. « Je trouvais le texte un peu tartignolle[21] », confie le parolier qui se lance toutefois dans l'adaptation de la chansonnette dont le titre français est rapidement trouvé : *Panne d'essence*. Aber ignore alors que la chanteuse sollicitée au départ, Gillian Hills, fera finalement faux-bond, retenue par le tournage d'un film réalisé par Roger Vadim. Eddie Vartan décide dans un mouvement d'humeur de la remplacer. Choix difficile. « Avant de proposer Sylvie, qui était encore au lycée, Eddie nous a fait poireauter des jours entiers, reprend Aber. Moi, je n'en pouvais plus, au point que je lui ai dit : « Amène qui tu veux, ta sœur, ta cousine, la bonne, mais finissons ce p… de duo. » Il nous a finalement amené sa sœur. » Aber dissimule à peine son scepticisme. Il assiste malgré tout à la séance d'enregistrement qui se déroule dans un studio de la firme Decca, rue Beaujon. Là, il découvre une jeune fille en prise à un trac fou. Pour cacher son angoisse, elle se dit pressée d'en finir afin d'aller faire ses devoirs. Mais ces derniers attendront. « Sylvie n'avait jamais chanté de sa vie : on a commencé à quatre heures et demie et on a fini à minuit, poursuit Georges Aber, qui se dit impressionné par la ténacité de la débutante. Elle s'accrochait vraiment, malgré des crises de larmes régulières. Petit bout par petit bout, nous sommes arrivés... à bout de la chanson ! » Une fois l'enregistrement terminé, le disque souple est déposé sur le bureau de Daniel Filipacchi qui l'écoute attentivement et propose à ses partenaires de la présenter comme « chouchou » dans un prochain numéro de sa revue *Salut les copains*.

En acceptant la proposition de son aîné, Sylvie ne s'attend certes pas à un succès fou. Au cours des semaines suivantes, la lycéenne s'applique surtout à rattraper son retard scolaire. Lorsque, à la fin du trimestre, Eddie lui propose de se produire sur la scène de l'Olympia, elle hésite. Son frère tente de la rassurer. L'appréhension de la jeune chanteuse est justifiée. Le public, venu voir et écouter le rocker anglais Vince Taylor, réserve un accueil mitigé à celle que la presse a déjà surnommée « la collégienne du twist ».

Lorsqu'elle se produit en Belgique, la critique se montre encore plus virulente : « On ne sait comment décrire ce récital érotique et vulgaire jeté en pâture comme on foule aux pieds un tas d'ordures. Quatre musiciens, dont un batteriste (*sic*) digne de la camisole de force, une gamine à cheveux blonds tenant un micro devant sa bouche tel un sucre d'orge, et des cris, des cris, encore des cris scandés à la manière de sauvages hurlant de frayeur devant un réveille-matin ! On est gêné devant un tel spectacle. Gêné et inquiet de constater dans quel état d'abrutissement se vautre aujourd'hui une certaine jeunesse[22]. » Malgré ces déboires, Sylvie a décidé de s'accrocher. Elle accepte d'assurer la première partie des spectacles de Petula Clark et de Richard Anthony. Ce dernier se souvient : « Sur le plan professionnel, elle était encore bien maladroite, mais je la respectais, elle faisait des progrès et s'attelait à la tâche. J'ai rarement vu quelqu'un d'aussi tenace dans son travail, d'aussi ambitieux[23]... »

Au cours de ses tournées, Sylvie connaît d'autres moments difficiles, des publics hostiles et violents. Un soir, à Libourne, en Gironde, la salle est bourrée de marins qui n'arrêtent pas de lui lancer des pétards, des fruits, des œufs. Ces agressions, de son propre aveu, la dopent. « Je leur criais : « Vous n'en voulez plus ? Eh bien, en voici une autre ! » Je ramassais une pomme sur la scène et je hurlais : « Qui l'a lancée ? Qu'il vienne ici ! » Et ils se dégonflaient. Formidable ! Et j'en chantais une autre sous les injures et les patates. Après, j'ai pleuré, pleuré, pleuré[24]... »

Un autre soir, son tour de chant tourne à l'émeute. Tout a mal commencé : la chanteuse et ses musiciens sont arrivés en retard sur les lieux du gala, le Théâtre de Verdure du Cannet, non loin de Cannes. Ils n'ont pas la possibilité d'essayer la sonorisation. Quelques jeunes tapent des pieds et crient « Plus fort ! » lorsque Sylvie entame son premier titre. Le son, de toute évidence, est défectueux. Eddie Vartan se dirige vers la cabine du son afin de demander au technicien d'augmenter le volume. On lui fait comprendre que c'est impossible. Et on lui demande de quitter les lieux. Mais, déjà, un brigadier de police s'interpose. Il bouscule sans ménagement Eddie. Le sang de Sylvie, qui a suivi la scène, ne fait qu'un tour. Elle tente d'expliquer la situation aux spectateurs, mais son micro est définitivement coupé. Furieuse, elle quitte la scène. L'ambiance devient électrique. Sylvie évite de peu un tir de tomates et de pêches mûres. Son batteur, Gérard Huger, est en revanche légèrement blessé par un des projectiles. Les spectateurs protestent de façon encore plus véhémente. Ils exigent qu'on les rembourse. Roland Hubert, le manager de la chanteuse, est d'accord, mais il apprend que le maire, Gaston Ducros, a bloqué la recette. Pour l'édile, en effet, c'en est trop ; il a pu constater les dégâts : tous les sièges ont été saccagés. Et de menacer de déposer plainte contre la chanteuse pour incitation au désordre. « Cette Vartan s'est livrée à un jeu stupide pour se faire de la publicité[25] ! » déclare-t-il, furibond, le lendemain à la presse.

Sylvie reste incrédule. Elle ne comprend pas pourquoi des chansons simplettes suscitent autant d'animosité ou de haine. « Je ne contrôlais rien, je subissais, c'est sûr, confiera-t-elle plus tard. À seize ans, à vingt ans, on est essentiellement instinctif, on reçoit les choses de façon brute, et elles arrivaient comme des montagnes[26] ! » Certains de ses aînés profitent de l'occasion pour stigmatiser les chanteurs de la nouvelle génération. Interrogée sur leurs « exactions provoquées », Juliette Gréco déclare qu'elle ne fait pas le même métier.

Comme Johnny quelques mois plus tôt, Sylvie se voit bientôt interdite de galas dans plusieurs villes. Qu'importe ! Elle continuera quand même à chanter. Les parents s'inquiétaient, certes, mais déjà les filles étaient conquises et cherchaient à lui ressembler.

8

L'idole des jeunes

Un an après son premier Olympia, Johnny décide de quitter Paris pour s'installer à la campagne. Il fait l'acquisition de sa première maison à Grosrouvre, non loin de Montfort-l'Amaury. C'est son imprésario qui lui a déniché cette belle propriété. Son plus proche voisin s'appelle Charles Aznavour.

Au début de février, Johnny s'embarque sur le *France*. Destination : l'Amérique ! Sur la passerelle de l'impressionnant paquebot, il est photographié dans un costume de flanelle grise, avec cravate et manteau croisé. Deux semaines plus tard, conformément aux termes de son contrat avec Philips, il se retrouve à Nashville où il doit enregistrer son nouvel album. Les opérations sont placées sous la direction de Shelby Singleton, un arrangeur réputé qui a notamment dirigé de nombreux enregistrements d'Elvis Presley. Le prochain album du Français doit comporter quatorze chansons dont l'enregistrement se déroule dans le Bradleys'Studio. Les musiciens ont été triés sur le volet. Johnny est ainsi entouré d'anciens collaborateurs du « King » : Graddy Martin, Harold Bradley, Bob Moore, Buddy Harman, Ray Stevens, et surtout le légendaire Charlie McCoy. Johnny, ravi, apprécie leur savoir-faire et la *ganja*, une herbe jamaïcaine particulièrement puissante. La plupart des prises sont effectuées en trois jours. L'album, intitulé *Sings America Rockin'hits*, restera comme un disque de légende.

La matrice n'est pas encore sous presse lorsque Johnny, accompagné de Lee, s'envole pour Hollywood. Il découvre la capitale du cinéma avec des yeux d'enfant. Vêtu d'un blouson et d'un pantalon en jean, tantôt en voiture, tantôt à pied, il parcourt les artères les plus célèbres de la métropole du cinéma. Au Beverly Hills Hotel, il croise John Wayne, l'un des héros de son adolescence. Le jeune Frenchie doit se pincer pour y croire.

Puis c'est Las Vegas. Dans la ville du jeu, il espère rencontrer Sammy Davis Junior. En vain. Il fait en revanche la connaissance de la chanteuse Connie Francis avec laquelle, selon une indiscrétion du cousin Lee, Johnny passe deux jours à danser le twist. Ce nouveau rythme endiablé, lancé en Amérique par Chubby Checker, a envahi depuis quelques mois l'Europe.

Sur le chemin du retour, Johnny Stark a organisé un rendez-vous avec Ray Charles à New York. Johnny admire le chanteur non voyant dont la dernière chanson, *I Can't Stop Loving You*, a atteint depuis peu la première place des *charts* (hit-parades) britanniques. « Le manager du chanteur noir vint nous chercher, nous fit entrer dans un living-room. Ray Charles, dans la chambre voisine, parlait affaires au téléphone. Ce n'était pas la voix d'une marionnette entre les mains d'un businessman ! Ray Charles menait bien lui-même sa barque, et on suivait ses ordres », raconte Lee.

Avant de quitter la ville, Stark organise une seconde rencontre pour son poulain. C'est ainsi que Johnny fait la connaissance du boxeur Ray Sugar Robinson dans le restaurant qui porte son nom, le *Ray Sugar Interpress*. Autre lieu, autre décor : le lendemain, le jeune rocker chante au bénéfice d'œuvres caritatives américaines. Une soirée patronnée par Jackie Kennedy, la femme du Président américain, et l'ambassadeur de France, Hervé Alphand. Selon Johnny, « personne n'a l'air de se douter que nous planons, très très haut… »

Lorsque Johnny est de retour à Paris, c'est pour apprendre de Philips que son *Twist again* s'est vendu à plus d'un million d'exemplaires. En guise de récompense, il reçoit dans le cadre du bowling du Jardin d'Acclimatation sont premier « disque d'or ». La firme franco-néerlandaise ne regrette pas son investissement. Dans la foulée, elle sort le 33 tours enregistré à Nashville deux mois plus tôt.

Juin 1962 : pour ses dix-neuf ans, Johnny apparaît sur la première couverture de *Salut les copains*, magazine qui devient le prolongement de la célèbre émission de radio. Coup d'essai, coup de maître : le mensuel connaît un succès étourdissant. Ses ventes – plus d'un million d'exemplaires – ne manquent pas de susciter quelque jalousie. À Richard Anthony qui se dit contrarié de ne jamais apparaître en couverture, Daniel Filipacchi explique simplement : « Quand je mets Johnny, j'en vends énormément ! Si je te mets, toi, en couverture, j'en vendrai moins ! » La répartie n'est pas sans conséquences pour le *crooner* qui décide de suivre une cure d'amaigrissement drastique.

Pour le pragmatique Filippachi, le lancement de *SLC* est un test si positif qu'en septembre, un deuxième numéro suit, avec Elvis Presley. Le troisième sera finalement partagé entre Richard Anthony, Joey Dee et Corinne Marchand. Comme l'avait prédit l'homme de presse, ce dernier numéro n'obtient pas le succès espéré. Pour relancer les ventes suivantes, Filippachi engage ses propres photographes. Parmi eux, Jean-Marie Périer, qui fut son assistant en 1956, avant de partir pour l'armée, à l'époque où Filipacchi travaillait pour *Paris-Match*. Le fils du célèbre acteur n'a jamais caché son admiration et sa tendresse pour son *boss* : « Beau, rare, imprévisible, ne ressemblant à personne », ni pour le père de ce dernier, collectionneur passionné de tous les disques de jazz existant sur la planète, et inventeur, entre autres, du Livre de Poche. C'est à partir de ce moment qu'il devient tout naturellement l'ami des vedettes de la jeune chanson. Parmi elles, Johnny Hallyday, qui est pour lui une découverte récente : « J'avais seulement entendu *Retiens la nuit* lorsque, avec Daniel Filipacchi, je l'ai vu pour la première fois en concert, me confie-t-il. C'était en juin 1962. il chantait en anglais phonétique et les gens dans la salle répétaient après lui ! J'étais fasciné de voir comment ce mec de dix-neuf ans réussissait déjà à tenir une salle. Un peu plus tard, à l'occasion d'une première séance de photos, je me suis rendu chez lui. À mon arrivée, il dormait et j'ai dû attendre son réveil. En me voyant, il a réagi comme si on se connaissait depuis toujours. J'étais tout étonné de sa simplicité. »

Le succès commercial remporté par *SLC* encourage la presse « people » à consacrer ses unes à la nouvelle idole française. En juillet, c'est chose faite pour *Paris-Match* qui propose une couverture et un reportage de six pages à Johnny qui y apparaît dans une pose académique, vêtu d'une veste gris-bleu, d'une chemise bleu ciel et d'une cravate sombre. Un *look* de gendre idéal destiné à rassurer les lecteurs de l'hebdomadaire ?

Au cours de cet été-là, Johnny participe à quarante-trois galas à travers la France. Une tournée triomphale dans les chefs-lieux, sous-préfectures et cantons de France et de Navarre. Chaque concert attire plusieurs dizaines de milliers de spectateurs.

Les organisateurs refusent en moyenne mille à trois mille personnes par jour. Le public, souvent jeune – de sept à dix-sept ans… –, accepte de rester assis par terre, dans la poussière, autour de la scène comme naguère on se tassait autour d'une cheminée. Lorsque le chanteur lui demande de taper dans ses mains, il obéit sans ciller, parfois à contretemps mais avec tout son cœur. En général, Johnny fait « chauffer » la salle par ses musiciens pendant près d'une heure. Lorsqu'il arrive sur scène, des adolescentes lèvent les bras au ciel et s'époumonent en criant : « Johnny ! Johnny ! » Les mères présentes tentent de les calmer, rien n'y fait. Lorsqu'il attaque ses « vieux » succès – *Souvenirs, souvenirs*, *L'idole des jeunes* –, les « copains » trépignent de joie. Johnny, lui, se montre étonné de l'hystérie et du fanatisme qu'il suscite ; mais il est heureux.

Il n'est pas le seul. Johnny Stark prédit : « Johnny est parti pour une grande carrière internationale. Actuellement, j'estime qu'il est à 30 % de son rendement. »

Chaque étape est l'occasion de nouvelles rencontres et de fêtes endiablées. Certaines d'entre elles manquent de peu de tourner à l'aigre. Ainsi à Montpellier où le chanteur réussit in extremis à échapper à la vindicte d'un truand dont il avait séduit la jolie compagne, « une brune de feu » dont la beauté lui rappelle celle de Marie Laforêt dans *Plein Soleil*. « Elle venait d'épouser un patron de boîte de nuit, un peu truand, qui nous a cherchés partout en Camargue, enfouraillé comme Al Capone, raconte Johnny. En concert à Marseille, à Nice ou à Juan-les-Pins, j'exigeais de coucher chaque nuit à Montpellier, expliquant que « c'est là qu'on est bien ! ». D'où des heures et des heures de voiture. L'aventure s'est terminée à Marseille par une bagarre générale dans la boîte de « Mémé » Guérini qui a viré manu militari le truand jaloux : « Dehors ! Tu t'es trompé d'adresse et de clients. Ici, Johnny est chez lui. C'est un ami... » Le dur s'est dégonflé. »

On l'aura compris : Johnny a ses habitudes dans la cité phocéenne. Il y chante en plein air au théâtre du Pharo avant de rejoindre le vieux port où sont installés les commerces de son ami « Mémé », un personnage pittoresque dont il se souvient avec émotion : « C'était très bizarre, confie-t-il. J'étais non pas en admiration, mais terriblement impressionné, comme lorsqu'on rencontre quelqu'un d'important pour la première fois et qu'on n'est rien[1]. » Et de me conter pour la première fois le déroulement de ses visites dans l'antre du caïd : « Lorsque j'allais chez lui, au premier étage, et qu'il était là, j'avais l'impression de me retrouver dans une scène du *Parrain*. Il y avait là tous ses hommes, tout son staff autour de la table. Il me disait : « Ah, petit, viens donc ici, fais-moi un bisou. Tu vas bien ? Tu veux boire quoi ?.... Va boire un Coca là-bas... On discute entre hommes, et je te vois après ! » Je me retrouvais vraiment au cœur d'un film policier ! » Johnny l'admet, « Mémé » l'avait pris sous sa protection. « Un jour, il m'a dit : « Tu es comme mon fils, petit. Tu as n'importe quel ennui, tu m'appelles tout de suite, il n'y aura jamais de problèmes. » Et c'est vrai que je rencontrais parfois des problèmes. Lorsque vous débutez dans ce métier, il y a toujours des mecs louches qui tournent autour de vous. Alors j'allais voir « Mémé » pour lui dire : « Voilà, il se passe tel truc, ils me demandent de l'argent, sinon on ne peut pas jouer. » Il m'écoutait attentivement et me disait : « T'inquiète pas, petit, je m'en occupe[2] !" »

Lorsque plus tard le parrain marseillais ne pourra plus s'occuper personnellement des problèmes de son protégé, il déléguera l'un de ses affidés auprès de Johnny : Robert Sagna, *alias* Bob le Noir. « « Mémé » me l'a présenté en lui disant : « Tu suis le petit et tu fais attention qu'il ne lui arrive jamais rien[3]" », se souvient le rocker. L'homme, petit et rond, doté d'une jambe artificielle, est déjà une des figures du milieu marseillais. Ancien proxénète, au casier judiciaire fourni, il est bien connu, selon la formule consacrée, des services de police, qui n'ignorent pas également que Bob a assuré pendant de nombreuses années le service d'ordre de Gaston Defferre, le maire socialiste de la ville. « Je ne sais pas si l'histoire est vraie ou non, mais Robert aurait perdu sa jambe au cours d'une fusillade et après avoir sauté dans le port où une hélice d'un bateau lui tranchera le membre », me raconte Johnny. Visiblement fasciné par ce personnage « généreux et drôle », le rocker aura maintes occasions au fil des années de faire appel aux talents professionnels de son ami. Et de me révéler ainsi cet épisode peu banal de son existence au cours duquel il avait failli passer de vie à trépas : « Je n'avais pas encore trente ans. Une nuit, en sortant de la Cloche d'or, un restaurant proche de place Blanche, où tous les artistes allaient parce qu'il était ouvert toute la nuit, j'entends une balle siffler à mes oreilles. De toute évidence, quelqu'un m'avait tiré dessus et j'étais forcément inquiet. J'en parle à Robert le Noir qui me répond aussitôt : « Je m'en occupe ». Je ne sais pas ce qui s'est passé, mais je n'ai plus jamais été embêté. J'ai appris par la suite que j'avais dû avoir une histoire avec une fille qui faisait probablement partie du milieu. Une passade certes, mais qui a failli me coûter cher[4]. » Avec l'âge, Bob, comme Johnny, s'assagit en délaissant autant que faire se peut sa vie de marginal pour le commerce et le *show-biz*. Il est alors patron d'un restaurant « branché » situé rue Lulli et d'un piano-bar près du Vieux Port, lorsqu'il est sollicité en 1983 par Juliet Berto afin de participer au tournage du film *Cap Canaille*… La même année, Johnny se produit au Parc Chanot à Marseille et entre deux chansons tient à présenter au public son « ami Robert ». Malgré une fidélité dans l'amitié à toute épreuve, – Johnny m'affirme avoir été de tous les anniversaires de Sagna dans le Midi et de s'être rendu à plusieurs reprises à son chevet peu de temps avant sa disparition dans les années 90 –, le chanteur évitera avec une grande sagesse tout mélange des genres. Autrement dit à rester à sa place avec ses dangereux protecteurs. « Mes amitiés avec ces gens-là ont toujours été désintéressées, me commente Johnny. Je ne leur ai jamais rien demandé, donc ils n'avaient rien à exiger en échange. Si jamais vous tombez dans ce piège, vous ne vous en sortez plus. Sinatra a eu affaire à la pègre américaine et il n'a jamais pu s'en dépêtrer durant toute sa vie. À la limite, c'était devenu comme un contrat[5]. »

Dans les années 60, c'est encore dans la cité phocéenne que Johnny fait la connaissance de Gaëtan Zampa. Une autre figure de proue du milieu marseillais spécialisée dans la prostitution, les braquages, le trafic de stups et les machines à sous. La rencontre se réalise par l'intermédiaire de l'incontournable Robert le Noir, me révèle un ancien associé du parrain alors propriétaire du Vamping, le dancing de l'anse du Catalan sur la Corniche[6]. Et de m'expliquer comment « Tany la Noisette », ainsi qu'on surnommait Zampa, souhaitait alors réserver une surprise à ses jeunes sœurs Francine et Josette paralysées par une poliomyélite et fans du chanteur. Un service amical auquel Johnny se prête volontiers en interprétant quelques chansons au domicile des jeunes malades. Une faveur dont le souvenir reste flou aujourd'hui dans la mémoire du rocker. « Je me souviens d'avoir effectivement chanté dans le Midi pour des infirmes, mais je ne me rappelle pas qu'il s'agissait des sœurs de Zampa[7] », conclut-il.

Malgré ses protecteurs, Johnny est fréquemment victime de provocations verbales ou physiques. La plupart du temps, elles émanent de casseurs venus là pour se défouler, avec lesquels le chanteur n'hésite pas à faire le coup de poing. Des débordements qui ne manquent pas de lui attirer quelques piques. « Autrefois, les chanteurs chantaient. Johnny Hallyday, lui, n'utilise que rarement ses cordes vocales. Ses principaux instruments de travail sont ses poings et les pare-chocs de ses voitures », ironise ainsi l'écrivain Paul Guth. Et de poursuivre : « Il crée une nouvelle espèce de chanteurs : le chanteur-boxeur-carambo-leur. Sa route est semée de dents cassées, d'yeux pochés, de bleus, de horions et de cicatrices. Quant à sa voiture, il l'utilise uniquement comme bulldozer pour déraciner les arbres, faucher les bornes lumineuses[8]. »

Dans l'entourage de Johnny, on commence à s'inquiéter de cette mauvaise presse. Si les premiers scandales, les premières émeutes ont servi le Johnny des débuts par leur impact publicitaire, ces incidents répétés lui portent un préjudice professionnel incontestable. Sans parler des conséquences financières. L'artiste va ainsi perdre plusieurs millions de francs à cause des échauffourées qui l'obligent à annuler gala sur gala. À l'inverse, il est parfois sollicité pour des causes plus honorables. Ainsi, après un concert donné à Thionville, il reçoit la visite de mineurs en grève. Touché par leur mouvement, le chanteur leur fera remettre quelques heures plus tard par Jean-Pierre Pierre-Bloch la recette de son concert. Son ancien secrétaire se souvient : « On arrivait en Buick. On devait jouer la matinée et la soirée. Johnny m'envoie aux renseignements pour savoir ce qui se passe vraiment. Je reviens en lui expliquant que ce sont des grèves dures, que les mecs sont pas payés depuis plusieurs semaines. Il trouve cela choquant. Il me renvoie chercher l'un des responsables syndicaux pour lui dire qu'il va offrir les recettes des deux spectacles. Je vois le gars. Je lui raconte le souhait de Johnny. Le soir, une délégation arrive. La recette lui est remise. Lorsqu'on rejoint notre hôtel, une haie d'honneur nous attend. Tous les mineurs sont là, le casque sur la tête et la lampe allumée. J'ai vu Hallyday avec de grosses larmes[9]. »

25 octobre 1962 : Johnny retrouve la scène de l'Olympia. Le chanteur joue gros. Il n'ignore pas qu'on attend sans complaisance sa prestation. Pour la scène, il a choisi un smoking bleu, une chemise blanche à jabot, un pantalon de Skaï noir moulant. Parmi les tableaux scéniques : un ballet rock dont sa nouvelle chanson, *La Bagarre*, sert de support musical. La séquence voit Johnny triompher de trois danseurs « voyous » menés par le cousin Lee. Son jeu est inspiré d'un récent film au succès mondial, *West Side Story*. Après six semaines de triomphe au cours desquelles Philips enregistrera son second album *live*, Johnny offrira à chacun de ses musiciens un magnifique chronomètre en or. Quant au public de la première, il réserve au chanteur une *standing-ovation*. Au premier rang, une spectatrice aux mains gantées de blanc applaudit avec enthousiasme. Marlene Dietrich, l'inoubliable interprète de *L'Ange bleu*. Dans les coulisses, Bruno et Paulette Coquatrix retiennent leur souffle. Lorsque Johnny sort de scène, le patron du music-hall se précipite sur son artiste pour l'embrasser, sans lâcher son éternel cigare dont Johnny se souvient encore aujourd'hui. « Il me prend à bras le corps, en oubliant son cigare qui me brûle la joue ! » raconte le rocker qui sera contraint d'achever les représentations suivantes avec un sparadrap sur la figure.

Malgré l'enthousiasme du public, le chanteur continue d'être la cible de journalistes grincheux. Philippe Bouvard fait partie de ceux-là : « Vers 22 h 30, précédé de son orchestre et de sa renommée, M. Hallyday fit son entrée, écrit le futur animateur-vedette des *Grosses têtes*. Des sifflements d'enthousiasme fusèrent. Le géant chlorophyllé commença un récital dont le moins qu'on puisse dire est qu'en dehors des qualités vocales, dont je n'ai pas à juger, il fait appel à des qualités physiques indéniables. Tantôt menaçant la salle du doigt, tantôt se tenant le ventre, se tortillant du bassin, roulant des hanches, il se servait du micro comme d'une lance d'arrosage. L'hystérie de la salle gagna l'orchestre. À moins que ce ne fût le contraire. Je ne sais plus. À perte de vue, les gens trépignaient, battaient des mains et tiraient de leur poitrine toutes sortes de gloussements bizarres de contentement qu'aucun musicien d'avant-garde n'a encore osé inscrire sur une partition [10]. »

Comme un pied de nez au journaliste, c'est dans les jours qui suivent que Johnny apprend la nouvelle : il va faire prochainement son entrée au musée Grévin ! Une sorte de « révolution culturelle », puisqu'il est le premier chanteur rock à figurer dans la galerie du légendaire établissement. C'est peu dire également qu'il se retrouve en bonne compagnie, puisque ses voisins s'appellent Charles Trenet, Édith Piaf et Tino Rossi. Sollicité par un quotidien parisien, ce dernier saisit l'occasion pour prédire à nouveau un bel avenir à son cadet : « Je pense qu'il fera une carrière similaire à la mienne ou à celle de Maurice Chevalier, car il a une véritable clientèle, un public qui lui est fidèle et qui se renouvellera au fil des années [11]. »

Quelques semaines plus tard, Johnny connaît une seconde consécration : le service de presse du Carnaval de Nice annonce que le masque le plus vendu est le sien. À la septième place l'année précédente, l'idole des jeunes fait un bond en avant grâce à sa popularité grandissante, battant ainsi à plates coutures les habituels héros de carton et de papier mâché puisés dans l'actualité : le général de Gaulle, Nikita Khrouchtchev et l'actrice Brigitte Bardot.

Quinze jours après, Johnny se soumet aux devoirs réglementaires du service militaire alors obligatoire. Le traditionnel conseil de révision se déroule au Fort de Vincennes. Tout naturellement, le chanteur est déclaré « bon pour le service ». À sa demande, il bénéficie d'un sursis qui doit lui permettre d'honorer une série de nombreux contrats.

Le premier de ses engagements le mène au Liban. L'accueil réservé au futur soldat Smet au casino de Beyrouth est particulièrement chaleureux. Trop, au goût des autorités libanaises qui, sur décision du Premier ministre, Kamal Joumblatt, prient le rocker de rentrer en France. Aussitôt prévenu par Georges Carrière, responsable de la tournée moyen-orientale, Stark est furieux : « Faites intervenir le ministre de l'Intérieur au Liban, c'est un ami personnel. Il n'y a pas de raison ! » L'affaire frôle l'incident diplomatique. Jean-Pierre Pierre-Bloch, qui fait partie du voyage, raconte la folle épopée : « On s'est littéralement fait jeter comme des malpropres ! Pour Joumblatt, les « yé-yé » que représentait Johnny relevaient de l'indécence. En réalité, les autorités libanaises avaient peur de leur propre jeunesse[12]. » Agnès Hélou, alors adolescente, faisait partie de cette jeunesse frustrée par l'annulation des concerts du chanteur français. Appartenant à la bonne bourgeoisie libanaise, elle attendait depuis plusieurs semaines la venue de son idole française qui incarnait en effet, à ses yeux, un vent nouveau au pays du cèdre, qu'elle jugeait particulièrement conservateur[13].

De retour en France, Johnny décide de se séparer de plusieurs de ses musiciens. Les Marseillais Belloni et Rubio aspirent à une existence plus sereine.

Ironie du destin : le premier trouvera peu de temps après une fin tragique dans un accident de la circulation. Quelque temps auparavant, Martin et Horn ont également quitté le groupe, suite à un différend d'ordre financier. « Cela s'est passé au cours d'un gala en Belgique. Nous avons eu alors une affaire de fric, me raconte Jean-Pierre Martin. Nous n'étions pas très bien payés : cent vingt francs par gala. J'ai demandé à être augmenté de trente francs supplémentaires. Les recettes étaient bonnes. Je n'ai pas parlé directement à Johnny, qui n'y voyait pas d'inconvénients. Mais Stark a refusé catégoriquement. Johnny était ennuyé. Il a insisté pour que je reste à ses côtés. Mais je n'avais plus envie. Je suis donc parti[14]. »

Pour remplacer ses anciens musiciens, Johnny fait appel au Britannique Bobbie Clarke, un ancien batteur de Vince Taylor, et à deux Français : le guitariste Claude Djaoui et le saxo Gérard Pisani. Le nouveau groupe prend pour nom les Golden Stars.

À la fin du même mois, Johnny s'envole pour Londres, mais son premier gala se solde par un semi-échec. Au cours de virées nocturnes, il fait la connaissance de Mick Jagger, le chanteur vedette d'un groupe qui commence à faire parler de lui : les *Rolling Stones*. Puis, un autre soir, il fait une rencontre étonnante avec un drôle de type sympathique et tenace. « Il était quatre heures du matin et il bégayait qu'il était peintre, voulait qu'on visite son atelier sur les bords de la Tamise. Il nous a eus à l'usure : on l'a suivi », raconte Jean-Pierre Pierre-Bloch, présent aux côtés de Johnny. L'homme vivait effectivement au milieu des toiles. Des toiles étranges sur lesquelles dansaient des corps désarticulés. Aussi fou que généreux, il insiste pour en offrir une au chanteur français. C'est en descendant les Champs-Élysées, vingt ans plus tard, que Jean-

Pierre Pierre-Bloch a comme une révélation : une affiche annonce une exposition au Grand Palais. Pour lui, le doute n'est pas permis. Il décroche son téléphone et s'entretient avec Johnny. « Je lui ai demandé s'il se souvenait du peintre londonien, cet emmerdeur, et je lui ai annoncé qu'il s'agissait de Francis Bacon ! Il connaissait le nom, mais ne se souvenait plus du tout où il avait pu mettre la fameuse toile. Je lui ai dit : « Tu sais combien ça vaut, un Bacon ? Dans les trois millions de dollars ! » J'ai eu beau insister, il ignorait ce qu'était devenue l'œuvre du peintre. Pis, je pense qu'il avait dû s'en débarrasser au cours d'un de ses nombreux déménagements[15] ! »

De retour à Paris, d'autres rencontres attendent le chanteur. Parmi elles, celle de Josette Sureau, une admiratrice de la première heure, à laquelle il décide de confier la gestion de son premier « fan club ». Le titre est loin d'être honorifique. À elle, dorénavant, de gérer le volumineux courrier que reçoit Johnny : trois mille lettres environ par jour ! Une tâche qui ne rebute pas la jeune Parisienne dont le rêve s'est enfin réalisé : vivre dans l'entourage de son idole, ce qu'elle faisait déjà de longue date. « Je n'ai jamais su comme elle s'y prenait, mais Josette avait tissé autour de Johnny un véritable réseau d'espions, se souvient Alan Coriolan, le nouveau garde du corps de Johnny. Elle avait sa CIA, ses informateurs ! Qu'on soit en été ou en hiver, qu'il neige, qu'il pleuve ou qu'il vente, quand, en tournée, Sacha arrêtait la voiture devant l'hôtel, on y trouvait déjà Josette, se souvient Coriolan. De quoi vivait-elle ? Mystère ! Elle faisait la route en stop, mangeait des sandwiches, et la nuit dormait dans le couloir, à deux pas de la chambre de Johnny. Jojo l'aimait bien. Les jours de bonne humeur, il lui souriait, lui disait bonjour. Mais les jours d'orage, elle finissait par lui taper sur les nerfs à être toujours là avec son appareil photo. « Vire-la-moi ! » me disait-il. Alors je virais Josette. Plus ou moins gentiment, parce que moi aussi, j'avais mes humeurs. Mais allez décourager quelqu'un comme Josette… Sortie par la porte, elle rentrait par la fenêtre, et, au besoin, elle serait passée par la cheminée… De tous les galas que Johnny a pu donner à travers la France, Josette n'en a pas raté un seul. Elle n'avait pas d'argent ? Qu'importe. Elle se débrouillait pour rentrer quand même. Elle arrivait au théâtre ou à la salle de spectacle avant l'ouverture et se faisait engager. Donnant-donnant : bénévolement, elle distribuait le programme, se rendait utile d'une manière ou d'une autre, et, du coup, elle assistait au gala gratuitement. »

Dès que l'occasion lui en est donnée, Johnny retrouve Sylvie Vartan. La jeune fille vit à l'époque chez ses parents, avenue Michel-Bizot, dans le XIIe arrondissement. Pour mieux signaler sa présence, le séducteur vient parfois rôder dans le quartier au volant de sa voiture. « Je parcourais les trois petites rues et le bout d'avenue qui entourent son immeuble en faisant rugir le moteur et en pianotant frénétiquement sur les boutons de mes deux avertisseurs de route (américains et surpuissants). Au bout de dix minutes de ce jeu (interdit), j'étais sûr qu'elle s'était réveillée et qu'elle avait compris le message. » Sa timidité l'empêche pour l'heure de déclarer franchement sa flamme. Il se confie à Lee : « Je crois que j'ai trouvé la femme de ma vie… Elle me comprend. On peut parler métier. C'est important de s'entendre bien ! »

Lorsque la presse s'en mêle en affirmant que la vedette semble dépitée de devoir endurer l'éloignement de Sylvie, Johnny cache son jeu : « Sylvie est une copine. C'est tout. Bien sûr, ça ne me déplairait pas de l'épouser. Mais j'aimerais aussi épouser Françoise Hardy[17]. » Les journalistes se sont pas dupes et continuent d'évoquer à loisir l'idylle naissante. « Depuis quelque temps, c'est toujours la même jeune fille qui tend dans les coulisses un verre d'eau à Johnny Hallyday et qui essuie la sueur de son front entre deux chansons, écrit l'un d'eux. Cette jeune fille est la chanteuse Sylvie Vartan. On affirme même que, bientôt, elle pourrait s'appeler Mme Hallyday[18]. » D'autres plaignent les « fans » des deux idoles. Face à une situation qui risque de lui échapper, Johnny demande à Eddie Vartan et à Johnny Stark de monter au créneau. « C'est une invention ! », jure le premier. « Il n'est pas question de mariage, Sylvie est une copine de Johnny ! », confirme le second.

Comme pour faire diversion, Johnny s'envole pour Carcassonne où il va retrouver Abel Gance, le célèbre réalisateur de *Napoléon*. Les deux hommes s'étaient rencontrés quelques mois auparavant en Italie. Jean-Pierre Pierre-Bloch se souvient : « Ce soir-là, on dînait dans un restaurant romain en compagnie de Jean-Pierre Cassel. On apprend qu'Abel Gance est descendu dans le même hôtel que nous, l'Excelsior. Johnny me demande de solliciter le metteur en scène qui accepte l'invitation. Entre le patriarche de la caméra lyrique et le grand jeune homme blond, un mystérieux contact s'est établi : Johnny a même réussi à l'emmener dans une boîte de nuit pour danser ! On avait loué une Mercedes. On faisait la fête tous les soirs[19]. » Pour leur seconde rencontre, Johnny a pris l'avion à Orly et a atterri dans le sud de la France. Ce jour-là, le chanteur arbore une chemise rayée gris et rouge, un foulard anglais et un blouson de cuir. Le metteur en scène évoque avec le jeune chanteur le nouveau montage de son célèbre *Napoléon*, pour lequel il sollicite de sa part une brève apparition. Johnny est aux anges de participer à une œuvre historique dont la nouvelle mouture, produite par Claude Lelouch, ne verra pourtant le jour qu'en 1971, dans une variante hybride intitulée *Bonaparte et la Révolution*. De leurs échanges, le chanteur se rappelle encore aujourd'hui avoir évoqué tour à tour le Golf Drouot, l'Espagne et le métier de comédien. « Si tu veux vraiment faire du cinéma, pars pour New York et inscris-toi aux cours de l'Actor's Studio », lui avait alors conseillé le réalisateur.

Pour l'heure, Johnny rejoint les lieux de tournage de son troisième film, *D'où viens-tu Johnny ?*, une production musicale imaginée et mise en scène par Noël Howard, vieux routier d'Hollywood exilé en France. L'histoire, écrite par Christian Plume et Yvan Audouard, futur journaliste au *Canard enchaîné*, raconte les aventures de Johnny Rivière (Johnny Hallyday), impliqué dans une sombre affaire de drogue qui l'oblige à s'enfuir en Provence, dans le mas d'un ami de son père. Naturellement, les extérieurs sont réalisés dans le Midi, non loin des Saintes-Maries-de-la-Mer où Johnny apprend à lutter avec un jeune taureau. Aux côtés du chanteur, plusieurs débutants : Sylvie Vartan, Daniel Cauchy, Jean-Jacques Debout et Pierre Barouh, ainsi que quelques comédiens chevronnés. Parmi eux, Fernand Sardou, le père du futur chanteur, également présent sur les lieux du tournage. Michel est d'autant plus impressionné qu'il est probablement un des rares artistes à avoir collectionné ses disques avant même de le connaître. Sa mère, Jackie, la truculente comédienne, résume ainsi la fascination qu'exerçait sur son fils l'interprète de *Souvenirs, souvenirs* : « Je mentirais en disant que l'acteur qui l'a le plus fasciné dans ce film fut son père. Mais Johnny était déjà l'idole de Michel. Maintenant, il allait le connaître, lui parler, le voir tous les jours, lui qui ne rêvait que de lui, ne jurait que par lui[20]. » « Michel était déjà un fan de Johnny, curieux de tout ce qui se passait devant et derrière la caméra, complète Carlos. Il était timide, mais riait de bon cœur à mes bêtises et à celles de Jean-Jacques Debout qui avait écrit la musique du film. Il avait quatre ans de moins que nous, ce qui était beaucoup alors. Nous étions déjà de vieux jeunes hommes, puisque nous avions vingt ans passés, et lui presque encore un enfant, puisqu'il n'en avait que seize, mais on savait, en croisant son regard, qu'il jouerait un jour dans la cour des grands. »

C'est finalement par l'intermédiaire de Fernand Sardou que Johnny fait la connaissance du jeune Michel. « Pendant une pause, Fernand me dit avec l'accent : « Écoute Johnny, il y a le petit qui fait des chansons. Je voudrais te le présenter. Je sais bien que ce n'est pas rigolo, mais, tu comprends, c'est le petit… » Il était un peu emmerdé, quand même. Et voilà que débarque, je m'en rappellerai toujours : Michel… en culottes courtes. Et il commence à me chanter un truc comme ça, sans accompagnement. En entier. Alors moi : « Ouais, c'est pas mal… Il faudrait peut-être le travailler encore un peu… » Qu'est-ce que je pouvais lui dire de plus[21] ? »

Sur le plateau, Johnny, malgré sa notoriété, entretient des rapports d'une grande simplicité avec l'équipe des techniciens et les figurants. Ces derniers, pour la plupart des gardians, se disent même étonnés par ses qualités de cavalier. Lorsque les producteurs décident d'organiser une fête au Mas Cacharel à l'occasion du vingtième anniversaire de l'idole, c'est un cheval qu'ils pensent tout naturellement lui offrir. Un cadeau pas totalement dénué d'arrière-pensées, toutefois : Johnny a lancé depuis peu les pantalons au bas de la jambe évasé, identiques à ceux qui leur sont très souvent demandés par les touristes en visite dans la région.

Pour le réalisateur-metteur en scène, le comédien-chanteur étonne par son sérieux et sa rigueur. À plusieurs reprises, guère satisfait de son jeu, il lui demande de rejouer plusieurs scènes. Certaines prises particulièrement « physiques » ne sont pas sans risques. L'une d'elles prévoit une arrivée au grand galop, le cavalier devant sauter du cheval pour se retrouver finalement sur une table. Noël Howard a prévu un cascadeur, mais Johnny propose de tourner lui-même la scène. À son grand dépit : « J'ai raté mon coup parce que le cheval a fait un écart, raconte Johnny. Si bien qu'au terme d'un bond de six mètres, je me suis retrouvé le dos contre la palissade, avec un clou enfoncé dans... le bas des reins ! » Muscles froissés, côtes malmenées, piqûre antitétanique : le médecin appelé à la rescousse impose cinq jours d'arrêt et de repos complet à l'apprenti cascadeur qui jure de la « refaire ». « Ce jour-là, se souvient de son côté Pierre Barouh, Johnny a également su montrer un sens profond de la comédie. Après sa chute, il ne s'est pas relevé immédiatement. Il a feint un évanouissement. Dans son esprit, la caméra continuait de tourner et il ne fallait pas gâcher la scène. Un sens de l'à-propos digne des plus grands acteurs[22]. »

Entre deux cascades, Johnny saute dans son nouveau bolide, une Ferrari, pour rejoindre Saint-Tropez. Là, il passe une partie de la nuit à danser dans les boîtes de nuit pour revenir avant le début du tournage de la matinée. Un soir, il est l'invité de Brigitte Bardot à *La Madrague*. Pour faire plaisir à son hôtesse, il improvise un « bœuf » devant l'icône des *sixties*, particulièrement ravie. Immanquablement, les gazettes du cœur laissent bientôt entrevoir la naissance d'une idylle entre les deux stars, ce que s'empressent de démentir aussitôt les intéressés. Authentique, en revanche, le séjour suivant de

Johnny, quelques semaines plus tard, dans le village balnéaire le plus célèbre de France. Dans un des restaurants, le jeune chanteur, torse nu, asperge de plusieurs seaux d'eau ses potes, de son propre aveu déjà complètement défoncés.

C'est Sacha Distel, alors fiancé officiel de BB, qui lui a fait découvrir Saint-Tropez l'année précédente. Une attention pour laquelle le neveu de Ray Ventura devait rapidement se mordre les doigts. « C'est au début de l'été que j'ai sympathisé avec Johnny Hallyday, que j'ai persuadé de venir avec moi à Saint-Tropez, raconte avec humour l'interprète de *Scoubidou*. Georges Bain venait d'acheter une « campagne ». Ce que les Tropéziens appellent « campagne », c'est une maison située à cent mètres de la leur, mais qui, pour eux, représente déjà l'exotisme. Georges Bain me prêta donc sa « campagne » tout à fait « rustique », et j'y ai hébergé Johnny. Après huit heures cinquante de voiture dans ma nouvelle Porsche en sa compagnie, j'étais tellement fatigué que je n'ai pas pu le suivre quand il décida d'aller prendre un verre dans une boîte. Pendant que je dormais du sommeil du juste, Johnny, *Chez Ghislaine*, buvait énormément. C'est dans un joli état qu'il a « emprunté » une Jeep avec ses nouveaux copains – et les miens, d'ailleurs –, Manuel et Mario, les coureurs automobiles portugais que j'avais rencontrés à Lisbonne. Après avoir ramené Johnny à la « campagne » de Georges, les Portugais sont tout naturellement rentrés à Saint-Tropez et ont remis la Jeep en place. Malheureusement, celle-ci appartenait à Félix, dont nous avions lancé le restaurant – le Tahiti – sur la plage de Pampelonne, quelques années plus tôt. Le lendemain matin, une fois levé, je prenais mon petit déjeuner au Café des Arts quand c'est le chef de la police lui-même qui m'a mis au courant. Félix avait porté plainte contre moi, car il savait que les

Portugais étaient de mes amis. Il était bien embêté, ce policier. Il n'aimait pas les complications, mais faisait quand même son métier. J'ai téléphoné à Félix pour lui dire que je n'avais rien à voir dans cette histoire, mais sa femme m'a raccroché au nez : « Ça devait vous arriver, m'a-t-elle dit, avec toutes les conneries que vous faites ! » J'ai tout de même pu joindre Félix, qui a accepté de retirer sa plainte à condition que les Portugais l'indemnisent et lui versent 50 000 francs de l'époque[23]... »

Malgré les cartons d'invitation dessinés par Bernard Buffet, le peintre à la mode, et la grande première organisée le 30 octobre 1963 à l'Olympia, *D'où viens-tu Johnny ?* est un échec commercial cuisant. La star juge aujourd'hui plutôt sévèrement ces films de chanteur « à la Elvis Presley » : « Je les ai faits, mais c'est justement ce que j'essaie d'éviter aujourd'hui, parce que ce sont souvent de mauvais films, des prétextes. À moins qu'on ne fasse des comédies musicales, mais moi je ne suis pas un fanatique des comédies musicales. J'aime bien le cinéma pour rêver, et sitôt que je vois quelqu'un chanter, ça m'enlève la part de rêve. C'est sans doute vraisemblablement pourquoi je n'aime pas le *playback* : on se sent con en mimant une chanson qu'on a déjà chantée[24]. »

Seule consolation pour Johnny, le succès remporté par les chansons du film : *Pour moi la vie va commencer*, *Ma guitare*, *Rien n'a changé* et *À plein cœur*, celle-ci interprétée en duo avec Sylvie Vartan. Cette dernière a été signée par Georges Aber, le parolier de la fameuse *Panne d'essence*. Paradoxalement, Aber fait la connaissance de Johnny alors que ce dernier interprète ses chansons depuis déjà plusieurs mois. « Je l'ai croisé un jour de 1961 à La Cloche d'Or, à Pigalle, le restaurant qui était le repère du show-biz de l'époque. C'était ma cantine.

Le patron s'appelait Robert, il me disait : « Je vous ai préparé votre bureau. » Cela signifiait : « J'ai dressé votre table », tellement on parlait boulot et on faisait du business dans son restaurant. On venait m'y réclamer des « tubes » à longueur de repas. Un jour, donc, je vois passer Johnny avec sa bande – je l'ai toujours connu avec une clique derrière lui –, il venait d'enregistrer *Ya-Ya*. Nous nous sommes dit bonjour. Quelque temps après, il me demandait enfin une chanson. J'ai écrit *Madison Twist*, car Johnny avait très peur de l'arrivée de Billy Bridge, le prince du madison : il ne voulait pas rater le virage. J'ai appris plus tard qu'il ne voulait jamais rater le virage, si virage, même éventuel, il y avait. Ce sera pareil au moment des hippies, de Polnareff, puis de Berger et Goldman. J'ai proposé une idée maligne, le *Madison Twist*, pour permettre à Johnny de ne pas lâcher le twist, tout en se mettant au madison, et ça a marché. Johnny a survécu, et Billy Bridge, tout comme le madison, sont tombés dans l'oubli ! »

Pour son nouveau « client », Aber continue d'écrire succès sur succès. Le premier s'intitule *Da dou ron ron*, que le parolier avait d'abord pensé faire interpréter par Frank Alamo. C'était compter sans le flair et les exigences de Johnny auquel Aber rend visite sur les lieux du tournage de *D'où viens-tu Johnny ?* « Tout à coup, Johnny, qui s'emmerdait à cause des longs moments d'attente, me demanda sur quoi je travaillais alors. Je lui répondis que j'étais en train de travailler sur une chanson pour Alamo. Après un sourire, Johnny demanda à l'entendre ; je n'étais pas très chaud, et je lui répondis que, de toute façon, ce n'était pas son genre. Il a tellement insisté que j'ai dû lui faire écouter la version originale des Crystals. À peine l'audition terminée, il me dit : « Je la veux ! » À la fois étonné et gêné, je lui réponds que ce n'est pas possible, que je ne peux pas faire ce coup-là à Alamo. Johnny s'emporte et me menace. C'est d'ailleurs un jeu, celui du chantage, que nous avons souvent pratiqué. Je cède donc, et il me demande alors de faire des paroles dramatiques sur cette chanson, en expliquant que, contrairement à d'autres, il ne peut pas chanter des conneries ! Je suis rentré chez moi, j'ai raconté l'histoire à ma femme et j'ai écrit : *Quand l'amour s'en va, que tout est fini...* »

En Provence, les prises de vues de *D'où viens-tu Johnny ?* ne sont pas encore achevées lorsque Daniel Filippachi et Frank Ténot proposent aux auditeurs d'Europe 1 le rendez-vous d'un grand concert gratuit qu'ils veulent organiser place de la Nation à Paris. Le prétexte en est l'anniversaire de l'émission *Salut les copains*. Au programme mis sur pied par les duettistes : Danyel Gérard, Mike Shannon, Les Chats sauvages menés par Dick Rivers, les Gam's, Richard Anthony, Sylvie Vartan et Johnny Hallyday que Lucien Morisse envisage, pour la circonstance, de faire ramener de Camargue par avion spécial.

Dans l'esprit des organisateurs, le spectacle, présenté par Jacques Martin, doit se dérouler comme une grande fête, même si les industriels du disque avaient compris depuis quelques mois que la jeunesse rock pouvait constituer un marché juteux. Selon leurs prévisions, trente à quarante mille spectateurs risquent de répondre à leur invitation. L'époque n'était pas encore aux gigantesques rassemblements humains à l'occasion de concerts. À six heures du soir, ils sont déjà trois mille massés devant le podium installé quelques heures plus tôt. Trois heures plus tard, plus de cent mille « fans » ont rejoint la place de la Nation. L'ambiance devient vite électrique. Dans les arbres, sur le toit des voitures, des milliers de jeunes gens se débrouillent pour occuper la meilleure place afin d'assister à un spectacle dont ils ignorent encore qu'il deviendra historique.

9

La Nation en folie

Il est vingt et une heures lorsque l'avion privé loué par Europe 1 atterrit à Orly. Il a quitté l'aérodrome de Nîmes deux heures plus tôt. Johnny et Sylvie sont à bord. À Orly, un chauffeur les attend. Arrivée aux abords de la place de la Nation, la voiture ne peut plus avancer. Le chauffeur reçoit consigne de conduire le couple au commissariat du XIIe arrondissement. De là, un « panier à salade », comme on l'appelle, se fraiera un passage à travers la foule. Plusieurs centaines de jeunes continuent d'affluer. Dans leur véhicule protégé, Johnny et Sylvie reconnaissent la voix de Richard Anthony qui vient de commencer à chanter. Lorsque le couple arrive enfin à proximité du podium, une marée humaine le saisit et le porte littéralement jusqu'à l'estrade. « D'en bas, je ne me rendais pas compte de ce que représentait cette foule, confie Sylvie. C'est une fois sur le podium que j'ai réalisé, et alors j'ai eu peur. On ne peut pas savoir ce que c'est que d'entendre scander son nom par cent à deux cent mille personnes : ça donne des frissons, on se sent atrocement seul… » De son côté, Johnny se montre détendu, et, lorsque Sylvie est invitée à rejoindre la scène, il l'encourage en lui hurlant à l'oreille : « Vas-y, tu vas faire un malheur[1] ! » Espoir déçu : Sylvie ne remporte pas le triomphe attendu. Applaudissements et sifflets se mêlent au moment où elle quitte la scène. La jeune chanteuse manque à l'évidence de métier. Johnny, qui n'a pas chanté à Paris depuis quelque temps, prend la chose comme une sorte de concours et, par défi, est bien décidé à se jeter au cœur de la mêlée. Cent cinquante mille jeunes attendent sa prestation. Mais, déjà, ils sont plusieurs dizaines à se bousculer face un service d'ordre débordé. Dans la panique générale, les policiers relèvent quelques blessés. Un dérapage de trop pour la presse qui stigmatise dès le lendemain, de la même façon, les organisateurs, les artistes et tous ces « blousons noirs » qui ont « troublé l'ordre public ». *Le Figaro* dresse le bilan : « Une jeune fille attaquée, plusieurs vols – dont celui d'un scooter et d'une montre-bracelet –, une voiture endommagée, des vitrines brisées, les stores d'un café arrachés, des arbres mutilés. » Dans le même quotidien, l'inévitable Philippe Bouvard ose une singulière comparaison : « Quelle différence entre le twist et les discours d'Hitler au Reichstag [2] ? » *Paris-Presse* en rajoute : « 500 voyous terrorisent 150 000 spectateurs attirés par les idoles des jeunes. » Pour *France-Soir*, le nombre des casseurs a doublé : « 1 000 voyous et 100 000 copains pour applaudir Johnny Hallyday, Sylvie Vartan et Richard Anthony [3] ». À ses détracteurs, Daniel Filipacchi répond par une provocation amusée : « Aucune formation politique ou confessionnelle n'a jamais réussi à mobiliser, en France, une telle armée de moins de vingt ans [4] ! »

Dans la douce France de Trenet, Johnny est-il devenu malgré lui l'exutoire d'un simulacre de révolte adolescente ? Jean-Pierre Pierre-Bloch ne partage pas ce point de vue : « Hallyday a répondu à une attente de toute une jeunesse française. C'était Mai 68 avant l'heure. Il faut se souvenir de ce qu'étaient alors les familles françaises. À table, les gosses n'avaient pas le droit à la parole ; dans les entreprises, les gosses travaillaient à partir de quatorze ans ; dans les salles de classe, ils n'avaient pas le droit de bouger ; dans les écoles, les pions étaient la terreur des élèves ; les filles ne pouvaient pas sortir librement, et je ne parle pas de la contraception, qui n'existait pas. On sortait des guerres d'Indochine, d'Algérie... La jeunesse avait besoin de s'éclater et se reconnaissait dans Johnny. Ceux qui cassaient n'étaient pas des voyous. C'était pour eux le moyen de s'exprimer dans une société sclérosée[5]. » Le communiste Robert Hue, qui n'a jamais caché son admiration pour le rocker, partage la même analyse que l'ancien député RPR du XVIIIe arrondissement : « Johnny n'est pas un homme d'engagement, c'est un symptôme. La révolution, il y a longtemps qu'il en avait annoncé les prémices. Presque malgré lui, comme souvent. Dans la France des années 1960 où les enfants ne parlaient pas à table, où, dans les usines, les contremaîtres tyrannisaient les ouvriers, ce fut une déflagration. Soudain, la jeunesse s'est rendu compte que l'on pouvait chahuter, casser un peu, bousculer les flics et l'ordre établi. Et que ce n'était pas la fin du monde[6] !... » Le sociologue Edgar Morin estime de son côté que l'enthousiasme né ce soir-là prélude aux grands rassemblements rock de la fin des années 60 : « Cette fête qui renoue avec les cérémonies archaïques, qui atteint une acmé extatique, effraie l'adulte... En fait, à travers le rythme, cette musique scandée, syncopée, ces cris de « yé-yé », il y a une participation à quelque chose d'élémentaire, de biologique. Cela n'est-il pas l'expression, un peu plus forte seulement chez les adolescents, du retour de toute une civilisation à un rapport plus primitif, plus essentiel avec la vie, afin de compenser l'accroissement continu du secteur abstrait et artificiel ?.... Il peut y avoir, dans le « yé-yé », les ferments d'une non-adhésion à ce monde adulte d'où suintent l'ennui bureaucratique, la répétition, le mensonge, la mort[7]... » Au moment où il rédige ces lignes, le chercheur ignore encore que son expression « yé-yé » – allusion aux exclamations américaine « *Yeah ! Yeah !* » – fera florès jusqu'à nos jours.

De son côté, Johnny, interrogé par Pierre Bénichou, alors reporter à *Jours de France*, estime ne pas être un fauteur de troubles et réfute la part de responsabilités que certains journaux lui imputent. « Il y a quatre ans que j'ai débuté dans la chanson. Et, depuis, comme tous les gens du spectacle, j'ai rêvé de devenir une vedette. Au début, je me disais : « Ça n'est pas possible, ce n'est pas à moi que ça arrivera, il y en a tellement qui créent la même chose ! » Et puis, c'est arrivé. Et j'ai fait salle comble. Et on s'est rué sur moi pour arracher les boutons de ma veste. Et puis je suis devenu une idole, et il y a eu cent, cent cinquante, deux cent mille spectateurs chaque fois que j'ai chanté en plein air ; et, à chacune de ces étapes, je me suis dit que j'étais l'homme le plus heureux du monde. Ce n'est pas maintenant que je vais changer d'avis, non[8] ? »

Sitôt les derniers projecteurs éteints sur la place de la Nation, Johnny reprend l'avion pour la Provence avec Sylvie. De toute évidence, le couple devient inséparable. « C'est une fille intelligente, répète-t-il à ses rares confidents. Je m'entends bien avec elle. Avec elle je ne m'ennuie pas, parce que Sylvie est un peu un garçon manqué. Elle a été élevée avec des garçons. Elle pense, elle raisonne comme un garçon. Je peux lui dire n'importe quoi, elle ne se vexe pas. Elle donne son avis. Quand quelque chose ne lui plaît pas, elle le dit. » La franchise de Sylvie est en effet à toute épreuve, notamment lorsqu'elle n'hésite pas à stigmatiser les détracteurs de son futur mari. Échange de bons procédés, il arrive aussi parfois à Johnny de faire le coup de poing pour elle lorsque, au cours de certains concerts, des spectateurs se permettent de jeter des projectiles sur scène. Pour avoir exigé le respect envers sa future femme, Johnny a à répondre à plusieurs reprises de ses actes ou de ses propos un peu lestes devant la Justice. Raison supplémentaire pour le couple d'annoncer prochainement ses fiançailles.

Pour officialiser l'événement, Johnny et Sylvie choisissent le journal de la mi-journée de Jacques Paoli, diffusé sur Europe 1. La cérémonie se déroule quelques semaines plus tard à Montreuil. Ce jour-là, Johnny offre une Austin à sa future femme. Il confie aux hebdomadaires spécialisés les raisons de son amour pour Sylvie : « On pourrait croire qu'il est difficile d'être amoureux lorsqu'on est obligé de vivre « sous les projecteurs », lorsque des centaines de journalistes et de photographes vous épient, vous observent et écrivent des romans plus ou moins véridiques sur tous vos faits et gestes. Avec Sylvie, pourtant, nous vivons dans notre monde à nous. Elle me protège, et je la protège[9]. »

Dès la fin du tournage de *D'où viens-tu Johnny ?*, le chanteur donne le coup d'envoi d'une longue tournée à travers la France. Au cours de ces voyages, Sylvie se conduit déjà presque en jeune épouse, en tout cas en fidèle fiancée : elle accepte un cachet inférieur à celui qu'elle perçoit généralement rien que pour pouvoir ne pas se séparer de celui qu'elle aime. L'une de ses escales conduit le couple, le 14 juillet, à Trouville, où Johnny chante *La Marseillaise* afin de clore son gala. Dès le lendemain, c'est le tollé général parmi les anciens combattants qui condamnent sévèrement cette initiative douteuse. En août, à nouveau interdit à Cannes après de violents incidents, il partage l'affiche du Festival international de Jazz de La Baule avec Ray Charles et Count Basie.

L'été est en passe de s'achever lorsque Johnny s'envole pour l'Amérique afin de s'y reposer loin des foules déchaînées. Sylvie l'accompagne. Au Mexique, le couple séjourne quelques jours à Acapulco chez des amis de Stark. Mais le mauvais temps compromet leur séjour. Plusieurs visites sont annulées. Impossible de profiter des plus belles plages du Pacifique. Loin d'oublier la France, Johnny téléphone tous les jours à ses amis restés à Paris, juste pour prendre de leurs nouvelles et donner des siennes. À l'évidence, le chanteur s'ennuie, ne trouve guère de centres d'intérêt au pays des Mayas. « Le Mexique était trop pauvre, trop abandonné pour leur paraître agréable », explique Lee.

À la demande de Johnny, ce dernier fait partie, quelques semaines plus tard, du voyage à Nashville où le chanteur doit réaliser plusieurs enregistrements. Des musiciens américains l'y attendent : Tom Burlington, Buddy Harman, Ray Stevens et Boots Randolph, rassemblés dans le *Jerry Kennedy Orchestra* – Lee est accompagné de Jean-Pierre Pierre-Bloch, Eddie Vartan et du batteur Bobby Clark. Parmi les titres enregistrés, *Such a Night* (*Oh ! cette nuit !*), *Excuse-moi, partenaire*, le blues de son dernier disque, et l'apothéose, *Shout*, dans un « surf » endiablé. Ce dernier morceau est un échec commercial. Il faudra encore plusieurs années pour que les plages françaises se mettent à l'heure du surf...

De passage à New York, Johnny profite de virées dans plusieurs boîtes de nuit pour repérer des musiciens. Il est fasciné par le guitariste Joey Greco qu'il découvre au *Trudi Hiller Club*, à Greenwich Village. L'accord est conclu : Joey rejoindra Johnny en France, sous réserve toutefois qu'il puisse être accompagné d'un bassiste également repéré par le

Français, Ralph Di Pietro. « Quelques mois plus tard, Joey et Ralph nous rejoignaient en cours de tournée et ils jouèrent pour la première fois en France, à Brest, raconte Lee. D'un seul coup, Johnny reprit goût à la danse, avec l'entrain et la gaieté perdus depuis quelques mois et avec la forme du Johnny Hallyday d'avant le twist. »

Bien plus tard, Johnny révélera comment il avait failli, à la même époque, engager d'autres musiciens encore inconnus : « Alors que je sortais un jour de l'Olympia, quatre mecs m'attendaient dans leur bus Volkswagen, raconte le chanteur. Des Anglais qui avaient appris que je cherchais des musiciens. Ils débarquaient du *Star Club* de Hambourg pour passer une audition. Lee est superenthousiaste. Je lui réponds que c'est trop tard. Quand je rentre, Lee m'informe qu'ils sont repartis. C'étaient les Beatles, à l'époque où ils accompagnaient Tony Sheridan ! Cela aurait-il changé la face du monde ? Je l'ignore, mais peut-être serais-je devenu un Beatle, ou peut-être eux-mêmes n'auraient jamais été les Beatles [10]. »

Dans la presse du cœur, les rumeurs vont bon train sur le prochain mariage de Johnny et Sylvie. Celui-ci se déroulerait au printemps suivant à Grosrouvre, mais les deux intéressés se refusent pour l'heure à le confirmer. En attendant, à l'occasion des fêtes de fin d'année, Johnny et Sylvie décident de se retrouver pour une joyeuse fête de famille à Loconville où demeurent les Vartan. À côté des chaussures de son fiancé, la jeune femme a déposé un billard électrique, tandis que Jean-Pierre Pierre-Bloch, son secrétaire, lui offre un magnifique revolver pour sa collection d'armes à feu.

15 février 1964 : Johnny retrouve pour la troisième fois les lambris de l'Olympia pour six longues semaines. Un moment d'émotion non feinte lorsque

le chanteur annonce son prochain départ pour l'armée : « Si je m'appelle aujourd'hui Johnny Hallyday, c'est grâce à vous. J'espère que mon service militaire ne sera pas trop long et que je pourrai vite venir vous retrouver. Au revoir. Merci. Et à bientôt ! »

Malgré la qualité musicale du spectacle, la prestation du chanteur ne fait pas l'unanimité. « Cette rentrée à l'Olympia devait être fracassante, elle n'a été que gentille et familiale[11] », souligne l'envoyé de *L'Aurore*. « Hallyday ne remporte qu'une courte victoire aux points à défaut de réaliser le K.-O. escompté[12] ! », surenchérit celui du quotidien communiste *L'Humanité*.

Johnny ne s'est-il pas laissé piéger par la facilité en cédant aux désirs des *teenagers* ? Christian Blondieau est l'un des rares proches à faire la fine bouche devant les succès commerciaux de son ami : « J'ai mis du temps à comprendre qu'il y a la musique que l'on garde au fond du cœur, pour soi-même, ou que l'on fait partager aux copains, et une autre, commerciale, donc, qui fait vivre son auteur mais que l'on enregistre pour un plus vaste public. Avec *ltsy bitsy petit bikini*, c'est le coup de grâce pour les « purs » qui se sentent écœurés, lésés. Certains fanatiques du rock français se désolidarisent de Johnny. En revanche, les midinettes en ont pour leur argent. »

Johnny ne reste pas insensible à ces remarques et semble même souffrir des concessions qu'il a accepté de faire. « Je me sens mal dans ma peau, confie-t-il. J'ai la désagréable sensation de virer au *crooner*. J'ai changé de style pour durer, pour apprivoiser, pour mettre le grand public dans ma poche. Mais je ne veux pas rester sur l'image de Johnny-la-guimauve ! »

Paradoxalement, les papiers acerbes des professionnels sont contrebalancés par de nombreux encouragements comme celui de Charles Trenet, qui vient féliciter le chanteur après le concert. Ou celui, plus inattendu, d'intellectuels parisiens. C'est ainsi le cas d'Elsa Triolet, l'inspiratrice et compagne du poète Louis Aragon. Elle n'hésite pas à monter au créneau pour stigmatiser les détracteurs de l'idole des jeunes. « Le malheur d'être trop bien servi par les dieux… De quoi lui en veut-on à ce splendide garçon, la santé, la gaieté, la jeunesse mêmes ? De sa splendeur ? De la qualité de ses dons et de son métier acquis ? De l'argent qu'il gagne ? C'est la même haine que pour Brigitte Bardot, et lorsqu'on leur tombe dessus, je reconnais en moi cette colère qui me prenait au temps où l'on essayait d'abattre Maïakovski, et, d'autres fois, d'autres poètes… Je suis, comme vous le voyez, des fans de Johnny Hallyday. Vous trouvez cela grotesque ? Vous avez tort[13]... »

Une autre plume renommée s'intéresse depuis peu au phénomène Hallyday. Cette rencontre que le chanteur a acceptée à la demande de son entourage va pourtant se révéler plutôt cruelle…

La nuit est tombée lorsque Marguerite Duras pénètre dans la propriété de Grosrouvre. Dans la cour de la maison, la romancière remarque la présence de la Ferrari et de la Buick du chanteur. Le lieu baigne dans une grande sérénité. La visiteuse se dirige vers l'entrée principale de la demeure. Quatre jeunes gens saluent son arrivée dans une grande pièce aux poutres apparentes, mais quasiment vide de meubles. Deux ouvriers sont en train de repeindre le plafond de l'entrée. Johnny accueille la romancière. Le futur auteur de *L'Amant* est frappée par la couleur de sa chevelure : blond, roux et or. Ce qui la surprend encore davantage, c'est sa voix, empreinte d'une grande douceur : « Il a vingt ans et son sourire a le même âge que lui : le contraire aurait pu avoir lieu[14]. »

Marguerite Duras constate l'absence de femmes. Johnny lui explique que Sylvie fait du shopping dans la capitale. Puis il lui fait faire le tour du propriétaire. La visite débute par sa chambre dont les murs ont été peints en bleu. C'est ensuite la salle de bains en acajou, puis un salon dont le décor fait penser à celui d'un film des années 1920. La visiteuse est surprise par la taille de la garde-robe : au moins sept mètres de long. Non loin de là, une montagne de valises. Puis, collée à droite dans un coin, une pique de manadier avec ses flots de rubans de couleurs : un souvenir ramené du récent tournage aux Saintes-Maries-de-la-Mer.

Cette année-là, Marguerite Duras s'apprête à faire paraître un nouveau roman : *Le Ravissement de Lol V. Stein*. Mais elle n'a pas effectué le déplacement pour parler littérature. Le chanteur a acquiescé à l'idée de se prêter à une interview destinée à être publiée dans la revue littéraire *Adam*. Après avoir accepté un verre de Schweppes, la journaliste-romancière propose d'entamer l'entretien. Elle n'est pas dupe de l'accueil professionnel du chanteur : « Johnny s'y prête avec une amabilité charmante, mais je ne peux pas m'empêcher de penser qu'il s'y prête avec philosophie : il faut ce qu'il faut, il faut ni plus ni moins que ce qu'il faut, mais il le faut. Johnny c'est Johnny. Hallyday = Johnny Hallyday, écrit Duras. Grosse machine de plusieurs milliers de chevaux, broyeuse, lanceuse de flammes, de larmes, qui dévale à cent soixante à l'heure sur la France : Johnny est le petit chauffeur. Il marche comme un dieu, vraiment. Il est sage quand il répond, il ne dit que ce qu'il faut, à un tour de vis près. C'est un petit chauffeur de génie. »

Les questions ? Johnny n'en a pas eu connaissance au préalable, mais son entourage a accepté le principe d'une rencontre sous réserve de connaître toutefois les thèmes abordés. En quête d'une sincérité authentique, l'intervieweuse écartera les réponses qui lui sembleront comme « récitées », tout en ne se faisant guère d'illusions sur la spontanéité des réparties de son interlocuteur. « À chacune de ses réponses, je me demande combien de fois elles ont servi », soupira-t-elle avant de compléter ainsi sa réflexion : « La barbarie, ce n'est pas tellement que la gloire ait soufflé sur cet enfant de vingt ans, c'est surtout qu'elle l'ait plié à certaines obligations : patient, aimable, Johnny Hallyday récite la biographie de Johnny Hallyday. »

Le premier thème suggéré par l'auteur de *Moderato Cantabile* concerne les femmes. Mais, devant son interlocutrice, le jeune homme aux mille conquêtes se veut humble. Il n'est pas du genre à dévider son générique galant de manière complaisante et suspecte. Il ne renie pas ses nombreuses idylles, qu'il met au compte de sa jeunesse : « On n'a pas à me critiquer pour mes aventures, je ne suis pas le seul, et, à vingt ans, on a des aventures. » Lorsque Duras s'étonne de sa réponse teintée de « puritanisme », il se défend en expliquant que des journalistes l'ont critiqué sur un sujet somme toute plutôt privé : « Mes aventures durent six mois, un an, alors que souvent les garçons de mon âge ont des aventures d'un soir. » Les filles représentent-elles l'essentiel de son « vrai » public ? Johnny le pense : « On ne peut pas s'en passer. Rien qu'avec des garçons, c'est nul. Les femmes, c'est 50 % d'un homme. Je serais très malheureux si je ne sortais jamais avec des filles. » Le mariage ? Il y songe d'autant plus qu'il reconnaît adorer les enfants, mais il a encore du temps devant lui. « Pas avant trente ans », affirme-t-il avec roublardise. Marguerite Duras est certes au courant de son idylle avec Sylvie, mais il se fait un malin plaisir de la laisser dans le doute en ce qui concerne le projet de mariage prévu pour les mois à venir.

Il est toutefois plus à son aise lorsque sa visiteuse enchaîne sur sa carrière. L'engouement qu'il suscite ? Rien de spontané, mais bel et bien l'aboutissement de dix ans de travail, tient à rappeler le protégé d'Hélène Mar. Quant à parler de réussite exceptionnelle, il faut tempérer : « Le succès fou, c'est Trenet, quelque chose qui dure depuis vingt ans. Piaf aussi, ça dure depuis vingt ans, et c'est beau. Je ne l'ai vue que deux fois, je ne l'ai pas vue assez. J'aime, j'admire beaucoup Trenet, mais Piaf, c'est encore autre chose. » Lorsque l'interprète de *L'Idole des jeunes* affirme en revanche qu'il ne se prend pas pour une vedette, Duras ne le croit pas. L'intuitif Johnny l'a compris. Il se rattrape aussitôt, affirmant qu'il serait probablement très éprouvé si sa carrière venait à s'interrompre : « Si je ne pouvais plus chanter, monter sur scène, avoir le public en face de moi, si je ne pouvais plus faire ce métier, je serais très malheureux, mais est-ce que ce n'est pas pareil pour vous, pour tous les artistes ? » Interpellée, la romancière entre dans son jeu :

« Mais ça, ça ne s'apprend pas ?

— Si, ça s'apprend.

— Comment une chose pareille peut-elle s'apprendre complètement ?

— Dans vos livres, vous faites bien ressentir aux gens ce que vous ressentez. Dans la chanson, c'est la même chose.

— Dans les livres… si on n'a pas un peu ça au départ, vous savez…

— Non. Dans la chanson, s'il en faut un peu au départ, on peut aussi l'avoir sans. Le travail, c'est la force de conviction. La force de conviction, c'est comme si on me demandait un travail sur commande. »

Johnny croit davantage au travail qu'à la chance. Disant cela, il est totalement sincère, et son itinéraire d'enfant de la balle est là pour le prouver. « Non pas parce que la chance lui enlèverait un peu de son mérite, mais c'est que la nature de la chance est de venir, se poser et passer, explique Duras. Le travail est un capital acquis, intégré à l'homme, indubitable, une assurance sur la chance, justement. » Johnny reprend et confirme : « Si j'ai duré, c'est que j'avais, j'ai du métier. J'ai l'habitude de la scène. Je fais du spectacle. »

Son interlocutrice croit déceler un sentiment d'instabilité, voire d'angoisse chez son vis-à-vis. Elle suggère que c'est peut-être une question d'âge. Johnny lui explique qu'il ne chante pas uniquement pour les jeunes gens de son âge, mais aussi pour des gens de trente et quarante ans : « J'essaie de faire des chansons pour eux. On ne peut pas vous gagner, c'est très difficile. Mais je voudrais me faire admettre par vous. » Se « faire admettre » est une expression que Johnny Hallyday emploie très souvent, remarque Duras que le sujet à l'évidence intéresse.

« Comment sont-ils réticents ? interroge intriguée l'intervieweuse.

— Dès qu'ils entendent une guitare et une batterie, ils disent que c'est du « yé-yé ». C'est faux ! Ce que je fais existe depuis dix ans en Amérique.

— Non. Ce n'est pas ça. C'est qu'on vous reproche de remplacer pour les gosses la rêverie. Vous, la télévision et le reste, bien sûr ! Les gosses, maintenant, ne rêvent plus pour leur propre compte, ils ne découvrent rien : vous êtes là, vous leur donnez leur pâture. Eux, rêvent sur commande. »

Johnny préfère laisser filer. Il attend la suite de la démonstration de son interlocutrice.

« L'enfance à laquelle vous vous adressez, elle dure quelques années. C'est pendant ces quelques années, par exemple, qu'on lit le plus de toute sa vie. Au lieu de lire, ils vous écoutent quatre heures par jour... »

D'après elle, Johnny continue à rester imperméable à son raisonnement : « Il ne peut pas le comprendre, insiste Duras. La jeunesse, pour lui, ne précède pas l'âge adulte. C'est un absolu, et il voudrait que les jeunes l'emploient comme lui l'a fait. Tout à coup, je m'aperçois qu'il a mille ans en pleine jeunesse. Quoi qu'il dise, il est un « homme arrivé » à vingt ans, comme Ford à quatre-vingts. L'avenir est là, un peu derrière lui. »

Sentiment de malentendu ? Duras ne sait trop s'il n'a pas compris ce qu'elle dit ou s'il ne veut pas répondre. Nombre d'années plus tard, la future star répliqua indirectement à son ancienne interlocutrice : « Elle croit que je ne comprends pas ses questions, alors qu'en fait je n'ai rien à lui dire ! » Il est vrai que ses préoccupations du moment relèvent d'un tout autre ordre.

TROISIÈME PARTIE

L'ENFER DU COUPLE
(1964-1972)

10

La mascotte du régiment

L'armée ? Pour Johnny, pas question de passer « au travers ». Le chanteur l'affirme franchement à plusieurs journalistes. Voilà pour la version officielle. En privé, le chanteur est particulièrement contrarié. Comme beaucoup de jeunes appelés, il se serait bien passé de ces dix-huit mois d'obligations militaires. Pour « fêter » son départ, ses amis lui organisent une fête au Golf Drouot. La soirée se déroule le 20 mars 1964 en compagnie de Long Chris, Moustique, Alice Dona et Rocky Roberts. Pour sa dernière nuit de civil, les mêmes font le déplacement jusqu'à l'appartement de Johnny. L'ambiance est lourde, empreinte d'une grande tristesse. Carlos, l'ami fidèle, raconte : « Nous étions tous réunis chez lui. C'était le petit matin. Un coiffeur est venu couper les cheveux de Johnny. C'était terrible. On aurait dit un condamné à mort fumant sa dernière cigarette. Puis Johnny est parti, blême dans une voiture noire. Il nous a fait : « Salut les gars ! », les larmes aux yeux… »

Le jour dit, l'appelé Jean-Philippe Smet franchit les portes du centre de recrutement de l'armée de Rueil-Malmaison. Après un frugal repas, il est acheminé par train vers l'Allemagne. Son centre d'affectation est la garnison de Trèves, à une centaine de kilomètres de Metz. Le temps des classes, de l'apprentissage des premiers rudiments des arts militaires, à commencer par le salut d'usage. Croyant bien faire, le servant salue dans les heures qui suivent un vieux caporal-chef martiniquais alors qu'on n'accorde d'ordinaire cette marque de respect qu'à partir du grade de sergent. Le caporal n'en prend pas ombrage. Au contraire, il semble ému d'être salué par la plus célèbre des recrues.

Aux tests de culture générale, Johnny obtient une moyenne très honorable. Il peut ainsi espérer devenir sergent, voire conduire un char AMX lance-missiles. Passionné de mécanique, il s'intéresse au fonctionnement des moteurs. Quinze jours après ses classes, il reçoit son affectation définitive au 43e régiment blindé d'infanterie de marine (RBIM), stationné à Offenbourg, en Rhénanie. Les signes extérieurs de son appartenance prennent la forme d'un béret noir et de l'écusson à ancre de marine sur fond vert et rouge.

C'est en voiture particulière que le deuxième classe rejoint son régiment. « Malgré les touchantes attentions dont il fait l'objet, Johnny ne peut pas s'empêcher de faire une tête d'enterrement dans la voiture qui le conduit vers sa nouvelle résidence d'outre-Rhin : Offenbourg », se souvient l'un de ses proches. Pour tromper la meute des photographes attachés à ses pas et éviter quelques troubles éventuels, le marsouin débarque nuitamment à la porte de la caserne. Là, il est dirigé vers un dortoir occupé par des « quillards » quelque peu turbulents.

Le lendemain, dans une nouvelle chambrée, il fait la connaissance de ses futurs camarades. La plupart sont des Méridionaux qui accueillent l'idole des magazines avec enthousiasme. Le premier soir, un soldat tient toutefois à l'avertir : « Moi, tu sais, je préfère Brassens. » Sans attendre, la recrue découvre les horaires immuables de l'institution : réveil à 6 h 30 ; petit déjeuner suivi d'une séance de sport, avec parfois le traditionnel parcours du combattant. Puis, c'est l'instruction pendant plusieurs heures jusqu'à celle du dîner, à 18 h 15. C'est enfin quartier libre jusqu'à 22 heures.

Le colonel Jean-Gabriel Revault d'Allones, que Jean-Pierre Pierre-Bloch me dépeint comme un homme simple et intelligent, est conquis par sa nouvelle recrue. Selon l'ancien député, l'officier se serait directement adressé à Johnny Stark pour obtenir l'incorporation de la vedette dans son régiment. D'autres officiers et sous-officiers sympathisent rapidement avec le chanteur. C'est le cas ainsi du commandant Yvon et de l'adjudant Jean Collet avec lequel le jeune homme noue des liens d'amitié. Johnny tombe sous le charme de cet ancien d'Indochine aux faux airs de Kirk Douglas, grand amateur de bière à la grenadine, qu'il surnommera bientôt avec espièglerie « la Main au collet »...

Malgré cette sympathie ambiante, le rocker trouve le temps long. « J'attends avec impatience de vos nouvelles, car j'ai le cafard », écrit-il à sa tante Hélène et à sa cousine Desta. Avant d'ajouter : « Ce n'est pas très marrant, l'armée[1] ! »

Au fil des semaines, le jeune appelé finit par s'adapter à son nouveau milieu. De son propre aveu, il retrouve même « une sorte de calme intérieur[2] ». Comme ses camarades, il organise ses heures de loisirs. Plusieurs salles de détente, dont un club-discothèque, sont à la disposition des jeunes bidasses. Ces derniers ne l'ont jamais considéré comme une bête curieuse, se souvient l'un d'eux : « Quand il passait au foyer, c'était « Bonjour, Johnny, ça va ? », et c'est tout. Il allait dans son coin et personne ne l'ennuyait[3]. » Le soir, lors du quartier libre, il effectue quelques virées dans les localités avoisinantes. « J'ai souvent fait le mur, reconnaît aujourd'hui Johnny Hallyday. Avec des potes de la chambrée et même parfois avec « la Main au collet ». Sauf qu'à six heures du matin, il me collait – si j'ose dire – en corvée après m'avoir lancé sa phrase rituelle : « C'est bien vous qu'on a aperçu hier soir en ville[4] ?" »

Ses amis parisiens ne l'oublient pas pour autant. Chaque week-end est prétexte pour eux à effectuer le trajet vers l'Allemagne. Carlos, Long Chris, Gill Paquet, Larry Gréco, Hubert Wayaffe, les frères Pierre-Bloch, Jean-Pierre et Claude, font partie des copains bientôt surnommés « les Castors ». Une bande de bons vivants dont le signe de ralliement est un quatrain grivois : « *Les Castors chahutent/Car ils sont heureux/Ils construisent leurs huttes/Avec leur queue !* » On l'aura compris, les retrouvailles sont d'abord l'occasion de franches ripailles et autres randonnées en Forêt-Noire. Certains d'entre eux n'hésitent pas, parfois, à suivre leur ami bidasse pendant certaines marches. En voiture...

Afin de préserver son intimité, Johnny a loué à l'intention de Sylvie une chambre dans une auberge située à Durbach, à une dizaine de kilomètres de la caserne. La pension, belle bâtisse aux volets jaune et rouge, deviendra vite le lieu de rendez-vous préféré des « Castors ». L'aubergiste est un personnage pittoresque que ces derniers vont bientôt surnommer « Herr Escalope ». L'explication est simple : le cuisinier allemand ne sert qu'un plat unique à ses clients, une escalope cuisinée à toutes les sauces avec pâtes, pommes de terre, etc.

Au cours des longues plages de temps libre, ses « premières vacances », comme il dit, Johnny « essaie » de nouveaux airs dont il fignole les compositions grâce à sa guitare à douze cordes et en les travaillant au magnétophone. Il dit avoir quelques idées sur son style à venir, dont il dit ressentir le besoin. Il affirme avoir d'autant plus de temps devant lui qu'il n'a pas l'intention de solliciter des permissions de faveur pour faire des galas. « Je me sens vraiment « embarqué » dans le même bateau que mes copains, et comme le service marque un temps mort dans l'exercice de leur métier, il n'y a pas de raison pour que j'essaie d'obtenir un privilège spécial en tant que chanteur[5] », déclare-t-il au reporter de *Salut les copains*. La réalité se veut un tantinet différente. Quelques semaines après son incorporation, il fait l'acquisition d'une Porsche qu'il prend soin de garer à distance raisonnable de la vieille Peugeot de son colonel. Le jeune homme a compris qu'il obtiendrait toutes les faveurs souhaitées tant que sa conduite serait irréprochable. De son côté, l'armée attend que le roi du rock'n'roll, pour lequel on cassait des chaises, devienne un jeune Français à la conduite impeccable, un première classe modèle. L'institution militaire va réussir son pari et, de première classe, la recrue passera successivement caporal, puis caporal-chef.

Profitant des bonnes dispositions de l'appelé, l'armée lui propose de participer au tournage d'un film de promotion. « Ils m'ont fait avaler la pilule en me faisant comprendre que c'était une image saine, pour la jeunesse française, de se reconnaître dans un de ses chanteurs préférés. Mais, cela dit, je me suis marré à le faire, et c'était bien. J'ai accepté parce que c'était surtout basé sur le close-combat, le parcours du combattant, et qu'il y avait un peu d'action. Ça m'a bien « branché » de le faire. Et je l'ai fait quand même un peu au deuxième degré[6]. » Johnny n'est pas dupe. Il admet aisément que l'armée se serve de lui comme lui-même se sert d'elle. C'est ainsi que le ministre de la Défense lui donne l'autorisation de répéter et enregistrer un nouveau disque dont le succès est immédiat. Parmi les titres : *Les Mauvais garçons* et le fameux *Pénitencier* qui grimpe rapidement en tête du hit-parade en France et en Allemagne. Dans la foulée, le soldat-chanteur accepte de se produire dans un spectacle diffusé à la télévision à l'occasion des fêtes de fin d'année. Une fois encore, sa prestation ressemble à une publicité à moindres frais pour l'institution militaire.

Au-delà de cet échange de bons procédés, peut-on dire que Johnny soit devenu militariste ou du moins un homme d'ordre ? « L'armée, c'est comme la police, il en faut ; sinon, où irait-on[7] ? » glisse-t-il. Le propos détonne dans la bouche de celui qui fut le symbole d'une certaine anarchie juvénile.

Malgré son absence de la vie artistique parisienne, Johnny continue à intéresser les médias. À plusieurs reprises, Carlos parvient à faire pénétrer des journalistes dans l'enceinte de la caserne en les déguisant en militaires, afin d'interviewer le chanteur avec toute la discrétion requise. Parfois, l'un de ses copains de chambrée se prive de permission afin de lui permettre de passer un jour de plus à Paris auprès de Sylvie, dont il apprécie chaque jour davantage la présence et les talents culinaires. « Quand je reviendrai à Paris, écrit-il ainsi à sa tante Hélène, tu viendras dîner chez moi. Sylvie te fera un plat bulgare. C'est une très bonne cuisinière. Tu sais, je l'aime de tout mon cœur, c'est une fille formidable. C'est la première fille bien que j'aie jamais eue[8]. »

Au fil des mois, les visiteurs se font de plus en plus nombreux. La plupart sont annoncés. Un jour, le sous-officier de garde lui annonce une visite imprévue : « Smet, habillez-vous et présentez-vous à l'entrée de la caserne, votre père souhaite vous voir. » L'étonnement du soldat est grand. « C'est quoi cette histoire ? Mon père ? Je ne l'ai jamais vu de ma vie !

Je n'y vais pas. » Son supérieur insiste : « Si, c'est un ordre : il faut y aller ! » Johnny, dépité, ne peut faire autrement qu'obéir. Un planton ouvre la lourde grille. Un homme est là, à quelques mètres, un grand type mal rasé, l'air abattu, vêtu d'un long manteau. « Il se précipite sur moi en m'appelant avec un fort accent belge : « Johnny, mon fils ! » tout en me collant un ours en peluche dans les bras », me raconte le rejeton de Léon Smet, alors abasourdi. Pendant un long moment, il ne sait quoi dire ni que faire. Des sentiments contradictoires l'envahissent. Comment ce père qu'il n'a pas revu depuis sa petite enfance peut-il se prêter à une telle mascarade ? Plus tard, le fils de Léon apprendra que cette visite n'était en rien spontanée, mais que son géniteur avait misérablement monnayé ces retrouvailles. « Toute ma vie j'avais rêvé de retrouver mon père. À ce moment-là, il me faisait honte[9] », conclut-il, amer.

Mauvaise conscience ? Quelques mois plus tard, Johnny invitera son père dans un grand restaurant parisien. Pour parler entre hommes. Il veut en savoir davantage sur les circonstances de sa disparition du foyer conjugal, quelques semaines après sa propre naissance. Léon ne tente pas de se justifier, d'expliquer que son statut d'orphelin ne permettait pas forcément à la fibre paternelle de se développer en lui. Il lui révèle en revanche quelques-uns de ses déboires professionnels. Johnny découvre ainsi que son père, après la guerre, a été tour à tour docker, soutier, cuistot sur un cargo, portier à Monte-Carlo, homme d'entretien, représentant de commerce, etc. « Fuyant sans cesse à la recherche d'un « ailleurs », cet homme instable, original et, en outre, trop porté sur la boisson, déçoit. Il lui arrive d'oublier de se présenter à son travail. Ou bien il s'y rend dans un tel état qu'il finit par se faire virer », raconte Johnny.

Malgré les permissions qui se multiplient, le matricule Smet ne cesse de compter les mois, puis les jours qui le rapprochent de la quille. À l'automne 1964, il sollicite Johnny Stark pour essayer de se faire rapatrier dans une caserne de la région parisienne. En vain. Le soir, il fredonne quelques textes de chansons qu'on lui adresse. Certaines d'entre elles sont résolument inspirées par sa vie sous les drapeaux : « *Je suis un soldat/Comme d'autres là-bas/J'attends le jour/Qui verra mon retour…* »

Malgré ses journées bien occupées par les exercices et autres manœuvres, Johnny adresse régulièrement des courriers à sa tante Hélène Mar, qu'il appelle « Maman ». Des lettres particulièrement tendres, jamais rendues publiques et que nous reproduisons ici dans leur intégralité :

Lundi 21 septembre 1964

Ma chère maman,

Je ne t'ai pas écrit depuis longtemps. Tu m'en excuseras, mais je n'avais vraiment pas le temps. J'espère que tu vas bien.

Je serai caporal au mois de novembre. J'ai bien reçu toutes tes lettres et je t'en remercie vivement.

J'aimerais bien que tu viennes me voir à Offenbourg un samedi ou un dimanche. Sylvie et moi nous t'avons acheté un sac. Sylvie te l'apportera. J'espère qu'il te plaira.

Ma chère maman, je te quitte et je te fais une grosse bise. Tu embrasseras Desta et Lee pour moi.

Je t'embrasse,
Johnny[10].

Ma chère Maman,

J'espère que tu vas bien, moi malheureusement je suis actuellement en manœuvre, mais je serai de retour à Offenbourg le 23 novembre.

Je suis content car Noël approche et je suis sûr qu'on passera un Noël formidable. J'ai hâte d'y être.

Je te remercie pour toutes tes lettres. Cela me fait bien plaisir de recevoir des lettres, car je m'ennuie ici et cela me remonte le moral.

Sylvie revient d'Amérique aux alentours du 24. Je pense qu'elle viendra me voir à Offenbourg.

Je vais te quitter maintenant. Je t'embrasse bien fort.

Au fait, peux-tu demander à Lee, de ma part, de me faire envoyer des disques à la caserne ? Tu sais, celui que je viens d'enregistrer en allemand… Tu embrasses Desta et Lee pour moi.

Je t'embrasse bien fort,
Johnny[11].

Ma chère Maman,

Comment va ton mauvais rhume ? Mieux, j'espère. Ici tout va bien. C'est long, mais cela passe quand même.

Si tu veux écrire à Sylvie, tu n'as qu'à demander la liste de sa tournée à Nadine. Elle te la donnera. Et cela fera certainement plaisir à Sylvie de recevoir de tes nouvelles.

Ma chère maman, je te remercie pour tous les illustrés que tu m'as envoyés. Cela me change les idées, car ici on ne peut pas acheter de livres français.

Je te quitte et j'espère te voir bientôt à Offenbourg avec Desta et Lee, et les enfants. Ça sera bien.

Je t'embrasse,
Johnny[12].

Ma chère maman,

J'ai bien reçu toutes tes lettres, les journaux, etc. et je t'en remercie.

Aujourd'hui c'est mardi, je suis à l'infirmerie, car je me suis tordu la cheville en exercice. Enfin, rassure-

toi, ce n'est pas grave. Deux jours de repos. Demande à Lee de m'envoyer une copie de la prochaine pochette du 33 tours de rock, ainsi que du prochain 45 tours. Je suis impatient de voir ce que les photos rendent en pochettes.

Mon chien Jimmy est chez les Bloch. Pourras-tu prendre de ses nouvelles ? Merci.

Je serai heureux de venir t'embrasser pendant mon prochain séjour à Paris.

Demande à Lee de me garder la chanson Baby, don't go. *Je l'enregistrerai lors d'une prochaine perm'.*

Ma chère maman, je t'embrasse bien fort. Bises à tout le monde,

Johnny[13].

Contrairement à ce qu'il projette alors, Johnny n'enregistrera pas la chanson *Baby don't go* dont Lee a pourtant acquis les droits, avant d'en confier l'adaptation française à la Société d'éditions musicales internationales. Un changement d'attitude que ne prise guère la responsable de la SEMI, Huguette Ferry, qui s'en explique bientôt dans un courrier sans fioritures adressée au cousin américain du jeune rocker : « Lorsque j'ai demandé à Georges Aber de me montrer le texte de *Baby don't go* fait à l'intention de Johnny, Georges n'a pas pu me cacher qu'il ne l'avait pas encore fait parce que Johnny lui avait dit qu'il ne ferait pas la chanson. Ce changement d'avis ne m'a étonnée qu'à moitié, Johnny étant coutumier du fait. Exemple : je me permets de vous rappeler qu'un jour, vous aviez fermement bloqué *Good Golly Miss Molly* pour Johnny, celui-ci devant l'enregistrer dans sa prochaine séance, ce qui n'a jamais été fait. Or, le contrat que nous avions pour cette chanson était presque arrivé à expiration. Étant certains d'obtenir l'enregistrement, nous avions accepté de payer la somme de mille dollars pour prolongation du contrat... Inutile de vous dire que nous n'avons pas été contents de l'attitude de Johnny à ce moment-là, et que nous nous sommes promis que pareille chose ne se reproduirait plus. Il est donc très possible que Johnny ayant décidé de ne plus enregistrer *Baby don't go*, ait eu envie de donner la chanson à Sylvie, mais ni celle-ci, ni Eddie Vartan, ni Dreyfus n'ont téléphoné pour me faire part de ce désir. Conclusion, je pense que vous serez d'accord avec moi pour estimer que si les artistes se comportaient en homme d'affaires et non pas en gamin capricieux considérant l'Éditeur uniquement comme un intermédiaire n'ayant rien à dire, nous pourrions travailler dans un climat qui serait beaucoup plus agréable pour tout le monde[14]. »

Un mauvais procès fait à Johnny Hallyday trop versatile au goût de certains éditeurs ? Sollicité sur ce léger différend, le rocker m'affirme tout d'abord qu'il avait finalement bien enregistré *Good Golly Miss Molly*, à deux reprises. D'une part, sous le titre français de *C'est fini Miss Molly*, et d'autre part, en 1975 avec une nouvelle adaptation – *Adieu, Miss Molly* –, signée Michel Mallory. Et de me préciser que la première version avait été incluse dans un album intitulé *Johnny reviens ! Les rocks les plus terribles*. Quant au titre – *Baby don't go*, à l'origine du contentieux, Johnny me dit en avoir gardé un souvenir flou, et d'imaginer que l'adaptation française n'avait pas dû à l'époque le séduire[15].

Au mois de janvier 1965, Johnny participe à l'émission *Tête de bois et tendres années*, en duplex depuis Offenbourg. Dans les semaines suivantes, il obtient une autorisation exceptionnelle de sa hiérarchie pour participer au tournage d'un nouveau film, *Cherchez l'idole*, réalisé par Michel Boisrond. L'histoire ? Un jeune couple se lance à la poursuite d'un diamant volé qui a été caché dans la guitare d'une vedette de rock campée par Johnny. Ce polar musical distrayant est tourné pour l'essentiel dans le cadre du prestigieux Hôtel Versailles, dans la région parisienne. Sur le plateau, le rocker retrouve de nombreuses vedettes « yé-yé » de l'époque : Eddy Mitchell et ses Chaussettes noires, Frank Alamo, les Surfs et Nancy Holloway... Malgré son manque d'ambition artistique, le long métrage est devenu aujourd'hui un film culte pour les nostalgiques des *sixties*.

Cherchez l'idole n'est pas encore projeté sur les écrans de l'Hexagone lorsque l'appelé le plus célèbre de France hérite de douze jours de permission exceptionnelle pour un voyage pas comme les autres : son mariage.

Jusqu'au dernier moment, Johnny et Sylvie avaient exigé de garder le secret. Leur mariage devait impérativement se dérouler « en toute intimité ». Leur désir ne sera pas exaucé. Ce 12 avril, ils n'imaginent pas un instant que les cérémonies marquant leur union vont se transformer en émeute.

Le matin du jour tant attendu, Johnny quitte son appartement de Neuilly en compagnie de Jean-Pierre Pierre-Bloch et de Hubert Wayaffe. Sylvie rejoindra Loconville, commune de l'Oise située à une trentaine de kilomètres de Paris, à bord de l'Alpha Roméo rouge de Long Chris. Un trajet particulièrement pénible pour le meilleur ami de Johnny. Sylvie profite de ce moment de calme pour se confier à l'ami d'enfance de son futur époux. Pour elle, le mariage est un engagement important. Elle aspire à une vie de famille heureuse. Et elle prévient : la vie de patachon, pour Johnny, c'est terminé !

Long Chris soupçonne-t-il Sylvie de vouloir brider son vieux pote ? Le fan d'Elvis Presley reste sceptique.

Il n'a jamais eu l'impression d'avoir entraîné Johnny contre sa volonté, bien au contraire : « Il y a des moments où j'aurais préféré rester chez moi peinard plutôt que de participer à des bagarres de chiffonniers ou des sorties en boîte bien arrosées au point de ne plus retrouver le chemin de ma baraque. »

Habituellement, le petit village de Loconville, avec ses deux cent quarante âmes, est on ne peut plus paisible. Mais, ce lundi matin pas comme les autres, trois mille personnes attendent déjà devant la mairie le couple le plus célèbre de France. Averti, Johnny hésite : « Ce n'est pas possible ! Rentrons ! Nous nous marierons un autre jour ! » Mais, pour son entourage, il n'en est pas question. Certains de ses proches s'interrogent : comment les fans et la presse ont-ils su ? Un secret de polichinelle, me déclare Jean-Marie Périer, témoin de Johnny, qui se refuse toutefois à m'en dire plus sur l'origine de la fuite. La discrétion n'est plus de mise, estime de son côté Carlos, qui propose aujourd'hui de lever le mystère. Selon l'interprète de *Tout nu, tout bronzé*, le curé de la paroisse, le grand ordonnateur de la cérémonie religieuse, le père Zoupane, particulièrement fier d'avoir été désigné pour conduire la cérémonie, n'aurait pas été tout à fait étranger à l'indiscrétion. Le bouche à oreille aurait fait le reste. Faux ! affirme de son côté Desta Hallyday qui se veut formelle : « La fuite est partie de l'entourage du maire lui-même à la suite d'un concours de circonstances trop long à expliquer[16]. »

Quoi qu'il en soit, dès le matin, des voitures ont afflué de tous les villages voisins, remplies de familles entières. À l'entrée de la commune, dans un champ, deux cents vélos et Mobylettes jonchent l'herbe. Parmi les propriétaires des engins, Annie, seize ans, qui a parcouru les douze kilomètres qui séparent Gisors, où elle réside, de Loconville. Des centaines de jeunes gens ont déjà rejoint l'artère principale de la commune. À chaque fenêtre des maisons entourant l'église, elle découvre des photographes perchés sur des échelles louées à bon prix. Pour leur permettre de travailler, un propriétaire a même enlevé des tuiles de son toit. La gouttière grimpant le long de l'église romane n'a pas échappé elle-même à l'escalade.

Les admirateurs n'ignorent pas que le couple et leurs amis doivent gagner la minuscule salle de la mairie dont l'entrée est sévèrement gardée. Là, l'édile distribue des coupe-file sur présentation d'une pièce d'identité. Quelques roublards tentent leur chance. En vain. D'autres se sont déjà débrouillés pour se retrouver aux premières loges. L'un a escaladé le bâtiment par la gouttière, un deuxième a découpé une vitre avant de s'engouffrer par une fenêtre, un troisième, juché sur le toit, s'est ménagé une plongée de choix en ôtant quelques tuiles.

Entourés de gendarmes, les fiancés font enfin leur apparition : Sylvie, ravissante sous une cornette blanche ; lui, très sérieux, en jaquette noire brodée et pantalon gris. Et toute la noce derrière, drainant, pêle-mêle les demoiselles et les garçons d'honneur. Quand tout le monde est enfin entassé là, on s'aperçoit que le maire n'a plus la place pour se faufiler et gagner son bureau. Il faut dégager manu militari le minuscule espace indispensable à la lecture du code civil. Après avoir rappelé que l'homme est le chef de la famille, le magistrat municipal et une quinzaine de micros accueillent l'engagement du couple : Sylvie prononce son « oui » d'une voix claire et assurée, tandis que celui de Johnny est plus sourd. Comme le veut l'usage, le premier citoyen du bourg termine la cérémonie en saluant la présence de deux administrés aussi notoires, et les félicite, sans rire, d'avoir su trouver là un havre de tranquillité...

Il est onze heures lorsque Johnny et Sylvie quittent la mairie pour l'église, située de l'autre côté de la rue. Mais la sortie du bâtiment municipal est bloquée par une foule de plus en plus dense et par une armée de journalistes. Le maire leur conseille un chemin détourné. Il leur faut un quart d'heure pour effectuer le trajet. Dans la cohue, le cortège est disloqué. Sylvie parvient difficilement à retrouver Johnny devant les portes de l'église. Son père reste bloqué parmi la foule. C'est au bras de son frère Eddie qu'elle fait son entrée. Elle éclate en sanglots : sa robe d'organdi blanc est déchirée. Les deux amies qui lui servent de témoins, Luce Dijou et Mercedes Calmel-Rougerie, la consolent. À quelques mètres de là, Jean-Philippe Smet, engoncé dans sa jaquette noire, regarde avec consternation ses chaussures neuves maculées de boue. Plus tard, le nouveau marié montrera à un ami les traces de coups de pied qu'il a reçus dans les tibias lors de son chemin de croix. Lorsqu'il se retrouve enfin devant l'autel, la cérémonie peut commencer. Le curé, revêtu de sa chasuble d'or, et les fillettes de la chorale entonnent quelques cantiques. Les deux jeunes gens sont visiblement émus et tendus. Ils viennent de découvrir que leur mariage, loin d'apaiser la curiosité, marque en fait le début d'une longue course-poursuite avec la presse et leurs fans. Puis c'est l'heure du sermon au cours duquel l'officiant empiète courageusement sur la critique de variétés : « Souvent les jeunes s'expriment mal, dit-il en regardant dans les yeux ses deux nouveaux paroissiens, mais ils ont besoin de s'exprimer. »

À midi vingt, les portes de l'église se rouvrent enfin. Johnny et Sylvie se présentent les premiers en se tenant par le bras. Une bousculade s'ensuit. Les gendarmes réussissent à protéger le couple qui s'engouffre sans attendre dans un véhicule.

Quelques minutes plus tard, il se retrouve enfin à l'abri dans l'enceinte du château de Loconville, dont les parents de Sylvie ont fait récemment l'acquisition mais qu'ils n'ont pas encore achevé d'aménager. Là, les invités sont reçus dans des pièces vides où l'on a installé à la hâte un buffet. Les plats et les assiettes ont été empruntés à une auberge voisine. Il n'y a pas de maître d'hôtel. Les mets sont exposés pêle-mêle : truites en gelée, jambon, gigot, cœurs d'artichaut, caviar et foie gras. Le tout est arrosé d'une cuvée de champagne frappée à leurs deux noms. Comme le veut l'usage, Sylvie déballe ses cadeaux : une poterie inca, une lampe rare, un automate. Puis c'est l'heure de la traditionnelle photo prise autour du gâteau de mariage : à gauche la grand-mère de Sylvie, ses parents, son frère Eddie ; aux côtés de Johnny, Hélène Mar, Jean-Pierre Pierre-Bloch et Stark ; à droite, une escorte d'honneur est formée de Micky et Carol, les enfants de Desta et de Lee.

La mère de Johnny, Huguette, n'a pas été conviée à la cérémonie. Elle y assiste, grâce à son récepteur de télévision, à Viviers, dans l'Ardèche, où elle réside avec son mari Michel Galmiche. Quelques heures plus tôt, elle a adressé un télégramme à M. et Mme Smet, rédigé avec simplicité : « Suis de tout cœur avec vous. Vous embrasse très tendrement. Maman. »

Pour leur lune de miel, les nouveaux époux ont choisi Las Palmas, aux Canaries. Un séjour offert par l'imprésario Johnny Stark qui attend avec impatience la démobilisation de son poulain. Celle-ci est prévue pour l'été.

Avant de retourner à la vie civile, le sergent Smet est une nouvelle fois sollicité pour un gala donné à Toulouse en l'honneur de la Légion étrangère. Dix jours plus tard, c'est enfin la quille tant attendue.

Elle coïncide avec un rendez-vous des plus solennel auquel ont été conviés le chanteur et son épouse.

C'est dans le cadre de la *Royal Variety Performance*, organisée au London Palladium, que Sylvie et Johnny doivent en effet être présentés à la reine d'Angleterre et au duc d'Édimbourg. Pour la circonstance, Johnny a rendossé la tenue de son mariage, jaquette noire et pantalon gris rayé. « Tu as l'air d'un médecin[17] », lui fait remarquer avant la présentation une autre invitée, Juliette Gréco, à qui rien ne semble échapper. De son côté, Sylvie Vartan porte un ensemble pantalon-veste d'une charmante impertinence et un œillet rouge à la boutonnière. Dans les coulisses, le couple fait la connaissance des plus grands noms du music-hall et de la télévision britanniques qui composent le programme : des vedettes de la chanson, mais aussi des maîtres de la loufoquerie comme Peter Sellers, et d'autres personnalités populaires des programmes satiriques de la BBC.

Johnny profite de son séjour londonien pour rencontrer Little Richard, l'interprète du célèbre *Tutti Frutti*. Il se souvient aujourd'hui de la tenue exubérante du rocker : « Des fringues de folie et des pompes façon Pompadour. » Les deux artistes se revoient à plusieurs reprises pour parler rock et blues – mais aussi religion : « Little Richard se trimbalait tout le temps avec une Bible dont il citait des versets par cœur », note le chanteur.

De retour à Paris, Johnny prépare avec ferveur son grand retour sur la scène de l'Olympia. Au programme, un rappel de ses anciens succès – *Souvenirs, souvenirs*, *La Bagarre*, *Elle est terrible*, *Les Mauvais garçons*, *Tes Tendres Années*... – auxquels il a ajouté quelques titres du répertoire de rock américain. Son public est au rendez-vous. Jusqu'à Noël, il chante tous les soirs à guichets fermés. Malgré ce succès, les critiques continuent à faire la fine bouche. Ils considèrent que le spectacle de l'ancien soldat n'apporte rien de nouveau, que son image est érodée. Le glas du « yé-yé » a-t-il sonné ?

11

Grosse déprime

Johnny est conscient que le déferlement de musique anglaise prend des allures de raz-de-marée. La « Beatlesmania » bat son plein. Les Stones triomphent avec *Out of our heads* et surtout avec *Satisfaction*. La variété française plus traditionnelle reprend du poil de la bête. Adamo, Hervé Vilard, Christophe cartonnent dans les hit-parades. Johnny s'interroge : va-t-il sombrer dans l'oubli comme des dizaines de rockeurs ? À la recherche d'un « tube », le chanteur mise sur une chanson de Georges Aber intitulée *Mon Anneau d'or* mais le titre se vend mal. L'album *Johnny chante Hallyday* ne remporte pas davantage le succès escompté. Pour la vente de disques, il est classé en vingt-cinquième position derrière Claude François, Adamo et Sheila. Lorsqu'on lui en fait la remarque, il ne s'en émeut pas : « Il y a trois ans, il n'y avait que deux chanteurs Eddy Mitchell et moi. Aujourd'hui, il y en a quarante[1] ! » Les piliers qui composent son entourage – Jean-Pierre Pierre-Bloch, Carlos, Long Chris, Francis Dreyfus (éditeur musical et mari de Pascale Audret, la sœur de Hugues Aufray), Lee, Gill Paquet, Eddie Vartan et Hubert Wayaffe – auraient-ils perdu la main ? Des têtes doivent-elles tomber ? Pour Johnny, une remise à plat paraît nécessaire. Il est conscient que sa longue absence a favorisé rivalités et autres batailles d'intérêts entre son clan et celui des Vartan ; celles-ci déteignent forcément sur la gestion de sa carrière. Les retrouvailles avec Johnny Stark n'ont pas été à la hauteur de ses espérances. Au fil des mois, le rocker envisage de remplacer son imprésario, qu'il juge alors « un peu décalé par rapport à l'époque ». Il est vrai aussi que Johnny n'est plus la seule vedette de son écurie. Stark vient de découvrir une jeune chanteuse : Mireille Mathieu que les médias présentent déjà comme « la petite sœur de Piaf ». Johnny en est d'autant plus agacé que cette débutante originaire d'Avignon n'est pas seulement convaincante et jolie. Son histoire fait pleurer dans les chaumières françaises : des parents pauvres, une douzaine de frères et sœurs, un courage familial qui mérite le respect.

Musicalement, le chanteur se cherche. Il doute. Comme si cela ne suffisait pas, c'est le moment que choisit le fisc pour lui rappeler quelques arriérés. Au début du mois de mars 1966, Sylvie lui annonce en revanche une bonne nouvelle. Elle est enceinte et est ravie de son état : « Je n'avais jamais été plus heureuse », confiera-t-elle plus tard.

Pour Johnny, c'est le coup d'envoi de sa première tournée en Europe de l'Est. Les jeunes publics de Bulgarie, Pologne, Tchécoslovaquie l'attendent avec une impatience à peine contenue. Sylvie se dit inquiète. Elle demande à son frère Eddie et à Carlos de l'accompagner au cours de ce déplacement. Craint-elle les frasques de son époux ou le zèle parfois excessif des autorités des pays du pacte de Varsovie ? Ses intuitions ne sont pas infondées. Plusieurs concerts sont émaillés d'incidents avec un service d'ordre trop musclé au goût du chanteur. « En Tchécoslovaquie, ce fut l'émeute, me raconte Jean-Pierre Pierre-Bloch. Des centaines de jeunes ont voulu monter sur scène. Les policiers les ont chargés et Johnny s'est mis à taper sur les flics. Il les traitait de salauds. Il y avait deux tourneurs russes dans la salle. Lorsqu'ils ont vu cela, ils ont renoncé à faire venir Johnny à Moscou. Ils avaient peur que cela suscite une révolution. »

À Cracovie, en Pologne, l'ancien manager de Johnny se souvient également comment son ami est obligé d'en venir aux mains dans la boîte de nuit de leur hôtel. « Là, au milieu d'autres bureaucrates, trône le chef du Parti communiste de la ville, reprend Pierre-Bloch. Il insiste pour que Johnny trinque à la santé de sa femme. La vodka coule à flots. On porte des toasts à l'un, puis à l'autre. À un moment donné, l'apparatchik local s'avise de lever son verre à la santé de Staline. Johnny voit rouge, si j'ose dire. Il saisit sa cigarette et l'écrase sur le pif du ponte. Les gardes du corps interviennent. Nous, nous cassons tout : le bar, les tables, les gardes du corps[2]... » L'affaire n'en restera pas là. Quelques heures plus tard, plusieurs militaires, mitraillettes au poing, se présentent à l'entrée de la chambre du chanteur. Une femme officier explique leur présence : Johnny est en état d'arrestation pour cause de « hooliganisme ». Aussitôt prévenu, le consulat de France se dit gêné par la tournure des événements. Le rocker doit accepter de s'expliquer devant un tribunal le jour même. L'affaire se terminera par un rappel à l'ordre et une amende.

Fort heureusement, Johnny échappe à d'autres pièges plus scabreux dont d'autres vedettes de l'époque sont régulièrement les victimes. Une mésaventure à laquelle n'échappera toutefois pas, au cours de cette même tournée, son imprésario. « Auprès des minettes, Johnny avait un succès fou, raconte Carlos. Cela se savait. Des parents amenaient leur fille qui se jetait à son cou ou à celui de Johnny Stark, toujours présent à ses côtés. Une demi-heure plus tard, les mêmes parents revenaient avec le commissaire de police et déclaraient : « Ma fille est dans la chambre d'hôtel avec M. Stark. » C'était du pur racket. Pour cinquante mille francs, l'affaire était réglée. Pas de remous, et de l'argent vite gagné pour les parents escrocs[3]... »

Au mois d'avril, Johnny s'envole pour le Québec. C'est son premier déplacement au Canada où sa popularité est grande. Léo Roy assiste à une soirée, lors de la première visite du chanteur. Un souvenir « impérissable », me confie le collaborateur du magazine *Juke Box*. « Johnny n'était pas un inconnu au Québec. Son premier simple – *T'aimer follement* – avait connu un relatif succès. Personnellement, c'est avec *Souvenirs, souvenirs*, publié ici en 1961, que j'ai découvert Johnny. Ç'a été un choc, car au Québec il n'y avait pas encore de chanteur dans le style de Johnny chantant du rock en français[4]. »

De retour à Paris, une surprise de taille attend le rocker français. Hugues Aufray lui a organisé une rencontre avec celui qu'on présente comme le prophète de Greenwich Village : Bob Dylan. L'interprète de *Blowin'the Wind* se produit alors à l'Olympia pour trois concerts. Les deux chanteurs se retrouvent dans une suite de l'hôtel George-V. Afin d'échapper à ses admirateurs qui l'attendent à l'entrée de l'établissement, Dylan demande alors au Français de l'héberger dans son appartement de Neuilly. Sur place, Johnny suit des yeux le beatnik américain, qui, après avoir posé l'un de ses disques sur le pick-up, commence à se rouler une cigarette de marijuana plutôt corsée. « Entre des silences interminables, il balançait quelques phrases mystérieuses », se souvient Johnny qui n'est pas encore au bout de ses surprises. « Il restait toute la nuit assis devant le pick-up à écouter ses propres disques, poursuit le rocker. Je trouvais cela assez bizarre, d'autant plus qu'il ne paraissait jamais dormir. Quand je me réveillais, le matin, il était toujours au même endroit. Je me demande encore aujourd'hui comment il faisait, parce qu'il chantait aussi le soir. Il est resté cinq ou six jours chez moi durant lesquels il a eu le même comportement. Puis, un beau matin, je me réveille : plus personne ! Il s'était envolé avec sa pile de vinyles. Je n'ai jamais vraiment pu discuter avec lui. Il était dans sa bulle[5]. »

Un autre personnage ne demande qu'à faire la connaissance du rocker. À sa manière ! Son nom : Antoine, un brillant élève de l'École centrale devenu depuis peu chanteur, qui a décidé de se faire remarquer par des cheveux démesurément longs et par une chemise à fleurs aux couleurs criardes. Sa première chanson, intitulée *Les Élucubrations d'Antoine*, est une véritable provocation. Son texte parle ni plus ni moins de « mettre Johnny en cage à Médrano ». Dans l'entourage de Johnny, on se montre furieux de la manière dont l'insolent se moque de leur idole. Nombre de ses amis, comme Eddy Mitchell, se disent ulcérés. Piqué au vif, l'interprète du *Pénitencier*, qui a appris depuis longtemps à rendre coup pour coup aux chanteurs qui le chahutent, commande sans attendre à l'un de ses amis paroliers, Gilles Thibaut – futur auteur du célèbre « tube » de Claude François, *Comme d'habitude* –, une riposte à la hauteur de la provocation. Trois semaines plus tard, il enregistre *Cheveux longs, idées courtes*, dont le texte brocarde l'iconoclaste : *Il ne suffit pas d'avoir des cheveux longs/pour se sentir investi d'une mission de paix*...

Si le duel musical suscite quelques bagarres lors des concerts respectifs des deux chanteurs, il fait également la joie des animateurs de radio et de télévision. Albert Raisner, le producteur de l'émission

Âge tendre et tête de bois, le pendant télévisé de *Salut les copains*, se fait un malin plaisir d'inviter les deux vedettes à son émission. Gonflé à bloc, Antoine, dont la chanson est devenue le « tube » de l'été, y interprète son pamphlet sans complexe, en poussant même le défi jusqu'à modifier le refrain final en « Hallyday ne comprendra jamais rien ! » Refusant d'envenimer les relations avec l'insolent, Johnny préfère le charme et l'apaisement en déclarant qu'il n'a finalement rien contre Antoine. « Pour moi, ce sont des marchands de soupe, de mauvais commerçants qui le poussent... » Entre-temps, il a effectivement appris que Jacques Wolfsohn, son ancien directeur artistique chez Vogue, a été l'instigateur masqué des *Élucubrations*. Au bout du compte, une bonne affaire pour tout le monde. Du rarement vu dans l'histoire de l'édition musicale : 800 000 disques vendus en moins de trois semaines !

Il est vingt-deux heures, ce 15 août 1966, lorsque Carlos annonce la nouvelle à Johnny : Sylvie vient d'être transportée à la clinique du Belvédère, à Boulogne-Billancourt, où elle ne devrait pas tarder à accoucher. Le futur papa se trouve alors à l'hôtel Salice Terme, à cinquante kilomètres de Milan. Il doit chanter dans moins d'une heure devant quinze cents spectateurs. C'est à la fin de son spectacle que le portier italien lui lit avec un fort accent le message tant attendu : « Elle » est arrivée chez Carlos. C'est le code : « Elle » si c'est une fille, « Il » si c'est un garçon. Mais l'accent prononcé rend le message incompréhensible. Johnny décide d'appeler la clinique parisienne. Une infirmière lui annonce qu'il est le papa d'un petit garçon et que tout le monde va bien. L'enfant est blond et pèse plus de trois kilos, lui précise-t-on encore. Le cœur empli de joie, Johnny va peu dormir, cette nuit-là. Il a décidé d'embarquer sur le premier avion à destination de Paris. Le jour est à peine levé qu'il saute dans son Aston Martin afin de gagner l'aéroport de Milan. Là, il achète une souris en peluche : un « Topolino ». À 7 heures, il embarque à bord de la Caravelle pour Paris. Il sable le champagne avec l'équipage et les passagers. À 8 h 40, il est chez lui. Le concierge le félicite. Johnny prend un bain, boit un café, commande cinq douzaines de roses. À 9 h 15, il est à la clinique et fait la connaissance de son fils : David Michaël Benjamin. Pendant un long moment, il ne peut détacher ses yeux du bébé. Il est tout à la fois désemparé et fier. De son propre aveu, Sylvie vient de lui faire le plus beau cadeau du monde. Plus tard, la jeune mère admettra elle aussi que la naissance de David a été l'un des plus beaux moments de son existence : « Mon fils, je l'ai rêvé en bleu, en jaune, puis je l'ai voulu farouchement, puis je l'ai mis au monde. Il n'est pas un enfant du hasard. Johnny et moi l'avons fait avec beaucoup d'amour, et il le sait[6]... »

Trois jours après la naissance de son fils, Sylvie accepte de poser pour les photographes de *Paris-Match*. Elle déclare à nouveau son bonheur d'être maman, tout en précisant qu'elle n'abandonnera pas pour autant sa carrière de chanteuse. Elle annonce même son retour sur scène dès le mois suivant, avant d'entamer une tournée au Japon. À ce moment-là, David sera confié à la nurse qui a déjà élevé la filleule de Sylvie, la fille de Pascale Audret.

Contrairement à ce qu'a ardemment souhaité Sylvie, la naissance de David est loin d'avoir assagi son jeune époux. Selon elle, la venue au monde du bambin aurait même accéléré la dépression dans laquelle Johnny semble plongé depuis quelques mois. Lui-même admet avoir inconsciemment entamé, depuis la fin de son service militaire, un lent et irréversible processus d'autodestruction. « Je me dégoûtais, mais il fallait que j'aille au bout de mon sale *trip* », expliquera-t-il plus tard. Plusieurs raisons à son blues : la difficulté de s'assumer en tant que père, les reproches répétés de Sylvie qui tolère de moins en moins sa vie de patachon, sa carrière qui marque le pas...

C'est un Johnny déprimé qui embarque le 1er septembre 1966 sur la Caravelle à destination de Londres. Avec son équipe il occupe un étage entier du Hyde Park Tower Hotel. Il y enregistre son nouvel album dans les studios Olympic Sound, à Barnes, quartier de la proche périphérie de Londres, sous l'œil vigilant du producteur Georgio Gomelski, surnommé par les chanteurs britanniques « le Russe fou ». Le soir, après la séance d'enregistrement, il se retrouve dans différentes discothèques, toujours à l'affût de nouveaux « sons » et de nouvelles personnalités. Au *Marquee Club*, il fait la connaissance d'Otis Redding, de passage dans la capitale londonienne. Le grand chanteur de *soul* doit se produire quelques jours plus tard sur la scène de l'Olympia. Le feeling est excellent entre le Français et le Géorgien. L'interprète de *Respect* a même donné son accord pour lui écrire un album dans lequel il aurait joué, affirme Johnny. Mais l'affaire restera à l'état de projet : quelques mois plus tard, l'avion qui transporte Otis Redding s'écrase dans un lac du Wisconsin.

Pour composer son nouvel album, Johnny a de nouveau laissé carte blanche à Georges Aber. Ce dernier se propose d'adapter une chanson du groupe Los Bravos : *Black is black*, qu'il traduit le plus simplement du monde par *Noir c'est noir*. Son choix ne doit rien au hasard. Son texte, à l'entendre, illustre parfaitement les violences intérieures de l'être introverti qu'est Johnny. « Sylvie allait accoucher, mais son ménage battait de l'aile, c'était un drame pour lui, explique-t-il. Il me communiquait ses idées noires et je les écrivais. Je me souviens que Delanoë m'avait dit : « Pourquoi écris-tu des trucs aussi noirs ? » Il est vrai que *Noir c'est noir* n'est pas vraiment optimiste. Après la naissance de David, nous sommes donc partis, avec Johnny, enregistrer à Londres pendant une semaine. Il a « mis en boîte » *La Génération perdue*, qui était un original français, comme le voulait son entourage, et ce, dès les premiers jours. Quant à *Noir c'est noir*, la chanson dormait dans un coin alors que le PBO (Play-Back Orchestre) était prêt. Le dernier jour, je ne savais quoi faire pour le convaincre d'enregistrer ma chanson, parce que je savais qu'il allait m'en faire un tube. Je l'ai alors menacé de la donner à Frank Alamo. Mais Johnny était fatigué. Il faisait la fête toutes les nuits et ne se laissa pas impressionner par ce chantage. Alors que nous allions quitter le studio pour la dernière fois, je ne sais pas ce qui m'a pris, je suis allé voir Jojo en lui disant très énergiquement que j'avais absolument besoin qu'il me fasse cette chanson. Johnny s'est mis alors à soupirer en souriant : < « OK. On va la faire, parce qu'Aber faut s'le faire ! Ah là là, je suis crevé, il aura ma peau ! » Je savais que j'avais gagné, mais j'étais énervé. Johnny a continué son numéro : il a jeté sa chemise comme s'il était en scène et a demandé à ne pas enregistrer, car il allait faire une répétition. J'ai fait signe à Lee Hallyday d'enregistrer quand même. Comme il hésitait, je lui ai dit : < « Cette bande, elle est pour moi, pour retravailler le texte si ça ne va pas. Même si c'est une merde, ce n'est pas grave. » Il s'est exécuté. Le play-back est parti et Johnny a balancé la sauce d'un seul trait. Il n'y a eu qu'une prise, mais quelle prise ! Une fois l'enregistrement terminé, il m'a demandé si j'étais content, car, de son côté, il trouvait la prise simplement « pas mal ». »

Dans la capitale britannique, la vie de Johnny continue à virer au cauchemar. Le chanteur goûte pour la première fois de sa vie aux drogues dures : LSD, cocaïne.... « Des pilules rouges circulaient dans le studio d'enregistrement, se souvient Johnny. J'en ai pris une au passage. C'est la seule et unique fois de ma vie que j'ai touché à l'acide. En plein état dépressif, le *trip* a été monstrueux : hallucinations, distorsions, serpents sur les murs... La pièce rapetissait ; tout en restant à la même place, je me voyais sortir par la porte du studio... »

Une dizaine de jours plus tard, Johnny est de retour à Paris. Il gagne le nouvel appartement de la place Winston-Churchill, à Neuilly dont il a fait récemment l'acquisition. Il ne pense guère à sa prestation, prévue le lendemain à la fête de *L'Humanité*. Il touche le fond. Il ne supporte pas la décision de Sylvie de le quitter. Ticky Holgado, qui est alors son secrétaire, se souvient de ces moments dramatiques : « Quand Johnny est arrivé à Neuilly, j'ai bien vu que quelque chose n'allait pas. Il était « chargé », défait, avec les pupilles dilatées. Un zombie. Il m'a dit : « Je monte me changer et on file à la fête de *L'Huma*. » Au bout d'une demi-heure, j'ai commencé à m'inquiéter. J'ai prévenu Pons et Paquet. Je suis monté jusqu'à la salle de bains. La porte était fermée à clef. J'ai gueulé : « Ouvre, Jojo ! Ouvre, putain ! On va être en retard ! » Que dalle... Alors j'ai défoncé la porte. Je me souviendrai toute ma vie de ce jour-là. La moquette était rouge de sang. Johnny était allongé par terre, pâle comme un mort, et deux petits geysers de raisiné giclaient de ses veines tranchées. Je me suis dit : « Putain de merde ! Cette fois, il ne s'est pas raté ! » Pendant que je lui faisais un garrot avec une serviette et une grosse cuillère en bois, Paquet a téléphoné au docteur Bellaiche. Dehors, dans la rue, il y avait des dizaines de fans qui gueulaient : « Johnny ! Johnny ! » C'était surréaliste ! En attendant que Bellaiche arrive, Paquet, Pons et moi avons tout fait pour lui faire reprendre ses esprits : claques dans la gueule, eau glacée, et tout le tremblement. Mais il ne bougeait toujours pas ! Bellaiche se pointe et on se demande tous comment on va évacuer Johnny, avec les fans massés devant la porte. Finalement, on l'a descendu au parking et on l'a mis, toujours inconscient, dans le coffre d'une voiture. Direction l'hôpital Lariboisière... »

Arrivé à l'hôpital, le chanteur est immédiatement pris en charge par les médecins du service de réanimation. La vie de Johnny n'est plus en danger, mais il doit impérativement entamer une cure de repos. Le docteur Bellaiche se souvient de l'existence d'une clinique privée particulièrement discrète, située dans la région de Montlhéry. Là, le patient Hallyday sera inscrit sous un nom d'emprunt.

Au cours de ces trois semaines de convalescence, le chanteur reçoit quelques rares visites. Sylvie s'y déplace à plusieurs reprises. « Il avait l'air de s'ennuyer terriblement, il ne parlait pas, se souvient-elle. Il était beau comme un ange ! J'ai compris que ce « voyou », ce « fou » (il avait cette réputation) était en fait aussi un solitaire, qu'il était en marge du monde dans lequel il évoluait. J'ai appris à mieux le connaître, à retrouver en lui cette exubérance et cette gaieté qui m'habitent, et j'ai su qu'il faisait partie de ma famille. Un être de flammes. Il lui manquait la paix, j'ai tenté de la lui donner mais je n'ai pas réussi, parce que donner ne suffit pas pour que l'autre prenne... »

L'absence du chanteur à la fête de *L'Humanité* ne passe pas inaperçue. Pour Johnny, il fallait à tout prix éviter le scandale. Soit. Cela n'empêche pas forcément l'exploitation médiatique de l'événement qui, pendant plusieurs jours, fait couler beaucoup d'encre. Pour Philips, en tout cas, l'affaire est entendue : dans les heures qui suivent l'annonce de la tentative de suicide de leur vedette, l'un des responsables de la firme s'entretient par téléphone avec George Aber : « Nous n'arrivons pas à joindre les proches de Johnny. Or nous devons sortir un disque pour profiter de l'impact médiatique du suicide. Pouvez-vous nous dire ce qu'il y a dans les bandes de Londres ? »

Dans les semaines qui suivent, *Noir c'est noir* devient numéro un de tous les hit-parades. Un succès salvateur pour Johnny, bien décidé à reprendre le dessus. Non seulement son humeur s'éclaircit, mais l'isolement est rompu et le travail recouvre ses vertus stimulantes et consolatrices. Les priorités du chanteur sont dorénavant claires : reconquérir sa femme, son fils et son public.

12

Redorer l'image

Sylvie attendra le mois d'octobre pour reprendre ses activités. Au nouveau-né David elle dédie son nouveau titre, *Ballade pour un sourire*. Puis, avec Johnny, elle s'envole pour une série de galas en Turquie. Pour l'occasion, Philips a demandé à Johnny d'enregistrer un 45 tours comprenant deux chansons dans la langue d'Atatürk : *Altin Yüzük* (*Mon anneau d'or*) et *Yesil Gôzleri Için* (*Ne joue pas ce jeu-là*). Le jeune chanteur ignore alors que son disque deviendra, quarante ans plus tard, un *collector* particulièrement recherché. Selon le Belge Yves de Bakker, le plus grand collectionneur de disques de Johnny en Europe, sa cote atteint aujourd'hui dans les 10 000 euros[1] ! »

Avant son départ, Johnny est à nouveau sur scène à l'occasion d'un Musicorama – un concert unique donné pour la radio – à l'Olympia. Pour la circonstance, il a troqué son look de rocker pour un costume de clergyman. À son répertoire, treize chansons, dont l'improvisation, pendant près d'un quart d'heure, d'un blues exaspéré : *Je suis seul*. « Non ! non ! » lui répondent, hystériques, les filles présentes. « N'y a-t-il personne qui veuille m'aimer ? » « Si, si ! » continuent de hurler les nymphettes au bord de la syncope. Puis, d'un geste savamment calculé, il lance sa chemise trempée de sueur vers elles qui se battent pour déchiqueter la relique. Droit, statique, le torse nu, il s'offre à son public. Plusieurs fans grimpent sur scène à la rencontre de l'idole qu'elles embrassent et dont elles épongent avec ferveur le visage ruisselant.

Après le geste de désespoir de leur idole, ses fans sont rassurés. Un temps, ils ont éprouvé de la crainte. Quelques remords, aussi. Ne l'avaient-ils pas lâché à un moment où il avait besoin d'eux ? Leur joie de le retrouver en est d'autant plus intense. Le chanteur a trouvé un second souffle. La presse ne s'y trompe pas. Elle salue, unanime, sa prestation.

Paulette Coquatrix se souvient elle aussi de cette soirée particulièrement émouvante : « Il se montra superbe. Sa forme lui était revenue. Rarement artiste se donna autant qu'il le fit ce soir-là. Son public lui répondait, il est vrai. Les spectateurs avaient fait naître autour de lui une atmosphère de chaude amitié, de soutien affectueux. Une sorte de communion régnait entre le chanteur et la salle. Par moments, comme pour lui montrer combien il avait de pouvoir sur eux, les gens dansaient dans les travées et les allées de l'Olympia. Ce retour de Johnny fut une fête, la fête des retrouvailles entre une idole et ses fans [2]. »

Le changement est d'autant plus perceptible que la voix du rocker s'est modifiée. Johnny est devenu un grand fumeur de gitanes. Il affirme avoir suivi, sur ce point, le conseil de Keith Richards, le guitariste des Rolling Stones, qui lui avait récemment affirmé que le tabac brun rendait la voix rauque. Un conseil qui coûtera cher, plus tard, à la santé des deux artistes.

Pour la première partie de son spectacle, Johnny a sollicité d'autres interprètes : Long Chris, Julie Driscoll et un guitariste totalement inconnu en France : Jimi Hendrix. Le Français a fait sa connaissance lors de son périple londonien. La rencontre a eu lieu au Blaise's où le musicien américain avait débarqué quelques jours plus tôt. C'est Brian Auger, musicien des Blackbirds, l'orchestre qui accompagne alors Hallyday, qui a joué les intermédiaires.

Johnny se dit fasciné par le jeu du musicien à la crinière afro, vêtu d'une veste à brandebourgs et d'un pantalon à rayures de satin jaune, dont il découvre qu'il est le fils d'une Indienne et d'un père noir de Seattle. Il m'avoue avoir été bluffé par son jeu de guitare sans retenue. Hendrix joue avec les dents, derrière son dos, sur sa tête, en se roulant par terre...

Sur la scène de l'Olympia, Hendrix se présente vêtu d'un costume blanc et d'une chemise qu'il finit par arracher avant la fin de son miniconcert. Dans les coulisses, Johnny trouve son numéro phénoménal. Les spectateurs ne partagent pourtant pas son enthousiasme. Ils montrent même leur réprobation lorsque l'étrange et génial guitariste fracasse, dans son délire, sa Fender sur scène. À l'évidence, le virtuose arrive trop tôt.

À la fin de l'année 1966, tout semble aller pour le mieux pour Johnny. Son récital à l'Olympia a été un triomphe. Il s'est réconcilié avec Sylvie. Pour son entourage, toutefois, le rocker doit encore travailler à redorer son image. Ses fans ont besoin que leur idole leur renvoie le plus tôt possible une image positive et, si possible, virile. Une idée s'impose rapidement, la course automobile, et, si possible, la plus éprouvante de toutes : le rallye de Monte-Carlo, prévu pour le mois de janvier suivant. Les jeunes en rêvent tous. Si Johnny risque sa vie, il en paraîtra encore plus grand, estiment ses collaborateurs. Aux journalistes qui le sollicitent, Johnny laisse donc entendre qu'il serait intéressé par la compétition automobile.

L'homme de la situation est rapidement repéré : Henri Chemin, directeur des relations publiques de Ford-France. À trente-trois ans, ce vieux routier des rallyes est connu comme un businessman hors pair. Ami des artistes – il est l'époux de la comédienne Claude Gensac – Chemin a aidé Claude Lelouch à tourner *Un homme et une femme*, en lui fournissant tous les véhicules Ford qu'on aperçoit dans le film. « *Un homme et une femme* nous a coûté dix mille francs. Pour une Palme d'or à Cannes, c'est donné, non [3] ? » admettra plus tard l'habile homme d'affaires. La teneur du contrat avec Johnny ? Il est particulièrement avantageux pour la société américaine reconnaît Chemin.

Un premier rendez-vous entre les deux hommes est organisé sur le circuit de Montlhéry, dans la région parisienne. Moment rare : Johnny arrive à l'heure sur les lieux. Il n'est pas seul. Son imprésario, Jean Pons, l'accompagne ainsi que deux amis, Jean-Pierre Pierre-Bloch et Bernard Duc, fils d'un grand chemisier parisien. À l'occasion du déjeuner qui suit, Chemin écoute Johnny avec attention. Il est séduit par le personnage : « Nous avons sympathisé d'instinct. En somme, c'est un brave cœur. Il est généreux et gentil garçon. » Pour le représentant de Ford, ce premier tour de piste est une façon de tester les aptitudes de son futur copilote à la conduite. Johnny crâne un peu sur l'anneau de vitesse, mais il se défend pas mal, affirme un témoin alors présent. Le 26 octobre, un premier protocole d'accord est paraphé. Il prévoit que la vedette participera à une demi-douzaine de courses durant l'année 1967. En contrepartie d'un cachet de quatre-vingt mille francs de l'époque, sur lequel sera néanmoins prélevée la somme d'environ vingt-cinq mille francs pour l'achat d'une voiture de compétition – soit moitié moins que sa valeur – dont Ford-France assurera toutefois l'entretien. En échange, la marque pourra utiliser comme elle l'entend le nom de la vedette dans ses opérations publicitaires. D'après un spécialiste, les retombées de celles-ci seraient sans commune mesure avec le service rendu par la firme. Mais c'est sans compter avec les changements d'humeur de Johnny...

Deux mois plus tard, en décembre, la situation du chanteur s'est redressée. Il a retrouvé Sylvie, son moral, et sa place au hit-parade. À son entourage il confie ne plus être très « chaud » pour se lancer sur les routes verglacées. Mis au parfum, Chemin fulmine. Afin de ne pas exposer Ford au ridicule d'un forfait de dernière minute, il réagit immédiatement en adressant une lettre recommandée à la vedette versatile. Il lui rappelle en termes peu aimables les grandes lignes de son engagement. Puis, au nom de la firme américaine, il expédie un communiqué aux journaux sous forme d'avertissement : « À constater la manière dont M. Hallyday envisage la compétition automobile, je doute que nous continuerons à nous intéresser à lui. » Commence alors une curieuse partie de cache-cache dont la presse française se charge de marquer les points. Un premier journal parisien titre : « Le rallye n'amuse plus Johnny. » Le texte fait état de propos que la vedette aurait tenus lors de son passage à Dijon : « Je crois que j'ai fait une connerie... » Johnny est-il piqué au vif ? Quinze jours plus tard, il se présente à l'indispensable visite médicale. Le docteur Sicurin, qui l'examine, inscrit sur sa fiche des résultats au-dessus de la moyenne : la vue est excellente ; la capacité respiratoire n'est pas très bonne, mais suffisante ; le pouls au repos bat à soixante-douze ; le temps de retour à la normale est de moins de deux minutes ; les réflexes sont bons.

Malgré ces apparentes bonnes dispositions, Chemin n'est pas totalement convaincu. Il adresse une nouvelle fois, par porteur spécial, ses instructions à son futur pilote en second : il lui rappelle qu'un rendez-vous a été pris depuis plusieurs semaines afin de reconnaître le parcours sur les routes de montagne du sud-est de la France. Il exige sa présence pour un entraînement, le 4 janvier au matin, sans faute. Le jour même, il reçoit un mot laconique de l'imprésario du chanteur, évoquant les impératifs d'une tournée à l'étranger et un probable retour de son patron une semaine plus tard. Au même moment, un quotidien du soir affirme que Johnny va bien participer à la course automobile, mais en compagnie de... Jean-Pierre Beltoise qu'il présente comme un nouveau copain et la « gloire montante » du sport automobile français. Chemin reçoit cette marque de défiance comme une insulte. Il attend un démenti qui ne vient pas. Il s'interroge : le chanteur se dégonfle-t-il ? Subit-il des pressions de son entourage ?

Le coureur n'ignore pas que Sylvie Vartan considère d'un mauvais œil ce défi automobile. Pourtant, un autre journal parisien confirme bientôt que Johnny participera au rallye de Monte-Carlo, ainsi qu'il l'a promis. Ce jour-là, Hallyday est absent de la capitale. Il chante avec Eddy Mitchell à Charleroi. De retour à Paris, le chanteur appelle Claude Massot, de *France-Soir*. Sa décision est prise : « Je ne suis pas préparé, je ne pars pas ! » Pour tenter de sauver la face, il explique que son médecin personnel lui a vivement déconseillé de s'engager dans une aventure aussi éprouvante sur le plan physique.

La brève carrière de coureur de Johnny est-elle terminée ? Le lendemain, Sylvie et lui s'envolent pour l'Iran. Vingt-quatre heures plus tard, en pleine nuit, Jean Pons l'appelle, au bord de la panique. En une seule journée, il a reçu deux cent soixante-trois coups de téléphone d'insultes. Des fans indignés par la capitulation de leur idole. Ils n'ont pas mâché leurs mots : « dégonflé »... « lâche »... « froussard »... « faux dur »... entre autres noms d'oiseau bien sentis. Pis, la veille, Chemin, particulièrement contrarié, a émis le projet d'entamer une procédure judiciaire. C'est plus que Johnny ne peut en supporter. Il jure à Sylvie qu'il l'aime plus que tous les rallyes du monde, mais que sa réputation est en jeu. La jeune épouse enrage, mais comprend. Johnny prend le premier avion du matin à destination de Paris.

Il est dix-neuf heures le soir même lorsqu'il se retrouve dans le bureau d'Henri Chemin, rue de Saussure, dans le XVIIe arrondissement. Le chanteur s'excuse pour son retard, indépendant de sa volonté, affirme-t-il. Magnanime, Chemin passe l'éponge. Il préfère consacrer plusieurs heures à expliquer à Johnny les embûches du parcours qu'ils auront à couvrir. De Reims où sera donné le départ, leur voiture blanc et bleu marine, portant le n° 105, gagnera d'abord Bruxelles, puis Liège et Amsterdam.

Monte-Carlo ? Les deux coéquipiers ne l'atteindront pas. Au bout de cinq jours, cinq mille kilomètres et après deux pneus éclatés, la folle randonnée se termine par leur disqualification. Une expérience que le chanteur ne regrettera pas et dont il se souviendra même avec nostalgie, lorsqu'il retrouvera, trente-quatre ans plus tard, sur le plateau de l'émission de télévision *Auto moto*, son ancien complice Chemin. Là, les deux hommes évoqueront la fameuse compétition en termes forcément aimables[4].

Après son aventure automobile, Johnny entame une nouvelle tournée. Une quarantaine de villes sont au programme. À ses côtés, les Anglo-Saxons Micky Jones et Tommy Brown, et Noël Deschamps, un bluesman de la première heure, originaire de Villefranche-sur-Saône. L'ancien ajusteur puis footballeur au Red Star a longtemps fréquenté le Golf Drouot avant de créer son propre groupe. « Johnny Hallyday est sans doute l'un des chanteurs qui m'ont le plus marqué dans ma carrière, confie Deschamps. Nous avons en commun beaucoup de passions, comme celles des chevaux, des voitures et des USA. Mais c'est sans doute notre passion du blues et du rock qui a fait de nous des complices[5]. » « On a fait du bon travail avec Johnny, car c'est un garçon qui est passionné par la scène, surenchérit Micky Jones qui créera quelques années plus tard, à New York, le groupe anglo-américain Foreigner. C'est un personnage fascinant, absolument incroyable de vigueur, de puissance ; c'est un véritable professionnel comme il y en a peu dans votre pays[6]. »

Cette tournée hexagonale doit préparer la prochaine prestation du chanteur à l'Olympia où l'attend un plateau chargé : Michel Magne, les Charlots et Sylvie avec laquelle il interprétera *Je crois qu'il me rend fou*, l'adaptation d'un duo de Ike et Tina Turner. Le couple enfin réconcilié remporte un vif succès qui oblige Bruno Coquatrix à prolonger le spectacle pour une dizaine de jours. « Ces retrouvailles officielles ravissent le public, confie Johnny. Pour nos fans, nous étions liés, inséparables, indissociables... »

Quarante-huit heures après la dernière de l'Olympia, Johnny s'envole néanmoins pour l'Amérique du Sud. Au programme : le Brésil et l'Argentine où des stades remplis à craquer attendent le chanteur français. Afin d'éviter les débordements, les artistes sont protégés en permanence par des militaires et des chiens policiers. Une protection un peu trop musclée au goût du rocker, obligé d'intervenir pour réfréner leurs ardeurs. Avant que la situation ne dégénère en incidents diplomatiques, Johnny décide de laisser une partie des recettes aux victimes des inondations qui frappent au même moment le pays.

De retour à Paris, Johnny s'attelle à l'enregistrement d'un nouveau disque. Entre deux séances, il s'échappe du studio afin de participer au tournage d'un film du jeune réalisateur Joël Lemoigne, *Consortium*. Un coup de manivelle pour rien puisque, pour d'obscures raisons, le long-métrage ne sera jamais projeté en salles.

Au même moment, la presse évoque une vive tension au Proche-Orient. Le 5 juin, les radios du Caire et de Tel-Aviv annoncent le début des hostilités entre Israël et les pays arabes. Le lendemain, l'offensive israélienne est lancée dans le Sinaï et en Jordanie. La guerre des Six-Jours a commencé. La situation inquiète l'entourage de Johnny, en particulier Jean-Pierre Pierre-Bloch qui annonce son prochain départ pour un kibboutz israélien. Johnny, qui ne dissimule pas ses craintes, hésite un moment à suivre son ami. « Il m'a effectivement accompagné à l'aéroport, raconte Jean-Pierre Pierre-Bloch. Il ne voulait pas que je parte. Il avait peur que je me fasse tuer. Il était prêt à partir avec moi, mais uniquement par amitié, car il ne voulait pas entrer dans les arcanes du conflit[7]. »

Ironie de la vie. Quelques jours après avoir entamé sa tournée d'été autour de la France, Johnny est victime d'un accident de la route. Cette nuit du 29 août, il est au volant de sa Lamborghini, sur la route nationale 117 qui le conduit à Tarbes. Dans sa course folle, le véhicule déracine un acacia avant de percuter, plusieurs dizaines de mètres plus loin, un large talus. Plus de peur que de mal, ou presque : le véhicule neuf est bon pour la casse, et son passager, Jean-Marie Périer, pour un mois d'hôpital. L'ancien photographe de *SLC* se souvient : « Après trois jours et trois nuits de fête à Saint-Tropez, Johnny décida, en sortant de scène, de partir pour Tarbes. J'étais jeune alors et j'acceptai de monter dans sa Lamborghini, une sorte de cercueil à roulettes qui montait allègrement à 300 à l'heure en moins de temps qu'il n'en faut pour le dire. Une hypothétique flaque d'huile nous propulsa contre un arbre. Je suis encore sidéré que nous ne soyons pas morts sur le coup. Quant à Jo, il s'en sortit indemne, comme à son habitude, ce qui au fond n'a rien d'étonnant puisque la chance fait partie du talent. Ce jour-là, je l'ai vu vivre sa mort comme dans un film, comme James Dean[8]. »

Remis de ses émotions, l'émule de Fangio commence à la fin de septembre le tournage d'un long-métrage au titre ô combien prédestiné : *À tout casser*... La coproduction franco-italienne, réalisée par John Berry, à mi-chemin entre polar et comédie musicale, raconte la rivalité de deux bandes qui tentent de s'approprier la direction d'un dancing. Le tournage se déroule en région parisienne, à Louveciennes. Certaines mauvaises langues trouvent une certaine ressemblance avec le scénario de *D'où viens-tu Johnny ?*, les Yvelines et les motos remplaçant la Camargue et les chevaux. Sur le plateau, Johnny fait la connaissance de Rémy Julienne, numéro un des cascadeurs du cinéma français, qui deviendra au fil des ans l'organisateur de toutes les cascades de ses grands shows. Malgré la présence à ses côtés de talentueux acteurs, parmi lesquels Eddie Constantine et Michel Serrault, le comédien-chanteur juge aujourd'hui sévèrement ce film par trop commercial à son goût : « Un film pas vraiment épanouissant pour un acteur ! »

La critique ne s'y trompe pas davantage : « Les images sont désormais classiques, du folklore Hallyday, écrit un chroniqueur de *France-Soir*. Les torrents de sueur qui tombent dans le micro, la demoiselle qui se fait plaquer aux jambes par le service d'ordre pour avoir voulu embrasser l'idole sur son podium, le bouquet de fleurs qui tombe comme une météorite, le strip-tease progressif et étudié qui nous a permis de constater que Johnny possédait toujours le plus beau torse de la chanson française[9]... » Interrogés sur sa performance d'acteur, ses vrais amis, comme Eddy Mitchell, préfèrent esquiver la question : « Johnny, avant, ne pensait qu'au travail de scène. Ensuite, il est arrivé à maîtriser parfaitement ses formes de présentation et la qualité de son chant. Je ne peux malheureusement donner sur lui qu'un avis amical, mais ce que je suis à même d'assurer, c'est que ce type sait tout faire[10]. »

D'autres médias s'interrogent sur le changement de *look* du rocker. Parti imberbe pour Londres afin d'enregistrer la musique du film, Johnny est en effet rentré collier au menton et accessoires hippies, perles et fleurettes, en bannière. Mobiles freudiens de cette éclosion, selon un psychiatre : « La barbe est sans aucun doute, au même titre que la Harley Davidson ou la voiture de sport, une extériorisation de la virilité à la mesure de l'inquiétude du sujet sur la sienne propre. » « Mais les rites sociaux, affirme de son côté un sociologue, peuvent aussi s'ajouter aux motivations individuelles. » Et d'ajouter : « C'est le rock trahi. La relève de la non-violence. En prenant du ventre, Johnny prend de la barbe. Il vieillit. Essoufflé par le vedettariat, il cache son menton pour cacher son visage. Il joue l'agneau après le lion[11]. » Dans la réalité, le chanteur se bornera à se laisser pousser les pattes...

À la fin du mois d'octobre de la même année, le chanteur débute dans l'allégresse une tournée en Afrique. Un trop-plein d'énergie rapidement mis à mal à Johannesburg lorsqu'il chute dans une fosse d'orchestre. Bilan : un pied dans le plâtre, qui ne l'empêche toutefois pas de respecter ses engagements. À écouter le rocker, la décontraction du public venu l'applaudir et les effluves de marijuana qui embaumaient l'air de la salle n'ont pas été pour rien dans son faux pas...

De retour à Paris à la mi-novembre, il participe à un second Musicorama réalisé dans l'enceinte du Palais des Sports. Une salle à sa mesure pour un show qu'il veut grandiose. Pour la circonstance, le rocker innove avec une mise en scène spectaculaire : des canons expulsant des fleurs et des bombes pleines de confettis et un plateau transformé en cimetière de voitures. Certains observateurs voient dans ce décor un clin d'œil du chanteur à sa passion pour l'automobile ; d'autres, plus facétieux, ne manquent pas de rappeler que Johnny a été arrêté quelques jours plus tôt au volant d'une Ford Mustang après une course-poursuite en plein Paris. Et que la préfecture de police n'a pu faire autrement que de lui confisquer pour trois mois son permis de conduire. Une mésaventure dont le rocker s'amusera lui-même en interprétant à la télévision un sketch intitulé : *les Contraventions*...

Chaque soir, plus de six mille spectateurs trouvent place au Palais des Sports. Pour éviter tout débordement, le préfet de police de Paris, Maurice Papon, a dépêché deux mille de ses fonctionnaires. Lorsque l'artiste est annoncé, la foule de ses fidèles explose en hurlements et en applaudissements. Ils ne seront pas déçus. La surprise est au rendez-vous : le chanteur est totalement revêtu d'or. Comme à son habitude, il interpelle d'emblée son public : « Ça va ? Je suis content que vous soyez venus, ça me fait plaisir d'être avec vous ce soir ! » Lorsque les premières notes musicales se font entendre, Johnny lance à nouveau : « Criez, plus fort, plus fort ! Je ne vous entends pas ! Bien, bien... Maintenant, sifflez, frappez dans vos mains ! » Ses fans lui obéissent illico.

Pour la tournée qui va suivre à travers la France, Johnny a remplacé Ticky Holgado, son « petit Cabessou », comme il le surnomme affectueusement, par Alan Coriolan et Sacha Rhoul. Ce dernier lui a été présenté par Bruno Coquatrix. Le jeune homme, à la carrure impressionnante, fera également un garde du corps idéal pour son fils David qu'il tient impérativement à protéger des photographes indiscrets. Alan Coriolan a dix-huit ans à l'époque. Il connaît Johnny depuis son adolescence. Au fil des ans, l'Antillais, né en banlieue parisienne, va successivement occuper les fonctions de secrétaire, garde du corps et manager. « J'ai vécu pendant dix-sept ans dans l'ombre de Johnny. J'ai été son complice, son infirmier, son confident, sa nounou. J'ai fait et porté les valises. J'ai conduit la voiture, vidé les importuns. J'ai partagé les déprimes et les bonheurs [12] », se souvient-il.

Coriolan est présent, ce soir d'été 1967, lorsque Johnny fait la connaissance de la belle Anita Pallenberg, un ancien mannequin allemand devenu successivement la compagne de Brian Jones et de Keith Richards des Stones, qui entament alors une tournée européenne de plusieurs semaines. Le même soir, la petite troupe se retrouve dans une célèbre boîte de nuit, « complètement fracassés », selon les propres termes de Johnny qui commence à conter fleurette à la belle et sensuelle Anita. « Dans mon délire, je lui propose de vivre avec moi, raconte le rocker. Sa réponse me fait redescendre sur terre : « Johnny, tu es beaucoup trop tendre pour moi. Arrête tes conneries parce que je vais te dévorer. » » L'égérie des Stones exagère à peine. Maîtresse de trois d'entre eux, elle finira par sortir définitivement de leur vie, un jour de 1979 où Keith découvrira étendu sur son propre lit un jeune homme mort. Le dernier amant en date d'Anita venait de perdre à la roulette russe...

Une autre liaison amoureuse de Johnny a bien failli également mal tourner. Elle se déroule la même année dans la région de Montpellier. Un soir, après son show, le chanteur ne résiste pas au regard enjôleur d'une ravissante brune, la femme d'un patron de bar au casier judiciaire pas totalement vierge. L'affaire aurait pu s'arrêter là si les tourtereaux n'avaient eu la malencontreuse idée de prendre la poudre d'escampette. Pour le mari truand, c'en est trop. À l'entendre, Johnny n'a plus que quelques heures à vivre. Prévenu on ne sait comment, c'est finalement l'un des frères Guérini qui finit par calmer le truand cocu.

Les tournées incessantes ne permettent pas à Johnny de voir autant qu'il le voudrait son petit David, dont Sylvie a confié l'éducation à sa mère. Malgré l'affection que lui prodigue sa grand-mère, surnommée affectueusement « Néné » par ses enfants, le garçonnet vit mal les absences de son père, dont il se souviendra plus tard en ces termes : « Oui, quelquefois, je me suis senti abandonné… Mais j'étais jeune et je ne me rendais pas compte. Mes parents avaient choisi de faire un métier très dur. Ils ne pouvaient faire autrement. » Son père l'a-t-il déjà fait pleurer et s'est-il senti parfois incompris ? « Tout petit, oui. Un jour, mon père a voulu m'offrir une carabine à plombs. Maman s'est fâchée contre lui et je n'ai pas eu ma carabine… »

Johnny admet volontiers aujourd'hui qu'il a toujours sacrifié sa vie familiale à sa carrière : des tournées huit mois de l'année sur douze. Et de se justifier en expliquant que c'était la seule façon de ne pas devenir un artiste médiocre. Sans oublier les pressions extérieures : à commencer par les exigences commerciales de sa maison de disques. Par contrat, le chanteur doit produire deux LP (Long-Play) par an, d'où sont extraits trois à quatre 45 tours. Comme si cela ne suffisait pas, l'artiste accepte également de participer à différentes productions cinématographiques. « Pour le *fun*, pour me reposer », tient-il à préciser à l'évocation des *Poneyttes* mis en scène par Joël Lemoigne. Le réalisateur n'est pas un inconnu. Le chanteur-comédien avait tourné sous sa direction une séquence du film *Consortium*, lequel n'était finalement jamais sorti en salles. Pour ce nouveau film, Johnny retrouve quelques-uns de ses amis de toujours : Hubert Wayaffe, animateur-vedette d'Europe 1, Carlos et même Bruno Coquatrix, qui interprète son propre rôle dans ce film consacré aux idoles de l'époque. Cheveux bouclés d'or, ceint d'une cape, la participation de Johnny se réduit à quelques mots et deux chansons : *Le Hit-parade* et *Le Mauvais Rêve*.

13

Sous les pavés, les plages de Saint-Trop'...

Au début de l'année 1968, Johnny plie bagages pour une nouvelle longue tournée sud-américaine, sans doute la plus épique de sa carrière. Les organisateurs lui ont réservé les plus grands stades de l'Argentine et du Brésil. Lors des premières répétitions, Johnny dissimule à peine sa contrariété en découvrant les barbelés qui séparent la scène des tribunes. L'un des responsables de la sécurité lui explique qu'il s'agit de le protéger de la « chaleur » excessive de ses admirateurs qui n'hésitent pas à jeter bouteilles et boîtes de conserve sur leurs vedettes préférées. Il n'est encore qu'à demi convaicu quand on lui rappelle que ces frises sont chose courante dans ces pays où l'on entoure de même le grand stade de Maracanã lorsque le footballeur Pelé dispute un match.

Quelques jours plus tard, ses appréhensions n'ont pas disparu lorsque Jean-Pierre Pierre-Bloch lui confirme l'arrivée de Sylvie. Son épouse doit en effet participer à deux galas en compagnie de son époux à Rio de Janeiro. Une arrivée qui s'annoncerait sous les meilleurs auspices si la presse brésilienne n'avait pas profité de l'occasion pour prêter au séducteur Hallyday une liaison particulièrement torride avec une pin-up brésilienne. « Johnny était paniqué à l'idée que Sylvie puisse tomber sur ces journaux[1] », raconte Jean-Pierre Pierre-Bloch. Homme d'action, ce dernier décide son ami séducteur à faire la tournée de tous les marchands de journaux du quartier afin de faire disparaître les maudites couvertures.

Lorsqu'il débarque à Paris, une autre surprise attend le couple. Nous sommes en mai 1968 : les jeunes Français, mécontents, sont dans la rue et protestent bruyamment. La « chienlit », juge sévèrement le général de Gaulle. Comme nombre de ses compatriotes, Johnny ne comprend pas grand-chose aux événements auxquels il se retrouve involontairement mêlé. Ce jour-là, au volant de sa Rolls Royce blanche, son chauffeur a la malencontreuse idée de traverser le carrefour de l'Odéon. Au même moment, une bataille rangée oppose étudiants et CRS. Inconfortablement calé sur le siège de cuir épais de son véhicule de luxe, Johnny échappe de peu aux projectiles et autres grenades lacrymogènes qui virevoltent autour de lui. Étranger aux événements qui vont paralyser le pays pendant quelques semaines encore, le chanteur décide de s'exiler à Saint-Tropez. Là, il retrouve quelques vieilles connaissances, dont Georges Cacciari, *alias* Jo de Salernes, l'un des rares amis sur lesquels Johnny pourra compter tout au long de sa vie. Le restaurateur réalise l'essentiel de ses affaires à Saint-Tropez, mais possède sa résidence à Salernes, gros bourg varois dont il est originaire et qui lui vaut son surnom. Lorsqu'ils se rencontrent au milieu des années 1960, à Marseille, dans le restaurant de Cacciari, Johnny est déjà une vedette. Jo a certes la réputation de faire la meilleure soupe au pistou de la région, mais Johnny apprécie surtout chez cet homme le bon sens dont sont souvent dépourvus les gens du *show-business*. Lors de ses passages dans la région, il ne rate jamais l'occasion de partager d'interminables parties de pétanque sur la célèbre place des Lices. Lorsque le Provençal disparaîtra, en novembre 2001, à l'âge de soixante-dix ans, des suites d'une longue maladie, le chanteur tiendra à être présent pour rendre un ultime hommage à celui qu'il surnomme aujourd'hui son « père spirituel ».

C'est au cours de ce même « exil » tropézien que Johnny fait la connaissance au Papagayo de Nathalie Wood, l'actrice devenue célèbre dans le monde entier avec le film *West Side Story*. À en croire Long Chris, qui se trouve alors sur place, Johnny ne peut s'empêcher de séduire l'ancienne partenaire de James Dean. Un souvenir d'autant plus vivace que l'ami et confident a aimablement cédé, cette nuit-là, sa chambre à l'assistante de la star américaine.

En prolongeant ses longues vacances, Johnny prend-il conscience que les événements du fameux printemps ont définitivement tourné la page des « yé-yé » ? La plupart de ses représentants ne vont pas tarder à sombrer, et ceux qui tiennent encore la route, comme lui, font figure de « ringards ». De nouvelles modes musicales apparaissent, comme le mouvement *freak* et le déferlement de groupes qui prônent l'avènement de la *Pop*. Même dans son créneau de chanteurs « à voix », Johnny doit faire face à de sérieux concurrents. Depuis quelques mois, Herbert Léonard, un ancien guitariste d'Antoine, obtient ainsi un énorme succès avec *Quelque chose en moi tient mon cœur* et *Pour être sincère*. Au sein de la maison de disques Philips, l'affaire est d'autant plus délicate que les deux interprètes appartiennent au même groupe. Pis : le nouveau chanteur a été découvert par Lee Hallyday, impressionné par les capacités vocales d'Herbert. Johnny ressent-il l'initiative de son cousin comme une trahison ? « Au début, Johnny aimait ce que je faisais, confie pour sa part Herbert Léonard. Les problèmes se sont posés après. Après *Quelque chose en moi...*, j'ai eu, toujours en 1968, un deuxième gros succès avec *Pour être sincère*, signé Jean Renard et Ralph Bernet. C'est à ce moment-là que les problèmes ont commencé au sein de la maison de disques. Je ne pense pas qu'ils aient été provoqués par Johnny, il était au-dessus de ça ! Le staff qui s'occupait de lui n'a pas vu mon succès d'un bon œil, car je faisais sûrement de l'ombre à Johnny. On était trop dans le même créneau, paraît-il, au niveau du style et du chant. À partir de ce moment-là, on a « serré la vis ». Lee a commencé à moins s'occuper de moi. Sur le moment, je ne m'en rendais pas compte. J'étais si naïf, je débarquais dans le show-business[2]... »

Au printemps 1969, Johnny entame une nouvelle tournée française d'une vingtaine de jours afin de roder son prochain spectacle au Palais des Sports. Le thème s'inspirera du style *country* et *western* cher à Jerry Lee. Pour le visuel, son choix se portera sur un combat de boxe qu'il mimera avec la complicité du danseur Lester Wilson.

Afin d'appuyer sa rentrée parisienne, Gill Paquet, son attaché de presse, suggère à Maritie et Gilbert Carpentier de réaliser un Spécial TV : *Le Show Smet*, avec Sylvie en invitée d'honneur. André Harris, nouveau directeur des programmes de TF1, ne se montre guère enthousiaste. Il avoue avoir les variétés dans le collimateur. « Je trouve que nous faisons un peu trop une télé de promotion et de complaisance. Les variétés ne doivent pas rester le domaine réservé des dix vedettes du moment... Mireille Mathieu, c'est bien, mais il ne faut pas en abuser[3] ! »

Piqué au vif, le couple de producteurs répond à l'accusation de programmer toujours les mêmes artistes dans leurs émissions, successivement intitulées *Top à*, *Numéro un*, *Les Grands Enfants*. « En un an (vingt-huit émissions), nous avons invité cent trente artistes parmi lesquels quarante-six sont passés plus d'une fois, et quatre-vingt-quatre une seule fois. On nous reproche de privilégier les mêmes, mais combien y a-t-il, en France, de chanteurs de premier plan ? Moins de trente ! » plaide-t-il dans la presse.

Quoi qu'il en soit, le spectacle du Palais des Sports connaît un succès inespéré : cent soixante-cinq mille spectateurs en quinze jours ! Il est vrai qu'une fois encore, on n'a pas regardé à la dépense. Le budget d'organisation s'élève à six cent mille francs. Coût du plateau, non compris le cachet de la vedette : trois cent cinquante mille francs. Budget consacré à la décoration, imaginée par Jacques Cherix : deux cent mille francs. Pour ses débuts de show-businessman, Johnny a vu grand. Très grand : cinq scènes circulaires ont été installées ; quatre ballons-sondes géants ont été suspendus à douze mètres au-dessus des spectateurs, où sont projetés simultanément des films d'horreur et de guerre ; dix cascadeurs, dirigés par Yvan Chiffre, se laisseront tomber du haut de mâts de quatre mètres cinquante ; deux rings où évolueront des catcheurs nains, vingt-quatre danseurs et danseuses, dix gogo-girls aux seins nus, des fumeurs de narguilé, des joueurs de sitar. Sans compter les cinq cents kilos de pop-corn déversés chaque soir sur la foule ! Un pari démesuré sur lequel Johnny reconnaît avoir « gambergé » pendant six mois : « Ça fait dix ans que je chante. Gueuler tous les soirs dans une salle *Je suis si seul* en pensant : « Qu'est-ce que je vais manger après le gala ? », ça finit par devenir lassant ! »

Dans la salle, un spectateur surprise : Mick Jagger, auquel le réalisateur Guy Job a demandé d'être présent pour lui permettre d'ajouter une transition habile à son documentaire intitulé *5 + 1*. Filmées durant le show, les prestations scéniques de Johnny seront ainsi couplées avec celles, enregistrées à Hyde

Park, des Stones donnant leur concert gratuit à la mémoire de leur défunt guitariste Brian Jones. En définitive, cette association de concerts sans aucun rapport entre eux, bien qu'approuvée par Mick Jagger qui estime beaucoup Johnny, déplaira aux fans respectifs des deux vedettes en présence.

La sortie au même moment de l'album *Je suis né dans la rue* est en revanche reçue avec beaucoup d'enthousiasme. « Parce que Johnny s'y amuse comme un petit fou et hurle des textes névrotiques (« Les bras du soleil aux ongles de diamant ont capturé mon esprit... »). Mais surtout parce que Micky Jones et Tommy Brown (et quelques-uns des meilleurs spadassins français) font découvrir à Johnny un territoire complètement nouveau pour lui[4] », explique, dithyrambique, Philippe Manœuvre dans la revue *Rock & Folk*. Pour Lucien Bodard, il ne fait nul doute que l'idole Hallyday s'est transformée en monstre sacré, au pouvoir étrange et fascinant. Et d'expliquer : « Ce n'est pas Johnny qui a changé, c'est la jeunesse. Hier, elle était soumise, et Johnny lui servait à exprimer la révolte qui couvait en elle. Depuis, il y a eu Mai 68. Il y a eu la grande contestation, la véritable explosion des jeunes. Désormais, pour les contestataires, pourtant ennemis de la société de consommation, Johnny est devenu une sorte d'objet de consommation. Objet aimé, admiré, mais plus le symbole suprême. Johnny n'est plus l'idole. Il s'est transformé en monstre sacré que tous les Français peuvent aller voir et admirer. Car il dégage un pouvoir étrange et fascinant[5]. »

Cette unanimité s'explique-t-elle par l'étonnante longévité du chanteur ? C'est probable, à regarder ce que sont ses anciens amis devenus. Quelques-uns ont disparu : Billy Bridge, Vince Taylor, Dany Logan, etc. Les autres se sont mués en chefs d'entreprise, fondant leur propre maison de production et d'édition.

À l'instar de Richard Anthony ou de Claude François qui dirige une société commerciale employant une vingtaine de personnes. Daniel Filipacchi, enfin, grand vizir de la religion « yé-yé », reste le patron de presse suroccupé d'un groupe qui, lui, marche très bien (*Photo*, *Lui*, *Cuisine Magazine*, etc.). À l'exception de l'émission *SLC* dont l'audience a nettement diminué après les événements de Mai 1968. « Il vaut mieux qu'elle crève, confie alors sans détours Johnny à des proches. Elle est devenue complètement ringarde. Même les enfants ne sont pas assez débiles pour l'apprécier, désormais ! »

Si Johnny semble donc le seul à avoir franchi sans se noyer le Rubicon de l'ère « yé-yé », ce n'est pas sans peine. Après le Palais des Sports, des galas en France, une tournée d'été en Espagne, le chanteur a accepté de participer au tournage en Italie d'un western de Sergio Corbucci. En juillet, il s'envole pour Rome où l'attend le réalisateur de cette importante coproduction (France-Italie-Allemagne) dont les autres acteurs sont Françoise Fabian, Gastone Hoschin, Sylvie Fennec, Angela Luce, Serge Marquand et Mario Adorf. L'histoire ? Elle raconte un épisode de la vie d'un cowboy solitaire aux yeux clairs, grand, blond, décidé à venger son frère lynché et pendu par la population pour avoir été injustement soupçonné du braquage d'une banque. Mal dirigé, Johnny ne se montrera guère convaincant à l'écran. Une prestation ratée qu'il admet bien volontiers et justifie ainsi : « J'étais très content de jouer les cow-boys, c'était un rêve d'adolescent. Mais il n'y avait pas de scénario. Le producteur avait voulu monter un coup. Le réalisateur a essayé de faire un film avec des hippies contestataires et un justicier. J'arrivais sur le plateau le matin, Corbucci était en train d'écrire les dialogues. Il ne savait pas ce qu'il allait tourner[6]. » Malgré cette remarque désagréable, le comédien-chanteur reconnaît avoir été choyé par la production qui avait mis à sa disposition une superbe villa dans la campagne romaine. L'endroit séduit d'autant plus Johnny qu'il vient de faire la connaissance d'une superbe Italienne aux yeux de braise. « Finalement, j'ai continué à louer la villa afin de poursuivre ma douce idylle avec mon Italienne[7] », me confie l'irrésistible séducteur. Il est vrai que, depuis quelques semaines, sa version, dans la langue de Dante, de *Que je t'aime* est devenue un tube en Italie : plus d'un million d'exemplaires vendus.

14

Virages dangereux

Le Spécialiste n'est encore projeté sur les écrans lorsque Johnny entame une série de galas dans l'est de la France. Sylvie l'a rejoint à Strasbourg sans savoir le drame qui l'attend. Ce soir du 20 février 1970, Johnny a pris le volant de sa DS pour rejoindre Besançon où il doit se produire le lendemain. Le temps est exécrable, le macadam recouvert d'une pellicule de neige fondue. Il vient de traverser le petit village de Roppe lorsque, soudain, le véhicule dérape. Alerté par le bruit, un jeune homme du village, Jean-Pierre Broggi, se précipite sur le lieu de l'accident. Les deux passagers sont mal en point : Sylvie semble la plus grièvement blessée. Elle a le visage en sang et s'est évanouie. Sa tête est à l'évidence venue percuter le pare-brise. Johnny saigne abondamment du nez.

Aussitôt prévenus, les secours constatent les dégâts et décident de rapatrier les blessés sur l'hôpital le plus proche, à Belfort. Là, Sylvie est opérée cinq heures durant. Le chirurgien s'attelle à recoudre ses blessures à la lèvre, au menton et à l'œil. Quarante-huit heures plus tard, un train la ramène sur Paris. La jeune femme est allongée sur une civière, la tête et le visage couverts de pansements. Elle retrouve la clinique de Boulogne où elle a mis au monde son fils David et où elle avait déjà été soignée après le grave accident dont elle avait été victime en avril 1968, qui avait coûté la vie à sa meilleure amie Mercedes Calmel. Dans une chambre voisine, toute bleue, Johnny sommeille : il souffre d'une fracture du nez. Pour Sylvie, le choc est terrible. « Chaque matin, en me voyant dans la glace, je croyais sortir de la cage aux lions », confiera-t-elle par la suite. Mais les spécialistes la rassurent : la chirurgie esthétique fait des miracles, lui affirment-ils. Défigurée, Sylvie décide de s'exiler plusieurs mois à New York afin de subir plusieurs opérations qui lui permettront de retrouver son visage. Quatre mois d'exil au cours desquels elle suivra également des cours de danse afin d'effacer le temps.

Au printemps 1970, Johnny rejoint le studio Davout, dans le XXe arrondissement, pour l'enregistrement de son nouveau 45 tours. C'est l'un des rares espaces parisiens à pouvoir accueillir un grand nombre de musiciens. Ouvert dès 1965 par Yves Chamberlan, cet ancien cinéma est un des premiers studios indépendants de la capitale, et rivalise avec ceux des grandes maisons de disques. Il est vrai que ses ingénieurs du son se montrent particulièrement attentifs aux évolutions technologiques. Voilà belle lurette que les magnétophones à lampes ont laissé la place à des consoles de plus en plus performantes et à la multiplication des pistes.

Pour son nouveau disque, le chanteur s'associe avec un nouveau parolier, Philippe Labro, fasciné depuis de très nombreuses années par la culture américaine. À ce moment-là, le journaliste-cinéaste vient d'achever son premier film, dont il a confié la musique à Eddie Vartan. C'est par l'intermédiaire de ce dernier qu'il a fait la connaissance de l'idole des jeunes : « J'avais montré le film à Johnny qui l'avait aimé, parce que *Tout peut arriver* était un *road-movie* et que le personnage portait des bottes de cow-boy. À la sortie de cette projection, sur le trottoir de la rue des Dames-Augustines, Johnny avait remarqué que j'étais moi aussi affublé de quelques accessoires qu'à l'époque nous n'étions pas très nombreux à arborer. À partir de la découverte de nombreuses affinités communes, on s'est mis à avoir une relation très immédiate et amicale faite d'échange et de complicité[1]. » Selon Johnny, c'est au cours d'une soirée au Bilboquet que Labro propose sa chanson *Jésus-Christ*. Eddie Vartan, également présent, prévient son beau-frère : « C'est un peu gonflé, mais Philippe ne voit vraiment pas qui d'autre oserait la chanter[2]... » Johnny accepte le texte qui correspond finalement à l'air du temps, celui des babas cool, de la révolution sexuelle, etc. Il n'imagine pas un instant que son nouveau titre va bientôt déchaîner les passions.

Sur la genèse de la chanson, Labro explique qu'à l'époque il faisait souvent des allers et retours entre la France et les États-Unis. Et de raconter : « Cette fois-là, je revenais de Californie où j'étais allé voir mon frère, étudiant à Berkeley. J'ai été frappé par l'allure d'une nouvelle génération, avec les cheveux longs, la barbe... On était en pleine éclosion et même confirmation et affirmation du *Flower Power*, du mouvement hippie. C'était très fort, très marquant [...]. Ça m'intéressait d'autant plus que le mouvement hippie ne traduisait pas simplement un look, une silhouette ou une tenue vestimentaire, mais le refus, par cette nouvelle génération, d'un certain conformisme et d'un certain *establishment* américain. » Inspiré, le journaliste admet avoir écrit le texte en quelques minutes sur une feuille de papier, dans l'avion qui le ramenait à Paris : « Des petits vers de mirliton qui sont venus tout de suite comme un texte de chanson ! » Et d'estimer qu'elle n'est toutefois pas née d'un simple hasard : « Je l'ai écrite, pressé par mon époque. La parabole était assez facile parce qu'au fond, tous ces gens-là avaient un aspect christique avec leur barbe, leurs cheveux longs, leurs espèces de tuniques. On était également en pleine spiritualité, on faisait appel au zen, à Bouddha, à Henry Miller, à Herbert Marcuse. Tout ça mélangé ! Je me suis dit que si Jésus revenait sur terre aujourd'hui, il serait probablement un hippie, en Californie, en train de jouer de la guitare. » Mais pas seulement : son texte précise que Jésus aurait également probablement fumé de la marijuana…

Le patron de RTL, Jean Farrant, ne semble pas aussi sensible à l'air du temps que son futur successeur. Il refuse de faire diffuser sur son antenne la chanson qu'il juge iconoclaste. En apprenant la censure dont fait l'objet le chanteur, le directeur des programmes de la radio concurrente, Europe 1, se frotte les mains et décide de matraquer la chanson sur les ondes, autrement dit de la faire diffuser une demi-douzaine de fois par jour. La provocation n'est pas du goût des autorités gouvernementales d'alors qui décident d'interdire sa programmation sur les ondes de l'ORTF, la radio et la télévision publiques. La polémique s'envenime lorsque la presse écrite s'empare de l'affaire. La publicité faite autour du disque le propulse en tête des ventes. Chez Philips, on jubile. Les critiques et les attaques fusent de la part des journalistes et critiques musicaux bien-pensants. « Avec Johnny, on répondait qu'on n'avait pas voulu cracher sur l'Église, ni choquer des millions de gens qui ont tout à fait le droit d'avoir la foi », écrit l'un d'eux. Labro et Hallyday sont-ils réellement surpris de ce qui leur arrive ? « Dès l'instant où nous avons écouté le disque, on s'est tous rendu compte qu'on avait quand même une « bombinette » entre les mains », admettra plus tard Labro.

Le scandale ne s'est pas totalement essoufflé lorsque Johnny commence à Royan le tournage d'un nouveau film : *Point de chute*, réalisé par Robert Hossein. L'artiste a d'autant plus facilement accepté la proposition du réalisateur que ce dernier ne le fait pas chanter. L'histoire ? Elle raconte l'enlèvement d'une adolescente par trois malfrats. En attendant la rançon, le plus jeune d'entre eux, interprété par Johnny, est chargé de la surveiller. Entre l'otage, interprétée par Pascale Rivaud, et le ravisseur, s'établissent bientôt des liens de tendresse... « La première fois que Robert Hossein m'a raconté l'histoire, il m'a fait pleurer », avoue Johnny.

Voilà plusieurs années que le héros de *La Marquise des anges* souhaitait faire tourner le comédien-chanteur. Pour coller au plus près au personnage, Hossein demande à son comédien de se raser les cheveux et de se laisser pousser une fine moustache. Selon le metteur en scène, ce nouveau *look* lui donne un charme encore plus émouvant. Alors qu'il gagne trente mille francs par galas, Johnny confie à un journaliste qu'il aurait même accepté de tourner ce rôle gratuitement. « J'ai compris ce qu'avait voulu dire Robert Hossein. C'est comme ça que lui me voyait. C'était un personnage qui était complètement loin de moi. Non, moi, j'ai bien aimé ce film. » Pour Hossein, Johnny est une nature, un personnage de cinéma par excellence. Il admire son jeu froid, son sourire, une certaine virulence sous la bonhomie : « C'est un vagabond, il est à la fois de passage et authentique, spontané, disponible, analyse-t-il. C'est un espiègle mais aussi peu sûr de lui dans la vie qu'il peut montrer une assurance prodigieuse sur scène. Il fait partie des gens qui se transforment. En scène, il se métamorphose, s'explose, se développe, se prolonge… Il a un sens du dérisoire et du provisoire, sans l'analyser. De même qu'il est angoissé sans se l'expliquer. Il est sans frontières et sans illusions, dupe de rien[3]. »

Lorsqu'il est projeté sur les écrans, le film d'Hossein remporte un succès d'estime. En clair, il n'attire pas les foules ni ne suscite l'enthousiasme des fans du chanteur. Pour de nombreux cinéphiles, *Point de chute* reste pourtant l'un des meilleurs films du rocker-comédien.

La fin du tournage coïncide pour Johnny avec une remise en question de sa carrière de chanteur. Au cours de l'été, il débarque de la Caravelle qui l'a conduit à Marseille. Il vient rendre visite à son ancien imprésario, Johnny Stark, dans sa villa de La Bédoule. Étonnante entrevue. Johnny est tout bonnement venu demander à son ex-mentor de reprendre ses intérêts en main. « Il est vrai que j'étais un peu paumé depuis son départ, admet aujourd'hui Johnny. Et je pensais qu'il était le seul à pouvoir gérer au mieux ma carrière, qui n'allait alors pas très fort[4]. » Le premier étonnement dissipé, le « requin du show-business » songe-t-il à goûter la saveur de cette revanche inattendue ? L'histoire ne le dit pas.

À Paris, pendant ce temps, l'entourage de Johnny a la fièvre. L'imprésario, Jean Pons, ignore tout du voyage de son patron, mais s'inquiète. Pressent-il qu'il a peut-être été trop loin ? Johnny veut bien que les hommes de sa *cuadrilla* donnent un coup de main à Sylvie, qui prépare son nouveau spectacle, mais il faut choisir. Jusqu'à nouvel ordre, Jean Pons est l'homme de Johnny pour les shows, pour les galas, pour les tournées. Or non seulement il a aidé Sylvie de ses conseils, mais il a pris sur lui de coproduire son show avec Bruno Coquatrix, le directeur de l'Olympia. Lorsqu'il l'apprend, Johnny s'enferme dans un silence alarmant. Il ne répond plus à aucune suggestion. Il a le sentiment que la célébrité de sa femme mord sur sa propre popularité. Il ignore que Sylvie, de son côté, éprouve la pénible impression que la gloire de son époux lui fait de l'ombre. Leur métier les lie et les sépare. Quand il parle de Sylvie, Johnny commence toujours par vanter ses qualités de cuisinière, sa manière inégalable d'accommoder la moussaka bulgare. Impossible de lui arracher un mot sur sa carrière, comme s'il en prenait ombrage, inexplicablement.

Comme si cela ne suffisait pas, à cette rivalité professionnelle s'ajoutent les démêlés conjugaux. Sur le plan sentimental comme sur le plan artistique, le couple est en pleine débandade. Leurs vies de chanteurs vont-elles briser leur histoire d'amour ? Les proches ne veulent pas envisager une séparation. Pour tous, Johnny et Sylvie doivent persévérer dans leur vie commune et l'image d'eux qu'elle reflète.

L'entrevue entre Johnny et Stark tourne court. L'ancien imprésario refuse poliment l'offre du chanteur. Le limogeage de Pons est ajourné, mais il lui faudra plusieurs semaines avant d'obtenir l'aman définitif. Par l'effet de leur pacte tacite, il n'en aura rien dit à Sylvie. En vérité, il ne lui reproche rien, et c'est d'ailleurs la seule sur qui il ne règne pas. « Dans un couple, faut être égaux, proclame-t-il. Sylvie est tout pour moi, je suis tout pour elle. David est tout pour nous. Mais faut pas mélanger nos affaires ! »

Cette mise au point permet au couple de retrouver un semblant d'harmonie. Johnny regagne plus souvent qu'à son habitude leur appartement parisien, entre l'Alma et le Trocadéro, avec vue sur la tour Eiffel. Pour se protéger des fans envahissants, un cerbère portugais fait le guet devant le haut portail de l'entrée. L'endroit s'étend sur trois cent cinquante mètres carrés répartis entre neuf pièces toutes équipées d'un téléphone blanc. Une espèce de hall gigantesque avec des tapis partout. La salle à manger tendue d'orange diffuse un bonheur doux et gai. C'est là que la mère de Sylvie, « Néné », prépare les repas de David. Johnny ne s'attarde que rarement à table. Lorsqu'il arrive, il embrasse longuement son fils, avant de rejoindre ses amis qui l'attendent dans la pièce voisine. Là, on est dans la salle de musique entièrement moquettée en couleur prune : des baffles, une table de mixage avec deux Revox. La table des commandes semble aussi vaste et compliquée que celle d'un porte-avions.

Contrairement à ce qu'il laisse accroire, Johnny ne sait pas faire fonctionner tout le matériel sophistiqué dont il s'est équipé. Indiscutablement, il est le patron, et tout le monde guette les plis de son visage, le mouvement de ses yeux. Depuis l'accident, la presse affirme qu'il ne boit plus. C'est vrai. Le joyeux Carlos prévient du geste l'offre d'un whisky. Jean Pons tripote un verre de Coca-Cola. Sacha Rhoul attend en silence. Johnny s'apprête. Il va auditionner la maquette de son prochain spectacle : *Pollution*. Il est une heure trente et personne ne parle d'aller déjeuner. C'est que Johnny ne mange plus avant neuf heures du soir. Pourtant, il se lève relativement tôt. Un jus de citron au réveil, et c'est fini pour la journée. Il veut maigrir. Les librairies, les kiosques croulent sous les conseils de régimes équilibrés, dissociés, à basses calories, etc. Lui, il a choisi tout seul. Il s'empoigne les flancs à pleines mains : « Toute cette saloperie-là, faut que ça parte[5] ! » Alors, personne ne mange plus ni ne parle de festoyer. Au moins, pas devant lui ! Ce jeûne absolu, qui semblerait épuisant à la mi-journée, ne lui enlève rien de sa vitalité.

Son prochain spectacle se déroulera au Palais des Sports pendant quatre semaines, au mois d'avril suivant. Un budget important sera une nouvelle fois engagé : quatre-vingt-deux millions d'anciens francs. On fera venir des bandes de gazon naturel pour les décors. Des sources couleront sur scène. Étonnant changement pour celui qui fut un temps l'homme des nuits sans sommeil dans les boîtes enfumées, du whisky à la bouteille : il va chanter les rivières cristallines, les vertes prairies, les forêts exubérantes sur des couplets de deux autres néo-amoureux de la nature, anxieux comme lui de sa dégradation, ses paroliers Philippe Labro et Jacques Lanzmann. On est loin de l'idole des jeunes de *Retiens la nuit* ou du *Pénitencier*. Johnny a-t-il changé ? D'aucuns le pensent. En épousant plus ou moins ouvertement toutes les modes, Johnny est devenu quelque temps la cible des *rocks critics*. Ces derniers lui reprochent ses changements de cap successifs. Johnny répond en ces termes : « C'est le désir de survivre. La volonté de ne pas se laisser dépasser. Alors, effectivement, j'ai fait certaines choses qui n'étaient pas moi. Mais qui m'ont aidé à rester. Dans la vie, t'as deux possibilités : ou tu restes fidèle à ce que tu aimes, rien d'autre, et, même si ça ne marche plus, tu continues à faire ce que tu veux, comme Dick Rivers par exemple. Ou alors tu décides que tu seras toujours le premier et que tu feras tout pour ça. C'est le cas de Belmondo au cinéma. Il a décidé de rester le premier. Comme moi j'ai décidé d'être le premier. Tant que je ferai ce métier, en tout cas[6]. »

Premier janvier 1971. Afin de fêter le Nouvel An, Johnny et Sylvie ont décidé de gagner la station d'hiver à la mode de Crans-sur-Sierre. Là, durant de longues heures, Johnny adore partir s'étourdir sur sa moto-cross en solitaire dans la montagne. Sylvie ne comprend guère cette inclination qu'elle range dans la panoplie des distractions débiles. « Quand il a eu sa période voiture, durant laquelle il fonçait à tombeau ouvert sur les routes, j'ai tremblé, expliquera-t-elle plus tard. Quand il a entamé sa période motocyclette, durant laquelle il a de nouveau risqué sa vie, j'ai encore tremblé. Tout ce qu'il entreprenait avait le charme que dégagent les aventuriers. Mais moi, c'était un mari dont j'avais besoin. Il fallait bien me rendre à l'évidence : mon époux avait une bougeotte inguérissable[7]. »

Au début de février, Johnny s'envole pour Londres en compagnie de Philippe Labro afin de mettre en boîte son nouvel album, intitulé *Flagrant Délit*. Durant trois semaines, les deux hommes conçoivent dans les studios Olympic Sound l'un des albums les plus achevés de la saga Hallyday. Il y a bien sûr des adaptations de succès éprouvés comme *Delta Lady*, mais aussi les titres *Si tu pars la première*, *La loi*, *Que j'aie tort ou raison*, *Fils de personne* et surtout *Ô ma jolie Sarah* qui va l'emporter dans la course aux « tubes » de l'été suivant.

En dehors de ses habituels musiciens et compositeurs, Micky Jones et Tommy Brown, Johnny a fait appel à deux accompagnateurs américains particulièrement appréciés par les professionnels : Gary Wright, vingt-cinq ans, qui a déjà participé à toutes les séances d'enregistrement du récent album de George Harrison, et Hugh MacCracken, considéré comme le meilleur guitariste des États-Unis, celui que Paul MacCartney a choisi après avoir auditionné près de deux cents solistes.

Au cours du printemps, le couple Hallyday entame une longue randonnée qui l'emmène des Antilles au Canada, puis de New York à Los Angeles. Il entraîne dans son sillage le cinéaste François Reichenbach qui attend depuis onze ans le feu vert de l'idole : « C'était en septembre 1960, racontera plus tard Reichenbach. J'étais avec ma caméra à L'Alhambra où, tous les soirs, le dernier balcon plébiscitait un phénomène inconnu. C'est ainsi que j'ai filmé pour la première fois Johnny Hallyday, l'adolescent qui a catalysé les symboles de la jeunesse de son époque. » Le cinéaste, présenté comme l'un des enfants terribles de la « nouvelle vague » et du « cinéma-vérité », n'en est pas à son coup d'essai. Il a déjà donné plusieurs portraits d'artistes pris sur le vif, comme ceux consacrés à Brigitte Bardot, Pablo Picasso et Arthur Rubinstein. Le tournage avec Johnny lui apparaît d'autant plus séduisant que le chanteur a évoqué un séjour dans la famille de son cousin Lee, du côté de l'Oklahoma. Reichenbach imagine l'émotion que peut provoquer cette sorte de remontée aux sources chez un jeune Franco-Belge confronté avec l'Amérique depuis son enfance. Certes, le cinéaste n'est pas dupe. Il sait que la vedette n'est pas toujours un personnage facile, mais il espère que les angoisses et les doutes qu'il a décelés chez le personnage vont précisément donner une consistance à son portrait, ces petits côtés inattendus de « vérité » dont lui-même a fait dans ses précédentes œuvres sa touche personnelle. Il ignore que le tournage de ce « film-vérité » dont il rêve va rapidement tourner au cauchemar.

De son propre aveu, Reichenbach reconnaît que les premiers mètres de pellicule ne correspondent pas à son attente. « Johnny s'est montré décevant et fuyant. Impossible ! Ses moments de lucidité, rares et brefs, ne présentaient aucun intérêt pour un film. Il refusait de bouger, de sortir, il traînaillait dans la maison, de pièce en pièce. En Amérique, dans son bungalow de Beverly Hill, ou à Paris, même schéma, même attitude : Johnny refuse de prendre contact avec le jour… pourquoi ne pas faire sentir cela ? le mettre en images ? J'ai voulu commencer à le filmer devant son miroir, au réveil, quand il s'inspecte : les yeux cernés, les cheveux ternes, trop longs, la bouche maussade

Huguette Clerc, sa mère.

Léon Smet, son père.

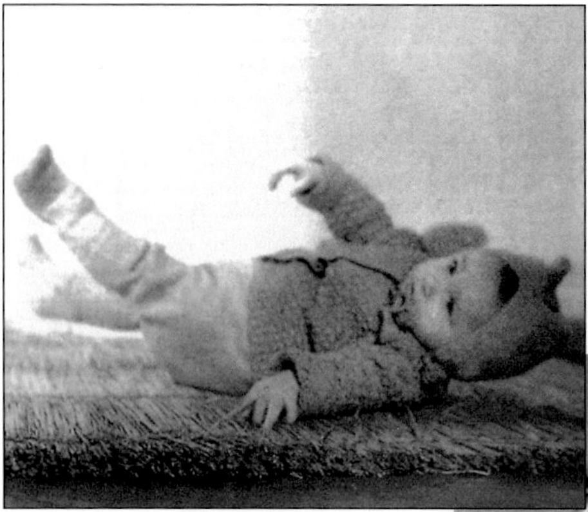

D.R.

1943. Jean-Philippe Smet
alors âgé de quelques mois.

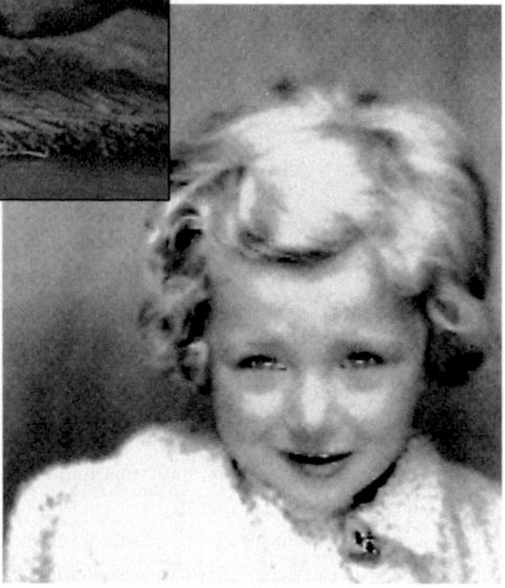

Et ci-contre, à deux ans.

D.R.

D.R.

Jean-Philippe sur une plage anglaise en compagnie des danseurs
de l'International Ballet, dont faisaient partie ses cousines.

D.R.

Le futur Johnny avec des amis de la famille Mar,
déjà fan des belles cylindrées.

D.R.

Jean-Philippe avec ses cousines
Desta et Menen.

D.R.

Jacob Adol Mar, l'oncle
paternel de Johnny,
apparenté à l'empereur
éthiopien Ménélik.

D.R.

Avec sa cousine Desta, à
l'époque des galas à travers
l'Europe des « Hallidays ».

D.R.

Desta, alors danseuse
au Moulin-Rouge.

D.R.

Jean-Philippe adolescent.

D.R.

1953. Lors d'un radio-crochet organisé à Trouville.

D.R.

Avec des camarades rencontrés à Hambourg lors d'une tournée des « Hallidays ».

L.R.

À Paris, en compagnie de l'une de ses premières admiratrices.

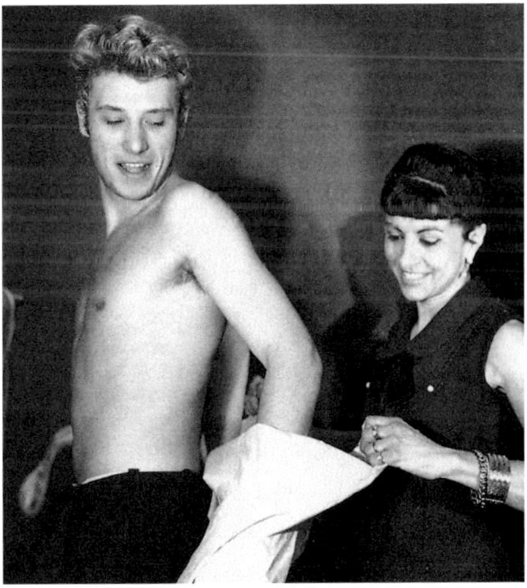

D.R.

1964. Johnny et Desta après un concert.

Johnny et sa tante Hélène Mar, sa seconde mère.

Pour fêter sa majorité anticipée, Johnny s'offre sa première voiture, une Triumph TR3.

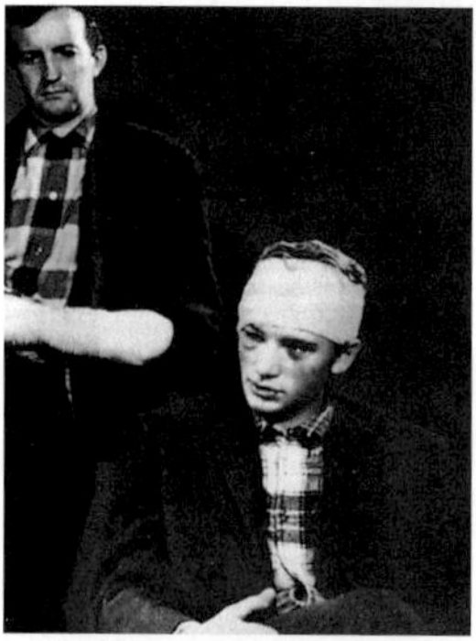

Février 1970. Johnny est victime de son premier accident de voiture sérieux sur une route près de Belfort.

En répétition.

Septembre 1961.
Premier Olympia
entouré des Golden
Strings : Jean-Pierre
Martin, Claude Horn,
Antonio Rubio,
Louis Belloni,
Marc Hemmler et
Jean Tosan.

© Delmas/Sipa Press.

D.R.

Dans la loge de l'Olympia, en compagnie
de Jean-Jacques Debout, Sylvie Vartan
et Charles Trenet venus le féliciter.

© Rancurel.

À l'Olympia entouré
de Bruno Coquatrix
et de Johnny Stark,
son manager.

D.R.

1964-1965.
L'année du service militaire
en Allemagne.

D.R.

© Corbis/Sygma.

1961.
Tournage des *Parisiennes*
avec Catherine Deneuve.

© Corbis/Sygma.

1963. Tournage
de *D'où viens-tu Johnny*
avec sa fiancée,
Sylvie Vartan.

© Delmas/Sipa Press.

Dédicace d'un
album, entouré
d'admiratrices...

et le teint gris. C'était un début, ce Johnny face à lui-même, dans cette glace fidèle et cruelle. En filmant, j'ai commis la sottise de bougonner trop fort : « Johnny se réveille, il se regarde dans la glace, il a trop ou pas assez dormi... » Il s'est retourné, agressif : « Je ne vois pas qui ça peut intéresser. Moi, pas du tout ! » Et il m'a claqué la porte au nez[8]. »

Le fameux séjour dans la famille américaine de Lee, dont Reichenbach avait espéré faire un des moments forts de son documentaire, est tout aussi décevant. « Il avait emporté « son » Amérique avec lui ; elle avait des bottes de cow-boy et portait un *stetson*. Les retrouvailles avec les Hallyday furent sans intérêt. » À une exception près, poursuit le cinéaste qui se souvient d'un moment émouvant. Ce matin-là, Johnny avait décidé d'acheter une moto. « Alors j'ai assisté à quelque chose d'enfantin. D'abord le choix : un gosse dans un magasin de jouets – puis le règlement de l'achat. Johnny avait sur lui dix mille dollars à dépenser ! Ces dix mille dollars, il avait exigé qu'on les lui remette en petites coupures. Ses poches en étaient bourrées. Il a payé sa moto neuf mille dollars, qu'il a sortis de ses poches billet après billet. Vraiment le gosse qui a cassé sa tirelire ! »

C'est de retour en France que Reichenbach commence à filmer vraiment son héros comme il l'avait rêvé. Le chanteur lui avait promis qu'il le suivrait dans toutes ses tournées en précisant : « Tu verras, là, je suis vraiment moi. » Dans la réalité, après un concert exténuant, de retour dans sa loge, l'artiste n'a aucune envie de se laisser filmer. « Je ne suis pas en forme, on fera ça tout à l'heure... Tu me filmeras plus tard, ça risque d'être superchouette ! » Un « tout à l'heure » qui durera jusqu'au matin, soupire de son côté le réalisateur. Il raconte : « Un déroulement invariable, lassant, ennuyeux... Il est enfermé dans sa loge et nous attendons. Il sort. Le suivent alors les amis, les musiciens, et deux ou trois personnes au culot suffisant pour s'introduire dans notre groupe, plus une ou deux gamines dont il n'est pas sûr qu'elles lui plaisent, mais qu'on lui met en « réserve ». On s'entasse tous, connus et inconnus, dans des voitures. Johnny prend la tête du convoi avec son favori – ou sa favorite – du moment. Il conduit apparemment follement, mais bien. Il a plutôt la rage de vivre vite que de se tuer vite. Le dîner ? Il a lieu dans un endroit choisi, pour lui, par son favori en cours. On a préparé son arrivée, prévu deux ou trois cuistots qui demanderont des autographes. À la même table, tous autour de Johnny, nous attendons. Et c'est l'ennui mortel : personne n'a rien à dire. C'est longuet, on mange mal. Enfin arrive le moment où l'on repart pour aller dans un club. Il est déjà deux, trois heures du matin. Là, dans la boîte, un whisky-coca à la main, Johnny commence à vous poser la question : « Dis, François, tu m'aimes ?.... Tu ne m'aimes pas ?.... Alors tu ne m'aimes plus ?.... Alors tu m'adores ?.... Moi, je n'aime que toi ! » Et il vous embrasse. Il a besoin, un besoin pathétique d'amour : « Oui, Johnny, je t'aime... Oui, Johnny tu es beau, tu es jeune, tu as du talent... Oui, Johnny... ! » »

Quelques jours plus tard, Reichenbach croit que sa patience va être enfin récompensée, que ses images vont enfin devenir telles qu'il les avait rêvées. Cette nuit-là, dans un hôtel confortable de Metz, il est quatre ou cinq heures lorsqu'il entend frapper à sa porte : « François, ouvre-moi, c'est moi ! » Lorsqu'il entrebâille la porte, Johnny est là, planté devant lui, tout nu. « Écoute, François, c'est le moment de faire le film. Tu m'as dit que tu voulais le vrai Johnny, que j'apporte quelque chose de nouveau sur moi, que j'aie le courage de montrer mes défauts, mes angoisses ? Je suis prêt. » Convaincu par la sincérité de son interlocuteur, le cinéaste sonne aussitôt le branle-bas de combat parmi ses techniciens, un assistant et un ingénieur du son. Lorsque l'équipe a enfin installé son matériel, le tournage peut commencer. Johnny ne se fait pas prier pour parler. Il se raconte. Tout y passe : son enfance, son père, son public composé de gars paumés qui rêvent à travers lui. Reichenbach n'en revient pas : « C'est magnifique ! Voilà le pathétique d'un homme devenu tout à coup génial dans sa nudité. » Il pense enfin « tenir » le vrai Johnny. Mais, une fois encore, le réveil va se révéler douloureux pour le cinéaste. Lorsque le chanteur le rejoint au petit déjeuner, c'est pour s'entendre dire : « J'espère que tu ne vas pas garder mes conneries d'hier. Les as-tu filmées ? Je te demande de détruire tout ce que j'ai dit, tout ce que j'ai fait cette nuit. Sinon, tu n'es plus mon ami ! » Johnny sait qu'il joue sur du velours : Reichenbach a donné sa parole qu'il ne conserverait au montage que ce que son héros autoriserait. Pour le cinéaste, l'affaire est entendue. Son film sera un échec, « parce que Hallyday a refusé d'être Johnny ». Le public ne s'y trompera pas davantage : lorsqu'il sera projeté en salles, *J'ai tout donné* recevra un accueil mitigé.

Trente et quelques années plus tard, le héros du documentaire s'inscrit en faux à la lecture des critiques teintées d'amertume du cinéaste et ami. « Souvent, sur un échec, les gens disent des choses comme ça pour se justifier », me résume-t-il. Et d'expliquer : « J'ai fait tout ce qu'il m'avait demandé. Il m'a suivi pendant un an. Ce n'était pas évident de l'avoir en permanence à mes basques, lors de mes concerts et dans mon intimité. Il a fait son film. Et je ne lui ai jamais interdit quoi que ce soit. Je ne lui ai jamais demandé de censurer quoi que ce soit, d'une part parce que j'avais beaucoup d'admiration pour lui – je connaissais, bien sûr, *L'Amérique insolite* – et, d'autre part, parce que je lui avais donné carte blanche. Il ne m'a jamais montré les *rushes* avant sa projection. Je n'ai vu le film qu'une fois monté et prêt à être diffusé en salles[9]. » Et de me raconter pour la première fois certaines attitudes singulières du cinéaste : « François se conduisait parfois de façon bizarre. Nous nous trouvions en train de déjeuner avec les musiciens, et lui était sous la table en train de dormir[10]... »

À la fin du mois de septembre, c'est le grand retour sous les *sunlights* du Palais des Sports pour un spectacle parrainé par deux célèbres marques de boissons. Comme il en a dorénavant pris l'habitude, le chanteur a vu grand : deux scènes immenses surélevées, une trentaine de jeux de lumières et cinq cent quarante projecteurs, trois systèmes de sonorisation hypersophistiqués, quinze machinistes, six sonorisateurs aux consoles. Un investissement payant : au bout de trois semaines, le spectacle aura drainé plus de cent cinquante mille personnes. Chaque soir, pour son *medley rock'n'roll* final, Johnny se fait accompagner au piano par Michel Polnareff et par une choriste alors inconnue : Nanette Workman, dont le frère est bassiste dans l'orchestre. Pour Polnareff, premier prix de solfège à douze ans, Johnny Hallyday, de son propre aveu, est le chanteur français avec lequel il avait toujours rêvé de jouer. « Il m'intéressait parce qu'il était un vrai personnage autant sur scène que dans la vie, explique l'interprète de *La Poupée qui dit non*. Ses chansons terminées, revenu en coulisse ou chez lui, il continuait de représenter quelque chose. Et il était le seul à avoir ça. » Échange de politesses : Johnny rejoindra un an plus tard à l'Olympia le sulfureux Michel dans un pot-pourri de rock.

Malgré le succès public, la critique émet des réserves. Elle se montre même parfois féroce. « Le maître se parodie lui-même : rose et blond, gros à lard, il prend, malgré son costume à paillettes sorti des ateliers d'Yves Saint-Laurent, des attitudes de garçon-boucher, des airs de voyou faussement déjeté, sans aucun rapport désormais avec la réalité assagie par l'expérience et le succès[11] », écrit ainsi Claude Sarraute. De son côté, Bernard Pivot préfère brocarder les relations singulières entre la vedette et ses sponsors dans un article qui mérite d'être amplement cité : « Un art nommé désir... Chansons à boire, Johnny, j'aime. Non jusqu'à l'aveuglement. Si, pour la publicité du spectacle « Johnny Hallyday au Palais des Sports », la campagne de presse, l'affichage, les grands panneaux sur les Champs-Élysées, les plaques sur les taxis avaient été sans surprise, je n'en parlerais pas. Or, partout on retrouve la même photo du chanteur, et cette photo mérite d'être regardée et analysée pour toutes ses significations : 1) Elle est très belle. Que ce soit en noir et blanc ou en couleur (Johnny entre le rouge brique et l'ocre des flammes sulfureuses, sur un fond bleu violacé), il s'en dégage une formidable impression de puissance. De virilité. Le bracelet de cuir au poignet droit, l'extrême tension du visage, les yeux fermés avec violence, la sueur qui luit sur la peau du biceps et du cou, la tignasse, etc. Pourquoi tant de minettes se pâment-elles devant Johnny ? Une partie de la réponse se trouve dans la sexualité sauvage et fignolée de cette photo. Johnny soit qui mal y pense... 2) Elle chante. Qui connaît les chansons de J. H. entend à peu près quelles notes il est allé chercher dans les aigus, vers quels sons rauques, excessifs, il pousse sa voix. On peut dire, je crois, que la géométrie du visage, le gonflement du cou, donnent le *la*. 3) Elle dit beaucoup de choses. La publicité dit d'abord que Johnny chante au Palais des Sports. Qu'il enregistre sur disques Philips. Que RTL présente le spectacle de Johnny. Trois messages audiovisuels. Rien de plus logique. Mais cela se complique avec la présence sur les affiches et les placards de Perrier et Gini, qui patronnent le spectacle de J.H. avec RTL. S'il s'agissait d'une marque de meubles ou de voitures, je n'y verrais aucun rapport. Mais, pour deux marques de boissons, la liaison avec la photo s'établit très bien. Johnny est en sueur ; il a soif ; il tient son micro comme il pourrait tenir une bouteille de Gini ; chanter et boire, c'est le même geste. D'ailleurs, rappelez-vous les photos de champions cyclistes buvant un quart Perrier sitôt la ligne d'arrivée franchie. Eux aussi sont en sueur, eux aussi renversent légèrement la tête en arrière pour boire au goulot. Remplacez la bouteille par un micro : on croira qu'ils chantent ; remplacez le micro de Johnny par une bouteille : on croira qu'il boit. L'efficacité de cette photographie publicitaire est donc totale : à ces significations premières s'ajoute une signification symbolique, de sorte que tous les annonceurs intéressés y trouvent leur compte. Certes, il ne fait pas de doute que, sur la photo, on voit beaucoup plus Johnny chanter que boire, car l'esprit doit faire un effort pour ne pas s'en tenir à ce que l'œil lui rapporte. Mais il me semble que je n'aurai pas été le seul à remarquer le double message de cette publicité, quoique les réalisateurs m'aient avoué ne pas l'avoir fait exprès et ne pas en avoir eu conscience avant que je le leur dise. La réussite n'en est peut-être que plus méritoire[12]. »

L'un des meilleurs souvenirs de cette année 1971 reste indéniablement, pour Johnny, le tournage de *L'Aventure c'est l'aventure*, de Claude Lelouch. Le film, coproduit par Alexandre Mouchkine, est une comédie loufoque contant l'enlèvement d'une vedette de la chanson – Johnny, qui joue son propre rôle – par une bande de mercenaires plutôt farfelus. L'ambiance sur le plateau est chaleureuse. Le comédien-chanteur y retrouve de vrais amis : Lino Ventura, Charles Denner, Aldo Maccione et Jacques Brel dont la compagne, Maddly Bamy, fait partie des figurantes.

Hasard, ironie de la vie : le frère de celle-ci, Erick, rejoindra quelques années plus tard l'équipe de choristes du rocker.

Pour Johnny et Brel, ce sont en quelque sorte des retrouvailles. « Je l'ai connu à mes débuts, se souvient Johnny. Avant même mon premier disque, à l'époque où j'animais les bals de fin de semaine au Moulin Rouge. Brel s'y produisait aussi avec des chansons qui me faisaient parfois chialer[13]. » Par la suite, les deux hommes se reverront souvent. À plusieurs reprises, l'interprète d'*Amsterdam* mettra ainsi son avion et un pilote à la disposition de Johnny. Ou viendra le récupérer lui-même au hasard de leurs tournées respectives. L'occasion pour les duettistes franco-belges de faire ensemble les quatre cents coups dans quelques boîtes renommées et autres établissements spécialisés. « Il était insomniaque, alors, après les concerts, il m'embarquait dans tous les bars à putes, se souvient encore le rocker. Pour rien faire, juste pour l'ambiance. Les putes étaient ses copines. Il me disait toujours : « Une pute, au moins, tu sais qui sait. Une femme honnête, ça n'existe pas. » On discutait ainsi des nuits entières, jusqu'à huit heures du matin, en s'envoyant bière sur bière. À 11 h 30, il me téléphonait : « Alors, t'es prêt ? On va déjeuner. » Quelle santé ! » Si Brel n'a jamais été un inconditionnel du répertoire Hallyday, il respectait sans réserve le personnage terriblement humain dont il admirait aussi les formidables prestations scéniques.

15

Johnny fait son cirque

15 janvier 1972 : Johnny s'est rasé la barbe, a maigri de dix kilos et présente une autre silhouette. Son changement d'apparence coïncide avec le début d'une nouvelle brouille sentimentale avec Sylvie. Au grand bonheur des tabloïds spécialisés. Dans un magazine féminin, Sylvie s'épanche ainsi sur quelques illusions perdues : « En fait, je vis une vie d'homme parce que je vis pratiquement tout le temps toute seule. Mon mari ? Il vit une vie comme la mienne, de la même manière [...]. Je considère que mon mari ne me donne pas assez de temps... J'estime qu'une femme doit être dominée, puis se sentir protégée d'une certaine façon. Disons que j'ai été déçue de ce côté-là[1]... »

La séparation risque-t-elle de se consommer au cours de l'été ? Les proches du couple en ont la désagréable impression. Pour l'heure, chacun plonge à corps perdu dans sa seule passion : la musique. Sylvie annonce sa rentrée sur la scène de l'Olympia pour le mois de septembre suivant dans un show de vingt chansons. Afin de s'y préparer, elle va retourner en Amérique où elle attachera les services de danseurs et de Howard Jeffries, l'ancien chorégraphe de Barbra Streisand. Elle aime leur façon de travailler, leur discipline, leurs exigences. La rigueur ne l'empêche toutefois pas de plaisanter avec ses partenaires, entre deux pirouettes, dans un anglais presque sans traces d'accent. Le soir, en compagnie de son jeune fils David, elle aime se promener dans les rues et faire ses courses dans un total anonymat. Pendant ce temps, de l'autre côté de l'Atlantique, Johnny tente de réaliser l'un de ses rêves d'enfance : sillonner les routes de France à la tête d'un cirque.

C'est à Chantilly, sous une pluie battante, qu'est donné à la mi-juin le départ du Johnny Circus. L'entreprise rassemble plus d'une centaine de personnes et près de trois cents tonnes de matériel dispersées dans une caravane de cinquante-quatre véhicules, allant du camion-cuisine au bus-dortoir en passant par la nouvelle Rolls Royce blanche du maître des lieux. « J'ai voulu remonter aux sources du spectacle, celles où l'on présentait jadis des troubadours sur les parvis des églises ou dans les champs environnant les villages », explique Johnny. Le chanteur ignore alors que cette aventure extraordinaire va se transformer en un fiasco financier cuisant.

Pour assurer la première partie de son spectacle, Johnny a fait appel à Nanette Workman et au groupe Ange. C'est dans l'un des studios de la capitale britannique qu'il a fait la connaissance de la chanteuse. Au-delà d'une réelle attirance, le Français admire le génie musical de son double féminin.

Née à Brooklyn en 1945, mais élevée dans le Mississippi, Nanette Joan Workman fut une artiste précoce. Initiée dès son plus jeune âge au piano et au violon par un père trompettiste et une mère chanteuse, Nanette a treize ans lorsqu'elle anime sa propre émission de musique pour les jeunes : *Junior Time*, dans laquelle elle chante régulièrement. De retour à New York, elle participe en 1964 à Broadway à la comédie musicale *How To Succeed In Business Without Really Trying*, dont le rôle principal est tenu par Rudy Vallee. Le métier de chanteuse et de comédienne est on ne peut plus difficile dans la ville de la pomme ! Nanette décide d'aller tenter sa chance de chanteuse soliste au Québec où elle débarque en compagnie du chanteur et producteur montréalais Tony Roman. Ce dernier l'a convaincue de le suivre et d'enregistrer en français alors qu'elle ne parle pas un traître mot de la langue de Victor Hugo. De son propre aveu, elle n'avait pas davantage entendu parler de la Belle Province avant de le rencontrer.

Son premier disque – une reprise du classique de Gilbert Bécaud, *Et maintenant*, revu à la façon de Sonny and Cher –, est un coup de maître. Elle se retrouve en tête du palmarès Méritas, un des plus crédibles de l'époque. Sans attendre, elle enchaîne avec un second 45 tours qui propose la version d'un autre succès : *Peint en noir*, le *Paint It Black* des Rolling Stones que le hasard va bientôt ramener sur son chemin. C'est toutefois avec *Guantanamera*, une complainte d'origine cubaine très populaire chez les *folk-singers* américains, que Nanette s'impose définitivement parmi les valeurs sûres de sa génération. La chanson se maintient à la première place des hit-parades pendant près de dix semaines. Cerise sur le gâteau : le public québécois, qui a tout de suite adopté cette grande et belle fille à la voix rauque et sensuelle, lui décerne le prix Découverte de l'année au Gala des Artistes 1967.

Parallèlement à sa carrière, la belle Nanette entretient une vie sentimentale jalonnée d'histoires d'amour torrides, d'échecs suivis de triomphes, d'éclipses, de retours. En homme peu habitué à se protéger, Johnny ne pouvait que se jeter à corps perdu dans une passion destructrice avec la rockeuse incandescente. « Sentimentalement, Johnny est déchiré, explique son ami Ralph Bernet. Écartelé ! La presse s'est emparée de sa *love story* avec Nanette, et Sylvie en souffre. Jojo aime toujours sa femme, mais il vit un truc dévorant avec Miss Workman. Un soir, à Grenoble, il craque et disparaît. Tout le monde le cherche. En vain. Sacha, son homme de confiance, et son secrétaire Alan s'inquiètent : « Où est Johnny ? » Question pour un champion, parce que pour la fuite, le rocker fou, c'est un as ! Un type nous apprend qu'il est passé en voiture un quart d'heure plus tôt. Le portable n'existant pas à l'époque, impossible de le joindre. Le chapiteau est archiplein. On apprend que Johnny est parti pour Lyon louer un avion-taxi afin de rejoindre Sylvie à Londres. Sacha, qui a une Kawasaki, file le chercher. Pons, le producteur, me dit : « Tu te démerdes, mais les trois mille fans, il ne faut pas qu'ils bougent du chapiteau ! » Et je monte sur scène. « Dans dix minutes, celui que vous aimez... » Un quart d'heure plus tard, les canettes commencent à voler sur scène. Pas de Johnny ! Je vais voir Micky Jones et Tommy Brown pour leur dire de mettre l'orchestre en place. On anime. Tommy chante dix titres, Jones cinq chansons. Pendant ce temps, à Lyon, Sacha tente de persuader Johnny de ne pas aller à Londres. Ça dure des heures ! Je suis sur scène : « Le plus grand... J... O... H N N Y. » Tout le monde est pétrifié. Il est 11 heures du soir. À 11 h 45, Sacha appelle : « On prend un taxi, je ramène Johnny. » Je monte sur scène : « Il va arriver. J... O... H..» À 1 h 15, Johnny sort du taxi comme s'il sortait de sa salle de bains. Il a chanté jusqu'à 5 heures du matin. Le public venait de vivre une nuit folle ! »

Malgré les nombreux revers, la tournée du Johnny Circus se termine comme prévu le 15 septembre 1972 à Port Barcarès. Sur le plan financier, l'affaire se révèle catastrophique. Mal informé, le public n'est pas venu assez nombreux pour remplir les caisses. Jean Pons, l'imprésario de Johnny, est désigné comme l'un des coupables du fiasco dont le chanteur se souvient aujourd'hui comme son pire souvenir professionnel : « J'ai mis dix ans à m'en remettre. Financièrement parlant. J'ai dû faire des concerts alimentaires pour pouvoir rembourser les prêts et payer le fisc[2] », me déclare-t-il, encore outré par le mauvais tour que son entourage lui a joué.

Sur un plan plus personnel, Johnny admet également aujourd'hui que sa relation avec Nanette fut terriblement autodestructrice. « Nous étions comme envoûtés : amants et rivaux. Des rivaux impitoyables : à qui irait le plus loin. Dans la musique, la boisson, la drogue, les déchirures... Il fallait un vainqueur. Et personne ne voulait baisser les bras. » Un soir, chez Gu, l'un de ses amis photographes le trouve en train de jouer à la roulette russe. Avec une vraie balle dans le barillet... « Oui, l'histoire est vraie, me confirme l'ancien émule de Dostoïevsky. Cela s'est passé après trop de beuveries, trop de fumerie, trop de tout. » Et de me résumer amèrement cette douloureuse traversée : « Des défis cons quand on est con et trop jeune. Oui, j'ai morflé. Et j'ai vraiment eu du bol de m'en être sorti à ce moment-là[3]. »

Lorsqu'il décide de rompre avec Nanette, Johnny est conscient d'être allé trop loin, qu'il lui sera impossible de reconquérir Sylvie avec ses habituels *mea culpa*. Curieusement, en revanche, ses frasques bénéficient auprès du grand public d'une indulgence peu ordinaire.

De retour à Paris, le chanteur s'installe à l'Hôtel, situé au 13, rue des Beaux-Arts, dans le quartier de Saint-Germain-des-Prés. Unc qucstion de quelques semaines, pense-t-il. Un mois plus tard, il se retrouve dans la situation du client incapable de régler la note de sa chambre. Condamné à ne pas partir, il décide, en accord avec le propriétaire, Guy-Louis Duboucheron, de prolonger son séjour. Le hasard veut qu'il occupe successivement la chambre d'Oscar Wilde, le célèbre auteur britannique du *Portrait de Dorian Gray*, mort en prison, puis celles de Marlene Dietrich et de Mistinguett. De son refuge, Johnny se rappelle aujourd'hui les miroirs accrochés partout et la compassion du propriétaire à qui il offre, au moment de son départ, une statue en résine couleur bronze.

À l'automne 1972, Johnny demande à Michel Mallory de l'accompagner à Londres pour l'enregistrement d'un nouvel album, le bien nommé *Insolitudes*. Les deux hommes se sont rencontrés quelques mois plus tôt par l'intermédiaire de Suzy, la nouvelle compagne de Lee Hallyday. Au départ, il n'est question que d'une adaptation d'un succès américain, *Salvation*. Mallory vit alors à Montmartre dans un appartement exigu. « Suzy m'a confié le « bébé » le soir à 19 heures pour... le lendemain matin 10 heures. J'ai eu le sentiment que ce pouvait êtrc unc chance pour moi. Mais je n'y croyais pas beaucoup », raconte Mallory. Un cadeau empoisonné ? Plusieurs paroliers avaient jeté l'éponge devant un texte difficile à adapter. Mais le musicien s'y essaie avec une réinterprétation des paroles esquivant une traduction par trop littérale : « J'ai écrit une chanson mettant en scène un condamné à mort qui est loin d'être un héros. Un type qui doit mourir et qui meurt mal, sans aucune dignité[4]... »

Comme convenu, Mallory se présente le lendemain matin au domicile de Johnny, avenue du Président-Wilson. Le chanteur le reçoit en peignoir bleu ciel, les pieds nus. À la main une bouteille de bière et la tête coiffée d'une casquette d'officier SS ! « Derrière lui, je vois passer des gonzesses à poil, poursuit le parolier. Il me tend la bouteille qu'il a à la main. Je la prends. Je ne sais pas ce que je balbutie. J'entre. Je vois un hall somptueux avec, au centre, une scène ronde sur laquelle trônent un immense piano à queue et des plantes vertes. C'est superbe. À lui seul, Le hall d'entrée représente trois fois la superficie de mon appartement[5]. » Johnny lui demande de le suivre. Mallory ne se fait pas prier. Il accompagne son hôte au fond d'un couloir tapissé de disques d'or et de photos de célébrités. Les deux hommes pénètrent dans la cuisine. Johnny sort une nouvelle bouteille de bière de son réfrigérateur. Mallory remarque que plusieurs clayettes sont réservées aux canettes. « C'est un vrai Frigidaire de la marque Frigidaire », tient à préciser le chanteur qui lui explique encore les divers problèmes rencontrés avec un autre appareil de la même marque. Mallory reste perplexe. Il s'interroge sur une éventuelle confusion : Johnny le prend-il pour un plombier ? Lorsqu'il se présente enfin, le regard du chanteur s'assombrit. « Je crois qu'il en avait ras-le-bol de cette chanson. On avait dû lui proposer tellement de textes. Du coup, il n'a plus de *feeling*, ni de temps à me consacrer », poursuit Michel Mallory. Après une première lecture, la remarque tombe comme un couperet : « Il n'y a pas le nombre de pieds ! » Mallory s'étonne : « J'avais travaillé toute la nuit sur la chanson. Le thème pouvait ne pas lui plaire, les mots aussi, mais il y avait le nombre de pieds ! » Le parolier, dépité, propose d'interpréter la chanson. Johnny écoute avec attention : « *C'est ma dernière cigarette, mon dernier verre de rhum/J'ai droit à deux minutes pour la prière des hommes/On ne m'en a jamais appris et j'ai peur comme un enfant/Dieu que cette aube est grise pour mourir maintenant/La justice des hommes s'est trompée/Il n'y a personne pour m'entendre crier...* »

Son mini récital achevé, Mallory attend le verdict du maître des lieux. Mais Johnny se tait, puis quitte la pièce. Il est bientôt de retour en compagnie de Jerry Denahue, un guitariste américain à qui il demande d'auditionner à son tour la chanson. Le « petit cow-boy corse », comme l'appellera bientôt le rocker, s'exécute. Denahue approuve par des hochements de tête. Pour Johnny, l'affaire est entendue : « Elle est vraiment bien, ça me plaît. Je l'enregistre à Londres dans deux jours. » En attendant, il retient son visiteur à déjeuner : « J'ai un Italien qui travaille pour moi et qui fait les pâtes. Tu aimes les pâtes ? »

À la fin de l'année 1972, la presse du cœur s'interroge à nouveau sur l'avenir du couple Johnny-Sylvie, séparé physiquement depuis un an. À la lire, l'égérie des « yé-yé » n'en peut décidément plus de la vie que mène Johnny à cent à l'heure, des copains toujours là, des nuits qui n'en finissent pas. À un ami, Sylvie fait la même confidence sur un ton meurtri : « J'ai mon fils et j'ai ma carrière. Je ne peux pas assumer en plus celle de Johnny et supporter perpétuellement son entourage. C'est trop, c'est insurmontable ! » Pourtant, d'autres proches du couple l'affirment, « Johnny ne peut se passer de Sylvie ». Le duo infernal est-il pour la seconde fois au bord du naufrage ? Pour Sylvie, l'affaire est en tout cas entendue lorsqu'elle annonce son prochain départ pour Los Angeles où elle compte s'installer dans une villa du quartier de Beverly Hills, louée à l'acteur américain George Hamilton. La chanteuse ne part pas seule. Font partie du voyage David, qui sera bientôt inscrit au lycée français, sa mère, sa femme de chambre Mercedes, son maître d'hôtel Vitaoul et ses chiens : Molière, un cocker, et Plooffy, un yorkshire, cadeau de Johnny. Sur place, Sylvie est décidée à veiller de près à l'éducation de son garçon auquel elle aspire à offrir avant tout une vie tranquille et bien réglée.

Les mois passent. Conscient de la gravité de la situation de son couple, Johnny tente une réconciliation en proposant à sa jeune femme de passer les fêtes de Noël avec elle et son fils. Au fond d'elle-même, Sylvie n'y croit plus. Elle est consciente que leur métier les a irrémédiablement séparés. Pourtant, elle décide de pardonner une fois encore.

Le 7 décembre 1972, Johnny ne s'est pas encore envolé pour l'Amérique lorsqu'il apprend le décès de sa tante Hélène Mar, celle qui lui a inculqué le sens du travail et la persévérance, celle également qu'il a toujours appelée « Maman ». « Aujourd'hui encore, je ne peux parler d'elle sans émotion, puisqu'elle fut, sans vouloir faire la moindre peine à l'« autre », à la « vraie », comme ma mère », me confie le fils de Léon Smet.

Depuis quelques mois, la mode est aux duos : Sheila et Ringo font un malheur. Lorsque la maison de disques de Johnny insiste pour que leur chanteur interprète avec Sylvie une chanson spécialement écrite pour eux, le couple se montre dans un premier temps sceptique. Il trouve le texte à la fois par trop personnel et, pour Sylvie, un tantinet débile : *Dis-moi pourquoi tu es mon seul problème/Dis- moi pourquoi tu es mon seul souci/On récolte la vie que l'on sème/Mais quand vient l'amour on est un peu surpris...* Et la chanteuse d'expliquer :

« J'estimais qu'il ne reflétait en rien ce que nous avions envie de faire ensemble et ne correspondait surtout pas à Johnny. Nous avions des discussions sans fin à ce sujet. Bref, l'ambiance n'y était pas[6]. » Finalement, Sylvie accepte de prendre l'avion pour Londres afin d'enregistrer *J'ai un problème*. Pari tenu et gagné : le public aimera à ce point la chanson qu'il en achètera plus d'un million d'exemplaires...

Forts de ce succès commercial et de leur réconciliation, Johnny et Sylvie acceptent plusieurs engagements dans le sud de la France et dans divers pays européens. Partout l'accueil est délirant. Le couple peut mesurer le formidable impact de *Je veux te tuer d'amour* et de l'incontournable *J'ai un problème*. La mode est peut-être au duo, mais jamais association ne fut plus plébiscitée par le public. Pour les jeunes gens, c'est également une façon de réapprendre à vivre ensemble. C'est à ce moment-là que la rumeur commence à circuler : Sylvie attend un heureux événement. L'intéressée dément, mais ne nie pas qu'elle envisage d'avoir un second enfant. « Avoir un seul enfant, c'est triste, il faut en avoir deux. Johnny rêve d'une fille. Je le comprends. D'ailleurs, il faut que nous y pensions sérieusement[7]. » Quelques mois plus tard, la déception est grande pour la chanteuse qui annonce la perte de son bébé. Les médecins resteront toutefois optimistes. « Elle aura un enfant quand elle le voudra, et sans difficulté », laissent-ils entendre. Un choc moral pour la jeune femme dont les fans partagent la peine en lui adressant des centaines de télégrammes. « J'ai mon petit David (sept ans et demi), il est ma meilleure consolation. Et je sais qu'il aura tôt ou tard une petite sœur[8] », leur répond-elle en guise de remerciements.

Quelques semaines après la fin de la tournée, Johnny décide de partir s'installer à son tour en Californie. Dans la cité des anges, il a obtenu un rendez-vous avec Kirk Douglas. La rencontre ne doit rien au hasard. Le célèbre interprète de *Spartacus* avait assisté au show que le Français avait donné deux ans auparavant au Palais des Sports. C'est ensuite par la presse que Johnny avait appris que l'acteur américain avait acheté les droits d'une pièce à succès, *Vol au-dessus d'un nid de coucou*, dont il aspire à jouer le rôle principal, celui de Randle McMurphy qui, pour échapper à la prison, tente de se faire passer pour un malade mental. Mallory, qui fait partie du voyage, se montre sceptique. Johnny n'est jamais monté sur une scène de théâtre. « Aucun problème, lui rétorque avec candeur le chanteur, il y a des combines pour apprendre les rôles, je connais un mec à Paris qui fait ça ! »

La rencontre avec Kirk Douglas se déroule sous les meilleurs auspices. Après le thé glacé, la discussion s'engage en français – la femme du comédien, Anne, est française – à propos de la pièce. Pour l'Américain, le doute n'est pas permis : le rôle est fait sur mesure pour Johnny. Ce dernier en est également convaincu. Il a même déjà son idée sur le nom du metteur en scène : Pierre Mondy. De retour à Paris, c'est sous la direction de celui-ci que le comédien-chanteur entame les premières répétitions. Au fil des semaines, son enthousiasme donne toutefois l'impression de s'émousser. « Chaque après-midi, Johnny m'appelle, mais il est de moins en moins question de la pièce et de théâtre, raconte Mallory. Bientôt, il n'en est plus question du tout. Enfin, un soir, comme il me parle de tout sauf de théâtre, je lui demande comment il compte s'en tirer avec la pièce. Le Volpone du rock me dit alors :

« Eh bien, je vais commencer par leur annoncer une légère fatigue qui va se transformer tout doucement en incapacité à venir répéter. Pour la deuxième phase, je vais attraper froid, je vais être enroué, puis aphone. Pour la troisième partie, la plus importante, eh bien, je vais leur resservir mes problèmes de hanche qui sont de vrais problèmes, qui vont être aggravés tout à coup par mes problèmes sentimentaux et fiscaux… » » On l'aura compris, Johnny a décidé de jeter l'éponge. « Je pense que je n'étais pas encore prêt à monter sur les planches[9] », m'explique aujourd'hui le futur héros de *L'Homme du train*. Un soulagement pour Mallory pour qui son ami l'a échappé belle : « J'imaginais déjà les jaloux, les pisse-vinaigre, les théâtreux indignés, la presse spécialisée et tous ses ennemis intimes en train de se frotter les mains. Je les entendais dire : « Il va se casser la gueule et ce sera bien fait pour lui ; le rock'n'roll c'est le rock'n'roll, et le théâtre c'est le théâtre ! Il ne faut pas mélanger les torchons et les serviettes. » »

À la fin de février 1974, Johnny entame une nouvelle tournée en Amérique du Sud. Dans un stade bondé de Buenos Aires, il est acclamé comme un champion olympique. Pour se reposer des exténuants galas, il décide d'entreprendre, au mois d'avril suivant, une irrésistible aventure : la traversée de la Vallée de la Mort, jusqu'à la frontière mexicaine, au guidon d'une Kawasaki 900. À ses côtés, Sacha, son fidèle secrétaire, et un photographe de *Salut les copains*. « Ces quatre mille kilomètres qui séparent le Mexique de Las Vegas ont été les plus difficiles, mais aussi les plus impressionnants de ma vie », déclare-t-il à l'issue de son périple.

Son retour en France coïncide avec la sortie d'un nouvel album – *Je t'aime* – et avec la fin de la campagne présidentielle. Deux candidats sont en lice : le socialiste François Mitterrand et le républicain indépendant Valéry Giscard d'Estaing. À la demande de Jean-Jacques Debout, le chanteur se fait photographier en compagnie de la femme du second, prénommée Anne-Aymone. Un engagement qu'il regrettera plus tard : « C'était une erreur. J'avais pris une cuite. Jean-Jacques Debout était venu me chercher à neuf heures du matin et je l'ai suivi. En temps normal, je ne l'aurais pas fait[10]. » Erreur ou pas, pour le candidat VGE et son chef de campagne, un certain Jean-Pierre Raffarin, ce soutien du chanteur est pain bénit : « Johnny apportait un côté plurisocial, expliquera plus tard le futur Premier ministre de Jacques Chirac. On pouvait le voir partout : dans un grand hôtel, une belle voiture, mais aussi un bidonville. De plus, il avait déjà, à l'époque, une vision positive de la société. Contrairement à certains chanteurs, il n'était pas nihiliste... L'image de Johnny pouvait donc servir la politique d'ouverture et le côté décontracté prônés par Giscard[11]. » C'est probablement pour la même raison qu'une fois installé à l'Hôtel Matignon, en mai 2002, les services de communication de Jean-Pierre Raffarin diffuseront complaisamment – et, pourquoi pas, avec espièglerie – la photo du Premier ministre, à vingt-cinq ans, imitant avec fougue son idole. Le cliché a été pris lors d'un concert donné au mois d'août 1975, à Montpellier, dans le cadre d'une université d'été du mouvement des jeunes giscardiens baptisé GSL (Génération sociale et libérale). Alors âgé de vingt-sept ans, Jean-Pierre Raffarin n'avait pas hésité à se déhancher comme un beau diable, mèche rebelle et chemise ouverte jusqu'à la ceinture, pour interpréter sa chanson préférée : *Le Pénitiencier*. C'est à l'occasion de l'un de ses futurs anniversaires qu'un de ses amis, Jean-Pierre Pierre-Bloch, lui fera la surprise d'inviter son idole. « Quand il est arrivé à la maison, je me souviendrai toujours de son sourire de gosse impressionné. Il était si heureux qu'il n'a pas cherché à dissimuler ses sentiments[12]. »

Le 28 juin 1974, c'est en Suisse, au pénitencier de Bochuz, que Johnny réalise un autre rêve : chanter pour des prisonniers. La législation française lui ayant toujours refusé cette initiative, il accepte d'emblée et bénévolement la proposition qui lui a été faite par les éducateurs de l'établissement. Le rocker n'ignore pas qu'une grande partie de ses fans ressemblent à ces types un peu paumés auxquels ses chansons apportent un peu d'espoir. Pour la circonstance, Johnny est accompagné par Michel Mallory, Sacha Rhoul, Gill Paquet et deux journalistes. Habillé d'un pantalon et d'une chemise en jean, il a prévu une dizaine de chansons parmi lesquelles : *Je construis un mur autour de mes rêves*, *J'ai pleuré sur ma guitare* et *Noël interdit*. « Quand il a fini *Le Pénitencier*, les détenus se sont levés. Ils pleuraient. Johnny pleurait aussi. En fait, tout le monde pleurait. C'était très émouvant... », raconte un témoin. Puis il fallut quitter la maison d'arrêt. Autre moment particulièrement intense : « Quand nous sommes repartis à la nuit tombée, les mecs frappaient contre les barreaux avec leurs gobelets, raconte Jean-Pierre Pierre-Bloch. Ils avaient tous un Cricket à la main. Toutes les cellules étaient plongées dans le noir, éclairées seulement par de petites flammes. Le bruit de fond montait : « Johnny ! Johnny ! Johnny ! » Leur manière à eux de dire merci. Nous en avions la gorge serrée[13] ! »

Trois jours après son drôle de gala en Suisse, Johnny entame une nouvelle tournée d'été, la treizième depuis ses débuts. Pour la plus grande satisfaction des organisateurs, plusieurs milliers de spectateurs se pressent à chaque concert. Temps fort aux arènes de Béziers lorsque la vedette est rejointe sur scène par Michel Sardou pour interpréter en duo *Toute la musique que j'aime*, une chanson composée par Michel Mallory, qui va durablement marquer la carrière du chanteur. Mais, déjà, d'autres idées trottent dans la tête du champion de la variété française. Parmi elles, celle de réaliser un album pur rock'n'roll en Amérique.

Quatrième partie

LA RENAISSANCE
(1974-1984)

16

Retour aux sources

C'est à Memphis, à quelques centaines de mètres à peine de *Graceland*, la demeure du « King Elvis » que Johnny enregistre, au début de janvier 1975, quelques-uns des titres de son prochain album, naturellement baptisé : *Rock à Memphis*.

Johnny ne s'est pas embarqué seul pour l'Amérique. Long Chris et Michel Mallory font partie du voyage. Le chanteur sait pertinemment que ses deux amis – pourtant nés tous deux un 25 janvier, mais à un an d'intervalle – ne s'entendent pas très bien, mais il espère précisément que leur antipathie réciproque pourra créer une « saine émulation ». Johnny a également demandé à son cousin Lee de l'accompagner au pays de ses ancêtres. « Chaque fois qu'il va en Amérique, Johnny se fait couper les cheveux », se souvient ce dernier. La bande à « Jojo », comme l'appelle Mallory – surnom que le rocker n'aime pas, parce que « trop franchouillard[1] » – est descendue à l'Holliday Inn. Le soir, après les séances de travail, elle prend ses habitudes au Friday's où la petite troupe commande dans une belle unanimité des hamburgers à plusieurs étages et quelques boîtes de Budweiser, la bière la plus célèbre des États-Unis.

Le lendemain, Johnny et ses paroliers retrouvent le chemin du studio d'enregistrement, situé en dehors de la ville. Lee s'inquiète de la faune qui rôde dans les parages, « des dealers qui fourguent de la dope et des macs qui vendent leurs putes ». Les musiciens choisis pour la séance sont des professionnels aguerris. L'un des guitaristes a appartenu dans un passé récent au groupe des Everly Brothers ; quant au batteur, il fut l'accompagnateur de Gene Vincent et d'Eddie Cochran. Johnny a également tenu à se faire accompagner par un guitariste français dont il avait apprécié les chorus : Rolling. En quelques heures, il enregistre plusieurs titres de son futur album. Pour la version de *High School Confidential (Qu'est-ce que tu fais à l'école ?)*, il a même le privilège de voir l'auteur lui prêter main-forte dans l'inimitable section rythmique de son clavier : Jerry Lee Lewis. De retour à l'hôtel, Johnny écoute avec attention le résultat des enregistrements. Pour l'exigeant Long Chis, la performance du chanteur est tout à fait remarquable : « Il a surpassé tout ce qu'il a fait auparavant. Même les rocks les plus terribles de 1964 semblent pâles à côté de *Rock à Memphis*. » Et d'affirmer que s'il n'avait qu'un disque à conserver de Johnny, ce serait bien celui-là.

Une fois les titres « finalisés », Johnny s'offre trois jours de vacances à travers le Texas et au Mexique. Le chanteur a un but précis : Juarez, la ville des bottes. Là, il se fait confectionner une ceinture à son nom et une paire de bottes marquées à ses initiales.

À la mi-février de la même année, Johnny fait une courte escale à Paris avant de rejoindre Sylvie en Italie où celle-ci est en train de préparer une série d'émissions télévisées. Le prétexte de ces retrouvailles est leurs dix années de mariage. De l'aveu de Johnny, le couple vit sous le soleil italien une seconde lune de miel. Comme un pied de nez adressé à la presse *people* qui avait prédit que cet anniversaire n'aurait jamais lieu, les deux chanteurs décident d'organiser une fête, au début du mois de mai suivant, et d'y convier la « vieille garde » des copains des débuts. La cérémonie est organisée dans l'immense appartement parisien de l'avenue du Président-Wilson. Attablés dans la grande salle à manger, sont présents Long Chris, devenu depuis peu antiquaire et père de famille d'une petite Adeline ; le cousin Lee Hallyday ; l'ex-secrétaire Jean-Pierre Pierre-Bloch qui a quitté les coulisses du music-hall pour les couloirs du ministère du Travail, alors dirigé par Michel Durafour ; Gill Paquet, le massif manager, assagi par la paternité ; Jack, le garde du corps karateka, marié, papa, promu administrateur ; monsieur Frère, Eddie Vartan, compositeur, devenu amateur de livres ; enfin Jean-Jacques Debout, l'ami des jours difficiles. De ce dernier, Johnny se souvient comme il fut l'un de ses plus « chics copains » à l'époque de ses débuts : « Non seulement il m'avait hébergé chez lui, prêté ses pullovers et ses chemises, et dépanné quand j'étais fauché, mais il a fait plus encore : il vendait mes disques à la criée dans le hall de L'Alhambra et il a fait le coup de poing chaque fois qu'il entendait quelqu'un me dénigrer[2]. »

Penchés sur la grande nappe blanche aux broderies dorées, les joues gonflées, Johnny et Sylvie dissimulent à peine leur bonheur retrouvé lorsqu'ils soufflent de concert les bougies du gâteau géant. Leur fils David a grandi. Lorsqu'on demande à Sylvie s'il est plutôt le portrait de sa mère ou celui de son père, la chanteuse répond : « Il tient vraiment des deux. Il est sensible, turbulent, autoritaire, têtu, il a un côté super casse-cou ! Mais il a bon cœur, et il est bien dans sa peau, c'est l'essentiel. Il connaît mon métier, bien sûr, mais, pour lui, c'est aussi normal que si j'allais au bureau. Il aime bien me voir à la télé, surtout lorsqu'il y a des séquences comiques. L'autre jour, quand j'avais un gros nez rouge de clown dans le *Cadet-Rousselle*, avec Jean-Jacques Debout, il a demandé à sa grand-mère : « Dis, elle va le garder, ce gros nez, maman[3] ?" »

Sitôt après avoir goûté leur gâteau de l'anniversaire, Johnny fait ses valises pour la Suisse. Il se retrouve dans une maison de repos, car sa voix est si fatiguée par les enregistrements qu'il a effectués tambour battant en Amérique, qu'un médecin lui a annoncé : « Si vous ne vous soignez pas, vous deviendrez aphone : définitivement ! »

Au retour de cette convalescence au pays des Helvètes, Johnny est fin prêt pour sa dernière tournée d'été en France, avant d'affronter une campagne promotionnelle de trente villes aux États-Unis, qui débutera à l'automne suivant et sur laquelle Shelby Singleton, l'homme qui a lancé Elvis Presley et Johnny Cash, entre autres, a misé une somme de 500 000 dollars. Auparavant, il s'envolera pour quelques heures à Londres afin de s'offrir l'un des bijoux les plus coûteux de sa vie : la reproduction de la Panther Bugatti royale dont le modèle original, alors disparu, avait appartenu à Mussolini. Coût de l'opération : 500 000 francs. C'était compter sans la vigilance du fisc français qui en profite pour lui réclamer un million de francs d'arriérés. Johnny fait grise mine. Il craint qu'à défaut de paiement, on lui confisque son nouveau jouet lors de sa livraison !

À la fin de sa tournée d'été, il sollicite son complice Richard Anthony : « Il paraît que tu seras en juillet en Corse, j'aimerais tellement venir passer une semaine chez toi… », lui lance Johnny qui débarque effectivement, quelques jours plus tard, dans l'île de Beauté. La veille, le rocker s'est produit à Marseille, mais il a quitté la scène avant la fin de son spectacle. On imagine la déception des spectateurs qui ont alors profité de l'occasion pour casser chaises et matériels. La Corse inspire-t-elle le chanteur ? Il se propose en tout cas de donner un gala à Porto-Vecchio. Richard Anthony ne se montre guère enthousiaste. Finalement, de l'aveu de l'interprète du *Sirop Typhon*, les Corses réservent un accueil délirant à Johnny qui en profite pour lancer une de ses facéties. Richard Anthony se souvient : « Sous les applaudissements, les cris, il a hurlé dans le micro : « Vous savez, vous, les Corses, vous êtes des gens for-mi-dables ! – Ouaaaaih ! – Vous êtes extra-or-di-naires ! – Ouaaaaih ! » » Anthony, qui connaît par cœur son facétieux ami, s'attend au pire, qui ne tarde pas à venir : « Alors, je ne comprends vraiment pas pourquoi mon ami Claude François a dit que vous étiez un public de nuls ! Il m'a dit que c'est pour cette raison qu'il ne voulait pas venir... », poursuit Johnny auquel répondent les « Oouhououou... » du public, qui sait que le chanteur hué doit se produire sur l'île la semaine suivante...

L'anecdote n'est pas innocente. Claude François est le seul chanteur français, avec Johnny, à connaître chaque soir, au cours de ses tournées d'été, un triomphe absolu. Les autres vedettes du moment – Serge Lama, Michel Sardou, Gérard Lenormand, Julien Clerc – remplissent certes les salles et remportent des succès, mais les deux stars sont les seules à régner sur les cœurs depuis seize ans, les seules à déchaîner les passions et à provoquer des émeutes. Johnny admet aujourd'hui cette situation de fait, mais nuance son jugement sur la personnalité de son concurrent d'alors : « Je l'aimais bien en tant qu'artiste, mais beaucoup moins en tant qu'homme, car il m'agaçait avec cette compétition qu'il avait instaurée entre les chanteurs. Il voulait toujours être le meilleur et le premier dans tous les domaines : la chanson, les gonzesses… En même temps, c'est vrai que, sur ce dernier plan, il m'a largement battu. Claude était vraiment un chaud lapin[4] ! »

Une semaine après sa mémorable prestation corse, Johnny retrouve Sylvie à Narbonne. Quarante mille personnes attendent le couple le plus célèbre de France. Deux heures de triomphe dans la chaleur et la sueur. Lorsque Johnny pénètre dans sa loge, la première partie du spectacle est déjà commencée. Avec lui, pas de répétitions. « Inutile. Je sais ce que j'ai à faire, et chaque soir je m'adapte au public qui n'est jamais dans le même état d'esprit », explique-t-il à l'un de ses visiteurs. Cette improvisation pourrait passer pour de l'indifférence. En réalité, l'artiste se fie à son instinct. Avec un flair infaillible, il sent l'instant précis où la salle risque de basculer dans la colère. En attendant de monter sur scène, il va et vient, plaisante avec les copains ou, prostré sur une chaise, le regard vague, se repose et se concentre. Chaque soir, pendant cette tournée, Johnny conforte ses adeptes et initie les néophytes. « Regarde la salle, poursuit Johnny. Devant il y a les quinze, vingt ans. Mais, derrière, ils ont la trentaine, comme moi. Ils me suivent depuis ma première chanson… »

La ronde des galas continue. À Thonon-les-Bains, de nouvelles bagarres éclatent entre spectateurs. Les policiers appelés à la rescousse ne semblent pas faire dans la demi-mesure. Furieux, Johnny s'en prend à son tour à un représentant de l'ordre sous prétexte que ce dernier a frappé son chauffeur. L'incident est du plus mauvais effet sur les officiels du Tour de France qui annoncent au chanteur l'annulation du concert qu'il devait donner quelques jours plus tard sur la place de la Concorde pour l'arrivée de la célèbre boucle. Johnny trouve la décision très injuste. Après un dernier concert en compagnie de

Sylvie, il décide de mettre un terme provisoire à ses tournées.

Se laisserait-il gagner par le doute et la lassitude ? Il y a trop longtemps que Johnny mène sa vie de saltimbanque. Toujours les mêmes salles, les mêmes problèmes, les mêmes villes que l'on traverse sans les voir. Certains soirs, l'enfant de la Trinité a envie de tout plaquer. Le succès seul ne lui suffit plus. C'est décidé : dans quelques semaines, il partira pour les États-Unis avec Sylvie et David. Il y restera un an au minimum, déclare-t-il à la presse. Là-bas, il aspire à vivre comme n'importe qui, à redevenir Monsieur Tout-le-monde : « Je vais, avec Sylvie et David, louer une maison à Los Angeles pour rejoindre Michel Polnareff qui a eu les mêmes ennuis que moi avec le fisc de notre pays. Je ne vois pratiquement jamais les miens, et, en guise de récompense, je suis criblé de dettes ! J'ai décidé d'arrêter ce cirque infernal… » Clin d'œil de l'artiste avant son départ lorsque sa maison de disques assure la distribution d'un dernier album intitulé : *La Terre promise*…

L'éclaircie californienne est de courte durée. Trois mois à peine après son départ, Johnny effectue une escapade professionnelle en Europe. La rumeur d'une nouvelle séparation recommence à circuler. Selon la presse spécialisée, le couple aurait même entamé une procédure de divorce sur la base des torts partagés. « De toute façon, cette décision ne change rien à mon existence », confie Johnny depuis sa chambre du Grand Hôtel du Golf de Crans-sur-Sierre, en Suisse, où il s'est réfugié et où il vit officiellement seul. Et d'expliquer : « Depuis quatre ans, Sylvie et moi nous ne vivons presque plus ensemble. Nous n'avons plus rien en commun. Nous sommes devenus des étrangers l'un pour l'autre. » Avec une sincérité touchante, il explique qu'il est incapable de mener une existence solitaire, qu'il ne peut pas vivre s'il n'est pas amoureux, qu'il lui faudrait trouver une femme qui l'accepte tel qu'il est, sans essayer de modifier son caractère. Recluse dans sa vaste maison américaine, Sylvie confirme leur décision : « Malheureusement, cela devait finir ainsi », soupire-t-elle avant de lâcher : « Ce ne sont pas ses aventures qui ont tout gâché. Lorsqu'on a un mari beau et célèbre, exiger qu'il soit fidèle est une attitude de sotte. Avec le temps, j'avais appris à ne plus être jalouse. Je pense que ce qui nous a le plus éloignés, c'est de ne pas avoir vieilli de la même manière. Alors que moi, à trente ans, j'ai toujours et de plus en plus besoin d'une présence et d'un homme à qui me confier, Johnny, lui, a de plus en plus de vie ailleurs[5]. » Comme celui qui reste toujours son époux, Johnny, Sylvie espère pouvoir aimer, un jour, quelqu'un d'autre. Elle s'estime à juste titre encore trop jeune pour vivre éternellement seule. Elle se force à croire qu'un jour, tout pourra encore recommencer. En attendant, elle se réfugie dans le travail, achevant l'enregistrement de deux nouveaux titres. Présente à ses côtés, sa mère tente pour le mieux d'arrondir les angles. « Je suis contente que Sylvie soit rentrée à la maison, confie-t-elle par écrit à Desta. Et David, n'en parlons pas. Je ne me sens pas très bien. Toujours des histoires à n'en pas finir. Lee a dû te raconter que Sylvie et Johnny vont divorcer encore une fois. Tu ne peux pas savoir comme je suis fatiguée de leurs histoires. J'attends le mois de juillet pour rentrer à Loconville. Et qu'on me laisse tranquille ! Pourvu qu'il n'y ait pas de drame. De toute façon, personne ne peut rien faire pour eux. S'ils ont décidé de se séparer, ils le feront. J'espère, avec paix et calme. Cela ne me réjouit pas. Tout cela est bien dommage pour tous les deux[6]. »

La brouille est-elle réelle ? Les deux chanteurs ont-ils vraiment entamé une procédure de divorce, ainsi qu'ils l'affirment ? Comme dans toutes les affaires de couple, rien n'est simple. En fait, dans le secret de leur alcôve, Sylvie et Johnny se sont accordés quelques mois de réflexion. Lorsqu'il s'agira d'annoncer officiellement leur réconciliation, en septembre 1976, c'est à Philippe Bouvard que Johnny fera appel.

Le futur animateur des *Grosses Têtes*, alors reporter au *Figaro* ne déborde pas d'enthousiasme lorsqu'il est sollicité par le chanteur. Il n'est guère porté, en général, sur ce genre d'article. Consciencieux, armé d'un stylo et d'une réserve de papier rose, il accepte toutefois de se rendre avenue du Président-Wilson. Au pied de l'ascenseur qui doit le conduire au quatrième étage, le journaliste croise Sylvie qui se propose de le précéder dans l'appartement. Pour le visiteur, il est évident que les époux vivent à nouveau ensemble. Un détail le frappe toutefois : Sylvie le quitte sur le seuil du salon sans saluer Johnny qui s'y trouve alors. Le rocker entre immédiatement dans le vif du sujet. Il évoque sa vie de célibataire, guère joyeuse, et la décision qu'il a alors prise de changer d'appartement. « On n'efface pas aussi facilement que je le croyais quinze ans de tendresse, de souvenirs et d'habitudes. Il aura fallu ces sept mois et demi pour que je m'aperçoive que la seule personne que j'aimais autant que moi-même, sinon plus, c'était ma femme, et que je ne pourrais jamais vivre avec quelqu'un d'autre. Je n'ai même pas tenté l'expérience, car je n'en supportais déjà pas l'idée[7]. » Il confirme au reporter dubitatif que, contrairement à ce qui a été affirmé dans les gazettes, il n'a introduit aucune instance de divorce et même pas demandé la séparation de corps ; en clair, que la réconciliation a été beaucoup plus rapide que la brouille. Il lui annonce qu'ils vont bientôt s'installer dans un duplex qu'il venait d'acheter à Neuilly avec l'intention d'en faire un petit paradis de célibataire. Puis, devant le journaliste, apparemment guère ému par cette confession intime, tant la réconciliation du couple lui paraît problématique, Johnny évoque les angoisses nées de la mise sur pied de son prochain spectacle au Palais des Sports : « Mon arrangeur vient de rentrer dans un sana. Une de mes danseuses a perdu sa mère. Un de mes musiciens, sa grand-mère. Et, sur mon plateau de petit déjeuner, j'ai trouvé ce matin une lettre du fisc qui me réclame un arriéré de cinq cents millions de centimes[8] ! »

Cette curieuse transition intrigue le journaliste qui a le désagréable sentiment d'avoir été plus ou moins manipulé dans ce qui lui apparaît comme de vraies-fausses retrouvailles. « Sans doute attendait-on de moi moins un article de plus pour lancer l'opération Hallyday au Palais des Sports qu'une petite pression sur Vartan pour la faire revenir à de meilleurs sentiments. » Et de conclure, philosophe : « Qu'importe ! Je ne regrette rien : j'ai été assez souvent à l'origine d'une brouille pour ne pas essayer de réparer – fût-ce à mon insu – des pots cassés !.... »

Guère rancunier, la talentueux chroniqueur rédigera quelques années plus tard un portrait plutôt indulgent et flatteur du chanteur. Un texte qui vaut citation : « On a été – sur tous les plans – très injuste avec lui. D'abord, en déniant toute intelligence à cette bête de scène. Ensuite, en en faisant le symbole de la vie de patachon. Enfin, en exigeant de lui qu'il sache compter comme un épicier. Il est vrai qu'au début de sa carrière, Hallyday n'était pas intelligent. Mais il l'est devenu. Alors que d'autres, dont d'œil pétillait de malice à la même époque, sont aujourd'hui complètement abrutis. Il est vrai aussi que, pendant des années, il a été de suicide en accident de voiture, et de bagarre en idylle tapageuse. Mais il l'a payé très cher. Et les journalistes l'ont beaucoup plus roulé dans la boue sur leurs feuilles qu'il ne s'est roulé lui-même dans la poussière sur les scènes. Il est vrai, enfin, qu'il avait peut-être pris un peu de retard pour ses impôts. Mais à qui la faute ? À cet usage idiot qui veut qu'on puisse choisir son homme d'affaires et pas son ministre des Finances[9] ! »

Johnny entame avec une relative sérénité son nouveau spectacle sur la scène du Palais des Sports. Un sacré marathon que ce show pompeusement intitulé *Hallyday Story* !.... Près de deux cent mille personnes se déplacent pour applaudir le chanteur, qui a une fois encore tenu à soigner son entrée en scène. Il y déboule à moto en chantant l'un de ses premiers succès : *Da dou ron ron*. Pour la circonstance, il a fait appel à Jacques Rouveyrollis, un ancien champion de ski grenoblois, devenu un maître particulièrement doué ès jeux de lumières. Les critiques musicaux ne s'y trompent pas : ils saluent la performance de celui qui reste, qu'on le veuille ou non, l'idole de deux générations.

Porté par son succès, Johnny est bien déterminé à poursuivre des choix de carrière intelligents et constructifs. Dans ce sens, 1976 reste l'année de sa rencontre avec Jacques Revaux, l'auteur du phénoménal tube *Comme d'habitude*, créé par Claude François. Avec ce « monstre d'efficacité », comme le qualifie Johnny, le chanteur va produire l'album *Derrière l'amour*, dont trois titres vont devenir à leur tour des disques d'or : *Requiem pour un fou*, de Gilles Thibaut, *Derrière l'amour*, une adaptation de Toto Cutugno par Pierre Delanoë, et surtout *Gabrielle*, futur classique du répertoire hallydéen.

Autre temps fort de cette même année : l'entreprise *Hamlet*. Un vieux projet qui tient à cœur au chanteur. Voilà plusieurs années qu'il a sollicité Gilles Thibaut, Jean-Claude Vannier et Pierre Groscolas pour travailler sur une adaptation musicale de la célèbre pièce de Shakespeare. L'enregistrement se déroule dans un studio de Boulogne-Billancourt en présence d'une centaine de musiciens. Mais, lorsque le double album sort en décembre, c'est la douche froide pour Johnny : les critiques sont acerbes et son public ne suit pas. Comme si cet insuccès ne suffisait pas, Johnny est appelé à s'expliquer devant les magistrats d'une chambre correctionnelle de Paris où il est traîné par le fisc. L'administration des impôts lui reproche une dissimulation de revenus, en 1971 et 1972, de plus de quatre millions de francs. Costume strict pied-de-poule avec gilet, cravate marron et bracelet en or, le négligent contribuable paraît paralysé par le trac et répond d'un filet de voix au président Gondre qui l'interroge. « Pourquoi avoir fait vos déclarations d'impôts si tardivement, non datées et non signées ? » lui demande ainsi le magistrat. – Je pensais que mes comptables les avaient envoyées, tente de se justifier Jean-Philippe Smet. – Vous ne tenez pas de comptabilité, un budget prévisionnel ? insiste le magistrat. – Non, quand j'ai besoin d'agent, je passe à mon bureau », lui répond, pataud, le chanteur. Guère convaincus par les arguments de ses défenseurs qui plaident la bonne foi de leur célèbre client, les magistrats condamnent le rocker à dix mois de prison avec sursis et à vingt mille francs d'amende. Une façon de lui rappeler qu'étant un modèle pour bien des jeunes Français, sa conduite doit rester irréprochable.

17

Entre deux cœurs

Au début de juin 1977, Johnny retrouve les plateaux de cinéma. Mais pour une brève apparition dans le nouveau film de Claude Zidi : *L'Animal*. L'interprète principal, Jean-Paul Belmondo, avait fait la connaissance du chanteur peu après le mariage avec Sylvie. « À l'époque, il vivait avec Ursula Andress, se souvient Johnny. Tous les quatre, nous avons passé dix jours exceptionnels à Acapulco. Nous faisions croire à nos femmes que nous buvions du lait à longueur de journée, alors que les verres étaient remplis d'alcool avec un zeste de lait. Jean-Paul, c'est le mec qui a inventé la fête ! Après, nous sommes allés à Los Angeles où Ursula nous a présenté toutes les stars. » Chez l'homme, Johnny apprécie la franchise et la fidélité en amitié : « Il est la loyauté même... C'est pas un serpent ! » « Popaul », comme il l'appelle, exerce une fascination certaine sur « Jojo ». L'acteur possède ce qui manque au chanteur : l'aisance. Il fait rire et il éblouit Johnny quand, dans un lieu public, le héros de *Cartouche* parvient à sauter à pieds joints sur une table ou à se livrer à quelque acrobatie. Lorsque son emploi le lui permet, Johnny suit docilement le comédien aux réunions de boxe.

L'autre ami du moment s'appelle Michel Sardou, que Johnny rejoint entre deux galas pour de brèves vacances à Saint-Tropez. À en croire les magazines de l'actualité heureuse, le tandem ne quitte sa tanière que le temps d'une plaisanterie de collégiens. Première victime de leurs farces, leur imprésario commun, Claude Pierre-Bloch, à qui ils ne laissent jamais le temps d'enfiler un maillot de bain pour plonger dans la piscine.

Mi-opération publicitaire, mi-exploit sportif, Johnny et son pote ont décidé de descendre le fleuve Colorado. Ils ne sont pas seuls : une équipe de journalistes français, dont le photographe de *Salut les copains*, les accompagnera. De cette aventure, Sardou garde le souvenir de nuits à la belle étoile et d'une vie à la dure : « Une vie à laquelle ni lui ni moi n'étions habitués. En quatre jours, nous nous sommes rasés une seule fois ! Nous ne nous lavions même plus. De vraies vacances, quoi ! Comme deux trappeurs. On a même passé une nuit à chasser le serpent avec lampe électrique, bâton, couteau. Nous avions une lampe pour deux, parce que Johnny, toujours au courant, m'avait affirmé que, là- bas, les nuits sont claires. Mon œil ! À neuf heures, il fait nuit noire. Rien d'autre à faire que dormir. Mais, à midi, il fait soixante degrés en plein soleil. Les rapides, très impressionnants, nous ont fait souffrir, surtout le dernier jour : les moteurs à fond pour escalader les vagues... Un vrai bain de santé avant d'attaquer les tournées d'été ! »

Quelque temps plus tard, Johnny effectue à Marrakech une seconde escapade avec son ami Sardou. Le séjour marocain a été organisé par Europe 1 et le Club Méditerranée. Tout le show-business français a été convié dans le cadre d'une opération de promotion touristique. Parmi les autres invités, Salvatore Adamo à qui les duettistes ont décidé de jouer un tour de leur façon. Lors d'une soirée particulièrement arrosée, l'interprète de *Tombe la neige* se laisse tenter par unc drôle de cigarette qui circule parmi les invités. « Adamo, qui ne boit jamais, qui ne fume jamais, saisi par l'ambiance, a cru bon de la réclamer, raconte l'un des présents. Avec sa malice habituelle, Johnny lui fila un joint ! Et nous avons vu Salvatore parler au prince en faisant de grands gestes nerveux ; il avait les yeux brillants, il était volubile, agité, le visage un peu chaviré. Il délirait, soutenant sentencieusement que si les Occidentaux n'avaient pas débarqué en Afrique du Nord, les Arabes n'en seraient pas là où ils en sont[1]... » Si le célèbre interprète de *Vous permettez monsieur* préfère rester discret sur cet épisode fumant, il se souvient en revanche avec humour du gag improvisé le jour de leur retour du même voyage : « Alors que nous attendions le bus pour prendre l'avion, un groupe de vacanciers est arrivé. J'ai dit à Johnny : « Et si nous faisions les GO ? » On les a donc accueillis et on a porté leurs bagages en chantant. Ils n'en revenaient pas, ils croyaient que nous étions des sosies ! »

De retour du Maroc, Johnny est admis d'urgence dans une clinique parisienne. Le secret entoure l'opération qu'il doit subir. La presse évoque l'apparition d'un kyste, mais elle n'en saura pas davantage. Seule Sylvie est admise à son chevet. Quelques semaines plus tard, le chanteur s'exile en Suisse pour se refaire une santé avant d'entamer une nouvelle et longue tournée d'été.

Le 16 août 1977, Johnny est attendu à Montpellier lorsqu'il apprend la mort d'Elvis Presley. La nouvelle a été diffusée dans la matinée et les journalistes commencent aussitôt à faire le siège de son hôtel. Ils veulent recueillir ses impressions. Johnny accepte de les recevoir, mais se limite à deux ou trois phrases pour exprimer sa peine. Le soir, au milieu de son tour de chant, le rocker quitte la scène pour rejoindre les coulisses. Il demande à Alan Coriolan de faire baisser toutes les lumières et de faire taire tous les gens présents dans les coulisses. Les spots déclinent peu à peu. Johnny fait signe aux musiciens de s'arrêter de jouer avant de s'emparer du micro : « Vous le savez, aujourd'hui le King est mort. Aussi, puisque c'est la seule chose que nous puissions faire en son honneur, j'aimerais que nous observions tous une minute de silence. » Alan Coriolan, témoin de la scène, poursuit : « Jojo n'en a pas dit davantage. Il a reposé son micro et est resté immobile, silencieux dans la pénombre du plateau, face à cette foule plongée dans le noir. Un silence impressionnant. J'en avais la chair de poule et, en même temps, un sentiment d'immense chaleur dans la poitrine. Par ce geste, Jojo en a dit mille fois plus sur Elvis qu'il n'avait pu en raconter le matin même aux journalistes[2]. »

C'est à nouveau le beau fixe dans le couple Hallyday. Depuis l'été, le duo s'est souvent revu. Lors d'un spectacle de Sylvie au Palais des Congrès, Johnny s'est fréquemment montré dans les couloirs, cachant à peine son admiration pour la mère de son fils. C'est encore main dans la main que Johnny et Sylvie assistent à la soirée offerte en l'honneur du président américain Jimmy Carter à Versailles. Quelques semaines plus tard, l'objectif d'Helmut Newton, le photographe américain des portraits de stars, fixe pour *Paris-Match* le baiser de la réconciliation des époux terribles. « C'est décidé, je vais vivre à la campagne, déclare résolument Johnny dans le même hebdomadaire. Sylvie va me faire un deuxième enfant que j'élèverai. Et pendant qu'elle ira chanter pour gagner l'argent de la famille, je m'entraînerai et deviendrai champion de ball-trap ! » Les proches du couple ne se laissent guère abuser par cette profession de foi, mais comme il se doit, ils évitent d'intervenir.

Pour les fêtes de fin d'année, David retrouve ses parents à la montagne. Le cadre idéal pour se refaire un bonheur ? C'est au même endroit que, trois ans plus tôt, Johnny et Sylvie avaient déjà tenté de consolider leur union chancelante. Le « replâtrage » avait duré une année. Puis tout s'était à nouveau dégradé. Pendant ces deux ans de fausse séparation, ils se sont téléphoné, aperçus au hasard de leurs tournées, retrouvés au cœur du mois d'août pour célébrer l'anniversaire de Sylvie et de David. Johnny a eu beau proclamer bien haut qu'il allait demander le divorce et quitter l'appartement du Trocadéro pour le moulin des Corbeaux, l'ancienne maison de Jean-Paul Belmondo à Joinville, la rupture n'aura jamais constitué qu'une semi-retraite au cours de laquelle chacun a fait le point. Johnny a redécouvert que seule Sylvie pouvait être à la fois sa confidente et sa protégée. Et admettre que la vie de célibataire riche et adulé ne l'a amusé que quelques semaines. Quant à Sylvie, elle a décidé une fois pour toutes que les qualités de Johnny étaient plus importantes que ses défauts. « Avec l'âge, on devient plus indulgent, reconnait-elle, lucide. Nous nous aimons comme au début. Nous nous chamaillons toujours, mais nous ne pouvons pas nous passer l'un de l'autre. Nous ne serons jamais un couple calme, c'est tout. »

L'interprète de *La Maritza* ne croit pas si bien dire. Lorsqu'elle se retrouve au Japon dans le cadre d'un festival international de la chanson, Johnny l'y rejoint pour fêter ses trente-cinq ans. La fête est organisée dans un célèbre restaurant de Tokyo où Johnny a droit à un gâteau, suivi d'une visite dans une maison de geishas. Avant d'embarquer pour Tokyo, des reporters à l'affût l'ont néanmoins aperçu en compagnie d'une célèbre actrice blonde, la mystérieuse « Lady

Lucille », comme Johnny la surnomme par discrétion, mais qui reste de son propre aveu son unique « grande passion, longtemps vécue dans la clandestinité[3] ». Et de confier pour la première fois : « C'est difficile pour moi d'en parler. Elle a été l'amour d'une vie. Avec de longues interruptions. Elle avait sa vie et moi une autre. » De son héroïne, il n'en dira pas davantage, si ce n'est de me rappeler qu'il lui avait offert, en 1995, une chanson portant son doux pseudonyme, celui d'une sainte du rock : *Si trop souvent je t'appelle/Si tu te lasses de moi/Si parfois je suis infidèle/Je n'ai jamais aimé que toi...*

Le 31 janvier 1979, Johnny entame une nouvelle tournée qui se terminera à la fin du mois de mars à Bruxelles. C'est dans la capitale belge que Mort Schuman et Barbara viennent encourager l'artiste. Johnny avait fait la connaissance de l'interprète de *L'Aigle noir* au début des années 1970, lors d'une émission de télévision. Après un bref échange, la chanteuse s'était proposé de lui écrire une chanson dont elle avait même déjà couché une ébauche sur le papier. « Barbara adorait Johnny, se souvient sa cousine Desta. Elle venait souvent le voir dans sa loge, mais elle ne parlait pas. Un jour, à Bercy, elle m'a dit : « C'est l'amour absolu entre Johnny et son public. » Un autre jour, elle lui a offert une lampe magnifique, et elle lui faisait porter des pots de confiture qu'elle confectionnait elle-même[4]. » À l'évocation de la pudique chanteuse, Johnny m'adresse un sourire ému : « Ah, Barbara ! C'était une femme extraordinaire, une généreuse. Une généreuse avec tout : ses amis, son public, avec la vie en général. Pour moi, Barbara vit toujours[5]. »

Sur un tout autre registre, c'est au cours de l'un de ses récitals dans le pays de ses ancêtres qu'une étrange rumeur commence à courir : Johnny aurait fait l'objet d'une tentative d'enlèvement. La menace aurait été proférée par un groupe non identifié qui se serait présenté comme celui « des Italiens ». L'affaire s'arrêtera là. Des détracteurs de l'idole y voient un coup de publicité à moindres frais. Elle coïncide en effet curieusement avec la sortie de l'album *Hollywood*... Sollicité, Johnny Hallyday m'affirme ne point se souvenir de cette énième péripétie autour de son nom[6]. Rien d'étonnant à cela : l'idole des jeunes est-il vraiment maître de l'étrange engouement qu'il suscite dans l'imaginaire collectif ?

À l'issue de son exténuante série de galas, Johnny envisage de partir se reposer sous le soleil antillais. C'est chose faite lorsqu'il débarque en Martinique au début d'avril. Dès sa descente d'avion, le chanteur saute dans un taxi qui le conduit directement au Club Méditerranée pour une brève escale. Sa présence ne passe pas inaperçue. Une aimable foule de « gentils membres » un peu curieux accompagne le rocker lorsqu'il appareille sur le *Vendredi 13* qu'il a loué avec son équipage pour une semaine. Plusieurs escales sont prévues : à Saint-Martin en Dominique, et en Guadeloupe où le chanteur québécois Robert Charlebois le rejoint. Les deux artistes se connaissent depuis plusieurs années. « Johnny se déplace toujours, et son univers avec lui, remarque l'interprète de *Lindberg*. Lui, il est un solitaire au milieu des gens, moi je suis solitaire au bord de mon lac. Mais on se comprend avec le rock'n'roll[7]. » Johnny n'a pas choisi par hasard de faire de la voile. Il s'agit là d'une vieille passion, mais qu'il n'a jamais pu assouvir vraiment. Lors d'un récent séjour à Quiberon, c'est Eugène Riguidel qui l'a initié aux dangers du grand large et aux subtilités de la barre. Son rêve serait d'entreprendre le tour du monde sur un voilier.

À la mi-juin, Johnny est de retour à Paris afin de rôder son prochain spectacle, prévu au Pavillon de Paris de la porte de Pantin à l'automne suivant. Un défi pour le chanteur à qui les autorités préfectorales avaient refusé, quelque temps auparavant, l'autorisation de se produire au Parc des Princes. Un pari risqué : le lieu – des anciens abattoirs reconvertis en salle de spectacle – n'a reçu jusqu'alors que des shows anglo-saxons, américains ou jamaïcains. Jamais un chanteur de langue française ne s'y est produit.

Les premières répétitions coïncident avec son trente-sixième anniversaire, qu'il fête en compagnie de Sylvie. « Oui, j'aime ma vie et j'en suis heureux. Je constate que j'ai eu de la chance. Je me sens disponible pour entreprendre encore beaucoup de choses – de bonnes choses et aussi des conneries !.... Ces dernières, Jean-Philippe Smet, trente-six ans, ne peut ni ne veut se les permettre. Mais Johnny Hallyday, lui, le peut : le chanteur n'a que vingt ans... L'oiseau de nuit s'est assagi[8]. »

L'été est terminé lorsqu'il offre un concert d'une heure sur le porte-avions *Foch* pour le plaisir des marins et des téléspectateurs de TF1. Détonant contraste entre l'artiste vêtu d'une veste de daim à franges perlées et les jeunes marins en uniforme impeccable, à la tête rasée de près. Émotion non feinte du chanteur lorsque les bidasses commencent à l'ovationner avant d'entonner le célèbre couplet de *Ce n'est qu'un au revoir, mon frère*.

Au-delà de l'émotion des uns et des autres, pour quelles raisons a-t-il accepté d'associer son nom à l'armée française ? A-t-il l'impression de participer à une œuvre de propagande ? « Pas le moins du monde me dément Johnny. J'ai simplement accepté pour faire plaisir à Yves Mourousi qui était un ami[9]. »

À entendre Long Chris, le moral de Johnny est plutôt mal en point dans les heures qui précèdent son show sur le navire de guerre. Contrairement à ses déclarations médiatiques, ses relations avec Sylvie sont une nouvelle fois distendues. Ce n'est certes plus le temps des déchirures et des ruptures à grands fracas, mais il sait que le désamour consomme chaque jour davantage leur couple, irrémédiablement. « À la fin de la journée, un pot d'honneur est donné dans la cabine des officiers supérieurs ; Johnny boit du champagne, trop peut-être, avance son ami et confident. Il ne le supporte pas. Nous suivons le chemin des coursives pour sortir du bâtiment. Le visage de Johnny a déjà changé, il arbore sur ses traits une certaine agressivité. Arrivé dans un de ces monte-charge que les marins utilisent pour élever du matériel sur le pont, Johnny s'attaque soudain, tel un boxeur fou, aux parois d'acier de l'appareil et se brise les poings dessus, puis le front appuyé sur son bras, il se tient contre le mur, nous tournant le dos. Nous nous dépêchons de grimper dans la voiture qui nous ramène à l'hôtel. La nuit est tombée, il fait sombre, tant mieux, personne n'a besoin de voir Johnny dans cet état. Serré entre nous à l'arrière du véhicule, Johnny souffle sur ses poings qui le font souffrir. Puis, se cachant le visage dans ses grandes mains aux jointures écorchées, il murmure dans un sanglot : « Sylvie, Sylvie. » »

En octobre 1979 paraît *Johnny raconte Hallyday*. Dans cette courte autobiographie présentée comme le livre officiel de ses vingt ans de carrière, il est censé se raconter lui-même. En réalité, guère de révélations dans ces « Mémoires » qui promettent pourtant de dévoiler, vécus de l'intérieur, les épisodes que ses interviews accordées aux journalistes n'ont encore jamais livrés au public. Ils reprennent les éléments déjà connus de l'itinéraire-type du chanteur populaire : les jeux interdits de sa jeunesse, la première rencontre avec son père, le conflit avec sa première maison de disques, les relations (filiales et malicieuses) avec son imprésario, la tentation suicidaire, les actes pendables perpétrés au cours de ses tournées.

Au-delà des chiffres éloquents – cinquante millions de disques vendus ! –, certains journalistes tentent d'aller plus loin que l'anecdote et de comprendre la dimension sociale du « phénomène Hallyday ». Pour Philippe Labro, le secret du succès du chanteur est à rechercher dans les réactions d'un public de plus en plus large au fil des années. « Ce « grand public », puisqu'il les réunit tous, vient voir en Johnny le prototype du jeune inconnu à qui la vie n'offrait aucune chance et qui pourtant a réussi. Ses frères sont là, dans la salle : jeunes chômeurs ou habitants des grandes cités à la recherche d'un chemin, « cols blancs » qui ont fini par se caser dans le système social, et qui, mariés, parents, ont eu dix-huit ans à l'âge où Hallyday commençait déjà d'éclater sur scène, rebelles vêtus de cuir, filles nostalgiques ou femmes curieuses, enfants amoureux de la lumière et du bruit et que le grand spectacle attire autant que celui du stade sportif ou du cirque, générations pour qui les rythmes du rock'n'roll font partie des rythmes de notre temps. Car voici la seconde force de Hallyday : il ressemble à ce public qu'il assemble, mais aussi il l'informe, puisqu'il incarne la mode, les modes... Cet instinct caméléonesque, ce don prodigieux d'adapter paroles et musique, apparence vestimentaire et capillaire aux goûts du moment, ce don de saisir ce qui marche ou qui va marcher, ce flair, sans doute ne l'a-t-il reçu de personne, sans doute fait-il partie de sa nature, ou bien l'a-t-il fabriqué peu à peu dans cette rue dont il épouse si bien les humeurs... »

Jean-Pierre Pierre-Bloch, qui fut pendant six ans son manager, va plus loin en affirmant qu'il existe une véritable relation d'amour physique entre le chanteur et son public. Une sorte de transe, d'extase que Johnny vit avec toutes les fibres de son corps. « Lorsqu'il y a un public exceptionnel, lorsque se crée une communion exceptionnelle, il fait l'amour avec son public. Au point d'en éprouver lui-même une jouissance physique... Au début, je ne voulais pas le croire lorsqu'il m'en parlait. Il me lançait : « Regarde mon pantalon ! » Ensuite, c'est la chute brutale. Lorsqu'il ressort de scène, c'est une loque. Il a perdu dix litres de flotte. Ses chemises sont à tordre. Il reste de vingt minutes à une demi-heure dans sa loge sans pouvoir bouger. Il a tout donné. C'est pour cela qu'il existe [10]. »

Johnny ne nie pas que son étonnant instinct scénique suggère une intense sensualité. Et que sa longévité exceptionnelle s'explique par l'art de composer un tour de chant, de marier le caressant et le tonitruant. Mais qu'en même temps, rien n'est jamais gagné d'avance. La règle d'or ? Il l'a comprise depuis ses débuts : le respect du public auprès duquel rien n'est acquis sans sincérité.

Le spectacle du Pavillon de Paris est un triomphe sans précédent. Un succès inattendu qui oblige les organisateurs à prévoir des prolongations. De nombreux critiques musicaux y voient une consécration définitive, avec un résultat absolument effarant : deux cent mille personnes debout, électrisées par l'imposante et féérique grandeur du spectacle. « Sur la scène en forme de piste de décollage, planche laquée pointant vers l'avant dans toute sa majesté, il y a un homme seul : Johnny Hallyday, décrit le reporter de *France-Soir*. Tout le décorum s'efface instantanément à son arrivée. On ne voit, on n'entend plus que lui.

A-t-on assez parlé en vingt ans de son magnétisme ? Cet homme-là est magique. Il fait tout oublier[11] ! »

L'une des clefs de la réussite du spectacle tient une fois encore aux multiples jeux de lumières imaginés par Jacques Rouveyrollis. Ainsi qu'à la création de nouvelles chansons. Parmi elles, *Ma Gueule*, qui deviendra l'un de ses tubes les plus célèbres, qu'il doit à l'un de ses paroliers fétiches, Gilles Thibaut, et au compositeur François Naçabal. Singulier et cruel destin pour ce dernier qui mettra fin à ses jours en apprenant qu'on veut le poursuivre en justice pour plagiat...

Pour le dernier concert, une surprise attend Johnny : l'arrivée sur scène de son fils David. Le chanteur ne s'est aperçu de rien lorsque son garçon de treize ans, vêtu d'un pull-over rouge, se glisse furtivement parmi l'orchestre sur le siège du batteur Doudou Weiss. Sylvie assiste dans les coulisses au spectacle. Un instant désarçonné, Johnny attaque *Rien que huit jours*. David, qui a la passion de la batterie depuis l'âge de cinq ans – son idole était alors Tommy Brown –, impose aussitôt son tempo aux vingt-huit musiciens. Johnny, sa chanson terminée, se dirige vers son fils qu'il embrasse avant de le faire acclamer par la foule. Jamais il ne semble avoir été aussi fier ni aussi heureux. « David a toujours été fou de musique, se souvient aujourd'hui Johnny. Lorsque je lui ai offert sa première batterie, je lui ai dit : « Tu me promets de continuer ton piano », alors même que je savais qu'il n'aimait pas ça. Et, pour le motiver un peu plus, j'ai ajouté : « Si tu continues à faire du piano, tu m'écriras plus tard des chansons.[12] » » Le rocker ne se trompait pas beaucoup.

Malgré l'image idyllique d'une famille retrouvée qu'ils ont voulu offrir ce soir-là à leur public, Johnny continue à connaître avec Sylvie des hauts et des bas.

En réalité, rien n'a jamais vraiment changé. Le chanteur vit de plus en plus en tournée. Fataliste, Sylvie affirme de son côté que si elle ne s'est pas encore séparée de Johnny, c'est parce que cela ne devait pas se faire. David ? Il a treize ans et demi. Il est inscrit en classe de cinquième dans une école bilingue du XVIIe arrondissement. Ses notes se sont beaucoup améliorées. C'est un enfant sage, élevé par sa grand-mère, à Loconville, quand ses parents partent en tournée. Il ne proteste jamais quand on l'envoie au lit. Et ne se déchaîne que lorsque Johnny s'amuse avec lui. Au grand dam de Sylvie, il fait des sauts de voltige avec sa Monkey Honda, une vraie petite moto qu'il conduit dans la propriété. Il ressemble à ce qu'ont toujours voulu ses parents : un petit garçon comme les autres. Pour ses copains de classe, il n'est pas le fils de Johnny Hallyday et de Sylvie Vartan, il est David Smet. Au Conservatoire national de musique de Paris, il suit des cours de batterie et de solfège. Quand elle ne regarde pas vivre son fils, Sylvie réalise des photos avec des appareils professionnels particulièrement sophistiqués. Un privilège qu'elle refuse catégoriquement aux professionnels lorsqu'il s'agit de sa propre progéniture. « Dans ce domaine, la législation française est très efficace. Mais il faut être ferme et ne pas avoir d'amis photographes. À dix-huit ans, David s'appartiendra et il fera alors ce qu'il voudra, mais j'ai l'impression qu'il n'aimera pas se faire remarquer[13]. »

C'est au cours de cette même année 1979 que Johnny fait la connaissance de Coluche par l'intermédiaire de Michel Mallory. L'humoriste et le chanteur-compositeur étaient des amis d'enfance des quartiers populaires de la région parisienne. Johnny est agréablement surpris en apprenant que Coluche connaît toutes ses chansons par cœur. L'amitié entre les deux hommes ne se démentira jamais. « Le mec le plus généreux et le plus désespéré », affirme aujourd'hui Johnny, qui lui apportera son soutien public lorsque le fantaisiste décidera, en 1981, de feindre de se présenter à la course à la présidentielle. Il participera de la même façon à de nombreux concerts bénévoles en faveur de l'association créée par l'humoriste : *les Restos du cœur*. Lorsque Coluche invite le rocker à son domicile de la rue Gazan, c'est souvent prétexte à mots d'auteur. Un jour, le fantaisiste affirme sans se démonter :

— Johnny, tu es un mythe. Tu es la dernière mite vivante !

Au cours d'un autre repas, l'homme à la salopette interpelle le chanteur avec la même gouaille :

— Johnny, tu peux me passer le sel ?

— Bien sûr !

— T'as vu ? Il m'a passé le sel. C'est mieux que tous les autographes : il m'a passé le sel !

18

Les amants terribles du show-biz

Au cours du premier trimestre 1980, Johnny entame une tournée à travers la France afin d'y présenter le spectacle du Pavillon de Paris. Malgré son succès, le chanteur est contrarié. Il évoque une mauvaise gestion financière et des « carences » dans l'organisation de son récent show parisien. Comme à son habitude, il ne transige pas et rend leur liberté à plusieurs collaborateurs, parmi lesquels Sacha Rhoul et Georges Olivier. Selon Alan Coriolan, le clash aurait été particulièrement violent. Afin d'assurer la transition, Johnny fait appel aux « anciens », dont Lee Hallyday avec lequel il s'était brouillé quelque temps. « Un malentendu idiot [1] », explique son ex-épouse Desta. Quoi qu'il en soit, Johnny est bien décidé à ne plus se faire abuser. De prendre ses propres affaires en main. « Bien des choses le laissaient indifférent. Aujourd'hui, tout le concerne. C'est qu'un nouveau Johnny est né. Un Johnny *businessman*, un Johnny qui veut entreprendre une carrière internationale [2] », se souvient le cousin Lee qui porte dorénavant le titre de *personal manager*.

Pour atteindre ses nouveaux objectifs, Johnny fait également appel à Jean-Claude Camus et Charley Marouani. Fils de jardinier autodidacte, le premier se lance dans le show-biz en chaperonnant une collégienne de dix-sept ans, Marie-José Neuville, grande révélation de l'année 1955, et les Fratellini, l'illustre famille du cirque. En pleine vague « yé-yé », il devient manager des Chats sauvages, dont le chanteur vedette est alors Dick Rivers. Puis il commence à acheter des spectacles, aidé par sa sœur et son futur beau-frère et associé, Gilbert Coullier. L'aventure fait une pause pendant deux ans. Camus gère un restaurant à Rouen. En 1975, le futur producteur croise une première fois le chemin de Johnny. Il exerce alors le métier de « tourneur » : « Mon premier spectacle, je l'ai acheté à Gill Paquet, je crois. Puis je suis allé chez Georges Olivier. Et j'ai continué d'acheter de plus en plus de spectacles : Johnny Hallyday, Sardou, Dassin, plus tout ce que je ne voulais pas, mais que Georges Olivier me collait : les Chœurs de l'Armée rouge, les Chœurs d'Israël. J'achetais, j'achetais... Mon destin avec Johnny s'est joué pendant tous ces spectacles. Avec une parenthèse : une brouille de plusieurs années. » À l'origine du différend, une cabale dont Camus est alors l'objet : « Comme toujours dans ce milieu, des bruits de chiottes ont commencé à circuler, des rumeurs de merde », maugrée-t-il. La fâcherie entre les deux hommes va tout de même durer quatre ans.

Charley Marouani n'a pas connu ce genre de problèmes avec l'interprète de *Gabrielle*. Apparenté aux fondateurs de l'une des plus importantes agences de spectacles, Charley est l'imprésario du gotha de la chanson française. Ses protégés s'appellent Jacques Brel, Gilbert Bécaud, Barbara, Michel Polnareff, Sylvie Vartan et Serge Lama. Ce dernier admet aujourd'hui qu'à l'époque, « si l'on n'était pas avec un Marouani, on n'était avec personne[3] ».

Au cours de la même année 1980, que Johnny qualifie de « transition », le chanteur effectue une nouvelle et longue tournée : quatre mois de déplacements qui l'obligent à parcourir quarante-cinq mille kilomètres. Entre-temps, il a répété, puis enregistré, un album français et deux disques en anglais composés des titres suivants : *Brave strangers*, *Trouble boys*, *How wrong can you babe*, et *It ain't much fun for a rock'n'roll singer*.

Pour l'accompagner lors de cette tournée, Johnny fait appel à une nouvelle formation : le Night Rider Band, qu'accompagneront les choristes habituels du chanteur. L'un d'eux s'appelle Erick Bamy. C'est au début des années 1970 que Johnny Hallyday lui a demandé de le rejoindre sur scène. À ce moment-là, le jeune Antillais est plutôt un fan de James Brown et Ray Charles. C'est par l'intermédiaire de Lee Hallyday, qui l'a entendu travailler avec Cerrone, qu'il a fait la connaissance de Johnny. Le rocker est à alors à la recherche d'un choriste pour quelques galas commençant la semaine suivante. Bamy hésite. Il ne connaît pas le répertoire de celui qui reste l'« idole des jeunes »... La collaboration entre les deux chanteurs va finalement durer vingt-cinq ans. Pour un passionné de rythm'n blues, le défi, au départ, n'était pas évident : « Quand, sur scène, j'entendais *Johnny Rider* ou *Ma Jolie Sarah*, je ne comprenais pas. Et encore moins *Jusqu'à minuit*, explique Bamy. Pour moi, il y avait *Midnight Hour* par Wilson Pickett, un point c'est tout. Sectarisme idiot, mais qui me mettait mal à l'aise. Puis Johnny m'a tout fait accepter. Avec sa façon de s'adapter, de tourner les choses d'une manière superbe. De se démerder, en cas de difficulté du côté des musiciens ou du public. Le répertoire a beau être le même, chaque soir c'est différent[4]. »

15 juin : Johnny fête ses trente-sept ans en compagnie du Tout-Paris. Les célèbres animateurs Sam

Bernett et André Torrent accueillent ses invités au cours d'une immense party donnée sous les frondaisons du *Club Martin's* au Bois de Boulogne. Les plus grands noms du show-biz ont tenu à participer à la fête, parmi lesquels on remarque surtout Joe Dassin, Eddy Mitchell, Serge Gainsbourg, Dave et Gérard Depardieu. Dans l'euphorie ambiante, Johnny a bien du mal à garder son micro sur le minuscule podium installé pour la circonstance. Catherine Deneuve est le visage féminin le plus remarqué de la soirée.

Malgré les rumeurs de divorce qui continuent à circuler, Johnny et Sylvie se retrouvent à la croisée d'une scène, à Orange, pour un duo fort remarqué. Six mille spectateurs se sont entassés sur les bancs du théâtre antique où la veille, à la même heure, *Rigoletto* et Barbara Hendricks avaient fait bouger douze mille personnes. La prestation du couple est considérée derechef comme un événement. « Ce soir-là, Sylvie fut meilleure que jamais, se souvient le critique Jean-Michel Gravier, du *Matin de Paris*. Sûre d'elle, somptueuse et décontractée, elle donnait l'impression de vouloir, encore plus que d'habitude, prouver qu'elle était une grande. Elle l'a quasiment fait[5]. »

Le reste de l'été est un étrange chassé-croisé entre les deux artistes auxquels la presse *people* prête mille aventures. D'autres s'interrogent : pourquoi ne se réconcilieraient-ils pas une trente-deuxième fois ? Les proches n'ignorent pas qu'absorbées par leur carrière respective, les vedettes se voient tout simplement de moins en moins. Petit à petit, Johnny et Sylvie ont pris l'habitude de mener des vies parallèles et indépendantes. Certes, ils se retrouvent parfois sur une scène, pour un duo, pour le grand plaisir de leurs fans, mais voilà belle lurette qu'ils ne forment plus un vrai couple.

À l'automne de la même année, Johnny reçoit des mains du P-DG de la firme Philips ses quatre premiers disques de platine pour Pavillon de Paris, *Palais des Sports 76*, *Derrière l'amour* et *Tant pis c'est la vie*. C'est la première fois qu'une vedette française reçoit autant de récompenses sur une si courte période. Pour Johnny, c'est l'occasion d'arroser l'événement avec son nouvel et inséparable ami Gérard Depardieu, dont il apprécie le langage direct et les manières bourrues : « Gérard ne fait pas de simagrées ! Et il ne fait pas d'enfants dans le dos ! » Avant d'ajouter : « Comme moi, il va sans cesse au bout des choses, de la fête, de la déglingue, des excès. »

En novembre 1980, l'information devient officielle : après de nombreuses séparations et maintes réconciliations, Johnny et Sylvie ont entamé une procédure de divorce. À en croire le chanteur, cette grave décision ressemble fort à un coup de poker. « Je lui ai dit : « On va divorcer » en pensant qu'elle dirait « Non ! » Elle a répondu « D'accord ! » Et, finalement personne n'est revenu sur sa décision… » De son côté, Sylvie affirme ne rien regretter : « Nous nous sommes aimés passionnément. Nous resterons amis jusqu'à notre dernier jour. » Parmi les proches du couple, la nouvelle n'étonne guère. « Comment une femme aurait-elle pu bâtir un avenir stable avec cette personnalité complexe, insaisissable ? s'interroge ainsi un ami du chanteur. Grand gamin qui n'hésite pas à débarquer chez lui en pleine nuit avec tous ses copains pour de bruyantes beuveries qui se prolongent jusqu'à l'aube, Johnny fait pourtant montre de qualités extraordinaires, mais dans la démence. C'est un être dont la présence perturbe l'entourage, mais c'est un gémeaux, à la fois Dr Jekyll et Mr Hyde ; il peut se révéler féroce, puis tout à fait charmant. » Selon d'autres confidents, le coup est rude pour Johnny qui va commencer à traverser une ère morose, une existence décousue.

Dans le fond, l'annonce officielle de leur séparation ne change guère les habitudes de Johnny et de Sylvie. Cette dernière retrouve sa grande maison blanche de Benedict Canyon, à Beverly Hills. Malgré les apparences, elle continue à travailler avec acharnement. Elle affirme publiquement qu'il n'y a pas d'homme dans sa vie. Du moins pour le moment. Johnny, lui, a retrouvé Paris où il sort beaucoup. Pour ne pas sombrer dans la déprime, il téléphone aussi souvent que faire se peut à son fils David qui a suivi sa mère aux États-Unis. « Il vit à Los Angeles où il suit les cours du lycée français. Il me raconte tout, ou presque tout, confie le père du garçon. Il me parle de ses bonnes et de ses mauvaises notes. Il me parle aussi de ses petites fiancées : il va bientôt avoir quinze ans et, apparemment, il a les mêmes goûts que moi, à son âge, pour les filles… »

En réalité, l'adolescent souffre en silence. Il en fera plus tard le reproche à son géniteur : « Je lui en voulais de son absence. Il y a des choses que je ne comprenais pas. Alors je lui en voulais. Lorsque nous ferons le même métier, je réaliserai par où il avait dû passer, et je me suis mis à le comprendre et à l'aimer de plus en plus. J'ai vite oublié les rancœurs de jeunesse. Nous sommes finalement du même sang, on est faits pareils. Aujourd'hui, lorsque je le vois, je me reconnais au moins pour une bonne moitié de ma personnalité. »

Dans les mois qui suivent son divorce, Johnny n'est plus tout à fait le même homme. Il donne l'impression de vouloir s'étourdir à tout prix. Il fréquente assidûment les boîtes de nuit. Comme son père avant lui, il renoue avec sa vie de saltimbanque, jalonnée de rencontres éphémères et de soirées trop arrosées : « Je menais une vie de célibataire selon les canons traditionnels du noceur. Le soir, rentré chez moi, je n'avais pas envie d'être seul. Il fallait que j'aille à l'Apocalypse ou à l'Élysée-Matignon. Même épuisé, je m'y traînais. Comme un automate, au radar. Et, finalement, j'étais fatigué, psychiquement un peu revenu de tout. D'une certaine manière, je flottais... »

C'est au cours d'une de ses virées nocturnes que Johnny fait la connaissance de Betsy Farley, une jolie rousse, top model new-yorkais que plusieurs magazines *people* n'hésitent pas à présenter bientôt comme la nouvelle élue du chanteur aux yeux bleus. « Quand je l'ai vue, ça m'a fait tilt ! » confie Johnny qui admet également qu'il lui est impossible de demeurer hors d'une présence féminine. « Quand je n'ai pas d'amour, je déconne. C'est la seule chose qui vous rende heureux, qui vous fasse supporter tous les trucs qu'on supporte. Il n'y a rien de plus simple qu'une histoire d'amour. »

Dans les semaines qui suivent, le couple trouve refuge dans le nouvel appartement que le chanteur vient d'acheter avenue Foch. Là, le propriétaire des lieux aime à s'allonger sur un large divan bleu clair afin de regarder deux téléviseurs qui projettent simultanément des programmes différents. Des photos d'Elvis Presley et d'Eddy Mitchell trônent dans des cadres d'argent sur le piano laqué de noir. Une table basse est encombrée de verres, de bouteilles, de cigarettes et de mégots. Dans la cuisine, Majourba, la cuisinière marocaine, prépare les plats favoris de l'artiste : le couscous, le méchoui, la tajine bien relevée à l'harissa. Envisage-t-il son avenir avec Betsy ? Johnny affirme ne pas se sentir « enchaîné », mais se déclare prêt à rencontrer les parents de sa dulcinée. Chose promise... Quelques semaines plus tard, les tourtereaux s'envolent pour la Virginie où les parents de Betsy, riches éleveurs, possèdent un ranch. Le couple ne se dissimule pas des paparrazzi. Bien au contraire, Johnny donne des consignes formelles à son nouvel attaché de presse, Alain Donnat, pour gérer au mieux auprès des médias sa nouvelle idylle. Les lecteurs de la presse rose bonbon sont ravis, mais en seront en définitive pour leurs frais. De son propre aveu, Johnny reconnaît avec espièglerie que toute sa romance a été montée uniquement dans le but de rendre jalouse Sylvie ! « On m'a souvent accusé d'être machiavélique, de jouer les abrutis alors que, dans l'ombre, je me régale du rôle de montreur de marionnettes tirant les ficelles, actionnant mes « sujets »... » Épilogue de l'histoire : si le public se laisse plus ou moins consciemment berner, Sylvie, quant à elle, a flairé l'embrouille et n'est pas revenue sur sa décision de divorce. Pour Johnny et Betsy, l'aventure se dénouera en douceur dans le décor artificiel d'une autre boîte de nuit, mais les tourtereaux avaient-ils jamais été vraiment dupes de leur idylle sans lendemain ?

En réalité, les affaires de cœur de Johnny sont plus complexes, explique l'ami Coriolan : « Johnny a besoin d'arriver au pied du mur pour s'apercevoir que ce fameux mur existe. En Virginie, quand les parents ont dit « oui », Jojo s'est réveillé. Comme dans tout ce qu'il fait, il était allé jusqu'au bout. Cela lui suffisait. En fait, il s'était menti et avait menti tout du long. Il est un mystificateur qui s'ignore. Il ment si bien qu'il y croit lui-même, et, du coup, lorsqu'il raconte des histoires, il est d'une totale sincérité[6]. » Près de trente ans plus tard, « Jeanneot Vacances », comme l'appelle affectueusement Coriolan, partage l'analyse de son ami sur un épisode de sa vie dont il préfère sourire : « J'ai le don de toujours m'en sortir au dernier moment, lorsque je vois que ça va trop loin. Là, l'idylle était inexistante, sentimentalement parlant. Et je ne me voyais franchement pas marié avec une fille de dentistes de Virginie. Quelle horreur ! Même si j'avais fait le voyage en costume trois-pièces[7]. »

Ainsi qu'elle s'y était engagée, Sylvie accueille le père de son fils, le 31 décembre 1980, à l'occasion du traditionnel réveillon familial. Après ces brèves retrouvailles, Johnny rejoint la maison de son hôte, un ami chanteur qui a décidé de s'installer à Los Angeles afin d'échapper aux griffes des services fiscaux français. Une hospitalité qui prend bientôt une singulière tournure. Selon Michel Mallory qui fait partie du voyage, l'interprète hexagonal se montre particulièrement habile en commençant à effectuer des travaux dans la maison, à acheter des meubles, à poser de la moquette sans préciser à son hôte qu'il sera le destinataire de la facture ! « Quand l'addition est arrivée, il y en avait pour cinquante mille dollars, soit vingt-cinq millions d'anciens francs », s'étrangle encore aujourd'hui Mallory, encore plus dépité de voir son ami Johnny régler la note sans broncher. Magnanime, ce dernier ne souhaite pas en rajouter. « Comme le pauvre gars en question ne va pas très bien aujourd'hui dans le métier artistique, j'ai un peu de mal à en parler. Je n'aime pas enfoncer les gens lorsqu'ils ne sont pas en état de se défendre [8] », me confie-t-il visiblement sincère.

Pour l'heure, l'intention du rocker est alors de terminer son mois de vacances saines et sportives avant de reprendre les répétitions de son nouveau disque dans les studios californiens. Il ignore qu'au beau milieu de son farniente, une attristante nouvelle vient de tomber sur les téléscripteurs de toutes les salles de rédaction de France et de Navarre : « Johnny Hallyday est mort… »

L'affaire n'amuse guère Johnny. Ce genre de canular, il connaît. Il lui est même arrivé d'en rire. Quelques mois plus tôt, un cancer ne l'avait-il pas déjà enlevé à l'amour des siens et de ses fans ? N'arrivait-il pas de temps à autre au chanteur d'apprendre qu'un tragique accident de voiture avait mis un point final à sa carrière ? Mais, aujourd'hui, c'est différent. L'information prend des proportions ahurissantes.

Tout a commencé par un coup de téléphone anonyme à une station radio. Puis c'est une dépêche de l'Agence France-Presse qui fait état de la disparition du chanteur à l'hôpital franco-musulman Avicennes de Bobigny. L'information n'est pas confirmée, mais surtout n'est pas démentie au ministère de l'Intérieur. Et pour cause : les Renseignements généraux ont fait savoir à leur ministre de tutelle que le chanteur était bien décédé, suite à un cancer de la gorge... À partir de là, la nouvelle ne pouvait que se mettre à enfler démesurément.

Dans la Cité des Anges, Johnny n'est prévenu que tardivement de l'incroyable diffusion de l'information. Il trouve la situation tellement ridicule qu'il se refuse pour le moment à tout démentir. « Ce n'était pas la première fois. J'ai eu ça deux ou trois fois dans ma vie... », me confirme le rocker. Puis c'est une avalanche d'appels venus de France, auxquels il se refuse pour la même raison à répondre. L'un d'eux se veut plus insistant. C'est celui de Roger Thérond, le patron de *Match*. « Mon hôte l'avait déjà rassuré sur mon état de santé, mais il tenait absolument à s'entretenir avec moi, poursuit Johnny. Je prends finalement le combiné pour écouter Thérond. « On a absolument besoin d'une photo de toi pour montrer que tu es en forme », m'explique-t-il. Je n'étais pas très chaud. J'avais déjà commencé mes répétitions et je voulais qu'on me fiche la paix. Je lui réponds : « Tu ne vas pas m'emmerder : tu l'entends bien, que j'suis vivant ! » avant de céder à sa demande réitérée... Il m'a donc envoyé un photographe pour un cliché sur lequel on me voit en train de courir en tenue de jogging[9]. » Réflexion faite, le chanteur saisit l'occasion pour s'exprimer sur cette lamentable affaire. Un récit « exclusif » et plutôt musclé, rédigé à la première personne : « J'ai le goût du canular autant qu'un autre, et aussi, je crois, le sens de l'humour. J'ai lu sur moi, au cours de ces vingt ans, les bobards les plus ahurissants, les plus monstrueux. L'expérience m'a appris qu'ils faisaient partie intégrante de mon métier d'homme public. Je ne dirai pas que j'en suis enchanté, mais admettons que je le supporte. En revanche, je ne tolère pas que ma famille soit atteinte à travers ces inepties. Et je fais un vœu, en cette fin d'année : un face-à-face de quelques minutes, une minute seulement, avec la personne, quelle qu'elle soit, qui a fait démarrer la rumeur. Simplement et joyeusement, mort ou pas, pour lui casser la gueule[10] ! »

L'affaire de la fausse mort se résume-t-elle en fin de compte à une simple question d'homonymie ? La version serait crédible si elle ne recelait quelques zones d'ombre. Quel est le plaisantin qui a informé la station de radio ? Qui a eu intérêt à crédibiliser l'information ? Peut-on imaginer un coup de pub émanant de l'entourage du chanteur ? La nouvelle est en effet diffusée alors que son dernier disque, *Guerre*, a du mal à décoller. Pourquoi Johnny a-t-il attendu si longtemps avant de réagir ? À cette dernière interrogation, le chanteur répond en me faisant part de son étonnement sur le manque de rigueur des journalistes : « Je crois que c'est une fausse information qui a été envoyée à l'AFP et qui a ensuite été reprise par les radios. Ce que je ne comprends pas, c'est qu'on en parle avant de s'être renseigné, comme l'a fait mon ami Thérond[11] », commente encore le chanteur pour lequel ce canular d'un goût douteux aurait pu précisément être monté par un reporter en mal de copie. Quoi qu'il en soit, il est amusant de rapprocher cette affaire de celle qui surviendra, en septembre 2000, à l'acteur Alain Delon.

L'histoire est une nouvelle fois racontée dans le détail par *Paris-Match*. Un scénario et une exploitation médiatique quasi identiques : au départ, un appel téléphonique à une agence de presse qui annonce le décès de l'interprète de *Rocco et ses frères* à la suite d'un accident de voiture. Sans avoir été vérifiée, l'effroyable nouvelle est transmise aux journaux, aux chaînes de télé, aux stations de radio. Contactée sur son portable par un rédacteur en chef de *Match*, Rosalie, alors compagne de l'acteur, croit que son destin et celui de ses enfants ont tout à coup basculé dans l'horreur. Et le journaliste de raconter : « Elle était en voiture avec Anouchka et Alain-Fabien, et, sous le choc, un accident aurait pu se produire, bien réel celui-ci. Alerté par d'autres appels, Alain, lui, se demande pendant ce temps si ce n'est pas elle qui vient de se *crasher* au volant... » À *Paris-Match*, Rosalie confiera en exclusivité son récit des abominables moments qu'elle a vécus sous le titre : « Le jour où Alain est mort[12]. »

À écouter l'interprète de *Sang pour sang*, la presse ne lui aurait jamais vraiment fait de cadeaux : « Mes blessures, ce sont surtout les médias qui me les ont infligées. À une certaine époque, je disais toujours que, pour apprendre ce que j'avais fait la veille, il me suffisait d'ouvrir le journal[13]. » Mais de reconnaître un autre jour qu'en tant que personnage public, il lui est difficile de refuser l'omniprésence des médias. N'en a-t-il pas été finalement le grand bénéficiaire, et parfois l'habile instrumentiste ? « Les reportages photo, les émissions de télé : homme de son époque, Hallyday a fort bien saisi l'importance de l'image, de sa répétition et de son renouvellement », explique son ami journaliste Philippe Labro. Et de préciser : « Changer de masque, changer de peau, cela ne suffirait guère si, au-delà du déguisement ou de la mode, Hallyday n'avait pas fourni au public sa propre saga, une vie à rebondissements, un comportement à la fois spectaculaire et attendu : le mauvais garçon au grand cœur, le fiancé éperdu, le mari fantasque, le père attendri[14]... »

Le journaliste-écrivain ne croit pas si bien dire. Dans les semaines qui suivent sa « disparition », Johnny va à nouveau s'impliquer dans une nouvelle affaire sentimentale dont les rebondissements se révéleront dignes de ces polars noirs américains qu'il prise tant.

19

La Belle, le truand et le rocker

Au début de février 1981, Johnny est de retour afin de préparer une nouvelle tournée dans quarante villes de France. Il profite d'une halte en Camargue pour retrouver d'anciens amis et l'une de ses idoles : le célèbre guitariste Manitas de Plata. Il n'est pas seul, une jeune femme l'accompagne : Babeth Étienne, un jeune mannequin qu'il a rencontré quelque temps plus tôt dans une boîte de nuit parisienne. Elle est également présente à ses côtés, quelques semaines plus tard, lors du mariage à Saint-Tropez de son vieux complice Eddy Mitchell. Johnny aurait-il définitivement tourné la « page Sylvie » ? La presse *people* s'interroge sur la nouvelle élue du chanteur, alors inconnue de ses lecteurs.

Née à la fin des années 50 à Paris d'une mère andalouse et d'un industriel français fournisseur de tissus – les velours Charles Étienne –, Élisabeth a trois ans lorsque ses parents divorcent. C'est sous le soleil du Maroc, où sa mère a décidé de s'installer, que la petite fille va vivre jusqu'à son adolescence. Élève du lycée français Lyautey, à Casablanca, elle garde le souvenir d'une jeunesse heureuse et insouciante : « Je rêvais de devenir hôtesse de l'air, car j'avais le goût de l'aventure, des voyages, et le don des langues[1] », me confie-t-elle. À seize ans, elle quitte l'Afrique du Nord pour Paris où elle devient effectivement hôtesse, mais dans une galerie d'art. Sa beauté retient l'attention de photographes d'une agence de mannequins située sur les Champs-Élysées. Devenue top-model, la jeune femme commence à beaucoup voyager et à fréquenter les lieux hantés par la jet-set. Au cours d'une de ses sorties parisiennes, elle fait la connaissance de Jean-Claude, dont elle tombe amoureuse. Le garçon possède un passé agité qu'elle ignore. « Rien de bien grave », m'assure Alan Coriolan, l'un des anciens gardes du corps de Johnny Hallyday et ami de Jean-Claude, qu'il qualifie de « petit caïd de banlieue ». C'est précisément par l'intermédiaire d'Alan que son rocker de patron fait la connaissance du couple lors d'une soirée à l'Élysée-Matignon, haut-lieu branché des nuits de la capitale. Johnny ne reste pas insensible au charme de la ravissante Babeth. Il se croit même obligé de lancer à son viril fiancé qu'il sera « preneur » le jour où les amoureux se lasseront l'un de l'autre. Les mois passent. Babeth et Jean-Claude croisent de temps à autre la star lors de soirées amicales. Au cours d'un séjour sur la Côte d'Azur où l'a conduite son travail, Babeth a la surprise de recevoir un appel matinal de son amoureux avec lequel les liens se sont quelque peu distendus ces derniers temps :

— Johnny te cherche partout, il faut que tu l'appelles !

Babeth s'étonne :

— Pourquoi me cherche-t-il partout ?

— Écoute, il te cherche, c'est très important. Il veut te parler, mais il ne sait pas du tout où te joindre. Appelle-le chez son copain Claude Mulot, chez qui il s'est réfugié pour l'instant.

La jeune femme est circonspecte et en même temps imagine le pire. Pour en avoir le cœur net, elle décide de joindre sur-le-champ le chanteur. Son premier interlocuteur est Claude Mulot que la jeune femme connaît de réputation. Par amitié pour ce dernier, le chanteur a récemment accepté de faire une brève apparition dans un film intitulé *Le Jour se lève et les conneries commencent*, une parodie de son propre rôle de vedette.

— Surtout ne raccroche pas, je vais te chercher Johnny, il a un truc à te dire, la conjure Claude Mulot.

« Pour moi, il s'agissait de quelque chose de grave », m'indique Babeth.

Après quelques banalités d'usage, Johnny insiste pour la rencontrer dès que possible.

— Je ne peux pas, je suis très occupée avec mes séances de photos. On pourra se voir la semaine prochaine, si tu veux.

— Ce n'est pas possible, je serai à Londres pour un enregistrement. Il faut que je te voie avant !

La jeune femme au caractère bien trempé n'a pas l'intention de céder au singulier empressement de son interlocuteur qui va continuer de la « harceler », selon elle, pendant plusieurs jours au téléphone. De retour à Paris, une surprise l'attend dès sa descente d'avion : Alain Donnat, le secrétaire de Johnny, s'avance vers elle. Avant qu'elle puisse ouvrir la bouche, il empoigne ses bagages en lui lançant :

— Johnny t'attend !

— Comment, Johnny m'attend ? Ce n'est pas possible !

— Si, il a repoussé son enregistrement et il attend au Bourget que tu partes avec lui.

Si elle n'oppose pas une grande résistance, Babeth a cependant l'impression de vivre une « sorte de kidnapping », en tout cas une aventure peu banale. Et d'autant plus cocasse lorsqu'elle découvre le commanditaire de son « enlèvement » endormi sur une banquette de l'aérogare... Les premiers échanges entre Johnny et elle sont plutôt vifs :

— Mais tu es complètement malade ? Qu'est-ce que je fous là ?

— On s'en va. Il fallait que je te voie, il fallait que je te parle...

— Mais je vais où ?

— Nous partons immédiatement pour Londres.

« Et nous avons effectivement embarqué à bord d'un avion privé qui nous a emmenés jusqu'en Angleterre, poursuit Babeth. Johnny semblait ravi d'avoir réussi à me faire venir jusqu'à lui. Personnellement, je trouvais l'aventure démente. »

À Londres, le couple s'installe dans une suite de l'hôtel Dorchester. Puis, au cours des jours suivants, il s'embarque pour une balade d'amoureux en Angleterre et en Écosse. Ces premiers jours dans l'intimité de Johnny permettent à Babeth de découvrir un homme beaucoup moins timide qu'on ne se plaît parfois à le présenter. « Lorsqu'il veut quelque chose, il va jusqu'au bout : une vraie tête de mule ! Il a une grande force de caractère. Même s'il est introverti[2]. »

Quinze jours après le début mouvementé de leur idylle, le couple se met à l'heure des échanges de cadeaux. Johnny profite de l'occasion du vingt-troisième anniversaire de sa bien-aimée pour lui offrir une petite voiture noire. La jeune fille est flattée, mais elle ne possède pas encore son permis de conduire...

Lorsque Johnny déclare sa flamme à Babeth, son divorce n'a pas encore été officiellement prononcé. Un mauvais moment à passer pour le chanteur qui devient « irritable et cafardeux ». « Il ne me disait plus rien. Il ne voulait plus voir personne », me raconte Babeth qui apprend bientôt par la presse que son « kidnappeur » vit par ailleurs une aventure avec un mannequin américain. Un feu de paille, toutefois, qui se termine en février 1981 lorsque Babeth et Johnny reparaissent ensemble. Amoureuse et indulgente, le jeune mannequin a pardonné.

D'autres mois passent. Un soir d'avril, au King Club, dont le propriétaire, Albert Minsky, est un ami très proche de Johnny, en présence de cinquante amis dont Jean-Paul Belmondo, le soupirant Hallyday passe un solitaire au doigt de la belle brune : ils sont fiancés. Le mariage est pour bientôt, laisse entendre le chanteur qui s'installe avec sa future femme dans un hôtel particulier de Neuilly qu'ils aménagent. Prudente, Babeth tient cependant à conserver son studio parisien. Comme pour roder leur futur voyage de noces, les tourtereaux s'envolent pour Tahiti où ils visitent de nombreux atolls. C'est sur l'un d'eux qu'ils font la connaissance, presque par hasard, du célèbre explorateur Paul-Émile Victor. Une rencontre inoubliable pour Babeth : « Nous sommes restés près d'une semaine à Boréa, chez lui, en compagnie de sa femme et de son fils. Des gens de qualité, qui m'ont bluffée. On les écoutait parler pendant des heures de leur vie, de leurs recherches. Des instants vraiment magiques ! » Au cours du même séjour, Babeth découvre un aspect méconnu du caractère de son futur époux : « Je me réveille un matin très tôt ; Johnny n'était plus là. Il était parti avec un pêcheur qui lui avait affirmé, la veille, qu'il était tout à fait revitalisant pour l'organisme de manger le foie et le cœur d'un poisson sitôt après sa capture. Ce que Johnny a pris pour argent comptant en croquant le poisson à pleines dents.

— Comment as-tu pu te lever aussi tôt pour aller bouffer un cœur de poisson au petit déjeuner ?

— Je sais, c'est un peu dégueulasse, mais il paraît que c'est plein de vitamines[3] ! »

Johnny a-t-il enfin retrouvé le bonheur sous les cieux du Pacifique ? On peut s'interroger lorsque, un mois avant la date prévue pour leur union, le couple se chamaille et se sépare une nouvelle fois. Le mystère de leur brouille est de courte durée pour Babeth qui apprend que son amoureux vient de s'envoler pour Bangkok au bras d'une jeune Allemande de vingt ans. Née à Hambourg, Sabrina, fille unique d'un employé du port, a quitté son pays natal voici un an pour tenter sa chance à Paris comme mannequin. À peine débarquée dans la capitale, elle croise Roman Polanski, le célèbre metteur en scène polonais à la réputation de play-boy, qui prend Sabina sous son aile. Jusqu'au soir où, imprudemment, à l'Élysée-Matignon, il présente sa belle à Johnny.

À son retour de Thaïlande, le rocker ne dissimule pas ses intentions : « C'est la nouvelle fille qui partage ma vie », déclare-t-il en présentant la jeune beauté qu'il tient tendrement dans ses bras et couvre de baisers. De son côté, Sabrina n'est pas peu fière de montrer avec ravissement le superbe collier à triple rang de turquoises et le bracelet assorti que lui a généreusement offerts son célèbre soupirant. La séparation d'avec Babeth est-elle définitivement consommée ?

Octobre 1981. Cela fait plusieurs jours que la nouvelle circule dans quelques salles de rédaction parisiennes : Johnny va se remarier. Le mariage pourrait même se dérouler au début du mois de novembre, à Neuilly. L'élue ? Babeth Étienne, avec laquelle le chanteur s'est encore une fois réconcilié. Six mois se sont écoulés depuis leur dernière brouille. Une pénitence que Babeth a mise à profit pour enregistrer son premier 45 tours, *Bébé Reggae*, et pour participer au tournage du dernier *Gendarmes à Saint-Tropez* aux côtés de Louis de Funès. À propos des circonstances de leur rabibochage, la brune et tendre Babeth me révèle que Johnny s'est décidé au cours de l'été, lors d'un dîner en tête à tête à Saint-Tropez. « Tu m'as beaucoup manqué », a-t-il assuré à la jeune fille.

Deux jours après leur réconciliation tropézienne, le couple s'embarque pour Milan et pour Rome. « Une semaine inoubliable », se rappelle encore Babeth. A-t-elle accepté sur-le-champ de l'épouser ? L'ancien mannequin poursuit : « J'étais très amoureuse de lui. Je trouvais l'homme très attachant, sensuel, timide, réservé, pudique, drôle et très sexy. Mais pas seulement : Johnny m'est toujours apparu comme un être généreux, vif et plein d'humour quand il était bien[4]. »

Une autre raison incite Johnny à révéler ses véritables sentiments à sa dulcinée. Une singulière affaire de contrat lancée par un truand, dont la cible n'est autre que le rocker lui-même. On se souvient comment Babeth avait fait la connaissance du chanteur par l'intermédiaire de son fiancé de l'époque, prénommé Jean-Claude, que Johnny me décrit comme un « marginal sympathique », un « beau voyou » mais dont les relations avec les caïds du milieu parisien l'ont toutefois laissé un moment perplexe. Or voici que le fameux Jean-Claude – baptisé « Coco » par ses amis – a mal vécu, en définitive, le départ de sa fiancée pour les bras du célèbre chanteur. Il fulmine et tempête avant de menacer de la reprendre de gré ou de force. Alan Coriolan flaire la gravité de la situation. « Un jour, Babeth se trouvait à Cannes, elle venait de se disputer avec Coco, se souvient-il. Johnny est arrivé en hélicoptère. Un moment, ça a chauffé. Je suis intervenu pour arranger la salade. J'ai joué sur l'amitié. Quelques jours plus tard, j'ai invité Johnny et Coco chez moi, dans le XVIIe arrondissement. Nous avons longuement parlé, tous les trois. Coco, qui était mon ami depuis l'adolescence, était visiblement très malheureux. Johnny lui répétait sans arrêt qu'il était lui aussi très amoureux de Babeth. Les choses se sont finalement tassées. Pour être assuré que Coco ne ferait pas de bêtises – il avait effectivement parlé un moment donné de balancer une balle à Johnny –, je l'ai accompagné au Mexique où il devait traiter quelques affaires. Lorsque nous sommes revenus, il était calmé. Du coup, Johnny l'a embauché dans son staff d'éclairagistes. Ce qui lui a permis de changer complètement de vie. Aujourd'hui, il est marié et père de trois enfants. J'ai finalement été un bon médiateur dans une affaire qui aurait pu mal tourner[5]. »

Pour le couple infernal, la voie est dorénavant libre : il peut convoler en justes noces. Mais le chemin qui l'y conduira va se révéler quelque peu tortueux. Dans un premier temps, Johnny envisage de consacrer leur union dans le plus grand secret à la mairie de Neuilly. Dans cette perspective, il sollicite une dérogation afin que les bans ne soient pas publiés, pour éviter d'ameuter journalistes et badauds. Celle-ci leur est accordée et le mariage fixé à la date du 28 novembre. Réflexion faite, Johnny annule la cérémonie et s'envole pour Los Angeles où il doit réaliser un nouvel enregistrement en studio. Avant de s'embarquer, il tient à consoler sa promise, disant qu'il s'engage à l'épouser sur place. Babeth acquiesce : elle comprend qu'il préfère se marier là-bas afin de ne pas gêner Sylvie Vartan qui doit effectuer au même moment son grand retour sur la scène parisienne. Pour lui prouver sa sincérité, Johnny demande donc à la mère et aux deux sœurs de sa fiancée de se rendre à Los Angeles pour la cérémonie.

Johnny tient parole. Accompagné de Pierre Billon, le fils de la chanteuse Patachou, coauteur de nombreux succès comme *J'ai oublié de vivre*, il arrive en Californie le vendredi suivant. Quelques semaines plus tard, il y accueille Babeth qui découvre un fiancé quelque peu nerveux. « Lui qui ne buvait plus se laissait un peu aller », me confie-t-elle. La jeune femme s'interroge : redoute-t-il ce nouveau mariage ? Mais Babeth s'efforce de prendre les choses du bon côté. La cérémonie est prévue pour le mardi 1er décembre à dix-sept heures. Kurt Friengs, l'homme d'affaires américain de Johnny, s'est chargé de demander les licences de mariage. Il lui a suffi de produire les extraits d'acte de naissance des deux promis. Le juge les mariera à la maison : la formule est courante aux États-Unis. Babeth veille à tout : elle commande le gâteau chez Art Cake, à Santa Monica, une pièce montée de trois étages, soixante centimètres de diamètre, en forme de cœur rose et blanc, surplombée d'un couple de mariés couronné d'une colombe. La femme de Pierre Billon, Martine, se charge de la décoration florale de la villa. Les amies de Babeth, Lauren et Marie, du buffet. Seul Johnny ne fait rien. Il disparaît le lundi soir, entraînant avec lui Pierre Billon et deux musiciens… Ils ne réapparaîtront que le mardi matin, vers les six heures. Après quelques heures de sommeil, il se rend à la salle de sports qu'il fréquente depuis son arrivée. De retour à la villa, l'angoisse l'étreint de nouveau. Il tourne en rond et téléphone au juge pour retarder la cérémonie d'une heure. Les minutes passent. Johnny se décide enfin à quitter ses jeans et son T-shirt pour endosser son costume noir et sa chemise blanche.

Il est 18 h 22 lorsque dans le salon blanc de la villa de Beverly Hills, la cérémonie commence. Le juge Michael Lucas suggère aux futurs époux d'échanger leurs alliances devant la cheminée. Une mauvaise idée pour Johnny qui préfère la proximité du piano noir. Magnanime, le magistrat n'insiste pas. Il souhaite que tout son petit monde se rassemble autour du couple. Les invités présents, une quinzaine, s'exécutent : Lauren et Pierre Billon sont les témoins des mariés. Derrière eux, Béatrice, la sœur aînée de Babeth, qui travaille dans une agence de voyages, et leur mère. Plusieurs musiciens américains sont également présents. Dans un silence compassé, le magistrat s'adresse à Johnny pour lui poser la question rituelle : « Voulez-vous prendre pour épouse Mlle Élisabeth Odette Étienne ? » Johnny acquiesce avec un « Yes » ferme, avant de passer au doigt de sa nouvelle épouse un jonc d'or blanc assorti à la bague de fiançailles qu'il lui avait offerte au King's Club. Puis c'est au tour de Babeth, qui porte une robe en tulle de plumetis transparent, cachée par une longue cape plissée de taffetas de soie couleur ivoire, de passer l'anneau d'or jaune au doigt de Johnny. L'espace d'un instant, le chanteur a feint d'avoir oublié les alliances : une mimique espiègle, comme pour détendre l'atmosphère.

La cérémonie a été brève : à peine quatre minutes. Le couple n'a souhaité ni marche nuptiale, ni apparat. En tant que divorcé, Johnny ne pouvait de toute façon prétendre se marier à l'église. Aux dires des témoins présents, Babeth est néanmoins très émue. Seule ombre au tableau : l'absence de son père, disparu quelques mois plus tôt dans un accident d'auto.

Les semaines qui suivent sont idylliques. De retour en France, la jeune mariée se préoccupe de l'hôtel particulier de Neuilly dont elle va assurer – durant l'absence de Johnny qui doit partir en tournée – toute la décoration : trois lampes Tiffany pour l'entrée et la chambre à coucher, un tapis en harmonie avec le canapé moderne recouvert de tissu damassé beige du salon, et différents bibelots qui révèlent une présence féminine dans une maison. « J'avais envie de pièces chaudes, confortables, où Johnny se sente bien », explique-t-elle. Toujours selon elle, son époux se montre encore plus tendre et attentionné que durant leurs fiançailles. « Quand il parlait de moi, il disait « ma femme » et je me sentais emplie de fierté. »

Les choses ne tardent cependant pas à se gâter. En quelques semaines, la belle histoire d'amour se retrouve anéantie. Une autre femme est entrée depuis quelque temps dans la vie de Johnny. La douce et compréhensive Babeth l'apprend et en souffre. Leur union éphémère va encore se prolonger quelques mois avant de déboucher sur sa conclusion logique : le divorce, prononcé en mai 1982. « Une séparation particulièrement douloureuse pour moi », me confie-t-elle, même si elle n'ignore pas que le célèbre chanteur lui a conservé une tendre affection. « C'est normal, poursuit-elle, car il n'y a jamais eu vraiment de problèmes majeurs entre nous. Par ailleurs, on n'efface pas deux ans de vie commune, une vraie passion d'un coup de baguette magique. » Les circonstances de la vie feront se recroiser leurs routes à plusieurs reprises. Les anciens époux se retrouveront alors « par plaisir et par amitié ». Babeth estime que Johnny lui a su gré de s'être retirée de sa vie avec dignité, courage et désintéressement : « Mon divorce ne lui a rien coûté. » « Lorsque nous avons divorcé, quelques mois plus tard, elle n'a pas essayé de profiter de la situation », admet de son côté Johnny. Et d'ajouter : « Avec le recul, je m'aperçois aujourd'hui qu'elle reste l'une des femmes les plus dignes de ma vie. » Le regard qu'elle porte aujourd'hui sur cette étape de son expérience ? « *Carpe diem !* Tout bonheur est bon à prendre : surtout, ne pas le laisser filer lorsqu'il passe ! C'est le seul homme qui m'a assez aimée pour m'épouser, et qui m'a permis de battre un record : soixante-deux jours de mariage, soit un jour de plus que Marilyn Monroe et Arthur Miller ! » conclut avec humour l'ancienne compagne du rocker.

Au cours des mois qui suivent son divorce, Johnny rencontre de nombreuses jeunes femmes. À en croire certains de ses confidents, elles seront même plusieurs dizaines, plus ou moins célèbres. Puis, à l'occasion d'une émission de télévision, ce sera la rencontre déterminante avec la future mère de sa fille.

20

Nathalie et Laura

Au départ, il y a l'émission de télévision *Formule 1 + 1*, dont Johnny est la vedette. Comme à chacun de leurs principaux invités, les producteurs Maritie et Gilbert Carpentier suggèrent au rocker d'interpréter une saynète afin d'égayer son tour de chant. L'auteur est trouvé : Philippe Labro. Son idée tourne autour d'une parodie de film noir américain intitulé : *Quoi de neuf ma jolie ?* A priori, le chanteur n'a pas de suggestion précise à faire pour la partenaire qui pourrait lui donner la réplique. Les noms de plusieurs comédiennes sont donc avancés, dont celui de Nathalie Baye.

Johnny semble sensible aux arguments de Labro, qui n'a jamais caché son admiration pour la comédienne débutante. Au palmarès de celle-ci : un second rôle dans *La Nuit américaine*, et une interprétation remarquée dans *Je vais craquer*, d'après la bande dessinée de Gérard Lauzier. Sollicitée, Nathalie Baye accepte le rôle de vamp des années quarante qu'on lui propose. Sa première rencontre avec le chanteur, la comédienne la résumera plus tard par une formule lapidaire : « Il est arrivé en retard, comme de bien entendu. On a répété, on a enregistré. »

Dans les faits, les répétitions succèdent aux répétitions et Johnny dissimule à peine son trouble. Nathalie lui plaît. Elle n'a rien à voir avec les mannequins et autres groupies qu'il a l'habitude de fréquenter. Son intention est claire : séduire sa partenaire. « J'ai pensé qu'elle était pas mal et que je me la ferais bien ! » avoue aujourd'hui l'espiègle Johnny. Seul problème : Nathalie n'est pas du genre fille facile. C'est ainsi qu'il en vient à faire sa cour. Elle va durer près de deux mois. Il l'invite à un match de boxe, lui envoie des cartes postales, l'emmène dîner. Non sans se retrouver dans des situations cocasses, comme le raconte son ami Coriolan. Sur les conseils de ce dernier, Johnny se décide un jour à sortir le « grand jeu » : promener sa belle à bord d'une superbe Limousine avant un dîner aux chandelles dans l'un des meilleurs restaurants de Paris. À sa demande, Coriolan se charge de la location : une immense Daimler noire avec chauffeur. Nathalie habite en ce temps-là une des ces petites rues pleines de charme du vieux Paris, à Saint-Germain-des-Prés. Coriolan le savait, mais l'avait oublié. Quand la Daimler veut s'y engager, la manœuvre se révèle quasi impossible. « Il a fallu attendre que le propriétaire de la voiture garée à l'angle revienne et s'en aille pour qu'enfin nous puissions pénétrer dans la rue, raconte avec amusement Coriolan. Frôlant les autres véhicules en stationnement de chaque côté, le chauffeur a eu bien du mal à atteindre l'immeuble de Nathalie. Ça commençait à bouchonner ferme, derrière, quand je suis monté la chercher. Déjà, je n'étais plus très sûr de ma belle idée, mais quand je suis redescendu, j'ai réalisé qu'elle était nulle : Johnny et moi avions voulu donner dans l'esbroufe, et nous avions eu faux sur toute la ligne ! « Mais vous êtes fous ! Qu'est-ce que c'est que ce corbillard ? Je refuse de monter là-dedans ! »

tempêta Nathalie partagée entre l'indignation et le fou rire. Finalement, elle a accepté de monter et nous sommes partis[1]. »

Malgré les commentaires que leurs soirées communes commencent à susciter, Nathalie reste sur ses gardes. Le chanteur n'est pas un inconnu, la liste de ses conquêtes amoureuses traîne dans tous les magazines. Par ailleurs, elle vient de tourner avec le comédien Philippe Léotard la page d'une passion tumultueuse qui a duré près de sept ans, et elle n'a aucune envie de replonger dans les affres de la passion.

De son propre aveu, Nathalie Baye est née « par accident » à Mainneville, petit village de l'Eure. Fille d'artistes – sa mère écrit, son père peint –, elle commence ses études sur les bancs de l'École Alsacienne, établissement huppé de la rue Notre-Dame-des-Champs, dans le VIe arrondissement de Paris. Des études qui débutent mal : l'enfant est dyslexique. Ce défaut l'empêchera de lire durant de longues années, à son grand désespoir. Pour des raisons familiales, ses parents décident de quitter la capitale pour la Côte d'Azur. Nathalie est inscrite dans une école de Menton. Les études l'ennuient. Elle a quatorze ans et se passionne pour la danse. Ses parents ne souhaitent pas contrarier sa vocation. Ils l'inscrivent au cours de danse Marika Besobrasora, à Monaco. La discipline y est rude et le compliment rare. L'adolescente accomplit avec sérieux ses cinq heures de pointes par jour. À la même époque, un jeune chanteur casse tous les fauteuils sur son passage : un certain Johnny Hallyday… « La première fois que je l'ai vu, c'était à Nice, se souvient Nathalie Baye. J'y étais allée avec une copine folle amoureuse de lui. Le genre avec photos plein sa chambre. Moi j'aimais bien, mais comme ça. Et j'ai découvert un spectacle formidable. J'ai acheté quelques disques aussi. Mais je préférais le voir sur scène. Parce que je trouvais souvent les paroles un peu débiles[2]... »

C'est ce moment-là que ses parents choisissent pour se séparer. Nathalie a dix-sept ans et demi. Elle décide de quitter la France. Elle veut tenter sa chance à New York. L'idée lui a été soufflée par Charles, un étudiant de la célèbre université de Yale, l'héritier américain d'un empire de petits gâteaux secs. Sur place, elle se lasse de son prince charmant, mais pas de la danse. Pour subvenir à ses besoins, elle fait du baby-sitting et joue la fille au pair. Engagée par une compagnie itinérante, elle s'embarque pour une tournée de plusieurs mois à travers les États-Unis. Faute d'avoir pu obtenir la fameuse *green-card*, elle est contrainte au bout d'un an, au printemps 1968, de regagner la France.

De retour à Paris après quelques mois de tournée dans une petite troupe de danseurs, Nathalie abandonne les pointes pour le théâtre. Elle s'inscrit d'abord au célèbre cours Simon. Pour payer sa chambre, elle accepte tous les petits boulots. Elle se souviendra plus tard d'avoir été la lectrice de la femme de l'écrivain Paul Morand. Sa première chance, elle la décroche au théâtre avec Gérard Depardieu, en 1972, dans la pièce *Galapagos*. Elle souhaite encore se perfectionner. Elle entre au Conservatoire dont elle sort bientôt avec un second prix. Une semaine après, c'est la chance de sa vie : elle est engagée par François Truffaut pour jouer le rôle de la scripte dans *La Nuit américaine*. On la remarque, mais elle doit encore persévérer. L'ancienne dyslexique dévore les livres dont elle fait une razzia dans les librairies. Elle adore les romans, mais se découvre également une passion pour les correspondances. Pendant plusieurs années, elle partage la vie de Philippe Léotard. Le couple est uni jusqu'au jour de 1980 où la vie les sépare. Deux ans plus tard, ils se retrouveront partenaires, jouant un couple tumultueux et maudit lors du tournage de *La Balance*, réalisé par Bob Swaim. La prestation de Nathalie est saluée par un César en mars 1983.

Ce même soir, Johnny Hallyday se produit à Bruxelles. Sitôt la nouvelle connue, il achève sur les chapeaux de roues son tour de chant et embarque sur un avion privé qui le ramène à Paris. Lorsqu'il débarque au *Fouquet's*, où se déroule le dîner offert aux invités de la soirée, Nathalie paraît aux anges. Tout ce qu'il faut pour alimenter la rumeur qui a déjà fait du rocker son prochain mari. Y a-t-il réellement anguille sous roche ?

La presse *people* ne s'est pas trompée. Elle est même en retard sur l'événement. Deux mois après la remise des Césars, Johnny et Nathalie font la couverture d'un hebdomadaire à grand tirage qui évoque la future naissance du fruit de leur liaison amoureuse. Pour annoncer l'heureuse nouvelle, le couple a choisi le soleil et les eaux bleues des Caraïbes. « C'était le moment, pour Johnny comme pour moi. Pas de quoi en faire une tartine. Faire un enfant, c'est une façon de continuer la fête », déclare simplement Nathalie.

Afin d'attendre l'enfant dans les meilleures conditions, la comédienne accepte de faire une pause dans sa carrière. Un moindre regret. Elle estime qu'elle a beaucoup tourné, les derniers temps, et qu'elle peut s'octroyer un peu de repos. Pas question toutefois de devenir pour autant une femme inactive. Sa grossesse ? Pendant plusieurs semaines, Nathalie affirme avoir ignoré son état. Et de préciser : « Heureusement, car je suivais Johnny en tournée. Pendant deux mois, j'ai fait avec lui trois cents kilomètres par jour en voiture. Dès que nous arrivions, je restais sur scène à l'écouter. Je n'ai jamais été malade. Mais si ce bébé n'aime pas la musique, il y aura là quelque chose d'anormal[3]. »

Quelques mois plus tard, à l'automne 1983, Johnny va se produire au Palais des Sports avec *Le Survivant*, un spectacle inspiré de *Mad Max*. Pour « affûter » son projet, il a emmené son brain-trust à l'Alpe-d'Huez, à l'hôtel de la Ménandière, dont le propriétaire est l'un de ses amis. Une dizaine de personnes au total : les compositeurs, Jean Renard et Bruno Victoire ; les auteurs des textes, Pierre Billon et Patrick Larue. Long Chris, Claude Mulot et Alain Donat complétaient la petite troupe. D'emblée, la presse va se montrer enthousiaste : « Le grand prêtre s'avance face à son peuple fasciné pour célébrer le sacrifice. C'est vrai. Je le jure ! Johnny, ça marche et ça irradie. Pourquoi ? Je l'ignore, même si je sais que les médias remueurs de foule, ça existe. Dans la chanson, le spectacle, le sport, la politique, les sectes, les religions, partout[4] ! » s'exclame la plume fameuse d'un hebdomadaire. Cette baraka inspire d'autres pages dithyrambiques de critiques apparemment en mal de références culturelles. Le chroniqueur musical de *Libération* fait partie de ceux-ci lorsqu'il écrit dans un style plus proche de celui de la presse *people* que de celui, plus acidulé, auxquels sont habitués les lecteurs de Libé : « C'est un géant. Un pionnier. Un mythe. Indestructible. Moitié saint Georges, moitié dragon ! Un héros des temps modernes, transfuge de l'Heroic Fantasy. Entre Conan et Tulsa Doom, entre Mad Max et James Dean. Un mutant. L'ultime monstre sacré du Rock and Roll. Cette musique de voyou qui a imposé à un monde condamné ses règles et son langage. Jusqu'à la nausée. Jusqu'à l'overdose. Jusqu'au plaisir suprême[5] ! »

L'anecdote n'est pas oubliée : ce fut un spectacle grandiose mais très dangereux, se rappelle de son côté Alan Coriolan ; car son « Jojo », ou son « Jeannot Vacances », comme il l'a affectueusement baptisé, a bien failli y perdre un œil. Il raconte : « Au cours du spectacle, il se battait à coups de haches contre de vilaines brutes déchaînées. La cascade, périlleuse, était réglée au cheveu près. Les haches n'étaient pas très bien affûtées, mais elles n'en restaient pas moins de vraies haches, lourdes et difficiles à manier. Un soir, l'accident stupide et imprévisible : en s'abattant sur le bouclier d'un adversaire, le manche de la hache de Johnny s'est brisé. Un éclat de bois a volé et Jojo l'a reçu en plein visage. Quelques centimètres de plus et il restait borgne[6] ! »

La performance est d'autant plus remarquable que Johnny sort à peine de la convalescence où l'a conduit une mauvaise arthrose. Une opération de la hanche s'est même révélée nécessaire. Pour l'un de ses proches, le chanteur a payé là la fatigue de ses milliers de galas, de ses millions de kilomètres, de ses centaines et centaines de nuits sans sommeil.

De la famille de sa nouvelle compagne, il ne connaît jusqu'à présent que le père. « Claude est un homme et un peintre merveilleux. Je suis très ami avec lui... Lui, il a attendu que toute sa famille soit élevée pour se mettre à peindre... » À l'inverse, c'est grâce à Nathalie que Johnny revoit sa mère plus régulièrement qu'il n'en avait pris l'habitude : « Je ne l'avais pas vue pendant quelques années mais je la revois depuis mon dernier spectacle du Palais des Sports. Je l'y ai invitée et, depuis, on se voit. Ça faisait très longtemps que je n'avais pas dit « maman » au téléphone. Et j'aime bien. On a tous besoin d'une mère. Il paraît que les pires criminels, avant de mourir sur l'échafaud ou sous la torture, appellent leur maman. C'est normal, c'est humain. »

Le mariage ? Johnny et Nathalie n'en expriment le vœu ni l'un ni l'autre. Le risque est trop grand d'être à nouveau déçu. Et, de toute façon, tous deux estiment que le mariage ne sert à rien. « Si on veut se quitter, c'est pas ça qui va vous obliger à rester ensemble. Moi, je préfère vivre avec ma maîtresse qu'avec ma femme ! » s'exclame Johnny.

Avec la comédienne, il change de milieu. Cultivée, la jeune femme passe pour une intellectuelle et fréquente des cercles amicaux fort différents de ceux du chanteur. Comme Sylvie avant elle, la première chose à laquelle Nathalie est confrontée est précisément cette cour qui entoure le « roi Johnny ». Selon l'un de ses amis, Nathalie n'en revient pas. Elle n'avait jamais vu cela. Un entourage omniprésent, étouffant et enivrant à la fois. L'ère des copains et de la bande est-elle vraiment révolue ? Nathalie va-t-elle réussir avec « son Jojo », comme elle l'appelle affectueusement, là où Sylvie avait échoué ? Durant quelques mois, Johnny donne l'impression d'avoir renoncé aux interminables soirées en boîtes et aux virées avec les amis qui vivaient perpétuellement à ses côtés. Avec elle il décide même d'arrêter ce qu'il appelle « les *speeds*, la coke et la fréquentation des gars de la narine ». Pour son ami Michel Drucker, il était vraiment temps pour lui de remettre en cause ce véritable « gang » qui l'entourait jusqu'alors et dont les passe-temps favoris étaient faits d'intrigues, de rivalités et de conspirations. « L'unanimité ne se fait que sur une chose : il faut se rendre aimable au souverain, se rappelle Drucker. Avec Johnny, tellement confiant, tellement attaché à l'amitié, c'était enfantin. On ne compte plus, dans le milieu, les imprésarios-requins qui se sont enrichis sur son dos. Quant à tenter de dénombrer la cohorte de pique-assiettes qui vivaient à ses crochets, inutile de s'y aventurer, cela ferait trop ! C'était si facile : Johnny n'a jamais été homme d'affaires pour un sou, il gagnait des sommes folles, puis les distribuait avec la magnificence d'un maharadjah [...]. Évidemment, une prodigalité de ce type n'est pas longtemps passée inaperçue. Un cœur d'or pareil dans le show-business, cela attire les piranhas. D'autant plus que Johnny arrosait sans discontinuer. La fidélité est un mot sacré pour lui : les copains du square de la Trinité, les compositeurs de toujours auxquels il continuait à commander une chanson, les amis divers qui se sont agglutinés à lui au fil des années. C'était la Bande. Avec sa chaleur artificielle et son agitation perpétuelle, afin que jamais Johnny n'ait le loisir de faire le point. Résultat : à cause de la fatigue, de la peur de la solitude, ou pour fuir une déception qui l'aurait abattu, Johnny a mis des années à faire la part des choses : vingt-cinq ans ! Il lui aura fallu une génération pour s'arrêter, regarder derrière lui et voir que, depuis longtemps, il ne possédait plus sa vie. Ou plutôt il lui aura fallu rencontrer une femme[7]. »

De leur côté, les membres du « gang » maugréent dans leur coin. Ils assurent à qui veut bien les entendre que l'idylle ne durera pas et que les vieux démons ne tarderont pas à refaire surface.

Laura ou Gary ? Quarante jours avant sa naissance, Johnny et Nathalie ne veulent toujours pas connaître le sexe ni donc le prénom de leur futur enfant. Quand, le 15 novembre, on lui annonce enfin la nouvelle, le nouveau papa se dit bouleversé. Il se précipite à l'Hôpital américain de Neuilly et est le premier à prendre sa fille dans ses bras. Il le fait précautionneusement, presque timidement. Puis il s'enhardit. Il embrasse et câline Laura. Il apprend à chatouiller son petit menton pour y faire naître une fossette et s'en émerveiller. Il admire ses yeux bleus en amande. « Ceux de ma mère Huguette, les miens... »

Pour fêter l'événement comme il se doit, Johnny a retenu une table à la Tour d'Argent. Un dîner entre hommes : une demi-douzaine, parmi lesquels Jean-Paul Belmondo, Mort Schuman, Jean-Claude Camus et le fidèle Alan. Chaque verre est l'occasion d'un toast porté à Laura, se souvient ce dernier. Grands crus aidant, dont un Bordeaux Cheval Blanc 1954, l'ambiance ne tarde pas à s'échauffer. « Jean-Paul et Johnny étaient déchaînés, poursuit Coriolan. Ils se sont soudain mis en tête d'ouvrir la grande fenêtre du restaurant et de se suspendre à la hampe du drapeau qui flotte au-dessus de la façade ! Nous avons eu toutes les peines du monde à les en empêcher et à réveiller en eux le peu de raison qui leur restait. Certes, la cascade aurait été du plus bel effet, mais elle risquait de se terminer de façon dramatique[8]. »

Quelques semaines plus tard, Johnny raconte à la presse, en compagnie de Nathalie, son nouveau bonheur : « Notre bébé ne sera pas un enfant-gadget, annoncent-ils, et sa chambre ne sera pas une vitrine de Noël. » Le chanteur ne peut s'empêcher de se souvenir de la naissance de David. « Pour mon fils, j'étais trop jeune et je ne réalisais pas bien ce que cela représentait d'être père. Avec ma fille, je vais pouvoir enfin rattraper les occasions perdues la première fois. Je suis fou de joie. »

Un mois à peine après la naissance de Laura, Johnny et Nathalie font une nouvelle fois la couverture de *Paris-Match* qui publie en exclusivité les premières photos du bébé. Lorsqu'on lui demande de s'expliquer sur cette complaisance à l'égard des magazines de l'« actualité heureuse », Nathalie Baye affirme que cette exploitation médiatique de sa vie de couple est une concession indispensable, mais de prévenir : « Vous ne verrez plus ma fille Laura jusqu'à sa majorité[9]. »

De l'extérieur, Nathalie apparaît comme l'élément paisible et stable du couple. Comédienne sereine, sérieuse et appréciée, elle devient à ses côtés une star. Sous son influence, son incorrigible séducteur de compagnon semble s'être réellement assagi. Fini le bringueur insouciant d'une autre vie.

Pour l'année 1984, Johnny a accepté plusieurs rendez-vous musicaux importants, dont une participation à l'émission *Les Enfants du rock*. La sortie du précédent album *Entre violence et violon*, a donné à Antoine de Caunes, l'animateur de la célèbre émission, l'idée de réaliser un Johnny « *made in Tennessee* ». Pierre Billon a peaufiné l'histoire en proposant de faire chanter Johnny en duo avec les plus grandes stars US du rock et de la country-music. À cette fin, les deux hommes se sont envolés, au mois de décembre précédent, pour Nashville afin de convaincre les monstres sacrés de Music City et leurs agents. Au pays du dollar-roi, les *missi dominici* de Johnny savaient que l'affaire ne serait pas aisée. Pourquoi ces pointures accepteraient-elles de se produire avec un Frenchie totalement inconnu aux États-Unis ?

« Au petit jeu de l'éclaireur-démarcheur rock, Billon est imbattable », admet Johnny. En un mois, ce dernier a obtenu les autorisations de Carl Perkins, Tony Joe White, Don Everly, les Stray Cats et Emmylou Harris. Pour les premiers, le fils de la chanteuse Patachou n'a pas hésité à évoquer les futures royalties que le chanteur français ne manquerait pas de faire tomber dans leurs escarcelles. « Il leur a montré, relevé des droits à l'appui, que lorsque je chantais une chanson américaine en français, ça rapportait beaucoup d'argent à ses auteurs », explique encore Johnny.

Lorsque le Français débarque à son tour à Nashville, toutes les séances d'enregistrement ont été calées avec une précision d'horlogerie. Le choix des titres a été opéré d'un commun accord : *Blue suede shoe* avec Carl Perkins, *That's allright mama* avec les Stray Cats, *Polk Salad Annie* avec Tony Joe White, et *If I were a Carpenter* (Si j'étais un charpentier) avec Emmylou Harris. Johnny est terriblement impressionné par les présences successives, à ses côtés, de ces mythes vivants de la chanson américaine. Le discret Antoine de Caunes est aux anges. Bien entendu, il est continuellement présent lors du tournage des séquences qui alimenteront son émission. Il admire le professionnalisme du chanteur français : en deux heures, la voix de Johnny est en bobine.

De retour en Europe, Johnny et Nathalie s'envolent pour Tahiti afin de se reposer de leurs récentes et harassantes activités. Lorsqu'ils débarquent à l'aéroport de Fa, qui borde le lagon, un couple d'amis agents immobiliers les accueille avec les traditionnels colliers de coquillages et les guirlandes de tiaré. Le jour même, en fin d'après-midi, ils embarquent pour Bora Bora. Ils survolent les atolls émeraude, les bancs de sable presque transparents, les brisants ourlés d'écume. À bord du Fokker, le front contre le hublot, Johnny a une pensée pour Jacques Brel, le grand frère qui repose par là-bas, aux Marquises.

À Bora Bora, le couple s'installe au Club Méditerranée, dans le petit village de Veitape, niché sous les arbres à pain, les hibiscus et les cocotiers. Comme cela s'était passé quelques années auparavant en compagnie de Babeth Étienne, Johnny est à nouveau invité à déjeuner dans le *motu* (l'île) de Paul-Émile Victor. Les deux hommes poussent l'audace jusqu'à aller taquiner les thons lors d'une mémorable partie de pêche dont ils rentrent bredouilles. Nathalie semble enchantée par l'accueil que leur réservent la famille Victor et les Tahitiens. La veille de leur départ pour Paris, ils sont ainsi invités à la tahitienne pour chasser le *fiu* (cafard) du départ : poisson cru mariné dans du citron vert et du lait de coco, papayes à gogo, flots de punch et parfum entêtant des couronnes de fleurs de frangipanier. À la fin de la soirée, John Capilou, chanteur célèbre en Polynésie, entonne un tamouré. Johnny mêle sa voix au son lascif du ukulélé.

De retour en France, un autre « redoutable » bonheur attend le rocker : par l'intermédiaire de Nathalie Baye, Jean-Luc Godard le contacte pour tourner dans son prochain film !

21

En attendant Godard

Johnny se montre d'abord circonspect. Cette association avec le cinéaste de la nouvelle vague, réalisateur de films explorant les méandres de la recherche cinématographique, lui apparaît même, un temps, un tantinet incongrue. Mais il doit se rendre à l'évidence : la proposition est tout à fait sérieuse.

La rencontre est due en partie au hasard, en partie aussi, à Nathalie Baye qui fut la première à être sollicitée par l'auteur de *La Chinoise*. « Ce jour-là, c'était un samedi, Godard avait rendez-vous avec Nathalie, me raconte Johnny. J'étais allé la rejoindre à Genève en compagnie de Laura. Elle y tournait alors *Notre Histoire*, avec Delon. Elle me dit : « Demain on déjeune avec Godard », en insistant pour que je l'accompagne. Sur place, je salue Godard, qui me répond à peine. Pas davantage bavard avec moi au cours du repas qui suit. Le lendemain, je suis de retour à Paris avec Laura. Quinze jours plus tard, le téléphone sonne : « Allô, Johnny Hallyday ? C'est Jean-luc Godard. » Je suis surpris. Il continue : « Je voudrais que vous soyez dans le film que j'ai proposé à Nathalie Baye. Pourrais-je vous voir ? » Nous nous donnons rendez-vous le lendemain dans un restaurant parisien. Une fois assis, il commande une sole vapeur. « Voulez-vous aussi une sole vapeur ? » me demande-t-il. J'accepte. Les minutes s'écoulent. Il ne me dit pas un mot. Il mange. À la fin du repas, il s'adresse enfin à moi avec son accent traînant : « C'était bon, non ? » Je lui réponds : « Oui, c'était bon. » Puis il reprend après un court silence : « Bon, alors on commence dans quinze jours. Au revoir. » Et c'est tout. Comme vous le voyez, nos premiers échanges n'ont pas été franchement délirants [1] ! »

Malgré le titre évocateur, Godard se défend de vouloir tourner un polar. Il n'en a jamais fait. *Détective,* dans son esprit, serait plutôt un film d'atmosphère. L'histoire ? Johnny incarne un entraîneur de boxe qui espère en la victoire de son poulain afin d'éponger les dettes qu'il a contractées auprès de la mafia.

Les premières scènes sont tournées dans le cadre de l'hôtel Concorde, près de la gare Saint-Lazare, tout près du square de la Trinité, quartier-fief de Johnny adolescent. De l'ambiance qui règne sur le plateau le comédien-chanteur ne garde que de bons souvenirs : « Godard a toujours été charmant avec moi, ce qui n'est pas le cas avec tout le monde. Il n'est pas très bavard, c'est vrai. Il ne donne pas d'indication de tournage, il vous indique les places, c'est tout : « Faut être à cet endroit pour la caméra », etc. Mais il ne vous fournit pas vraiment d'indications. « Dis ton texte et puis joue-le [2]." »

Godard, de son côté, se déclare satisfait de la présence du compagnon de Nathalie Baye dont le jeu lui rappelle celui de Clint Eastwood. Il estime que Johnny a parfaitement su jouer, sans penser le moins du monde à sa casquette de chanteur-star. En réalité, le cinéaste n'a guère épargné son comédien. Il semblait déterminé à réussir là où tous les autres metteurs en scène avaient échoué. « Il m'a mis tout le temps en porte-à-faux, alternant les compliments et les critiques les plus acerbes. Un jour, il me dit : « À toi tout seul, tu es un opéra. Un opéra-rock ! Joue sur scène comme dans ta vie, sois insaisissable, inimitable ! » Puis le lendemain, il me lâche quatre mots secs : « Tu es à chier ! » Dix minutes après, il sourit comme un môme... Un sourire à faire fondre ! Je lui pardonne tout... Même d'avoir tenté de semer la zizanie entre Nathalie et moi, pour les besoins du film ! »

La réalité, là encore, est quelque peu différente. Le grincheux réalisateur estime que la présence du couple sur le plateau était finalement une fausse bonne idée : « Si ç'avait été quelqu'un d'autre que Nathalie, ç'aurait été encore mieux, pas du tout à cause d'elle, mais à cause des rapports qu'ils ont entre eux ; mais là, c'est ma faute de les avoir choisis tous les deux[3]. »

Johnny ne partage pas du tout le sentiment du réalisateur. Malgré ses craintes, il reconnaît que sur le tournage, sa compagne redevenait une simple comédienne. Lorsqu'il se retrouve le soir dans son intimité, le couple se refuse à évoquer le travail accompli dans la journée.

Quoi qu'il en soit, Johnny ne sort pas indemne du tournage : « Quand on sort d'un film avec Godard, tout paraît dérisoire », admet-il. Et de s'interroger cependant sur l'impact d'une telle œuvre sur « son » public.

Pour l'heure, le film est attendu avec impatience à Cannes où il doit être projeté dans le cadre de la compétition officielle du Festival. Comme il fallait s'y attendre, l'arrivée du chanteur sur la Croisette provoque une mini-émeute. La limousine noire qui transporte le couple de comédiens est rapidement cernée par des admiratrices déchaînées qui laissent sur les vitres de la voiture, selon la tradition, l'empreinte de leurs lèvres en forme de cœurs rose baiser. L'accueil réservé à leur metteur en scène est en revanche plus burlesque : il est la victime d'un entartage à l'issue d'une projection réservée aux journalistes. L'auteur de ce crime lèse-réalisateur est un humoriste contestataire belge familier de ce type de provocation.

Un malheur ne venant jamais seul, *Détective* est sifflé à plusieurs reprises par le public. Les journalistes admettent cependant que Johnny est un acteur plutôt convaincant. « La force, l'efficace naïveté avec laquelle il interprète ce manager à bout de souffle donnent au personnage un fond et une crédibilité inhabituels. Le visage anguleux, la voix grave, le calme du jeu et l'attention à ses partenaires le placent dans un registre de sincérité auquel renoncent souvent les acteurs trop professionnels[4]. »

Malmené par la presse, boudé par les spectateurs, *Détective* ne touchera qu'un public restreint. Les craintes de Johnny n'étaient pas infondées : ses fans ne cacheront pas leur déception. « On y allait pour voir Johnny Hallyday flinguer tout le monde, et, finalement, c'est lui qui se fait flinguer ! » se désole l'un d'eux qui admet également s'être copieusement ennuyé devant les interrogations godardiennes. La star n'est pas franchement surprise. En tournant un film de Godard, Johnny savait qu'il ne faisait pas *Les Spécialistes*, une production commerciale récente conçue pour faire des entrées. Cela étant, il est formel : *Détective* est un bon film dont on parlera encore dans quelques années.

Une carrière au cinéma ? Johnny la souhaite. Il pense être parvenu à un stade de maturité qui lui permet d'être crédible : « Il y a des personnages qui ont besoin d'atteindre la quarantaine pour avoir des rôles intéressants. À vingt ans, j'étais trop jeune pour le cinéma. Mon physique était trop marqué par le music-hall, par l'« idole des jeunes », la guitare, les routes et tout ça… C'est avec l'expérience qu'on devient disponible. Pour faire passer la tristesse, la joie, le désespoir, la tendresse, il faut les avoir vécus, il faut avoir pleuré dans sa vie… » Il regrette d'autant moins d'avoir fait ce film, en tout cas, qu'on ne va pas tarder à lui apporter d'autres propositions de scénarios.

Entre-temps, Johnny doit impérativement se refaire une santé. Lors de son dernier spectacle au Zénith, à Paris, le chanteur s'est écroulé sur scène, victime d'une syncope. « J'ai refusé de tenir compte des avertissements de mon corps : douleurs à la hanche et aux deux jambes, fatigue, nerfs à fleur de peau… », se souvient-il. Son hospitalisation est prétexte à des rumeurs plus ou moins folles : on parle d'une hépatite virale, puis d'une maladie du pancréas, du foie ou des reins. Pour en avoir le cœur net, le rocker se fait réaliser un check-up complet à l'Hôpital américain de Neuilly. L'évidence s'impose : le patient fait de l'hypoglycémie. Son accident sur la scène du Zénith, dû au surmenage, est révélateur d'une immense fatigue. Auprès de Nathalie et de Laura, Johnny, pâle et amaigri, reprend des forces. Il accepte de passer des vacances dans la Creuse où la comédienne possède une maison.

Dans les jours qui ont suivi son hospitalisation, Johnny a reçu de nombreux courriers de soutien. De fans, bien sûr, mais aussi, et à sa grande surprise, d'hommes politiques. Parmi ces derniers, Jack Lang et Laurent Fabius. Johnny apprécie, mais n'est pas dupe : « Fabius est venu me voir au Zénith. Il est venu jusque dans ma loge. C'est un garçon très sympathique, ce qui ne me fera pas changer d'opinion pour autant. »

Des projets ? Johnny aimerait continuer à tourner des films. À apprendre le métier d'acteur. L'un des metteurs en scène qu'il recherche est Pierre-William Glenn ; il a trouvé « génial » son dernier long-métrage.

Malgré son enthousiasme, les premières discussions autour d'un projet tournent court. Par ailleurs, de nouveaux enregistrements l'attendent à New York.

Le chanteur n'est pas seul lorsqu'il débarque dans la ville mythique. Michel Berger l'accompagne. La rencontre entre les deux hommes a été organisée quelques mois auparavant par l'intermédiaire de Nathalie Baye et de Jean-Claude Camus. « Johnny connaissait un passage difficile, se souvient ce dernier. On cherchait des idées et on a pensé qu'une rencontre Berger/Hallyday serait formidable. Michel est donc venu voir son spectacle au Zénith, on a organisé un dîner, et le courant est passé. Pour n'importe quel auteur-compositeur, c'est un challenge fabuleux de travailler pour Hallyday[5] ! »

Johnny connaît bien entendu, depuis le temps des « yé-yé », ce chanteur et compositeur particulièrement doué, auteur de plusieurs « tubes » pour sa femme France Gall, et de la célèbre comédie musicale *Starmania*. À un proche il avait même confié qu'il avait assez peur de lui. Mais, au cours du dîner organisé par Nathalie Baye, les deux hommes sympathisent. « Je suis rentré chez moi et, dans la nuit, j'ai composé *Le Chanteur abandonné*, raconte Michel Berger. Je me suis dit que, s'il aimait ça, on pouvait travailler ensemble. » Le lendemain, Johnny écoute la composition que lui interprète Berger. Il craque et dit oui : « J'en avais marre de chanter toujours les mêmes mots usés... Je voulais du vrai. Et cette chanson-là, c'était de l'authentique ! » Ensemble, les deux artistes vont travailler cinq mois. « D'abord, on s'est enfermés tous les deux et on a parlé de la musique, des femmes, de la vie. Comme si on écrivait un film. Il faut bien connaître les gens pour leur écrire des paroles. Je lui ai fait écouter des trucs que j'appréciais. Il m'a fait entendre des chansons qu'il aimait. Je lui ai passé un livre sur Tennessee Williams... »

Travailler avec Johnny n'a pas été difficile pour Michel Berger : « On a la même passion pour notre travail, et j'ai rarement rencontré quelqu'un qui bosse autant que lui. C'est insensé ! Ce n'est pas quelqu'un qui se préserve ou s'économise. On a mixé pendant des centaines et des centaines d'heures. » Johnny sage et studieux ? « J'ai vécu cinq mois avec un homme irréprochable. Pas une goutte d'alcool, même dans un baba au rhum… Une vie d'un équilibre total. La seule chose qui m'a frappé, c'est à quel point il est seul. Très seul… »

Si Michel Berger va sans nul doute permettre de redynamiser la carrière de Johnny Hallyday avec l'album *Rock'n'roll attitude* – comprenant entre autres : *Le Chanteur abandonné* et, surtout, *Quelque chose de Tennessee* – il faut aussi reconnaître que « le compositeur n'a pas toujours été aussi inspiré[6] », confie Jean-William Thoury. Et le critique musical du magazine *Juke boxe* de citer un titre intitulé *La Blouse de l'infirmière*, dont les vers peuvent en effet laisser rêveur : *Sur ses hanches y a une phrase écrite : Pas dépasser la dose prescrite…*

Comme Johnny en a dorénavant pris l'habitude, les nouveaux arrivants remplacent de futurs partants. À la fin du Zénith, la première victime de la nouvelle purge est Pierre Billon. C'est à Jean-Claude Camus que le chanteur demande de lui annoncer la mauvaise nouvelle et de lui remettre en mains propres sa lettre de licenciement. Dans l'incessante poursuite du toujours mieux faire, Johnny admet qu'il ne pouvait faire autrement et que les séparations d'avec des collaborateurs devenus souvent des amis le peinent : « Je n'aime pas l'idée de blesser et je préférerais de loin un monde harmonieux. Mais j'ai appris que la vie n'est pas faite ainsi. »

29 mai 1985 : Johnny est reçu à l'hôtel de ville de Paris par Jacques Chirac qui tient à lui remettre personnellement la plaque du bimillénaire de Paris. L'occasion, pour le futur président de la République, de dire tout le bien qu'il pense du chanteur, dans un style quelque peu ampoulé : « Le phénomène Hallyday traduit une réalité bien française, contemporaine d'une époque où des millions de jeunes veulent non pas rompre avec l'ordre établi, mais prendre la place qui leur revient sur l'échiquier social. »

Malgré l'estime qu'il porte à l'homme Chirac, Johnny accepte de se produire trois mois plus tard à la Fête de l'Humanité. Une prestation que savoure Costa-Gavras, le réalisateur du prochain film du comédien-chanteur, intitulé *Conseil de famille*.

L'idée est venue à Costa-Gavras le soir de la projection à Cannes de *Détective*. Les deux hommes dînent ce soir-là dans le même restaurant situé au bout de la célèbre Croisette, non loin du Palm Beach. « Je venais de terminer l'écriture du script. Johnny était assis là. Je me suis dirigé vers lui et je lui ai dit que j'avais beaucoup aimé ce qu'il avait fait dans le film de Godard. Je lui ai parlé de mon projet. Il m'a proposé de nous rencontrer dès notre retour à Paris[7]. » Johnny se montre plutôt flatté par la proposition. Il apprécie l'œuvre du brillant metteur en scène dont il a vu la plupart des films. Parmi eux, *Compartiment tueurs* qui a d'ailleurs été à l'origine de leur première rencontre. « C'est exact, me confirme le réalisateur de Z. Nous avions fait connaissance à l'issue d'une projection publique, au Vieux-Normandie, de mon premier long-métrage. Ce jour-là, je me trouvais en compagnie d'Yves Montand qui y interprète le rôle principal. Nous aimions nous rendre compte par nous-mêmes des réactions des spectateurs. Nous nous trouvions dans un coin de la salle lorsque Montand a tout à coup aperçu Johnny qui se trouvait alors en compagnie de Sylvie. Yves l'a appelé en lançant un : « Hey Johnny ! » Puis, après avoir fait les présentations, il lui a demandé son avis. Johnny lui a naturellement fait des compliments. Cette première rencontre a été furtive, mais je me suis aperçu qu'il était cinéphile, car nous avons évoqué quelques films pas forcément connus du grand public[8]. » Le réalisateur de *L'Aveu* connaissait lui aussi la filmographie du chanteur, qu'il appréciait à quelques nuances près : « Je l'avais surtout vu dans des films de cow-boys et autres bluettes. Mais je l'ai vraiment découvert dans *Détective*. Là, je l'ai trouvé vraiment bon. J'ai vu quelqu'un avec un regard, une présence cinématographique, qui n'est pas celle du théâtre. Cette présence on la relève principalement à travers les silences. À partir de là, je me suis dit qu'il y avait chez lui quelque chose d'important à exploiter. Comme j'avais un personnage tout à fait à l'opposé de ses rôles habituels de chanteur, j'étais convaincu qu'il était capable de le jouer[9]. »

Le scénario que Costa-Gavras propose à Johnny dans les semaines qui suivent leur retour à Paris est inspiré d'un roman de Francis Ryck. Il raconte l'histoire d'un professionnel du cambriolage, spécialisé dans les coffres-forts des villas huppées. Le ton que souhaite imposer le réalisateur navigue entre rire et émotion.

Avant le premier tour de manivelle, Johnny rencontre à plusieurs reprises sa partenaire féminine, Fanny Ardant. La comédienne ne lui est pas inconnue. C'est une grande amie de Nathalie, mais l'occasion d'une réunion ne s'était jamais vraiment présentée. C'est Costa-Gavras qui jouera les maîtres de cérémonie : « J'ai organisé un dîner au Coq Hardi. Au début, ils étaient réservés, puis ils se sont décontractés petit à petit. Fanny était très ouverte, Johnny aussi. » L'autre partenaire de Johnny est Guy Marchand. Les deux hommes se connaissent depuis plusieurs années. Johnny se dit ravi de travailler en sa compagnie. Il admire le personnage pour son talent et sa générosité.

Pour les scènes extérieures de son film, le réalisateur a porté son choix sur la région parisienne, du côté du pont de Nanterre où il a appris que des bâtiments étaient voués à la démolition. Le décor quelque peu *destroy* séduit Johnny. Costa-Gavras, comme il en a l'habitude avec ses comédiens, ne fait que très peu travailler avant le tournage. En revanche, il s'entretient longuement avec eux. Son premier objectif est de les mettre d'abord en confiance et de créer une certaine ambiance. Par la suite, au fur et à mesure du tournage, les répétitions s'accélèrent. Le metteur en scène est rapidement rassuré sur les qualités d'acteur de l'interprète de *Que je t'aime*. Johnny. « On répétait le samedi ou le dimanche, lorsqu'il y avait des scènes difficiles, poursuit le réalisateur. Parfois chez lui, à la campagne, à Grosrouvre. Je me suis aperçu qu'il était entré rapidement dans la peau du personnage : un père de famille avec une femme, qui faisait un boulot dans lequel il n'excellait pas. Bref, un personnage qui était tout le contraire de Johnny. »

La dimension mythique du chanteur ? Costa-Gavras ne l'ignore pas, mais l'occasion lui sera donnée de la vivre par lui-même. « On a fait une tournée pour présenter le film. Johnny était embarqué dans un petit avion privé qui le baladait un peu partout. Je me souviens qu'à chaque fois, à l'arrivée et au départ de l'avion, il y avait une énorme foule de gens de tous âges qui étaient là depuis des heures à l'attendre. »

Lors de sa sortie au printemps 1986, *Conseil de famille* est diversement accueilli par les critiques. La prestation de Johnny est toutefois saluée. Le comédien-chanteur est particulièrement sensible aux compliments que tient à lui adresser par écrit Yves

Montand : « J'ai vu le film de Costa-Gavras dans lequel tu joues. Ce qui m'a d'abord frappé, c'est ton côté Gary Cooper jeune... »

L'enthousiasme de l'interprète du *Salaire de la peur* est loin d'être feint, confirme Costa-Gavras : « Après la projection privée du premier montage, Montand m'a dit : « Johnny est formidable ! » Il avait été particulièrement ému par l'extraordinaire vulnérabilité qui se dégageait de lui et qui, en même temps, ne lui retirait rien de sa virilité. C'est vrai qu'il y avait chez lui cette forme de vulnérabilité. Johnny était le roi du monde sur une scène, mais tout d'un coup, là, il a réussi à avoir des moments de tristesse, de désespoir, d'être vraiment acteur. Il a su rompre avec la bête de scène qu'il était. La caméra n'aime pas beaucoup ce type de personnage triomphant. Ils sont bons sur scène, mais pas au cinéma. Johnny, lui, a réussi les deux[10]. »

Comme pour *Détective*, les fans du chanteur traînent des pieds pour se déplacer vers les salles obscures. « Johnny acteur ne les intéresse pas, et, à partir de là, pour Johnny chanteur, le choix était tout tracé, reprend Costa-Gavras. Il a une popularité dans un monde qui croit profondément en lui. Ce sont plus que des fans : Johnny est devenu pour la plupart d'entre eux un véritable gourou. Une phénomène étonnant, lorsqu'on connaît l'homme qui est la simplicité même, et d'une grande humanité. » Rien de comparable, selon lui, avec l'admiration que suscitait l'ami Yves : « Montand n'a jamais engendré ce même engouement des foules. Il était très populaire, mais c'était basé sur d'autres données. Yves a toujours eu dans la société un rôle plus près du social, du politique. Johnny, lui, est une idole. En face de chez moi, j'ai un ami fleuriste prénommé Philippe, qui est l'un de ses fans les plus fervents. Il va à tous ses concerts, il est allé à Las Vegas et m'a raconté les problèmes rencontrés sur place par son idole. Il était presque en larmes. Il était malheureux pour lui. Et pourtant, Philippe est un homme d'affaires moderne. Johnny a créé une sorte de familiarité assez étonnante. Peut-être parce qu'il touche d'autant plus les gens qu'il les aime d'un grand amour[11]. »

Les rapports de Johnny à la politique ? Le réalisateur engagé admet que le thème du film ne se prêtait pas à des débats idéologiques. Il se souvient en revanche qu'au cours des pauses, certains sujets sérieux liés à l'actualité du moment pouvaient être parfois abordés, mais les échanges tournaient rapidement court. « Il s'échappait très vite dans la dérision. Guy avait aussi une ironie terrible. Fanny est une rieuse. Cela faisait un ensemble qui n'attirait pas les discussions de ce type. Je ne voulais pas non plus leur imposer cela. »

Conseil de famille commence à être projeté sur les écrans lorsque Johnny signe avec Pierre-William Glenn pour un nouveau long métrage : *Terminus*, le projet qui lui tenait à cœur depuis si longtemps. Un film d'aventure dont l'histoire, à la limite du fantastique, excite beaucoup le comédien-acteur. L'enjeu en est la vie d'un homme qui conduit un camion à travers le désert. D'autres camions le trouvent et l'empêchent d'arriver en tête au point de rendez-vous. Pour incarner Manchot, le héros justicier de la fiction, Johnny s'impose une nouvelle tête en se coupant les cheveux en brosse et en les teignant en blanc. Il s'entraîne aussi avec intensité afin de pouvoir réaliser lui-même les nombreuses cascades prévues par le scénario, dont le tournage commence bientôt en Hongrie.

À l'occasion de son quarante-troisième anniversaire, l'équipe offre au héros du film une soirée folklorique avec vodka, goulash et orchestre hongrois. Karen Allen, sa partenaire, l'aide à découper la pièce montée. Nathalie et Laura lui ont envoyé un télégramme, malgré certaines rumeurs laissant entendre que le couple commencerait à battre de l'aile.

L'apparente bonne humeur qui règne lors du tournage ne permet pas de sauver le film qui va se transformer, lors de sa sortie, en un échec commercial cuisant. Johnny maugrée dans son coin. Il a la désagréable impression de s'être fourvoyé dans cette aventure cinématographique. Il n'est toutefois pas homme à se défausser. Que ce soit au cinéma ou dans la chanson, il a l'habitude d'assumer ses échecs. « Quand on se tape des bides, c'est qu'on est moins bien, assure-t-il. J'ai vécu ça en 1966 et en 1972, notamment. »

De retour en France, il se retrouve sous l'œil d'une autre caméra : celle de Bernard Schmitt qu'il a sollicité afin de réaliser une série de clips de l'album *Rock'n'roll attitude*. C'est d'abord la mise en boîte de *Quelque chose de Tennessee*, dont l'introduction est lue par Nathalie Baye. En l'occurrence, il s'agit d'un extrait de la fin de l'œuvre de Tennessee Williams, *La Chatte sur un toit brûlant* : « *À vous autres, hommes faibles et merveilleux qui mettez tant de grâce à vous retirer du jeu, il faut qu'une main posée sur votre épaule vous pousse vers la vie…* »

Pour de nombreux admirateurs de l'idole, le clip reste l'un des plus célèbres et des plus réussis de Johnny. Une réussite que le chanteur doit en large partie à sa talentueuse réalisation. « Comme je ne voyais pas ce que je pouvais faire sur l'écrivain Tennessee Williams, j'ai décidé de filmer dans l'esprit du cinéaste Elia Kazan : noir et blanc, prolo fatigué, errance, rencontre », explique le cinéaste. « Contrairement à ce que les images laissent croire, le tournage ne s'est pas déroulé aux États-Unis, mais dans la région de Brétigny-sur-Orge, petite ville de l'Essonne », explique encore Schmitt, agréablement surpris par la faculté d'adaptation de son acteur : « Il acceptait de se retrouver dans des conditions un peu précaires, car je l'ai emmené au fin fond des banlieues les plus tristes, les plus grises, les plus froides. Je me demandais à chaque fois comment il allait réagir. Il a émis quelques petites remarques sur les endroits où je l'attirais, mais toujours en rigolant. D'ailleurs, il est persuadé que je vis dans ces banlieues[12]. » Un bémol, toutefois, tient à souligner le réalisateur, concernant l'arrivée tardive et systématique de son comédien sur le plateau. Une heure de retard en général. D'où l'idée de le convoquer plus tôt. « Ça a assez bien marché jusqu'à la dixième fois où, conscient de la manœuvre, il a fait exprès d'arriver à l'heure, alors que rien n'était prêt, évidemment juste pour le plaisir de me balancer : « Pourquoi tu me fais toujours la remarque comme quoi je suis en retard ? Tu vois, lorsque je suis à l'heure, rien n'est prêt ! » Ce qui lui a fourni par la suite des bonnes excuses pour les quinze retards à venir[13]. »

À la fin de cette même année, alors que *Rock'n'roll attitude* récolte un grand succès, dépassant les frontières du public habituel du chanteur, Johnny embarque avec Nathalie pour passer les fêtes à l'île Maurice. Malgré les rumeurs persistantes de désaccord, le couple affirme vivre en parfaite harmonie. Ignorent-ils vraiment qu'il s'agit de leurs dernières vacances en amoureux ?

CINQUIÈME PARTIE

LES JEUNESSES (1986-2003)

22

Karen, Gisèle et les autres

Depuis plusieurs semaines, la rumeur circule dans les salles de rédaction parisiennes. Puis une radio périphérique l'annonce : « Rien ne va plus entre Johnny et Nathalie[1]. » Deux hebdomadaires relaient l'information en s'interrogeant sur les raisons profondes de la rupture de ce « couple magique et émouvant ». La nouvelle n'est pas erronée ; mais les conditions de la séparation du couple après quatre ans et demi de passion partagée ne sont pas celles contées dans les gazettes. Pas de heurts, pas de violences. « Une séparation à l'amiable », m'affirment des proches du rocker.

Les raisons de la rupture d'un amour apparemment sans ombre et sans faille ? Nathalie s'en explique bientôt dans la presse : « En quatre ans et demi, Johnny et moi nous avons vécu une vraie histoire d'amour. D'autres couples le font sur une durée plus longue : dix ans, quinze ans. Cette histoire était si intense, si magique que nous nous sommes crus plus forts que tout. Nous nous sommes trompés. Nous n'étions pas les plus forts. La pression sur nous a été tellement violente que nous avons abouti à une rupture. La pression du travail. Des angoisses conjuguées de deux artistes. Le fait est que nous étions tous deux des personnages très publics. Nous vivions dans un tel tourbillon… Nous avions oublié qu'une histoire d'amour est très fragile et que, pour la faire durer, il faut se montrer très vigilants. Nous enchaînions, lui spectacle sur tournée, moi film sur film, puis nous avons fait des films ensemble, et il fallait aussi se consacrer à la promotion des tournées, des spectacles, des films… Pour faire durer notre histoire, il aurait fallu que nous soyons très patients[2]. » L'initiative de la rupture ? Elle s'est décidée d'un commun accord, poursuit la comédienne : « À la vérité, je ne sais pas ce que Johnny m'a apporté. De l'amour, sans doute, pendant ces quatre années. Et une très jolie petite fille. Pour le reste… En fait, c'est très difficile à dire. Je n'en suis pas encore au stade de l'album de photos. Je ne fais pas de bilan. »

Pour sa part, Johnny évoque sa séparation comme une sorte de fatalité. Il se refuse toutefois à une rupture brutale et affirme qu'il continuera à entretenir des relations de bonne intelligence avec son ancienne compagne : « Elle est la mère de ma fille Laura et le restera toujours, au même titre que Sylvie est la mère de mon fils. » Lorsqu'on lui demande s'il considère qu'exercer le même métier nuit forcément à une vie de couple équilibrée, il s'explique en ces termes : « Je crois tout simplement que si l'on vit avec quelqu'un qui ne fait pas ce métier, il ne vous comprend pas et ça ne marche pas. Mais si l'on vit avec quelqu'un qui fait le même métier, on a les mêmes problèmes, les mêmes angoisses, et on n'a plus personne sur qui s'appuyer. Finalement, il n'y a pas de solution. »

Il faut quelques semaines à peine à Johnny pour cicatriser les affres de la séparation. Son baume au cœur a pris la forme d'une jeune comédienne que le chanteur a récemment rencontrée en Hongrie lors du tournage de *Terminus*, Karen Allen, vedette quelques années plus tôt des *Aventuriers de l'Arche perdue*, de Steven Spielberg. « Elle est merveilleuse, je l'aime beaucoup, confie alors Johnny. C'est une actrice formidable. J'adore travailler avec elle. C'est vrai que nous avions une scène très sentimentale à tourner pendant trois jours dans le cachot d'une prison et que, lorsque le metteur en scène a dit : « Coupez ! », nous avions un peu perdu le contact avec la réalité. »

Depuis sa rupture avec Nathalie, Johnny n'a toujours pas trouvé d'appartement. Il vit à droite et à gauche, sans vraiment être chez lui. Pendant cinq mois, il habite chez son copain Long Chris, il partage un peu sa vie de famille et se fait choyer. Heureuse coïncidence : l'ami de toujours est en train d'achever la rédaction de son livre de souvenirs, *Johnny à la cour du roi*. Saisissant l'opportunité, il se propose d'ajouter un hommage que son « poteau » tient à rendre à son ancienne compagne : « Tout ce que j'ai en moi, c'est Nathalie qui l'a développé : ma culture, mon amour, mon esprit. Elle m'a tout montré, elle a tout allumé. Tu te rends compte qu'elle a fait de moi un homme[3]... » Il ne désespère pas non plus de pouvoir se retrouver rapidement sur le même plateau que la comédienne.

Son regain d'intérêt pour le cinéma n'est pas feint. Dans les semaines qui suivent sa séparation, Johnny commence à travailler sur le scénario que lui propose le cinéaste Jean Marbœuf, une adaptation d'un ouvrage de David Goodis, *Cassidy's Girl*, dont les droits sont alors détenus par une amie du cinéaste.

Les deux hommes se rencontrent par l'intermédiaire du chanteur Guy Marchand lors d'une projection privée de presse. La première séance de travail se déroule chez Marbœuf, rue Bourdaloue, dans le IXe arrondissement. L'appartement, un modeste trois-pièces situé au cinquième étage, est sobrement meublé. Pour passer la porte d'entrée, Johnny est obligé de baisser la tête. Au réalisateur de *Pétain* et de *Temps de chien*, son visiteur apparaît comme un personnage touchant et décalé par rapport à l'image qu'en véhiculent trop souvent les médias. « Il entre. On discute. Tout à coup, il porte son regard sur mes espadrilles et me dit : « Elles sont vachement bien, tes espadrilles ! T'as de la chance. » Je lui réponds que ce n'est pas un problème, que je m'en vais lui en offrir dès le lendemain une paire. Il lève les yeux et m'explique : « Ce n'est pas ça. Je ne peux pas mettre des espadrilles. Pour mon image de marque, je suis obligé de porter des santiags, et tu ne peux pas savoir comme j'ai mal aux pieds[4]" ! »

Jean Marbœuf poursuit : « Un autre soir, il arrive. Je mets un disque de Jacques Brel. Il me dit :

— Arrête ça, arrête ça !

— Tu ne l'aimes pas ?

— Non, au contraire, c'est lui que j'aurais voulu être ! »

Un autre jour, l'agent artistique Dominique Besnard se propose de l'emmener à la générale d'une pièce, et confie les invitations à Marbœuf. En fin d'après-midi, Johnny téléphone au cinéaste :

« Tu as bien les places, tu as bien prévenu que nous venions ?

— De toute façon, ta seule présence devrait nous permettre d'entrer sans difficultés ! »

Et Marbœuf d'expliquer : « Il ne se rendait pas compte du mythe qu'il représentait. C'est un personnage comme ça, étrange. Il débarquait vers huit heures du soir, mais on ne savait jamais à quelle heure il allait repartir. Il arrivait avec une bouteille de whisky et repartait dans un certain état. Je lui demandais ce qu'il allait faire. Il me répondait : « Je ne sais pas. Je vais prendre ma moto et faire le tour du périphérique[5] !" »

Les séances de travail entre le cinéaste et le chanteur vont s'étaler sur une année. Au départ, Johnny tente d'imposer son idée du personnage qu'il souhaite jouer à la manière de Paul Newman, l'une de ses idoles. Marbœuf lui conseille de l'interpréter plutôt et plus simplement à la manière de Johnny Hallyday, sans se forcer à imiter quiconque. Le comédien-chanteur n'est pas franchement convaincu. Mais d'autres divergences ne tardent pas à se faire jour. Marbœuf aurait aimé situer l'action dans un port comme Ostende, mais Johnny insiste pour qu'elle se déroule dans le Midi, afin de coller au plus près du livre. Pour lui donner la réplique, le réalisateur songe à Caroline Cellier, mais le comédien-chanteur et son agent Besnard lui disent préférer la pulpeuse Béatrice Dalle. « Au bout d'un moment, j'en ai eu marre et j'ai laissé tomber », me déclare le cinéaste indépendant, parfois déçu par l'homme. « Il n'a pas d'avis formel sur les choses, reprend-il. C'est un velléitaire. C'est le dernier qui a parlé qui a raison. » Un jugement sévère qu'il nuance en m'affirmant avoir découvert un personnage hors normes chez qui il a cru déceler une grande solitude et une véritable désespérance : « Son désespoir se manifeste lorsqu'il a besoin de minettes, quand il passe d'un appartement à un autre... » En même temps, le cinéaste est le confident privilégié de rares aveux. « Un jour, il m'a dit : « Dès que je tombe sur une nana, je suis obligé d'assurer, d'être l'étalon. C'est chiant ! On ne peut pas se coucher, être simplement câlins, se faire des petits bisous. Je suis toujours obligé d'assurer sexuellement ! » » Et Marbœuf d'analyser : « C'est une angoisse, pour un mec. Il traîne une réputation d'étalon. Obligatoirement il l'est. Il doit bander toute la nuit. Alors que lui, ne rêve que d'une chose : regarder la télé en pantoufles. On exige de lui ce genre de chose. Il essaie de les donner, et quand il ne donne pas, ça peut faire mal. C'est finalement un grand faible[6]... »

Cassidy's Girl n'est pas le seule production cinématographique avortée de Johnny. Parmi les autres projets qui n'aboutissent pas, il est intéressant de signaler un long-métrage sous la direction de Maurice Pialat, et *Les Amitiés rebelles* qu'envisageait de lui faire tourner Gérard Blain, le réalisateur du très controversé *Pierre et Djemila*. Le choix de ces créateurs exigeants révèle à lui seul les ambitions que s'est dorénavant imposées le comédien-chanteur.

Il aura fallu deux ans pour que Johnny donne une suite à *Rock'n'roll attitude*. Après Michel Berger, qu'il va cependant garder auprès de lui comme producteur, le choix du chanteur se porte sur Jean-Jacques Goldman qui se trouve régulièrement depuis quelque temps au sommet des *charts*. À en croire le rocker, le compositeur lui apporte des chansons qu'il avait déjà écrites pour lui depuis plusieurs mois. Parmi elles, *L'Envie* et *Laura*, une dernière œuvre dédiée à sa fille. Johnny hésite à l'interpréter, car il a toujours refusé d'associer ses enfants à des opérations commerciales. Mais il finit par changer d'avis à la lecture des paroles : *Laura [...] de tes rires/Et de tes bras/Tu m'inventes un avenir/Te regarder pousser me fera grandir...*

L'enregistrement de l'album se déroule en septembre 1986 à Paris dans un studio baptisé Gang qui donnera son nom à l'album. Des séances de travail au cours desquelles Goldman est omniprésent. « Avec Goldman comme avec Berger, c'était avant tout une question de musique, explique Johnny. Pour moi, ces deux-là, ce sont des musiciens. Goldman apporte une pulsion musicale qui vient tout droit du rock. C'est tellement vrai qu'on se parlait en musiciens, tous les deux. De temps en temps, on arrivait en studio, tout était prêt, alors qu'on n'avait pas encore les paroles de la chanson. On gribouillait le texte définitif et on enregistrait. À d'autres moments, on discutait[7]... »

Gang connaît un immense succès commercial et populaire lors de sa sortie au mois de décembre suivant : six cent mille exemplaires sont vendus en quelques semaines. Pour couronner cette réussite, Johnny est nommé artiste de l'année aux « Victoires de la musique ».

De toute évidence, la presse n'en a pas terminé avec le couple Hallyday-Baye qui affirme se retrouver le temps de fêtes. Tout comme à l'occasion, au printemps 1987, de la dernière représentation d'*Adriana Monti*, pièce que la comédienne interprète avec Patrick Chesnais. Ce soir-là, Nathalie a voulu rassembler ses amis pour un dîner au Privilège, le restaurant du Palace. Parmi ses deux cents invités, la jeune femme, vêtue d'une robe rouge très moulante, a tenu à placer Johnny juste en face d'elle. Pour le dessert, l'hôtesse a commandé un gâteau somptueux sur lequel elle a fait inscrire une phrase sibylline : « La pièce est finie, mais rien n'est fini. » Comme en écho, Johnny admet bientôt qu'il regrette l'échec de leur couple, même si jamais rien n'est définitif : « Une histoire d'amour ne se termine jamais. On peut changer de vie complètement, mais ce qui a existé ne s'efface pas. Sylvie, je l'ai aimée, je l'aime toujours. Différemment, bien sûr, mais je l'aime encore. C'est la même chose pour Nathalie[8]. » Et de répéter à qui veut l'entendre qu'elle reste sa meilleure amie. Ses relations avec sa fille Laura ? Il l'évoque de la même façon, sans fausse pudeur, et avec des mots touchants : « Chaque fois qu'on dit que quelqu'un est chanteur, elle croit qu'on parle de moi, elle demande : « Papa ? » Quand elle ne me voit pas à la télévision, elle s'étonne. En ce moment, elle est folle de *Peter Pan*. Elle va retourner bientôt à l'école maternelle et j'en suis très content, car elle s'y plaît beaucoup. »

Pour les magazines de l'actualité heureuse, ces brèves retrouvailles marquent la fin de l'idylle avec Karen et le début de nouvelles aventures sentimentales. Pendant plusieurs semaines, la presse s'interroge ainsi sur la nature des liens que le chanteur entretient avec Corine Charby. Puis c'est au tour d'une journaliste de *Paris-Match* d'être l'objet de toutes les curiosités : Gisèle Galante, fille d'un grand reporter du même hebdomadaire et de Olivia De Havilland, la célèbre interprète de Melanie Hamilton dans *Autant en emporte le vent*. Le couple s'est rencontré au printemps 1986 lors du tournage d'une émission de télévision en Irlande ; la ravissante journaliste était venue interviewer le rocker. Cette rumeur d'une nouvelle idylle est-elle fondée ? Johnny dévoile lui-même le pot aux roses en déclarant qu'il est sincèrement amoureux de Gisèle, à laquelle il vient d'ailleurs d'offrir une bague de fiançailles. Pour la circonstance, il accepte de s'afficher en couverture du magazine pour lequel travaille sa bien-aimée. Les autres titres de la presse *people* prennent sans tarder le relais en s'interrogeant sur un « troisième mariage de Johnny ». Personne ne peut alors se douter qu'il n'aura jamais lieu.

L'impénitent séducteur n'a pas encore apporté la réponse attendue lorsqu'il effectue sa rentrée sur la scène de Bercy. L'artiste a choisi cette immense salle parce qu'il y a assisté au spectacle donné quelque temps auparavant par Julien Clerc. Pour le rocker, friand d'expériences nouvelles, le Palais omnisports représente une gageure. Comme il en a pris l'habitude, il a encore une fois choisi de coproduire son spectacle. C'est sa façon à lui de ne pas se sentir limité dans ses choix de mise en scène, même s'il est également conscient que l'aventure pourrait lui coûter cher si le show ne marchait pas aussi bien qu'il le rêve. Pour atteindre son objectif, le chanteur accepte de se soumettre à des contraintes : diminution de sa consommation de tabac, entraînement physique rigoureux avec trois heures de musculation en salle tous les matins sous l'œil vigilant de son coach, Hervé Lewis, surnommé « l'Indien ».

Ses efforts sont récompensés. Ses galas font l'unanimité. Pour beaucoup, sa prestation scénique apparaît même comme la plus aboutie de sa carrière. Une réussite qu'il doit en grande partie à Michel Berger : sous sa direction, Johnny a ainsi pu présenter une mise en scène dépouillée de tout son folklore passé : tenue de cow-boy de pacotille à franges et perles multicolores, ou uniforme de motard tout cuir, qu'il a remplacés par un costume simple et bien coupé.

Johnny a quitté la scène de Bercy depuis quelques jours lorsqu'il rejoint son fils David en Suisse. À Lausanne, ce dernier, âgé de vingt et un ans, enregistre son premier disque. L'occasion est trop belle, pour son « paternel », de réserver une surprise à la fin du récital qu'il donne dans la même ville helvétique. Au public particulièrement réceptif, il annonce que, pour la toute première fois, son fils va chanter avec lui. Pour la circonstance, les deux artistes ont choisi un grand classique du rock'n'roll *Johnny B. Goode* de Chuck Berry, que Johnny a enregistré trois ans plus tôt en présence de Carl Perkins.

Selon de nombreux proches, la complicité entre le père et le fils est empreinte d'une tendre pudeur. Elle peut aussi parfois prendre une tournure amusante. C'est par exemple par l'intermédiaire de son rejeton que Johnny va faire la connaissance de la « nouvelle femme de sa vie » : Leah, un jeune mannequin blond de vingt-deux ans, dont il tombe sur-le-champ forcément amoureux. Si les gazettes *people* s'en réjouissent, certains news-magazines commencent à ironiser sur les conquêtes féminines de plus en plus jeunes du séducteur bientôt quinquagénaire…

23

La fille de mon meilleur ami

Johnny s'était juré de ne jamais recommencer. Le 20 mars 1988, pourtant, à l'hippodrome de Vincennes, le chanteur tient à se déplacer au meeting organisé par le RPR dans le cadre de la prochaine élection présidentielle. Là, il rejoint la scène pour y interpréter une chanson de Jean-Jacques Goldman, *Je t'attends*, au moment où est annoncée l'arrivée du candidat Jacques Chirac. Pour Goldman, la ficelle est un peu grosse. Il fait savoir dès le lendemain qu'il désapprouve un tel usage de sa composition. L'auteur-compositeur prêtera bientôt à son tour deux de ses ritournelles au candidat Jospin pour accompagner ses réunions politiques lors des élections présidentielles de 1995 et 2002 : *Il changeait la vie*, aux accents socialistes, et *Ensemble*, le titre-phare de son album *Chansons pour les pieds*.

La rencontre avec Jacques Chirac, alors maire de Paris, remonte au début des années 1980. C'est Line Renaud qui a fait les présentations. Entre les deux hommes, une vraie complicité s'est très vite installée. « Il y a toujours eu quelque chose de chiraquien en Johnny. Ce sont deux êtres « corporels », jamais plus à l'aise qu'au milieu d'un groupe en fusion[1] », analyse le sociologue Olivier Mongin. Autre point commun entre les deux hommes : leur attachement à la France. À dix-huit ans, Johnny a choisi la nationalité française et il aura servi deux ans plus tard sans trop rechigner sous le drapeau tricolore. Un sens du devoir apprécié par le leader néo-gaulliste. Jamais, de la même façon, le fortuné chanteur n'a envisagé de s'installer dans un quelconque paradis fiscal, à l'instar de nombreuses autres vedettes hexagonales. Des comportements exemplaires du chanteur que Jacques Chirac tiendra à féliciter lui-même, en ce jour de janvier 1997, en lui remettant les insignes de la Légion d'honneur sous les ors de l'Élysée. Une cérémonie officielle, certes, mais aussi marquée par la bonne humeur. Celle du chef de l'État : « Cher Johnny, c'est pour moi un grand privilège de te voir avec une cravate... » Il est vrai que les deux hommes partagent de temps à autre des moments de convivialité d'où ne sont pas exclus le sens de l'humour un brin potache et un penchant certain pour la bière mexicaine. C'est ce qui a frappé Johnny la première fois qu'il est allé dîner à l'Élysée. « Je me souviens qu'on nous avait servi du coq au vin et que ça ne nous a pas empêchés d'arroser le repas à la Corona ! » Par la suite, il arrivera aussi que Jacques Chirac aille dîner en famille chez les Hallyday. Laeticia est alors aux fourneaux, et Johnny jamais loin du frigo. « Je suis très ami avec Chirac depuis longtemps », me confirme le chanteur qui reconnaît toutefois admirer davantage l'être humain que la bête politique. Et d'ajouter : « C'est un homme droit, fidèle en amitié, qui sait renvoyer l'ascenseur. Il est venu dîner chez moi, sans gardes du corps, tout à fait tranquille et serein. Et je peux même vous dire qu'il est capable de raconter des histoires grivoises pas mal du tout[2]... »

Le couple Hallyday est naturellement de tous les anniversaires présidentiels qui se fêtent le plus souvent en joyeux comité. Une bonne table, du champagne, Bernadette, Claude et les amis de toujours, parmi lesquels bon nombre de vedettes du théâtre et des variétés. En novembre 2002, à l'occasion des soixante-dix ans du président, Johnny retrouvera ainsi sous les lambris de l'Élysée sa vieille amie Line Renaud, Jean-Claude Brialy, ses potes Jean Reno et Gérard Depardieu. « C'était vraiment très sympa, reprend Johnny. C'est Bernadette qui lui avait fait la surprise. Tout le monde a fait un petit truc pour lui. Gérard a récité des vers de *Cyrano de Bergerac*, Charles Aznavour a repris une ancienne chanson de Maurice Chevalier, et moi j'y suis allé de mon petit compliment d'usage[3]... »

La décontraction n'empêche pas les deux hommes de redevenir parfois graves. Ainsi, c'est Claude Chirac qui, sur son téléphone portable, informera le chanteur de la « surprise » du premier tour de la présidentielle du printemps 2002. « Le Pen est derrière nous. Jospin n'est plus au second tour[4] », lui annoncera la fille du président. Une nouvelle qui ne réjouit pas pour autant le « rebelle » Hallyday, qui appellera publiquement à faire barrage au leader du Front national : « Au second tour, je ne suis pas descendu dans la rue, mais j'ai donné ma voix à Jacques Chirac, parce que j'ai pensé que ça devenait dangereux pour la France et les Français. » Sollicité par l'auteur, le représentant de la droite extrême, habituellement si prompt à réagir aux attaques, préférera s'abstenir de tout commentaire sur les appréhensions du chanteur le plus populaire de l'Hexagone.

L'engouement que suscite Hallyday n'est pas réservé au seul clan Chirac. La députée UDF des Yvelines, Christine Boutin, reconnaît volontiers que, lors de ses moments de détente, dans sa maison du Croisic, elle écoute Johnny chanter *Les Bras en croix*... (*sic*). Et de confier aux journalistes, sans crainte du ridicule, que son rêve serait d'entendre un jour son idole clamer aux Français : « On a tous en nous quelque chose de Christine Boutin[5] ! »

Relation de cause à effet : après sa fameuse prestation de 1988 à Vincennes, Johnny est devenu l'une des marionnettes-vedettes des *Arènes de l'info*, l'émission qui deviendra plus tard les célèbres *Guignols*, émission satirique diffusée chaque soir sur Canal +. Après des années passées à tenter de se construire une personnalité respectable, le comédien-chanteur apprécie modérément les prestations scéniques de sa marionnette en latex. À la demande des auteurs – Borde, Pesle et Boisseau –, celle-ci ne s'exprime que par des onomatopées ponctuées de « Ah queeee ! » sonores, interprétées par l'imitateur Yves Lecoq. Devant le succès remporté par la caricature, les auteurs-blagueurs en rajoutent en inventant la « boîte à coucou » avec laquelle la marionnette Johnny joue avant de partir d'un rire aussi idiot que frénétique. Si les saynètes font sourire la France entière, l'ex-compagnon de Nathalie Baye n'apprécie guère : « On ne peut pas dire que j'ai beaucoup aimé le personnage de fabricant de boîtes à coucou, ni celui de rocker abruti, explique-t-il. Pour moi, ça n'avait pas trop d'importance, le pastiche étant l'inévitable revers de la célébrité ; mais, pour ma fille Laura, victime des plaisanteries de ses camarades d'école, je n'appréciais pas du tout », maugrée encore aujourd'hui le chanteur qui, à l'époque, n'avait pas encore dit son dernier mot.

L'heure de la vengeance sonnera quatre ans plus tard lorsque Johnny, invité en direct sur le plateau de l'émission *Nulle part ailleurs*, animée par son ami Guillaume Durand, se fera un malin plaisir de couper le nez de sa marionnette. En fait, l'initiative ne doit rien au hasard : elle avait reçu l'approbation du responsable des programmes de la chaîne, Alain De

Greef : « Johnny Hallyday n'aimait pas son nez. Il le trouvait trop long, et il est venu, avec notre accord, le couper en direct. On lui avait préparé un sécateur[6] ! »

Malgré cette amputation médiatique, Johnny reste encore à l'heure actuelle l'une des principales vedettes des *Guignols*. Citons, à cet égard, le portrait que leurs nouveaux auteurs, Bruno Gaccio, Jean-Marie Gourio et Benoît Delépine, consacrent à leur « victime », quelque temps plus tard, dans un de leurs ouvrages :

« *Nom* : Hallyday.

Prénom : Johnny.

Domicile : Paris, Saint-Tropez, Harley Davidson.

Signe particulier : Pensions alimentaires (Sylvie, Nathalie, Adeline, quelqu'un, Adeline, encore quelqu'un, et pis Adeline, et pis après on sait plus).

Spécialité : la coucouphilie (humour rigolo à base d'œuf sur ressort). Se balade sur des grosses motos avec des guidons qui brillent et des décalcomanies de dragons sur le réservoir. À des décalcos sur les bras aussi.

Les grandes étapes de sa carrière : Twist (60-62) – Yé-yé (63-64) – Jerk (65-67) – Cow-boy (68-71) – Hippie (72-73).

Son style : 1970 : Bouge comme un fou sur scène/1971-1980 : Bouge sur scène/1981-1987 : Bouge un peu sur scène/1988-1995 : Bouge plus du tout (copyright Mikado).

Amitiés : *Paris-Match* (paparazzis), *Voici* (paparazzis), *Gala* (paparazzis), *France-Dimanche* (paparazzis), sa Harley.

Inimitiés : *Paris-Match* (paparazzis), *Voici* (paparazzis), *Gala* (paparazzis), *France-Dimanche* (paparazzis) ; ceux qui disent que les Harleys c'est rien que des veaux.

Livres de chevet : pas de chevet[7] ! »

Les talentueux et facétieux auteurs de la chaîne cryptée ne sont pas les seuls à brocarder le chanteur, devenu héros malgré lui de mots, devinettes et autres blagues dans les cours de récréation. Du genre : « On ne dit pas l'idole des jeunes, mais... Johnny casse la croûte ! »

En 1989, Johnny Hallyday tourne son premier film américain, *The Iron Triangle* (*Le Triangle de fer*), réalisé au Sri Lanka par Eric Weston, dont l'action se situe au moment de la guerre du Vietnam. Aux côtés de Beau Bridges, Hain S. Ngor et Liem Whatley, le chanteur-comédien campe un légionnaire devenu mercenaire, personnage plutôt cynique et dur. Inédit en France, le film n'aura été projeté que dans trois salles américaines. Johnny reconnaît aujourd'hui qu'il ne s'agit pas d'une œuvre « impérissable », mais qu'il avait accepté le projet pour faire plaisir au producteur, Tony Scotti, autrement dit le mari de Sylvie Vartan...

Sa prestation suivante sous l'œil des caméras lui a laissé un meilleur souvenir. Il s'agit d'une série télévisée intitulée *David Lansky*, que lui a proposée son ami Hervé Palud, le réalisateur à succès des *Frères Pétard*. Malgré un tournage contraignant, parce que très matinal, le rocker m'affirme avoir pris un réel plaisir à y interpréter son personnage de policier moderne.

Entre deux tournages, Johnny entame sous la houlette d'Étienne Roda-Gil les sessions d'un nouvel album intitulé *Cadillac*. Le parolier attitré de Julien Clerc se déclare particulièrement « fier » de travailler avec l'un des plus grands interprètes français. Et d'expliquer sur un ton résolument lyrique : « Mais, en même temps, c'est plus qu'un chanteur. C'est un moteur qui fait rêver. Un moteur est humain en ce sens que c'est une conquête de l'intelligence[8] ! »

© Corbis

1967. Scène du film *À tout casser*
avec Eddie Constantine.

D.R.

Le rocker franco belge face à
son maître, le « King » Presley

D.R.

Aux États-Unis, à la recherche
de la meilleure guitare.

Les tendres années avec Sylvie.

Avril 1965.
Le mariage
à Loconville
du plus
célèbre couple
de France.

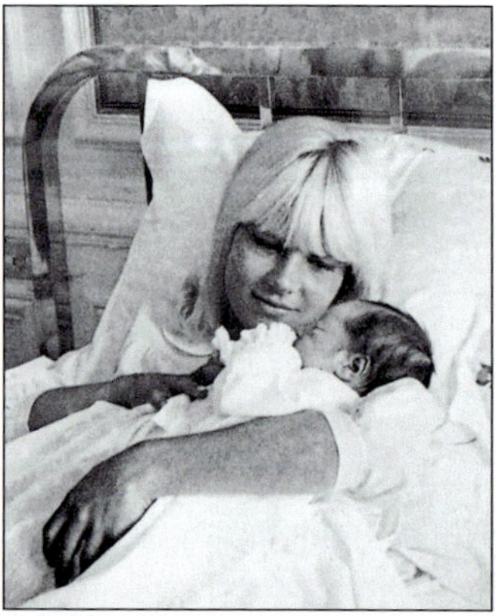

Août 1966.
Naissance
à la clinique
du Belvédère
de David Smet.

Face à un public
qui se déchaîne
à chacun de ses
spectacles.

L'époque mythique
du Golf Drouot en compagnie
de Eddy Mitchell et Long Chris
(à droite).

Janvier 1967.
Premier rallye
automobile
(Monte-Carlo)
avec le pilote
Henri Chemin.

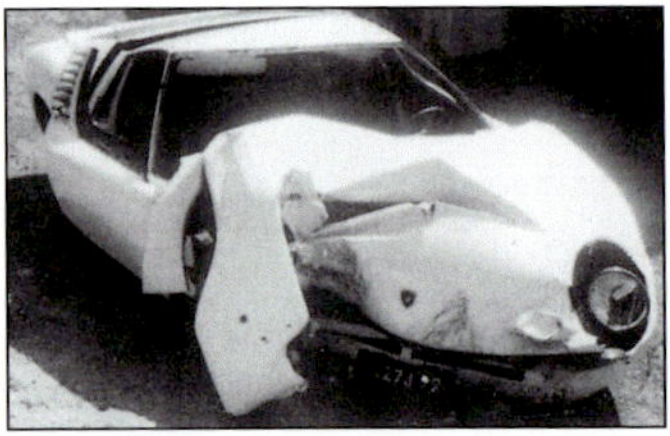

Août 1967. Sa Lamborghini a percuté un talus. Plus de casse que de mal.

Au milieu du clan Vartan lors de vacances à Biarritz.

1969. Dans le western-spaghetti *Le spécialiste*.

© Kipa/Corbis.

1970. Tournage à Royan
de *Point de chute*
avec Pascale Rivaud.

© AFP.

© Tony Frank/Gamma/Photothèque Hachette.

Avec Michel Polnareff.

© Kipa/Corbis.

Sylvie et Johnny
et l'une de ses premières motos,
par François Reichenbach.

© Kipa/Corbis.

Eddy Mitchell et Johnny de retour au Golf Drouot
avant sa fermeture, en 1981.

1976. À la sortie du Palais de justice de Paris, où Johnny doit s'expliquer sur quelques arriérés d'impôts.

© AFP.

© AFP.

À Thionville, il apporte son soutien aux mineurs, alors en grève.

Années 70. Sur scène à l'époque du *Flower Power*.

1976. Johnny en compagnie de Jean-Pierre Raffarin et de Jean-Pierre Pierre-Bloch, son ami et ancien manager.

Michel Mallory, principal auteur du chanteur.

1982. Johnny et sa deuxième épouse, Babeth Etienne.

© Tony Frank/Corbis.

1983.
Avec sa compagne
Nathalie Baye

Novembre 1983.
Naissance
de leur fille
Laura Smet.

© Corbis.

© Tony Frank/Corbis.

1985. Séance
de travail avec
Jean-Luc Godard,
réalisateur de
Détective.

1986. Tournage de *Conseil de famille,* réalisé par Constantin Costa-Gavras.

En compagnie de Michel Berger, auteur de *Rock'n' roll attitude*.

Duo avec Jean-Jacques Goldman, auteur, entre autres, de *Laura*.

1992. Président d'honneur des Desperados, un des clubs Harley-Davidson.

1979. Entouré des mataf' du porte-avions Foch,
avant un concert produit par TF1.

1986.
Scène du tournage en Hongrie de *Terminus*, réalisé par Pierre-William Glenn (à droite).

Avec Jean-Claude Camus, l'ami et producteur du rocker.

Premier mariage de Johnny avec Adeline Blondieau à Saint-Tropez, sur le thème d'*Autant en emporte le vent*…

Le rocker en tenue inhabituelle de soirée.

Johnny et son fils David.

1991. Johnny lors d'un concert à la Fête de *l'Humanité,* en compagnie de Roland Leroy et de Georges Marchais.

Juin 1993. L'extraordinaire et risquée traversée de la foule, lors d'un concert donné au Parc des Princes.

© Sipa Press.

Mars 1996.
Mariage de Johnny avec Laeticia Baudou, à Neuilly.

© Sipa Press/Nivière.

Novembre 1996.
Sur scène à Las Vegas.

© Sipa Press/Aslan.

Janvier 1997.
Johnny avec Jacques Chirac, qui vient de lui remettre l'insigne de la Légion d'honneur. Mot du président de la République : « Cher Johnny, c'est pour moi un grand privilège de te voir avec une cravate… ».

Automne 1998. Johnny chante sous un déluge de pluie, devant plusieurs dizaines de milliers de spectateurs réunis au Stade de France.

10 juin 2000. Concert triomphal au pied de la tour Eiffel.

© AFP/J.P. Bonaffar.

2001. Tournage dans la Drôme de *L'Homme du train*, réalisé par Patrice Leconte.

© AFP/Jöel Robine.

Certains critiques voient du Gabin chez Johnny. Il reçoit, en janvier 2003, le prix qui porte le nom de son célèbre aîné.

© Nivière/Nebinger/Aslan/Sipa Press.

La comédienne Laura Smet.

© Daniel Angeli.

Printemps 2001. Johnny participe au rallye de Tunisie en compagnie de son beau-père, André Baudou.

© Daniel Angeli.

En compagnie de son fils David, l'auteur de l'album *Sang pour sang*.

© Daniel Angeli.

Janvier 2003.
Moment de tendresse à Courchevel avec Laeticia.

© Daniel Angeli.

Scène du film *Wanted (Crime Spree)* aux côtés de ses potes, Gérard Depardieu et Renaud.

Pour compléter l'album, Johnny fait également appel, pour la première fois, à son fils David, alors âgé de vingt-trois ans. Le jeune homme accepte de relever le défi en signant la musique de deux titres, dont *Mirador* qui deviendra un grand succès. Pour travailler, les deux hommes s'isolent une quinzaine de jours. Ou du moins Johnny le croyait-il : « Pendant le temps que nous avons vécu ensemble, je ne vous dis pas le nombre de fiancées qui passaient ! Pire que moi à son âge, et ce n'est pas peu dire !.... »

Comme celle de son père, la vie sentimentale de David ne va manquer de faire bientôt les délices de la presse du cœur. C'est au printemps 1989 que le fils de Sylvie Vartan annonce la nouvelle à son géniteur : son prochain mariage avec le mannequin Estelle Lefébure. Johnny se déclare très heureux de l'événement que son fils lui annonce, pour des raisons géographiques, par téléphone. Sylvie, qui attendait ce moment depuis longtemps, ne se montre pas vraiment surprise. Elle est même agréablement émue par l'amour que les deux tourtereaux semblent se porter. Elle leur trouve de nombreux points de ressemblance : la même sensibilité, la même simplicité, la même discrétion. « On les croirait frère et sœur. »

Lorsqu'elle fait la connaissance de David, Estelle, vingt-trois ans, originaire de Normandie, est déjà un mannequin connu. C'est d'ailleurs au cours d'une émission de télévision animée par Patrick Sabatier que les deux jeunes gens se découvrent une profonde attirance. Selon ses confidences distillées dans la presse, la jeune femme vit un véritable rêve, le grand amour de sa vie : « David m'a demandée en mariage en bonne et due forme, par exemple. Je m'y attendais un peu, nous pensions tous deux au mariage sans nous le dire. À San Remo, après un concert, il s'est décidé. Puis il m'a offert une bague de fiançailles un jour que nous étions tout seuls... Il me fait très souvent des cadeaux, toujours par surprise. C'est le roi de la surprise[9] ! » À en croire la belle Estelle, la célébrité des parents de son fiancé n'a jamais posé problème. « Sylvie est pour moi une femme qui fait passer sa famille avant tout. Je suis exactement comme elle sur ce plan-là. » De son futur beau-papa, elle admet en revanche qu'il l'a franchement impressionnée : « Au début, il fait un peu peur, on le croit intouchable, puis on découvre finalement un personnage attachant, terriblement généreux. » Pour apprendre à mieux connaître sa future belle-fille, Johnny invite les amoureux à l'accompagner dans ses vacances à l'île Maurice. Puis, à leur retour, à partager sa maison.

L'union de David et Estelle est célébrée, comme prévu, au mois de septembre suivant, dans la région de Rouen. Une discrétion toute relative entoure la cérémonie. Sylvie et Johnny souhaitent préserver aux jeunes mariés un maximum d'intimité. Et surtout leur épargner la folie de leur propre mariage, vingt-cinq ans plus tôt. À cette fin, les invités ont été triés sur le volet pour le mariage civil et la cérémonie religieuse qui se déroulent dans la petite commune familiale de Freneuse-sur-Risle. Des noces placées sous le signe de la spontanéité et de l'émotion, malgré les inévitables bousculades de quelques dizaines de fans du jeune marié et de ses idoles de parents.

Johnny n'est pas venu seul au mariage de son fils. Il y est accompagné par Adeline Blondieau, la fille de Long Chris, alors âgée de dix-huit ans. Ce dernier se doute-t-il de quelque chose ? Imagine-t-il qu'une idylle est en train de naître entre sa fille et son meilleur ami ?

Le chanteur n'a pas encore répondu à ces interrogations lorsqu'on lui annonce le décès de son père, à l'âge de quatre-vingt-un ans. Depuis 1983, Léon Smet avait trouvé refuge dans plusieurs homes sociaux parmi lesquels celui de Saint-Gilles, dans les environs de Bruxelles. Alors en déplacement au Mexique, Johnny est averti de la triste nouvelle par son secrétaire, Joël Desvouges. Très affecté, le fils de Léon Smet rejoint sans attendre le petit cimetière belge de Schaerbeek où il assiste seul à l'enterrement de cet homme qu'il n'a jamais appelé « Papa ». Depuis leurs édifiantes retrouvailles à la porte de la caserne d'Offenbourg, où Johnny effectuait son service national, le chanteur a aidé autant qu'il a pu son géniteur. Dans l'impossibilité de renouer avec lui une relation affective, il a renoncé à le voir, se contentant d'honorer les notes d'hôpital qu'on lui faisait régulièrement suivre sous menace de saisie : six ou sept millions de centimes (de francs) par an. « À son enterrement, j'étais tout seul, me confie le fils de Léon Smet. Il n'y avait personne autour de son cercueil, pas même un ami. Autant vous dire que j'étais très déprimé quand je suis rentré à Paris. C'est une des premières fois où j'ai pleuré. »

Lorsque, dix ans plus tard, le chanteur sera promu officier dans l'ordre de la Couronne de Belgique, distinction rare et prestigieuse pour un rocker, il aura l'occasion de saluer une dernière fois, à sa manière, c'est-à-dire avec élégance, celui dont il porte le nom : « Aujourd'hui, je pense d'abord à mon père. Je n'oublie pas qu'il a été un grand artiste avant que la vie ne lui joue des tours. Là où il est, j'espère bien qu'en cet instant il est fier[10] ! »

La rumeur était donc fondée, mais seul le premier cercle « hallydéen » avait été mis au parfum. Une vérité pas facile à vivre, de l'aveu même de Johnny : il aime Adeline, la fille de Long Chris. Prenant son courage à deux mains, le prétendant décide d'avoir une franche conversation avec son ami d'enfance. Ce dernier ne se montre pas autrement surpris. Ni franchement enthousiaste. Mais que peut-il entreprendre pour empêcher une telle relation ? Le compagnon des temps héroïques se garde donc d'interdire quoi que ce soit. Sa fille, que Johnny a surnommée « Dadou », à cause de la chanson *Da Dou Ron Ron*, est majeure et dotée d'un caractère entier. En guise de bénédiction, il préfère les mettre en garde : « Vous allez vivre un enfer ! »

En attendant l'accomplissement de cette sombre prédiction, Johnny embarque la famille Blondieau pour Quiberon où il a dorénavant pris l'habitude de fêter ses fiançailles. Au cours de l'« été indien » de la célèbre station balnéaire, le couple évoque la date leur future union, prévue pour l'été suivant à Saint-Tropez. Le lieu n'est pas choisi au hasard. Johnny envisage de déposer dans sa corbeille de mariage la maison de ses rêves, qu'il fait construire depuis quelques mois : une magnifique hacienda baptisée *Lorada*, de la contraction des prénoms de ses deux enfants, Laura et David.

Pour Johnny, cette bâtisse est la réalisation d'un rêve d'adolescent : un décor tex-mex situé au milieu d'un domaine de deux hectares dominant la baie de Pampelone et planté d'oliviers, de pins, de palmiers, de vignes, de lauriers et de lavande. Une fois qu'elle sera achevée, l'un des endroits préférés du chanteur sera le patio baptisé « Santa Fé », autour duquel se déploie la grande maison. En son centre, une fontaine entourée de plantes du désert : cactus et yuccas. Un peu plus loin, un jacuzzi surplombera la piscine, lagon d'une trentaine de mètres capable de se transformer en cascade.

Au printemps de 1990, Johnny réalise un autre de ses rêves de jeunesse : la traversée des États-Unis en Harley Davidson. Adeline, sportive accomplie et passionnée de moto, fait partie du voyage. Elle est la seule femme de la petite troupe qui accompagne le rocker, auquel se sont joints Pierre Billon, le photographe Tony Franck et le cinéaste Patrice Gaulupeau. Tous reconnaissent que la nouvelle compagne du « Grand » est drôle, vive, intelligente et courageuse.

Cette longue randonnée n'est pas une mince affaire. Elle commence à Miami et se terminera huit mille kilomètres plus loin, à Los Angeles. Serrés l'un contre l'autre, bandana autour du front, poncho indien sur leur blouson de cuir, Johnny et Adeline semblent vivre une lune de miel avant l'heure. « Notre voyage d'amoureux s'est transformé en équipée sauvage avec des tempêtes de neige, des pluies extravagantes, et la rencontre de personnages hors du commun. Une nouvelle fois, Dadou m'a étonné ! » raconte Johnny. Parmi ces rencontres pittoresques faites en cours de route, le rocker se souvient plus particulièrement de « Slimla-roue-libre » : « Il avait quatre dollars en poche et chantait tout seul *Happy Birthday*, car c'était le jour anniversaire de ses cinquante-sept ans. Comme il adorait Robert Mitchum, il avait les phalanges des deux mains tatouées des lettres formant les mots « Love » et « Hate », comme dans le film *La Nuit du chasseur*. » Cette dernière allusion n'est pas anodine : durant toute son enfance, Johnny a été nourri de mythologie américaine. Avec les années, pourtant, et après une multitude de séjours, sa fascination pour le pays de James Dean et d'Elvis Presley n'est pas sortie tout à fait intacte. Aujourd'hui, il admet même bien volontiers que l'Amérique n'est plus son unique référence. Et de m'expliquer, avec parfois quelques jugements sévères, sa défiance envers les amis américains : « Lorsque j'étais môme, j'étais un fou de westerns, un fou d'Amérique. On adore toujours ce qu'on ne connaît pas. Lorsque je me rendais aux États-Unis, j'étais comme un gosse qui assiste à son premier Noël. J'aime beaucoup les États-Unis, mais je n'aime pas la mentalité des Américains que je trouve hypocrites et, pour tout dire, bêtas ! Ils n'ont pas de culture – je ne dis pas qu'ils sont cons, mais ils n'ont pas notre culture. Ils n'ont pas de passé. C'est nouveau, l'Amérique. En dehors de leur guerre de Sécession et de leurs batailles contre les Indiens, ils n'ont rien. Leurs maisons elles-mêmes sont en bois. C'est-à-dire qu'elles ne sont pas faites pour durer. J'ai parfois l'impression de me retrouver dans un décor de film. Je ne contourne pas leurs bâtisses de crainte de découvrir des étais calant ces décors. Je suis content d'y aller, mais jamais je ne pourrais y vivre[11] ! »

Pour Adeline, qui ne manque ni d'élégance ni d'aplomb, son mariage ne peut être que somptueux. Les médias, eux, le qualifieront de « pharaonique ». Elle a d'ailleurs tenu à en choisir elle-même le thème : *Autant en emporte le vent*. La cérémonie officielle se déroule le 9 juillet 1990 à la mairie de Ramatuelle où Johnny débarque au volant d'une Porsche rouge sang. Pour sa cousine Desta, il était « magnifique, hors d'âge » dans sa tenue qui ressemblait à celle de ses premiers succès : veste bleu azur, pantalon et mocassins blancs des *sixties*. La foule, canalisée par des barrières, est récompensée de sa patience lorsque, à l'issue de la cérémonie, les nouveaux mariés, suivis par la famille et cinquante photographes, surgissent sur la petite place en terrasse. À leur apparition, une formidable ovation se lève à leur intention. C'est ensuite la descente triomphale vers Saint-Tropez. Des dizaines de motos, un hélicoptère escortent la Rolls découverte du couple. Au bord de la route, on l'applaudit comme une échappée du Tour de France. Puis, la nuit tombée, vient l'heure de la grande fête au château de la Messardières, où ont été conviés cinq cents invités. Adeline a alors quitté la robe blanche pour celle de Scarlett O'Hara, signée Nina Ricci. Arrivée en calèche, projecteurs géants, buffets pantagruéliques : l'affaire a été savamment mise en scène par Jean-Claude Camus. « C'est peut-être la première fois que j'ai le trac », avoue Johnny, très amoureux, mais ignorant que les orages de la vie et du cœur les feront divorcer à peine deux ans plus tard...

Après la fête, les mariés les plus célèbres de France deviennent les vedettes du grand show estival tropézien. À la Cabane Bambou, à l'Aquaclub ou à Tahiti-Beach, le couple est chaque jour attendu par des dizaines de fans et de curieux. À en croire les premiers, lorsqu'ils débarquent sur ces plages, enroulés comme deux adolescents amoureux, Johnny et Adeline constituent le spectacle le plus torride de la saison. Pour vivre leur passion loin de leurs admirateurs, les tourtereaux sont obligés de sortir en mer. Seuls quelques amis journalistes sont parfois invités à les accompagner à bord du *Wild Eagle*, un bateau « cigarette » qui taille les vagues à cent kilomètres à l'heure. Le reste du temps, Johnny et Dadou mènent une vie familiale autour de la grande piscine de leur villa où la jeune mariée a entrepris d'apprendre à nager aux six chiens de la maison. Parmi eux, Smoky, le westie que son époux lui avait offert pour ses quinze ans...

Dès la fin août 1990, Johnny entame la préparation de son prochain spectacle à Bercy dont la salle est déjà louée depuis plusieurs mois. Une fois encore, le rocker et son producteur ont vu grand : une scène de cent vingt tonnes, construite avec six plateaux hydrauliques mobilisant une équipe de plus de cent personnes. La mise en scène est confiée à

Bernard Schmitt, les décors sont signés Jean Haas. Johnny espère bien que la réunion de ces talents lui permettra de rééditer le succès qu'il a recueilli trois ans plus tôt sur les mêmes planches.

La plupart des critiques accueillent toutefois avec un œil suspicieux son nouveau spectacle. Ils s'interrogent sur la pugnacité et la pérennité de « Jojo ». D'autres plumitifs tiennent pour leur part à saluer le chanteur comme un véritable monument du patrimoine français. « En trente ans, la première idole est devenue la dernière, écrit ainsi Daniel Rondeau dans *Le Nouvel Observateur*. Les autres, les seconds couteaux, ou les météores de la gloire, sont restés sur le carreau. Hallyday, sphinx imperturbable, a fait le coup du charme aux générations montantes. Année après année, il a additionné les publics. La somme de leurs admirations l'a transformé en institution. Chacune de ses chansons, *Retiens la nuit*, *J'ai oublié de vivre*, *Tennessee*, est une page de notre journal intime. L'intégrale de ses disques appartient à l'album de famille des Français[12]. »

L'écrivain-journaliste n'a pas tort. Notre enquête confirmera l'étonnante étendue du public de Hallyday. Si, dans son cas la valeur n'a pas attendu le nombre des années puisqu'il a été sacré idole des jeunes à dix-sept ans, l'accumulation des ans ne l'a pas empêché non plus de conserver son statut de monstre sacré, conforté par ses fans de la première heure et rejoint par les adolescents des nouvelles générations. Parmi eux, Florian Bernard qui vient de fêter ses seize ans au milieu des années 80 lorsqu'il découvre Johnny. Il fait alors partie de cette quatrième génération à se bousculer pour applaudir le chanteur en concert. C'est d'abord le choc ressenti lors des diffusions du clip *Quelque chose de Tennessee* puis les sensations vécues lors du spectacle du rocker-crooner dans sa ville de Périgueux, en Dordogne. « Je me trouvais dans les premiers rangs, me raconte-t-il. Je suis resté pendant plusieurs heures totalement ébloui par la formidable présence scénique du personnage, émerveillé par sa fougue, ses états d'âme, sa force à savoir communier avec son public[13]. » L'apprenti-comédien n'est pas le seul à avoir succombé au texte de Michel Berger. Selon un sondage de l'IFOP pour le compte d'un hebdomadaire de télévision, *Quelque chose de Tennessee* sera bientôt élue « plus belle chanson » de Johnny, toutes décennies confondues, par les Français. La composition réunissant 22 % des suffrages, devant *Laura* (17 %) et *Retiens la nuit* (15 %)[14].

Malgré les avis partagés, *Dans la chaleur de Bercy* se traduit par un record d'affluence. Plus de 250 000 spectateurs se sont déplacés pour applaudir la star. S'il ne casse plus les fauteuils comme au bon vieux temps des « yé-yé », le public semble toujours aussi heureux de retrouver son idole en sueur et en blouson de cuir. À preuve encore, lorsqu'il reprendra inlassablement vingt-quatre de ses plus grands titres. En province, plus de cinquante concerts sont donnés jusqu'à la fin de l'année 1990. Pour le public composite – qui représente désormais trois générations –, Johnny donne ce qu'il a sans doute de meilleur : un récital sans esbroufe, dénué de tout fard superflu, celui d'un artiste devenu finalement un classique.

Le 21 janvier 1991 paraît le double album *live* enregistré à Bercy. Pour la circonstance, une importante campagne de lancement est prévue à la télévision (65 spots), à la radio (75 messages), dans la presse écrite et par des affichages publics : mille deux cents panneaux de quatre mètres sur trois sur Paris-Banlieue et dans six grandes métropoles de province.

Sur le plan international, la guerre du Golfe vient de commencer. À la demande des autorités gouvernementales, la chanson *Je ne suis pas un héros*, écrite pour Johnny par Daniel Balavoine, est interdite de programmation sur les antennes de l'Hexagone. Une consolation, toutefois, pour le chanteur : il sera récompensé, au mois de février suivant, par la « Victoire » du spectacle musical de l'année.

Concevant son métier de chanteur « à l'américaine », Johnny repart bientôt à la recherche d'auteurs pour exprimer ses thèmes de prédilection. C'est ainsi qu'il sollicite Tony Joe White pour l'écriture de nouvelles chansons sur la solitude. Les deux artistes se connaissent bien et s'apprécient. Leur première rencontre remonte à 1984, à Nashville. À Paris, pendant dix jours, ils travaillent ensemble dans les locaux des studios Gang, afin de préparer les futurs enregistrements qui se dérouleront à l'automne suivant à New York. Deux titres sont retenus par Johnny et le producteur de l'album, Mick Lanaro. La réputation de ce dernier est grande. Jacques Brel et Claude Nougaro font partie de sa « carte de visite ». C'est pour le chanteur toulousain et son *Nougayork* que le réalisateur a bouleversé certaines règles bien établies, tout comme il le fera pour le *Alors, regarde* de Patrick Bruel. C'est à la demande de Johnny que Lanaro s'est envolé quelque temps auparavant pour les États-Unis. Là, il démarche parmi les meilleurs musiciens du moment : le batteur Steve Ferrone et le guitariste Nick Moroch, anciens accompagnateurs d'Al Jarreau et d'Éric Clapton. Pour les textes, Johnny sollicite divers auteurs auxquels il demande de concevoir à leur tour des chansons sur le thème de l'homme seul : « L'inquiétude d'un mec de mon âge qui se retourne sur son passé, se remet en cause, s'exprime mal avec sa femme, et n'arrive pas à bien l'aimer[15] », explique Johnny.

Ses vœux sont exaucés lors de l'enregistrement qui se déroule quelques mois plus tard dans les studios

Power Station et Hit Factory, réputés pour la qualité du son : *Tout pour te déplaire* est largement teinté d'amertume ; *Ça ne change pas un homme* va donner son titre à l'album que Philippe Labro, Patrick Bruel et Mort Schuman complètent avec quatre autres titres : *Cadillac man*, *Et puis je sais*, *Pour exister* et *Dans un an ou un jour*. « C'est un très bon mélodiste. Je lui avais demandé de travailler avec moi depuis longtemps », expose Johnny au sujet de Bruel. Labro et Schuman ont déjà à leur actif plusieurs écritures destinées au chanteur. L'interprète du *Lac Majeur* a ainsi signé plusieurs chansons, parmi lesquelles *Quand un homme devient fou* et *Excusez-moi de chanter du rock'n'roll*. Signe du destin : le compositeur, fils de Polonais émigrés aux États-Unis, disparaît en novembre 1991 avant de mettre la touche finale à ses nouvelles compositions. Johnny est attristé par la nouvelle. Il se rend à Londres où se déroulent les funérailles. Ultime geste d'amitié et de respect, la rock star dépose sur sa tombe la cassette de la chanson que Schuman n'a pas eu l'occasion d'entendre achevée.

Quelques jours plus tard, Johnny est de retour aux États-Unis pour le tournage du clip du titre-phare : *Ça ne change pas un homme*. Les prises de vues sont réalisées au Chelsea Hotel, établissement mythique du rock'n'roll et de la littérature américaine. Tennessee Williams et Bob Dylan, entre autres, y ont écrit quelques-uns de leurs textes les plus inspirés. Les extérieurs permettent de suivre Johnny à Harlem devant l'Apollo Theater, autre lieu chargé de légendes, puisque c'est dans ce temple de la *soul-music* que débutèrent Otis Reding, James Brown et autres Wilson Pickett.

Le tournage du clip est à peine achevé que Johnny est de retour en Europe. Il doit rejoindre sans tarder

Lisbonne où il va participer au tournage du film d'Hervé Palud, *La Gamine*. C'est la première fois qu'il joue dans une comédie à part entière. L'histoire ? Franck, un ancien flic, est pilote dans un aéroclub que dirige son ami Georges. Il coule une existence paisible jusqu'au jour où Carole, quinze ans, la petite-fille de Georges, se réfugie chez son grand-père. L'adolescente est soupçonnée d'avoir tiré sur son petit copain Jimmy, un jeune Portugais avec lequel elle est revenue en France. En réalité, celui-ci a été assassiné par Mario, un tueur. Georges demande à son ami d'innocenter sa fille et, par amitié, Franck accepte. Il part avec la jeune fille pour Lisbonne afin d'y retrouver l'assassin.

Pour lui donner la réplique, le réalisateur a fait appel à des comédiens confirmés : Jean-François Stévenin, Gilles Gaston-Dreyfus et Michel Robin, ainsi qu'à une jeune inconnue, Maïwenn Le Besco. Comme Johnny, celle-ci est une enfant de la balle. À trois ans, elle s'est retrouvée sur les planches dans une pièce intitulée *Hippolyte*. Puis elle a fait une apparition aux côtés d'Isabelle Adjani dans *L'Été meurtrier*.

Le tournage de *La Gamine* se déroule au Portugal dans une ambiance décontractée, à en croire Johnny : « Le plus extraordinaire, c'est quand je vois l'équipe se marrer. Le comique de situation déclenche chez moi des attitudes franchement drôles[16]. » Malgré cet enthousiasme et le matraquage médiatique dont il bénéficie – *Ciné Stars* avec Michel Drucker, *Sacrée Soirée* de Jean-Pierre Foucault, et plusieurs émissions de Canal +, dont celles d'Antoine de Caunes et de Michel Denisot –, *la Gamine* sera un échec cuisant. Déçu pour son ami Palud, Johnny ne regrettera pas sa participation à ce tournage qui tombait à point : cela faisait plusieurs semaines qu'il souhaitait quitter Paris, autrement dit prendre du champ vis-à-vis d'Adeline.

Cet « exil » portugais n'a finalement pas amélioré la situation du couple, qui continue à battre de l'aile. Un signe ne trompe pas : Johnny a repris ses sorties entre copains dans les boîtes de nuit. Puis c'est bientôt la presse *people* qui lui prête une liaison avec Michelle White, la fille de son ami Tony Joe. Ce dernier n'en a que faire. Au contraire : lui-même est partie prenante aux virées souvent mouvementées du chanteur dont la popularité l'amuse. « Johnny est un personnage étonnant. Je l'ai vu, ivre mort, abandonner sa Jeep au milieu de la rue, à Paris, devant des policiers qui ne mouftaient pas. Et de m'expliquer : « Je suis connu, dans le coin ! » »

Les semaines passent et se ressemblent. Disputes, réconciliations : Johnny vit à nouveau avec « Dadou » ce qu'il a connu avec Sylvie, quelques années plus tôt. Un magazine à scandales en rajoute en prêtant de nouvelles aventures américaines à la rock-star française. Adeline prend ces affaires on ne peut plus mal, puis finit par passer l'éponge. À son pote Long Chris, qu'il invite en compagnie de son épouse pour des vacances à Saint-Tropez, Johnny assure qu'il aime toujours passionnément « Dadou ». L'ami d'enfance reste sceptique. Il n'a pas tort. Lors d'une énième brouille, Adeline décide de « remonter » à Paris, tandis que ses parents poursuivent leur séjour à la *Lorada*. Bientôt, lors d'un gala à Fréjus, non loin de là, Johnny fait la connaissance d'une jeune beauté hollandaise qu'il se propose d'héberger dans la villa tropézienne. Les Blondieau sont au bord de l'attaque lorsqu'il leur est donné d'assister aux échanges amoureux du chanteur et de sa nouvelle conquête, prénommée Véronika. Johnny et Long Chris ont alors des mots. Ce qui ne n'empêche nullement le premier de s'afficher, en public, le lendemain, avec sa belle. Au même moment, des huissiers se présentent à son domicile parisien pour une saisie en bonne et due forme. Tout y passe : les meubles, les motos et même la garde-robe du rocker sont saisis. Une fois encore, le fisc a décidé de se payer sur la bête et de tenter de récupérer pour quarante millions de francs d'arriérés ! Se sentant étranglé, Johnny fait appel à Paul-René Albertini et à Phonogram qui acceptent de l'aider à procéder à un règlement étalé de ses impôts.

Depuis quelques semaines, la pulpeuse Véronika semble avoir disparu du paysage du chanteur. Puis, lors d'un concert aux arènes de Fréjus, face à huit mille fans électrisés, la rumeur court qu'elle aurait été remplacée par une nouvelle conquête prénommée Olga. Ce bruit n'est pas infondé, puisque le joli mannequin, originaire de Saint-Pétersbourg, apparaît bientôt parmi la foule de la Fête de l'Humanité. Outre la note d'humour involontaire – une Russe chez les « Rouges » –, l'exhibition de Johnny avec sa belle ne passe pas inaperçue. Ce jour-là, dans les baraquements de La Courneuve, Georges Marchais et Roland Leroy ont tenu à remercier le rocker d'avoir attiré des dizaines de milliers de fans pour la fête du PCF. Quoi qu'il en soit, si Olga est bel et bien présente, l'organe officiel du « parti des travailleurs » fera l'impasse sur cet épisode de la vie privée de leur invité-vedette, préférant saluer sa magistrale interprétation de la chanson dédiée à Tennessee Williams : « Il y a du pathétique dans l'interprétation que donne Hallyday du génie de l'un des plus grands écrivains et dramaturges du siècle. L'un voulait, dans l'atmosphère lourde et moite d'une société accrochée aux lambeaux de l'esclavagisme, que le corps exulte, faute de pouvoir libérer les consciences. L'autre vous arrive là, provoquant, impérieux, débarrassé en apparence de ses interrogations et de sa timidité naturelle, raccrochées au vestiaire le temps d'un grand cri [17]. »

En découvrant dans la presse la nouvelle provocation de Johnny, Adeline, qui est retournée vivre chez ses parents, décide d'engager une procédure de divorce. Non sans avoir au préalable réglé ses comptes par le truchement des médias. Notamment par une interview-vérité dont elle accorde l'exclusivité à *Paris-Match*. À son tour furieux, Johnny décroche son téléphone pour s'expliquer avec le patron de l'hebdomadaire : « Je connaissais Thérond depuis trente ans, et nous nous respections mutuellement, explique-t-il. J'avais seulement envie de lui parler, de lui raconter ma vie, de lui dire que j'avais été surpris de découvrir dans son journal une interview où Adeline me taillait gentiment un costard... » Gentiment, en effet, apprendra Johnny par la suite : alerté au tout dernier moment, Patrick Mahé, le rédacteur en chef, avait prévenu Long Chris, et ils avaient ensemble procédé à certaines coupes radicales dans l'article. Vexé, Johnny en voudra tout de même à la journaliste qui aurait, selon lui, monté l'affaire : « Je la connais très bien... », suggère-t-il, énigmatique. Fin connaisseur des méandres de la vie sentimentale de la star, Roger Thérond ne s'y trompe pas lorsqu'il affirme que celle-ci, loin de lui attirer les reproches de ses admiratrices, ne fait au contraire que contribuer à bâtir la légende du chanteur en perpétuelle quête d'amour. « C'est sa vie qui fait vendre [18] », explique alors le patron de *Match*.

Les aventures amoureuses des époux terribles ne sont pas pour autant terminées. Des retrouvailles se déroulent quelques semaines plus tard à Cannes à l'occasion du Festival international du film. En vérité, une vraie-fausse réconciliation. Après la projection de *Basic Instinct*, avec Sharon Stone et Michael Douglas, lors de la fête pour *happy-few* organisée par la production, rien ne semble plus aller au sein du couple. « Soupe à la grimace... Propos aigres-doux...

Nous avions trop tiré sur la corde... », finit par admettre Johnny. Un mois plus tard se trouve officiellement engagée une procédure de divorce. Celui-ci sera prononcé le 19 juin 1992. Deux années de chaos amoureux qui laissent les protagonistes au bord de l'épuisement.

Comme il avait mal vécu les précédentes, Johnny vit mal cette rupture. Ses proches s'inquiètent. Au cours de l'été, Jean-Claude Camus appelle à la rescousse quelques-uns des amis du rocker. Parmi eux, Richard Anthony. « Richard, il faut absolument que tu ailles à Saint-Tropez : Johnny file un mauvais coton ! Il est tout seul dans sa maison, Adeline l'a quitté, il va faire une rentrée parisienne importante, mais il passe son temps dans les fêtes. Et puis, des gens de son entourage sont en train de le plumer, et il ne voit rien ! » Touché, l'ancien interprète d'*Aranjuez* décide d'appeler sur-le-champ son vieux complice :

« Écoute, Johnny, j'arrive demain avec mon bateau, je te donne rendez-vous à quatorze heures. Ça te va ? Ça me fera plaisir de te voir et de discuter un peu avec toi....

— Bon, on va aller déjeuner chez Barclay.

— Non, non, non, pas question ! Je t'apporte une paella géante, on va manger à bord et on parlera...

— Mais j'avais promis à Eddie d'aller déjeuner chez lui demain. Je vais essayer d'arranger ça, rappelle-moi dans un quart d'heure. »

Comme promis, Richard Anthony s'exécute à l'heure dite.

« Je préfère que tu viennes chez Barclay avec moi..., lui répète Johnny.

— Je veux te voir sur le bateau. Il paraît qu'en ce moment, ça ne va pas. Ne fais pas de cinéma avec moi, on se connaît depuis trop longtemps ! On me dit que tu es seul dans ta maison et tu passes ton temps à faire la fête.

— Au moins, j'oublie tout !

— Oui, mais en attendant, tu fais le pitre et tout le monde se demande où tu vas et comment ça va se terminer, tout ça...

— Puisque c'est comme ça, j'ai besoin de personne : je suis très bien... »

Ces derniers propos ne sont pas faits pour rassurer Anthony, qui décide de passer à l'action : « Je ne pouvais forcer Johnny à venir me voir, mais je pouvais marquer le coup, se justifie-t-il. J'ai composé le numéro du commissariat de police de Saint-Tropez : « Voilà, il y a un problème ; il s'agit de M. Hallyday. Il paraît que des gens sont en train de le voler. Faites des vérifications... – Vous faites bien de nous prévenir. On va y aller, avec les gendarmes qui sont des copains... » C'est ainsi que Johnny vit rappliquer chez lui les gendarmes et la police envoyés par Richard Anthony[19] ! » Soulagé, le chanteur apprendra par la suite que son ami, désespéré, est finalement parti se réfugier chez un autre ami commun, Gu, le restaurateur d'Aix-en-Provence.

Les appréhensions du producteur de Hallyday n'étaient pas infondées lorsqu'il évoquait la présence de curieux personnages dans l'entourage de son poulain. Il pensait notamment à un homme d'affaires marseillais prénommé Jean-Yves, présenté à Johnny par un autre ami restaurateur. Ce jour-là, le personnage, qui prétend être un proche de Bernard Tapie, propose au chanteur de le sponsoriser pour l'achat d'une « cigarette » plus puissante que son *Wild Eagle*. Johnny écoute poliment, mais a la tête ailleurs. Au reste, instinctivement, le personnage lui déplaît, malgré sa Ferrari qu'il a tenu à faire rugir en se garant devant la Lorada. « Rien qu'en le voyant, j'ai su que je ne ferais pas affaire avec ce businessman, raconte le chanteur, visiblement agacé par l'arrogance de son interlocuteur. « Les yeux vitreux, je bafouille méchamment : « Est-ce que tu me prends pour… un pédé ? » Le type se marre, genre crispé, mais continue sa démonstration : millions de francs… bla-bla-bla… les Machins et les Untels… bla-bla-bla… Rolls Royce… L'air de plus en plus dégommé, je poursuis sur mon idée première : « Non… parce que si tu me prends pour un pédé… faut l'dire ! » » Les pourparlers s'arrêteront là entre le beau parleur marseillais et Johnny qui, à part soi, se délecte de ce genre d'escarmouches.

24

Les drôles d'anges

Décembre 1992 : dans six mois, Johnny fêtera ses cinquante ans. En attendant cet anniversaire pas comme les autres, le chanteur voit la vie en rose. Sa joie de vivre a pris depuis peu les traits d'un jeune et ravissant top-model prénommée Karine. Le rocker a fait sa connaissance deux mois plus tôt, au cours d'une répétition dans un studio de la Plaine-Saint-Denis, dans la région parisienne. Ce jour-là, une amie l'avait invitée à assister à cette séance de travail. Après une seconde rencontre lors du spectacle proprement dit, Johnny a invité la jeune fille à dîner au King's Club. « J'imaginais Johnny plus direct, plus séducteur, confiera plus tard la jeune conquête. Je me suis retrouvée avec un homme très timide, courtois, attentionné. » Toujours selon ses confidences, son célèbre soupirant commença sa cour en la vouvoyant pendant une semaine. Une attitude qui la rassura. Puis il lui proposa de l'accompagner dans sa maison de Ramatuelle à l'occasion des fêtes de Noël. Karine accepta, avec la bénédiction de ses parents qui firent ainsi connaissance avec le partenaire de leur fille au cours d'un dîner décontracté. Juste retour des choses, Johnny tint à lui présenter sa mère, Huguette Galmiche.

Pour fêter leur amour naissant, Johnny s'envole alors avec sa belle en Thaïlande. Le chanteur connaît bien ce pays où il a déjà effectué d'autres escapades amoureuses. Un rêve pour Karine, et une sorte d'épreuve de vérité. À son retour à Paris, le mannequin est expédié à Londres par son agence en vue de participer à différents castings et défilés de mode. Elle est alors le mannequin vedette de Jean-Claude Jitrois, présenté comme le « couturier du cuir des stars » et dont les clients s'appellent Elton John, Arnold Schwarzenegger, Sylvester Stallone et Mike Tyson. C'est précisément par l'intermédiaire de l'élue de son cœur que Johnny va bientôt faire appel à Jitrois pour la réalisation des costumes de scène de son prochain spectacle au Parc des Princes.

Des projets de mariage ? À en croire Karine, il n'en est pas question pour le moment : « C'est vrai que j'aime Johnny, mais nous voulons donner du temps à notre amour avant d'aller plus loin, explique-t-elle. Je n'ai que vingt ans et, pour moi, le mariage est quelque chose de primordial. J'ai l'exemple de mes parents, Jacques et Martine, qui forment depuis plus de vingt ans un couple idéal. Quand mon père a connu maman, elle n'avait que dix-neuf ans. Ils se sont mariés quatre ans plus tard et, aujourd'hui, ils sont toujours aussi heureux. C'est ce genre de couple qui me fait rêver[1]. » De son côté, Johnny croit passionnément à son histoire d'amour avec Karine : « Ce qui m'a séduit en elle, c'est son sourire permanent, sa joie de vivre, et une exubérance naturelle qui la pousse à dévorer l'existence. Karine : un rayon de soleil dans un univers de solitude grisâtre. Professionnellement parlant, je n'ai jamais été aussi haut. Sentimentalement, malgré une *rock'n'roll attitude*, je touche le fond. Karine va m'aider à donner le coup de pied salvateur au fond de la piscine. Le grand jeu de la séduction… J'aime ces périodes de découverte de l'autre, ce besoin de vivre en vase clos... à deux[2] ! »

Johnny a-t-il décidé d'en finir avec les histoires d'amour compliquées ? Il l'affirme en laissant entendre que sa précédente compagne a usé et abusé de tous les caprices de l'amour en lui menant parfois une vie infernale. Et de comparer : « Ce n'est pas qu'on ne s'aimait pas, avec Adeline, mais on ne pouvait vivre ensemble plus de trois jours, confie-t-il. Elle est plus bébé que ne l'est Karine, plus immature. Au début, c'était formidable. Ensuite, plus ça allait, plus elle retombait en enfance. Elle ne sait pas ce qu'elle veut faire : un jour c'est la peinture, un jour la mode, un jour encore autre chose.. » Plus jeune que jamais, Johnny avoue que la différence d'âge ne l'effraie guère : « L'âge, ce n'est vraiment pas important. Il y a des gens de vingt-cinq ans qui sont des petits vieux. Je fais un métier où il faut que ça bouge. Une jeune femme s'adapte plus facilement à mon style de vie. » « Je rencontre tellement de garçons de mon âge qui paraissent le double du sien ! J'ai l'impression qu'on a le même âge », renchérit de son côté Karine.

En mai 1993, Johnny est désigné pour présider un Harley Davidson Club, également appelé Desperados. Pour honorer sa nouvelle fonction, le chanteur, de tous temps passionné de moto, se rend avec les membres de son club, sur le circuit Paul Ricard, à un rassemblement de cinq mille *bikers* venus du monde entier. À lire les statuts de l'association, ses membres, hormis la passion des motos Harley Davidson, doivent posséder un indestructible sens de l'amitié et de la solidarité. Une profession de foi tout à fait différente de celle des sulfureux Hell's Angels, apparus en pleine lumière de l'actualité lors du tristement célèbre concert des Rolling Stones, à Altamont. Ce jour-là, le 6 décembre 1968, les « Hell's », qui assuraient le service d'ordre du groupe britannique, poignardèrent à mort un jeune Noir alors que Mick Jagger était en train d'interpréter *Sympathy For The Devil*...

C'est lors d'une tournée au Québec, à la fin des mêmes années 1960, que Johnny a fait la connaissance de la branche canadienne des Hell's Angels, dont la devise se résume aux lettres FTW – autrement et poétiquement dit : *Fuck The World* ! Une rencontre que le chanteur français n'avait pas spécialement recherchée, ainsi qu'il me le raconte : « Je me produisais alors à Montréal. À l'époque, des rivalités guerrières sévissaient entre les Hell's Angels et les Popeyes, une autre bande de motards. J'avais accepté de poser avec ces derniers pour une photo. Cela n'a pas plu aux Hell's qui étaient, paraît-il, aussi fans de moi ! D'où le déclenchement d'une nouvelle guerre des gangs dont je faillis être la victime, puisqu'un Hell's tira dans ma direction. J'avais alors vingt-cinq ans. À l'époque, je n'en ai pas fait une montagne, même si j'ai trouvé ces Hell's franchement bizarres[3]... »

Johnny ne croit pas si bien dire. Pour les services de la lutte anticriminelle canadiens, les Hell's Angels font partie de ces bandes de motards hors-la-loi (BMHL) qui représentent une menace omniprésente pour la sécurité publique. À l'instar des autres groupes – les Rock-Machine, les Satan's Choice, les Bandidos – les Hell's Angels constituent de véritables « McDonald's du crime organisé ». Sous entendu : ils possèdent une structure hautement organisée, très semblable à celle d'une société multinationale. Et de pourfendre la réputation de modernes Robin des bois que ses membres ont voulu un temps s'attribuer. « Leur raison d'être est d'accumuler de l'argent au moyen de la drogue, de la prostitution, de la violence, du blanchiment d'argent, d'attentats à la bombe, d'intimidation des fonctionnaires publics, d'investissements de fonds illicites dans des actifs légaux, et de la corruption des secteurs public et privé[4]... », m'explique un universitaire du Département de recherches sur les menaces criminelles contemporaines de Paris-III. Ce dernier travaille depuis plusieurs années sur le phénomène des gangs à travers le monde. À Paris, il a constaté sur le terrain la réalité des rivalités entre branches françaises de ces groupes. Des bisbilles qui prenaient parfois une allure comique et infantile. « À une certaine époque, les Desperados ont sympathisé avec les Bandidos, grands rivaux des Hell's Angels, lesquels se sont vengés en affichant à l'envers les « couleurs » des Desperados dans les toilettes du FTW, leur bar parisien[5] », me raconte le chercheur. Et de m'expliquer encore comme les « HA » organisent plusieurs fois par an une *support party* à bord d'une péniche amarrée au Port Solférino. Au programme de leurs soirées dont le droit d'entrée s'élève à cent francs : un concert rock'n'roll et des numéros de strip-tease.

Malgré leur mauvaise réputation, les organisateurs de spectacle français font régulièrement appel aux Hell's Angels pour assurer le maintien de l'ordre dans certains concerts et la sécurité de personnalités du show-biz. Jean-Michel Jarre, Patricia Kaas ou, par le passé, Serge Gainsbourg ont ainsi sollicité leurs services. Afin de faire face à la demande, des Hell's ont même créé au fil des années leurs propres sociétés spécialisées dans l'emploi de techniciens appelés « *roads* » (montage et démontage de scènes). L'une d'elles, présentée comme le second fleuron de la holding Hell's, s'est installée à Tours, dans l'Indre-et-Loire. Une autre le sera bientôt à Orléans. Leurs relations avec les organisateurs de tournées ne sont pas forcément empreintes de la meilleure harmonie. Une société qui gère le Zénith de la préfecture du Loiret a envisagé un jour de renoncer à leur collaboration, certains problèmes d'ordre administratif tardant par trop à se résoudre : les Hell's refusaient de remettre aux responsables de la société gérante les déclarations préalables à l'embauche. Dans la même ville, le local des HA aura fait l'objet, à l'automne 2002, d'une vaste opération de police et de gendarmerie dans le cadre d'une enquête portant sur un trafic de stupéfiants et de motos. À l'issue de ce coup de filet, sept personnes auront été placées en garde à vue, et une trentaine de véhicules saisis.

À l'énoncé des griefs adressés à cette singulière bande de motards, Johnny Hallyday ne se montre guère surpris : « Qui n'a jamais eu de problèmes avec eux ? » me lance-t-il lorsque j'évoque le contenu d'une note des Renseignements généraux parisiens le concernant. Selon ces derniers, les Hell's Angels avaient été évincés du service de maintien de l'ordre prévu lors d'un de ses concerts au Palais des Sports. À lire la note, des menaces auraient même été proférées à l'encontre du chanteur. Celui-ci n'a gardé qu'un vague souvenir de cet épisode de sa vie professionnelle, qu'il me résume ainsi : « Je n'y étais pour rien. Il avait été question qu'ils s'occupent du service d'ordre. Jean-Claude Camus ne voulait pas. Il avait sollicité une autre société. Les Hell's Angels s'étaient vexés, avaient juré de foutre la merde. Finalement, la production a dû les payer pour une prestation qu'ils n'ont pas assurée[6]. »

Alan Coriolan se souvient lui aussi d'un désagréable souvenir lié aux fameux Popeyes déjà évoqués. À l'issue d'un concert au Canada, ces derniers avaient tenu à lui offrir, ainsi qu'à son célèbre patron, un de leurs blousons de cuir richement décorés de badges bizarres. Honorés, les deux hommes se montrèrent plutôt fiers de s'afficher dans leur nouvelle tenue dans plusieurs boîtes de nuit parisiennes. Jusqu'au jour où leur photo parut en pleine page de l'hebdomadaire d'extrême droite *Minute* dont le photographe avait soigneusement agrandi un détail : un aigle tenant dans ses serres une croix gammée. L'article accompagnant le cliché était naturellement injurieux et diffamatoire pour Johnny et son secrétaire antillais : « Après bien des folies, Johnny Hallyday se lance maintenant dans le noiraud-nazisme... On le voit ici en compagnie de son fidèle mamelouk ! » me résume Coriolan avec humour. Et de m'expliquer : « Effectivement, il y avait bien cet insigne, mais que nous n'avions pas repéré au milieu de tous les autres. Après la publication dans *Minute*, ma mère est restée fâchée pendant je ne sais combien de temps, et mon propriétaire, qui était juif, m'a viré de mon appartement. Quand Johnny l'apprend, il est franchement remonté : « Tous des cons ! » me dit-il en me promettant de me trouver un nouvel appartement. » Le matin de son déménagement, Coriolan entend tambouriner à sa porte. Prudent, il entrebâille l'huis. Trois hommes sont là qui s'impatientent. « Ce sont deux déménageurs, en compagnie de Johnny qui me lance : « Alors, on déménage[7] ?" »

Juin 1993 : pour fêter ses cinquante ans, Johnny se lance un nouveau défi : le Parc des Princes ! L'enjeu est colossal. Le budget prévisionnel du spectacle intitulé *Retiens la nuit* s'élève à quarante millions de francs. C'est d'abord un pont pesant soixante-cinq tonnes, pour une hauteur de trente-cinq mètres et une longueur de cent cinq mètres : rien de moins que la réplique, dont la construction a été confiée à une société alsacienne, du célèbre Golden Gate de San Francisco. Trois mois avant son transfert à Paris, Johnny et son équipe le survolent en hélicoptère. L'émotion est au rendez-vous. Le modèle réduit du Golden Gate a nécessité deux mille cinq cents heures de découpages, soudures et peintures. Au Parc, il faudra soixante techniciens pour le remettre debout. Une performance réalisée en vingt-quatre heures. Sous le pont géant, la scène de deux cents mètres carrés est entourée de plusieurs dizaines de haut-parleurs installés dans des colonnes. Pour la figuration des ballets prévus, une centaine de cascadeurs sont embauchés, qui mimeront les scènes de bagarres.

Le jour « J » arrive enfin. Une heure avant le début du spectacle, Jacques Toubon, alors ministre de la Culture, vient saluer en compagnie de son épouse l'artiste dans sa loge. Grande décontraction. Le ministre souhaite bonne chance à Johnny en proférant le traditionnel mot de Cambronne. Jean-Paul Belmondo, veste de cuir et jean bleu, débarque à son tour afin d'encourager l'ami rocker.

Pour son entrée, Johnny a choisi un pari original mais risqué : traverser la foule de ses admirateurs. L'idée en revient à Jean-Claude Camus qui a imaginé de reconstituer l'entrée sur le ring d'un boxeur. Plus de cinquante mille personnes sont attendues ce soir-là. Et si la foule se resserre comme un étau ? Dans ce cas-là, il n'y a guère de parade pour échapper à l'étouffement. Lorsqu'il émet sa suggestion, Jean-Claude Camus a l'impression qu'un certain vacillement se produit dans la tête de son « Grand », comme il l'appelle : « Il s'est dit que j'étais devenu fou. Il a regardé autour de lui. Tous les gens qui travaillaient avec moi sur le spectacle l'ont encouragé à le faire. C'était vendu ! Certes, j'ai pensé que ce serait difficile. Nous étions tous très stressés. Je suis parti devant, et c'est là que j'ai pensé au pire. J'ai pris peur. Nous avons commencé à traverser la foule. Parfois, j'ai cru que je vivais ma dernière heure. À quelques mètres de la scène, je n'en pouvais plus. J'ai appelé à l'aide. Le grand blond, lui, continuait à avancer avec un large sourire. Il a probablement eu aussi très peur, mais ça, il ne le dira jamais [8]. »

Les images de cette traversée peu banale, enregistrées ce jour-là par dix-sept caméras, sont, il faut bien le reconnaître, particulièrement impressionnantes. Au départ, ce sont d'abord les angoisses du chanteur qui finissent par disparaître dès qu'il se retrouve au milieu de la foule. De nombreux fans essaient de le toucher, mais il ne ressent aucune agressivité ni méchanceté à son égard. Dans sa tête, réflexions et interrogations se bousculent : « On se dit : « Oh là là, elle est loin cette scène !.... Je n'y arriverai jamais.... Est-ce que je vais y arriver ?....Mais pourquoi est-ce que j'ai eu l'idée de con de faire ça... ? Qu'est-ce que je fous là ? »... » raconte Johnny. Et de poursuivre : « On pense à tellement de choses en si peu de temps qu'il est difficile de rassembler tout ce qui vous est venu à l'idée. Il suffit d'un fou pour vous flinguer à bout portant. On se pose plein de questions. À la limite, heureusement qu'il y a l'inconscience de l'individu, quand on le fait, car si on y réfléchissait vraiment, longtemps à l'avance, je pense que, logiquement, on ne le ferait pas. Mais bon, il faut croire que les gens m'aiment bien, puisqu'ils ne m'ont rien fait, ils ne m'ont pas tué. Ils ne m'ont pas arraché les cheveux : ils m'ont caressé tout simplement. »

Pari tenu et gagné : près de deux cent mille spectateurs se déplacent au cours des trois jours de spectacle. La trentaine de gardes du corps prévus pour assurer la sécurité le premier jour sont rejoints, pour les deux concerts suivants, par une cinquantaine d'autres. Ils sont là pour évacuer les spectateurs pris de malaise et distribuer des centaines de litres d'eau afin d'éviter aux fans de se déshydrater.

Moins de trois semaines après le dernier concert donné au Parc des Princes, Johnny entame sa traditionnelle tournée à travers la France. Compte tenu du succès rencontré, Jean-Claude Camus lui propose de la prolonger d'une quinzaine de jours en septembre. Johnny ne rechigne pas. Déjà plus de sept cent mille personnes ont vu le spectacle : record absolu des tournées d'été. Et toutes les demandes n'ont pas été satisfaites, loin de là.

Dès que l'occasion lui en est donnée, le chanteur rejoint sa propriété varoise de Ramatuelle où l'attend patiemment la belle et douce Karine. « La maison de Johnny, c'est la plus belle », assure-t-on dans le pays. Il faut dire que le rebelle n'a jamais cessé d'améliorer son domaine : courts de tennis, studio d'enregistrement, salle de gymnastique, patio avec bar, et six chambres d'amis toutes équipées d'une salle de bains.

À la mi-août, Johnny et Karine ont célébré leurs fiançailles. Johnny dit avoir beaucoup de chance : Karine lui a offert une boucle d'oreille en or ornée d'une croix. Superstitieux, le rocker la garde accrochée à l'oreille, de jour comme de nuit, et même sur scène. Le couple confie à la presse du cœur son désir de convoler, mais sans fixer toutefois de date. « Nous laissons du temps à notre amour », susurre Johnny qui en pince apparemment beaucoup pour cette jeune fille que Nathalie Baye elle-même trouve « au-dessus du lot ».

La semaine suivante, le clan Hallyday se retrouve au complet à Saint-Tropez. En vacances, chacun fait ce qu'il veut. Tandis que David et Estelle accompagnent Sylvie et son mari Tony Scotti sur le port, Johnny et Karine, entourés d'amis, se plaisent à déguster des glaces dans la rue. Seule Laura préfère rester avec sa mère.

Malgré son bonheur affiché, Johnny n'ignore pas que sa *love story* toute en douceur avec Karine va probablement tourner court à plus ou moins brève échéance. C'est sa nature, il n'y peut rien : il est incapable de s'empêcher de continuer à penser à Adeline. C'est *VSD* qui lève le lièvre en publiant des photos du couple infernal en peignoir, enlacé dans la suite Paul Getty de l'hôtel Pierre, à New York. Le texte qui les accompagne est tout aussi explicite : « Dans le milieu du show-biz, leurs retrouvailles n'étaient plus un secret pour personne depuis près de deux mois. Le grand public est entré dans la confidence lors des « Victoires de la Musique », le 7 février dernier : le cœur de rocker de Johnny battait à nouveau pour Dadou, assise à son côté au premier rang de l'assistance. C'est ainsi que, trois jours plus tard, le lundi 14 février, Johnny et Adeline se présentent à midi aux comptoirs de Roissy réservés aux passagers du Concorde. En l'emmenant à bord du supersonique, Johnny lui fait un premier cadeau : Adeline en rêvait depuis longtemps[9]... »

Deux mois après le *scoop* de l'hebdomadaire, le couple se remarie à Las Vegas. Johnny a demandé à Norbert Aleman, un ami de longue date, d'être son témoin dans la capitale des jeux du Nevada. Pour leur voyage de re-noces, les nouveaux remariés choisissent Acapulco. « J'ai toujours su au fond de mon cœur que j'arriverais à reconquérir Adeline », confie Johnny depuis son refuge mexicain.

Après quelques semaines de félicité, l'illusion néanmoins se dissipe. Johnny noue une idylle avec Linda, une jolie brune, ex-Miss France, qu'il présente aujourd'hui comme un défi de plus à Adeline, laquelle lui renvoie de son côté la balle. Johnny est furieux, mais enrage encore davantage lorsqu'il apprend que le chevalier servant de son épouse, un bel Italien, se sert de sa Porsche pendant ses absences ! Puis Linda s'en va après avoir été giflée par Karine, son ex-camarade de casting, qui n'a pas dit elle non plus son dernier mot. Mais de Karine, Johnny ne veut plus entendre parler. Pas davantage d'Adeline, vis-à-vis de laquelle il va entamer dans les mois qui suivent une seconde procédure de divorce.

Au début de l'année 1995, Johnny est l'invité du Midem – le marché international du disque – de Cannes. Son ami Jacques Toubon, toujours ministre de la Culture, profite de l'occasion pour le décorer de l'ordre national des Arts et des Lettres. Un honneur que l'ancien enfant du square de la Trinité ne dédaigne pas. Le même soir, Pascal Nègre, P-DG de Polygram, lui offre une Harley pour fêter ses cent millions de disques vendus !

Au printemps, c'est l'enregistrement de l'album *Lorada* pour lequel Jean-Jacques Goldman a composé trois titres phares : *J'la croise tous les matins*, *Quand le masque tombe* et *Lorada*. Pourquoi trois chansons seulement ? « Question de temps, explique Jean-Claude Camus. Goldman travaillait avec Dion. On ne peut pas écrire quinze chansons à l'heure. L'important était qu'il supervise, en sorte qu'il y ait sa couleur. Il a proposé des auteurs-compositeurs comme Éric Benzi ou Gildas Arzel[10]. »

Alors que le divorce d'Adeline et de Johnny est prononcé, le cœur du chanteur chavire une fois encore pour une jeunesse de vingt ans aux boucles blondes et au regard clair : Laeticia Baudou. Johnny l'a rencontrée à Miami à la fin de l'hiver. Il revenait du Nouveau Mexique où il avait enregistré un clip de son album *Rough Town*. C'est par l'intermédiaire de son ami Jean Roch, patron d'une boîte de nuit parisienne « branchée », qu'il a fait la connaissance de la famille Baudou. « Je m'attendais à voir une superstar inaccessible, et j'ai découvert un personnage sensible, réservé et solitaire, un peu triste, raconte Laeticia. Je l'ai tout de suite défini comme un homme de cœur. J'étais déjà sous le charme. Son côté fragile et tendre me fascinait. Le coup de foudre immédiat ! »

Le soir même, la petite troupe se rend à l'Amnesia, un night-club que le père de la jeune fille a créé à South Miami Beach. Johnny est séduit par la grande beauté et l'apparente fragilité de Laeticia. L'attirance est réciproque. Il ne faut que peu de temps pour décider la jolie blonde à quitter son père et la Floride, et à rejoindre Johnny à Paris. À partir de ce moment, les tourtereaux ne se quittent plus. « Johnny est mon premier amour, confie la future Mme Smet. Il agit sur moi comme une drogue. Je ne peux plus me passer de lui. Parfois, j'ai peur d'éprouver des sentiments aussi intenses. Quoi qu'il arrive, je ne pourrai jamais aimer quelqu'un aussi fort. C'est dévorant. »

Comme Johnny, Laeticia est une enfant du divorce. Quand ses parents se sont séparés, elle a choisi de suivre son père en Floride. Elle a alors quatorze ans et n'a pas achevé ses études. À dix-huit ans, elle pose pour des photos publicitaires, et débute comme modèle dans plusieurs films publicitaires. Lorsqu'elle décide de vivre son amour au grand jour, son père, qui vit lui aussi avec une femme plus jeune que lui, n'y voit aucun inconvénient. Sa mère se montre en revanche plus suspicieuse : « Au début, elle a eu un peu peur. Puis elle l'a rencontré et elle aussi est tombée sous le charme. Ce qui l'effraie un peu, ce sont les articles des journaux à scandale et l'imagerie radicale du rock'n'roll : les tatouages, les têtes de mort, les énormes Harley-Davidson... »

Ravissante, franche et spontanée, Laeticia a séduit d'emblée le chanteur. L'amour que semble lui porter sa « femme-enfant aux boucles dorées et aux taches de rousseur à la Shirley Temple », comme lui-même la décrit, lui réchauffe le cœur. À peine a-t-il fait sa connaissance qu'il n'envisage plus de la quitter. Pour la jeune fille, une nouvelle vie commence.

En septembre 1995, Johnny est à nouveau de retour sur la scène de Bercy. Pour son spectacle, il a fait appel à un seul groupe rassemblant les meilleurs musiciens anglo-saxons du moment et dirigé par Robin Le Mesurier. La mise en scène a été confiée à Bernard Schmitt, le réalisateur de clips. Pour illustrer *L'Hymne à l'amour*, la célèbre chanson créée par Édith Piaf près de quarante ans plus tôt, Schmitt fait projeter sur écran géant un film qu'il a réalisé, destiné à montrer tout l'amour qui « passe » entre Johnny et son public. « Je préférais ça plutôt que de mettre une énième blondasse fadasse courant dans les couloirs du métro sans qu'on sache pourquoi », explique le réalisateur, ex-fan des *sixties*. Dans les jours qui suivent la fin des concerts à Bercy, *Lorada* et *Ne m'oublie pas* sont classés au Top Snep. Mercury en profite pour sortir *Paroles d'hommes*, les deux albums de Berger et Goldman, enrichis d'un *slip-case* et du *live*. De son côté, Polygram annonce près de cinquante mille cassettes vidéo vendues pour le *Lorada Tour* !

On l'aura compris : Johnny est l'un des plus importants artistes français en termes de ventes de disques. À l'exception d'une année chez Vogue, il est resté fidèle à la maison Polygram-Mercury. Les responsables de celle-ci sont chargés non seulement d'assurer la vente et la distribution de ses nouveautés, mais de gérer aussi le fonds de catalogue composé des enregistrements de leur « locomotive ». Ces rééditions constituent une manne financière non négligeable. À preuve : la première maison du chanteur, Vogue, a réussi en l'espace de trente-cinq ans à *repackager* quatre-vingts fois les vingt titres que Johnny avait enregistrés sous son label !

Au fil des années, Johnny a appris à traiter en direct avec les présidents successifs de Polygram : Alain Lévy, Paul-René Albertini et aujourd'hui Pascal Nègre. Ce dernier s'occupe de la carrière du chanteur, de ses développements, et de tout ce qui concerne l'artistique et le stratégique. Sans quitter Polygram, et pour des raisons financières évidentes, Johnny a créé en 1986 sa propre société : Laura Hallyday Production, qui lui permet de percevoir le double de royalties d'un artiste maison.

Pendant plusieurs années, l'album écrit par Berger, *Rock'n'Roll Attitude*, ainsi que *Gang* (Goldman) seront restés les plus grosses ventes de Johnny. Michel Berger a réussi à lui ouvrir un nouveau public, plus large. Des chansons comme *Quelque chose de Tennessee* lui ont donné une image plus accessible. Malgré la durée de vie éphémère d'une production – un mois pour un *live*, entre deux et trois mois pour un album studio –, les albums suivants auront représenté quelque 8 % du chiffre d'affaires de l'industrie du disque français. Les admirateurs du chanteur appartiennent à toutes les catégories : des milieux populaires aux cadres supérieurs. Selon les professionnels du disque, il est certain que, depuis le Parc des Princes de 1993, le public du rocker s'est agrandi. On trouve même des jeunes qui, a priori, s'intéressaient davantage à Céline Dion ou à Dany Brillant, et qui achètent un album de Johnny pour le découvrir.

Le succès commercial d'un nouveau disque n'est jamais acquis. Tout dépend de la qualité de l'album. *Lorada*, écrit en partie et réalisé par Goldman, connaît une longue durée de vie. En revanche, celle de *Rough Town* a été plus brève, même si les quatre concerts donnés à La Cigale ont affiché « complet ». « Pour *Lorada*, Mercury a travaillé Johnny comme un « Souchon », sur la longueur, avec quatre *singles* qui relançaient chacun les ventes de l'album, explique l'un des responsables de Virgin. Mais les ventes de *Lorada* n'ont pas été aussi importantes que celles de *C'est déjà ça*, de Souchon, qui ont atteint le million d'exemplaires. Sanson, Souchon et Dion touchent *tous* les publics. Pas Johnny. »

Même si ses émoluments sont loin d'égaler ceux d'une vedette du ballon rond comme Zinedine Zidane, Johnny Hallyday n'a plus à se faire de mouron pour assurer ses fins de mois et honorer ses avis d'imposition. L'« idole des jeunes » fait partie du peloton de tête des artistes les mieux payés de la chanson française, conduit, pour l'année 2002, par Renaud, Patrick Bruel et Jean-Jacques Goldman. Si le rocker ne figure pas dans le tiercé gagnant, c'est que, contrairement aux autres « poids lourds » de la chanson, il ne coiffe qu'une seule casquette : celle d'interprète. Cela étant, le rocker reste par excellence le « Monsieur de la Chanson française ». Sa seule concurrente s'appelle Mylène Farmer. Un point commun entre les deux « monstres sacrés » : leurs fans collectionnent tout ce qui les touche de près ou de loin.

Mars 1996 : un an jour pour jour après leur première rencontre, Johnny épouse Laeticia à Neuilly-sur-Seine, dont le maire s'appelle Nicolas Sarkozy. Les deux hommes sont des amis depuis de nombreuses années. Ils se sont connus par l'intermédiaire de l'incontournable Jean-Pierre Pierre-Bloch. Malgré ses occupations, le ministre de l'Intérieur du gouvernement Raffarin ne rate jamais une occasion de retrouver son « idole ». Ainsi en ce jour de novembre 2002 où il se débrouillera pour assister à l'avant-première mondiale de *La Planète au trésor*, film des studios Walt Disney, programmé au Grand Rex, en compagnie de Johnny Hallyday et de son ex-épouse, Sylvie Vartan. (La présence du couple se justifiant par la prestation sur scène de leur fils David, venu interpréter la chanson du dessin animé réalisé par Ron Clements et John Musker.)

Dans la salle des mariages de la mairie de Neuilly, Johnny et Laeticia sont entourés de leurs témoins respectifs : sa mère, le couturier Jean-Claude Jitrois et Françoise Thibault, pour elle ; Jean-Claude Camus et Guillaume Durand, pour lui. L'animateur de *Campus* est le premier surpris de se retrouver là. Jusqu'à son arrivée sur les marches de la mairie, il ignorait qu'il deviendrait le témoin de son ami chanteur. Johnny ne lui a guère laissé le choix. « Veux-tu être mon témoin ? » lui a-t-il lancé à l'improviste, connaissant par avance la réponse du journaliste.

Après les engagements des deux nouveaux époux, Nicolas Sarkozy sacrifie au traditionnel discours. Il ne peut s'empêcher d'y ajouter une touche personnelle qui suscite de nombreux rires parmi l'assistance : « Tu sais, Johnny, je connais certainement mieux que toi les paroles de tes chansons, déclare le maire. Je te rappelle aussi que je suis le président du fan-club Hallyday de l'Assemblée nationale ! » Un satisfecit pour le rocker dont la prochaine aventure est présentée depuis plusieurs mois comme un nouveau défi, l'un des plus ambitieux : chanter à Las Vegas !

25

Les spectacles maudits

L'idée d'un concert dans la capitale du Nevada avait été évoquée deux ans plus tôt. Puis ce fut le choix d'une date : fin novembre 1996. Période idéale, car considérée comme creuse par les compagnies aériennes. Le chanteur espère alors déplacer huit mille fans. Son producteur et lui ont vu juste : la campagne d'affichage et la pub télévisée qui suit séduisent plus de sept mille candidats pour le voyage. Au fil des mois, *Johnny Vegas* fait son bonhomme de chemin et, s'organise lentement mais sûrement. RTL – depuis vingt-cinq ans « partenaire » du chanteur – et TF1 sont chargés de prendre le relais dans la médiatisation de l'affaire. En mai, une longue émission de promotion conduite par Guillaume Durand au bord d'une piscine américaine ranime l'enthousiasme des premiers inscrits. À la veille du jour J, ils sont en définitive plus de quatre mille inconditionnels de France et de Belgique à suivre Johnny dans son nouveau rêve américain. Le ton est donné dès leur embarquement à bord d'une flottille de jets portant les titres des plus célèbres chansons du rocker : de *Que je t'aime* à *Retiens la nuit*...

Pour sa prestation, Johnny a choisi le théâtre du Aladin-Hotel Casino, avec sa salle « western » rouge.

Son show, Johnny le veut unique, c'est-à-dire composé sur mesure. Il souhaite chanter l'histoire du rock à travers l'évocation de quelques-unes de ses idoles : le « King », Eddie Cochran, Gene Vincent. Sans oublier les surprises tenues en réserve pour cette nuit pas comme les autres. En guise de costume de scène, le rocker français a opté pour une longue redingote noire à franges. En toile de fond, un immense drapeau confédéré : les couleurs des rebelles du rock et des motards hors-la-loi, le même étendard qui flotte à l'année au-dessus de la *Lorada*.

Malgré sa fougue et une presse française plutôt magnanime, le concert est loin de combler les fans qui ont fait le déplacement. Ces derniers sont plutôt désarçonnés par les choix musicaux du rocker. Comme si cela ne suffisait pas, celui-ci est victime d'une trachéite inopportune qui l'oblige à raccourcir son show. Catastrophé, Johnny admet avec une humilité touchante s'être trompé de spectacle : « Le malentendu vient du fait que j'ai voulu faire un gala radicalement différent. J'avais d'ailleurs prévenu qu'il ne s'agirait pas d'un spectacle traditionnel, que j'allais interpréter des chansons du répertoire rock'n'roll, *Tutti frutti* compris. Et le public a été un peu surpris. Il s'attendait à ce que je donne un spectacle comme je le fais au Stade de France ou à Bercy. Pour moi, ç'aurait été beaucoup plus facile de faire ce que j'avais l'habitude de faire. Mais ce n'était pas ce que je voulais faire à Las Vegas[1]. » Pour Patrice Gaulupeau, qui réalisa le *making-off* de l'événement, ce semi-échec américain doit être relativisé : « Personnellement, je pense que plusieurs raisons ont concouru à ce rendez-vous raté : le décalage horaire pour des fans peu habitués à voyager, les attractions de Las Vegas auxquelles les mêmes n'ont pu résister, et l'immense fatigue qui en a résulté au moment du concert. La plupart d'entre eux n'avaient pas dormi quatre heures depuis leur départ de Paris, et lorsque le concert a commencé, ç'a été la surprise : ils découvrent une scène nue et un simple rideau. Seconde contrariété : les médias avaient annoncé – à tort – la présence de plusieurs stars du show-biz planétaire, et ils assistent finalement à un unique duo avec le pauvre Paul Anka. Tout cela a fait que beaucoup ont été désarçonnés, mais pas déçus. Sur le plan strictement musical, ils ne devaient pas l'être. Le tour de chant de Johnny, comprenant de nombreux inédits, a été fabuleux, d'une limpidité géniale. Personnellement, je pense que *Las Vegas* restera un classique et que tous ces contretemps – décalage horaire, excès, service d'ordre américain qui leur interdit d'approcher au plus près leur chanteur – sont déjà oubliés[2]. »

À la mi-mars 1997, Johnny embarque à Miami à bord du *Only You*, un yacht de luxe loué au richissime homme d'affaires Nigel Burgess. Sorti des chantiers britanniques, ce bateau de quarante-trois mètres de long, propulsé par deux moteurs Deutz de 940 chevaux, peut tailler la mer à douze nœuds. À bord ont pris place Johnny, son épouse Laeticia et Laura. Cette dernière a treize ans et demi et commence à se maquiller discrètement, ce qui fait sourire son père, auquel elle confie ses projets d'avenir : devenir mannequin. Le soir, dans la douceur des alizés, elle tient à lui préparer personnellement ses cigares cubains.

Au cours de sa croisière, Johnny n'en délaisse pas tout projet. C'est sur les flots qu'il met au point la « couleur » de son prochain album, dont il confie dans un premier temps la réalisation à Mick Lanaro, avant de se raviser, et de donner sa préférence à Pascal Obispo. Une volte-face que ne prise guère le premier, qui décide de traîner devant les tribunaux Polygram – qui regroupe les labels Mercury-Barclay-

Polydor –, pour « rupture abusive de pourparlers ». Lanaro est-il victime de la stratégie d'un groupe aux yeux duquel l'association des intérêts de Polygram (Hallyday) et de Sony (Obispo) devait forcément se transformer en duo gagnant ? Pascal Nègre, P-DG de Polygram, devenu Universal Music, s'en défend : « Mick Lanaro voulait être le réalisateur de l'album, il ne l'a pas été. Il a fait un puissant lobbying auprès de Johnny Hallyday en jouant sur l'affectif et l'amitié. Mais il ne suffit pas de parler à un artiste pour réaliser un disque ; il faut aussi avoir l'accord de sa maison de disques. Si Johnny Hallyday n'avait pas été d'accord, il ne l'aurait pas fait[3]. » « Hallyday ne pouvait rien faire, rétorque pour sa part Lanaro. Il était l'otage de sa maison de disques avec laquelle il venait de signer un nouveau contrat pour cinq albums[4]. » Une dernière version que me confirme le chanteur : « Je souhaitais effectivement travailler avec Lanaro, mais, comme artiste Polygram, je n'ai rien pu faire[5]. » Et de tirer la morale de l'histoire : « Lanaro m'avait amené une chanson – *Seul* – que Pascal Nègre ne voulait pas que j'interprète, laquelle a finalement été chantée par Garou avant de devenir un grand tube. Ce qui démontre, si besoin est, que les maisons de disques n'ont pas toujours raison[6]. »

L'interview fait l'effet d'une bombe : dans un long entretien publié par *Le Monde*, au début de janvier 1998, Johnny reconnaît explicitement avoir eu un faible pour la cocaïne : « J'en ai pris longtemps en tombant de mon lit. Maintenant, c'est fini. J'en prends pour travailler, pour relancer la machine. Je n'en suis pas fier, c'est ainsi, c'est tout[7]. » Pendant plusieurs semaines, des lecteurs du très sérieux quotidien du soir se plaignent de l'apologie ainsi faite de la drogue. Le chanteur n'est pourtant pas le premier à cracher le morceau. Avant lui, Françoise Sagan ou

Jean-Paul Sartre avaient reconnu avoir fait usage de « substances illicites », comme disent les services spécialisés. Du côté des Verts, on estime en revanche que les déclarations de Johnny contribuent à lever un tabou. « Maintenir le black-out, c'est jouer avec le feu », estime alors leur porte-parole, Alain Lipietz.

Johnny a-t-il tout dit ? N'aurait-il pas été tenté un jour ou l'autre par l'héroïne, par exemple ? L'intéressé le nie catégoriquement et sa déclaration est appuyée par ses proches : « Johnny n'y a jamais touché, tout simplement parce qu'il déteste les piqûres[8] ! » m'affirme Jean-Pierre Pierre-Bloch. Cette phobie de la seringue, Babeth Étienne, la deuxième épouse du rocker, en a été le témoin amusé : « Un jour, Johnny voulait porter une boucle à l'oreille droite. À l'époque, je faisais de fréquentes allées et venues entre la France et l'Espagne et il m'avait demandé de lui ramener un anneau comme en portent les gitans. De retour à Saint-Tropez, nous nous retrouvons en compagnie d'Eddy Mitchell à la terrasse d'un café. N'y tenant plus, Johnny me dit : « On y va, je vais me faire percer l'oreille. » Nous avons gagné une boutique spécialisée. Le commerçant commence son œuvre. À la vue de l'instrument, voilà mon Johnny qui tombe dans les pommes ! Schmoll est vite parti au café voisin lui chercher un armagnac[9]. »

« Si Johnny avait continué à se défoncer, il y a belle lurette qu'il y aurait laissé sa peau », reprend plus sérieusement son ami Alan Coriolan. Et d'expliquer : « C'est tout le contraire : Johnny prend énormément soin de son corps. S'il s'accorde quelques excès, voire certains abus, il les compense par une gymnastique d'enfer[10]. »

L'alcool ? Contrairement à certaines rumeurs qui continuent encore à circuler dans le milieu du show-business, Johnny le supporte plutôt médiocrement.

D'une façon générale, les relations entre le chanteur et la bouteille se terminent même très mal. Au début de sa carrière, il lui est certes arrivé à plusieurs reprises d'arriver quelque peu éméché sur scène. Les spectateurs n'étaient pas dupes lorsqu'ils constataient que l'artiste oubliait ses paroles et se montrait moins précis dans ses jeux de scène. Mais le drame, selon ses proches, n'est pas forcément là où on le pense. « Le grand problème de Johnny est de réussir à refuser les multiples verres qu'on lui offre, explique encore Coriolan. Impossible d'aller où que ce soit sans que aussitôt tous les gens qui se trouvent là insistent pour lui payer à boire. Combien de fois, dans une boîte ou un restaurant, n'ai-je vu le serveur venir à nous et nous dire : « Le monsieur, là-bas, aimerait bien que vous vous joigniez à lui pour prendre un verre. » Invariablement, Johnny refusait, car il savait fort bien que s'il me mettait le doigt dans ce type d'engrenage, il n'en sortirait pas. Mais il en fallait davantage pour décourager ses admirateurs ! Une fois sur deux, le garçon revenait et déposait devant nous une bouteille de champagne généreusement offerte par l'inconnu [11]. »

La date de l'interview-confession de Johnny au *Monde* n'a pas été choisie au hasard. Elle coïncide avec la sortie, la semaine suivante, du fameux album de la discorde, *Ce que je sais*, réalisé en définitive par Pascal Obispo. « Je n'avais encore jamais travaillé avec ce compositeur, mais j'aimais beaucoup ce qu'il faisait, se souvient Johnny. L'évidence de son talent rappelle celui de Michel Berger, mais je n'étais pas sûr de ce que nous pourrions faire ensemble. J'ai durci le climat de ses chansons. Je les ai collées à ma peau. C'était un plus *hard*... »

Lorsqu'ils commencent à travailler ensemble, Johnny explique à l'interprète de *Plus que tout au monde* qu'il lui faut impérativement une ouverture forte sur le thème du feu. Une chanson qui « mette la guerre », et son entourage de présenter à Obispo la maquette de l'affiche de son futur spectacle au Stade de France : *Johnny met le feu !* Pour plaquer des paroles sur la musique qu'il imagine, Obispo sollicite à son tour la chanteuse Zazie. Cette dernière se montre réticente vis-à-vis d'une idée visiblement inspirée par le slogan des supporters de l'Olympique de Marseille : « Quand Pascal m'a demandé d'écrire une chanson qui s'appellerait *Je vous mets le feu*, j'ai refusé. Cela me semblait impossible. C'était trop. J'ai proposé une variante : *Allumer le feu*. Le plus drôle, c'est que, par la suite, les affiches ont été changées et le slogan est devenu : *Johnny allume le feu*. Cela dit, il n'était pas question pour moi d'essayer de changer un homme de cinquante-cinq ans. Je me suis entièrement mise à son service. Il est plus fort que tous les auteurs qui sont amenés à lui écrire des mots. De toute façon, si je lui avais proposé des textes plus féminins, il n'aurait sûrement pas voulu les chanter : d'abord parce qu'il est très déterminé, et qu'il a un instinct fou pour choisir ses chansons. Et parce que c'eût été détruire tout ce pour quoi les gens l'aiment tant et ont fait de lui ce qu'il est aujourd'hui[12]. » Le personnage ? Zazie ne dissimule pas la fascination qu'il a exercée sur elle : « Johnny est indéniablement un séducteur. Malgré ses allures de roc, il est en doute perpétuel, comme un gamin. De ce fait, il a envie de tout, et un sens du plaisir énorme. C'est très séduisant de lire l'envie d'un adolescent dans les yeux d'un homme de son âge. J'en parlais dernièrement avec Goldman, aux Restos du cœur. On était épatés par son innocence, son envie, sa curiosité. Il est véritablement assoiffé de tout. Il a toujours envie d'aller plus haut, plus loin[13]... »

Les titres enfin retenus et finalisés, Johnny commence à travailler sur la mise en images de certaines chansons. Des clips pour lesquels il sollicite plusieurs réalisateurs, parmi lesquels Bertrand Blier et Bertrand Tavernier. Mais son choix se porte pour finir sur un jeune réalisateur parisien, Xavier Durringer, dont il a apprécié plusieurs longs-métrages. Pour le casting du tournage illustrant la chanson *Debout*, le cinéaste fait appel à ses techniciens habituels et à des comédiens de sa connaissance. Parmi eux, Laurent Olmedo, l'un de ses amis d'enfance. Il connaît son admiration sans borne pour le héros du futur clip. Au milieu des années 70, le jeune acteur avait dix ans lorsqu'il a découvert le chanteur à la télévision. À l'entendre, il a ressenti cette apparition comme un choc. Puis ç'a été l'achat des premiers disques, à l'origine de disputes avec son « paternel » qui ne jurait alors que par Brassens. « Je ne pouvais pas mettre un vinyle de Johnny sur le tourne-disques du salon sans que mon père m'envoie l'écouter dans ma chambre[14] », se souvient Olmedo. Pour l'adolescent qu'il est alors, Johnny représente le rebelle qu'il aurait bien aimé devenir. « Il était le mec qui se promenait à moto, qui se battait avec les flics, qui divorçait, puis se remariait. Bref, un authentique libertaire, à mes yeux. Même si j'aime les femmes à cent pour cent, je l'ai également toujours trouvé beau, d'une rare sensualité animale. À une certaine époque, je connaissais toutes ses chansons par cœur[15]. »

Puis arrive ce jour bénit où son copain Durringer l'appelle :

« Est-ce que tu aimerais faire un clip ?....

— Pourquoi pas ?

— Mais il s'agit d'un tout petit rôle...

— ...

— Un clip avec Johnny Hallyday ! »

Laurent songe d'abord à un canular. Les deux hommes se connaissent depuis l'adolescence, et combien de fois le premier n'a-t-il pas rebattu les oreilles du second avec « son » Johnny. « Lorsque nous partions en vacances entre copains, Xavier faisait jouer systématiquement des chansons anglo-saxonnes alors que moi je le forçais à écouter du Johnny, reprend le comédien. Lors de notre conversation téléphonique, il m'a prévenu qu'il avait rendez-vous avec la star le lendemain, afin de lui expliquer son projet de tournage. Je l'ai supplié de l'accompagner : « Tu lui diras que je suis ton chauffeur, ou n'importe quoi d'autre, mais il faut absolument que tu m'y amènes. » Ce qu'il a accepté de faire. »

Le chanteur vit alors dans une villa située rue Molitor, dans le XVIe arrondissement de Paris. Là encore, Laurent ressent l'arrivée sur les lieux comme une « claque énorme » : « Il y avait d'abord une allée privée, puis un mur sur lequel étaient griffonnées des tas de signatures de fans, des barjots qui attendaient là des heures entières et qui gravaient dans la pierre des phrases du style : *Johnny, je t'aime...* Une fois la grande porte d'entrée de la résidence franchie, une première porte s'ouvre. On est dans le fief. Puis nous arrivons à une deuxième porte, avant d'accéder à sa villa. Là, nous appuyons sur le bouton d'une sonnette et une servante nous accueille. Elle nous fait pénétrer dans un coquet living. Je remarque un flipper dans un coin de la pièce. Johnny porte un tee-shirt bleu. Il est souriant, très timide. Nous nous sommes serré la main. Un fan lambda se serait probablement évanoui à cet instant précis. Personnellement, j'ai eu l'impression de pénétrer dans un autre monde... Après nous avoir souhaité la bienvenue, il nous a demandé si nous souhaitions nous rafraîchir. Durringer a suggéré un verre de whisky. Je flottais tellement que je n'ai pas osé demander autre chose. Il fallait voir sa démarche animale, lorsqu'il a rejoint le meuble à boisson. C'était hallucinant ! Laeticia, présente dans la maison, a fait quelques apparitions, mais de façon très discrète, lorsque nous avions déjà commencé à évoquer le sujet de notre visite. Enfin c'est Durringer qui a surtout détaillé son *story-board*. Johnny écoutait sans broncher. À la fin de l'exposé de Xavier, il a énuméré quelques détails qui semblaient lui tenir à cœur. Il a ainsi demandé s'il était vraiment indispensable d'enlever l'anneau qu'il portait à l'oreille gauche. Moi, j'étais fasciné par ses étonnants yeux bleus : il a un regard de loup, à la fois précis et très franc. À un moment donné, j'ai demandé à pouvoir me soulager. Il m'a indiqué la porte des toilettes. Surprenante découverte : les murs de l'endroit étaient tapissés de couvertures que *Paris-Match* lui avait consacrées[16]. »

Lorsque le tournage du clip démarre, dans les jours qui suivent, Olmedo est encore sous le charme de sa rencontre avec son rocker charismatique. Les techniciens et comédiens présents sur le plateau – un décor de cave reconstitué dans un studio de la région parisienne – ne cachent pas, eux non plus, leur enthousiasme pour le professionnalisme et la grande courtoisie du chanteur.

Pour respecter le scénario, Johnny est menotté avec une authentique paire de fameux bracelets policiers. « Lorsque la bande-son de la chanson *Debout* démarre, nous le malmenons pour de bon, ainsi que nous l'avait demandé Durringer. Il a été extraordinaire : il n'a jamais bronché, explique le comédien. Johnny a demandé à refaire certaines prises, mais Durringer n'a pas voulu, il était satisfait. Johnny, lui, perfectionniste, voulait toujours faire mieux. Il avait pourtant donné le maximum. » Anne Bourdiol, chef maquilleuse de l'équipe, me confirme la grande disponibilité du comédien-chanteur : « J'avais beaucoup entendu parler de lui, en bien et en mal, sur les nombreux tournages auxquels j'ai été associée. Là, j'ai été très touchée par sa gentillesse. Il est très simple. Je me souviens notamment de l'attention qu'il a portée à une petite stagiaire-régie avec laquelle il a discuté pendant près d'une heure. Il l'a questionnée sur son parcours et sur ses projets d'avenir. Curieusement, j'ai retrouvé chez lui la même courtoisie que j'avais constatée chez son fils David, que j'ai également eu l'occasion d'approcher lors du tournage d'un clip produit par des Américains. C'était il y a une dizaine d'années, lorsque David débutait. Même style que son père : une gentillesse et un cœur énormes. Une générosité sincère. Or je peux vous dire que dans le métier, les fausses générosités, on s'en aperçoit tout de suite[17] ! »

Une fois achevé, le clip de Durringer va être abondamment diffusé sur les chaînes françaises. Rien de plus normal, explique Jean-Baptiste Jouy, alors responsable de la programmation musicale sur M6 : « Hallyday est un artiste qui touche toutes les générations. Il est donc en permanence programmé sur la chaîne avec ses *golds* et ses nouveautés. Il peut être diffusé dans n'importe quelle tranche horaire, matin, midi ou soir. » Et de préciser que le chanteur est l'un des artistes français qui a beaucoup fait pour le clip français à ses débuts, notamment grâce à Bernard Schmitt : « Ses vidéos étaient très ambitieuses sur le plan de la réalisation et en termes de prise de risques. Aujourd'hui, la technique acquise permet de réaliser de bons clips à des budgets moindres. Même si, parfois, ils se ressemblent un peu trop… »

Automne 1998 : après plus d'un an d'absence, Johnny investit enfin le Stade de France en espérant bien y « allumer le feu » devant plus de deux cent mille spectateurs reçus à l'occasion de trois méga-concerts. Car, pour réussir son nouveau défi, le chanteur et son producteur Camus ont une fois encore déployé les grands moyens : un orchestre symphonique de quatre-vingt-cinq musiciens, une chorale de quatre cents personnes, des percussionnistes, des feux d'artifice, des effets spéciaux, une arrivée en hélicoptère, mille techniciens, 200 000 watts de sonorisation, un écran vidéo géant de 250 m², une scène gigantesque de 3 500 m², et une route de 160 mètres de long surplombant la foule… Le tout représentant un budget de soixante millions de francs.

Tout semblait s'annoncer sous les meilleurs auspices si la météo n'y était allée d'un de ses caprices. Et quel caprice ! Des trombes d'eau s'abattent pendant des heures interminables et noient irrémédiablement la scène. Pour Johnny et les organisateurs, le premier concert constitue une véritable Berezina : un spectacle annulé, 70 000 spectateurs frustrés. Un drame que le chanteur vit naturellement minute après minute. « Il s'est passé beaucoup de choses dans ma loge à ce moment-là, raconte Johnny. D'abord, on me parlait d'annulation. Donc, j'ai été voir les musiciens. Je leur ai dit : « Écoutez, ils nous demandent de ne pas jouer… » Ils étaient très tristes, on s'était tous énormément préparés pour ce spectacle. Camus ne savait plus quoi faire, il m'a interrogé : « Est-ce qu'on prend le risque que tout explose, ou pas ? » Je lui dis : « Écoute-moi, j'ai envie d'y aller de toute façon. On a déjà chanté sous la pluie. » Il me répond : « Oui, mais on n'a jamais chanté sous la pluie avec autant de matériel, et avec un orchestre symphonique de violons en bois rare… La pluie peut foutre en l'air les instruments. » De fait, ce sont des instruments uniques, les violons et les violoncelles, ça n'a rien à voir avec des guitares électriques ! J'ai dit : « Écoute, on va quand même tenter le coup. On ne s'est quand même pas préparés depuis tout un an pour annuler parce qu'il pleut ! » Mais quand je disais ça, il s'est mis à pleuvoir de plus en plus. Le déluge ! À ce moment-là, le chef de la sécurité et celui des pompiers sont arrivés en disant : « On ne peut pas vous laisser monter sur scène. Avec la structure métallique qu'il y a, vous risquez un court-circuit. Et vous risquez tous d'y passer ! » L'assurance, par-dessus le marché, a dit : « Si vous y allez, nous on ne vous couvre plus ! » Je n'étais pas seulement contrarié, j'étais catastrophé. Ce qui devait être un jour de fête retombait comme un jour... un jour sans ! D'abord, je me suis mis à la place de tous ces gens. À la place de toute l'équipe qui avait travaillé avec moi depuis un an. Et c'est vrai qu'à cause de ce putain de mauvais temps, à l'idée de tout annuler comme ça, il y a eu un moment où on a eu l'estomac serré. »

Sur le chemin du retour, de nombreux spectateurs ne dissimulent pas leur déception. Beaucoup avaient fait un long déplacement, certains de Lyon, d'autres de Marseille, d'autres de Belgique. À leur amertume, d'aucuns ajoutent de la colère : « Johnny aurait pu venir lui-même nous annoncer que le concert n'aurait pas lieu, plutôt que de nous envoyer Camus ! », me confie l'un d'eux. Johnny, pour sa part, ne cherche pas à se justifier : « Je crois que les plus mauvaises décisions se prennent quand on panique et qu'on perd son calme. Pour prendre les bonnes décisions, il faut de la sérénité, et ce n'était vraiment pas le cas ! En même temps, ils ont été malins en m'interdisant d'aller sur scène tout en me répétant : « C'est à toi de prendre la décision. » Je leur répondais : « S'il n'y avait que moi, j'irais ! » En réalité, ils ne voulaient pas en entendre parler. « Si vous vous y allez, il va y avoir encore plus de problèmes, plus de tumulte dans le public. » Alors, que faire dans ces cas-là ? »

Laeticia est présente en ces heures de grande intensité. Elle sait combien est forte la pression qui s'exerce sur les épaules de son mari chanteur. « Ces moments de stress, je les ressens plus intensément avant un film ou un spectacle. Il faut alors qu'il sente ma présence, mon soutien, mais il faut aussi savoir le laisser seul. Avant un spectacle, il a souvent besoin de tomber très bas, de toucher le fond, pour remonter encore plus haut qu'avant. C'est quelqu'un qui doute en permanence, et ce doute n'est jamais aussi fort qu'avant un défi important. Il a besoin d'exorciser un tas de vieux fantômes qui datent de son enfance, toutes ses cicatrices... Il passe par des phases d'autodestruction très dures à vivre. Je commence à le comprendre, mais j'ai mis du temps, et ça reste une épreuve. Parfois, j'ai peur pour sa vie. Je le laisse jusqu'au moment où il va trop loin ; là, il faut savoir l'arrêter et lui dire : « Ça suffit, cesse de détruire ta vie ! » Probablement a-t-il besoin de ça pour avancer, mais il repousse ses propres limites tellement loin que j'ai parfois très peur pour lui[18]. »

Malgré la pluie qui ne cesse de tomber, les deux concerts prévus pour les jours suivants se déroulent sans anicroches ou presque. Ce sont d'abord des syndicats qui accusent sa maison de production de ne pas avoir rémunéré ses choristes. Puis, le lendemain du deuxième show, c'est au tour du *Parisien* d'affirmer que l'interprète d'*Allumer le feu* a chanté en play-back durant sa descente en hélicoptère. Cette dernière information est largement reprise, notamment par les radios de l'Hexagone. Furieux, Johnny décide de traîner le quotidien et l'auteur de l'article devant les tribunaux. Les magistrats lui donneront raison quelques mois plus tard, en juin 1999, en les condamnant pour diffamation.

Laeticia a attendu plusieurs semaines avant de faire visiter à Johnny la maison de ses rêves. L'endroit est à la fois paisible et élégant. Son nom même en témoigne : Marnes-la-Coquette. Le chanteur se montre emballé. La campagne à dix minutes de l'Étoile ! Il se souvient que Maurice Chevalier habitait non loin de là. Cela étant, il s'interroge : aura-t-il le temps de profiter d'une demeure aussi spacieuse ? Le couple s'y installe finalement en octobre 1999, et la baptise *Savannah*. Répartition des rôles lorsqu'il s'agit de la décoration et de l'ameublement : Johnny tient à s'occuper pour sa part de la salle de musculation et de la salle de cinéma. Les goûts du comédien-chanteur sont plus éclectiques qu'il n'y paraît. Sa « dévédéthèque » est riche de milliers de titres. Mais il ne possède curieusement pas une seule copie des longs-métrages dans lesquels il a joué, à l'exception de *L'Homme du train*, dont nous reparlerons bientôt. Lorsque je l'interroge sur cette anomalie, il me répond qu'il n'aime pas se voir, avant d'ajouter non sans humour : « Je ne suis pas comme Charlie Chaplin qui imposait à sa famille, tous les samedis soir, la projection d'un de ses films[19] ! »

Pour Laeticia, la pièce la plus importante de la maison est la cuisine : l'endroit où le couple passe le plus clair de son temps et où il reçoit ses amis. Ce n'est plus un secret : la jeune femme adore cuisiner. Une passion que lui ont transmise ses grands-mères. « Johnny aime bien savoir ce qu'on mange, remarque-t-elle. Parfois, il me fait changer de menu une demi-heure avant de se mettre à table. Il faut alors que j'improvise quelque chose qui ressemble à ce qu'il m'a demandé. C'est comme les plats épicés, quand on reçoit, je confectionne deux sauces : une extrêmement relevée pour Johnny, une normale pour les autres[20]. »

La passion de Johnny pour les arts de la table n'est pas feinte. À preuve cette nouvelle aventure commerciale dans laquelle il se lance en 1999 avec l'ouverture du Rue Balzac, une ancienne cantine située à un jet de pierre de l'Étoile. La restauration a toujours attiré les artistes. En France, Gérard Klein, Smaïn, Jean-Claude Brialy ou encore Gérard Lenormand se sont laissés tenter avec plus ou moins de bonheur. Pour réussir son pari, Johnny s'associe à parts égales avec deux professionnels réputés, également de vieux amis : le chef Michel Rostang (deux étoiles au *Michelin*) et Claude Bouillon, un ancien habitué du Golf Drouot comme chanteur du groupe Tony Franck et les Kiwis, avant de se reconvertir, au milieu des années soixante, dans la restauration. Ancien propriétaire de restaurants à Val-d'Isère et Saint-Jean-de-Monts pendant une vingtaine d'années, Bouillon a décidé de « monter » en 1988, à Paris, où il a ouvert Chez Françoise, près des Invalides, avant de reprendre L'Absinthe, place du marché Saint-Honoré, sa première association avec Michel Rostang. « Mon amitié avec Johnny s'est nouée à partir de 1975. Nous avions un copain commun, le vice-champion du monde de moto, Michel Rougerie, aujourd'hui disparu[21] », se souvient Claude Bouillon. Puis d'enchaîner sur son association avec le chanteur, qu'il présente comme « sérieuse et saine ». La remarque n'est pas anodine : par le passé, Johnny a déjà failli se lancer à plusieurs reprises dans des affaires du même genre, mais avec des partenaires pas toujours aussi recommandables ou compétents.

Situé dans la rue du même nom, le Rue Balzac propose une carte traditionnelle autour de grandes recettes des régions françaises réinventées par le chef Yann Roncier, formé par Michel Rostang : tarte feuilletée de boudin noir et ses pommes-fruits au romarin ; steak de Saint-Jacques d'Erquy et son mijoté de riz, de choux et de poireaux ; épaule d'agneau des pré-Alpes du sud confite au romarin. Une adresse très courue par les fans de Johnny ? Pas forcément. L'amateur doit compter débourser dans les cinquante euros par couvert en mangeant à la carte. Un prix raisonnable, estime pour sa part Claude Bouillon lorsqu'il le compare à ceux des établissements situés dans le « triangle d'or » encadré par les Champs-Élysées, les avenues George-V et Montaigne. « Nous avons réussi à fidéliser une clientèle d'hommes d'affaires, mais qui rassemble aussi de nombreux amis et copains[22] », poursuit Bouillon, heureux de me citer parmi ces derniers Pierre Bachelet, Pierre Vassiliu, Nicolas Peyrac, Gérard Lanvin, Richard Anconina ou encore Christian Clavier. Présent plusieurs jours par semaine dans son établissement, Johnny refuse de se complaire dans un rôle de figurant. Il est attentif aux préoccupations de ses employés (trente-cinq personnes au total), s'enquiert de la santé des uns et des autres, maugrée aussi parfois contre la difficile gestion des « ressources humaines », surtout depuis la mise en place des fameuses dispositions sur les « RTT » chères à Jospin et Martine Aubry : « En France, on empêche les gens qui le veulent de travailler. Il y a des jeunes qui voudraient gagner davantage, mais on les limite. On voulait ouvrir notre restaurant tard le soir, après les spectacles, mais avec cette histoire des « trente-cinq heures » c'est impossible... » « La restauration implique des horaires élastiques, renchérit Claude Bouillon. Si nous appliquions réellement les « trente-cinq heures », nous serions obligés d'interrompre le service au moment du fromage. En revanche, si nous avions le choix, nous serions ouverts vingt-quatre heures sur vingt-quatre en faisant tourner plusieurs équipes[23] ! » Malgré ces aléas, le Rue Balzac est devenu rapidement une affaire qui marche, m'affirme l'ancien chanteur des Kiwis. Ainsi, en 2001, les trois associés ont-ils déclaré 250 000 francs de bénéfice pour un chiffre d'affaires de 18 millions de francs, ce qui correspond à environ trois cents repas servis chaque jour. Ils espèrent bien améliorer le score en 2003. Johnny n'attend cependant pas les dividendes de cette réussite financière pour assurer son train de vie. Rien à voir avec les royalties qu'il perçoit sur le prix de vente de ses albums et le prix d'achat de ses concerts.

Les prochains vont justement se dérouler sous le soleil des Antilles.

26

Johnny & Co

Johnny a attendu la fin des agapes accompagnant le célèbre carnaval martiniquais pour se produire, à la mi-février 2000, dans l'enceinte du stade Dillon de Fort-de-France. Comme il en a souvent pris l'habitude, il a sollicité l'une des célébrités locales, la chanteuse populaire Tanya St. Val, afin d'interpréter un duo endiablé avec deux de ses tubes : *Dégage* et *Allumez le feu*. « Une sorte de tremplin pour Tanya [1] », m'explique Michel Thimon, spécialiste de la musique caribéenne. Pour ce critique musical au quotidien *France-Antilles*, le renfort de la pulpeuse Guadeloupéenne n'aurait toutefois pas permis à Johnny de faire l'unanimité. « De nombreux spectateurs ont été déçus, car ils ont eu l'impression qu'il ne s'était pas donné à fond, en tout cas, pas comme lors de ses concerts en métropole. » Sentiment de grande satisfaction, en revanche, chez les disquaires de l'île : celui de la Librairie antillaise de Fort-de-France m'affirme ainsi avoir été dévalisé, les jours suivant le concert du rocker vétéran. « Les acheteurs étaient davantage intéressés par les compilations que par son dernier album [2] », souligne-t-il.

Autre bénéficiaire du passage du rocker métropolitain : Kassav, le mythique groupe inventeur du *zouk*, dont la chanteuse vedette, Jocelyn Beroard, avait tenu à assister au concert du stade Dillon ainsi qu'à ses préparatifs. « Des hommes de Johnny sont venus en Martinique deux mois avant son arrivée afin de s'occuper de l'organisation, me confie-t-elle. Ils ont eu de nombreuses exigences, tout à fait légitimes, pour le bon déroulement du concert. Des exigences que nous avons pu réitérer un mois plus tard lorsque Kassav s'est produit au même endroit[3]. » Et de m'expliquer : « Les Martiniquais sont parfois un peu laxistes... Une plus grande rigueur dans l'organisation ne nous a pas fait de mal ! » En dépit des griefs de quelques grincheux, Johnny, selon Jocelyn, a remporté un grand succès sur l'île. Certes, les spectateurs étaient venus moins nombreux qu'au concert de Kassav, mais rien d'illogique à tout cela, conclut la dynamique et facétieuse soliste : « Normal : nous sommes ici chez nous ! »

Johnny quitte la Martinique dès le lendemain de son deuxième concert. À l'aérogare moderne du Lamentin, c'est Mylène, hôtesse au sol d'Air Liberté, qui l'accueille pour l'enregistrement de ses bagages. Elle se souvient d'une star plutôt fatiguée. « Il s'est montré ronchon[4] », m'assure-t-elle avec un large sourire.

Johnny a pourtant quelques raisons d'être heureux. C'est officiel : il chantera sur les Champs-Élysées au mois de juin suivant. Jean Tibéri, le maire de Paris, vient de le confirmer.

L'idée d'un mégaconcert sur la plus célèbre avenue du monde ? Elle a surgi lors d'un dîner dans un restaurant parisien où Johnny a retrouvé par hasard son vieux complice Jean-Pierre Pierre-Bloch, qu'accompagne ce jour-là sa fille Deborah : « Il me parle de son rêve de chanter un jour sur les Champs-Élysées en me disant : « Un million de personnes se sont déplacées pour venir là à la Libération ; moi, je voudrais faire un spectacle où il y aurait un million de gens ! » J'en parle à Tibéri, dont j'étais l'adjoint et qui se montre enthousiaste. J'organise un déjeuner avec le couple Tibéri et Jean-Claude Camus qui imagine déjà la descente des Champs sur une immense scène roulante[5]. » Informé du projet, le préfet de police, Philippe Massoni, se montre quelque peu sceptique face à l'ampleur des moyens à déployer afin d'assurer la sécurité du million de spectateurs attendus. « Le problème était qu'il fallait détourner la circulation et surtout éviter tout risque de débordement vers l'Élysée », reprend l'ancien manager de Johnny. Finalement, le mégaconcert rêvé par l'interprète d'*Allumer le feu* aura bien lieu, mais au pied de la tour Eiffel. « Un succès phénoménal, se souvient encore Pierre-Bloch, amusé par le flottement qui se manifeste lorsque Jean Tibéri souhaite garer sa voiture officielle à proximité de la scène : « Des « gros bras » du service d'ordre ont voulu l'empêcher de passer, et j'ai dû intervenir pour libérer le passage à la voiture de celui qui était tout de même le maire de Paris ! »

Pour Johnny, le spectacle doit être aussi prestigieux que le cadre qu'il va étrenner. Dans ces conditions, rien ne doit être laissé au hasard. Échaudé par son show du Stade de France deux ans plus tôt, il veille à ce que la scène soit conçue pour continuer à fonctionner sous la pluie. Au jour J, le 10 juin, le chanteur s'inquiète précisément des prévisions de la météo lorsqu'il rejoint sa loge. Son habilleuse l'attend. Il est vêtu par Gucci d'une chemise de soie, d'un pantalon en velours damassé noir et d'un autre pantalon en cuir rebrodé or. Aux pieds, une paire de bottes signées Massaro. Dans la matinée, Johnny s'est rendu chez Alain, son maître barbier du IIIe arrondissement, pour peaufiner son bouc. Sa maquilleuse s'active lorsqu'on lui annonce l'arrivée du maire de Paris, et du préfet de police. Puis ce sont les minutes de trac lorsque les projecteurs commencent à éclairer les parterres du Champ-de-Mars. Jacques Rouveyrollis est le chef d'orchestre des lumières : cinq cents projecteurs qui vont balayer pendant plus de deux heures la foule massée jusqu'à l'École militaire.

Au total, ils ne sont pas un million, mais près de la moitié à retrouver leur idole pour deux heures de communion rock. Un record absolu. On s'est déplacé de la France entière par autocars spéciaux, mais aussi de l'étranger. Depuis l'aube, la foule bigarrée se presse sur la pelouse pour être le plus près possible de la scène. Certains affichent sur leur poitrine le tee-shirt à l'effigie de Johnny. D'autres portent tatouages, cheveux platine en brosse, blouson de cuir. Certains sont venus en Harley.

Le programme ? Il est particulièrement bien dosé avec vingt-quatre chansons. Pour ouvrir la soirée, Johnny a de nouveau choisi *Allumer le feu*. Rien d'anormal à cela, explique Jean-William Thoury, auteur d'un dictionnaire documenté des chansons de Hallyday : « Il ne faut pas faire dans la dentelle, car la chanson est destinée à servir d'ouverture lors de concerts monumentaux comme celui-là. La phrase « *Je veux la foule en délire !* » est à cet égard explicite[6]. » Mais aussi de s'interroger : « Que personne ne semble s'être inquiété de savoir si ce message serait pris au premier degré par certains de ses admirateurs zélés qui se découvriraient des talents de pyromanes est plutôt étonnant. La simple hypothèse d'un incendie volontaire, en rapport de près ou de loin avec les paroles du chanteur, aurait pu inciter à plus de prudence. Il est vrai que la prudence n'a jamais été la spécialité de Johnny... » Puis c'est une kyrielle de ses grands succès que la foule reprend en chœur : *Le Pénitencier*, *Quelque chose de Tennessee*, bientôt suivis par des tubes plus récents, parmi lesquels bon nombre tirés de son album *Sang pour sang*, entièrement réalisé par son fils David.

Comme le veut la tradition, plusieurs artistes ont été conviés à venir chanter sur scène à ses côtés. Johnny présente Sonia Lacen comme sa filleule. Elle a seize ans. Sa présence ne doit rien au hasard : à partir de l'automne suivant, elle jouera dans *Les Mille et Une Vies d'Ali Baba*, une comédie musicale produite par Jean-Claude Camus. Pour le second duo, c'est au tour de Florent Pagny de rejoindre le rocker. C'est à la suite d'une émission de télévision que les deux artistes se sont liés d'amitié : « On s'est rencontrés à *Sacrée Soirée* pour le duo *La musique que j'aime*, se souvient Pagny. J'ai croisé Johnny quelques mois plus tard dans un resto. Il m'a chopé dans un coin et m'a dit : « En trente ans que je fais ce métier, t'es le premier que j'ai pas coincé ! » J'ai répondu : « Putain, la flatterie que tu me fais là ! Je suis très touché, mais je vais me permettre de te demander une chose : j'aimerais refaire un duo avec toi, mais sur un titre original, cette fois. » Il était OK, mais l'idée était restée en l'air. Puis, lorsque j'ai entendu *Jamais*, j'ai immédiatement pensé à lui. Il l'a écoutée et m'a dit : « C'est rock'n'roll. » J'ai rigolé, et c'est parti comme ça[7]. »

Pagny peut se vanter de faire dorénavant partie de la bande du « taulier », comme il surnomme affectueusement son aîné. Il n'est toutefois pas le seul à appartenir à la galaxie Hallyday. Celle-ci est composite : il y a d'abord le « premier cercle » avec Carlos, Eddy Mitchell, Jean-Jacques Debout, Jean-Paul Belmondo, le parolier Michel Mallory, sans oublier Jean-Pierre Pierre-Bloch, déjà évoqué. Un « deuxième cercle » rassemble les acteurs Vincent Lindon, Jean Reno, Jean-François Stévenin, Gérard Depardieu et Bruno Putzulu. Ce dernier, pensionnaire à la Comédie-Française, a fait la connaissance du chanteur lors du tournage de *Pourquoi pas moi ?*, réalisé par Stéphane Giusti. « Bruno fait en effet partie du clan, explique Johnny. Peut être parce qu'il a un peu le même caractère que moi, que c'est un silencieux. Souvent, c'est dans le silence qu'on se comprend le mieux. En tout cas, c'est toujours préférable à dire n'importe quoi, n'importe quelle connerie ! » L'expression orale, le verbe, Johnny, l'autodidacte, s'en méfie, on l'aura compris, surtout lorsqu'ils sont utilisés par de prétendus membres de l'intelligentsia. « Les mots peuvent faire penser des choses qui sont fausses, m'explique-t-il. J'ai rencontré des gens simples qui n'ont jamais ouvert un livre de leur vie et qui sont intelligents. Et des gens qui ont lu plus de livres que je ne pourrais en lire dans une vie et qui sont bêtes comme leurs pieds. Pour moi, la vie est simple : il y a les cons qui se croient malins et les gens qui ont l'intelligence du cœur[8]. »

Le « troisième cercle » constitué autour du comédien-chanteur comporte les collaborateurs épisodiques et diverses amitiés à durée déterminée. Johnny n'hésite pas à se séparer à intervalles réguliers de certains amis comme Joël Devouges, son factotum depuis 1982, ou Gilles Lhote, le journaliste de *Paris-Match* qui lui avait rédigé son autobiographie, *Destroy*. « Les gens proches de Johnny finissent généralement fâchés avec lui dix ans plus tard », explique le journaliste François Jouffa, victime, au début des années 1980, de l'ire hallydéenne. Cette année-là, il l'interviewe en direct sur Europe 1 au sujet de son récent spectacle inspiré de *Mad Max*. Lorsqu'il lui demande sur un mode ironique en quel personnage il projette de « se déguiser » la prochaine fois, Johnny prend la mouche, se lève et le plante là. Leur brouille durera dix ans. « En 1992, il me retrouve, je fais mine d'oublier que nous sommes fâchés, poursuit Jouffa. Il me serre dans ses bras et me fait une dédicace. La voici : « François, tu m'as fait deux insultes. Une, avec la question que tu m'as posée, la deuxième en ne t'en souvenant pas, mais je t'aime. Johnny[9]." »

D'autres artistes réputés portent au chanteur le plus populaire de France une admiration qu'ils ont du mal à dissimuler. Parmi eux, Philippe Caubère et Lynda Lemay. « J'ai tout copié sur lui, y compris son attitude en scène[10] », assure l'héritier du théâtre d'Ariane Mnouchkine. Alors que la chanteuse québécoise affirme pour sa part qu'elle lui a consacré l'une de ses chansons sitôt après l'avoir rencontré : « D'ailleurs, depuis ce jour-là, j'ai ma carte d'adhérente à son fan-club[11]. » Déclaration contredite toutefois par le responsable du fan-club officiel de Johnny Hallyday qui regrette que la native de Portneuf, probablement emportée par son enthousiasme, ne lui ait toujours pas adressé sa demande d'adhésion...

Ils sont dix mille, aujourd'hui, à appartenir au Club. Un chiffre relativement important, même si le « noyau dur » des fans en France est estimé à cent cinquante mille personnes. Située en région parisienne, l'association des amis de Johnny est dirigée, depuis 1996, par Patrice Gaulupeau, le cinéaste attitré du chanteur, auteur entre autres d'une biographie filmée particulièrement remarquée, diffusée en 2000 sur Canal +. Aux adhérents le Club propose une revue trimestrielle sur papier glacé résumant les activités professionnelles et évoquant quelques épisodes de la vie personnelle de l'idole. Elle leur permet également l'accès au *merchandising* : ligne de vêtements, fournitures scolaires, parfums, bijoux, statuettes, briquets et autres téléphones portables à son effigie. « Des revenus aussitôt réinvestis dans le fonctionnement du Club dont la structure mobilise trois personnes[12] », précise Gaulupeau, également auteur de divers questionnaires expédiés aux lecteurs de *Johnny Hallyday*

Magazine et destinés à mieux appréhender le profil des fans du chanteur. Une photographie de l'appartenance socio-professionnelle des adhérents laisse apparaître que la plupart ont un âge moyen compris entre 35 et 40 ans ; qu'ils vivent dans des villes moyennes ou à la campagne (curieusement, très peu de Parisiens) ; et qu'ils gagnent environ 1 200 euros par mois. 98 % des fans disent acheter les disques de leur chanteur préféré, 70 % ses vidéos, 58 % tous les livres qui le concernent. Leurs relations avec le Club ? Elles sont multiples, conclut Gaulupeau : « Cela va du petit mot gentil adressé à Johnny à l'occasion de son anniversaire, aux questions sur la forme du rocker[13]. »

Une semaine après son concert de la tour Eiffel, salué par la presse avec une rare unanimité dans l'éloge – « superbe », « grandiose », « immense », « triomphal »... –, et quarante-huit heures après son anniversaire célébré au parc de Sceaux, Johnny fait sa rentrée à l'Olympia, le samedi 17 juin. C'est l'occasion, pour le chanteur, d'égrener quelques souvenirs de cette salle où il chanta pour la première fois en 1961 et où il n'avait pas remis les pieds depuis vingt-sept ans. Un moment d'émotion auquel le public comme la critique sont particulièrement sensibles. « L'intimité de l'Olympia a permis à chacun de voir, d'approcher et d'entendre Johnny comme jamais. Frisson de liesse, quasiment d'ivresse... Deux heures durant, la joie absolue[14] », écrit un premier chroniqueur. « Johnny, définitivement hors gabarit, les lieux défilent, les décors changent ; lui, non[15] », complète un second.

Le bel été du chanteur n'est pas terminé pour autant. Au cours de la seconde quinzaine d'août, Johnny doit s'envoler pour une série de concerts au Canada où il n'est pas retourné depuis un quart de siècle. Des spectacles à grand déploiement : seize choristes et musiciens, quarante-cinq techniciens de scène, quatre semi-remorques d'équipement. « On attendait sa venue depuis longtemps, et les trois concerts donnés au Théâtre de Saint-Denis ont affiché complet dès les premiers jours suivant leur annonce », commente Léo Roy, un fan québécois de la première heure (donc depuis 1961). Comble du bonheur, grâce à son titre de correspondant de *Juke Box Magazine*, il a même pu approcher l'idole lors d'une conférence de presse que cette dernière avait donnée au mois d'avril précédant son retour au Québec. Une rencontre « inoubliable » au cours de laquelle il avait pu lui poser deux questions, avant de lui offrir un cadeau en signe d'admiration : un beau livre consacré à Elvis Presley. Afin de le remercier, le rocker ne s'était pas fait prier pour lui signer un autographe, malgré la présence musclée des gardes du corps. « Il se montra chaleureux, réceptif et souriant, malgré la brièveté de notre échange. Un moment magique pour moi », se souvient Léo, néanmoins quelque peu dépité lorsqu'il apprend que la star a réservé un entretien exclusif à trois journalistes triés sur le volet. « Son entourage avait préféré miser sur des journaux locaux pouvant faire mousser les ventes de billets pour les trois concerts à venir[16] », m'explique-t-il.

L'image du chanteur, comparée à celles des autres artistes français ? « Dans les années 60, Johnny était sans conteste le chanteur pop français le plus populaire, poursuit l'incollable reporter québécois. Malgré une bonne discographie, Eddy Mitchell n'a jamais vraiment percé ici. Jusqu'au début des années 70, les chansons de Johnny tournaient régulièrement au Québec. Par la suite, son étoile a quelque peu pâli. Il aura fallu attendre *J'ai oublié de vivre*, en 1978, et *Le Chanteur abandonné*, en 1985, pour qu'il redémarre vraiment[17]. »

Son public canadien ? « Il est essentiellement, pour ne pas dire totalement francophone. Je n'ai pas connu de gens hors du Québec qui s'intéressent vraiment à Johnny. Lors des spectacles qu'il donna à Montréal en août 2000, j'ai toutefois rencontré une Américaine (parlant un peu le français) qui était une fan de Johnny. L'exception qui confirme la règle... »

Comment expliquer que Johnny n'ait jamais pu faire carrière dans les pays anglo-saxons ? « Cela tient peut-être au fait que ces pays avaient déjà leurs idoles ? Ainsi, en Angleterre, ils avaient déjà Cliff Richard, Billy Fury, etc. Mais Cliff Richard ne s'est lui-même jamais imposé aux États-Unis non plus... »

Comment Johnny profite-t-il de ses séjours canadiens ? Que visite-t-il, qui rencontre-t-il ? « Lors de son dernier passage à Montréal en 2000, je sais qu'il est allé manger un *smoked-meat* dans un restaurant spécialisé sur la rue du Saint-Laurent. Je sais également qu'il est allé dans un établissement français dont le chef est un de ses amis[18]. »

Loin de la Belle Province, des fans et des méga-concerts, Johnny et Laeticia s'embarquent bientôt pour l'île Maurice. Un séjour improvisé : leur façon à eux de fêter leurs cinq premières années de vie commune et de se reposer au calme.

27

Les défis du patriarche

« Là-bas, on ne nous embête pas[1] », apprécie Johnny en évoquant l'île de *Paul et Virginie* et du peintre-poète Malcolm de Chazal. Là, dans le luxueux hôtel Saint-Géran, le couple profite pleinement de la piscine privée et des activités sportives mises à sa disposition. « Laeticia adore faire du ski nautique, poursuit le rocker. Personnellement, je suis un fan de jet-ski, avec quoi j'ai d'ailleurs failli un jour me tuer. » Et de me raconter comment, au cours de ce même séjour, en février 2001, son scooter des mers heurta à pleine vitesse des écueils dressés à fleur d'eau : « Le jet-ski s'est envolé pour finir par me retomber dessus. Résultat : une épaule déboîtée[2]. »

Les sports nautiques ne sont pas l'unique passion du chanteur. Les rallyes automobiles font désormais également partie de ces défis physiques auxquels il aime à se frotter. Le premier d'entre eux se déroule au printemps suivant, en Tunisie. Il est organisé par Jean-Christophe Pelletier et Cyril Neveu, ancien champion moto du Paris-Dakar. Il est sponsorisé par un fabriquant de lunettes qui ne tarde pas à s'offrir plusieurs pages de pub dans divers magazines, reproduisant des photos du baptême du feu du rocker sur les pistes africaines. Selon Éric Bhat, spécialiste de la presse automobile, il est convenu que la participation de la vedette de la chanson se présente d'abord comme un échange de bons procédés : « Hallyday court *gratos*, alors que le montant du droit d'entrée, pour une telle compétition, s'élève en moyenne à 800 000 francs. Johnny ne paie rien en échange d'une pub gratuite dont bénéficient les organisateurs[3]. » Interrogé sur le sujet, le chanteur admet volontiers qu'il ne se préoccupe guère des aspects financiers des courses automobiles auxquelles il participe. « Je suis pilote officiel d'un *team*, d'une marque. J'ai commencé par Mercedes, puis avec Nissan. Ce sont eux qui s'occupent de ces aspects-là », m'explique-t-il. C'est en effet à l'occasion de ce rallye tunisien qu'Optic 2000 lui propose un contrat publicitaire : une série de spots pour des lunettes de cette marque, qu'il accepte de tourner pour des raisons purement alimentaires. « Comme l'a également fait mon ami Depardieu pour des spaghettis ou pour une marque de café », souligne-t-il. Le montant de son cachet ? Johnny me confirme qu'il n'est pas de questions indiscrètes, mais que seules les réponses peuvent l'être : « Il n'y a que le fisc qui soit au courant ! Et pour cause, puisqu'il en perçoit la moitié[4] ! » Discrétion n'empêche pas comparaison. Selon un mensuel économique, les quatre spots Barilla auraient rapporté un million d'euros au célèbre interprète de *Monte Cristo*, et l'équivalent d'un salaire annuel de cadre supérieur pour se délecter pendant vingt secondes du moelleux yaourt Senoble…[5]

Quels que soient les enjeux financiers entourant le rallye de Tunisie, ils ne sauraient occulter sa dimension sportive, bien réelle. Une première pour Johnny dont la seule compétition automobile remonte, on s'en souvient, au rallye de Monte-Carlo de 1967. Pour affronter sa nouvelle épreuve de huit jours, sur deux mille kilomètres, surnommée par les concurrents la

« revanche du Dakar », le chanteur se livre à de nombreux exercices physiques dans la salle de musculation aménagée à cet effet dans sa maison de Marnes-la-Coquette. Il se fait aussi prescrire par Dani Dos Reyes, qui le suit depuis quelque cinq ans, un régime alimentaire strict, sans une goutte d'alcool. Sa seule crainte concerne sa hanche dont il a été opéré en 1983 ; il redoute qu'elle ne le fasse souffrir.

Puis arrive enfin le jour du départ. Des parois de sable blanc, des dunes à perte de vue. Les paysages rencontrés lors de ce raid tunisien restent, pour le rocker, l'un des plus beaux souvenirs de sa vie. Couvert de poussière, les yeux, le nez, la moustache et la barbiche couleur du désert, Johnny devient méconnaissable dès le premier jour. Dans la cabine de son puissant 44, il n'est pas seul : son beau-père, André Baudou, le seconde. Ce choix ne doit rien au hasard. « Dédou », comme l'appelle Johnny, a participé à vingt-six rallyes africains, dont huit Paris-Dakar, au guidon de sa moto. Un palmarès qui ne manque pas de susciter chez son gendre une certaine admiration. « Un jour, il s'est retrouvé en pleine tempête de sable et a failli perdre un pied », me raconte le chanteur qui admet également quelques échanges musclés avec beau-papa. « Il fallait entendre Dédou hurler dans son micro, poursuit-il non sans humour. Toute la journée, il m'engueulait : « Attaque ! À fond ! T'as peur ? C'est normal. » Pendant ce temps-là, il se plantait dans ses notes et nous paumait. Y avait des jours où j'avais franchement envie de le larguer sur la piste ! »

Au fil des jours, Johnny et son coéquipier connaissent effectivement quelques galères : un demi-tonneau au cours duquel l'époux de Laeticia se retrouve la tête en bas, sanglé dans son siège baquet, dans l'impossibilité de s'extirper seul de son véhicule meurtri, des enlisements, la direction qui lâche le dernier jour… Malgré ces vicissitudes, l'équipage s'accroche. Sa persévérance sera récompensée sur la ligne d'arrivée que les duettistes franchiront à la dixième place dans leur catégorie « voitures de série ».

De l'avis de certains participants, le chanteur-comédien s'est conduit comme un authentique pilote de rallye-raid : un amoureux de la course au grand large, acceptant sans rechigner l'inconfort des bivouacs, la poussière et le vent, la fatigue et les courbatures. Se couchant, harassé, à 21 h 30 pour se relever dès 6 heures du matin : « Un truc qui ne m'était pas arrivé depuis cinquante ans ! » raconte-t-il en s'esclaffant. En définitive, Johnny n'est pas mécontent de sa performance et jure qu'on le verra de nouveau en piste, le mois suivant, pour le rallye du Maroc.

Quelques semaines plus tard, l'interprète de *Sang pour sang* se retrouve, comme promis, sur la ligne de départ de ce second défi automobile. Mais, cette fois, son copilote s'appelle David Hallyday. Le jeune homme, qui n'a pas encore fêté son trentième anniversaire, se dit ravi de partager sa passion du pilotage avec son « paternel ». Chaque matin, avant l'étape du jour, le père et le fils échangent impressions et conseils. « La prochaine fois, se promet Johnny, je mets une combinaison blanche, comme toi. Le noir, ça retient la chaleur. On va encore crever[6] ! » La remarque n'est pas dénuée de bon sens. Pendant cinq jours, sur deux mille kilomètres, les deux hommes, logés à la même enseigne, vont souffrir : cinq à six heures de conduite quotidienne, des tonnes de sable à pelleter, des roues à changer, des moteurs qui chauffent, et 45£9 à l'ombre à l'intérieur de l'habitacle. À entendre David, les leçons d'André Baudou n'ont pas été vaines. « Mon père m'a dit par exemple de repérer les traces de chameaux dans le sable pour trouver l'itinéraire le plus praticable », se souvient-il. Et d'ajouter : « Il m'avait dit aussi de me méfier des photographes : « Quand tu en vois un sur le bord de la piste, lève le pied. S'il est là, c'est qu'il y a un piège qui va lui permettre de faire une bonne photo[7]" ! »

À l'évidence, ces retrouvailles sont un réconfort pour David qui s'est séparé d'Estelle depuis quelques mois, après onze ans de mariage. « Ç'aura été l'aspect positif cette phase de ma vie, commente-t-il. Ça m'a beaucoup rapproché de mon père. Il était passé avant moi par ce type d'épreuve... » Johnny s'est toujours défendu d'intervenir dans la vie personnelle de ses enfants. « Je ne me suis jamais mêlé des histoires de mon fils et de sa femme. C'est leur histoire, c'est leur vie, ce n'est pas la mienne[8] », m'explique-t-il. À une exception près, toutefois : lorsqu'il s'agit de défendre son nom d'artiste. « J'ai simplement demandé à ce qu'Estelle ne s'appelle plus Hallyday, car je ne comprends pas pourquoi une femme divorcée continuerait à porter le nom de son ancien mari. C'est la même chose pour Karine Barclay qui a deux enfants et qui continue à se faire appeler par le patronyme d'Eddie. C'est un truc qui me dérange. Elle a une autre vie et je ne vois pas pourquoi elle persiste à se l'approprier ainsi[9]. » Le message a été apparemment assez bien reçu : c'est ainsi sous le nom d'Estelle Lefébure que l'ex-belle-fille de l'« idole des jeunes » apparaîtra bientôt au sein de différentes associations caritatives et manifestations médiatico-sportives.

De son côté, Johnny en vient à participer à une autre course automobile de renom : le 24e Paris-Dakar, où il défend les couleurs de la marque Nissan aux côtés de René Metge, pilote de haut niveau, lui-même organisateur de rallyes. À en croire le comédien-pilote, il s'agit une fois encore de réaliser un rêve d'enfant : « À quinze ans, j'hésitais entre la carrière de chanteur, de comédien ou de coureur automobile. À l'approche de la soixantaine, j'aurai donc fait les trois[10] ! »

Hallyday ne se trompe pas : quelques semaines avant de s'engager sur les pistes du Sahara, il venait d'achever un nouveau tournage, celui de *L'Homme du train*, mis en scène par Patrice Leconte.

C'est le rocker en personne qui a sollicité le réalisateur lors de la soirée des Césars 1998 : « J'ai mis la main sur l'épaule de Patrice et je lui ai dit : « J'aimerais bien être filmé par toi ! » C'est vrai que c'est une démarche pas courante en France, mais elle est fréquente chez les acteurs américains. Après, ça se passe ou pas », souligne Johnny. Et de préciser avec philosophie : « Lorsqu'on veut travailler avec un metteur en scène, il faut le faire savoir. Si vous ne déclarez jamais à une femme que vous l'aimez, elle ne le saura jamais ! »

Les films de Leconte ? Cinéphile averti, Johnny les connaît pratiquement tous. « Il en a fait vingt et j'ai dû en voir dans les dix-huit ! J'ai adoré *Les Bronzés* et la suite, qui me font hurler de rire chaque fois que je les revois. J'ai aimé *Tandem*, *Le Mari de la coiffeuse*, *Ridicule*... »

Lorsqu'il a mis au point la trame narrative de *L'Homme du train*, Leconte propose le rôle sans attendre à sa future tête d'affiche. Johnny lit avec attention le scénario écrit par Claude Klotz. Il aime d'emblée le personnage de Milan qu'on lui propose. Et il accepte de signer. Si le comédien-chanteur est ravi de tourner avec Leconte, l'enthousiasme n'est pas partagé de l'autre côté de la Manche. L'annonce de la participation du chanteur français y soulève un tollé après l'annonce par le British Film Council – équivalent britannique de notre CNC (Centre national de la Cinématographie) – de coproduire le film à hauteur de cinq millions de francs. « Hallyday est déjà dépassé en France, et il n'a jamais été un nom ici. Ce n'est pas même un retour aux *sixties*, mais aux *fifties* ! Même les Français le considèrent comme un encroûté. Ce n'est pas un acteur, encore moins un dinosaure du rock. C'est juste un papy ! Comment peut-on gaspiller l'argent public sur des films sans espoir[11] ? » s'indigne Alexander Walker, fameux critique de cinéma d'outre Manche. Desta Hallyday, la cousine de Johnny, se déclare quelque peu surprise par toute cette agitation : « Les Anglais n'ont jamais aimé Johnny. Je n'en ai jamais compris les raisons[12]. » De son côté, l'intéressé estime qu'il s'agit là d'une mauvaise querelle : « Cela a été mal perçu par la presse qui s'est demandée pourquoi coproduire un film français alors qu'ils avaient déjà du mal à produire là-bas des films anglais, et pourquoi solliciter Johnny Hallyday plutôt que Mick Jagger ? Mais, en fin de compte, lorsqu'ils ont vu le film, la même presse a fait paraître des articles d'excuses. Ils ont reconnu la qualité du film. Et ils ont donné raison aux coproducteurs anglais[13]. »

Lorsque la polémique éclate, Johnny a déjà commencé le tournage du film qui a démarré à Tain-l'Hermitage, dans la Drôme, par un froid de canard. Là, il a retrouvé son partenaire Jean Rochefort. Il admire depuis de nombreuses années le talentueux comédien et redoute quelque peu son jugement : « Les premiers jours, j'avais l'angoisse qu'il me trouve mauvais, ou que ça l'ennuie de jouer avec moi », confie-t-il. Dans le scénario, Johnny incarne un truand fatigué venu faire un énième casse dans la petite ville d'Annonay où il va nouer une profonde amitié avec un professeur de français à la retraite, interprété par Rochefort. Ce dernier se dit ravi de donner la réplique au comédien-chanteur dont il admire le magnétisme, la « présence extraordinaire », le « regard dense dans lequel tout passe ». « Au départ, quand Leconte m'a parlé de ce tandem avec Johnny, j'ai trouvé que c'était excitant, poursuit-il. Patrice m'a dit : « Il y a un prof de lettres et un gangster. Je ne te dis pas qui joue qui... Mais tu l'auras compris ! » J'ai senti qu'il y avait là quelque chose de détonant : la différence de formation, de culture entre Johnny et moi était une bonne champignonnière... Leconte a fait la sauce. Si j'ai un talent, c'est de mettre à l'aise les gens avec lesquels je travaille. Car je me suis aperçu que, maintenant que je suis devenu un monument du cinoche, j'impressionne souvent mes partenaires. Johnny n'est pas un néophyte au cinéma, mais, au début, il avait beaucoup le trac. On le sentait tellement fragile, vulnérable et affectueux... Patrice et moi, nous nous sommes efforcés de lui donner confiance et de le décontracter. Au bout de quelques jours, il est venu tourner avec beaucoup de plaisir[14]. »

Sur le plateau, Patrice Leconte décèle de son côté un personnage différent de celui auquel les médias l'avaient jusqu'alors habitué. « J'ai découvert un type humain, généreux, attentif aux autres, explique-t-il. Rien à voir avec l'image des *Guignols de l'info* qui lui colle à la peau ! J'ai travaillé avec Johnny comme je le fais avec les autres acteurs, et tout s'est très bien passé. Pendant la première semaine de tournage, je crois qu'il avait un peu peur de ne pas être à la hauteur de Jean Rochefort et de moi-même. Mais, pour moi, il ne fait pas l'ombre d'un doute que Johnny est vraiment un bon acteur[15]. »

Lors de la sortie du film, la presse française et européenne se montre elle aussi unanime à reconnaître les qualités d'interprète du rocker. Au Festival de Venise, *L'Homme du train* recueille dix minutes d'applaudissements. Certains critiques voient même du Gabin chez Hallyday. Et ce dernier n'est pas peu fier lorsqu'il reçoit – précisément en janvier 2003 –, le prix qui porte le nom de son célèbre ancien.

Fort de ce succès, conscient pour la première fois de sa carrière qu'il a enfin du temps pour « faire l'acteur », Johnny enchaîne sur un nouveau tournage au cours du mois de mai 2002. Pour l'occasion, il se déplace à Toronto, au Canada, où le jeune metteur en scène Brad Mirman a situé l'action de son film *Wanted* (*Crime Spree*). Ce thriller conte l'histoire d'une bande de gangsters français qui organisent un casse à Chicago mais qui se trompent d'adresse et cambriolent la villa d'un chef de la mafia... Aux côtés du comédien-chanteur, d'autres stars françaises et américaines : Renaud, Gérard Depardieu, Gary Oldman, James Caan et l'un des acteurs fétiches de Johnny, Harvey Keitel, l'une des figures de proue de la nouvelle génération d'Hollywood, interprète entre autres de *La Leçon de piano* (Palme d'or à Cannes en 1993) et *Pulp Fiction*, de Quentin Tarantino.

Wanted sera sorti en salles depuis six mois lorsque Johnny débutera, en septembre 2003, le tournage de *Journée rouge* (titre provisoire) dont le producteur Norbert Saada a confié la mise en scène à Philippe Rouquier, un jeune réalisateur venu de la publicité. Pour lui donner la réplique, le producteur a fait appel à la comédienne Mathilde Seigner et à un nouveau venu au cinéma : Paul Belmondo, sollicité pour des essais devant la caméra à l'heure où cet ouvrage est mis sous presse. « L'action de ce film noir, dans la veine de *Reservoir Dog*, se déroulera à Paris où nous allons reconstituer un immense embouteillage[16] », me révèle Saada, qui se réjouit par avance de retrouver son vieux « pote » Johnny. C'est en 1960 que les deux hommes s'étaient rencontrés lors du premier spectacle tumultueux du chanteur à L'Alhambra. « À l'époque, ses fans étaient moins nombreux qu'aujourd'hui », se souvient encore le producteur de *Espion, lève-toi* et *Monsieur Klein* qui se définit lui-même comme l'un des derniers survivants de l'époque « yé-yé ». De son ami d'adolescence, Johnny, pour sa part, se rappelle surtout des tours pendables dont ce dernier était un spécialiste talentueux. Ainsi cette dernière à l'Olympia, lorsque Saada, en compagnie de Jean-Marie Périer et de Jean-Pierre Pierre-Bloch, prendra à son insu la place de ses danseuses sur scène. Ou encore lors de son service militaire, lorsqu'il passait ses permissions à Paris, et qu'il cachait à peine sa déprime au moment de son retour à la caserne. « Un dimanche après-midi, Norbert s'est proposé de m'accompagner à Orly, d'où je devais m'envoler pour Strasbourg avant de prendre un train pour Offenbourg, me raconte le rocker. Arrivés à l'aérogare, et pour me faire marrer, je l'aperçois tout à coup enlever son pantalon et me suivre ainsi jusqu'à l'embarquement. Vous pouvez alors imaginer la tête des passagers et des hôtesses d'accueil. Mais rien qui perturba mon accompagnateur. Jusqu'au moment où il termina son numéro avec son pantalon plié sur le bras et un magistral : « Monsieur est servi ! » Inutile de dire que tout le monde a finalement éclaté de rire[17]. »

À son retour du Canada, le chanteur se consacre à la réalisation de son nouvel album, intitulé *À la vie, à la mort*, concocté en compagnie de Patrick Bruel, Hallyday junior, Rick Allison, Gérald de Palmas et Axel Bauer. Des valeurs sûres pour un succès phénoménal. Lors de sa sortie à l'automne 2002, le double album se vend à plus d'un million et demi d'exemplaires. Il est vrai qu'il a bénéficié d'un lancement médiatique exceptionnel au cours duquel l'interprète n'a pas ménagé sa peine. Après l'avoir boycottée pendant un an, Johnny accepte ainsi de figurer dans l'émission de TF1 baptisée *Star Academy*, dont l'audience frôle les dix millions de téléspectateurs. Conscient qu'il s'agit là d'une formidable tribune de promotion, le rocker n'ignore pas non plus que sa maison de disques, Universal, édite tous les albums produits par les « graines de star » de l'émission. Johnny a-t-il eu peur de se fâcher avec la « major » qui produit 40 % des disques en France ? de déplaire à TF1 dont les émissions sont les plus regardées ? Lorsque j'évoque le sujet, l'interprète de *Souvenirs, souvenirs* préfère plaindre le sort réservé à ces apprentis-chanteurs qui s'imaginent déjà que leur vie ressemblera à un spectacle de Broadway. Des sentiments mêlés, entre sympathie et agacement : « Je me suis toujours intéressé aux jeunes. Mais je m'aperçois aussi qu'on leur impose trop de choses. On les propulse stars avant même qu'ils aient appris leur métier d'artiste. Ce métier ne s'apprend pas uniquement avec des cours de danse et de chant. Il s'acquiert sur scène, devant un public, notre seul maître[18]. » Lorsque je lui rappelle qu'il a eu la chance de signer son premier contrat chez Vogue après son passage à l'émission d'Aimée Mortimer, *L'École des vedettes*, une sorte de *Star Ac'* avant l'heure, la réplique ne se fait pas attendre : « Certes, mais à cette différence près que la scène, je la pratiquais depuis l'âge de treize ans grâce à Desta et à Lee. Pendant des années, je me suis formé à la dure école des cabarets, théâtres et autres bals populaires. C'est là qu'on apprend à être patient, endurant, persévérant et courageux Ce qui m'inquiète, pour tous ces pauvres mômes, c'est l'après-*sunlights*. Si ça ne marche pas pour eux, la chute risque d'être très rude[19] ! »

La scène, le public, Hallyday sait à l'évidence de quoi il parle. Il est ainsi l'un des rares chanteurs à continuer à effectuer des tournées. Or, à une ou deux exceptions près, la plupart des artistes de sa génération ont pris depuis belle lurette leur retraite. Même son copain Mick Jagger n'a plus envie de se retrouver sur la route. Celui-ci explique : « J'aime avoir une autre vie. En tournée, vous devenez vraiment fou. Vous n'avez plus de racines. Vous ne voyez que les gens de la tournée. Un soir, vous arrivez à Lyon. Vous ne connaissez personne. Vous êtes à l'hôtel, vous sortez dîner, mais tout est fermé parce qu'il est trop tard. Le lendemain, vous êtes parti. Vous ne connaissez rien de Lyon ! Et vous voilà à Lille[20]... » À la veille de fêter ses soixante printemps, l'inoxydable interprète de la variété française considère quant à lui que l'heure de quitter la scène n'a pas encore sonné.

C'est dit : en 2003, Johnny Hallyday retrouvera le Parc des Princes, et Jean-Claude Camus, l'« âme damnée » du chanteur, n'y sera pas allé par quatre chemins lors de la conférence de presse annonçant officiellement l'ouverture de la billetterie. Johnny a vu encore plus grand, annonce-t-il : « Un décor gigantesque, une machinerie extraordinaire, une mise en scène de folie !.... » Mais c'était sans compter avec les dissensions qui allaient se faire jour au sein de plusieurs municipalités sollicitées pour subventionner les concerts donnés dans leurs villes.

La polémique démarre à Bordeaux au début de l'été 2002 par la voix du chef de file des socialistes, Gilles Savary. Ce dernier dit ne pas comprendre la décision du maire, Alain Juppé, de mettre gracieusement à la disposition du chanteur le stade Chaban-Delmas pour un concert prévu en juillet 2003, ainsi que la signature d'une convention financière d'un montant de 220 000 euros, soit environ 1,5 million de francs. « Cela ressemble à du clientélisme pour offrir des places aux proches de la mairie », martèle-t-il. Et d'interroger : « Pourquoi subventionner Johnny, et pas Noir Désir ou Claude Nougaro ? Si la ville subventionne un spectacle, il faut que tous les artistes qui viennent chez nous puissent en bénéficier ! » Avant de conclure sur le même ton courroucé : « Vous n'allez pas faire croire que Johnny Hallyday a besoin de subventions pour remplir un stade[21] ! »

À ces mots, Alain Juppé, qui vient de tomber la veste pour présider en chemisette, a du mal à rester « droit dans ses bottes ». Il explique tout d'abord que cette contribution municipale était destinée « aux publics défavorisés, les scolaires, RMistes, chômeurs et étudiants ». Et que d'autres villes s'étaient engagées dans ce type de promotion à l'occasion de la tournée exceptionnelle de Johnny. « C'est un dévoiement de l'action publique, l'interrompt Gilles Savary. L'argent public des Bordelais va à l'argent privé, qui n'en a pas besoin ! Si c'est l'anniversaire de Johnny Hallyday, poursuit-il, sarcastique, offrons-lui plutôt un gâteau avec 60 bougies et la médaille de la Ville ! » Les Verts le rejoignent, affirmant que le Conseil municipal est tombé sur la tête : « Non seulement on devrait faire payer Johnny, mais il faudrait en plus exiger 1 % sur les recettes. Ce serait plus équitable vis-à-vis des autres artistes et du public. » Face à ce tohu-bohu, l'édile bordelais et ancien Premier ministre a du mal à garder son flegme : « C'est une mauvaise querelle, reprend Alain Juppé. Johnny Hallyday n'est pas mon copain et je vais plus souvent à l'Opéra qu'à ce type de concert, mais il en faut pour tous les publics. » Sa déclaration est cependant loin d'apaiser les esprits. Au contraire ! C'est bientôt au tour du tribunal administratif de sa circonscription de mettre son grain de sel en jugeant « illégale » la contribution municipale envisagée. Cette décision fait tache d'huile en d'autres villes de l'Hexagone où les 60 ans de Johnny Hallyday ne tardent pas à agiter sérieusement divers conseils municipaux. Devant la tournure prise par les événements, la plupart des dix villes où est censé faire escale le spectacle finissent par jeter l'éponge.

Quant au héros involontaire de ces polémiques, il se dit consterné, ne voyant d'abord dans ces conflits que des règlements de comptes entre majorité et opposition. « Pour Jean-Claude Camus et moi, ces aides municipales devaient d'abord permettre à des gens de classes sociales défavorisées de pouvoir assister au spectacle en leur permettant d'y accéder à des tarifs moins élevés. Le prix des places n'est pas calculé au hasard, mais compte tenu de toute la logistique qu'implique un tel spectacle hors normes : 50 semi-remorques pour trois scènes, un décor de 26 mètres de haut, 800 permanents – techniciens et musiciens – pour un budget total qui est, lui aussi, hors normes : plus d'un million d'euros ! Il n'a jamais été question, dans notre esprit, de gagner de l'argent, mais il ne s'agit pas non plus d'en perdre[22]. » Chagriné par cette mauvaise querelle ? L'emblématique chanteur la trouve plutôt « lamentable », et n'exprime qu'un seul regret pour « tous ces gens privés de spectacle, parce que plus démunis que d'autres ».

Une tournée au goût d'amertume ? Loin s'en faut. À la fin de l'hiver 2002, tous les concerts prévus pour l'été suivant affichent d'ores et déjà complet. Rien d'étonnant à cela : au fil des années, en dépit des dérives et de quelques galères, il n'a cessé de lui rester fidèle. Homme de scène, de cinéma, couverture recherchée de la presse *people*, Jean-Philippe Smet a réussi le tour de force de se transformer en personnage de légende. La vie s'est finalement montrée bonne fille pour le gamin remuant de la Trinité. La chanson et une soif démesurée de reconnaissance lui ont probablement permis de ne jamais tomber du mauvais côté. Tels furent et sa destinée et son choix. Sa façon de prouver qu'il était un homme de caractère, totalement libre. Travailleur acharné, Johnny Hallyday n'a jamais cessé de douter et de se remettre en question. Si son étonnant et inépuisable don de la métamorphose lui a permis de traverser un demi-siècle de vie artistique française, son exceptionnelle réussite s'explique avant tout par une personnalité hors du commun étayée par ces deux piliers que sont chez lui l'instinct et l'enthousiasme : « Je ne sais pas si je mourrai sur scène, mais j'arrêterai le jour où je n'en aurai plus envie[23]. »

Lorsque je l'interroge sur tout le chemin parcouru, l'incroyable sexagénaire refuse, contrairement à tant d'autres, de se réfugier dans les beaux souvenirs qui ont jalonné cinquante ans de carrière. Et de me répéter que « rien n'est jamais parfait », qu'il n'a pas encore réalisé tous ses rêves. De promettre avec le sourire qu'à cent ans, il sera encore mieux qu'aujourd'hui !

Malgré tout, les années passent et Johnny Hallyday n'ignore pas qu'il lui faudra un jour quitter la scène avec dignité, dire au revoir et merci avant le combat de trop. D'ici là, les projets ne manquent pas. Il me révèle ainsi qu'il souhaite ardemment passer, d'ici quatre ou cinq ans, derrière la caméra afin de mettre en images et à sa façon toutes les histoires qui se bousculent dans sa tête. Une nouvelle vocation qui ne l'empêchera nullement de vivre un bonheur familial auquel il a aspiré toute sa vie. Ce bonheur qu'il partage dorénavant avec Laeticia, ravissante épouse dévouée et attentive ; avec sa fille Laura, discrète et sérieuse ; avec son fils David et ses petites-filles Ilona et Emma, qui lui donnent des airs de patriarche ravi et apaisé ; avec une mère présente et absente à la fois, ultime lien avec un passé marqué de cicatrices que l'amour des foules n'a jamais complètement refermées : la peur du noir, la phobie de l'abandon ; l'image de ce père perdu, puis mal retrouvé, un géniteur auquel il doit pourtant sa vie de chanteur et de comédien aussi doué qu'inspiré.

Le dernier voyage ? Johnny admet y penser souvent, « comme tout le monde ». Avant de me confier avec un léger trémolo dans la voix : « Certains jours, cela m'obsède, et certaines nuits, cela m'empêche de dormir. » Au jeu de l'épitaphe qu'il aimerait qu'on grave un jour à son intention dans le marbre, sous le soleil, du côté de Ramatuelle, il s'abstient d'abord de répondre, puis lève son regard étonnamment bleu avant d'articuler d'une voix nette : « Rappelez-vous de moi comme d'un homme sincère. » La postérité, pour ce rebelle éternellement amoureux, ne paraît guère avoir d'importance : « Surtout, pas de statue dressée sur ma tombe ! Simplement des gens qui viennent boire un coup pour que la fête continue… »

Printemps 2003.

NOTES

Prologue

1. Entretien avec Johnny Hallyday, par l'auteur, 26 novembre 2002.

2. Entretien téléphonique avec Johnny Hallyday, par l'auteur, 19 novembre 2002.

Première partie

LE SALTIMBANQUE (1943-1959)

1. «Pipo»

1. Entretien avec Yves Bastin, par l'auteur, 25 février 2003.

2. *Johnny raconte Hallyday*, Filipacchi-Édition n° 1, 1979.

3. Entretien avec Desta Hallyday par l'auteur, 11 décembre 2002.

4. *Johnny raconte Hallyday, op. cit.*

5. Entretien avec Marc Francelet, *L'Express*, 7 novembre 2002.

6. Entretien avec Desta Hallyday, par l'auteur, *op. cit.*

7. Préface de Johnny Hallyday à l'ouvrage de

Monique Kouznetzoff et Gill Paquet, *Johnny*, Vade Retro, 1998.

8. Entretien avec Desta Hallyday, par l'auteur, *op. cit.*

9. *Le Monde*, 7 décembre 1946.

10. Entretien avec Johnny Hallyday, par l'auteur, *op. cit.*

11. Thierry Kubler et Emmanuel Lemieux, *Cognacq-Jay 1940*, Plume, 1990.

12. Témoignages recueillis par Thierry Kubler et Emmanuel Lemieux, *Cognacq-Jay 1940, op.cit.*

13. Entretien avec Desta Hallyday, *op. cit.*

14. Entretien avec Johnny Hallyday, par l'auteur, 6 février 2003.

15. Entretien avec Desta Hallyday, *op. cit.*

2. L'enfant de la balle

1. Eddie Constantine, *Cet homme n'est pas dangereux*, Presses de la Cité, 1995.

2. Entretien avec Johnny Hallyday, par l'auteur, *op. cit.*

3. Entretien avec Johnny Hallyday, par Sacha Rheims, *Le Point*, 8 novembre 2002.

4. Entretien avec Johnny Hallyday, par l'auteur, *op. cit.*

5. *Lee Hallyday raconte Johnny*, Michel Lafon, 2000.

6. Entretien avec Desta Hallyday, *op. cit.*

7. Entretien avec Desta Hallyday, *op. cit.*

8. Entretien avec Johnny Hallyday, par l'auteur, *op. cit.*

9. Lee Hallyday raconte Johnny, *op. cit.*

10. Entretien avec Johnny Hallyday, par l'auteur, *op. cit.*

11. *Lee Hallyday raconte Johnny, op. cit.*

12. Entretien avec Johnny Hallyday, par Patrice Gaulupeau, Canal +, juin 2000.
13. *Ibid.*
14. Entretien avec Johnny Hallyday, par l'auteur, *op. cit.*
15. Entretien avec Marie-Christine Guérini, par l'auteur, 30 mai 2000.
16. Entretien avec Kathy Rusticelli, par l'auteur, 16 décembre 2002.

3. Les Diaboliques et la Petite sirène

1. Entretien avec Johnny Hallyday, par Patrice Gaulupeau, *op. cit.*
2. Cité par Georges Sadoul, *Les Lettres françaises*, 3 février 1955.
3. Lettre de Hélène Mar à Maurice Chevalier, archives privées.
4. Entretien avec Desta Hallyday, par l'auteur, *op. cit.*
5. Entretien avec Patrice Gaulupeau, *op. cit.*
6. *Ibid.*
7. *Le Mans* a été réalisé en 1971 par Lee H. Katzin.
8. Paulette Coquatrix, *Les Coulisses de ma mémoire*, Grasset, 1984.
9. Entretien avec Marcel Kopp, par l'auteur, 12 août 2002.
10. Entretien avec Maria Azpiazu, par Laurent Favre, *L'Illustré*, 12 juillet 2000.
11. Entretien avec Desta Hallyday, par l'auteur, *op. cit.*
12. *Lee raconte Hallyday, op. cit.*

4. Les postes de la Trinité

1. Entretien avec Johnny Hallyday, par l'auteur, *op. cit.*
2. Entretien avec Johnny Hallyday, par Marguerite Duras, *Adam*, mars 1964.
3. Entretien avec Johnny Hallyday, par l'auteur, *op. cit.*
4. Long Chris, *Johnny à la cour du roi*, Filipacchi, 1986.
5. Entretien avec Johnny Hallyday, par Philippe Adler, *L'Express*, 13 octobre 1979.
6. Entretien avec Johnny Hallyday, par l'auteur, *op. cit.*
7. Chantal Pelletier, *Eddy Mitchell*, Seghers, 1981.
8. Entretien avec Henri Leproux, *Platine*, août-septembre 1995.
9. Entretien avec Catherine Cuiney, par l'auteur, 16 janvier 2002.
10. *Johnny à la cour du roi, op. cit.*

DEUXIÈME PARTIE

LE VRAI-FAUX ROCKER (1960-1963)

5. Et Vogue...

1. Jean-Paul Aron, *Les Modernes*, Gallimard, 1984.
2. Entretien avec Jean-Marie Périer, par l'auteur, 21 novembre 2002.
3. Entretien avec Jean-Pierre Martin, par l'auteur, 5 août 2002.
4. Marcel Achard, *Souvenirs, souvenirs*, Flammarion, 1998.
5. Cité par Eddie Barclay, in *Que la fête continue*, Robert Laffont-Cogite, 1988.

6. Extrait des archives de télévision diffusées dans le cadre de l'émission *Quarante Ans du rock*, M6, 1993.

7. Sacha Distel, *Les Pendules à l'heure*, Éditions 13, 1985.

8. *Je m'appelle Carlos, op. cit.*

9. *Johnny à la cour du roi, op. cit.*

10. Entretien avec Jean-Pierre Martin, par l'auteur, *op. cit.*

11. Maurice Ciantar, *Paris-Jour*, 21 septembre 1960.

12. *Paris-Presse*, 22 septembre 1960.

13. *La Croix*, 23 septembre 1960.

14. *L'Humanité*, 22 septembre 1960.

15. *Le Monde*, 23 septembre 1960.

16. Richard Anthony, *Il faut croire aux étoiles*, Michel Lafon, 1994.

6. La tornade Hallyday

1. Johnny Hallyday, *Destroy*, Michel Lafon, 1996.

2. Entretien avec Claude Horn, par l'auteur, 29 juillet 2000.

3. Entretien avec Jean-Pierre Martin, par l'auteur, *op. cit.*

4. Cité in *Johnny Story*, Éditions 13, 1979.

5. *Il faut croire aux étoiles, op. cit.*

6. Jean-François Kahn, *Paris-Presse-L'Intransigeant*, 28 février 1961.

7. *Cet homme n'est pas dangereux, op. cit.*

8. *Ibid.*

9. Entretien avec Jean-Pierre Martin, par l'auteur, *op. cit.*

10. Entretien avec Claude Horn, par l'auteur, *op. cit.*

11. Entretien avec Jean-Jacques Debout, *L'Express*, 7 novembre 2002.

12. Entretien avec Johnny Hallyday, par l'auteur, 6 février 2003.

13. Entretien avec Jean-Marie Périer, par l'auteur, 21 novembre 2002.

14. *L'Express*, 25 juin 1961.

15. *Que la fête continue, op. cit*.

7. Une adolescente bulgare

1. Le *rockabilly* est un dérivé du rock'n'roll créé à Memphis au milieu des années 1950. On le présente en général comme un rock plus agressif que le rock traditionnel.

2. Entretien avec Charles Aznavour, *Platine*, 26 décembre 1995.

3. *Le Monde*, 23 septembre 1961.

4. Entretien avec Desta Hallyday, par l'auteur, *op. cit*.

5. Entretien avec Johnny Hallyday, par Michel Lancelot, *À bout portant*, Antenne 2, septembre 1974.

6. Entretien avec Johnny Hallyday, par l'auteur, *op. cit*.

7. Entretien avec Jean-Pierre Pierre-Bloch, par l'auteur, 11 décembre 2002.

8. Entretien avec Alan Coriolan, par l'auteur, 2 décembre 2002.

9. Entretien avec Johnny Hallyday, par l'auteur, *op. cit*.

10. *Ibid*.

11. *Ibid*.

12. Claude Garson, *L'Aurore*, 17 janvier 1962.

13. Entretien avec Johnny Hallyday, *Paris-Match*, 8 juin 1993.

14. Roger Vadim, *D'une étoile l'autre*, Édition n° 1, 1986.

15. Entretien avec Catherine Deneuve, *Jours de France*, 8 juin 1971.

16. *France-Soir*, 14 juin 1973.

17. Sylvie Vartan, *Si je chante*, Filipacchi-Édition n° 1, 1981.

18. Entretien avec Sylvie Vartan, *Platine*, décembre 1994.

19. Entretien avec Sylvie Vartan, *Mon amie Sylvie*, documentaire de François Reichenbach, 1971.

20. Entretien avec Sylvie Vartan, par Pierre Démeron, *Marie-Claire*, 18 novembre 1981.

21. Entretien avec Georges Aber, *Platine*, 19 mars 1995.

22. *L'Écho de la Bourse*, 12 mars 1963.

23. *Il faut croire aux étoiles, op. cit.*

24. Entretien avec Sylvie Vartan, par Jean-Loup Dabadie, *Candide*, 27 mai 1964.

25. *Paris-Presse* et *France-Soir*, 23 août 1963.

26. Entretien avec Sylvie Vartan, par Richard Cannavo, *Le Matin*, 12 septembre 1983.

8. L'idole des jeunes

1. Entretien avec Johnny Hallyday, par l'auteur, *op. cit*.

2. *Ibid*.

3. Entretien avec Johnny Hallyday, par l'auteur, *op. cit*.

4. *Ibid*.

5. *Ibid*.

6. Entretien avec l'auteur, 14 janvier 2003.

7. Entretien avec Johnny Hallyday, par l'auteur, *op. cit*.

8. Paul Guth, *Nouvelles de Bretagne*, avril 1964.

9. Entretien avec Jean-Pierre Pierre-Bloch, par l'auteur, *op. cit*.

10. Philippe Bouvard, *Le Figaro*, 27 octobre 1962.

11. *Paris-Jour*, 3 janvier 1963.

12. Entretien avec Jean-Pierre Pierre-Bloch, *op. cit*.

13. Entretien avec Agnès Hélou, par l'auteur, 13 octobre 2002.

14. Entretien avec Jean-Pierre Martin, par l'auteur, *op. cit*.

15. Entretien avec Jean-Pierre Pierre-Bloch, *op. cit*.

16. Entretien avec Alan Coriolan, par l'auteur, *op. cit*.

17. *France-Soir*, 20 mars 1963.

18. *France-Dimanche*, 8 mars 1963.

19. Entretien avec Jean-Pierre Pierre-Bloch, *op. cit*.

20. *Paris-Jour*, 5 novembre 1964.

21. Cité in *Johnny Hallyday, la dernière idole, op. cit*.

22. Entretien avec Pierre Barouh, par l'auteur, 18 juillet 2002.

23. Sacha Distel, *Les Pendules à l'heure, op. cit*.

24. Entretien avec Johnny Hallyday, par Patrice Gaulupeau, *op. cit*.

9. La Nation en folie

1. *Jours de France*, 6 juillet 1963.

2. *Le Figaro*, 23 juin 1963.

3. *Paris-Presse*, 23 juin 1963.

4. *France-Soir*, 23 juin 1963.

5. Entretien avec Jean-Pierre Pierre-Bloch, *op. cit*.

6. *L'Express*, 7 novembre 2002.
7. *Le Monde*, 25 juin 1963.
8. Entretien avec Johnny Hallyday, par Pierre Bénichou, *Jours de France*, 6 juillet 1963.
9. *Mademoiselle Âge Tendre*, mars 1965.
10. *Libération*, 18 juin 1993.
11. André Ransan, *L'Aurore*, 17 février 1964.
12. *L'Humanité*, 18 février 1964.
13. *Les Lettres françaises*, 13 février 1964.
14. L'entretien de Johnny Hallyday avec Marguerite Duras dont les extraits sont cités dans ce chapitre a été publié dans la revue *Adam*, en mars 1964, sous le titre : «La Ferrari, le poireau et l'autobus.»

TROISIÈME PARTIE

L'ENFER DU COUPLE (1964-1972)

10. La mascotte du régiment

1. Archives privées.
2. Entretien avec Johnny Hallyday, *Salut les copains*, avril 1964.
3. Cité in *Johnny Hallyday, la dernière idole*, Serge Loupien, Grasset, 1984.
4. Entretien avec Johnny Hallyday, par l'auteur, 6 février 2003.
5. Entretien avec Johnny Hallyday, *Salut les copains*, avril 1964.
6. *Ibid*.
7. Entretien avec Johnny Hallyday, *Paris-Match*, 26 décembre 1970.
8. Archives privées.
9. Entretien avec Johnny Hallyday, par l'auteur, 6 février 2003.
10. Archives privées.

11. *Ibid.*

12. *Ibid.*

13. *Ibid.*

14. Lettre de Huguette Ferry adressée à Lee Hallyday le 5 octobre 1965. Archives privées.

15. Entretien avec Johnny Hallyday, par l'auteur, le 10 mars 2003.

16. Entretien avec Desta Hallyday, par l'auteur, *op. cit.*

17. *Le Figaro*, 9 novembre 1965.

11. Grosse déprime

1. Danielle Sommer, *Nos Années télé*, Filipacchi, 1999.

2. Entretien avec Jean-Pierre Pierre-Bloch, *op. cit.*

3. *Je m'appelle Carlos, op. cit.*

4. Courriel de Léo Roy adressé à l'auteur, le 4 octobre 2002.

5. Entretien avec Johnny Hallyday, par l'auteur, *op. cit.*

6. *Si je chante, op. cit.*

12. Redorer l'image

1. Entretien avec Yves de Bakker, par l'auteur, 31 octobre 2002.

2. Paulette Coquatrix, *Les Coulisses de ma mémoire, op. cit.*

3. Entretien avec Henri Chemin, par Paul Colson, *Spécial*, 19 janvier 1967.

4. Il s'agit de l'émission *Auto moto* diffusée sur TF1 le 3 juin 2001.

5. *Johnny Hallyday*, Collection n° 1, 1973.

6. *Ibid.*

7. Entretien avec Jean-Pierre Pierre-Bloch, par l'auteur, *op. cit*.

8. Entretien avec Jean-Marie Périer, par l'auteur, *op. cit*.

9. *France-Soir*, 12 mars 1968.

10. *Ibid*.

11. *L'Express*, 25 septembre 1967.

12. Entretien avec Alan Coriolan, par l'auteur, 2 décembre 2002.

13. Sous la pavés, les plages de Saint-Trop'...

1. Entretien avec Jean-Pierre Pierre-Bloch, *op. cit*.

2. Entretien avec Herbert Léonard, *Platine*, 26 décembre 1995.

3. *Nos Années télé, op. cit*.

4. Philippe Manœuvre, *Rock & Folk*, 15 mai 1969.

5. Lucien Bodard, *France-Soir*, 29 avril 1969.

6. Entretien avec Johnny Hallyday, *Télérama*, 8 mai 1995.

7. Entretien avec Johnny Hallyday, par l'auteur, 8 février 2003.

14. Virages dangereux

1. Mathias Goudeau et Patrice Tourne, *Sur l'air du temps, trente chansons qui ont changé la France*, J.-C. Lattès, 1989.

2. *Métal Hurlant*, avril 1984.

3. Entretien avec Robert Hossein, *Les Nouvelles littéraires*, 18 octobre 1979.

4. Entretien avec Johnny Hallyday, par l'auteur, *op. cit*.

5. *Paris-Match*, 26 décembre 1970.

6. *Paris-Match*, 16 décembre 1970.
7. Entretien avec Sylvie Vartan, *Jours de France*, 15 mai 1976.
8. François Reichenbach, *Le Monde a encore un visage*, Stock & Opera mundi, 1981.
9. Entretien avec Johnny Hallyday, par l'auteur, *op. cit*.
10. *Ibid*.
11. Claude Sarraute, *Le Monde*, 27 septembre 1971.
12. Bernard Pivot, *Le Figaro*, 28 septembre 1971.
13. Entretien avec Johnny Hallyday, par l'auteur, *op. cit*.

15. Johnny fait son cirque

1. Entretien avec Sylvie Vartan, par Jean-Jacques Delacroix, *Elle*, 18 septembre 1972.
2. Entretien avec Johnny Hallyday, par l'auteur, *op. cit*.
3. *Ibid*.
4. Michel Mallory, *Johnny, vingt ans d'amitié*, Archimbaud, 1994.
5. *Ibid*.
6. Entretien avec Sylvie Vartan, par Camilio Daccache et Éric Didi, RCA/BMG, octobre 1985.
7. Entretien avec Sylvie Vartan, par Éric Vincent, *Salut les copains*, juin 1973.
8. *Ibid*.
9. Entretien avec Johnny Hallyday, par l'auteur, *op. cit*.
10. Entretien avec Jean-Dominique Brierre et Mathieu Fantoni, *Paroles et musiques*, juin 1987.
11. *Ibid*.
12. Entretien avec Jean-Pierre Pierre-Bloch, par l'auteur, *op. cit*.
13. *Ibid*.

LA RENAISSANCE (1974-1984)

16. Retour aux sources

1. Entretien avec Johnny Hallyday, par l'auteur, *op. cit.*
2. Entretien avec Johnny Hallyday, par l'auteur, *op. cit.*
3. Entretien avec Sylvie Vartan, par Éric Vincent, *Salut les copains*, juin 1973.
4. Entretien avec Johnny Hallyday, par l'auteur, *op. cit.*
5. Entretien avec Sylvie Vartan, *Paris-Match*, 15 mai 1976.
6. Archives privées.
7. Philippe Bouvard, *Et si je vous disais tout*, Stock, 1977.
8. *Ibid.*
9. *Ibid.*

17. Entre deux cœurs

1. Sollicité, Salvatore Adamo n'a pas souhaité confirmer ni infirmer le récit de ce témoin.
2. Entretien avec Alan Coriolan, par l'auteur, 2 décembre 2002.
3. Entretien avec Johnny Hallyday, par l'auteur, *op. cit.*
4. Entretien avec Desta Hallyday, par l'auteur, *op. cit.*
5. Entretien avec Johnny Hallyday, par l'auteur, *op. cit.*
6. *Ibid.*

7. Robert Charlesbois, cité dans *Johnny*, Collection n° 1, 1981.

8. *Elle*, 12 octobre 1979.

9. Entretien avec Johnny Hallyday, par l'auteur, *op. cit*.

10. Entretien avec Jean-Pierre Pierre-Bloch, par l'auteur, *op. cit*.

11. Michèle Dokan, *France-Soir*, 20 octobre 1979.

12. Entretien avec Johnny Hallyday, par l'auteur, *op. cit*.

13. *Elle*, 12 octobre 1979.

18. Les amants terribles du show-biz

1. Entretien avec Desta Hallyday, *op. cit*.

2. *Jours de France*, 26 décembre 1980.

3. Entretien avec Serge Lama, *Le Monde*, 2 juillet 2002.

4. Cité in *Johnny Hallyday, la dernière idole, op. cit*.

5. Jean-Michel Gravier, *Le Matin de Paris*, 24 juillet 1980.

6. Entretien avec Alan Coriolan, par l'auteur, *op. cit*.

7. Entretien avec Johnny Hallyday, par l'auteur, *op. cit*.

8. Entretien avec Johnny Hallyday, par l'auteur, *op. cit*.

9. *Ibid*.

10. *Paris-Match*, 16 janvier 1981.

11. Entretien avec Johnny Hallyday, par l'auteur, *op. cit*.

12. *Paris-Match*, 7 septembre 2000.

13. Entretien avec Johnny Hallyday, par l'auteur, *op. cit*.

14. Philippe Labro, *Paris-Match*, 12 octobre 1979.

19. La Belle, le truand et le rocker

1. Entretien avec Babeth Étienne, par l'auteur, 9 août 2002.
2. *Ibid.*
3. *Ibid.*
4. *Ibid.*
5. Entretien avec Alan Coriolan, par l'auteur, *op. cit.*

20. Nathalie et Laura

1. *Ibid.*
2. Citée in *Johnny Hallyday, la dernière idole, op. cit.*
3. Entretien avec Nathalie Baye, par Virginie Merlin, *Paris-Match*, 3 juin 1983.
4. Jean Cau, *Paris-Match*, 15 septembre 1982.
5. Serge Loupien, *Libération*, 23 septembre 1982.
6. Entretien avec Alan Coriolan, *op. cit.*
7. Michel Drucker, *Paris-Match*, 16 septembre 1983.
8. Entretien avec Alan Coriolan, *op. cit.*
9. Entretien avec Nathalie Baye, par Patrick Poivre d'Arvor, *Paris-Match*, 8 novembre 1985.

21. En attendant Godard

1. Entretien avec Johnny Hallyday, par l'auteur, *op. cit.*
2. Entretien avec Johnny Hallyday, par Patrice Gaulupeau, *op. cit.*
3. Entretien avec Jean-Luc Godard, par Alain Bergala, Pascal Bonitzer et Serge Tubiana, *Les Cahiers du cinéma*, juin 1985.

4. Didier Goldschmidt, *Cinématographe*, 8 juin 1985.

5. Entretien avec Jean-Claude Camus, *op. cit.*

6. Entretien avec Jean-William Thoury, par l'auteur, 19 septembre 2002.

7. Entretien avec Constantin Costa-Gavras, par l'auteur, 12 juillet 2002.

8. *Ibid.*

9. *Ibid.*

10. *Ibid.*

11. *Ibid.*

12. Entretien avec Bernard Schmitt, par Gilles Verlant, in *Bercy, les coulisses du Parc*, documentaire réalisé par Patrice Gaulupeau, Polygram Vidéo, 1993.

13. *Ibid.*

CINQUIÈME PARTIE

LES JEUNESSES (1986-2003)

22. Karen, Gisèle et les autres

1. Entretien avec Johnny Hallyday, par Anita Hausser, RTL, le 24 février 1986.

2. Entretien avec Nathalie Baye, par Irène Frain, *Paris-Match*, 25 juillet 1986.

3. *Johnny à la cour du roi, op. cit.*

4. Entretien avec Jean Marbœuf, par l'auteur, 28 mai 2001.

5. *Ibid.*

6. *Ibid.*

7. Entretien avec Johnny Hallyday, par Sophie Fontanel, *Le Matin de Paris*, 12 décembre 1986.

8. Entretien avec Johnny Hallyday, *Paris-Match*, 18 mars 1987.

23. La fille de mon meilleur ami

1. *L'Express*, 7 janvier 2002.
2. Entretien avec Johnny Hallyday, par l'auteur, *op. cit.*
3. *Ibid.*
4. *Le Canard enchaîné*, 24 avril 2002.
5. Déclaration de Christine Boutin au *Midi-Libre*, 10 avril 2002.
6. Entretien avec Alain De Greef, *Télé 7 jours*, 13 avril 1991.
7. *Les Guignols de l'info, le jeu*, Canal + multimédia, 1995.
8. Entretien avec Étienne Roda-Gil, *Platine*, octobre 1996.
9. *Jours de France*, 22 février 1990.
10. *La Meuse*, 7 juillet 2000.
11. Entretien avec Johnny Hallyday, par l'auteur, *op. cit.*
12. Daniel Rondeau, *Le Nouvel Observateur*, 13 septembre 1990.
13. Entretien avec Florian Bernard, par l'auteur, 28 novembre 2002.
14. *Télé Star*, 22 février 2000.
15. *De New York à Bercy, 1991, l'année Johnny*, Musicmania-Glénat, 1992.
16. *Ibid.*
17. Claude Kroës, *L'Humanité*, 16 septembre 1991.
18. Roger Thérond, *Paris-Match*, 19 septembre 1990.
19. *Il faut croire aux étoiles, op. cit.*

24. Les drôles d'anges

1. *Paris-Match*, 5 août 1993.

2. *Ibid.*

3. Entretien avec Johnny Hallyday, par l'auteur, *op. cit.*

4. Entretien avec l'auteur, 18 novembre 2002.

5. *Ibid.*

6. Entretien avec Johnny Hallyday, par l'auteur, *op. cit.*

7. Entretien avec Alan Coriolan, *op. cit.*

8. Entretien avec Jean-Claude Camus, par Jacques Merlino, *Envoyé spécial*, France 2, 1998.

9. *VSD*, février 1994.

10. Entretien avec Jean-Claude Camus, *Platine*, décembre 1996.

25. Les spectacles maudits

1. Entretien avec Johnny Hallyday, par Patrice Gaulupeau, *op. cit.*

2. Entretien avec Patrice Gaulupeau, par l'auteur, 5 février 2003.

3. *Le Monde*, 2 mars 1998.

4. *Ibid.*

5. Entretien téléphonique avec Johnny Hallyday, par l'auteur, le 18 février 2003.

6. *Ibid.*

7. Entretien avec Johnny Hallyday, par Daniel Rondeau, *Le Monde*, 7 janvier 1998.

8. Entretien avec Jean-Pierre Pierre-Bloch, *op. cit.*

9. Entretien avec Babeth Étienne, par l'auteur, 2 octobre 2002.

10. Entretien avec Alan Coriolan, par l'auteur, *op. cit.*

11. *Ibid.*

12. Entretien avec Zazie, *Le Parisien*, 26 octobre 1999.

13. *Ibid.*

14. Entretien avec Laurent Olmedo, par l'auteur, 12 juillet 2002.

15. *Ibid.*

16. *Ibid.*

17. Entretien avec Anne Bourdiol, par l'auteur, 18 septembre 2002.

18. Entretien avec Laetitia Hallyday, *Gala*, 8 mars 2001.

19. Entretien avec Johnny Hallyday, par l'auteur, *op. cit.*

20. Entretien avec Laeticia Hallyday, *op. cit.*

21. Entretien avec Claude Bouillon, par l'auteur, 5 décembre 2002.

22. *Ibid.*

23. *Ibid.*

26. Johnny & Co

1. Entretien avec Michel Thimon, par l'auteur, 8 janvier 2002.

2. Entretien avec l'auteur, 8 janvier 2002.

3. Entretien avec Jocelyn Beroard, par l'auteur, 10 janvier 2002.

4. Entretien avec l'auteur, 10 janvier 2002.

5. Entretien avec Jean-Pierre Pierre-Bloch, par l'auteur, *op. cit.*

6. *Johnny Hallyday en chansons*, par Jean-William Thoury, La Mascara, 2002, et entretien avec l'auteur, le 19 septembre 2002.

7. Entretien avec Florent Pagny, *Platine*, décembre 1994.

8. Entretien avec Johnny Hallyday, par l'auteur, *op. cit.*

9. Entretien avec François Jouffa, *L'Illustré, op. cit.*

10. *L'Express*, 7 novembre 2002.

11. *Ibid.*

12. Entretien avec Patrice Gaulupeau, par l'auteur, 5 février 2003.
13. *Ibid.*
14. *Le Figaro*, 19 juin 2000.
15. *Le Parisien*, 18 juin 2000.
16. Courriels de Léo Roy adressés à l'auteur les 4 et 9 octobre 2002.
17. *Ibid.*
18. *Ibid.*

27. Les défis du patriarche

1. Entretien avec Johnny Hallyday, par l'auteur, *op. cit.*
2. *Ibid.*
3. Entretien avec Éric Bhat, par l'auteur, 18 juin 2001.
4. Entretien avec Johnny Hallyday, par l'auteur, *op. cit.*
5. *Capital*, mars 2003.
6. *Ciné Télé Revue*, 4 mai 2001.
7. *Ibid.*
8. Entretien avec Johnny Hallyday, par l'auteur, *op. cit.*
9. *Ibid.*
10. *Ibid.*
11. *The Guardian*, 26 novembre 2001.
12. Entretien avec Desta Hallyday, par l'auteur, *op. cit.*
13. Entretien avec Johnny par l'auteur, *op. cit.*
14. *Gala*, 27 décembre 2001.
15. *Le Parisien*, 2 octobre 2002.
16. Entretien avec Norbert Saada, par l'auteur, 13 mars 2003.
17. Entretien avec Johnny Hallyday, par l'auteur, *op. cit.*

18. Entretien avec Johnny Hallyday, par l'auteur, *op. cit.*

19. *Ibid.*

20. Entretien avec Mick Jagger, par Christophe Quillien, *Epok*, n° 21, novembre 2001.

21. *Sud-Ouest*, 8 juillet 2002.

22. Entretien téléphonique avec Johnny Hallyday, par l'auteur, 18 février 2003.

23. Entretien avec Johnny Hallyday, par l'auteur, *op. cit.*

ANNEXES

BIBLIOGRAPHIE

ACHARD Maurice, *Souvenirs, souvenirs...*, Flammarion, 1998.

ALEXANDRE Paul, *Toute la musique... Johnny Hallyday*, Prélude et fugue, non daté.

ANTHONY Richard, *Il faut croire aux étoiles*, Michel Lafon, 1994.

BILGER Philippe, *Plaidoyer pour une presse décriée*, Filipacchi, 2001.

BILLET Jean-Yves, *L'Année Johnny*, Glénat, 1992.

BOUET Rémi et Arnould Jean-Jacques, *Johnny Hallyday, une vie*, Solo, 2002.

BORIS Jean-Michel et GUILLAUME Marie-Ange, *28, boulevard des Capucines*, Acropole, 1991.

BRIERRE Jean-Dominique et FANTONI Mathieu, *Johnny Hallyday, histoire d'une vie*, Fixot, 1990 et 2000 ; sous la direction de Gilles VERLANT et avec Hervé DEPLASSE, Christian EUDELINE, Jean-Éric PERRIN, Jean-William THOURY, *L'Encyclopédie du rock français*, Hors-Collection, 2000.

BRIEU Jean-François et DIDI Éric, *Johnny en concert, 40 ans de passion*, Vade Retro, 2000.

BRUNSCHWIG Chantal, CALVET Louis-Jean et KLEIN Jean-Claude, *Cent ans de chanson française*, Seuil, 1981.

CASTAGNET Marc, *1990, Mes années Bercy*, MC Reportages, 1995 ; *Johnny allume le feu*, MC Reportages, 1991 ; *Cadillac Tour*, MC Reportages, 1992.

CHOMIER André et LEMEUNIER Jean-Charles, *Jacques Dutronc Crac ! Boum ! Huuuue... !*, Jean-Pierre Taillandier, 1988.

CLOÎTRE Yves-Marie, *Johnny Hallyday, les idoles et les jeunes*, Casterman, 1964.

COQUATRIX Paulette, *Les Coulisses de ma mémoire*, Grasset, 1984.

CORIOLAN Alan, *Johnny, les années 60*, Presses de la cité (BD), 1992 ; *Dans l'ombre de Johnny*, Michel Lafon, 1992.

DACCACHE Camilio et SALMON Isabelle, *Sylvie Vartan*, Vade Retro, 1996.

DÉCEMBRE Sandrine et KOURDA Sonia, *Johnny, regard de filles*, Hachette-Carrère, 1996.

DEILHÈS Christophe, *Johnny l'idole*, C. Pirot, 1994.

DELHASSE Guy, *Hugues Aufray*, Quorum, 1998.

DEVREUY Eurois, *À propos de Johnny Hallyday : ravages d'une catalysation*, La Pensée universelle, 1985.

DISTER Alain et SCHWARTZ Claude, *D'où viens-tu Johnny ?*, Plume, 1993 ; *Johnny Hallyday*, Archers, Bruxelles, 1985.

FLÉOUTER Claude, *Un siècle de chansons*, PUF, 1988 ; *Johnny, la dernière des légendes*, Robert Laffont, 1992.

GAULUPEAU Patrice, *Hallyday par Johnny*, Canal +, 2000.

GOUDEAU Mathias et TOURNE Patrice, *Sur l'air du temps, trente chansons qui ont changé la France*, J.-C. Lattès, 1999.

GOURBIN Bernard, *Stars des sixties*, Ouest-France, 1997.

HALIMI André, *Johnny Hallyday*, Solarstar, 1982.

HEMERET G.L et BAROCHE J., *Une fulgurante carrière*, Cinémonde, 1962.

HENNION Antoine, *Les Professionnels du disque*, Métailié, 1981.

HALLYDAY Desta, *Ses Tendres Années*, Filipacchi, 1987 ; réédité sous le titre *L'Enfance d'une star*, Michel Lafon, 2000.

HALLYDAY Estelle, *Estelle par Estelle*, Hachette, 1998.

HALLYDAY Johnny, *Johnny raconte Hallyday*, Édition n° 1/Filipacchi, 1979, 1982, 1984 ; avec Gilles LHOTE, *Ma vie rock'n'roll*, Lincoln-Fixot, 1993 ; avec ADELINE, *Le Dernier Rebelle*, Filipacchi, 1990 ; *Destroy*, vol. 1 : *Déraciné*, Michel Lafon, 1996 ; vol. 2 : *Rebelle*, Michel Lafon, 1996 ; vol. 3: *Survivant*, Michel Lafon, 1997. Avec le Dr Jean-Claude HUGO, *Johnny la Forme*, hors collection ; avec Alan CORIOLAN, *Johnny les années soixante* (BD) avec FERRANDEZ, YANN et Riff REB'S, BARU, YANN et BODART, ABIVEN, CAILLETEAU et VATINE, Presse de la Cité, 1992.

HALLYDAY Laeticia, *Mes îles, mes rêves*, Michel Lafon, 1998.

HALLYDAY Lee, *Lee Hallyday raconte Johnny*, Union générale d'éditions, 1964.

JOUFFA François, *Johnny Story*, 13, 1979 ; *Idoles story ; Yéyé story*, Alain Mathieu ; avec Jacques BARSAMIAN, *Johnny, 50 ans*, Michel Lafon, 1993 ; *L'Âge d'or du rock'n'roll*, Ramsay, 1980 ; *L'Age d'or du yé-yé français*, Ramsay, 1983 ; *L'Aventure du rock*, Ramsay, 1989 ; *Secrets de chansons* avec Daniel LESUEUR, hors collection, 2000 ; avec Jacques BARSAMIAN, *Johnny, 60 ans*, L'Archipel, 2002.

KOUTNETZOFF Monique et PAQUET Gill, *Johnny : le livre*, Vade Retro, 1993.

LAMPARD Bob et RANCUREL Jean-Louis, *Johnny : première discographie complète*, J.-P. Delville, 1976 et 1982.

LAURENT Michèle, MISKA DE SURANY et Forest BETTINA, *Johnny Hallyday au Zénith*, Mengès, 1984.

LEPROUX Henri, *Le Temple du rock*, Robert Laffont, 1982.

LESUEUR Daniel, *Johnny Hallyday, discographie complète et cotations*, Alternatives, 1999 ; *Hit-parades 1950-1998*, Alternatives et Parallèles, 1999.

LHOTE Gilles, *Voleurs d'images, les dessous des scoops*, Michel Lafon, 1995.

LHOTE Gilles et MAHÉ Patrick, *Johnny de A à Z*, Albin Michel, 1995 et 1998.

LIPSIK Frank, *Dictionnaire des variétés*, Mengès, 1977.

LIESENFELD Thierry et NICKEL Gérard, *Le Temps des copains*, La Nuée bleue, 1996.

LONG CHRIS, *Johnny à la cour du roi*, Filipacchi, 1986.

LOUPIEN Serge, *Johnny Hallyday, la dernière idole*, Grasset, 1984.

MACABIES Jean, *Johnny Hallyday*, L'Heure, Monte-Carlo, 1962.

MALLORY Michel, *Johnny, 20 ans d'amitié*, Les Belles Lettres, 1994.

MOREL Robert, *Johnny Hallyday célébration*, Robert Morel, 1968.

NOYER Alain-Pierre, *La Chanson française, des origines à nos jours*, Nathan, 1980.

RENAUD Line, *Les Brumes d'où je viens*, Édition n°1, 1989.

RIOUX Lucien, *50 ans de chanson française*, L'Archipel, 1992.

RIVERS Dick, *Very Dick*, Michel Lafon, 1996.

RONDEAU Daniel, *L'âge-déraison, véritable biographie imaginaire de J.H.*, Seuil, 1982 ; *Johnny*, Nils, 1998.

ROUCHON Catherine et Michel, *Johnny Hallyday, l'idole*, Michel Rouchon, 1991.

SALVATORI Dario, *Le Petit Inédit de Johnny Hallyday*, Gremese Italie, 1998.

SÉCHAN Thierry, *Nos amis les chanteurs* et *Le Retour*, Les belles lettres, 1992 et 1994.

SEVRAN Pascal, *Dictionnaire de la chanson française*, Michel Lafon, 1988.

THAMIN Julie, *Johnny et les femmes*, G.E.P., 1999.

THOURY Jean-William, *Johnny en chanson*, Mascara France, 2002.

VARTAN Sylvie, *Si je chante*, Filipacchi-Édition n°1, 1981.

VASSAL Jacques, *Chanteurs à l'affiche*, Albin Michel, 1996.

VICTORE Christian et REGOLI Julien, *Vingt Ans de rock français*, Albin Michel, 1978.

VINCENT Éric et PÉRIER Jean-Marie, *Les Idoles des années 60*, Filipacchi/Édition n°1, 1980.

DISCOGRAPHIE

Liste des principaux albums de Johnny Hallyday

1961

Tu parles trop – Une boum chez John – Bien trop timide – Oui, mon cher.

Nous les gars, nous les filles – Mon septième ciel – Tu m'plais – Ce n'est pas méchant.

Nous les gars, nous les filles – Oui, mon cher – Le p'tit clown de ton cœur – Ce s'rait bien – Ce n'est pas méchant – Tu parles trop – Kili watch – Une boum chez John – Mon septième ciel – Bien trop timide – Tu m'plais – Oui j'ai.

24 000 baisers – Tu es là – Ton fétiche d'amour – Sentimental.

FESTIVAL DU ROCK'N'ROLL / *Depuis qu'ma môme – Oui j'ai – Bien trop timide – Souvenirs, souvenirs – Kili watch – Oui, mon cher – Une boum chez John – Tutti frutti.*

Tutti frutti – Not get out («Laisse les filles») – Depuis qu'ma môme – Oui j'ai.

À New Orléans – Mon vieux copain – Hey Pony – Si tu restes avec moi.

TÊTE-À-TÊTE AVEC JOHNNY / *À New Orléans – Sentimental – Mon vieux copain – Hey Pony –*

24 000 baisers – Si tu restes avec moi – Tu es là – Ton fétiche d'amour.

1962

SINGS AMERICA'S ROCKIN'HITS / *Shake the hand of a fool – Blueberry Hill – Hello Mary Lou – Feel so fine – Take good care of my baby – Bill Bailey – I got a woman – Be bop a Lula – You're sixteen – Whole lotta shakin'goin'on – Maybeline – Diana.*

I got a woman – Be bop a Lula – Maybeline – Blueberry Hill.

Serre la main d'un fou – Dans un jardin d'amour – Laissez-nous twister – Une fille comme toi.

Madison twist – Hey ! baby – Pas cette chanson – Ce n'est pas juste après tout.

MADISON TWIST / *Madison twist – Hey ! baby – Une fille comme toi – Serre la main d'un fou – Ce n'est pas juste après tout – Pas cette chanson – Dans un jardin d'amour – Laissez-nous twister.*

À L'OLYMPIA / *Laissez nous twister – Elle est terrible – L'idole des jeunes – C'est une fille comme toi – Dans un jardin d'amour – Serre la main d'un fou – Pas cette chanson – Retiens la nuit – La bagarre – Statics – C'est le mashed potatoes – Comme l'été dernier – Viens danser le twist – Tout bas, tout bas, tout bas – I got a woman.*

1963

Tes tendres années – Elle est terrible – Poupée brisée – Mashed patatoes.

L'IDOLE DES JEUNES / *Tes tendres années – Tout bas, tout bas, tout bas – L'idole des jeunes – C'est le mashed potatoes – Elle est terrible – Poupée brisée*

– *Comme l'été dernier – Mashed patatoes time.*

LES BRAS EN CROIX / *Les bras en croix – Chance – Poupée brisée – Quitte-moi doucement – T'as qu'seize ans – Elle est terrible – Tes tendres années – Quand un air vous possède – Parc'que j'ai revu Linda – Quand ce jour-là viendra – Dis-moi oui – Mashed patatoes time.*

DA DOU RON RON / *Da dou ron ron – Quitte-moi doucement – Je ne danserai plus jamais – Dis moi oui – Les bras en croix – Comme une ombre sur moi – Douces filles de seize ans.*

D'OÙ VIENS-TU JOHNNY ? / *Pour moi la vie va commencer – Rien n'a changé – À plein cœur – Ma guitare.*

1964

Dis lui que j'en rêve – Bonne chance – Les guitares jouent – Je t'écris souvent.

BONNE CHANCE / *Les guitares jouent – Bonne chance – Quand je l'ai vue devant moi – Excuse-moi partenaire – Je t'écris souvent – Dis-lui que j'en rêve – J'abandonne mes amours – Tu n'as rien de tout ça.*

OLYMPIA 64 / *Oh ! cette nuit – Les guitares jouent – Quand je l'ai vue devant moi – Je t'écris souvent – J'abandonne mes amours – Rien que huit jours – Tu n'as rien de tout ça – Non, non, non, non, je ne veux plus te blesser – Excuse-moi partenaire – Pour moi la vie va commencer – Ma guitare – Da dou ron ron – Shout.*

OLYMPIA 64 / *Oh cette nuit – Les guitares jouent – Quand je l'ai vue devant moi – Pas cette chanson – J'abandonne mes amours – Rien que huit jours – Je t'écris souvent – Tu n'as rien de tout ça – Je ne veux plus te blesser – C'est fini Miss Molly –*

Excuse-moi partenaire – Memphis – Pour moi la vie va commencer – Ma guitare – Da dou ron ron – Tutti frutti – I got a woman – Shout.

Les mauvais garçons – Ça fait mal – Pour moi tu es la seule – Mais je reviens.

Ô Carole – J'ai oublié de me souvenir – Frankie et Johnny – Belle. Au rythme et au blues – Tu me quittes – Susie Lou – Sally.

LES ROCKS LES PLUS TERRIBLES / *Johnny, reviens ! – Lucille – Au rythme et au blues – Tu me quittes – Celui que tu préfères – Rien que huit jours – Frankie et Johnny – Ô Carole – Belle – Susie Lou – Sally – Oh ! laisse-la partir. Le pénitencier – One more time, encore une fois – Toujours plus loin – Je te reverrai.*

LE PÉNITENCIER / *Le pénitencier – Toujours plus loin – Mais je reviens – Ça fait mal – One more time, encore une fois – Je te reverrai – Les mauvais garçons – Pour moi tu es la seule.*

1965

Johnny lui dit adieu – On te montrera du doigt – Un ami ça n'a pas de prix – Maudite.

Quand revient la nuit – Les monts près du ciel – Tu ne me verras pas pleurer – Juste un peu de la nuit – Juste un peu de temps.

Mes yeux sont fous – Dans ce train – Reviens donc chez nous – Va-t'en.

HALLELUYAH / *Mes yeux sont fous – Les monts près du ciel – On a ses jours – Tu ne me verras pas pleurer – Juste un peu de temps – Celui qui t'a fait pleurer – Quand revient la nuit – Rock'n'roll musique – Va-t'en – Halleluyah (Pour nos joies et pour nos peines) – Plus je te regarde – Zeep a deep yeh – Pleurer auprès de toi.*

Mon anneau d'or – Ne joue pas ce jeu-là – Laisse un peu d'amour – Ne pleure pas.

Le diable me pardonne – Toi qui t'en vas – Halleluyah – Pour nos joies et pour nos peines – Tu oublieras mon nom.

JOHNNY CHANTE HALLYDAY / *Mon anneau d'or – Tu as de la chance – Toi qui t'en vas – Le diable me pardonne – Ne crois pas ça – Un jour ou l'autre – Tu oublieras mon nom – À deux heures de chez toi – Avec une chanson – Je bois à sa santé – Ne joue pas ce jeu-là – Dis à mon frère.*

1966

Je l'aime – Maintenant ou jamais – Jusqu'à minuit – N'y crois. Cheveux longs et idées courtes – Du respect – Les coups – Si tout change.

Noir c'est noir – Promenade dans la forêt du Brabant (instrumental) – *La génération perdue – Absolument Hyde Park* (instrumental).

LA GÉNÉRATION PERDUE / *La génération perdue – On s'est trompé – Je me suis lavé les mains dans une eau sale – Quand un homme perd ses rêves – Don't need nobody – De loin en loin – Noir c'est noir – La fille a qui je pense – Je veux te graver dans ma vie – Le jeu que tu joues – Elle reviendra – Cheveux longs et idées courtes.*

Si j'étais un charpentier – On s'est trompé – Je veux te graver dans ma vie – La fille a qui je pense.

1967

Hey Joe – Je crois qu'il me rend fou – Je suis seul – La petite fille de l'hiver.

OLYMPIA 67 / *Les coups – Maintenant ou jamais –*

La génération perdue – Si j'étais un charpentier – Je me suis lavé les mains dans une eau sale – La petite fille de l'hiver – Je veux te graver dans ma vie – Cheveux longs et idées courtes – Le pénitencier – Ne sois pas si stupide – Hey Joe – Jusqu'à minuit – Confessions – Je suis seul – Noir c'est noir – Je crois qu'il me rend fou (duo avec Sylvie Vartan) – *Les chevaliers du ciel – Jet jerk.*

Amour d'été – J'ai crié à la nuit – Aussi dur que du bois – Je m'accroche à mon rêve.

JOHNNY 67 / *Amour d'été – J'ai crié à la nuit – C'est mon imagination – Je m'accroche à mon rêve – Je n'ai jamais rien demandé – Lettre de fans – Aussi dur que du bois – Pourquoi as-tu peur de la vie ? – La seule vraie musique – La petite fille de l'hiver – Son amour pour un jeu – Petite fille.*

Petite fille – Je n'ai jamais rien demandé – C'est mon imagination – Lettre de fans.

San Francisco – Fleurs d'amour et d'amitié – Mon fils – Psychédélic.

AU PALAIS DES SPORTS 1967 / *Lucille – Les coups – Petite fille – Mon fils – Si j'étais un charpentier – Je veux te graver dans ma vie – San Francisco – Fleurs d'amour et d'amitié – Aussi dur que du bois – Noir c'est noir – Lucille* (en anglais).

1968

L'histoire de Bonnie and Clyde – Le mauvais rêve – Mal – Hit parade.

À tout casser – Ma vie à t'aimer – Cheval d'acier – Quand l'aigle est blessé.

LES AVENTURES DE TANGUY ET LAVERDURE / *Le ciel nous fait rêver.*

JEUNE HOMME / *Jeune homme – Je n'ai pas voulu croire – Au pays des aveugles – À tout casser –*

Cheval d'acier – Le mauvais rêve – Mal – Quand l'aigle est blessé – L'histoire de Bonnie and Clyde – Ma vie à t'aimer – Le ciel nous fait rêver (version 1) – *Hit-parade.*

Entre mes mains – Jeune homme – Au pays des aveugles – Je n'ai pas voulu croire.

RÊVE ET AMOUR / *Entre mes mains – Cours plus vite Charlie – Non, ne me dis pas adieu – En rêve – Attention – Je pars demain – Fumée – Je suis l'amour – J'ai peur, je t'aime – Sans une larme – Dans ma vie – Quand on sifflait.*

1969

Johnny en duo avec Sylvie Vartan : *Les hommes qui n'ont plus rien à perdre – Rivière... ouvre ton lit – Je te veux.*

RIVIÈRE... OUVRE TON LIT / *Rivière... ouvre ton lit – Voyage aux pays des vivants – Amen – Viens – Réclamation – Regarde pour moi – Je te veux – Les anges de la nuit – Je n'ai besoin de personne – Je suis né dans la rue.*

QUE JE T'AIME / *À tout casser – Rivière... ouvre ton lit – Mal – Je n'ai pas voulu croire – Fumée – Que je t'aime – Voyage aux pays des vivants – Je te veux – Je suis né dans la rue.*

1970

VIE / *Essayez – Lire dans tes yeux – La pollution – Rendez-moi le soleil – Dans ton univers – C'est écrit sur les murs – Poème sur la 7e – La fille aux cheveux clairs – Le monde entier va sauter – Deux amis pour un amour – Jésus-Christ.*

1971

FLAGRANT DÉLIT / *Flagrant délit – Fils de personne – Oh ! ma jolie Sarah – Il faut boire à la source – Fille de la nuit – Si tu pars la première – L'autre moitié – La loi – Que j'aie tort ou raison – Tant qu'il y aura des trains.*

LIVE AT THE PALAIS DES SPORTS / *Je suis né dans la rue – Fils de personne – Fille de la nuit – La fille aux cheveux clairs – Voyage aux pays des vivants – Que je t'aime – La loi – Voyez ce que je veux dire – Il faut boire à la source – Essayez – Si tu pars la première – Oh ! ma jolie Sarah – Jenny Jenny Jenny – Blue suede shoes – Whole lotta shakin'goin'on – Voyez ce que je veux dire.*

Apprendre à vivre ensemble (duo avec Nanette Workman) – *Comme si je devais mourir demain – Hello US USA.*

COUNTRY FOLK ROCK / *Ma main au feu – Joe, la ville et moi – Hello US USA – Mon amour à Marie – Comme si je devais mourir demain – E dio creo la donna – Rien n'vaut cette fill'là – Viens le soleil – Toi, tu voles l'amour – Sauvez-moi – Tomber c'est facile – Comme un lion en hiver.*

INSOLITUDES / *La musique que j'aime – Tu peux partir si tu le veux – Comme un corbeau blanc – Le sorcier le maudit – La prison des orphelins – Soupçons – Le feu – La solitude – Moraya – J'ai besoin d'un ami – Le droit de vivre.*

J'AI UN PROBLÈME / *J'ai un problème – Te tuer d'amour* (duos avec Sylvie Vartan).

1974

JE T'AIME, JE T'AIME, JE T'AIME / *Je t'aime, je t'aime, je t'aime – Mon amour perdu – Hey Louisa –*

J'ai pleuré sur ma guitare – Danger d'amour – Prends ma vie – Je construis des murs autour de mes rêves – Chanson pour Lily – Trop belle, trop jolie – Le rock and roll.

ROCK'N'SLOW / *Rock'n'roll man – C'est une Honky Tonk Woman – 17 ans – Nadine – Johnny rider – Venez tous avec moi – À propos de mon père – À l'hôtel des cœurs brisés – Laisse-moi le temps de t'aimer – Ma panthère noire – Voici le monde – Interdit au moins de 13 ans.*

1975

ROCK À MEMPHIS / *Ma chérie c'est moi – 37e étage – La fille de l'été dernier – Dégage – Jeanie, Jeanie et ta sœur – Ma Mississippi Queen – Tutti frutti – Memphis USA – Oh ! Sally – Comme un fou – Qu'est-ce que tu fais à l'école – Un garçon sur la route – Adieu miss Molly.*

1976

DERRIÈRE L'AMOUR / *Le jour J, l'heure H – Rendez-vous en enfer – Merci – Joue pas de rock'n'roll pour moi – Requiem pour un fou – Gabrielle – Le ghetto – L'étranger – Derrière l'amour – Les chiens de paille – Né pour vivre sans amour.*

PALAIS DES SPORTS 76 – HALLYDAY STORY / *Présentation – Da dou ron ron – Elle est terrible – Tes tendres années – Retiens la nuit – L'idole des jeunes – I got a woman – Johnny reviens – Si j'étais un charpentier – Le pénitencier – Hey Joe – Pour moi la vie va commencer – Les coups – Jusqu'à minuit – Je suis seul – Noir c'est noir – Rock'n'roll Man – Que je t'aime – La fille de l'été dernier – Requiem pour un fou – Joue pas de rock-'n'roll pour moi – Né pour vivre sans amour – Gabrielle – Derrière l'amour – Ma chérie c'est moi – La terre promise – La musique que j'aime.*

1977

C'EST LA VIE / *Tant pis... C'est la vie – C'est pas comme ça que tu l'oublieras – Vivre – La croisière des souvenirs – Un homme comme les autres – Au secours – J'ai oublié de vivre – Les filles du paradis – Je suis vraiment très bien – Le rock'n'roll est né.*

1978

SOLITUDE À DEUX / *Elle m'oublie – Salut Charlie – La fille du square – Cet homme que voilà – Revoilà ma solitude – La première pierre – Va te cacher – Lolita – Un coup pour rien – Le pétrole – Je vous la donne.*

1979

HOLLYWOOD / *Le bon temps du rock and roll – Tout m'enchaîne – Tu n'es pas la seule fille au monde – Le cœur comme une montagne – Ce que tu as fait de moi – Fais ce que je dis, pas ce que je fais – Dommage – Comme un voleur – Du même côté de la rivière – T'as le bonjour de l'amour.*

AU PAVILLON DE PARIS / *Prologue – L'ange aux yeux de laser – Fils de personne – Comme le soleil – Ma chérie c'est moi – Moi je t'aime – Le feu – Entre mes mains – Ma gueule – La terre promise – Le pénitencier – La fin du voyage – Sauvez moi – La première pierre – Toujours là – Derrière l'amour – C'est mieux ainsi – Gabrielle – Qu'est-ce que tu croyais ? – Rien que huit jours – Frankie et Johnny – Ô Carole – Lucille – Le bon temps du rock and roll.*

1980

À PARTIR DE MAINTENANT / *À partir de maintenant – À double tour – Le chanteur sans amour – Je n'suis pas un héros – La seule fille que j'aime – Un diable entouré d'anges – Qu'est-ce qu'elle fait – La poupée qui fait non – Perdu dans le nombre – La fille de l'hiver.*

1981

EN PIÈCES DÉTACHÉES / *Deux étrangers – Je peux te faire l'amour – Lady divine – Chez madame Lolita – Excusez-moi de chanter encore du rock and roll – Monsieur Paul – Guerre – La nuit cric au secours – Cette fille-là – Le blues, ma guitare et moi.*

JOHNNY LIVE 81 / *Guerre – Fils de personne – Lady divine – Le feu – Ma chérie c'est moi – Excusez-moi de chanter encore du rock and roll – Si j'étais un charpentier – La musique que j'aime – Gabrielle – Quand ce jour viendra – Salut Charlie – J'ai pleuré sur ma guitare – Ma gueule – Je peux te faire l'amour – Rien que huit jours – Ô Carole – Johnny reviens – Deux étrangers – Le bon temps du rock and roll.*

PAS FACILE / *C'est pas facile – Je t'ai aimée – Il ne faut pas me ressembler – Bats-toi pour l'amour –*

Comme une femme – Le rock'n'roll c'est comme ça – J'en ai marre – Il n'y a plus de géant à l'est d'Eden – Toujours le même – Je ne pourrai jamais l'oublier – La ville.

1982

QUELQUE PART UN AIGLE / *La caisse – Sage pour vous – On va vous en donner du rock – Mercredi matin – L'hosto – Mon Amérique à moi – Montpellier – Cure de blues – Décalage horaire.*

PEUR / *Le survivant – La peur – Veau d'or, vaudou – Je n'en suis plus capable – Cartes postales d'Alabama – Je suis victime de l'amour – Sans profession – Il nous faudra parler d'amour un jour – Oublier – Faire face – Ma voix de révolté.*

PREMIÈRES CHANSONS VERSION 1982 / *Souvenirs, souvenirs – Je cherche une fille – Nous les gars, nous les filles – Tu parles trop – Oui j'ai – Pourquoi cet amour – Tutti frutti – T'aimer follement – Tu m'plais – Mon vieux copain – Hey pony – J'étais fou – Ce n'est pas méchant – Si tu restes avec moi – J'suis mordu – Kili watch – 24 000 baisers – Tu es là – Oh ! Oh ! Baby – Depuis qu'ma môme – Ce s'rait bien – Je veux me promener – Une boum chez John – À New Orléans – Le p'tit clown de ton cœur – Mon septième ciel – Itsy bitsy petit bikini – Oui, mon cher – Bien trop timide – Ton fétiche d'amour – Laisse les filles.*

PALAIS DES SPORTS 1982 / *Fantasme – Le grand banquet – Veau d'or vaudou – La peur – Le survivant – Il nous faudra parler d'amour un jour – Voyage au pays des vivants – Je n'oublierai jamais – Cartes postales d'Alabama* – Medley : *Les coups, Jusqu'à minuit, Je suis seul – Montpellier – Je suis victime de l'amour* – Medley : *Da dou ron ron, Elle est terrible, La fille de l'été dernier, Souvenirs-souvenirs, 37e étage, Ô Carole, Johnny reviens, Blue suede shoes, Rien que huit jours, Tutti frutti, La bagarre, Le bon temps du rock'n'roll.*

1983

ENTRE VIOLENCE ET VIOLON / *Entre violence et violon – Les scellés sur ma vie – Laisse-moi une chance – Marie, Marie – Pour ceux qui s'aiment – L'amour violent – Quand un homme devient fou – Mes seize ans – La fille d'en face – Signes extérieurs de richesse.*

1984

DRÔLE DE MÉTIER / *Nashville blues – Toi tais-toi – Saoule à mourir – Je sais que tu ne peux pas trouver mieux ailleurs – Génération banlieue – J'aimerais pouvoir encore souffrir comme ça – Au jour le jour – Drôle de métier – La tournée – J'ai du sentiment pour toi – Quand ça vous brise le cœur.*

HALLYDAY 84 NASHVILLE / *Toi tais-toi – Mon p'tit loup – J'aimerais pouvoir encore souffrir comme ça – Saoule à mourir – Quand ça vous brise le cœur – Je sais que tu ne peux pas trouver mieux ailleurs – L'idole des jeunes – Les années mono – If I were a carpenter* (duo avec Emmylou Harris) – *Polk salad Annie* (duo avec Tony Joe White) – *Johnny B. Goode* (duo avec les Stray Cats et Carl Perkins) – *Nashville blues* (duo avec Don Everly) – *That's all right Mama* (duo avec les Strays Cats) – *Honey don't* (duo avec Carl Perkins).

JOHNNY AU ZÉNITH / *Intro Zénith – Poing cœur – Je sais que tu ne peux pas trouver mieux ailleurs – J'ai oublié de vivre – L'amour violent – Signes extérieurs de richesse – Ne me quitte pas – Entre violence et violon – Quand un homme devient fou – Rien à personne – Ne tuez pas la liberté – Le cœur du rock'n'roll – Toi tais-toi – Drôle de métier.*

1985

ROCK'N'ROLL ATTITUDE / *Le chanteur abandonné – Qui ose aimer – Quelque chose de Tennessee – Équipe de nuit – La blouse de l'infirmière – Rock'n'roll attitude – Seul mais pas solitaire – Parker, connais pas – Aimer vivre – Pendue à mon cou.*

DES HOMMES ET DES FEMMES / *Dans mon cœur, je n'ai pas de peine, je n'ai pas de pleur si tu me quittes. Entre nous ce n'était qu'un jeu, j'en suis bien heureux... Tu me quittes.*

1986

GANG / *L'envie – Je t'attends – J'oublierai ton nom – Toute seule – Je te promets – Laura – Tu peux chercher – Dans mes nuits on oublie – Ton fils – Encore.*

1988

JOHNNY À BERCY / *Rock'n'roll attitude – Dans mes nuits... on oublie – Pendue à mon cou – Mon p'tit loup – Laura – Que je t'aime – Je te promets – Qui ose aimer – Ma gueule – Le feu – L'envie – Le chanteur abandonné – J'oublierai ton nom –*

Gabrielle – Je t'attends – La musique que j'aime – Aimer vivre – Quelque chose de Tennessee.

1989

DANS LA CHALEUR DE BERCY / *Ouverture Bercy 90 – Je suis né dans la rue – Les vautours – Cadillac – Honky tonk women – Je ne suis pas un héros – Possible en moto – Quelque chose de Tennessee – Diego libre dans sa tête – Gabrielle – Le chanteur abandonné – Laura – Adeline – Mirador – Black blues voices – La musique que j'aime – Aimer vivre – La fille de l'été dernier – Dégage – Le bon temps du rock'n'roll – Je te promets – L'envie.*

1992

BERCY 92 / *Intro Bercy 92 – Voyage au pays des vivants – Rock'n'roll attitude – Ça ne change pas un homme – Pour moi tu es la seule – Quelque chose de Tennessee – Hey Joe – Tien an men – Je veux te graver dans ma vie – La guitare fait mal – La musique que j'aime – Diego libre dans sa tête – True to you – Dégage – Que je t'aime – Gabrielle – Derrière l'amour – L'envie – Le bon temps du rock-'n'roll – Je te promets – Poème sur la 7e – Blue suede shoes – Be bop a lula – Whole lotta shakin'-goin'on.*

PARC DES PRINCES / *Intro – L'idole des jeunes – Je serai là – Oh ma jolie Sarah* (avec David Hallyday) *– Noir c'est noir – Mirador* (avec David Hallyday) – Medley : *Les coups, Jusqu'à minuit, Aussi dur que du bois, Mal, Je suis seul – Le pénitencier – Laura – Requiem pour un fou – Que je t'aime – Quelque chose de Tennessee – Elle est terrible – Excuse-moi* *partenaire* (avec Eddy Mitchell et Paul Personne) – *Le bon temps du rock'n'roll.*

PARC DES PRINCES / *Intro – L'idole des jeunes – Je suis né dans la rue – Mon p'tit loup – Je serai là* – Medley : *Pas cette chanson, Quand revient la nuit, Retiens la nuit, Si j'étais un charpentier – Ô Carole* (avec Joey Greco) – *La bagarre – Mirador* (avec David Hallyday) – *Oh ma jolie Sarah* (avec David Hallyday) – *J'ai oublié de vivre – Noir c'est noir* – Medley : *Les coups, Jusqu'à minuit, Aussi dur que du bois, Mal, Je suis seul – Le chanteur abandonné* – Medley : *Pour moi la vie va commencer, La génération perdue, À tout casser, Les bras en croix – Entre mes mains – La fille de l'été dernier – Hey Joe – Le pénitencier – Laura – Requiem pour un fou – Ma gueule* – Medley : *Souvenirs-souvenirs, Laisse les filles, À l'hôtel des cœurs brisés, let's twist again, Da dou ron ron – Que je t'aime – Gabrielle – Fils de personne – Quelque chose de Tennessee – Elle est terrible – Tes tendres années* (par Sylvie Vartan) – *Le feu* (avec Sylvie Vartan) – *L'envie* (avec Michel Sardou) – *La musique que j'aime* (avec Joey Greco et Paul Personne) – *Excuse-moi partenaire* (avec Eddy Mitchell et Paul Personne) – *Happy birthday Rock'n'roll* (avec Eddy Mitchell) – *Rock'n'roll man – Le bon temps du rock'n'roll.*

1994

ROUGH TOWN / *Fool for the blues – I wanna make love to you – Love affair* (duo avec Katty Mattea) – *Hurricane – Can't stop wanting you – Are the chances gone – Rough town – Lightnin'– Dry spell – You're mine – Before you change your mind – It's a long way home.*

1995

LORADA / *Lorada – Est-ce que tu me veux encore – Rester libre – Le regard des autres – Lady Lucille – Un rêve à faire – J'la croise tous les matins – Chercher les anges – Tout feu, toute femme – Quand le masque tombe – Ami – Aime-moi – Ne m'oublie pas.*

LORADA TOUR (version Zippo) / *Introduction musicale – Gabrielle – Lady Lucille – J'la croise tous les matins – Hot legs – Diego, libre dans sa tête – Fool for the Blues – Oh ! ma jolie Sarah – Chercher les anges – Tes tendres années – Loving you – I'm Gonna sit right dight down and cry over you – That'as all right mama – Cours plus vite Charlie – Be bop a lula – Joue pas de rock'n'roll pour moi – Toute la musique que j'aime – Ô Carole – Quelque chose de Tennessee – Le feu – Fils de personne – Quand le masque tombe – Are the change gone – L'envie – Requiem pour un fou – Dégage – Ne m'oublie pas – L'Hymne à l'amour.*

DESTINATION VEGAS / *Je vais te secouer – Miss Claudie – Memphis est loin d'ici – La ville des âmes en peine – Dans le bayou – Hi hell sneakers – Sur la route de Memphis – Chanter pour toi – Love me tender – Rouler sur la rivière – Jolie petite rock-'n'rolleuse – Monnaie-monnaie – Comme un roc.*

1998

CE QUE JE SAIS / *Ce que je sais – Chacun cherche son coreligionnaire – Plus près de vous – Allumer le feu – Debout – C'est en France – Les moulins à vent – Seul – Nos limites – C'est la vie qui veut ça* (duo avec Pascal Obispo) – *L'Eldorado – Que ma Harley repose en paix – Le temps passé – Regarde-moi t'aimer.*

STADE DE FRANCE 98 / *Intro – Toute la musique que j'aime – Rock'n'roll man – Noir c'est noir – Les coups – Jusqu'à minuit – Je suis seul – Knock on wood – Oh ma jolie Sarah – Rock'n'roll attitude – La fille aux cheveux clairs – Et puis je sais – Salut Charlie – Gabrielle – Je suis né dans la rue – Le pénitencier – Le bon vieux temps du rock'n'roll – Introduction symphonique – Que je t'aime – Ce que je sais – Requiem pour un fou – Diego libre dans sa tête – L'envie – J'la croise tous les matins – Cet homme que voilà – Dégage – Allumer le feu – Sur ma vie.*

1999

SANG POUR SANG / *Sang pour sang – Le poids de mes maux – Quelques cris – Un jour viendra – Notre histoire – Les larmes de gloire – Si tu m'aimais – Remise de peine – Partie de cartes – Pardon – Ex – Je t'aime comme je respire – Vivre pour le meilleur.*

2000

100% JOHNNY LIVE À LA TOUR EIFFEL / *Allumer le feu – Je suis né dans la rue – Je veux te graver dans ma vie – Le pénitencier – Quelque chose de Tennessee – Vivre pour le meilleur* (avec Sonia Lacen) *– Sang pour sang – Medley : Noir c'est noir, Jusqu'à minuit, Si j'étais un charpentier, Joue pas de rock'n'roll pour moi – Deux étrangers – Ma gueule* (avec les Rita Mitsouko) *– Le feu – Medley instrumental : James Bond thème, Mission impossible, Peter Gunn – Que je t'aime – Fils de personne* (avec Jean-Louis Aubert) *– Quelques cris*

– Le bon temps du rock'n'roll – Le chanteur abandonné – Gabrielle – Derrière l'amour – Qu'est-ce que tu croyais – Toute la musique que j'aime (avec Florent Pagny et Nawfel) *– L'envie – Aimer vivre – Non, je ne regrette rien.*

2002

À LA VIE, À LA MORT / *Entre nous – Dis-le-moi – Marie – Ne reviens pas – J'ai rêvé de nous – Pense à moi – Laisse-moi tomber – Face au monde – Personne d'autre – Une femme – Ceux qui parlent aux étoiles – Si c'était à refaire – L'instinct – Je n'ai jamais pleuré – M'arrêter là – Trouve-moi des mots – Un homme libre – Je me souviens – Des hommes – Chanter n'est pas jouer – Elle veut ma vie – Arrête le temps – Au bord des routes.*

Liste des chansons interprétées par Johnny Hallyday

(par ordre alphabétique)

Adeline
(F. Gray). 1990.
À deux heures de chez toi
(J. Hallyday / R. Bernet). 1965.
Adieu Miss Molly
(R. Blackwell – J. Marascalo / adapt. M. Mallory). 1975.
Titre original : *Good Golly, Miss Molly*.
À double tour
(M. Williams). 1980.
Titre original : *Drift away*.
Aime-moi
(E. Benzi). 1995.
Aimer vivre
(M. Berger). 1985.
À l'hôtel des cœurs brisés
(M. Axton – J. Durden – E. Presley / adapt. L. Chris). 1974.
Titre original : *Heartbreak Hotel*.
Allumer le feu
(Zazie / P. Obispo – P. Jaconelli). 1998.
Amen
(Marriott – Lane / G. Thibaut). 1969.
Titre original : *Bang Bang*.

Ami
(E. Benzi). 1995.
Amour d'été
(E. Presley / V. Matson / G. Aber). 1967.
Titre original : *Love Me Tender*.
Amour facile
(Thunder / adapt. J. Schultheis). 1991.
Titre original : *Thunder*.
À New Orléans
(Guida – Royster / Jil / Jan). 1961.
Animal
(L. Plamondon / D. Hallyday). 1989.
À partir de maintenant
(M. Mallory). 1980.
À plein cœur
(G. Aber / J. Hallyday – E. Vartan). 1963.
Apprendre à vivre ensemble
(Moore / adapt. M. Mallory). 1972.
Titre original : *Space Captain* (duo avec Nanette Workman).
À propos de mon père
(M. Mallory / M. Benoit). 1974.
Arrête le temps
(M. Mallory – D. Hallyday). 2002.
À tout casser
(J. Hallyday – T. Brown / G. Aber). 1968.
Attention
(C. Gaubert – J.-J. Debout). 1968.
Au bord des routes
(S. Kiberlain – Daran). 2002.
Au jour le jour
(J. Hallyday – B. Decout / B. Polius). 1984.
Au nord des îles de Shetland
(J. Renard / G. Thibaut). 1993.
Au pays des aveugles
(M. Jones / T. Brown / L. Chris). 1968.
Titre original : *Country Of The Blinds*.

Au rythme et au blues
(C. Berry / adapt. M. Roblin). 1964.
Titre original : *Roll Over Beethoven*.
Au secours
(M. Mallory – P. Billon / T. Brown). 1977.
Aussi dur que du bois
(E. Floyd / S. Crooper / G. Aber). 1967.
Titre original : *Knock On Wood*.
Avant
(M. Mallory / J. Hallyday). 1972.
Avec une chanson
(J. Hallyday / H. Wayaffe). 1965.
Avec une poignée de terre
(B. Elvin – L. Dixon – K. Rogers / adapt. R. Devil – M. Roblin). 1961.
Titre original : *A hùndred Pound of Clay*.
Bats-toi pour l'amour
(P. Roberts / adapt. M. Mallory). 1981.
Titre original : *Fight For Love*.
Belle
(G. Marascalco – R. Blackwell / M. Roblin). 1964.
Titre original : *Ready Teddy*.
Bien trop timide
(J. Hallyday / Jil – Jan). 1961.
Bonne chance
(C. Aznavour / G. Garvarentz). 1964.
Caché derrière mes poings
(G. Thibaut / J. Renard). 1969.
Ça fait mal
(J. Byers – C. E. Daniels / adapt. G. Aber). 1964.
Ça ne change pas un homme
(P. Guiraro / A. Mengo). 1991.
Ça suffit
(J. Otis). 1963-1993.
Titre original : *Though enough*.
Cadillac
(E. Roda-Gil / G. Augier – J.-P. Buccolo). 1989.

Cadillac man
(J.B. Jovi / R. Sambora / adapt. P. Labro). 1991.
Cartes postales d'Alabama
(R. Van Zant / E. King / G. Rossington / C. Moine). 1982.
Titre original : *Sweet Home Alabama*.
Ce jeu-là
(Y. Shandy / J. Cardona). 1991.
Celui que tu préfères
(B. Lowe – Kalmann / R. Bernet). 1964.
Titre original : *Teddy Bear*.
Celui qui t'a fait pleurer
(E. Kilroy / D. Kilroy / R. Bernet). 1965.
Titre original : *Bolt of Love*.
Ce n'est pas juste après tout
(C. Aznavour / G. Gavarentz). 1962.
Ce n'est pas méchant
(J. Hallyday / Jil – Jan). 1961.
Ce que je sais
(D. Golemanas / P. Obispo). 1998.
Ce que tu as fait de moi
(E. Vartan – M. Mallory / M. Mallory). 1979.
Ce sont des gosses
(L. Robert / R. Rougeaud). 1959.
C'est bien lui
(Ahmet Ertegun). 1963-1993.
Titre original : *Mess Around*.
C'est bon
(B. Tilgman – West – N. Petty / adapt. M. Mallory). 1975.
Titre original : *Rave On*.
C'est du vent
(E. Roda-Gil / Augier / J.-P. Bucolo). 1989.
C'est écrit sur les murs
(M. Jones / T. Brown – P. Labro). 1970.
C'est en France
(D. Golemanas / P. Obispo – P. Jaconelli). 1998.

C'est fini Miss Molly
(R. Blackwell / J. Marascalco / adapt. R. Bernet). 1964.
Titre original : *Good Golly, Miss Molly*.
C'est la vie qui veut ça
(Zazie / P. Obispo – P. Jaconelli). 1998 (duo avec Pascal Obispo).
C'est mieux ainsi
(F. Langolff / P. Lefebvre). 1979.
C'est mon imagination
(B. Borris / H. Freed / G. Aber). 1967.
Titre original : *Just My Imagination*.
C'est pas comme ça que tu l'oublieras
(J. Revaux / G. Thibaut). 1977.
C'est pas facile
(B. Cadd / adapt. M. Mallory). 1981.
Titre original : *Yesterday Dreams*.
C'est une fille comme toi
(C. Nicolas – Roux / G. Garvarentz). 1962.
C'est une honhy tonk woman
(M. Jagger – K. Richards / adapt. L. Chris). 1974.
Titre original : *Honhy Tonk Woman*.
Cet homme que voilà
(Cassella – Liberti – R. Cocciante / P. Delanoe). 1978.
Cette fille-là
(M. Mallory / J. Hallyday – M. Mallory). 1981.
Ceux que l'amour a blessés
(G. Thibaut / J. Renard). 1970.
Ceux qui parlent aux étoiles
(E. Chemouny – D. Hallyday). 2002.
Chacun cherche son cœur
(D. Golemanas / P. Obispo). 1998.
Chanson pour Lily
(M. Mallory). 1974.
Chanter n'est pas jouer
(M. Nimier – J. Rouaud – H. Workman). 2002.

Chanter pour ceux qui sont loin de chez eux
(C. Salmeri). 1997 (duo avec Montserrat Caballé).
Chanter pour toi
(E. Roda-Gil / D. Hallyday). 1996.
Chercher les anges
(J. Vaneruso / J. Vaneruso). 1995.
Chérie donne-moi du chili
(P. Billon). 1983-1993.
Cheval d'acier
(J. Hallyday – T. Brown / L. Chris). 1968.
Cheveux d'or et cheval blanc
(R. Dumas / J.-J. Debout). 1970.
Cheveux longs et idées courtes
(J. Hallyday / G. Thibaut). 1966.
Chez madame Lolita
(G. Thibaut / G. Layani). 1980.
Chouette la vie
(C. Alhoum / adapt. G. Aber). 1984.
Titre original : *Shake Rattle and Roll.*
Comme le soleil
(J. Renard / D. Barbelivien). 1979.
Comme l'été dernier
(K. Mann – D. Appel / adapt. G. Vesta). 1962.
Titre original : *Dancin'Party.*
Comme si je devais mourir demain
(J.-P. Lang / P. Lemaitre). 1972.
Comme un corbeau blanc
(G. Thibaut / J. Renard). 1973.
Comme une femme
(M. Mallory / M. Shuman). 1981.
Comme une ombre sur moi
(B. Brock / R. Bernet / F. Dial / Goldens Star). 1963.
Titre original : *Black Clouds*.
Comme un fou
(A. Schroeder / J.L. Mc Farland / adapt. M. Mallory). 1975.
Titre original : *Stuck On You.*

Comme un lion en hiver
(C. Moine / P. Papadiamandis). 1972.
Comme un roc
(B. Seger / adapt. P. Labro). 1996.
Comme un voleur
(R. Palmer – M. Mallory). 1979.
Titre original : *You're Gonna Get What's Coming.*
Confessions
(J. Hallyday / G. Aber / L. Christ). 1967.
Consortium
(T. Brown – M. Jones / G. Aber). 1968.
Cours plus vite Charlie
(M. Wilkin – Waine – P. Walker / L. Chris). 1968.
Titre original : *Cut Across Shorty.*
Cure de blues
(M. Mallory / J. Hallyday – M. Mallory). 1982.
Da dou ron ron
(E. Greenwich – P. Spector – J. Barry / adapt. J.-M. Rivat). 1963.
Titre original : *Da doo ron ron.*
Danger d'amour
(M. Mallory / J. Hallyday). 1974.
Dans ce train
(L. Greco – G. Aber). 1969.
Danse le twist avec moi
(K. Mann – D. Appel / adapt. J. Dambrois). 1961.
Titre original : *Dance The Mess Around.*
Dans le bayou
(J. Fogerty / adapt. J. Fauque). 1996.
Titre original : *Born On The Bayou.*
Dans ma vie
(J. Renard – G. Aber). 1968.
Dans mes nuits... on oublie
(J.-J. Goldman). 1986.
Dans ton univers
(M. Jones/T. Brown – E. Bouskela). 1970.
Dans un an ou un jour
(Y. Shandy / M. Shuman). 1991.

Dans un jardin d'amour
(G. Pitney / adapt. Jil – Jan). 1962.
Titre original : *Garden Of Love*.
Debout
(L. Florence – D. Golemanas / P. Obispo). 1998.
Décalage horaire
(M. Mallory – P. Billon / P. Billon – B. Polius). 1982.
Dégage
(L. Williams / adapt. L. Chris). 1975.
Titre original : *Slow Down*.
De la race humaine
(R. Bernet / T. Brown). 1972.
De loin en loin
(J. Hallyday / R. Bernet). 1966.
Depuis qu'ma môme
(J. Hallyday / Jil-Jan). 1960.
Derrière l'amour
(Pallavicini / T. Cutugno / adapt. P. Delanoe). 1976.
Titre original : *Dietro l'amore*.
Des hommes
(D. Golemanas). 2002.
Deux amis pour un amour
(J.-J. Debout / R. Dumas). 1970.
Deux étrangers
(B. Seger / M. Mallory). 1981.
Titre original : *Brave strangers*.
Deux façons de pleurer
(Del Shannon). 1963-1993.
Titre original : *two kinds Of Teardrops*.
Diego
(M. Berger). 1991
Dis-le-moi
(F. Blondin). 2002.
Dis à mon frère
(J. Hallyday / L. Chris). 1965.

Dis-lui que j'en rêve
(B. Darrin / adapt. G. Aber). 1964.
Titre original : *Sailer Me Water.*
Dis-moi oui
(Marvin – H. Gormley – Welch / adapt. G. Aber). 1963.
Titre original : *We Say Yeah.*
17 ans
(M. Mallory). 1974.
Dommage
(S. Beckmeier / F. Beckmeier – M. Mallory). 1979.
Titre original : *I Need You So Badly.*
Donne-moi une preuve
(W. Dixon / adapt. G. Thibault). 1965.
Titre original : *You Can't Judge a Book By The Cover.*
Douce violence
(C. Nicolas – G. Garvarentz). 1961.
Douces filles de seize ans
(C. Berry / adapt. R. Bernet). 1963.
Titre original : *Sweet Little Sixteen.*
Drôle de métier
(J. Hallyday – P. Billon / J. Hallyday – E. Bouad). 1984.
Du même côté de la rivière
(D. Barbelivien). 1979.
Du respect
(O. Redding / G. Aber). 1966.
Titre original : *Respect.*
Easy, sois facile avec moi
(J. Hallyday – T. Brown / R. Bernet). 1972-1993.
Écoutez
(P. Groscolas / G. Thibaut). 1976 (Hamlet).
Édouard
(R. Dumas / J.-J. Debout). 1970.
Elle est terrible
(Sheeley – Cochran / adapt. Jil – Jan). 1963.
Titre original : *Something Else.*

Elle m'oublie
(D. Barbelivien). 1978.
Elle reviendra
(J. Hallyday – J. Revaux / R. Bernet). 1966.
Elle veut ma vie
(M. Leforestier – G. de Palmas). 2002.
En rêve
(M. Jones – T. Brown / adapt. R. Bernet). 1968.
Titre original : *The Flight of the Kitty Hank.*
Encore
(J.-J. Goldman). 1986
Entre nous
(R. Tbrha – S. Nault – F. Fossey). 2002.
Entre mes mains
(J. Renard – G. Thibaut). 1968.
Entre violence et violon
(C. Lemesle – P. Billon / E. Bamy – E. Bouad). 1983.
Éperdument
(auteur inconnu). 1984-1993.
Équipe de nuit
(M. Berger). 1985.
Essayez
(P. Labro / M. Jones – T. Brown). 1970.
Est-ce que tu me veux encore
(G. Arzel / G. Arzel). 1995.
Et puis je sais
(P. Bruel). 1991.
Ex
(C. Miossec / D. Hallyday). 1999.
Excuse-moi partenaire
(J. Watson / adapt. R. Bernet). 1963.
Titre original : *Cuttin in.*
Excusez-moi de chanter encore du rock and roll
(M. Mallory / M. Shuman). 1981.
Face au monde
(D. Manet – P. Michel Dupont – S. Campanile). 2002.

Faire face
(G. de Loonois / P. Naçabal). 1982.
Fais ce que je dis (pas ce que je fais)
(F. Miller – M. Mallory). 1979.
Titre original : *I'm Old Enough.*
Fantasme
(P. Pillon / J. Renard). 1983.
Fille de la nuit
(L. Russel / P. Labro). 1971.
Titre original : *Delta Lady.*
Fils de personne
(J. Fogerty / P. Labro). 1971.
Titre original : *Fortunate Son.*
Flagrant délit
(G. Wright / P. Labro). 1971.
Titre original : *Stand For You Rights.*
Fleurs d'amour et d'amitié
(T. Brown – M. Jones / G. Aber). 1967.
Titre original : *Flowers of Love.*
Fou d'amour
(M. Mallory / P. Porte). 1973.
Frankie et Johnny
(G. Vincent / M. Roblin). 1964.
Titre original : *Frankie and Johnny.*
Fumée
(M. Jones – T. Brown / adapt. R. Bernet). 1968.
Titre original : *Smoke Covers My Eyes.*
Gabrielle
(T. Cole / adapt. L. Chris – P. Larue). 1976.
Titre original : *The King Is Dead.*
Génération banlieue
(Zevon – Marinell – Edwards / adapt. S. Loupien – J. Hallyday). 1984.
Titre original : *Looking for the Next Best Thing.*
Guerre
(J. Carter – S. Hagar / M. Mallory). 1980.
Titre original : *Red.*

Happy birthday rock'n'roll
(C. Moine / P. Papadiamandis). 1993 (duo avec Eddy Mitchell).
Hello US USA
(J. Hallyday – M. Mallory). 1972.
Hey Joe
(B. Roberts / G. Thibault). 1967.
Titre original : *Hey Joe.*
Hey Louisa
(M. Mallory / G. Wright). 1974.
Titre original : *Hey Louisa.*
Hey lovely lady
(M. Mallory / J. Hallyday). 1975.
Hey ! femme
(J. Hallyday – G Aber / M. Shuman). 1983.
Himalaya
(E. Roda-Gil / G. Augier – J.-P. Bucolo). 1989.
Hit parade
(T. Brown / G. Aber). 1968.
Il faut boire à la source
(J. Cooper / P. Labro). 1971.
Titre original : *Drink From the Water.*
Il faut saisir sa chance
(C. Aznavour – G. Garvarentz). 1961.
Il ne faut pas me ressembler
(M. Mallory / M. Shuman). 1981.
Il neige sur Nashville
(L. Chris / F. Langolff). 1977.
Il nous faudra parler d'amour un jour
(B. Decout / B. Victoire). 1982.
Il n'y a plus de géant à l'est d'Eden
(M. Mallory). 1981.
Il te faut grandir encore
(M. Jones-T. Brown / R. Bernet-J. Revault). 1966.
Interdit au moins de 13 ans
(P. Labro / P. Groscolas). 1974.

J'abandonne mes amours
(M. Singleton / R. Bernet / Joey and the Showmen). 1963
Titre original : *Packin'up.*
J'ai besoin d'un amour
(B. Joy / F. Dial). 1963.
Titre original : *I need a Whole Lotta You Lovin.*
J'ai besoin d'un ami
(M. Mallory / J. Hallyday). 1973.
J'ai crié à la nuit
(J. Hallyday / L. Chris). 1967.
J'ai du sentiment pour toi
(P. Billon – C. Lemesle / P. Billon). 1984.
J'ai épousé une ombre
(J. L. Dabadie / P. Sarde). 1983.
J'ai rêvé de nous
(I. Kadid – A. Bauer). 2002.
J'aimerais pouvoir encore souffrir comme ça
(D. Cook – C. Putman / R. Vanhoy / adapt. L. Chris – P. Billon). 1984.
Titre original : *I Wish That I Could Hurt This Way Again.*
J'ai oublié de me souvenir
(Stanley / A. Kesler / C. Peathers / R. Bernet). 1964.
Titre original : *I forgot to remember to forget.*
J'ai oublié de vivre
(P. Billon / J. Revaux). 1977.
J'ai perdu la tête
(auteurs inconnus). 1983.
J'ai peur, je t'aime
(J. Hallyday – J. Bernard / L. Chris). 1968.
J'ai pleuré sur ma guitare
(T. Jans / adapt. M. Mallory). 1974.
Titre original : *Loving Arms.*
J'ai trop de peine
(M. Singleton – J. Kennedy / adapt. D.R.). 1962.
Titre original : *Hey Little Girl.*

J'ai tout donné
(J. Top / E. Bamy). 1992.
J'ai un problème
(M. Mallory / J. Renard). 1973.
Jamais
(G. Arzel / Canada). 1995 (duo avec Florent Pagny).
J'attends minuit
(A. Keefer – B. Haley – C. Cafra – M. Gabbler / adapt. G. Aber). 1965.
Titre original : *Skinnie Minnie.*
Jeanie, Jeanie et ta sœur
(G. Motola – R. Page / adapt. M. Mallory). 1975.
Je bois à sa santé
(J. Hallyday / G. Thibaut). 1965.
Je cherche une fille
(J. Hallyday / Jil – Jan). 1960.
Je construis des murs autour de mes rêves
(M. Mallory / J. Hallyday). 1974.
Je crois qu'il me rend fou
(Ike – T. Turner / adapt. G. Aber). 1967.
Titre original : *Such a Fool For You.*
J'effacerai de ma mémoire
(P. Groscolas / G. Thibaut). 1976 (Hamlet).
Je l'aimais / Il est fou
(P. Groscolas / G. Thibaut). 1976 (Hamlet).
Je l'aime
(J. Lennon – P. Mac Cartney / H. Aufray – V. Buggy). 1966.
Titre original : *Girl.*
Je lis
(P. Groscolas / G. Thibaut). 1976 (Hamlet).
Je m'accroche à mon rêve
(T. Hardin / G. Aber). 1967.
Titre original : *Hang On To A Dream.*
J'embrasse les filles
(J.-J. Debout / R. Breton). 1963.

Je me sens si seul
(M. Axton – J. Durden – E. Presley / adapt. J. Hallyday). 1984.
Titre original : *Heartbreak Hotel.*

Je me souviens
(C. Assous). 2002.

Je me suis lavé les mains dans une eau sale
(J. Badcook / L. Chris). 1966.
Titre original : *I Washed My Hands In Muddy Water.*

Je n'ai besoin de personne
(M. Jones – T. Brown / L. Chris). 1969.

Je n'ai jamais pleuré
(M. Lavoine – M. Esposito – J.-F. Berger). 2002.

Je n'ai jamais rien demandé
(G. Marriott / R. Lane / L. Chris). 1967.
Titre original : *My Wary of Giving.*

J'en ai marre
(M. Mallory / E. Bamy). 1981.

Je n'ai pas voulu croire
(E. Charden / L. Chris). 1968.

Je ne danserai plus jamais
(B. Mann / M. Antony / J.-M. Rivat / Golden Star). 1963.
Titre original : *I Will Never Dance Again.*

Je n'en suis plus capable
(P. Larue / J.-P. Goussaud). 1982.

Je ne pourrai jamais l'oublier
(G. Ballard / adapt. M. Mallory). 1981.
Titre original : *Why Does This Girl Five Me Fever.*

Je n'oublierai jamais
(N. Peyrac). 1983.

Je n'suis pas un héros
(D. Balavoine). 1980.

Je pars demain
(T. Brown – M. Jones / adapt. R. Bernet). 1968.
Titre original : *Walking A Way From Mama.*

Je peux te faire l'amour
(M. Mallory / S. Haouzi). 1981.
Je sais que tu ne peux pas trouver mieux ailleurs
(B. Killen – R. Riley / adapt. L. Chris – P. Pillon). 1984
Titre original : *I Betcha You Gonna Like It*.
Je serai là
(E. Roda-Gil / T. Shell / J. Holliday – Christo – Zekavica). 1993
Je suis fou
(P. Groscolas / G. Thibaut). 1976 (Hamlet).
Je suis l'amour
(E. Charden – B. Ilos – L. Chris). 1968.
Je suis né dans la rue
(M. Jones – T. Brown / L. Chris). 1969.
Je suis seul
(B. B. King / B. Gallo – G. Aber). 1967.
Titre original : *What Is Soul*.
Je suis victime de l'amour
(G. Aber / M. Martin). 1982.
Titre original : *Victime of Romance*.
Je suis vraiment très bien
(L. Chris / T. Brown). 1977.
Jésus-Christ
(P. Labro / E. Vartan). 1970.
Je t'ai aimée
(M. Mallory). 1981.
Je t'aime à l'infini
(M. Mallory / J. Hallyday). 1975.
Je t'aime comme je respire
(Pierre Grillet / David Hallyday). 1999.
Je t'aime, je t'aime, je t'aime
(M. Mallory / J. Renard). 1974.
J'étais fou
(J. Hallyday / Gras). 1960.
Je t'attends
(J.-J. Goldman). 1986.

Je t'écris souvent
(J.-J. Debout). 1963.
Je te ferai danser
(K. Sykes / adapt. J. Hallyday / C. Lemesle). 1983.
Je te promets
(J.-J. Goldman). 1986.
Je te reverrai
(S. Fain – I. Kahal / adapt. M. Emer). 1964.
Titre original : *I'll Be Seing You*.
Je te veux
(M. Jones – T. Brown / G. Thibaut). 1969.
Jeune homme
(J. Revaux / R. Bernet). 1968.
Je vais te secouer
(C. Hardin / N. Petty). 1996.
Je veux me promener
(Domino / Jil – Jan). 1960.
Titre original : *I Want To Walk You*.
Je veux te graver dans ma vie
(Lennon – Mac Cartney / L. Chris). 1966.
Titre original : *Got To Get You Into My Life*.
Je vous la donne
(J. Goodison – O. Waimman / adapt. M. Mallory). 1978.
Titre original : *Lady Put the Light on Me*.
J'la croise tous les matins
(J.-J. Goldman / J.-J. Goldman). 1995.
Joe, la ville et moi
(M. Malory / M. Benoit). 1972.
Johnny lui dit adieu
(J. Byers / adapt. R. Bernet). 1965.
Titre original : *Tell Her Johnny Said Goodbye*.
Johnny, reviens !
(C. Berry / M. Roblin). 1964.
Titre original : *Johnny be good*.
Johnny rider
(M. Mallory – R. Bernet / J.-M. Deutere). 1974.

Jolie petite rock'n'rolleuse
(C. Berry / adapt. P. Labro). 1996.
Titre original : *Sweet Little Rock'n'Roller*.

J'oublierai ton nom
(J.-J. Goldman – M. Jones / J.-J. Goldman). 1986 (duo avec Carmel).

Joue pas de rock'n'roll pour moi
(N. Chinn / M. Chapman / adapt. L. Chris). 1976.
Titre original : *Don't Play Rock'n'Roll To Me*.

J'suis mordu
(S. Hill / White). 1960.
Titre original : *I Got Stung*.

Jusqu'à minuit
(S. Cropper / W. Pickett / G. Aber). 1966.
Titre original : *In The Midnight Hour*.

Juste un peu de temps
(D. Morisson / Jil – Jan). 1965.
Titre original : *Just A Little More Time*.

La bagarre
(J. Leiber – M. Stoller / adapt. V. Buggy). 1962.
Titre original : *Trouble*.

La ballade de Johnny
(J.-P. Decerf). 1981.

La blouse de l'infirmière
(M. Berger). 1985.

La caisse
(P. Billon / P. Billon – B. Poluis). 1982.

La chanson du Roumain
(P. Labro / J. Renard). 1970.

La couleur inconnue
(R. Dumas / J.-J. Debout). 1970.

La croisière des souvenirs
(H.P. Smith / adapt. L. Chris – P. Billon). 1977.
Titre original : *Sea Cruise*.

Lady divine
(M. Mallory / J. Hallyday). 1981.

Lady Lucille
(G. Arzel). 1995.
La ſaute au twist
(Jil – Jan – J. Hallyday). 1962.
La fille à qui je pense
(J. Hallyday – J. Revaux / R. Bernet). 1966.
La fille aux cheveux clairs
(E. Vartan / P. Labro). 1970.
La fille de l'été dernier
(E. Cochran – J. Capehart / adapt. L. Chris). 1975.
Titre original : *Somertime Blues Blues*.
La fille de l'hiver
(M. Mallory / J. Hallyday). 1980.
La fille d'en face
(B. Lavilliers / F. Bréant). 1983.
La fille du square
(P. Lefrebvre / F. Langolf). 1978.
La fin du voyage
(J. Renard / P. Billon). 1979.
La garce
(G. Thibaut – J. Hallyday / P. Billon – E. Bouad). 1984.
La génération perdue
(J. Hallyday / L. Chris). 1966.
La guitare fait mal
(E. Roda-Gil / T. J. White). 1991.
Laisse les filles
(J. Hallyday / Gras). 1960.
Laisse-moi tomber
(C. Lara – T. Eliez – M. Sanchez). 2002.
Laisse-moi le temps de t'aimer
(M. Mallory / J. Ploquin). 1974.
Laisse-moi une chance
(B. Deraime). 1983.
Laisse un peu d'amour
(L. Reced / R. Conrad – H. Wayaffe). 1965.
Titre original : *Leave A Little Love*.

Laissez-nous twister
(S. Cooke / adapt. A. Pascal). 1962.
Titre original : *Twisting The Night Away*.
La loi
(G. Wright / P. Labro). 1971.
Titre original : *You Get Back What You Give*.
La mort d'Hamlet
(P. Groscolas / G. Thibaut). 1976 (Hamlet).
La mort d'Ophélie
(P. Groscolas / G. Thibaut). 1976 (Hamlet).
L'amour violent
(T. Cole / adapt. G. Aber). 1983.
Titre original : *My Magnificently Mad*.
La musique que j'aime
(J. Hallyday : M. Mallory). 1973.
L'ange aux yeux de laser
(J. Renard / G. Thibaut – J. Renard). 1979.
La nuit crie au secours
(J. Conrad – R. Kennedy / adapt. G. Terne). 1981.
Titre original : *Every Time I Think Of You*.
La petite fille de l'hiver
(E. De Marsan / L. Chris). 1967.
La peur
(P. Billon / J. Renard). 1982.
La pierre d'amour
(E. Kilroy / D. Kilroy / R. Bernet / Joey and the Showmen). 1965.
Titre original : *Bolt of Love*.
La pollution
(M. Jones – T. Brown / adapt. J. Lanzmann). 1970.
La poupée qui fait non
(F. Gérald / M. Polnareff). 1980.
La première fois
(M. Mallory / J. Hallyday – M. Mallory). 1975.
La première pierre
(M. Mallory / T. Hinkley). 1978.

La prison des orphelins
(M. Mallory / J. Hallyday). 1973.
La ruée vers l'or
(R. E. Morrison / adapt. M. Mallory). 1975.
Titre original : *You Are The One*.
La seule fille que j'aime
(S. Goodman). 1980.
Titre original : *You Are The Girl I Love*.
La seule vraie musique
(O. Redding / G. Aber). 1967.
Titre original : *Sweet Soul Music*.
La solitude
(M. Mallory / Spagniolo / F. Carillo). 1973.
L'asticot roi
(P. Groscolas / G. Thibaut). 1976 (Hamlet).
La terre promise
(C. Berry / adapt. M. Mallory). 1975.
Titre original : *Promised Land*.
La tournée
(P. Billon / E. Bamy). 1984.
Laura
(J.-J. Goldman). 1986.
L'autre moitié
(J. Hallyday / P. Labro). 1971.
L'aventure c'est l'aventure
(C. Dessage / F. Lai). 1972.
La ville
(R. Supa / adapt. L. Chris). 1981.
Titre original : *Street Sence*.
La ville des âmes en peine
(B. Knight / adapt. J. Fauque). 1996.
Titre original : *Lonesome Town*.
Le blues, ma guitare et moi
(M. Mallory / M. Shuman). 1981.
Le bol d'or
(M. Mallory / J. Hallyday). 1974.
Le bon temps du rock and roll
(G. Jackson – T. Jones – M. Mallory). 1979.
Titre original : *Old Time Rock and Roll*.

Le chant des partisans
(J. Kessel – M. Druon / A. Marly). 1998.
Le chanteur abandonné
(M. Berger). 1985.
Le chanteur sans amour
(M. Mallory). 1980.
Le ciel nous fait rêver
(F. De Roubaix – J. Hallyday). 1968.
Le cimetière
(P. Groscolas / G. Thibaut). 1976 (Hamlet).
Le cœur comme une montagne
(R. Kennedy – J. Conrad – M. Mallory). 1979.
Titre original : *Isn't It Time*.
Le cœur du rock'n'roll
(H. Lewis – J. Colla / adapt. P. Billon). 1984.
Le cœur en deux
(P. Billon / J. Revaux). 1977.
Le cœur fermé
(M. Mallory / M. Shuman). 1981.
Le cri
(R. Isley – O. Isley / adapt. J. Plante). 1962.
Titre original : *Shout*.
Le diable me pardonne
(J. Hallyday / G. Thibaut). 1965.
Le droit de vivre
(J. Hallyday – M. Mallory). 1973.
Le duel
(P. Groscolas / G. Thibaut). 1976 (Hamlet).
Le feu
(G. Wright / M. Mallory). 1973.
Le fou du Colorado
(M. Jones – T. Brown / adapt. G. Aber). 1969.
Le ghetto
(R. Bernet / J. Revaux). 1976.
Le grand banquet
(P. Billon – P. Larue / J. Renard). 1983.
Le grand oiseau
(P. Chatel). 1997.

Le jeu que tu joues
(E. Presley / G. Aber). 1966.
Titre original : *With A Girl Like You.*
Le jour J, l'heure H
(R. Maitre – R. Bernet / J. Revaux). 1976.
L'Eldorado
(P. Guirao / P. Obispo). 1998.
Le mauvais rêve
(M. Jones / G. Aber). 1968.
Le monde entier va sauter
(J.-P. Festi – J. Ouzaana – E. Bouskela). 1970.
Le nom que tu portes
(J. B. Jovi / R. Sambora / adapt. Y. Shandy). 1991
Titre original : *You're not My Lover.*
L'envie
(J.-J. Goldman). 1986.
Le pénitencier
(A. Price / adapt. V. Buggy – H. Aufray). 1964.
Titrc original : *The House of The Rising Sun.*
Le pétrole
(M. Mallory). 1978.
Le plus beau des jeux
(P. D. Everly / G. Aber / J. Demaloe). 1960.
Titre original : *Labbra di fueco.*
Le poids de mes maux
(Zazie / David Hallyday). 1999.
Le p'tit clown de ton cœur
(P. D. Everly / G. Aber / J. Demaloe). 1960.
Titre original : *Cathy's Clown.*
Le regard des autres
(J.-J. Goldman / J.-J. Goldman). 1995.
Le rock and roll
(M. Mallory). 1974.
Le rock and roll c'est comme c'est comme ça
(B. Hodgson / R. Peters / adapt. M. Mallory). 1981.
Titre original : *Ain't Much Fun.*

Le rock and roll est né
(L. Chris / E. Bamy). 1977.
Les anges de la nuit
(J. Revaux – J. Hallyday / R. Bernet). 1969.
Les années mono
(C. Lemesle / J. Hallyday – E. Bamy). 1984.
Les bras en croix
(J. Hallyday – Jan – Jil). 1963.
Les chevaliers du ciel
(B. Kesslair – J. Hallyday). 1967.
Les chiens de paille
(G. Thibaut / G. Layani). 1976.
Les coups
(H. Cosby – S. Moy – S. Judkins / G. Aber). 1966
Titre original : *Uptight Everything Alright*.
Les filles du paradis
(P. Larue / R. Pratx). 1977.
Les grands enfants
(M. Mallory / E. Vartan). 1973.
Les guitares jouent
(L. Hazlewod / adapt. G. Aber). 1964.
Titre original : *Surfin Hootenanny*.
Les hommes qui n'ont plus rien à perdre
(F. Gerald / J. Renard). 1969.
Les larmes de Belinda
(C. Twitty / adapt. M. Mallory). 1975.
Titre original : *Linda on My Mind*.
Les larmes de gloire
(Vincent Ravalec / David Hallyday). 1999.
Les mauvais garçons
(R. Bernet / J. Hallyday – E. Vartan). 1964.
Les monts près du ciel
(H. Dorman / H. Wayaffe). 1965.
Titre original : *Mountain of Love*.
Les moulins à vent
(L. Florence / P. Obispo – P. Jaconelli). 1998.
Le soleil se lève à l'est
(C. Brule / F. De Roubaix). 1973.

Le sorcier le maudit
(Finalti / R. Tate / adapt. M. Mallory). 1973.
Le spectre du roi
(P. Grocolas / G. Thibaut). 1976. (Hamlet).
Les scellés sur ma vie (T'as mis)
(P. Billon / E. Bamy). 1983.
Le survivant
(J. Conrad / R. Kennedy / D. Foster / L. Chris). 1982.
Titre original : *You Oughta Know by Now*.
Les vautours
(E. Roda-Gil / D. Hallyday). 1989.
Le temps passé
(L. Florence / P. Obispo – P. Jaconelli). 1998.
L'étoile solitaire
(E. Roda-Gil / J.-P. Bucolo). 1989.
L'étranger
(R. Pennington / adapt. L. Chris). 1976.
Titre original : *The Ramblin'man*.
L'étranger dans la ville
(R. Dumas / J.-J. Debout). 1970.
Lettre de fans
(R. Richard / G. Aber). 1967.
Titre original : *Teenage Letter*.
Le vieux roi est mort
(O. Grocolas / G. Thibaut). 1976. (Hamlet).
L'instinct
(G. de Palmas). 2002.
L'histoire de Bobby Mc Gee
(K. Kristofferson – F. Foster / adapt. M. Mallory). 1975.
Titre original : *Me and Bobby Mc Gee*.
L'histoire de Bonnie and Clyde
(M. Murray / P. Callander / G. Aber). 1968.
Titre original : *The Ballad of Bonnie and Clyde*.
L'hosto
(P. Billon / J. Hallyday – B. Polius). 1982.

L'hymne à l'amour
(E. Piaf / M. Monnot). 1995.
L'idole des jeunes
(J. Lewis / adapt. R. Bernet). 1962.
Titre original : *Teenage Idol*.
Lire dans tes yeux
(M. Jones – T. Brown / adapt. J. Lanzmann). 1970.
Titre original : *If I Could Be Sure*.
Lolita
(K. Morrison / M. Mallory). 1978.
Titre original : *Juanita*.
Lorada
(E. Benzi – G. Arzel – J.-J. Goldman – J. Veneruso). 1995.
L'orgie
(P. Grocolas / G. Thibaut). 1976 (Hamlet).
Lucille
(R. Penniman / A. Collins / C. Pitkowski / A. Gaunay). 1964.
Titre original : *Lucille*.
Ma chérie c'est moi
(J. Clément / adapt. M. Mallory). 1975.
Titre original : *It'll Be Me*.
Ma gueule
(P. Nacabal / G. Thibaut). 1979.
Ma guitare
(J. Hallyday – E. Vartan / Jil – Jan). 1963.
Maintenant ou jamais
(B. Dylan / G. Thibaut). 1966.
Titre original : *If You Gotta Go Now*.
Mais je reviens
(G. Mills / D. Hortis). 1964.
Titre original : *I'm The Lonely One*.
Mal
(J. South / G. Aber). 1968.
Titre original : *Hush*.

Ma main au feu
(M. Mallory). 1972.
Ma Mississipi Queen
(W. Jackson / E. Wayne / adapt. M. Mallory). 1975.
Titre original : *Get back to Memphis*.
Ma panthère noire
(T. Hiller – S. Sheridan – M. Lee / adapt. P. Labro). 1974.
Titre original : *Lady*.
Marie
(G. de Palmas). 2002.
Marie, Marie
(C. Lemesle – P. Billon / E. Bamy – E. Bouad). 1983.
M'arrêter là
(D. Golemanas – D. Seff). 2002.
Maudite rivière
(G. Bruce / adapt. V. Buggy). 1965.
Titre original : *Moody River*.
Ma vie à t'aimer
(J. Leiber – M. Stoller / Georges Aber). 1968.
Titre original : *Loving You*.
Ma voix de révolté
(G. Aber / P. Naçabal / N. Colleau). 1982.
Même heure, même place
(Senega / Hampton / adapt. Jil – Jan). 1962.
Titre original : *Same Time, Same Place*.
Memphis est loin d'ici
(C. Berry / adapt. J. Fauque). 1996.
Titre original : *Memphis*.
Memphis USA
(C. Berry / adapt. M. Mallory). 1975.
Titre original : *Memphis*.
Merci
(W. Jennings / T. Jans / adapt. G. Thibaut). 1976.
Titre original : *Tender Memory*.

Mercredi matin
(P. Billon / M. Shuman). 1982.
Mes seize ans
(C. Moine / P. Papadiamandis). 1983.
Mes yeux sont fous
(A. Kooper / B. Brass – I. Livine / S. Thibaut). 1965.
Titre original : *I Must be Seeing Things*.
Mirador
(E. Roda-Gil / D. Hallyday). 1989.
Miss Claudie
(L. Price / adapt. J. Fauque). 1996.
Moi je t'aime
(J. Renard / G. Thibaut). 1979.
Moi, cette fille-là
(R. Bernet / J. Hallyday). 1963.
Mon Amérique à moi
(P. Labro / J. Hallyday – E. Bouad). 1982.
Mon amour à Marie
(M. Jones – T. Brown / adapt. R. Bernet). 1972.
Titre original : *Send My Love to Mary*.
Mon amour perdu
(M. Mallory). 1974.
Mon anneau d'or
(J. Hallyday / G. Thibaut). 1965.
Mon fils
(J. Revaux – R. Bernet – V. Buggy). 1967.
Monnaie, monnaie
(J. Stone / adapt. J. Fauque). 1996.
Mon p'tit loup
(B. Seeger / P. Billon / J. Hallyday). 1984.
Titre original : *Betty Lou is Going out Tonight*.
Mon septième ciel
(Dixio – Weiner – Jil – Jan). 1961.
Titre original : *Seven Steps to Love*.
Monsieur Paul
(D. Barbelivien / P. Naçabal). 1981.

Montpellier
(C. Lemesle – P. Billon / B. Victoire – J. Hallyday). 1982.
Mon vieux copain
(J. Hallyday / Jil – Jan). 1961.
Moraya
(M. Mallory / G. Wright). 1973.
Nadine
(C. Berry / adapt. L. Chris). 1974.
Titre original : *Is it You*.
Nashville blues
(B. Briant / F. Briant / adapt. P. Billon – J. Hallyday). 1984.
Ne crois pas ça
(J. Hallyday / J. Setty – G. Thibaut). 1965.
Ne joue pas ce jeu-là
(J. Hallyday / G. Thibaut). 1965.
Ne me quitte pas (Zénith 1984)
(J. Brel). 1984.
Ne m'oublie pas
(G. Arzel / Canada). 1995.
Ne pleure pas
(T. Brown / G. Thibaut). 1965.
Né pour vivre sans amour
(M. Mallory). 1976.
Ne reviens pas
(P. Dian – S. Eicher). 2002.
Ne sois pas si stupide
(E. Floyd – Cropper – Parker / adapt. G. Aber). 1967.
Titre original : *Don't Mess With a Stupid*.
Ne tuez pas la liberté
(P. Labro / J. Hallyday – P. Billon – E. Bouad). 1984.
Noël interdit
(M. Mallory / J. Hallyday). 1973.
Noir c'est noir
(H. Wadey / Grainger / G. Aber). 1966.
Titre original : *Black is Black*.

Non, ne me dis pas adieu
(E. Charden / E. Charden – H. Ibach). 1968.
Non, non, non, non, je ne veux plus te blesser
(B. Russel – N. Meade / adapt. R. Bernet). 1964.
Titre original : *Baby Don't You Weep*.
Non, rien de rien
(Michel Vaucaire / Charles Dumont). 2000.
Nos limites
(D. Golemanas / P. Obispo). 1998.
Notre histoire
(C. Miossec / David Hallyday). 1999.
Nous les gars, nous les filles
(Cohen / Greblin). 1961.
Titre original : *Boys and Girls*.
Nous quand on s'embrasse
1961 (R. Hargrave – J.L. Lewis / adapt. Jil – Jan). 1961.
Titre original : *High School Confidential*.
N'y crois pas
(M. Jones / G. Thibaut). 1966.
Ô Carole
(C. Berry / M. Roblin). 1964.
Titre original : *Carol*.
Oh ! cette nuit
(L. Chase / adapt. R. Bernet). 1963.
Titre original : *Such a Night*.
Oh ! laisse la partir
(J.-M. Robinson / M. Roblin). 1964.
Titre original : *Let's Have a Party*.
Oh ! ma jolie Sarah
(M. Jones / T. Brown / P. Labro). 1971.
Titre original : *Gentle Sarah*.
Oh ! Sally
(R. Blackwell – Johnson – R. Penniman / adapt. M. Mallory) 1975.
Titre original : *Long Tall Sally*.
On a peur pour lui
(P. Groscolas / G. Thibaut). 1976 (Hamlet).

On a ses jours
(Lennon – Mc Cartney / G. Aber). 1965.
Titre original : *She a Woman*.
One more time, encore une fois
(J. Hallyday / E. Vartan / M. Roblin). 1964.
On me recherche
(P. Labro / E. Vartan). 1970.
On s'est trompé
(M. Jones / T. Brown / R. Bernet). 1966.
Titre original : *We Will Love Again*.
On te montrera du doigt
(E. Strasser – G. Winters / adapt. G. Thibaut). 1965.
Titre original : *You Finally Said Something Good*.
On va vous en donner du rock
(B. Bergman / B. Poluis). 1982.
Ophélie, oh folie
(P. Groscolas / G. Thibaut). 1976 (Hamlet).
Oublier
(B. Decout / P. Naçabal). 1982.
Oui j'ai
(J. Hallyday / Jil – Jan). 1960.
Oui, je veux
(P. Sakalakis / J.-P. Bourtayre). 1962.
Titre original : *Yes I Want*.
Oui, mon cher
(B. Weisman – E. Kelly – E. Lewis). 1961.
Titre original : *I Want That*.
Parc'que j'ai revu Linda
(D. Lee – A. Reynolds / R. Revil – G. Aber). 1963.
Titre original : *I Saw Linda Yesterday*.
Pardon
(P. Labro / David Hallyday). 1999.
Parker, connais pas
(M. Berger). 1985.

Partie de cartes
(Vincent Ravalec / David Hallyday). 1999.
Pas cette chanson
(E. Ertegun – B. Nelson / adapt. R. Bernet). 1962.
Titre original : *Dont Play That Song*.
Pauvre dilling Joe
(R. Dumas / J.-J. Debout). 1970.
Pendue à mon cou
(M. Berger). 1985.
Pense à moi
(D. Golemanas – R. Allison). 2002.
Perdu dans le nombre
(B. Seger / L. Chris). 1980.
Titre original : *File Like a Number*.
Personne d'autre
(G. de Palmas). 2002.
Petite fille
(M. Jones / T. Brown). 1967.
Titre original : *Julian Waits*.
Peut-être bien
(N. Petty – C. Hardin – B. Holly / adapt. P. Billon). 1983.
Titre original : *Maybe Baby*.
Pirate de l'air
(L. Plamondon / D. Hallyday). 1989.
Pleurer auprès de toi
(J. Thomas / H. Biggs / R. Bernet). 1965.
Titre original : *I'm Gonna Sit Right Down an Cry Over*
Plus je te regarde
(R. Higgenbotham / M. Roblin). 1964.
Titre original : *High Heeled Sneakers*.
Plus près de vous
(Zazie / P. Obispo). 1998.
Poème sur la 7e
(L. Van Beethoven / P. Labro). 1970.

Poing cœur
(G. Aber / E. Bamy – J. Hallyday). 1984.
Possible en moto
(E. Roda-Gil / D. Hallyday). 1989.
Poupée brisée
(E. Vartan – G. Aber – E. Francis). 1963.
Pour ceux qui s'aiment
(B. Decout / J. Hallyday). 1983.
Pour exister
(Y. Shandy / J. Cardona). 1991.
Pour l'amour
(P. Groscolas / G. Thibaut). 1976.
Pour moi la vie va commencer
(J.-J. Debout). 1963.
Pour moi tu es la seule
(J. Watson / R. Bernet). 1964.
Titre original : *Sweet Loving Mama*.
Pour nos joies et pour nos peines
(arr. J.-J. Debout). 1965.
Pourquoi as-tu peur de la vie ?
(J. Tex / G. Aber). 1967.
Titre original : *You Better Believe It, Baby*.
Pourquoi cet amour
(J. Hallyday / Jil – Jan). 1960.
Prends ma vie
(M. Mallory / J. Renard). 1974.
Promesses
(D. Linde / adapt. M. Mallory). 1975.
Titre original : *Burning Love*.
Psychédélic
(T. Brown – M. Jones / G. Aber). 1967.
Quand ça vous brise le cœur
(W. Raskin – T. Brown – Fisher / adapt. G. Aber – J. Hallyday). 1984.
Titre original : *That's When Your Heartache Begins*.
Quand ce jour-là viendra
(J. Allison / N. Petty / G. Holly / adapt. M. Emer). 1963.
Titre original : *Thall All Be the Day*.

Quand je l'ai vue devant moi
(Mc Cartney / J. Lennon / R. Bernet / Joey and the showmen). 1963.
Titre original : *When I Saw Her Standing There.*
Quand je reviendrai
1975 (J. Thomas – H. Biggs / adapt. M. Mallory). 1975.
Titre original : *Got You on My Mind.*
Quand l'aigle est blessé
(J. Hallyday – J. Bernard / L. Chris). 1968.
Quand le masque tombe
(E. Benzi / E. Benzi). 1995.
Quand on sifflait
(M. Jones – T. Brown – R. Bernet). 1968.
Titre original : *I Love You to Know It.*
Quand revient la nuit
(B. Vinton – G. Allan / G. Aber). 1965.
Titre original : *Mister Lonely.*
Quand un air vous possède
(G. Goffin – C. King / adapt. G. Aber). 1963.
Titre original : *When My Little Girl Is Smiling.*
Quand un homme devient fou
(C. Lemesle / M. Shuman – J. Hallyday). 1983.
Quand un homme perd ses rêves
(Lewis / Wright / R. Bernet). 1966.
Titre original : *When A Man Loves A Woman.*
Que j'aie tort ou raison
(G. Wright / P. Labro). 1971.
Titre original : *Weather It's Right or Wrong.*
Que je t'aime
(J. Renard / G. Thibaut).
Quelque chose de Tennessee
(M. Berger). 1985.
Quelques cris
(Françoise Sagan / David Hallyday). 1999.
Que ma Harley repose en paix
(D. Golemanas / P. Obispo – P. Jaconelli). 1998.

Qu'est-ce qu'elle fait ?
(M. Mallory). 1980.
Qu'est-ce que tu fais à l'école ?
(J. L. Lewis – R. Hargarve / adapt. M. Mallory). 1975
Titre original : *High School Confidential*.
Qu'est-ce que tu croyais ?
(S. Beckmeier / F. Beckmeier – G. Terme). 1979.
Titre original : *Rock and Roll Dancing*.
Qui aurait dit ça
(R. Charles / adapt. G. Vesta). 1962.
Titre original : *Talkin'About You*.
Qui ose aimer
(M. Berger). 1985.
Quitte-moi doucement
(D. Lampert – J. Seneca / adapt. R. Bernet). 1963.
Titre original : *Break It To Me Gently*.
Réclamations
(Marriott – Lane / G. Thibaut). 1969.
Titre original : *New Report*.
Regarde-moi t'aimer
(D. Golemanas / P. Obispo). 1998.
Regarde pour moi
(Marriot – Lane / G. Thibaut). 1969.
Titre original : *What You Will*.
Remise de peine
(E. Miossec / David Hallyday). 1999.
Rendez-moi le soleil
(M. Jones / T. Brown – E. Bouskela). 1970.
Rendez-vous en enfer
(M. Mallory / G. Layani). 1976.
Requiem pour un fou
(G. Thibaut / G. Layani). 1976.
Reste avec moi cette nuit
(K. Kristofferson / adapt. L. Chris). 1975.
Titre original : *Help Me Make It Trough The Night*.

Reste ici
(E. Glick – B. E. King / adapt. P. Billon). 1983. Titre original : *Stand By Me*.
Rester libre
(E. Benzi / Canada). 1995.
Retiens la nuit
(C. Aznavour / G. Garvarentz). 1961.
Reviens donc chez nous
(S. Cooke / adapt. G. Aber). 1965. Titre original : *Bring It On Home To Me*.
Revoilà ma solitude
(K. Rogers / adapt. M. Mallory). 1978.
Rien à jeter
(E. Roda-Gil / G. Augier – J. Cardona – J.-P. Bucolo). 1989.
Rien à personne
(G. Aber / E. Bamy – J. Hallyday). 1984.
Rien n'a changé
(J. Hallyday – E. Vartan – R. Bernet). 1963.
Rien n'vaut cett'fille-là
(Gallie / Cooper / R. Bernet). 1972. Titre original : *She Is My Old Lady*.
Rien que huit jours
(C. Berry / M. Roblin). 1964. Titre original : *Forty Days*.
Rivière... ouvre ton lit
(M. Jones – T. Brown / G. Thibaut). 1969.
Rock'n'roll attitude (M. Berger). 1985.
Rock'n'roll man
(M. Mallory / T. Brown). 1974.
Rock'n'roll musique
(C. Berry / G. Aber). 1965. Titre original : *Rock and Roll Music*.
Rouler sur la rivière
(J. Fogerty / adapt. P. Labro). 1996. Titre original : *Proud Mary*.
Rouler vers l'ouest
(P. Billon / J. Hallyday). 1990.

Sage pour vous
(P. Billon / P. Billon – B. Poluis). 1982.
Sally
(E. Johnson / R. Bernet). 1964. Titre original : *Long tall Sally.*
Salut Charlie
(J. Hallyday – M. Mallory / M. Mallory). 1978.
Sam'di soir
(C. Aznavour / G. Garvarentz). 1961.
San Francisco
(J. Phulips / adapt. G. Aber). 1967. Titre original : *Be Sure To Wear Some Flowers In Your Hair.*
Sans profession
(P. Larue / P. Billon / B. Victoire). 1982.
Sang pour sang
(E. Chemouny / D. Hallyday). 1999.
Sans une larme
(R. Vastano – J.-J. Debout). 1968.
Saoule à mourir
(P. Billon / C. Lemesle / J. Hallyday / E. Bamy). 1984.
Sa raison d'être
(L. Florence / P. Obispo). 1998.
Sauvez-moi
(C. Doege / J. Henske / adapt. M. Mallory). 1972. Titre original : *Salvation.*
Sentimentale
(Emer – Leiber / Stoller). 1961. Titre original : *Baby I Don't Care.*
Serre la main d'un fou
(M. Singleton / adapt. Jil – Jan). 1962. Titre original : *Shake The Hand of À Fool.*
Seul
(L. Florence / P. Obispo). 1998.
Seul mais pas solitaire
(M. Berger). 1985.
Si c'était à refaire
(H. Auffray – P. Gohier – M.-P. Delvaux). 2002.

Signes extérieurs de richesse
(J. Hallyday – C. Lemesle / E. Bouad – P. Billon). 1983.
Si j'étais moi
(E. Roda-Gil / J.-P. Bucolo). 1989.
Si j'étais un charpentier
(T. Hardin / L. Christ). 1966. Titre original : *If I Were A Carpenter.*
Si tout change
(P. Parnes – P. Evans / J. Chaumelle). 1966. Titre original : *Our World.*
Si tu me téléphones
(C. Nicolas / G. Garvarentz). 1961.
Si tu m'aimais
(M. Mallory / D. Hallyday). 1999.
Si tu pars
(L. Cris / M. Jones – T. Brown). 1969.
Si tu pars la première
(G. Wright / P. Labro). 1971. Titre original : *I You Treat Someone Right.*
Si tu restes avec moi
(J. Hallyday / Jil – Jan). 1961.
Son amour pour un jeu
(M. Jones / T. Brown / G. Aber). 1967. Titre original : *Strange Shadows.*
Soupçons
(M. James / M. James / adapt. M. Mallory). 1973. Titre original : *Suspicious Mind.*
Souvenirs, souvenirs
(F. Bonifay / Coben). 1960. Titre original : *Souvenirs.*
Sur la route de Memphis
(C. Moine / T.-T. Hall). 1996.
Sur ma vie
(C. Aznavour). 1998.
37e étage
(Fairchild / E. Cochran / adapt. L. Chris). 1975. Titre original : *Twenty Flight Rocks.*

T'aimer follement
(A. Salvet / J. Plait / F. Robinson). 1960. Titre original : *Maikin'Love.*
Tant pis... c'est la vie
(G. Lake – P. Sinfield / adapt. G. Aber). 1977.
Tant qu'il y aura des trains
(J. Hallyday / P. Labro). 1971.
T'as le bonjour de l'amour (J. Cliff – M. Mallory). 1979. Titre original : *You Can Get it if You Really Want.*
T'as qu'seize ans
(D. Sherman – B. Sherman – G. La Viny / adapt. G. La Viny). 1963.
Titre original : *You're Sixteen.*
Testament d'un poète
(E. Roda-Gil / J. C. Petit). 1989.
Tes tendres années
(D. Edouards / adapt. R. Bernet). 1963. Titre original : *Tender Years.*
Te tuer d'amour
(M. Mallory / J. Ploquin). 1973.
Tien an men
(Y. Shandy / J. Cardona). 1991.
Toi et moi
(L. Chris / J. Hallyday). 1974 (duo avec Sylvie Vartan).
Toi qui regrettes
(Jil – Jan – J. Hallyday). 1961.
Toi qui t'en vas
(J. Hallyday / G. Thibaut). 1965.
Toi tais-toi
(P. Billon / C. Lemesle / J. Hallyday / Bouad / Bamy). 1984.
Toi, tu voles l'amour
(G. Wright / R. Bernet). 1972. Titre original : *Love Taker.*
Tomber c'est facile
(D. Rivkine / adapt. R. Bernet). 1972. Titre original : *Ain't Hand To Stumble.*

Ton fétiche d'amour
(J. Hallyday – Jil – Jan). 1961.
Ton fils
(J.-J. Goldman). 1986.
Ton petit ours en peluche
(B. Lowenthal / K. Man adapt. J. Poterat). 1959. Titre original : *Teddy Bear.*
Toujours là
(F. Langolff / J. Denjean). 1979.
Toujours le même
(B. Seger / adapt. M. Mallory). 1981. Titre original : *Still The Same.*
Toujours plus loin
(T. Brown / G. Aber). 1964.
Tout bas, tout bas, tout bas
(G. Weiss – D. Appell / adapt. G. Vesta). 1962. Titre original : *Apron Strings.*
Tout ce que tu veux
(B. Peters / adapt. M. Mallory). 1975. Titre original : *Baby You Got It.*
Tout feu, toute femme
(J. Veneruso / J. Veneruso). 1995.
Tout m'enchaîne
(S. Beckmeier – S. Berlin / M. Mallory). 1979. Titre original : *Cryin'shame.*
Tout pour te déplaire
(J. Vallance / B. Adams / adapt. K. Cokenstock). 1991. Titre original : *Some Things Never Change.*
Toute seule
(J.-J. Goldman). 1986.
Train sans espoir
(J. Parker / S. Philips / adapt. M. Mallory). 1975. Titre original : *Mystery Train.*
Trop belle, trop jolie
(M. Mallory / J. Hallyday). 1974.
Trouve-moi des mots
(P. Bruel – R. Allison). 2002.

Tu as de la chance
(J. Hallyday / G. Thibaut). 1965.
Tu as gagné mon amitié (J.-J. Debout). 1964.
Tue-le
(P. Groscolas / G. Thibaut). 1976 (Hamlet).
Tu es là
(F. Bonifay – E. Plegat – Budes). 1961.
Tu es la fille du soleil
(R. Dumas / J. J Debout). 1970.
Tu me quittes
(A. Crudup / R. Bernet). 1964. Titre original : *My Baby Left Me.*
Tu m'plais
(J. Hallyday – Jil – Jan). 1961.
Tu n'as rien de tout ça
(B. Giant / B. Baum / F. Kaye / R. Bernet). 1963. Titre original : *You're The Devil in Disguise.*
Tu ne me verras pas pleurer
(M. Jones / adapt. G. Aber). 1965. Titre original : *Love Is Just À Fool Game.*
Tu n'es pas la seule fille au monde
(R. Patton / L. Mallah / M. Mallory). 1979. Titre original : *You Are Not The Only One I Ever Need.*
Tu oublieras mon nom
(J. Hallyday / G. Thibaut). 1965.
Tu parles trop
(Jones / Hall / G. Aber). 1961. Titre original : *You Talk Too Much.*
Tu peux chercher
(J.-J. Goldman). 1986.
Tu peux la prendre
(B. Cook / adapt. A. Salvet – L. Morisse). 1961. Titre original : *You Can Have Her.*
Tu peux partir si tu le veux
(M. Mallory / J. Hallyday). 1972.
Un homme libre
(G. de Palmas). 2002.

Une femme
(M. Mallory). 2002.
24 000 baisers
(F. Bonifay – A. Celentano). 1961. Titre original : *24 mila baci.*
Va te cacher
(M. Mallory / E. Bamy). 1978.
Va-t'en
(E. Vartan – J. Hallyday / G. Thibaut). 1965.
Veau d'or, vaudou
(D. Boublil / A. Boublil / B. Victoire). 1982.
Venez tous avec moi
(E. Cochran – J. Capehart / adapt. L. Chris). 1974. Titre original : *C'm On Everybody.*
Viens
(M. Jones – T. Brown / G. Thibaut). 1969.
Viens danser le twist
(K. Mann – D. Appel / adapt. G. Gosset). 1961. Titre original : *Let's Twist Again*.
Viens le soleil
(D. Preston / Cooper / adapt. R. Bernet). 1972. Titre original : *Sunshine.*
Vietnam vet
(P. Billon). 1990.
Vivre
(R. Seff – D. Seff). 1977.
Vivre pour le meilleur
(L. Florence / D. Hallyday). 1999.
Voici le monde
(P. Labro / P. Groscolas). 1974.
Voyage aux pays des vivants
(M. Jones – T. Brown / L. Chris). 1969.
Voyez ce que je veux dire
(L. Mackaels / P. Labro). 1971. Titre original : *Do You Know What I Mean ?*
Ya ya twist
(L. Dorsey – C. Lewis – M. Robison / adapt. G. Aber – L. Morisse). 1962. Titre original : *Ya Ya*.

FILMOGRAPHIE DE JOHNNY HALLYDAY

1954

Les Diaboliques
Réalisation : Henri-Georges CLouzot.
Autres acteurs : Véra Clouzot, Paul Meurisse, Simone Signoret, Charles Vanel, Jean Brochard, Pierre Larquey, Michel Serrault, Jacques Varennes, Georges Chamarat, Noël Roquevert, Thérèse Dorny, Yves-Marc Maurin, Robert Dalban, Jean Lefebvre.

1961

Dossier 1413
Réalisation : Alfred Rode.
Autres acteurs : Claudine Dupuis, Dora Doll, Henri Vilbert, Jacques Dumesnil, Pierre Larquey, Françoise Vatel, Rita Cadillac, Pierre Louis, Jean Tissier, Dinan, Eddie Barclay.

Les Parisiennes
Réalisation : Marc Allégret, Jacques Poitrenaud, Michel Boisrond, Claude Barma.
Autres acteurs : Dany Saval, Darry Cowl, Jacques Ary, Henri Tisot, Dany Robin, Jean Poiret, Christian Marquand, Françoise Brion, Françoise

Arnoul, Paul Guers, Catherine Deneuve, Elina Labourdette, José-Luis De Vilallonga, Gillian Hills, Berthe Grandval, Françoise Giret, Serge Marquand, Eddy Mitchell et ses Chaussettes noires.

1963

D'où viens-tu Johnny ?
Réalisation : Noël Howard.
Autres acteurs : Sylvie Vartan, Evelyne Dandry, Pierre Barouh, Fernand Sardou, Daniel Cauchy, Henri Vilbert, Jean-Jacques Debout.

1964

Cherchez l'idole
Réalisation : Michel Boisrond.
Autres acteurs : Charles Aznavour, Sylvie Vartan, Eddy Mitchell et les Chaussettes noires, Frank Alamo, Nancy Holloway, Les Surfs, Dany Saval, Mylène Demongeot, Frank Fernandel, Hector, Dominique Boschero, Berthe Grandval, Sophie, Harold Kay, Les Frères ennemis, Bruno Coquatrix, Jean-Jacques Debout, Pierre Doris, Pierre Bellemare, Daniel Filipacchi.

1967

À tout casser
Réalisation : John Berry.
Autres acteurs : Eddie Constantine, Catherine Allégret, Michel Serrault, Annabella Incontrera, Hélène Soubielle, Jean-François Gobbi, Joël Barbouth, Dennis Berry.

1968

Les Poneyttes
Réalisation : Joël Lemoigne.
Autres acteurs : Hubert Wayaffe, Corinne Piccoli, Daniel Ceccaldi, Carlos, Patrick Topaloff, Arlene Dahl, Rosko, Bruno
Coquatrix, Sylvie Vartan.

1969

5+1.
Réalisation : Guy Job et Michel Paittinger.
Autres acteurs : Les Rolling Stones.

1970

Le Spécialiste (Gli Specialisti)
Réalisation : Sergio Corbucci.
Autres acteurs : Françoise Fabian, Gastone Hoschin, Sylvie Fennec, Angela Luce, Serge Marquand, Mario Adorf.

Point de chute
Réalisation : Robert Hossein.
Autres acteurs : Pascale Rivault, Robert Hossein, Albert Minsky, Robert Dalban et Jacques Castelot.

1972

J'ai tout donné (documentaire)
Réalisation : François Reichenbach.
Avec la participation de Sylvie Vartan.

L'Aventure c'est l'aventure
Réalisation : Claude Lelouch.
Autres acteurs : Lino Ventura, Jacques Brel, Charles

Denner, Charles Gérard, Aldo Maccione, Nicole Courcel, Prudence Harrington, André Falcon, Gérard Sire, Yves Robert, Xavier Gelin, Michel Drucker, Catherine Allégret, Elie Chouraqui, Pierre Kast, Jacques Paoli.

Malpertuis
Réalisation : Harry Kumel.
Autres acteurs : Orson Welles, Susan Hampshire, Michel Bouquet, Mathieu Carrière, Jean-Pierre Cassel, Sylvie Vartan, Daniel Pilon, Charles Janssens, Walter Rilla.

1977

L'Animal
Réalisation : Claude Zidi.
Autres acteurs : Jean-Paul Belmondo, Raquel Welch, Charles Gérard, Julien Guiomar, Dany Saval, Aldo Maccione, Raymond Gérome, Mario David, Henri Génès, Fred Personne, Yves Mourousi.

1981

Le Jour se lève et les conneries commencent
Réalisation : Claude Mulot.
Autres acteurs : Maurice Risch, Jacques Legras, Henri Guybet, Eva Harling, Arlette Didier, Michel Modo, Gérard Surrugue, François Domange, Gérard Darier, Jane Chaplin, Philippe Castelli, Robert Rollis.

1984

Détective
Réalisation : Jean-Luc Godard.
Autres acteurs : Nathalie Baye, Claude Brasseur, Julie Delpy, Jean-Pierre Léaud.

1985

Conseil de famille
Réalisation : Constantin Costa-Gavras.
Autres acteurs : Fanny Ardant, Guy Marchand, Ann Gisel Glass, Fabrice Luchini.

1987

Terminus
Réalisation : Pierre-William Glenn.
Autres acteurs : Karen Allen, Jurgen Pröchnow, Gabriel Damon, Julie Glenn.

1988

The Iron Triangle
Réalisation : Eric Weston.
Autres acteurs : Beau Bridges et S. Ngor.

1989

David Lansky
Série télévisée réalisée par Hervé Palud.

1991

La Gamine
Réalisation : Hervé Palud.
Autres acteurs : Maïwenn Le Besco, Jean-François Stévenin.

1998

Paparazzi
Réalisation : Alain Berberian.
Autres acteurs : Patrick Timsit, Vincent Lindon,

Catherine Frot, Isabelle Gelinas, Nathalie Baye, Carla Bruni

1999

Pourquoi pas moi ?
Réalisation : Stéphane Giusti.
Autres acteurs : Bruno Putzulu, Julie Gayet

2000

Love Me / Only you
Réalisation : Laëticia Masson.
Autres acteurs : Sandrine Kiberlain, Jean-François Stévenin, Salomé Stévenin.

2001

Mischka
Réalisation : Jean-François Stévenin.
Autres acteurs : Jean-Paul Roussillon, Jean-François Stévenin.

2002

L'Homme du train
Réalisation : Patrice Leconte.
Autres acteurs : Jean Rochefort, Jean-François Stévenin, Édith Scob.

2003

Wanted (Crime Spree)
Réalisation : Brad Mirman.
Autres acteurs : Harvey Keitel, Saïd Taghmaoui, Gérard Depardieu, Stéphane Freiss, Albert Dray.

REMERCIEMENTS

Je tiens à remercier chaleureusement pour leurs témoignages, conseils, suggestions ou parfois leurs non-dits :

Yves de Bakker, Pierre Barouh, Yves Bastin, Alain Bernard, Florian Bernard, Jocelyn Berroard, Pascal Beuselinck, Éric Bhat, Jean-Pierre Pierre-Bloch, Claude Bouillon, Anne Bourdiol, Virginie Bressis, Bernard Camoin, Alan Coriolan, William Caruchet, Jean-Yves Cloître, Lucie Collinet, Constantin Costa-Gavras, Fleur Cousteau, Robert Donato, Emmanuel Ducasse, Claude Durand, Guillaume Durand, Élizabeth Étienne, Laurent Favre, Gisèle Galante, Raph Gatti, Patrice Gaulupeau, Georges Ginault, Huguette Guedj, Hélène Guillaume, Claude Horn, Rudy Jacquier, Robert Jégaden, Carol Ketcham, Virginie Ledoux, Patrick Lemoine, Daniel Lesueur, Lily, Monique Maba, Philippe Madelin, Michel Mallory, Jean Marbœuf, Chantal Marion, Jean-Pierre Martin, Catherine Meredieu, Laurent Olmedo, Jean-Marie Périer, Christophe Quelais, Frank Renaud, Josseline Rivière, Yann Roncier, Léo Roy, Fanny Rusticelli, Norbert Saada, Sidonie, Didier Thimonier, Jean-William Thoury, Jacques Verrecchia.

Sans oublier tous ceux qui ont préféré ne pas être cités.

Et bien entendu M. Johnny Hallyday que je remercie pour son amicale et professionnelle collaboration. Que soient saluées ici sa disponibilité et sa sincérité.

Enfin, ma gratitude la plus fervente va à Desta Hallyday, qui m'a ouvert ses archives personnelles, et qui m'a confié ses souvenirs. Sans jamais compter son temps et avec un enthousiasme communicatif.

Dans la perspective d'une future réactualisation de l'ouvrage, l'auteur est d'ores et déjà vivement intéressé par toutes les remarques, suggestions et critiques que les lectrices et les lecteurs voudront bien lui faire part via son éditeur ou son adresse e-mail : *bviolet@noos.fr*

TABLE

Prologue 7

Première partie
LE SALTIMBANQUE (1943-1959)

1. «Pipo» 13
2. L'enfant de la balle 30
3. Les Diaboliques et la Petite Sirène 46
4. Les potes de la Trinité 58

Deuxième partie
LE VRAI-FAUX ROCKER (1960-1963)

5. Et Vogue 75
6. La tornade Hallyday 95
7. Une adolescente bulgare 116
8. L'idole des jeunes 137
9. La Nation en folie 161

Troisième partie
L'ENFER DU COUPLE (1964-1972)

10. La mascotte du régiment 177

11. Grosse déprime 195
12. Redorer l'image 207
13. Sous les pavés, les plages de Saint-Trop' .. 222
14. Virages dangereux 230
15. Johnny fait son cirque 248

Quatrième partie
LA RENAISSANCE (1974-1984)

16. Retour aux sources 265
17. Entre deux cœurs 277
18. Les amants terribles du show-biz 291
19. La Belle, le truand et le rocker 304
20. Nathalie et Laura 316
21. En attendant Godard 329

Cinquième partie
LES JEUNESSES (1986-2003)

22. Karen, Gisèle et les autres 345
23. La fille de mon meilleur ami 355
24. Les drôles d'anges 379
25. Les spectacles maudits 396
26. Johnny & Co 414
27. Les défis du patriarche 424

Notes 441

Annexes
Bibliographie 465
Discographie 471
Liste des chansons interprétées
par Johnny Hallyday 491
Filmographie 533
Remerciements 539

7700

Composition Chesteroc Ltd
Achevé d'imprimer en France (Manchecourt)
par Maury-Eurolivres
le 1er juin 2005.
Dépôt légal juin 2005. ISBN 2-290-34130-4

Éditions J'ai lu
84, rue de Grenelle, 75007 Paris
Diffusion France et étranger : Flammarion